KIMBERLEY FREEMAN

Sterne über dem Meer

GOLDMANN
Lesen erleben

Kimberley Freeman

Sterne über dem Meer

Roman

Deutsch von
Andrea Brandl

GOLDMANN

Die Originalausgabe erschien 2017 unter dem Titel »Stars Across the Ocean«
bei Hachette, Australia, Sidney.

Dieses Buch ist auch als E-Book erhältlich.

MIX
Papier aus verantwortungsvollen Quellen
FSC® C083411
FSC
www.fsc.org

Verlagsgruppe Random House FSC® N001967

1. Auflage
Deutsche Erstveröffentlichung März 2018

Dieses Werk wurde vermittelt durch die Literarische Agentur
Thomas Schlück GmbH, 30827 Garbsen.
Gestaltung des Umschlags und der Umschlaginnenseiten:
UNO Werbeagentur, München
Umschlagmotiv: Gettyimages/Stephanie Hager – HagerPhoto
Gettyimages/Tom Meaker/EyeEm
FinePic®, München
Redaktion: Friederike Arnold
BH · Herstellung: kw
Satz: Uhl + Massopust, Aalen
Druck und Bindung: CPI books GmbH, Leck
Printed in the Czech Republic
ISBN: 978-3-442-20547-9
www.goldmann-verlag.de

Besuchen Sie den Goldmann Verlag im Netz

GEGENWART

☆

»Mum?«

»Sie ist noch ein bisschen verwirrt. Machen Sie sich keine Sorgen, wenn sie …«

»Mum?«, wiederhole ich mit ein wenig mehr Nachdruck, so wie ich früher manchmal als junges Mädchen mit ihr gesprochen habe, wenn ich leicht genervt war. Ich sehe meiner Mutter ins Gesicht, und sie erwidert meinen Blick, trotzdem scheint sich ein Schleier zwischen uns zu befinden. Auf der einen Seite die blassgrünen Krankenhauswände, die Schwester und ich. Auf der anderen meine Mutter, komplett durch den Wind.

Aber dann lüftet sich der Schleier endlich. »Victoria?«, sagt sie.

Ich lächle. »Ja, ich bin's.« Sie ist die Einzige, die mich bei meinem vollen Vornamen nennt. Für alle anderen bin ich Tori – ein stinknormaler Null-acht-fünfzehn-Name. Sie hat mich nach einer Königin benannt. Aber ich bin keine Königin.

»Ich bin vor ein Auto gelaufen«, sagt sie – als Erklärung für die Abschürfungen in ihrem blassen, von leichten Falten durchzogenen Gesicht.

»Ich hab's gehört.«

»Na ja, es hätte schlimmer ausgehen können. Ich habe mir ja nichts gebrochen.« Sie schnieft. »Aber deshalb bist du bestimmt nicht extra aus Australien hergekommen.«

Die Krankenschwester tätschelt ihren Oberschenkel. »Ich lasse Sie beide jetzt allein, in Ordnung, Mrs Camber?«

»*Professor* Camber«, korrigieren wir sie gleichzeitig in gereiztem Tonfall.

»Na, sieh mal einer an, wie schnell sich Ihr Gedächtnis plötzlich erholt«, sagt die Schwester und geht zur Tür. Sie klingt gar nicht nett. Ich dachte immer, Krankenschwestern wären grundsätzlich freundliche Menschen, aber allein schon, wie sie über meine Mutter gesprochen hat: »Die alte Madam« und »die dumme Nuss«, dabei ist Mum gerade mal siebzig und weder dumm noch sonst was.

Doch jetzt sind wir allein, und ich sehe sie wieder an. Sie sieht verängstigt aus, und ich spüre, wie sich ihre Furcht auf mich überträgt, und bekomme ein flaues Gefühl im Magen. Wovor hat sie Angst? Sollte ich vor etwas Angst haben? Ich zwinge mich zu einem Lächeln. »Tja«, sage ich.

Meine Mutter lächelt ebenfalls. Mein Lächeln scheint sie zu beruhigen. »Aber deshalb bist du bestimmt nicht extra aus Australien hergekommen«, sagt sie noch einmal – vielleicht als rhetorische Wendung oder bloß, weil sie schon wieder vergessen hat, dass sie das gerade gesagt hat.

»Wegen deinem Unfall? Nein, eigentlich nicht. Ich bin hier, weil ich …«

Sie starrt ins Leere. In ihrer Jugend war meine Mutter eine echte Schönheit, und wahre Schönheit vergeht nie. Zwar sind ihre Haare mittlerweile stahlgrau und ihre Wangen hohl, und um ihren Mund kräuseln sich zahllose Fältchen, aber sie hat immer noch schöne große, blaue Augen und lange, dunkle Wimpern.

Ein schwacher Sonnenstrahl fällt durch das Fenster, und vom Bristol Channel hört man das gedämpfte Kreischen der Möwen. Mum arbeitet in Bristol, hat jedoch immer in Portishead gelebt. Ihr Haus liegt fünf Minuten von der Klinik entfernt. Bei ihren Nachmittagsspaziergängen ist sie bestimmt unzählige Male daran vorbeigekommen, ohne je auf die Idee zu kommen, dass sie eines Tages hier landen würde: in dem »Heim für alte Ladys, die plemplem geworden sind«, wie sie oft gesagt hat.

Wird sie noch in Bristol arbeiten? In den E-Mails, die sie mir in den letzten achtzehn Monaten geschrieben hat, klang mehr als deutlich durch, dass sie sich mit ihrem Ruhestand nur sehr zögernd anfreunden konnte.

»Es ist nicht so schlimm, wie die glauben«, sagt sie schließlich. »Ich vergesse manche Dinge, aber dafür erinnere ich mich wieder an andere.«

»Deine Ärztin hat mir gesagt, es wäre nicht das erste Mal gewesen, dass du durch die Gegend geirrt bist.«

»Ich bin an der falschen Haltestelle ausgestiegen. Sie haben die Busroute geändert, und das hat mich durcheinandergebracht. Hör nicht auf Dr. Chaudry. Sie ist jung und glaubt, sie weiß alles.«

Ich hake nicht weiter nach. Vier Mal, hat die Ärztin gesagt. Vier Mal ist meine Mutter verwirrt und orientierungslos auf der Straße aufgegriffen worden. »Wahrscheinlich ist es öfter vorgekommen, aber dann hat sie doch noch nach Hause gefunden oder mir nichts davon erzählt«, hat Dr. Chaudry gesagt. Eine Reihe von Tests sind ohne mein Wissen durchgeführt worden, und die Diagnose ist keine Überraschung. Margaret Camber, die gefürchtete emeritierte Professorin für Geschichte am Locksley College: plemplem.

Definitiv plemplem.

Für jede Frau ist das eine schreckliche Diagnose, für eine so hochintelligente Frau wie meine Mutter jedoch muss es doppelt so schlimm sein.

Dreifach so schlimm sogar, weil sie meine Mum ist.

Ich sitze neben ihrem Bett und kann es immer noch nicht

glauben. Dass meine Mutter nicht unbesiegbar ist. Dass sie ebenso wenig immun gegen Krankheit und Sterblichkeit ist wie alle anderen auch. Ich habe Kopfschmerzen vom Jetlag und das Gefühl, als könnte ich nicht klar denken. Ich bin traurig, bedrückt. Ich möchte, dass meine Mutter mich tröstet, doch seltsamerweise sind plötzlich unsere Rollen vertauscht, und es sieht ganz so aus, als müsse ich die Rolle der Trösterin übernehmen.

»Wie lange bleibst du?«, fragt sie nach einer Weile.

»So lange, wie du mich brauchst.«

»Geoff wird sauer sein, wenn ich deine Hilfe über Gebühr in Anspruch nehme.«

»Ach was.«

Erneut herrscht Stille. Dann: »Wie lange bleibst du?«

»So lange, wie … Ich weiß noch nicht genau. Ich habe keinen Rückflug gebucht.«

»Kannst du bitte so schnell wie möglich in mein Büro gehen?«

»Dein Büro? An der Uni?«

Sie nickt, und ich merke, wie sie sofort neue Energie verspürt. »Sonst schmeißen die alles weg, und ich bin noch nicht mit Sortieren fertig.«

»Du meinst deine Bücher und Unterlagen? Soll ich sie zusammenpacken?«

»Die haben meine ganzen Sachen mitten im Zimmer gestapelt. Die verdammten Mistkerle!«

»Reg dich nicht auf, Mum. Wo ist dein Büroschlüssel?«

»Bei meinen anderen Schlüsseln. Meine Handtasche ist in der Schublade da drüben.«

Sie zeigt auf eine Kommode auf der anderen Seite des Bettes. Ich ziehe die unterste Schublade auf und nehme die Schlüssel aus ihrer Handtasche.

»Ich fahre hin, sobald die Schwester mich rausschmeißt«, sage ich.

Sie entspannt sich wieder. »Ich dachte, ich hätte ihn gesehen. Emile.«

»Wer ist Emile?«

»Aber jetzt ist mir klar, dass das ja gar nicht möglich ist. Ich habe da irgendwas durcheinandergebracht. Aber ich dachte, ich hätte ihn auf der anderen Straßenseite gesehen, und habe nicht auf den Verkehr geachtet.«

»Wer ist Emile?«, wiederhole ich.

Traurig schüttelt sie den Kopf. »Ich wollte ihn nur fragen, wie die Geschichte ausgegangen ist.« Sie murmelt irgendetwas vor sich hin. Der Schleier senkt sich wieder. Ich bin mir nicht mal sicher, ob sie mich überhaupt noch wahrnimmt.

Schweigend streichle ich ihre Hand. Die Schwester kommt herein und verkündet gut gelaunt, es sei Zeit für den Tee. Ich weiß nicht, ob es an meinem Jetlag oder am Zustand meiner Mutter liegt, aber ich fühle mich ganz und gar nicht nach einem nachmittäglichen Tässchen Tee. Mir ist, als wäre finsterste Nacht.

Das Locksley College liegt an einer langen, von Bäumen gesäumten Straße oberhalb der Clifton Suspension Bridge. Meine Mutter ist jeden Tag auf dem Weg zur Arbeit voller Freude über diese Ikone der viktorianischen Architektur gefahren, insbesondere als Historikerin und Spezialistin für die Geschichte des neunzehnten Jahrhunderts – der Alltagsgeschichte des neunzehnten Jahrhunderts, um genau zu sein. Sie hat auf BBC 2 sogar für kurze Zeit eine Sendereihe mit dem Titel *Das Leben viktorianischer Frauen* moderiert. Das war in den Neunzigern, als es mir noch peinlich war, wenn meine Arbeitskollegen sich darüber ausließen, wie attraktiv sie meine Mutter fanden: Mum war fünfzig, ich neunzehn, und ich schien dazu verdammt, für den Rest meines Lebens in ihrem Schatten zu stehen.

Ich fahre im Schritttempo die Straße entlang, halte Ausschau nach einer Parklücke. Eigentlich bin ich sehr müde, aber die zwei Stunden mit dem Mietwagen von Heathrow nach Bristol habe ich schließlich auch überlebt. Ich finde einen Parkplatz, werfe ein paar Münzen in die Parkuhr. Dann gehe ich zum Beech House hinüber (1901 erbaut, also gerade noch viktorianisch) und die abgetretenen Steinstufen hinauf in den dritten Stock in Mums Büro.

Ich werfe kurz einen Blick über die Schulter, bevor ich den Schlüssel ins Schloss stecke. Schuldig fühle ich mich nicht, vielleicht eher wie auf einer geheimen Mission. Stille. Es ist schon nach sechs. Die einen sind wahrscheinlich nach Hause gegangen, um den langen englischen Sommerabend zu genießen, die anderen längst in den Ferien. Ich schließe die Tür hinter mir und bin schlagartig von den Gerüchen umgeben, die ich mit meiner Mutter verbinde, der Muff von alten Büchern, der Duft von Rosenöl. Ich halte einen Augenblick inne und atme tief durch.

Als ich mich umsehe, zieht sich vor Zorn mein Magen zusammen. Mum hatte recht: Irgendwelche »Mistkerle« haben all ihre Akten und Unterlagen aus den Schubladen und Regalen gerissen und sie achtlos in Kartons geworfen, die aufeinandergetürmt in der Mitte des Zimmers stehen. Ein einziges Chaos, die Bücher auf dem Boden und dem Schreibtisch, in den Regalen nur noch Staub.

»Oh, Mum«, sage ich leise, während ich ein paar lose Seiten aus einem Rezeptbuch von 1881 zur Hand nehme und mir damit Luft zufächle. Es ist heiß und stickig. Ich lasse den Blick durch den Raum wandern: Wie soll ich das bloß schaffen?

Ich schwöre mir, gleich morgen früh zurückzukommen. Erst einmal ausschlafen. Und dann werde ich mir den Dekan vorknöpfen, ihm womöglich eins vor den Latz knallen, weil er meine Mutter zwingt, in den Ruhestand zu gehen, es zulässt, dass irgendeine Pappnase von Hausmeister so mit ihren kostbaren Sachen umgeht.

Ich lasse mich in Mums Schreibtischstuhl fallen. Durch das dicke Fensterglas sehe ich, wie die grünen Äste sich in der abendlichen Brise bewegen. Zwischen zwei Bücherstapeln liegt ein kleines Stück Papier; dünn und brüchig fühlt es sich an, als ich es vorsichtig zwischen zwei Finger nehme. Ganz oben steht in geschwungener, verblichener Handschrift:

Meinem Kind, das ich nicht behalten konnte.

Die wenigen Zeilen brechen mittendrin ab; das Stück Papier wurde von einem Blatt abgerissen. Einen Moment lang stelle ich mir vor, wie einer der Kerle, die hier gewütet haben, die übrigen Seiten beim Hinausgehen achtlos mit dem Fuß unter den Tisch gefegt hat.

Für mein Kind. Das ich nicht behalten konnte.

Plötzlich laufen mir Tränen über die Wangen. Ich bin todmüde. Mum ist krank, und ich habe ihr verschwiegen, dass ich ein weiteres Baby verloren habe. Diesmal nach der elften Woche. Ich war so nah dran, die freudige Nachricht zu verkünden. Bald werde ich vierzig, und wie gern hätte ich ein Kind gehabt. Wahrscheinlich werde ich nie eins bekommen.

All meine Kinder, die ich nicht behalten konnte.

Ich blinzle die Tränen weg, deprimiert von meinem eigenen Selbstmitleid, und beginne zu lesen.

Meinem Kind, das ich nicht behalten konnte.
Eins vorweg: Zweifle nie daran, dass ich Dich liebe. Ich liebe Dich noch immer.
Du wurdest mit Liebe gezeugt, mit Liebe geboren und mir wieder genommen, auch das der Liebe wegen. Seit Monaten versuche ich,

Dich ausfindig zu machen, doch meine Familie – insbesondere meine Schwester, von der ich größeres Mitgefühl erwartet hätte – weigert sich beharrlich, mir zu verraten, wo Du bist. Sie haben mir lediglich gesagt, dass gut für Dich gesorgt wird. Inzwischen hast Du Deine neue Mama bereits oft angelächelt, vielleicht sogar schon die ersten Worte gesprochen. Du hast Dich an den Rhythmus ihrer Stimme, ihr Timbre gewöhnt, an ihre Umarmungen, das Bettchen, in dem Du schläfst. Allein die Vorstellung versetzt mir einen Stich ins Herz, doch ich bringe es nicht über mich, Dich von dort fortzuholen, wo Du glücklich und in Sicherheit bist. Würde ich Dich finden und Dich fest an mich drücken, dann nur in einer Welt, die uns nichts als Elend und Not zu bieten hätte. Vater hat mir unmissverständlich klargemacht, welchen Preis ich für die verlorene Ehre unserer Familie zahlen würde. Alle Liebe der Welt würde uns nicht vor dem Armenhaus bewahren.

Aber ich habe Dich nicht vergessen, mein Schatz, und Du wirst immer in meinen Gedanken bleiben. Und auch wenn Du diese Zeilen womöglich niemals lesen wirst, kann ich nicht anders, als Dir die Ereignisse zu schildern, die …

Das ist alles. Ich frage mich, wie lange sich der Brief schon in Mums Besitz befindet und ob der Rest auch irgendwo hier herumliegt. Menschen aus aller Welt schicken meiner Mutter derartige Dokumente, die sie zwischen den Seiten alter Bücher oder nach einer Beerdigung in Urgroßmutters schimmelbefallenen Koffern gefunden haben. Sie hat die Zuständigen an der Uni zu überzeugen versucht, ein Archiv für das Material einzurichten, doch der neue Dekan will offenbar nur Gelder für die Archivierung von Dokumenten bereitstellen, die Aufschluss über Politik und Kriege geben – den üblichen Männerkram.

Ich lege das Blatt Papier zurück. Mein Kopf ist bleischwer; ich kann die Augen kaum noch offen halten.

Ich kritzle NICHTS ANFASSEN! auf ein Stück Karton, schließe hinter mir ab und fahre zu Mums Haus.

Als ich hineingehe, empfängt mich der alte vertraute Geruch. Ich mache Licht in der Diele und stelle meinen Koffer ab. Ich kann ihn auch später nach oben bringen. Jetzt will ich einfach nur einen Happen essen und mich aufs Ohr legen.

Als das Licht in der Küche angeht, blinzele ich verwirrt. Im ersten Moment glaube ich, Mum hätte überall blassgelbe Wimpel aufgehängt, doch dann sehe ich, dass die Schränke mit Post-it-Zetteln übersät sind. Auf einigen stehen ganz unmissverständliche Dinge, wie etwa: *Dienstag, 15 Uhr – Friseur*. Andere sind da schon kryptischer: *Anderes Buch*, *Beth fragen* oder *1875*. Es sind so viele. Während mein Blick über die Zettel schweift, wird mir abermals klar, was ich so gern verleugnen möchte. Mum weiß, dass sie ihr Gedächtnis verliert. Und das hier sind ihre Versuche, ihrer Erinnerung auf die Sprünge zu helfen.

Ich gehe von Schrank zu Schrank, eine Post-it-Jagd durch das Gedächtnis meiner Mutter. Ich kann mir keinen Reim auf die Zettel machen, aber so ähnlich funktioniert das Gedächtnis wohl: Gedanken, die sich zerstreuen und wieder zusammenfügen. Auf dem Schrank mit den Teetassen klebt ein Zettel mit einem einzelnen Namen: EMILE VENSON.

Ich brauche ein paar Sekunden. Mum hat den Namen vorhin erwähnt. Emile. *Ich dachte, ich hätte ihn gesehen.*

Hat sie nicht irgendetwas gesagt, sie will herausfinden, wie die Geschichte ausgegangen ist? Meine Mutter lebt schon sehr lange allein. Mein Vater – er ist mittlerweile gestorben – hat uns verlassen, als ich gerade zwei Jahre alt war. Viele Männer haben sich für Mum interessiert, aber sie hat ihnen immer nur die kalte Schulter gezeigt. Warum, weiß ich auch nicht. Hatte sie etwas mit diesem Emile? Hat er sie verlassen? Warum wusste ich nichts davon? Und warum wusste ich nicht, dass meine Mutter ihre Erinnerungen auf Post-it-Zetteln festhält? Unsere räumliche Trennung ist im Lauf der Zeit auch zu einer emotionalen Trennung geworden – wie konnte ich es nur so weit kommen lassen?

Ich beuge mich über die Arbeitsplatte und stütze mich auf die Ellbogen. In der Küche ist es so still, dass ich das Rauschen meines eigenen Blutes höre. Im selben Augenblick zucke ich zusammen, als unvermittelt der Kompressor des Kühlschranks anspringt.

Ich muss etwas essen. Und dann ins Bett.

Dann kann ich endlich die Augen schließen und über Mum nachdenken. Und das Meer zwischen uns, das immer größer geworden ist.

KAPITEL 1

☆

Agnes

1874

Agnes hatte die siebzehn Stufen zwischen Parterre und erster Etage von Perdita Hall Hunderte Male gezählt. Die gewundene Treppe wurde nach oben hin ein wenig schmaler, und die Dielen knarrten auf dem oberen Absatz. Sie ging über den ausgeblichenen, aber immer noch ansehnlichen Läufer. Captain Forest erwartete sie in seinem Studierzimmer. Rechts lag das Zimmer von Mrs Watford, der Schulmeisterin. Diesen Weg kannte Agnes nur allzu gut, weil sie immer wieder wegen einer Verfehlung dorthin zitiert worden war. Der Gedanke, Mrs Watford nie wiedersehen zu müssen, ließ ihr Herz höher schlagen, beruhte aber gewiss auf Gegenseitigkeit. Die Schulmeisterin hatte sie mit folgenden Worten verabschiedet: »Das Tor müssen wir dir ja nicht aufhalten, weil du wahrscheinlich wie üblich einfach drüber kletterst.«

Sie hatte Captain Forests Tür fast erreicht, zögerte aber einen Moment und blickte aus dem Fenster am Ende des Korridors auf die Kirche, die Gärten, die Werkstätten und die Schlafräume, die neunzehn Jahre lang ihr Zuhause gewesen waren – das einzige, das sie je gekannt hatte. Sie fragte sich, ob sie Perdita Hall vermissen würde, doch in Wahrheit konnte sie es sich nicht recht vorstellen: Sie konnte es kaum erwarten, dass ihr Leben endlich begann.

Agnes klopfte leise an.

»Herein«, ertönte eine Männerstimme.

Soweit sie sich erinnern konnte, hatte sie Captain Forest nur ein einziges Mal zu Gesicht bekommen. Es hieß, Captain Forest nehme jedes Kind persönlich in Empfang, das nach Perdita Hall kam, doch da Agnes damals noch ein Baby gewesen war, konnte sie sich nicht daran erinnern. Zum zweiten Mal war sie ihm um ihren zehnten Geburtstag herum begegnet. Freundlich war er gewesen, wenn auch ein wenig zerstreut. Mit zehn Jahren wurde jedes Kind aus dem Findlingsspital zur Probe zu einem Lehrmeister geschickt, entweder im Haus zu einem der Handwerksbetriebe oder einer Familie im Dorf. Bei einer Tasse Tee hielt Captain Forest dann einen kleinen Vortrag, was es bedeutete, in Perdita Hall aufgewachsen zu sein. Er hatte ihr ein Stück Biskuitkuchen angeboten, das ihr, leicht und süß, förmlich auf der Zunge zergangen war.

Ob es auch heute wieder Kuchen geben würde? Wohl eher nicht. Schließlich war sie jetzt neunzehn und kein Kind mehr. Von heute an würde alles anders werden.

Captain Forest saß hinter einem imposanten Schreibtisch aus Eichenholz. An der Wand hinter ihm befand sich ein reich verziertes Barometer. Überall hingen Gemälde: türkis leuchtendes Meer, Schiffe, die durch schaumige Wellen pflügten. Ein Sextant aus Messing diente ihm als Briefbeschwerer.

Agnes blieb vor dem Schreibtisch stehen, die Hände vor der Brust verschränkt.

Das warme Frühlingslicht, das durch das Fenster fiel, ließ seinen grauen Schnäuzer und den Backenbart silbrig schimmern. »Miss Agnes Resolute, nehme ich an?«

»Guten Morgen, Captain Forest.«

Er lächelte und wies auf einen Stuhl. »Nehmen Sie doch Platz.«

Agnes gehorchte, strich ihr graues Baumwollkleid glatt und fuhr mit den Fingerspitzen über die feinen Schnitzereien auf den Armlehnen.

Captain Forest setzte seine Brille auf und kramte in den Unterlagen, die vor ihm auf dem Tisch lagen. »Sie haben Ihr ganzes Leben hier verbracht, Agnes. Sie waren noch ein Baby, als wir Sie aufgenommen haben.«

»Ja, Sir.«

»Wie ich sehe, haben Sie Ihre Lehrzeit in unserer Wäscherei abgeschlossen.«

»Nähen, Flicken, Stopfen, Sir. Ich habe ein Händchen dafür.« Ihr Geschick als Näherin verdankte sie nicht zuletzt dem Umstand, dass sie die Stille in der Nähstube über der Wäscherei stets genossen hatte, weil sie dort ungeniert ihre Gedanken schweifen lassen konnte.

»Sehr gut im Lesen und Schreiben, für Küchenarbeit und Krankenpflege weniger geeignet, zufriedenstellende Dienste als Stubenmädchen der Bennetts in Hatby …« Er blätterte durch die Seiten, die ihre gesamte Lebensgeschichte enthielten. »Ach, du liebe Güte. So viele Rügen wegen ungebührlichen Verhaltens? Das ist aber schon ein wenig enttäuschend.«

Agnes war nicht ganz klar, ob er eine Antwort hören wollte, doch ihr lag sofort eine Erwiderung auf den Lippen, auch wenn sie sie nicht aussprach. *Kann man einem Vogel in einem Käfig vorwerfen, wenn er mit den Flügeln schlägt?*

Schließlich sah der Captain auf. »Agnes, anlässlich Ihres neunzehnten Geburtstags ist es mir eine große Freude, Sie hiermit von Ihren Verpflichtungen gegenüber Perdita Hall zu entbinden.«

Ein Lächeln trat auf ihr Gesicht. »Danke, Sir.«

»Sie erhalten Ihre Papiere, Ihre Zeugnisse und natürlich eine kleine Summe, damit Sie sich in der Stadt über Wasser halten können, bis Sie Arbeit gefunden haben.« Die Jungen und Mädchen von Perdita Hall sollten im zehn Meilen entfernten York ein neues Leben beginnen; zu diesem Zweck erhielten sie Geld für die Fahrt mit der Kutsche sowie einen Monat Kost und Logis. »Mein Bruder betreibt eine Wäscherei in der Nähe der Petergate und könnte Sie …«

»Ich glaube nicht, dass ich lange in York bleiben werde«, gab Agnes zurück, auch wenn sie nicht recht wusste, warum. Vielleicht, weil es ihr widerstrebte, dass Captain Forest abermals ihre Geschicke lenkte.

Seine buschigen Augenbrauen schossen nach oben. »Nein? Haben Sie Größeres im Sinn?«

Agnes betrachtete die Gemälde mit den Schiffen. Wieso interessierte ihn das? »Ja, Sir.« Tatsächlich hatte sie nicht die geringste Ahnung, wie es weitergehen sollte. Sie hatte eine Damenpension angeschrieben, wo sie ein paar Wochen lang unterkommen konnte, bis sie eine Anstellung gefunden hatte, hoffte aber, irgendwo ein, zwei Monate als Aushilfe arbeiten und dann ans Meer fahren zu können. Sie hatte es nämlich noch nie mit eigenen Augen gesehen.

»Ich bewundere Ihren Mut, aber hören Sie mir zu: Suchen Sie sich eine gute, ehrliche Arbeit. Leben Sie nicht über Ihre Verhältnisse, und geben Sie sich keinen sinnlosen Träumen hin. Bleiben Sie auf dem rechten Weg – das ist der Schlüssel zum Glück.«

Agnes hatte weiß Gott gelernt, den Mund zu halten, wenn ihr jemand derartige Predigten hielt. »Vielen Dank, Sir. Ich werde alles tun, um mein Glück zu finden.«

Er steckte die Papiere in eine Mappe und band sie mit großer Geste zu. Dann erhob er sich und überreichte ihr feierlich die Mappe. Ihre Vergangenheit war damit abgeschlossen. Jenseits des schmiedeeisernen Tores von Perdita Hall wartete ihre Zukunft.

»Leben Sie wohl, Miss Resolute. Sie sind nach einem famosen Rahsegler benannt, wendig und sturmfest war er. Mögen Sie ihm nacheifern und dem Namen unserer Anstalt alle Ehre machen.«

»Nochmals vielen Dank, Captain Forest.« Er hatte einen ungewöhnlich sanften Händedruck. »Alles Gute.«

Agnes verließ das Zimmer, hockte sich auf die Treppe vor dem Haus und löste das Bändchen. Ihr Kleid fiel über die Stufen, und durch die Stoffschichten spürte sie den kühlen Stein. Sie wollte erst einmal sehen, wie sich die Leiterin der Wäscherei, Mrs Robbins, über sie geäußert hatte. Sie hatten sich nie sonderlich gut verstanden, und sie benötigte erstklassige Referenzen, um Arbeit als Näherin zu finden. Zuoberst lag jedoch das Dokument, das ihre Aufnahme in Perdita Hall bescheinigte.

Ganz oben stand: *Name: Agnes (Namensvorschlag: Resolute)*. Alle Zöglinge von Perdita Hall waren nach berühmten Schiffen benannt. Die HMS Resolute war ein bewaffneter Zweimaster gewesen, der kurz vor ihrer Geburt abgewrackt worden war.

Vater: Unbekannt.

Mutter: Unbekannt.

Agnes kannte die Fakten. Sie waren alles andere als eine Überraschung, dennoch besaßen sie immer noch die Macht, ihr wehzutun, auch wenn es nur noch ein diffuser Schmerz war.

Persönlich abgegeben: Nein. Am frühen Morgen vor dem Eingang abgelegt.

Mehr Details. Ihr Gewicht, ihre Größe, keine besonderen Merkmale; ihr Kopf wurde als *wohlgeformt* beschrieben, ihre Ohren als *eher klein*. Unwillkürlich griff Agnes sich an die Ohren. Als zu klein hatte sie sie noch nie empfunden.

Am Ende des Dokuments sprang ihr etwas ins Auge.

Andenken: Knopf mit Einhorn.

Sie verspürte ein leises Flattern in der Brust, wie der Flügelschlag einer Motte. Den meisten Babys wurde von ihren verzweifelten Müttern ein Andenken hinterlassen: ein Haarband, eine Locke, ja sogar ein zufällig auf der Straße gefundenes Stück Schnur. Agnes hatte stets angenommen, dass sie ohne ein Andenken vor dem Tor von Perdita Hall abgelegt worden war – schließlich war sie nicht persönlich abgegeben worden, weshalb sie wohl auch niemand abholen würde. Und doch hatte ihre Mutter ihr etwas »vermacht«. Einen Knopf mit einem Einhorn darauf.

Im selben Moment kommt die Erinnerung zurück, flimmert gleichsam an den Rändern. Kinderstimmen, Hufgeklapper. Sie ist noch klein, vielleicht fünf, sechs Jahre alt, und mit ihren Klassenkameradinnen und der Lehrerin unten im Dorf. Auf der anderen Straßenseite erspäht sie eine große, blonde Frau – kerzengerade hält sie sich –, die sich mit einem rotgesichtigen Mann streitet. Der Mann versucht, ruhig zu bleiben, doch die Frau fährt ihn barsch an.

»Versuch nicht noch mal, mich zu kontrollieren«, faucht sie und läuft über die Straße.

Agnes hat die Auseinandersetzung so gebannt mitverfolgt, dass sie hinter ihrer Gruppe zurückgeblieben ist. Als sie hinter den anderen Kindern hereilt, stolpert sie plötzlich über ihre eigenen Füße und stürzt mit Händen und Ellbogen in eine schlammige Pfütze.

Auf einmal ist die blonde Frau neben ihr und hilft ihr auf.

»Du hast dir dein Kleid ja ganz schmutzig gemacht.« Die Frau lächelt und zupft ein feuchtes Blatt ab. Agnes ist völlig verzaubert von ihrem zart geröteten Teint, ihren strahlenden Augen. Der Mann sucht das Weite.

Mit einem Mal ergreift Miss Candlewick grob ihren Arm, bedankt sich bei der blonden Frau und zerrt Agnes mit sich. »Los, komm«, zischt sie. »Du ungezogene Göre.«

»Wer war die wunderschöne Dame?«, fragt Agnes.

»Genevieve. Lord Breckbys Tochter.« Miss Candlewick runzelt die Stirn. »Du findest sie schön?«

»Ja. Schön und wild.«

»Was für ein Unsinn«, gibt Miss Candlewick zurück. »Aber klar, dass du das denkst. Du bist aus demselben Holz geschnitzt.«

»Wieso lungern Sie hier auf der Treppe herum wie ein Straßenkind, Miss Resolute?«

Agnes schlug die Mappe zu und verknotete das Bändchen, darauf bedacht, sich nichts anmerken zu lassen. »Nein, Ma'am. Ich habe nur die Papiere aufgesammelt, die mir aus der Mappe gefallen waren.« Sie blickte in die Augen von Mrs Archer, der Hauswirtschaftslehrerin. Das Fach hatte Agnes immer ein wenig Mühe bereitet, was ihr von Mrs Archer stets als mangelnde Arbeitsmoral ausgelegt worden war.

Agnes war überhaupt mehr oder minder das Sinnbild mangelnder Moral gewesen.

»Vergiss nicht, dass du noch einige Tage hier sein wirst, Agnes«, sagte Mrs Archer mit ihrem starken südenglischen Akzent. »Also reiß dich zusammen und achte darauf, welchen Eindruck du hinterlässt.«

Agnes sah ihr hinterher. Am liebsten hätte sie laut losgelacht. Es war definitiv das letzte Mal, dass Mrs Archer ihr die Leviten las. Agnes stand auf, strich ihr Kleid glatt und ging in ihren Schlafsaal. In ihrer Kindheitserinnerung hatte sie Miss Candlewicks Worte – »aus demselben Holz geschnitzt« – lediglich für eine beiläufige Bemerkung gehalten, mit der sie die unartige Agnes mit der wilden Genevieve verglichen hatte. Doch nun kam ihr ein anderer Gedanke.

Mutterlos. Gab es ein traurigeres Wort in der englischen Sprache? In den vergangenen neunzehn Jahren hatte sie sich das so oft gefragt, als sie im überfüllten Schlafsaal auf ihrer Bettkante gesessen hatte.

Die Nachmittagssonne kämpfte sich durch die aufragenden Buchen vor dem Fenster. Sie klappte die Mappe nicht auf, da sie nicht wollte, dass die anderen sie mit Fragen löcherten. Sobald sie das Gelesene einigermaßen verdaut hatte, würde sie sich Gracie Badger anvertrauen, ihrer besten Freundin seit Kindheitstagen. Nun aber, während die anderen Mädchen schwatzten, ihre Kleider zusammenlegten oder sich gegenseitig aus Büchern vorlasen, grübelte sie darüber nach, was es bedeutete, mutterlos zu sein; wie es war, wenn man glaubte, ein Niemand zu sein, der aus dem Nichts kam, und wie ein Knopf mit einem Einhorn darauf vielleicht einen Hinweis auf ihre Herkunft gab.

Als Findelkind lernte man, sein Schicksal anzunehmen. Das große Geschenk von Perdita Hall bestand darin, dass man abgehärtet wurde, sich an sein Leid gewöhnte. Von Anfang an wurde den Mädchen vor Augen geführt, dass sie, wenn auch von ihrer eigenen Mutter nicht erwünscht, keineswegs wertlos waren. Wenn Agnes aus der Rolle fiel oder wie so häufig über die Stränge schlug, wurde ihr Fehlverhalten stets damit entschuldigt, dass sie sich hilflos und im wahrsten Sinne des Wortes mutterseelenallein fühlte. »Sieh dir lieber mal deine Bettnachbarin an, dann weißt du, dass es anderen genauso geht wie dir«, hatte Mrs Watford ihr stets eingetrichtert. Nachdem sie auf eine Buche und über die Mauer geklettert war, um im Wald Pilze zu suchen. Nachdem sie dabei erwischt worden war, wie sie schaurige Bilder in ihr Hausaufgabenheft gemalt hatte, statt falsch geschriebene Wörter ins Reine zu schreiben. Nachdem sie lautstark mit der heuchlerischen Charlotte Pelican aneinandergeraten war, die sich nicht davon abbringen ließ, dass Gott Eva nach Adam geschaffen hatte, weil Frauen dem Mann untertan sein sollten.

Dennoch musste Agnes zugeben, dass die meisten Erzieherinnen durchaus wohlwollend waren, und selbst die, die mitunter einen ziemlich barschen Ton anschlugen, machten dies nur, um den Ängstlichen das Rückgrat zu stärken oder die Hochnäsigen auf den Boden der Tatsachen zurückzuholen. Und vielleicht war Perdita Hall ja tatsächlich für Waisen ein idealer Ort, um aufzuwachsen. Doch der streng kontrollierte Tagesablauf hatte Agnes die Luft zum Atmen genommen. Neunzehn Jahre lang war sie um sechs Uhr geweckt worden; um zehn nach sechs wurde gebetet, um Viertel nach sechs durfte man aufs Klo, um Viertel vor sieben ging es zum Unterricht oder zur Arbeit. Und zum Frühstück, zum Mittag- und Abendessen erschallte das Horn – neunzehn Jahre lang hatte sie nach den ehernen Regeln des Waisenhauses gelebt.

Und letztlich war es auch egal, wie gut sie behandelt wurden. Nichts auf der Welt hätte die Sehnsucht der Mädchen nach ihren Müttern stillen können. Die meisten stellten sich Mütter als gütig, sanft und liebevoll vor. Agnes hingegen stellte sich Mütter wie Spiegel vor, die den Töchtern zeigten, was jenseits der Tore und dem strengen Reglement von Perdita Hall aus ihnen werden konnte.

Vielleicht besaßen Mütter ja auch Reitmäntel mit Einhornknöpfen, so wie den, den Agnes an jenem Mantel gesehen hatte …

Aber nein, derartige Schlüsse durfte sie nicht ziehen. Nicht jetzt jedenfalls. Um sicherzugehen, musste sie das Andenken mit eigenen Augen sehen. Wie jeder wusste, befanden sich die Andenken allesamt in Captain Forests Studierzimmer. Zum Teil stellte er sie in einer verglasten Vitrine aus; bei ihrem Besuch beim Captain an ihrem zehnten Geburtstag hatte Agnes einen Blick darauf erhascht. Es war eine höchst merkwürdige Sammlung von Objekten, und schon gar keine, auf die jemand stolz sein konnte. Verknotete Schnüre, Haarnadeln und schmutzige Fetzen aus Spitze – das Einzige, was all diese Gegenstände verband, war ihre Erbärmlichkeit.

Doch nun, nachdem das Waisenhaus in den letzten dreißig Jahren seit seinem Bestehen an die siebenhundert Kinder aufgenommen hatte, waren viele weitere Andenken dazugekommen. Sobald sie katalogisiert worden waren, wurden sie – so hatte es Captain Forests Aufwartefrau erzählt, selbst ein ehemaliger Perdita-Hall-Zögling – in die Schubladen einer Kommode sortiert. Somit musste Agnes sich unbemerkt Zutritt zu Captain Forests Büro verschaffen.

Falls nötig, konnte Agnes lügen wie gedruckt, nur wenn sie die Kirche schwänzen wollte, fiel sogar ihr das Flunkern schwer. Trotzdem: Sie musste es einfach wissen. Sie schickte ein Stoßgebet zum lieben Gott, er möge ihr verzeihen, während Schwester Maggie – Agnes' Bettnachbarin Alexandra Orion hatte sie herbeigerufen – auf der Bettkante saß und mit ihrer warmen Hand Agnes' Temperatur fühlte. Im Schlafsaal war es kühl und still; die anderen Mädchen quälten sich im frühen Morgenlicht aus ihren Betten. Aus Hatby, dem unweit entfernten Dorf, drang der Klang der Kirchenglocken zu ihnen herüber. Die Kapelle von Perdita Hall besaß nur eine alte Schiffsglocke.

»Du hast kein Fieber«, stellte Schwester Maggie in breitem schottischem Akzent fest.

»Aber Bauchschmerzen.«

»Wie schlimm?«

Agnes verzog das Gesicht. »Furchtbar.«

Agnes wusste, dass Schwester Maggie kein Risiko eingehen würde. Sechs Jahre zuvor waren mehrere Mädchen an Typhus erkrankt und vier von ihnen gestorben. Captain Forest war untröstlich gewesen.

»Hast du Ausschlag?«

Sie schüttelte den Kopf, doch Schwester Maggie hob ihr

Nachthemd an, um einen Blick auf ihre Beine und ihren Bauch zu werfen. Dann schob sie die Hand in Agnes' Schlüpfer und drückte ziemlich grob auf ihren Bauch.

»Du musst erst mal auf die Krankenstation«, sagte Schwester Maggie. »Aber das kann dauern, bis ein Arzt kommt – es ist Sonntagmorgen!«

»Das macht nichts. Ich warte so lange.«

Misstrauisch blickte Schwester Maggie sie an. So leicht ließ sie sich nicht hinters Licht führen, und da Agnes wusste, dass ihr ein gewisser Ruf vorauseilte, sank sie noch ein wenig tiefer in ihr zerknittertes Kissen.

»Na schön«, sagte Schwester Maggie. »Steh auf. Ich bringe dich rüber.«

Agnes strich ihr zerschlissenes gelbes Nachthemd glatt, das schon von einer Reihe anderer Mädchen aufgetragen worden war, schwang die Beine vorsichtig über die Bettkante und schlüpfte in ihre Pantoffeln. Sie griff nach ihrem fadenscheinigen Morgenrock. Schwester Maggie, eine stattliche, beinahe eins achtzig große Frau, fasste Agnes mit grimmiger Miene am Ellbogen und bugsierte sie zwischen den Betten hindurch, die Treppe hinunter und auf den Hof hinaus. Agnes' Atem kräuselte sich in der kalten Morgenluft. Von der anderen Seite der Mauer, die die Jungen von den Mädchen trennte, vernahm man das Johlen der spielenden Jungs. Vogelgezwitscher erklang, aber noch war die Sonne nicht über den düsteren Steingebäuden aufgegangen. Der Tau drang in Agnes' Schuhe. Zu Beginn des Winters hatte sie keine neuen Pantoffeln bekommen, da sie das Haus sowieso bald verlassen würde. Schwester Maggie marschierte voran, doch Agnes war klug genug, nicht zu ihr aufzuschließen. Wenn sie in der Lage war, mit Schwester Maggie Schritt zu halten, konnte sie auch zur Kirche gehen. Das war ein Test, und sie würde nicht darauf hereinfallen.

Die Krankenstation befand sich im hinteren Teil des Hauptgebäudes, in dem auch Captain Forests Büro lag. Schwester Maggie wartete vor der großen Doppeltür auf Agnes. Der Weg führte in den trüb erleuchteten Keller und durch einen gekalkten Korridor zur Krankenstation, einem niedrigen Gewölbe, aus dem ihnen ein kalter, beißender Gestank entgegenschlug.

Nur ein anderes Kind lag dort, ein etwa zwölfjähriger Junge mit schleimigem Husten.

Schwester Maggie führte Agnes zu einem Bett am anderen Ende des Raums und wies sie an, sich hinzulegen. Sobald der Sonntagsgottesdienst zu Ende war, würden sie einen Arzt benachrichtigen.

»Ich gehe jetzt in die Kapelle«, verkündete sie, trat ans Bett des Jungen und zog seine Decke straff. »In einer Stunde bin ich wieder zurück.«

Agnes nickte, ließ sich zurücksinken und spitzte die Ohren. Zehn Minuten verstrichen. Zwanzig. Der Junge hustete ununterbrochen. Auf einmal läutete die Schiffsglocke. Der Gottesdienst begann.

Außer Agnes und dem Jungen waren alle in der Kapelle.

Sie schlug die kratzige Decke zurück.

Der Junge starrte sie mit rot geränderten Augen an. »Was machst du da?«

»Schsch. Wenn du mich verpetzt, kannst du dich auf was gefasst machen.«

Er wurde vom nächsten Hustenanfall übermannt, und Agnes bekam Schuldgefühle. Er war nur ein armer kranker Junge, und halb hoffte sie, Schwester Maggie wäre bald wieder zurück, um sich seiner anzunehmen, aber ebenso, dass sie nicht so schnell zurückkäme. Dass sie so schändlichen Gedanken nachhing, statt in der Kapelle brav zu beten, bereitete ihr ein doppelt schlechtes Gewissen. »Entschuldige, lieber Gott«, murmelte sie und eilte aus der Krankenstation.

Im Erdgeschoss verharrte sie einen Augenblick an der

Treppe. Nur das Ticken der großen Standuhr war zu hören. Vorsichtig setzte sie einen Fuß vor den anderen, als sie zum Büro schlich, die Nerven zum Zerreißen gespannt. Erst als sie den dämmrigen Korridor betreten hatte, wagte sie es, Luft zu holen. Hier gab es viele Ecken, in denen sie sich verstecken konnte, falls jemand vorzeitig aus der Kapelle zurückkehrte.

Das Herz schlug ihr bis zum Hals. Wenn sie jemand erwischte, in Nachthemd und Pantoffeln, würde man ihr womöglich die Referenzen verweigern oder ihr gar das Reisegeld streichen. Sie schlüpfte ins Zimmer von Captain Forest und schloss die Tür leise hinter sich. Selten war sie so aufgeregt gewesen. Es roch nach Wachs vermischt mit Zitronenduft und dem Makassaröl, mit dem Captain Forest seine Haare pflegte. Sie betrachtete die auf Hochglanz polierten Schränkchen. Im ersten, direkt neben dem Schreibtisch, fand sie nur Unterlagen. Dann nahm sie sich das Schränkchen unter dem Fenster vor. Die oberste Schublade knarzte so laut, dass sie bestimmt jemand gehört hatte. Jäh fuhr sie herum, während ihr Puls wie wild pochte. Wie sollte sie den seltsamen, absurden Impuls erklären, der sie hierhergetrieben hatte? Schließlich war es immer noch möglich, dass der Knopf mit dem Einhorn, nach dem sie suchte, anders aussah, als sie es in Erinnerung hatte.

Doch die Sekunden verstrichen, und niemand platzte herein. Sie richtete ihre Aufmerksamkeit wieder auf die gerade geöffnete Schublade, die wie ein Setzkasten in lauter kleine Fächer unterteilt war. Oh Gott, wie sollte sie den Knopf mit dem Einhorn bloß finden? Als sie in den Andenken herumkramte, fiel ihr auf, dass sich in jedem Fach ein Kärtchen mit dem jeweiligen Jahr befand. 1874. 1873. 1872 … Es dauerte einen Moment, bis ihr klar wurde, dass sie in der nächsten Schublade nachsehen musste.

1859, 1858 … und da war es. 1855. Das Jahr, in dem sie in Perdita Hall aufgenommen worden war. Etwa ein Dutzend Andenken lagen in dem Kästchen. Sie erblickte ihr Andenken fast sofort.

Mit zitternden Fingern nahm sie den Einhornknopf an sich. Er sah genau so aus, wie sie ihn in Erinnerung hatte.

Agnes war zehn Jahre alt gewesen, und es war am dritten Tag in der ersten Woche in der Wäscherei geschehen. Mrs Watford hatte erklärt, zehn Stunden harter Arbeit in der heißen Wäscherei würden Agnes schon die Flausen austreiben, doch bereits nach einem Tag war sie in die Nähstube abkommandiert worden, nachdem Mrs Robbins ihre Nähkünste aufgefallen waren. Sie lernte trotzdem alles – Scheuern, Ausspülen, Mangeln, Aufhängen –, doch die meiste Zeit verbrachte sie im Trockenen.

Kurz darauf war der hochgewachsene Mann mit dem Korb vorbeigekommen – ein Diener aus Breckby Manor, dem weitläufigen, über Hatby auf dem Berg gelegenen Anwesen, das Lord Caspian Breckby gehörte.

»Ich bringe gebrauchte Kleidung von der Tochter seiner Lordschaft.« Er stellte den Korb auf den großen Tisch, auf dem sonst die Wäsche zusammengelegt wurde. »Miss Genevieve sagt, dass die Sachen den Armen gespendet werden sollen. Vielleicht können die Mädchen hier sie ja gebrauchen.«

Agnes war angewiesen worden, Knöpfe und Haken festzunähen, Löcher zu stopfen und Säume zu erneuern. Sie erinnerte sich noch genau an ihre Begegnung mit Genevieve und freute sich darauf, ihre Kleider zu flicken, abgelegt hin oder her. Zuoberst lag ein Reitmantel. Agnes hatte zwar noch nie auf einem Pferd gesessen, betrachtete sie jedoch als ein mächtiges Symbol der Freiheit. Sie und Gracie erzählten sich nachts im Bett Geschichten, in denen eine Herde wilder Pferde die Tore von Perdita Hall niedertrampelte und nur die beiden Mädchen sie zähmen konnten. Die Fantasie endete stets damit, dass die beiden auf zwei Pferden flohen, eins mit der Heidelandschaft, der Nacht und den Wolken, die sich vor den Mond schoben. Doch an dem Reitmantel befand sich etwas, das sie noch mehr faszinierte als Pferde: runde scharlachrote Knöpfe mit einem goldenen Einhorn darauf, das sich auf die Hinterbeine stellte. Ein Pferd mit einem Horn! Während sie jeden einzelnen Knopf festnähte, befielen Agnes wilde Tagträume, in denen sie, nur mit ihrem Nachthemd und dem taillierten Reitmantel bekleidet, zum Tor von Perdita Hall hinausgaloppierte.

Am Ärmelaufschlag fehlte ein Einhornknopf, und Mrs Robbins hatte ihr aufgetragen, einen anderen Knopf anzunähen. Den Reitmantel hatte Agnes nie wiedergesehen. Derartige Kleidung bekamen die Mädchen von Perdita Hall natürlich nicht; das hätte nur zu Neid und Streitereien geführt. Mrs Robbins verkaufte sie weiter, und der Erlös ging an Captain Forest, wie alles, was sie durch ihre Arbeit verdienten; so wurde das Waisenhaus finanziert. Doch die Knöpfe hatte Agnes nie vergessen – sie glichen haargenau dem, den sie jetzt in der Hand hielt. Dem Knopf, der womöglich das Geheimnis um ihre Herkunft lüften würde. Was hätte sie sonst daraus schließen sollen? Schließlich lag auf der Hand, dass sie die illegitime Tochter der adeligen, atemberaubend schönen und doch so unbezähmbaren Genevieve Breckby war.

»Hältst du das wirklich für eine gute Idee?«

Agnes warf Gracie einen Blick zu. Es war früher Montagabend, und sie hatten um Erlaubnis gebeten, ins Dorf gehen zu dürfen, um sich nach der Abfahrtszeit der Kutsche nach York zu erkundigen. Dabei wusste Agnes das ohnehin. Tatsächlich wollten sie den Weg durch den Ahornwald nehmen, und von der Kirche aus war es nur noch ein Katzensprung nach Breckby Manor.

»Und ob«, erwiderte Agnes und dirigierte Gracie um eine

Schlammpfütze herum. Ihre Freundin war auf einem Auge blind und geriet häufig ins Stolpern, wenn sie ein Hindernis nicht sofort erkannte. Im Wald war es schattig und kühl, und nichts war zu hören außer Vogelgezwitscher und dem Rascheln kleiner Tiere, die durchs Unterholz huschten. »Miss Candlewick ist vor zwei Jahren gestorben, an sie kann ich mich also nicht mehr wenden. Mir bleibt keine andere Möglichkeit, als direkt dort zu fragen. Würdest du an meiner Stelle nicht genauso handeln, Gracie?«

Gracie strich eine widerspenstige Haarsträhne unter ihre Haube. »Ich weiß nicht.«

Gracie war immer unsicher, egal, was sie sagte oder tat. Sie war so herzensgut und naiv, dass sie allen nach dem Mund redete. Deshalb vertrat sie selten eine eigene Meinung oder Überzeugung und wusste nicht, wem sie vertrauen sollte und wem nicht.

Agnes ergriff ihre Hand. »Was soll ich denn sonst machen? Ich werde ihr ins Gesicht schauen und ihr sagen, dass ich ihre Tochter bin.«

Gracie richtete ihr gutes Auge auf sie. Das andere glitt nach links weg. »Sie wird es nie im Leben zugeben. Sie hat dich fortgegeben, erinnerst du dich?«

Agnes verdrängte den Schmerz, der in ihr aufkeimte. »Sie hat mir den Knopf hinterlassen, und dann hat sie den Mantel geschickt. Das war eine Botschaft an mich. Vielleicht wollte sie mich ja gar nie weggeben, sondern hatte keine andere Wahl.«

»Ich habe sie mal im Dorf gesehen«, sagte Gracie. »Sie machte den Eindruck, als würde sie ihre Entscheidungen ganz bestimmt nicht anderen überlassen.«

Gracie hatte recht. »Ja, ich bin ihr auch einmal begegnet«, sagte Agnes. Die Worte klangen trauriger als beabsichtigt.

»Sie war sehr hübsch. Nein. Eine umwerfende Schönheit.«

Womit Gracie gleich noch einmal ins Schwarze getroffen

hatte. Genevieve Breckby hatte ein so gebieterisches Auftreten, einen so perfekt geformten Körper, dass sie an eine griechische Statue erinnerte, die auf wundersame Weise zum Leben erwacht war. Bei ihrer ersten Begegnung waren nur ein paar Worte gefallen, und danach hatte Agnes sie in ihrer Kindheit noch zwei Mal im Dorf gesehen. Dennoch hatte Genevieve sie tief beeindruckt, und das nicht nur wegen all der Gerüchte, die über sie in Umlauf waren. Sie galt als eigensinnig und scharfzüngig, bot ihrem Vater und ihrem Ehemann die Stirn und entzog sich ihrer Kontrolle. All diese Geschichten hatten Agnes' Fantasie erst richtig beflügelt. Sie sehnte sich nicht nach mütterlichen Küssen und Umarmungen und hatte sich damit abgefunden, dass sie ihr verwehrt geblieben waren. Niemand wuchs in Perdita Hall auf, ohne dass Narben zurückblieben, und Liebe war etwas, das sie weder erwartete noch verstand. Der Gedanke, dass sie womöglich adeliger Herkunft war und harte Arbeit somit für sie nicht infrage kam, beseelte sie nicht annähernd so sehr wie die Vorstellung, dass sie den Freiheitsdrang, der in ihren Adern pochte wie eine auf Hochtouren laufende Maschine, womöglich geerbt hatte. Womöglich gab es eine andere Frau auf der Welt, deren Herz genauso ungestüm schlug wie das ihre.

Vielleicht war sie doch nicht so allein.

Agnes wusste nicht einmal, ob Genevieve nach wie vor in Breckby Manor lebte. Es wurde gemunkelt, dass ihre Ehe in einem Skandal geendet hatte, und Agnes hatte sie seit Jahren nicht mehr gesehen. Doch konnte sie Hatby schlecht den Rücken kehren, ohne wenigstens zu versuchen, die Wahrheit ans Licht zu bringen. Sie ließ Gracies Hand los und öffnete das Tor zum Kirchhof. Dann marschierten sie unter den tief hängenden Ästen zum anderen Ende.

Gracie hielt inne. »Ab hier gehst du besser allein weiter.« Sie ließ sich auf der Einfassung eines Blumenbeets nieder und raffte ihre Röcke.

Agnes ging vor ihr in die Hocke und ergriff ihre Hände. »Danke, liebste Freundin. Ich bin so schnell wie möglich wieder zurück.«

»Nimm dir so viel Zeit, wie du brauchst«, sagte Gracie. »Ich lass mir so lange ein bisschen die Luft um die Nase wehen.« Sie lächelte. »Stell dir mal vor, in meinen Unterlagen würde dasselbe stehen, wenn ich in zwei Jahren entlassen werde. Andenken: Knopf mit Einhorn. Vielleicht sind wir ja Schwestern.«

Agnes ging nicht darauf ein. Sie waren so ungleich, dass sie unmöglich verwandt sein konnten. Auch wenn Gracie durchaus so etwas wie eine Schwester für sie war. Sie hatte Agnes stets zugehört und getröstet, wenn sie von den anderen verspottet oder von den Lehrerinnen zurechtgewiesen worden war. Agnes wiederum liebte Gracie und beschützte sie.

Sie erhob sich, strich ihr Kleid glatt und ging erhobenen Hauptes den Weg nach Breckby Manor hinauf.

Die ehrfurchtgebietenden Torflügel waren geschlossen, und Agnes hoffte, dass sie nicht gezwungen sein würde, über die Mauer zu klettern. Das war bestimmt nicht die richtige Art, der lange verloren geglaubten Familie ihre Aufwartung zu machen. Als sie den Riegel anhob, merkte sie, dass das Tor nicht verschlossen war. Die Angeln quietschten laut, als sie es aufstieß. Plötzlich kamen zwei riesige elegante Hunde um die Ecke geschossen. Sie blieb abrupt stehen, doch dann bemerkte sie, dass sie mit dem Schwanz wedelten. Sie tätschelte ihnen den Kopf. Der eine legte sich auf den Rücken, und sie streichelte seinen Bauch.

Vor dem Herrenhaus verlief ein breiter Weg, der weiter zu den Stallungen führte. Der kreisförmig angelegte Garten war mit farbenprächtigen Blumen bepflanzt, und die Bäume waren sorgfältig beschnitten. Begleitet von den Hunden ging Agnes weiter. Unter einer schlanken Weide am Teich erspähte sie ein paar kleine Kreuze. Sie trat näher. Darauf standen die Namen verstorbener Haustiere: Persimmon, Xerxes, Fluff, Calico. Der Kies knirschte unter ihren Sohlen. Sie stieg die vier breiten Steinstufen zu dem von Säulen gesäumten Eingang hinauf und läutete die Messingglocke neben der Tür. Die Hunde waren gut erzogen, wagten es nicht, die Treppe zu betreten.

Sie wartete. Eine Wolke schob sich vor die Sonne.

Dann wurde die Tür geöffnet, und ein älterer Butler mit aufgesetztem Lächeln stand vor ihr. »Kann ich Ihnen helfen, Miss?«

»Ich würde gern mit Genevieve sprechen.« Erst jetzt ging ihr auf, dass sie besser formal von »Miss Breckby« gesprochen hätte, doch es kam ihr wie das Natürlichste der Welt vor, ihre Mutter beim Vornamen zu nennen.

Sein Lächeln wich einem Stirnrunzeln. »Und wer sind Sie?«

»Ich heiße Agnes Resolute. Ich lebe in Perdita Hall. Es ist wichtig. Ich muss dringend mit Genevieve reden.«

Er trat über die Schwelle und zog die Tür hinter sich zu, doch es gelang ihr, einen Blick in die gewaltige Eingangshalle zu erhaschen, wo ein Bedienter gerade eine Reihe imposanter Gemälde abstaubte. »Die jüngere Miss Breckby wohnt hier nicht mehr, Miss.«

Agnes sank der Mut. Damit hatte sie rechnen müssen, trotzdem nahm ihr die Bestätigung den Wind aus den Segeln. »Und wo lebt sie jetzt? Ich muss sie finden.«

»Ich bin nicht befugt, einem Findelkind zu sagen, wo sich die Breckbys aufhalten. Das geht Sie nichts an. Einen schönen Tag.«

Er wollte wieder ins Haus gehen, doch sie ergriff seinen Ärmel. »Bitte«, sagte sie. »Ich muss sie finden.«

»Guten Tag, Miss. Wenn Sie das Gelände nicht auf der Stelle verlassen, werde ich dafür Sorge tragen, dass Captain Forest umgehend von Ihrem unangemeldeten Besuch erfährt.« Er schüttelte ihre Hand ab und schloss die Tür.

Agnes wandte sich ab, stieg die Stufen hinab und ging durch den Garten zum Tor zurück. Sie war so wütend, dass ihre Hände zitterten. Aber sie würde nicht weinen. Tränen waren etwas für Schwächlinge. Ihr Leben lang hatte sie Enttäuschungen hinnehmen müssen, und auch dieses Mal würde sie sich nicht entmutigen lassen.

Gracie sprang auf, als Agnes den Kirchhof betrat.

»Ich seh's dir an, dass es nicht gut gelaufen ist«, sagte Gracie.

»Nein, Blümchen. Ist es nicht.«

»Aber mach dir keine Sorgen. Ich habe nämlich ein bisschen nachgedacht. Du erinnerst dich doch noch an Cole Briar, oder?«

Irritiert sah Agnes Gracie an. Cole Briar? Der Tag, an dem er Perdita Hall verlassen hatte, war ein Fest für sie gewesen. Unzählige Male hatte er ihr im Garten hinter der Kirche aufgelauert, sie anzufassen und zu küssen versucht. Und jedes Mal, wenn sie sich bei Mrs Watford darüber beschwert hatte, war die Antwort dieselbe gewesen: Dann solle sie eben im Schlafsaal bleiben und sich nicht draußen herumtreiben. »Ja, ich erinnere mich an seine schlechten Manieren. Was ist mit ihm?«

»Er hat für die Breckbys gearbeitet. Vielleicht weiß er etwas.«

»Lieber würde ich einen Aal küssen, als ihn um Hilfe zu bitten.« Doch noch im selben Moment hatte Agnes es sich auch schon anders überlegt. Cole lebte immer noch in Hatby. Er arbeitete für den Dorfschuhmacher, und falls er tatsächlich etwas wusste, würde es nicht besonders schwierig für sie sein, es aus ihm herauszubekommen.

»Na gut, probieren wir's.« Agnes hakte sich bei Gracie ein. »Aber du kommst mit. Allein mach ich das nicht.«

Graue Steingebäude säumten die düstere, schnurgerade Hauptstraße von Hatby. Außer einem Kutschpferd vor der Post und einem älteren Paar, das vor dem Schaufenster der Hutmacherin stand, war niemand zu sehen. Agnes und Gracie warfen lange Schatten, während sie zu Tuckers Schuhwerkstatt hinuntergingen. Der Laden war schmal, eingezwängt zwischen dem Kerzenmacher und einer ehemaligen Teestube, die jetzt leer stand. Gracie im Schlepptau, stieß Agnes die Tür auf. Es roch nach Staub und Leder, an den Wänden hingen Werkzeuge und Lederriemen. Hinter dem Ladentresen saß Cole Briar und weitete gerade einen Stiefel.

»Cole«, sagte Agnes.

Er sah auf. Cole Briar hatte eine lange Nase, pickelige Haut und strähniges dunkles Haar, das ihm in die Stirn fiel. Als er Agnes erblickte, breitete sich ein Lächeln auf seinem Gesicht aus.

»Ach, sieh mal einer an. Wenn das nicht Agnes Resolute ist.«

»Und Gracie Badger«, sagte Gracie.

Cole schenkte ihr keine Beachtung und legte den Stiefel beiseite. »Du kommst extra ins Dorf, um deinen alten Freund Cole Briar zu besuchen? Ist das mein Glückstag, oder was?«

Agnes setzte ein süßes Lächeln auf. »Könnte schon sein, Cole.«

»Dann mal raus mit der Sprache, was gibt's?« Er war gute zehn Zentimeter größer als sie und stand so dicht vor ihr, dass sie seine muffigen Klamotten riechen konnte.

»Du hast doch für die Breckbys gearbeitet, richtig?«

»Ja. Während meiner letzten drei Jahre in Perdita war ich Laufbursche dort. Das Haus ist so groß, dass man sich drin verlaufen kann.«

»Hat jemand mal Genevieve erwähnt? Ich meine, wo sie jetzt wohnt?«

Er musterte sie einen Moment, schien zu überlegen. »Warum willst du das wissen?«

»Kannst du nicht einfach die Frage beantworten?«

»Nein, kann ich nicht. Sag mir erst, was es dir wert ist.«

Gracie stellte sich dicht neben Agnes.

»Weißt du wirklich etwas, oder tust du nur so?«, fragte Agnes trotzig. »Ich warne dich, Cole Briar, wenn du mich anlügst, verpasse ich dir einen Tritt in die Kronjuwelen.«

Er verlagerte sein Gewicht von einem Fuß auf den anderen. »Ich weiß es. Ich habe ja immer die Post für die Breckbys abgeholt.«

Agnes schöpfte neue Hoffnung. »Wirklich?«

»Und ob. Also noch mal: Was ist für mich drin?«

»Du kannst einen Kuss haben, wenn du willst.«

Er beugte sich zu ihr, doch sie wich einen Schritt zurück, wobei sie um ein Haar Gracie umgerissen hätte. »Aber erst wenn du es mir gesagt hast.«

»Pass auf, wir machen Folgendes. Ein kleiner Kuss, um mich zum Sprechen zu bringen, und ein langer, wenn ich dir ihre Adresse verraten habe.«

Ihre Adresse? Dafür würde sie einen Aal küssen. Sie reckte das Kinn, und er presste seine Lippen fest auf die ihren. Sie gestattete seinem Mund zwei weitere Sekunden, ehe sie zurückwich. »Also. Was weißt du?«

»Genevieve ist zu ihrer Schwester Marianna nach London gezogen. Das hat mir die Wirtschafterin gesagt. Ich habe Mariannas Briefe jeden Donnerstag von der Post geholt. Belgrave Place, London. Aber jetzt kriege ich erst mal den langen Kuss. Die Hausnummer gebe ich dir, wenn wir fertig sind.«

Agnes warf Gracie einen Blick zu, die ratlos und zugleich fasziniert dreinblickte.

»Mach schon«, sagte Gracie. »Du hast es versprochen.«

Agnes erlaubte Cole, die Hände um ihre Taille zu legen. Im selben Moment gab er ihr einen Kuss, zwang sie, ihre Lippen zu öffnen, und fuhrwerkte grob in ihrem Mund herum. Sie kniff die Augen zusammen und versuchte, an etwas anderes zu denken. London. Ihre Mutter. Den Einhornknopf. Seine Hände glitten über ihre Hüften, doch als er nach ihrem Hintern griff, entwand sie sich ihm und machte einen Satz zurück.

»Schluss jetzt. Davon war nicht die Rede.«

Er lachte. »Den Versuch war's mir wert, Agnes Resolute. Du warst schon immer ganz oben auf meiner Liste.« Er zwinkerte Gracie zu, und Gracie lächelte arglos zurück.

»Ja, ja. Die Hausnummer?«

Er nannte ihr die ganze Adresse und wollte noch einen Kuss, den sie ihm barsch verweigerte. Dann standen sie wieder draußen in der Kälte.

»Schade, dass London so weit weg ist«, flüsterte Gracie.

Agnes sah sie an. »Die Entfernung kümmert mich nicht. Ich habe keine andere Wahl.«

Gracie riss die Augen auf. »Unfug, Agnes. Das kannst du dir doch gar nicht leisten. Dazu fehlt dir …«

»Ich nehme einfach einen Teil des Geldes, mit dem ich den ersten Monat überbrücken soll.« Agnes warf einen Blick zurück, um sicherzugehen, dass Cole ihnen nicht gefolgt war. »Gracie, gut möglich, dass Genevieve Breckby meine Mutter ist.«

»Kann ich dich nicht doch umstimmen?«, fragte Gracie.

»Nichts und niemand kann mich umstimmen.«

»Na gut.« Gracie lächelte. »Das war ja schon immer unmöglich, wenn du dir etwas in den Kopf gesetzt hast.«

An einem windigen Nachmittag stand Agnes an der Kutschstation vor der Post von Hatby, bereit für ihr neues Leben. Gracie hielt ihre Hand, während Agnes' Koffer verladen wurde, der neben den kunstvoll gearbeiteten Koffern der anderen Fahrgäste erbärmlich klein und schäbig wirkte. Eine Frau, kaum älter als Agnes, herrschte zwei Bediente mit schriller Stimme an. Sie trug ein pflaumenblaues Seidenkleid, dessen Tournüre eine riesige Schleife zierte. Agnes blickte an sich hinunter. Pflicht jedes Perdita-Hall-Mädchens war es, sich in den letzten Monaten ein Abschiedskleid zu schneidern. An diesem Morgen hatte Agnes ihr Kleid schließlich angezogen. Es war aus dem üblichen grauen Stoff, aber der Kragen und die Ärmelbündchen waren mit Spitze besetzt, die Gracie für sie angefertigt hatte. Die Häkchen und Knöpfe sorgten dafür, dass die bescheidene Tournüre perfekt saß. Sie hatte geglaubt, sehr gut auszusehen, doch neben dieser Frau wirkte sie wie eine Dienstmagd. Bestenfalls machte sie einen gepflegten Eindruck.

Der Kutscher begrüßte jeden Fahrgast und wechselte ein paar Worte mit ihm. Sie war als Letzte an der Reihe. Er streckte die Hand aus, um ihre Fahrkarte entgegenzunehmen.

»York?«, fragte er schroff.

»Ich steige am Bahnhof aus. Ich fahre weiter nach London.«

Er zog eine Augenbraue hoch. »London, ja? Sie können das Billett bei mir lösen, das ist um einiges billiger. Ist eine ganz schön lange Strecke. Wenn Sie es am Bahnhof kaufen, zahlen Sie fünfzehn Shilling.«

Fünfzehn Shilling! Sie hatte nur zwanzig, für die Kutschfahrt nach York und einen Monat Kost und Logis. »Was kostet die Fahrkarte denn bei Ihnen?«

»Ich gebe sie Ihnen für zwölf, inklusive der Fahrt nach York – das ist der halbe Preis.«

Resigniert rechnete Agnes nach. Sie hatte gehört, dass der Zug billiger als die Kutsche war, aber natürlich waren es von York nach London noch einmal etwa zweihundert Meilen. Wie töricht von ihr, dass sie geglaubt hatte, sich die Reise leisten zu können.

Sie blickte Gracie an, die traurig den Kopf schüttelte, wobei ihr schlechtes Auge nach links glitt. »Wenn irgendwas schiefläuft, hast du kein Geld mehr für die Rückfahrt. Vielleicht wäre es doch besser, wenn du auf London erst mal verzichtest.«

Verzichten? Ihr ganzes Leben lang hatte sie auf etwas gewartet. Vielleicht auf genau das hier.

»Ich nehme das Billett«, richtete sie das Wort wieder an den Kutscher. Sobald sie ihre Mutter gefunden hatte, würde sie kein Geld mehr benötigen.

»Agnes …«

»Alles wird gut, Gracie. Du wirst schon sehen.« Sie öffnete den Kordelzug ihrer Handtasche, nahm das Geld heraus, zählte die Münzen sorgfältig in die schwielige Hand des Kutschers und steckte ihr Billett ein. Nun befanden sich in ihrer Handtasche nur noch die restlichen Münzen und das gefaltete Stück Papier, auf dem stand, wer sie war und warum sie keine Geburtsurkunde besaß.

»Einsteigen bitte.« Der Kutscher stieg auf den Bock.

Gracie drückte Agnes etwas in die Hände. »Hier«, sagte sie.

»Was ist das?« Es war klein und weich, eingeschlagen in altes Zeitungspapier.

»Ein Geschenk für dich. Gut möglich, dass du's noch mal brauchst. Und genier dich nicht, es notfalls zu verkaufen.«

»Du musst mir doch nichts schenken.« Agnes umarmte sie. »Ich hab dich lieb, Blümchen.«

»Schreib mir«, sagte Gracie. »Sobald du angekommen bist.«

»Ehrenwort.« Agnes stieg ein. Die Männer hatten auf den Außensitzen Platz genommen, und sie quetschte sich zwischen die Frau in dem pflaumenfarbenen Kleid und eine ältere Dame, der es ganz und gar nicht zu gefallen schien, dass sie Agnes Platz machen musste. Sie markierte ihr Revier, indem sie ihre Ellbogen ausfuhr. Agnes überlegte, wie Genevieve auf derart rüdes Verhalten reagieren würde. Sie setzte sich kerzengerade hin und reckte das Kinn. Zwar konnte sie sich nur schwach an Genevieves Gesicht erinnern, doch ihre stolze Haltung hatte sie nicht vergessen.

Die Kutsche setzte sich in Bewegung. Agnes sah aus dem

Fenster. Buchen und Eichen zogen vorbei, und sie erhaschte noch einen letzten Blick auf das hinter den Bäumen verborgene Tor von Perdita Hall. Sie lehnte sich zurück und schloss die Augen. Und jetzt hatte sie doch einen Kloß im Hals.

Aber sie hatte sich entschieden.

Sie öffnete die Augen und packte Gracies Geschenk aus. Die ältere Dame gab ein verächtliches Schnauben von sich, als Agnes das Zeitungspapier auseinanderschlug.

Es war ein Halstuch aus Spitze. Gracie war die beste Spitzenklöpplerin von Perdita Hall. So häufig sie auch ins Stolpern geriet, beim Klöppeln war ihr gutes Auge hochkonzentriert, und ihre Hände arbeiteten so präzise wie die Kolben einer Dampfmaschine. Normalerweise wurden ihre Arbeiten verkauft – wie war es ihr gelungen, dieses Stück zu behalten? Unwillkürlich musste Agnes lächeln, während sie sich vorstellte, wie Gracie, die sonst immer so viel Angst hatte, in Schwierigkeiten zu geraten, das Halstuch vor ihrer Lehrherrin versteckt, verpackt und schließlich aus Perdita Hall herausgeschmuggelt hatte. Ihr Herz krampfte sich zusammen. Jetzt war Gracie ganz allein auf sich gestellt und konnte ihre Freundin nicht mehr beschützen und ihr abends vorlesen.

Das Halstuch würde sie unter keinen Umständen verkaufen – was immer auch geschehen mochte.

Agnes legte es sich um die Schultern, wobei sie die Frauen neben sich mit den Ellbogen anstieß. Die Dame in dem pflaumenfarbenen Kleid zog ein missbilligendes Gesicht, aber Agnes scherte es nicht. Sie hätte darauf gewettet, dass die blöde Kuh in dem Pflaumenkleid nichts auch nur annähernd so Wertvolles wie Gracies Geschenk besaß – weil es mit Liebe gemacht worden war.

Die Kutsche holperte die Straße entlang, ihrem neuen Leben entgegen.

KAPITEL 2

☆

Es war vier Uhr nachmittags, als Agnes an einem Kutschgasthof unweit des Bahnhofs ausstieg. Der Kutschergehilfe holte ihren Koffer vom Dach und wies ihr die Richtung.

Der Bahnhof war ein großes Backsteingebäude an der Tanner Row. Sie lief den Bahnsteig entlang. In der Gleishalle war es laut; eine zischende schwarze Lokomotive stand am Gleis, dahinter eine lange Reihe hölzerner Waggons. Es roch nach Kohle und Schmieröl, und es wimmelte nur so von Reisenden. Leute mühten sich mit ihrem Gepäck ab, Kinder tobten lachend herum, wurden von Erwachsenen ermahnt, Gleisarbeiter und Schaffner hasteten vorüber. Alles war von einer feinen Rußschicht bedeckt. Als ein Gepäckträger an ihr vorbeieilte, rief sie: »Entschuldigen Sie bitte, ist das der Zug nach London?«

Er schüttelte den Kopf. »Nein, der geht nach Edinburgh. Fragen Sie am Schalter nach.«

»Aber ich habe schon eine Fahrkarte.«

Doch er war bereits in der Menge verschwunden und hörte sie nicht mehr. Agnes stellte sich in der Schlange an und wartete, bis sie an der Reihe war. Der ältere Herr hinter dem Schalter mit dem schneeweißen Backenbart und der flachen schwarzen Mütze fragte, wie er ihr helfen könne. Sie kramte ihr Billett aus der Handtasche und zeigte es ihm. »Wann geht der nächste Zug nach London?«

»In zwanzig Minuten. Aber dieses Billett gilt nur für den Ein-Uhr-Zug.« Er gab es ihr zurück.

»Ein Uhr? Das heißt, ich habe ihn verpasst?«, fragte sie verzweifelt.

Er schüttelte den Kopf. »Den Zug um ein Uhr morgens, Miss. In acht Stunden fährt er ab.«

Deswegen war das Billett so billig gewesen. Vor Ärger krampfte sich ihr Magen zusammen. Der Mann hinter dem Schalter wandte seine Aufmerksamkeit bereits der nächsten Reisenden zu, die um einiges besser als sie gekleidet war. Agnes ging wieder den Bahnsteig entlang und setzte sich schließlich auf eine Bank. Die Glocken des Münsters riefen zur Abendandacht und verklangen im Wind. Gebannt verfolgte Agnes das Treiben auf dem Bahnhof, die Ankunft und Abfahrt der Züge. Sobald ein Zug zischend und von Dampfwolken umgeben losgefahren war, herrschte erst einmal eine seltsame, leere Stille, doch nur Minuten später ging alles wieder von vorn los: Neue Fahrgäste drängten auf den Bahnsteig, ein Pfeifsignal ertönte, und ein neuer Zug fuhr in den Bahnhof ein.

Nun musste sie ausharren. Agnes warf einen Blick auf die Uhr über dem Bahnsteig. Es war kurz vor sieben, und ihr knurrte der Magen. Aus dem Augenwinkel nahm sie eine Bewegung wahr. Der Schalterbeamte kam auf sie zu, in jeder Hand eine kleine Porzellantasse. Sie musterte ihn neugierig.

»Kaffee?«, fragte er und hielt ihr eine Tasse hin.

Agnes hätte ein Roastbeef bevorzugt, aber ein Kaffee war besser als gar nichts. Sie nahm die Tasse entgegen. »Danke.«

»Sie warten also auf den Zug?«

»Was bleibt mir anderes übrig? Ich kenne niemanden hier in York.«

»Ich schließe in zehn Minuten ab und mache Feierabend. Der Nachtwächter kommt erst gegen zwölf – das heißt, Sie werden jetzt erst mal allein auf dem Bahnsteig sein.«

Agnes fröstelte.

»Augen auf vor üblen Burschen«, warnte er.

»Danke für den Rat.« Sie hob die Tasse an die Lippen und trank einen Schluck, stieß dabei mit dem Ellbogen an die Banklehne und verschüttete prompt den Kaffee über ihr Kleid. »Verflixt und zugenäht!«, platzte sie heraus und schlug sofort die Hand vor den Mund. »Oh, das tut mir leid, Sir. Ich fluche wie ein Bierkutscher, obwohl Sie so großzügig zu mir waren.«

Der Schalterbeamte lachte und nahm die Tasse. »Noch eine?«

»Nein, danke.« Der Kaffee war zu stark für sie und rumorte in ihrem leeren Magen.

»Ich werde die Lampen für Sie anlassen«, sagte er und ging. Kurz darauf hörte sie, wie eine Tür abgeschlossen wurde, dann Schritte, die sich langsam entfernten.

Agnes saß da und wartete. Es fuhren kaum noch Züge, und der Bahnhof leerte sich zusehends. Eine Stunde verstrich, dann noch eine. Sie wurde müde und legte sich auf die Bank, den Kopf auf ihrer Handtasche. In Perdita Hall hatten alle ihre Wertsachen unters Kopfkissen gesteckt, da dort häufig geklaut wurde. Aber es wollte ihr nicht gelingen, es sich auf der harten Holzbank gemütlich zu machen. Ein kalter Windstoß fegte über die Gleise, wirbelte Dreck und Steinchen auf.

Fast wäre sie eingenickt, doch dann hörte sie plötzlich Schritte. Abrupt setzte sie sich auf. Am anderen Ende des Bahnsteigs stand ein Mann, dessen Silhouette sich vor dem Schein einer Gaslaterne abzeichnete. Agnes fragte sich, ob es der Nachtwächter war, doch dann bemerkte sie, dass er keine Uniform trug. Er ging auf dem Bahnsteig hin und her, drehte aber jedes Mal um, ehe er in ihre Nähe kam. Sie konnte erkennen, dass er eine kleine Gobelin-Reisetasche bei sich hatte, und vermutete, dass er auf den gleichen Zug wie sie wartete. Er trug einen Zylinder, einen feinen Herrenmantel und braune Lederhandschuhe. Als er abermals in ihre Richtung ging, trafen sich ihre Blicke, und er lächelte sie an.

Agnes erwiderte sein Lächeln. Er sah ausgesprochen gut aus und hatte einen sanften, freundlichen Blick. Zudem entfernte er sich gleich wieder, was sie zusätzlich beruhigte. Solange dieser Gentleman in ihrer Nähe war, brauchte sie sich über üble Burschen und Taugenichtse keine Sorgen zu machen.

Ihre Lider wurden wieder schwer, und als der Gentleman sich erneut am anderen Ende des Bahnsteigs befand, offenbar entschlossen, sie nicht zu stören, ließ Agnes den Kopf auf ihre Handtasche sinken und schloss die Augen. Sie verlor jegliches Zeitgefühl und hatte einen Traum. Erneut war sie in Perdita Hall. Sie hörte Gracie auf der anderen Seite der Mauer, die das Gelände umgab, und wusste instinktiv, dass sie ihre Hilfe brauchte. Sie versuchte, die Mauer zu erklimmen, die jedoch immer höher und höher wurde, so hoch, dass sie zu schwanken begann. Sie wollte sich festklammern, aber ihre Finger waren eiskalt, und dann wurde sie von einer Windbö erfasst und stürzte in die Tiefe …

Agnes riss die Augen auf. Sie war wieder allein auf dem Bahnsteig. Wie lange hatte sie geschlafen? Sie setzte sich auf, fragte sich, wo der gut gekleidete Gentleman geblieben war. Im selben Augenblick sah sie, dass ihr Koffer nicht mehr da war. Sie sprang auf, lugte unter die Bank.

Er war verschwunden.

»Nein!« Sie griff nach ihrer Handtasche und lief den Bahnsteig entlang, hielt verzweifelt Ausschau nach ihrem Koffer, dem Mann. »Nein!«, stieß sie abermals hervor, doch ihr Schrei verhallte im Wind. Sie kehrte zu ihrer Bank zurück und ließ sich darauf fallen.

Hatte der Gentleman ihren Koffer gestohlen? Aber warum? Was wollte er mit zwei Kleidern und ein wenig Baumwollunterwäsche anfangen? Für alles zusammen würde er nicht einmal einen Shilling bekommen. Aber es war ihr gesamter Besitz – ihre Sachen, ihre Pantoffeln, ihr Nachthemd, ganz zu schweigen von ihren Empfehlungsschreiben und ihren Stickereimustern, ohne die es äußerst schwierig werden würde, eine gute Stellung zu finden. Ein wenig Geld, ein Kleid mit Kaffeeflecken und das Halstuch, das Gracie ihr geschenkt hatte – das war alles, was ihr geblieben war.

Plötzlich kamen ihr Zweifel. Vielleicht war es besser, wenn sie nicht den Zug nahm, sondern mit der ersten Kutsche nach Perdita Hall zurückfuhr, um sich dort Rat zu holen. Bis jetzt war alles schiefgelaufen, was nur schieflaufen konnte. Wieso glaubte sie, dass sie in London mehr Glück hätte? Sie wusste, was es bedeutete, im Armenhaus zu landen, und allein die Vorstellung jagte ihr einen kalten Schauder über den Rücken.

Doch dann schalt sie sich für ihre Mutlosigkeit. Mit dem Halstuch konnte sie die Kaffeeflecken problemlos kaschieren, und sie hatte genug Geld, um sich ein Weilchen über Wasser zu halten. Mit ihrer Fingerfertigkeit als Näherin würde sie über kurz oder lang Arbeit finden. Vor allem aber hatte sie ein Billett für den Ein-Uhr-Zug nach London.

Und in London lebte ihre Mutter.

Der einzige Vorteil des Ein-Uhr-Zugs bestand darin, dass die dritte Klasse kaum besetzt war und sie sich auf der harten Holzbank ausstrecken und die Augen schließen konnte. An Schlaf war trotzdem nicht zu denken; es ratterte und polterte, und die hereinwehenden Kohleschwaden nahmen ihr den Atem. Als der Zug Stunden später bei Morgengrauen in die King's Cross Station einfuhr, waren ihre Augen rußverklebt. Mit nichts als ihrer Handtasche und den Sachen, die sie am Leib trug, bahnte sie sich den Weg durch die riesige gewölbte Halle, gab sich alle Mühe, nicht verloren und unsicher zu wirken – auch wenn sie noch nie solche Menschenmassen gesehen, noch nie einen derartigen Tumult erlebt hatte. Sie hatte keine Ahnung, was sie jetzt unternehmen sollte.

»Entschuldigen Sie, Miss?«

Agnes ignorierte die Stimme, doch dann berührte sie jemand leicht am Arm. Als sie sich umwandte, stand sie einer weißhaarigen untersetzten Frau in einem blaugrauen Kleid und einem dazu passenden Hut gegenüber. Tiefe Falten durchzogen ihr weiß gepudertes Gesicht. Freundlich blickte sie Agnes an.

Doch Agnes stand ganz und gar nicht der Sinn nach einem Schwätzchen. »Was wollen Sie?«, fragte sie kurz angebunden.

Das Lächeln der Frau erstarb. »Wo ist denn Ihr Gepäck? Ich habe Sie aus dem Zug steigen sehen. Haben Sie Ihre Sachen im Abteil vergessen?«

Agnes schämte sich, dass sie die hilfsbereite alte Dame so schroff angefahren hatte. »Es tut mir leid, ich wollte nicht unhöflich sein«, sagte sie. »Aber die Fahrt hierher war einfach schrecklich.«

»Ach du meine Güte.« Die alte Dame stellte ihre Reisetasche ab und ergriff Agnes' Hand. Die kleine tröstliche Geste trieb Agnes die Tränen in die Augen, aber sie weinte nicht. Sie konnte sich nicht erinnern, wann sie zuletzt geweint hatte; wahrscheinlich, als sie noch klein gewesen war.

»Mein Koffer ist mir gestohlen worden«, erklärte sie. »In York auf dem Bahnsteig.«

»Haben Sie Freunde hier in London? Verwandte? Jemanden, der Ihnen helfen kann?«

»Ich habe sieben Shilling, ein paar Pennys und das Kleid hier. Das ist alles.«

Die alte Dame schüttelte den Kopf und schnalzte mit der Zunge. »Oh, oh, oh, meine Liebe. London ist der falsche Ort für ein Mädchen mit so wenig Geld.«

»Was soll ich denn machen? Ich muss irgendwie überleben, wenigstens für eine Woche oder so.«

»Im East End finden Sie vielleicht eine billige Unterkunft.« Die alte Dame bückte sich und zog einen zerfledderten Stadtplan aus ihrer Tasche. Agnes sprangen die mit Saphiren und Rubinen besetzten Goldringe an ihren Fingern ins Auge. »Also, wir befinden uns hier, und dort...« – sie tippte auf den Stadtplan – »...könnten Sie es fürs Erste versuchen. Es sind aber ein paar Meilen. Hier, den Stadtplan können Sie behalten. Höchste Zeit, dass ich mir einen neuen kaufe.«

»Vielen Dank«, sagte Agnes.

Die alte Dame umfasste ihre Schultern. »Lassen Sie sich nicht mehr bestehlen«, sagte sie. »Sie besitzen etwas Kostbares, aber man kann es ganz schnell verlieren, und zwar ein für alle Mal.«

Agnes schlug die Augen nieder. »Ich habe nicht die Absicht, mir meine Ehre rauben zu lassen, Ma'am. Aber trotzdem danke für die Warnung.«

»Ohne Geld ist man in London verloren. Passen Sie auf, dass Sie nicht unter die Räder geraten. Im Notfall fahren Sie besser nach Hause, bevor es zu spät ist.«

Agnes nickte. Dass sie kein Zuhause hatte, behielt sie für sich. Die alte Dame nahm ihre Reisetasche und ging davon. Agnes warf einen Blick auf den Stadtplan, orientierte sich, so gut es ging, und marschierte los.

Viele Jahre hatte sie hinter den Mauern von Perdita Hall verbracht und die Außenwelt nur durch ein paar Ausflüge nach Hatby kennengelernt. Natürlich hatte sie in Büchern über London gelesen, doch nichts hätte sie auf die Eindrücke, die Geräusche und Gerüche vorbereiten können, die auf sie einstürmten, als sie hinaus in den Londoner Morgen trat. Ein endloser Menschenstrom wogte um sie her, Gesichter huschten so schnell an ihr vorbei, dass sie sie kaum auseinanderzuhalten vermochte. Das Licht fiel nicht sanft und fließend auf die Straßen, sondern wurde brutal von den kalten Schatten der hoch aufragenden Gebäude durchbrochen. Die Geschäfte, du lieber Gott, so viele Geschäfte, deren Pracht sie schier zu überwältigen drohte. Ein alter Bettler. Eine Frau mit schriller Stimme, die schrumpelige Steckrüben in einer Schubkarre feilbot. Eine Gruppe von Straßenmusikanten mit einer Drehorgel und einem Äffchen, deren fröhliche Klänge durch die Straßen wehten. Das Gerumpel der Pferdekarren auf dem Pflaster. Und in der Luft lag der Geruch von Pferdemist, Kohle und Kloake. Die Anzahl der Menschen, die zielstrebig und mit gesenktem Kopf zwischen rußgeschwärzten Läden und Kontoren hin und her eilten, schien ständig zu wachsen. Unablässig klapperten Pferdehufe, quietschten Kutschenräder. Sie stahl sich in eine Seitengasse und ließ die Stille auf sich wirken, während sie tief durchatmete.

»Du schaffst das schon, Agnes«, sagte sie leise. »Du wirst dir doch von einer belebten Straße keine Angst einjagen lassen.«

Sie mischte sich wieder ins Gewühl. Und ehe sie sich versah, hatte sie erst eine, dann bereits zwei Meilen zurückgelegt. Plötzlich waren die Gebäude ringsum nicht mehr so feudal, die Parks nicht mehr privat, die Kutschen nicht mehr so gepflegt. Auf einem Straßenschild stand Bethnal Green Road. Ein hübscher Name, und Agnes fragte sich, ob sie sich schon weit genug im Osten der Stadt befand, um irgendwo ein billiges Zimmer zu finden. Sie bog von der Hauptstraße ab und folgte ihrem Instinkt, lief durch ein Gewirr von Gassen.

Marode Backsteingebäude mit kaputten und vernagelten Fenstern. Viele barfüßige Kinder in zerlumpten, zu großen oder zu kleinen Sachen hockten auf Treppenstufen oder spielten in der Gosse, während ihre Mütter an langen, zwischen Fenstern gespannten Leinen verblichene Wäsche aufhängten. Auf der Straße standen ausgediente Möbel. Magere Hunde streiften über das Kopfsteinpflaster.

Ja, hier würde sie bestimmt eine billige Bleibe finden, obwohl sie sich weiß Gott etwas anderes vorgestellt hatte. Aber vor allem durfte sie ihr Ziel nicht aus den Augen verlieren. Sie musste erst einmal in London bleiben und ihre Mutter finden.

Langsam ging sie die Gasse hinunter, wich Hundehaufen aus. Bei dem Gestank drehte sich ihr der Magen um. Eine Frau mit eingefallenen Wangen und hungrigem Blick bemerkte sie und musterte sie misstrauisch.

»Wer sind Sie?«, fragte sie.

Agnes stellte sich vor. »Ich suche ein Zimmer. Haben Sie vielleicht …«

»Fragen Sie Minnie.« Sie deutete mit dem Zeigefinger auf eine Frau mit wilden roten, von ihrem grauen Kopftuch nur notdürftig gezähmten Locken. Sie saß auf den Stufen eines baufälligen Holzhauses, flocht an einem Korb und scheuchte gerade etwa ein Dutzend Kinder fort, die sie bei der Arbeit störten.

Agnes näherte sich zögernd. »Minnie?«

»Was willst du?«

»Ich heiße Agnes. Ich brauche ein Zimmer, und …«

»Ich habe kein Zimmer. Bloß ein Bett.« Mit geübten Handgriffen setzte sie ihre Flechtarbeit fort. »Kostet Sixpence die Nacht, Mahlzeiten inbegriffen.«

»Kann ich das Bett mal sehen?«

Seufzend stellte sie den Korb beiseite, rief dem ältesten Mädchen zu, ein Auge auf die anderen zu haben, und bedeutete Agnes, ihr zu folgen. »Komm.«

Sie betraten ein dunkles Zimmer, in dem es nach Feuchtigkeit und Schimmel roch. Der Küchenbereich befand sich in einer Ecke der geräumigen Stube, in der zwei Matratzen nebeneinander auf dem Boden lagen. Von Licht und Luft keine Spur, die Wohnung war eine düstere, stickige Bruchbude, in der es durchdringend nach Urin roch. Minnie führte Agnes in den angrenzenden, dunklen Verschlag, in den kaum mehr als die zwei darin stehenden Betten passten, getrennt durch einen schief von einer Stange baumelnden Vorhang. Sie zeigte auf das eine Bett. »Das wäre dein Bett«, sagte sie. »In dem anderen schlafen ich und mein Mann. Aber er ist grade für ein paar Monate in Wessex, hat dort Arbeit als Bergmann gefunden.«

Agnes holte tief Luft. Es wird schon werden, dachte sie. Ein Schritt nach dem anderen. »Ich nehme das Bett«, sagte sie.

»Vier Tage Vorauszahlung«, erwiderte Minnie.

Agnes griff in ihre Handtasche und nahm zwei Shilling heraus, die Minnie ihr regelrecht aus den Fingern riss. »Gut, gut«, sagte sie. »Die hungrigen Mäuler wollen gestopft sein.« Sie tätschelte ihren Bauch. »Das nächste ist ja schon unterwegs.«

»Das wievielte ist es denn?«

»Das sechste, aber die Zwillinge von meiner Schwester leben auch noch bei uns. Die arme Lizzie ist bei ihrer Geburt gestorben. Blieb uns nichts anderes übrig, als sie aufzunehmen.« Minnies Augen verengten sich zu Schlitzen. »Du hast ja wohl nichts gegen Kindergeplärr, hoffe ich.«

»Gar kein Problem«, erwiderte Agnes, was der Wahrheit entsprach. In Perdita Hall hatte es keine Privatsphäre gegeben, und schlimmer konnte es hier auch nicht sein. »Wann gibt es denn Mittagessen?«

»Um halb eins. Später gibt's nichts mehr.«

»Ich habe noch etwas in der Stadt zu erledigen. Bis halb eins bin ich aber wieder da.«

»Ach, was zu erledigen?«, gab Minnie spöttisch zurück. »Du bist ja 'ne ganz Wichtige.« Sie steckte Agnes' Geld ein und wiederholte: »Wie gesagt, nach halb eins gibt's nichts mehr.«

Agnes zwang sich zu einem Lächeln und nickte. Vielleicht hatte sie bis dahin ihre Mutter bereits kennengelernt. Und dann konnte sie auf Minnies Mittagessen gut und gern verzichten.

Agnes schaute auf den zerfledderten Stadtplan. Genevieve wohnte am Belgrave Place, der mindestens zwei Meilen entfernt war. Sie zupfte Gracies Halstuch zurecht, damit es den Kaffeefleck kaschierte, und kämmte ihr langes blondes Haar. Dann verließ sie die düstere Behausung und lief durch die schäbigen Straßen Ostlondons in Richtung der reicheren Viertel. Obwohl Agnes erschöpft vom langen Gehen war, konnte sie sich nicht sattsehen. Sie kam an Galerien, Kirchen und Theatern vorbei, erblickte Damen in den aufsehenerregendsten Kostümen und feine Herren, die nicht minder stilvoll gekleidet waren. Sie sah große, schnelle Kutschen, die von prächtigen Pferden gezogen wurden, hörte Kathedralenglocken, roch Zigarrenrauch und Blumenduft. Sie passierte einen von Ligusterhecken umgebenen Platz, auf dem Bronzestatuen zwischen Kastanienbäumen und Platanen standen. Hier hielt sie kurz inne, warf einen letzten Blick auf den Stadtplan und atmete ein paar Mal tief durch, bevor sie zum Belgrave Place abbog.

Kurze Zeit später stand sie vor dem Haus mit der Adresse, die Cole Briar ihr gegeben hatte. Auch wenn es nur wenige Tage her war, kam es ihr vor, als wäre seitdem ein ganzes Leben vergangen. Genevieves Haus. Es war ein mehrere Etagen hohes, schmales, weißes Stadthaus mit einem kleinen Säulenvorbau, Gaubenfenstern und dunkelbraunen Dachziegeln. Es war vornehm, aber nicht protzig. Agnes atmete noch einmal tief ein, stieg die drei Treppenstufen hinauf und läutete.

Eine kleine Ewigkeit verging. Sie hatte sich bereits damit abgefunden, dass wohl niemand zu Hause war, als sie ein Klappern vernahm. Die Briefklappe war geöffnet worden, und eine Stimme drang zu ihr heraus.

»Kommen Sie wegen der Stellung?« Eine Frauenstimme. Sie klang unsicher.

»Nein, ich …«

Die Klappe schloss sich wieder, und sie hörte die gedämpfte

Stimme der Frau durch die Tür. »Guten Tag.« Dann entfernten sich ihre Schritte.

Agnes läutete noch einmal und wartete. Stille. Sie versuchte es ein letztes Mal, doch die Frau kam nicht wieder, und es erschien auch kein Butler oder Dienstmädchen.

Kommen Sie wegen der Stellung?

Agnes wandte sich um und stieg die drei Stufen zum Gehsteig hinunter. Diese Chance hatte sie vertan, aber morgen würde sie wiederkommen. Und die richtige Antwort geben.

KAPITEL 3

☆

Am Ende schaffte Agnes es doch nicht rechtzeitig zum Mittagessen. Sie glaubte, sie wüsste den Rückweg, verlief sich aber und musste wieder umkehren. Als sie schließlich wieder in Bethnal Green ankam, kam sie fast um vor Hunger; ihre Füße waren geschwollen und schmerzten, und am liebsten hätte sie sich sofort ins Bett gelegt. Wenigstens war sie dem Regen entkommen, der urplötzlich zu prasseln begann, kaum dass sie Minnies trautes Heim betreten hatte. Minnie begrüßte sie mit einem Grunzen. Sie hockte auf dem Boden und flickte Kleidung, während greinende Kleinkinder auf ihr herumkletterten.

»Kann ich Ihnen irgendwie behilflich sein?« Agnes setzte sich zu ihr. Der Boden war hart und kalt. Der Regen klatschte gegen die Fensterscheiben.

»Wie wär's, wenn du dafür sorgst, dass der Regen aufhört?«, knurrte Minnie.

»Ich kann nähen oder auf die Kleinen aufpassen.«

»Tu dir keinen Zwang an.« Sie schüttelte einen kleinen, etwa vierjährigen Jungen ab.

»Komm.« Agnes ergriff seine Hand und die eines kleinen Mädchens, das auf Minnies Schoß saß. »Ich erzähle euch eine Geschichte.«

Agnes stellte die beiden vor sich hin, und zwei weitere Mädchen und ein Junge gesellten sich zu ihnen. Ein paar Kinder fehlten, doch Minnie schien das nicht weiter zu bekümmern. Während der Regen weiter aufs Dach prasselte und es in der Küche bedenklich tropfte, erzählte Agnes den Kindern eine Geschichte von zwei Mädchen, die auf einem Einhorn aus einem Waisenhaus flohen. Das kleinste Mädchen kroch auf ihren Schoß. Agnes spürte durch ihr Kleidchen, dass sie Fieber hatte, und strich ihr über das Haar. Das Gesicht der Kleinen war grau vor Müdigkeit. Der Vierjährige hatte Hunger. Sein Magen knurrte, und als sie ihn in den Arm nahm, weil ihre Geschichte gerade besonders gruselig wurde, spürte sie seine hervorstehenden Rippen. Seine Beine waren von der Rachitis deformiert. Als Agnes ihre Geschichte immer weiterspann, ihre Fantasie immer wildere Blüten trieb, musste sogar Minnie lachen.

»So, das war's jetzt aber«, sagte Agnes schließlich mit rauer Stimme. »Ich brauche eine Pause. Ab mit euch.«

»Schluss jetzt, runter von der Lady«, sagte Minnie barsch. Sie sah Agnes an. »Abendessen gibt's um halb sechs. Du hast bestimmt Hunger.«

»Wie ein Bär.«

»Ich rufe dich, wenn es so weit ist.«

Agnes ging ins Schlafzimmer, wenn man es denn so nennen konnte, legte sich auf das Bett und starrte an die schmutzige Zimmerdecke, von der die Farbe abblätterte. Der Geruch der Kinder hing noch in ihren Sachen, und sie fragte sich, ob die Kleinen je gebadet wurden. In Perdita Hall waren alle sauber und adrett gewesen. Captain Forests großes Anliegen war es, sie auf das Leben vorzubereiten, dafür zu sorgen, dass sie nicht im Armenhaus landeten. *Ein gepflegtes Äußeres zeigt, was ihr euch wert seid.* Zum ersten Mal war sie froh, dass sie in Perdita Hall aufgewachsen war. Zwar hatten die Kinder hier eine Mutter, doch davon abgesehen hatte sie im Waisenhaus ein geradezu paradiesisches Leben geführt.

Zum Abendessen gab es Brot und Bratenfett. In Perdita

Hall hatte es das ebenfalls häufig zum Abendessen gegeben, aber hier schmeckte es ganz anders. Das Brot war nicht frisch gebacken, sondern hart und bereits angeschimmelt, das Fett nicht goldbraun und lecker, sondern fade und ranzig. Sie aßen am Küchentisch. Agnes und Minnie saßen auf den einzigen Stühlen, während die Kinder stehen mussten. Agnes bemerkte, dass die Kinder je nur ein halbes Stück Brot bekommen hatten. Sie schlangen ihr Essen hinunter, als wäre es die letzte Mahlzeit ihres Lebens. Obwohl ihr der Magen knurrte, brachte sie es nicht über sich, ihr Brot zum Mund zu führen.

Kaum waren sie fertig, scheuchte Minnie die Kinder auch schon wieder hinaus. Agnes ergriff den dürren kleinen Jungen mit den deformierten Beinen am Arm und gab ihm ihr Brot. »Iss du«, sagte Agnes. »Ich habe keinen Hunger.«

Der Junge starrte sie mit tellergroßen Augen an. Minnie musterte Agnes verärgert. »Glaub nicht, dass ich deshalb mit dem Preis runtergehe«, sagte sie, doch der Kleine hatte das Brot bereits verschlungen und hinkte nach draußen.

»Das erwarte ich auch gar nicht«, erwiderte Agnes. »Aber der Arme ist am Verhungern.«

»Der kommt schon klar«, murrte Minnie. »Du hast doch keinen blassen Schimmer. Krieg erst mal selbst Kinder, bevor du einer Mutter Ratschläge erteilst.«

Agnes schwieg. Statt sich auf einen Streit einzulassen, zog sie sich wieder ins Schlafzimmer zurück und legte sich in ihrem Kleid auf das Bett. Der Hunger drohte sie wachzuhalten, doch schließlich übermannte sie die Erschöpfung. Sie schlief tief und traumlos bis zum nächsten Morgen.

Die Stimmen der Kinder, die nach ihrer Mutter riefen, rissen sie morgens aus dem Schlaf. Sie hörte, wie Minnie sich im anderen Bett ächzend aufsetzte, und verspürte tiefes Mitleid mit ihr. Es war eine Sache, arm und vom Pech verfolgt zu sein, aber unter diesen Umständen auch noch Kinder großzuziehen, war ein besonders hartes Schicksal.

Agnes stand auf. In der Küche servierte ihr Minnie den wässrigsten Porridge, den sie je gegessen hatte. Der Vierjährige beobachtete sie mit gierigem Blick, weshalb sie ihm die Hälfte übrig ließ. Agnes ging zurück in ihr Zimmer, um sich fertig zu machen. Sie zog ihre Handschuhe an, drapierte das Halstuch über ihre Schultern und machte sich erneut auf zum Belgrave Place.

Es hatte aufgehört zu regnen, aber der Himmel war immer noch schiefergrau und die Straßen von Pfützen übersät. Als Bethnal Green hinter ihr lag, blieb sie vor einem Schaufenster stehen und nahm ihr Spiegelbild in Augenschein, um sicherzugehen, dass ihr Gesicht nicht schmutzig war. Der Kaffeefleck war unter dem Halstuch verborgen, aber sie musste darauf achten, dass es nicht verrutschte. Möglich, dass heute ihr großer Tag war. Vielleicht empfing Genevieve sie ja, und dann erzählte Agnes ihr von ihrer Begegnung vor vielen Jahren, und Genevieve würde sich daran erinnern und vielleicht sagen: »Ich wusste schon damals, als ich dem kleinen Mädchen in die Augen sah, dass sie eine große Rolle in meinem Leben spielen wird.« Diese Gedanken beschwingten ihre Schritte, selbst als sie die Nässe in ihren Schuhen spürte und ihr schwindelig vor Hunger wurde.

Schließlich erreichte sie den Belgrave Place. Als sie unter den Säulenvorbau vor der Haustür stand, begann es zu nieseln. Ihr Puls beschleunigte sich, als sie die Glocke läutete, und sie wartete darauf, dass wieder die Frauenstimme durch den Briefschlitz drang.

Doch diesmal wurde die Tür geöffnet, und ein Mann erschien. Er war Anfang zwanzig, glattrasiert, hatte gepflegte Koteletten, volles, kastanienbraunes Haar und warme braune Augen. Seine Krawatte hatte er gelöst. Anscheinend war er eben erst nach Hause gekommen. Er trug ein weißes Hemd und eine dunkelgraue Weste, aus deren Tasche eine goldene Uhrenkette hing. Agnes nahm einen angenehmen, würzig-zimtigen Duft wahr, der sie so überwältigte, dass ihr Herz einen kleinen Satz machte.

»Kann ich Ihnen helfen?«, fragte er.

»Ich möchte mich um die Stellung bewerben«, sagte sie.

Er lächelte. »Sie kommen aus dem Norden, stimmt's? Ihrem Akzent nach aus Yorkshire, wenn ich mich nicht irre. Wie heißen Sie, Miss?«

»Agnes Forest, Sir.« Sie wollte nicht preisgeben, wer sie war, und ein Nachname wie Resolute würde garantiert Fragen aufwerfen.

»Treten Sie ein, Miss Forest. Folgen Sie mir bitte in den Salon. Ich erkläre Ihnen dann alles, was Sie über Marianna wissen müssen.«

Marianna. Genevieves Schwester. War sie am Vortag an der Tür gewesen – oder Genevieve selbst? Womöglich hatte sie mit ihrer Mutter gesprochen. Die Vorstellung erregte Agnes so sehr, dass sie die prachtvolle Einrichtung des Hauses kaum wahrnahm. Die exquisiten Stuckverzierungen, die schimmernden Messinglampen, die Blumenmuster der Damasttapeten, die Gemälde und Miniaturen, die Uhren, Vasen und die feinen Schnitzereien der Beistelltischchen. Einen größeren Kontrast zu Minnies Behausung konnte man sich kaum vorstellen. Der junge Mann führte Agnes in ein geräumiges, helles Zimmer, bat sie, auf der Chaiselongue Platz zu nehmen, und machte es sich ihr gegenüber in einem Polstersessel bequem.

»Miss Forest«, sagte er. »Mein Name ist Julius Halligan. Ich bin Mariannas Neffe.«

Agnes' Gedanken überschlugen sich. Genevieve war Mariannas Schwester – womöglich saß sie ihrem eigenen Bruder gegenüber! War das der Grund, warum sie sich vom ersten Moment an so zu ihm hingezogen gefühlt hatte? »Ich freue mich sehr, Sie kennenzulernen, Sir«, sagte sie.

»Nun ja, unserer Zeitungsanzeige haben Sie ja entnommen, dass wir jemanden suchen, der Marianna Gesellschaft leistet. Ach ja, nennen Sie meine Tante bitte grundsätzlich Marianna, sie hasst es, mit ›Ma'am‹ angesprochen zu werden.« Er blickte zur Tür, als wollte er sich vergewissern, dass ihnen die Dame des Hauses nicht zuhörte.

Aha, es ging also um die Position einer Gesellschafterin. Nun fühlte sich Agnes schon sicherer und wusste, wie sie die Wahrheit zurechtbiegen musste.

»Ich gehe davon aus, dass Sie eine gute Vorleserin sind«, sagte er. »Mit Mariannas Augen ist zwar so weit alles in Ordnung, aber vom Lesen bekommt sie Kopfweh.«

»O ja, Sir. Ich bin eine gute Unterhalterin, kann aber auch zuhören. Ich wäre Marianna bestimmt eine gute Gesellschafterin.« Sie ließ den Blick einen Moment lang durch das Zimmer wandern, ehe sie den Blick wieder auf ihn richtete. Sie hatte gehofft, irgendwo ein Porträt von Genevieve zu erspähen, doch an den Wänden hingen nur Landschaftsbilder.

Er lächelte gezwungen. »Es ist wahrscheinlich ein wenig komplizierter, als Sie glauben, und übrigens das erste Mal, dass ich eine Annonce für eine solche Stellung aufgegeben habe. Bis vor Kurzem habe ich ihr Gesellschaft geleistet, doch mittlerweile habe ich mein Studium abgeschlossen. Und da ich im Krankenhaus keine geregelten Dienstzeiten habe und häufig bis spätabends beschäftigt bin, fühlt sie sich einsam. Ich mache mir Sorgen um sie.«

»Ich kann sie sicher bei Laune halten.«

»Manchmal wacht sie mitten in der Nacht auf. Nun ja, fast jede Nacht. Sie schläft sehr schlecht und benötigt auch dann ein wenig Zuwendung.«

Ich würde alles tun, um hier arbeiten zu dürfen, dachte

Agnes. »Kein Problem. Ich lese ihr gern vor oder plaudere mit ihr, wenn sie nicht schlafen kann. Ich kann auch Spaziergänge mit ihr unternehmen.«

»Das wird nicht nötig sein. Sie verlässt das Haus nicht.«

Agnes dachte an die Stimme, die durch den Briefschlitz zu ihr gesprochen hatte.

»Ihre Referenzen haben Sie sicher mitgebracht«, sagte Julius.

»Oh, das war leider nicht möglich, Sir. Ich bin vorgestern hier angekommen, und mein Koffer wurde mir gestohlen. Ich hatte Referenzen, ausgezeichnete sogar. Zuletzt habe ich bei einer Dame in York als Gesellschafterin gearbeitet.« Womit sie ihm eine glatte Lüge aufgetischt hatte. »Aber die Empfehlungsschreiben wurden mir mit meinen Sachen entwendet.«

Er musterte sie eingehend, und ihr wurde sofort klar, dass er ihr nicht glaubte. »Und davor? Wo waren Sie sonst noch in Stellung?« Er warf einen Blick auf ihre Hände, ohne Zweifel auf der Suche nach Spuren körperlicher Arbeit. Ihre Arbeit als Näherin hatte sie einmal mehr gerettet; die Hände der Mädchen in der Wäscherei zum Beispiel waren ständig rot und rissig.

»Ein Jahr lang war ich Gouvernante eines kleinen Mädchens namens … Gracie«, log sie. »Dabei habe ich mir sämtliche Fähigkeiten angeeignet, die man für eine solche Stellung braucht, Mr Halligan.«

Julius wirkte nicht sonderlich überzeugt, doch Agnes wich seinem Blick nicht aus und lächelte selbstbewusst.

»Gibt es noch andere Aufgaben, Sir?«, fragte sie. »Leben hier im Haus noch andere … Personen, die meine Gesellschaft benötigen würden?«

»Nein, hier wohnen nur Marianna und ich. Und der Koch und die Dienstmädchen brauchen weiß Gott keine Gesellschaft – sie treiben auch so genug Unfug.«

Nur Marianna und ich. Wo also war Genevieve? Agnes verlor den Mut, und sie beschlich der Verdacht, dass sie umsonst hierhergekommen war.

»Nun, Miss Forest«, fuhr er fort. »Danke, dass Sie vorbeigeschaut haben. Würden Sie mir bitte Ihre Adresse hinterlassen, damit ich Sie benachrichtigen kann, falls wir uns für Sie entscheiden?«

Er schrak regelrecht zurück, als sie ihm die Adresse in Bethnal Green nannte. Die Stellung würde sie auf keinen Fall bekommen. Zudem hatte er mit keinem Wort durchblicken lassen, dass er sie für geeignet hielt. Was nun?

Obwohl sie völlig durcheinander war, gelang es Agnes, die Contenance zu bewahren, sich zu bedanken und ihm einen schönen Tag zu wünschen.

Als er ihr die Haustür öffnete, regnete es in Strömen. Julius sah zum Himmel hinauf. »Du liebe Güte. Haben Sie einen Schirm dabei?«

Sie schüttelte den Kopf. »Der ist mir auch gestohlen worden.«

»Warten Sie«, sagte er, griff in einen Ständer und reichte ihr einen alten, abgegriffenen Regenschirm. »Behalten Sie ihn«, sagte er. »Wir haben noch andere.«

Sie sah zu ihm auf, fürchtete, ihn wahrscheinlich nie wiederzusehen, womöglich nie zu erfahren, ob seine Familie auch die ihre war. Sie nahm den Schirm entgegen und spannte ihn auf. »Vielen Dank«, sagte sie nochmals und ging in den Regen hinaus.

Agnes kehrte nicht sofort nach Bethnal Green zurück. Sie war in heller Panik, nachdem sie in Erfahrung gebracht hatte, dass Genevieve gar nicht am Belgrave Place lebte. Und der Gedanke, dass sie kaum noch Geld hatte, trieb ihr den kalten Schweiß auf die Stirn. Warum hatte sie nicht auf Gracie gehört? Und auf den verdammten Captain Forest, wenn sie es recht bedachte. *Suchen Sie sich eine gute, ehrliche Arbeit. Leben Sie nicht über Ihre*

Verhältnisse, und geben Sie sich keinen sinnlosen Träumen hin. Sie hatte auf ganzer Linie versagt.

Sie musste sich dringend Arbeit suchen. Und sie würde nicht aufgeben, weiter nach Genevieve suchen. Nicht weil sie nach Höherem strebte. Sie hatte nicht den Ehrgeiz, in die Familie aufgenommen zu werden, interessierte sich nicht für das Geld der Breckbys oder ihre Beziehungen. Sie wollte einfach nur eine Mutter haben.

Agnes taten die Füße weh, als sie das dritte Modeatelier betrat, eine Schneiderei an der Cheapside über einem Uhrengeschäft. In den ersten beiden Ateliers war sie gleich abgewiesen worden; sie hätten nicht genug Aufträge, um eine zusätzliche Näherin zu beschäftigen. Dieses Atelier aber konnte sich bestimmt nicht über Auftragsmangel beklagen, wie sie auf den ersten Blick bemerkte, als sie in der Tür stand und auf die Rückkehr der jungen Frau wartete, die die Schneiderin holte. Fünf halb bekleidete Schneiderpuppen, ein langer Tresen mit einem guten Dutzend Stoffrollen und ein Schreibtisch, auf dem sich Unterlagen stapelten, ließen wenig Zweifel daran, dass die Geschäfte gut liefen. Es war still und roch ein bisschen muffig. Durch das Fenster fiel sanftes Tageslicht.

Aus einem Hinterzimmer kam eine gehetzt wirkende Frau, in der Hand einen Stickrahmen. »Mary sagt, Sie suchen nach Arbeit?«

»Ja, Ma'am. Ich habe neun Jahre lang in einem Findlingsspital als Näherin gearbeitet. Flicken, Stopfen, Sticken habe ich alles gelernt.«

»Haben Sie Muster Ihrer Arbeit dabei? Zeugnisse?«

Agnes' Hoffnung sank. »Nein, mein Koffer wurde gestohlen, aber ich …«

»Kommen Sie noch mal vorbei, sobald Sie Arbeitsproben haben.«

»Ich könnte Ihnen schnell zeigen, dass …«

»Tut mir leid, ich habe leider überhaupt keine Zeit. Ich sehe mir Ihre Sachen an, sobald Sie mir etwas zeigen können.«

»Das Kleid hier«, platzte Agnes heraus und breitete die Arme aus. »Das habe ich selbst genäht!«

Die Frau trat näher, nahm ihr Kleid in Augenschein, fuhr mit dem Daumen über die Nähte. »Nicht übel. Aber ich würde auch gern ein paar Stickarbeiten von Ihnen sehen. Kommen Sie nächste Woche noch mal vorbei.«

»Aber ich …«

Die Schneiderin wandte sich ab und verschwand wieder im Hinterzimmer. Mary, das junge Mädchen, das sie geholt hatte, zuckte entschuldigend mit den Schultern.

Ohne Arbeitsproben oder Referenzen stand sie also auf verlorenem Posten. Ihre Zeugnisse und Empfehlungsschreiben waren unwiederbringlich verloren, und wenn sie ihr letztes Geld für Stickereimuster verwendete und dann doch keine Arbeit bekam, konnte sie Minnie die Miete nicht zahlen.

Müde und entmutigt machte sie sich auf den Rückweg nach Bethnal Green. Sie sehnte sich danach, endlich ihre durchweichten Schuhe auszuziehen und sich ein wenig hinzulegen.

Minnie sah von ihrem Korb auf, als Agnes die düstere Wohnung betrat. »Da ist ein Brief für dich.«

»Ein Brief?« Ihr Herz schlug schneller. Julius hatte ihr bereits geantwortet. War das ein gutes Zeichen?

»Ich habe ihn aufs Bett gelegt.«

Sie eilte ins Schlafzimmer, nahm den Brief an sich und brach mit zitternden Händen das Siegel.

Wir bedanken uns für Ihren Besuch, aber ich bedaure, Ihnen mitteilen zu müssen …

Mehr las sie nicht. Sie schmiss den Brief auf den Boden, warf sich aufs Bett und presste ihr Gesicht in die Matratze, um nicht laut losheulen zu müssen.

Agnes war nicht so töricht und kehrte zum Belgrave Place zurück, um eine Szene zu machen und lauthals zu verkünden, sie sei Genevieves Tochter. Sie hatte durchaus bemerkt, wie Julius sie gemustert hatte, und ihr war klar, dass sie sich etwas Besseres einfallen lassen musste, um herauszufinden, was mit Genevieve passiert war. Wenn sie dort noch einmal ohne triftigen Grund auftauchte, sich als Lügnerin und Schnüfflerin entpuppte, würde er ihr keine Sekunde lang Gehör schenken, sondern sie achtkantig hinauswerfen. Sie musste besonnen vorgehen. Zunächst aber brauchte sie eine regelmäßige Arbeit. Deshalb besorgte sie sich am nächsten Morgen für einen Shilling Stoff, Garn und ein paar Sticknadeln. Anschließend begann sie, in der kleinen düsteren Schlafkammer eine Rose auf ihr graues Kleid zu sticken, genau an der Stelle, wo sich der Kaffeefleck befand. Die Tage schienen nicht enden zu wollen, und sie quälte der Hunger. Stets gab sie dem kleinen Jungen mit den verkrümmten Beinen – Freddy hieß er – wenigstens etwas von ihrem Essen ab, wagte es aber nicht, sich in den besseren Vierteln der Stadt etwas zu kaufen, weil das Essen an den Ständen zu teuer war. Mit knurrendem Magen arbeitete sie weiter, mühte sich im trüben Licht mit den Mustern ab, bis ihre Hände schmerzten. Zuweilen gesellten sich die Kinder zu ihr aufs Bett, und sie erzählte ihnen Geschichten, während sie nähte. Dann war die Miete für die nächsten Tage fällig, und sie hatte nur noch zwei Shilling übrig. Sie arbeitete schneller, machte Fehler und musste wieder von vorn anfangen. Manchmal kam es ihr vor, als würde sie um ihr Leben sticken. Selbst nachts träumte sie von Nadeln, Fäden und Bergen von Stoff.

Eines Nachmittags, knapp eine Woche nach ihrer Ankunft in London, saß sie auf ihrem Bett und stickte, als sie von der Straße einen hitzigen Wortwechsel vernahm.

»Untersteh dich, sie zu schlagen!«

»Ich mach, was mir passt!«

»Du kannst nicht einfach hier hereinplatzen und sie grundlos verdreschen!«

Agnes legte ihr Stickzeug beiseite, verließ den Verschlag und lauschte. Die Stimmen kamen von der Haustür. Minnie stritt sich mit einem Mann. Ein Kind weinte, vielleicht waren es auch mehrere. Agnes spürte, wie sich die Atmosphäre veränderte, es war, als zöge ein Sturm auf.

Plötzlich fiel ein Schatten über die Schwelle, und sie zog sich rasch in die Schlafkammer zurück und nahm ihre Arbeit wieder auf. Dennoch hatte sie einen Blick auf den massigen, grobschlächtigen Mann mit dem schmutzigen Gesicht und dem zerzausten Bart erhaschen können. Minnies Mann, wie sie annahm. Nun stand er in der Stube und brüllte Minnie und die Kinder an, ob sie sich nicht waschen könnten und wieso kein Essen für ihn auf dem Tisch stünde. Agnes' Puls beschleunigte sich. Er klang wie ein Ungeheuer, und sein Bett war von ihrem nur durch den Vorhang getrennt. Mit Minnie so dicht neben sich zu schlafen, war kein Problem für sie – aber mit diesem haarigen Monstrum?

Agnes hörte, wie ihr Name fiel.

»Ich habe ein Mädel hier, das uns Sixpence die Nacht dafür zahlt, dass sie in Lizzies altem Bett schlafen kann. Siehst du? Ich bin lange nicht so blöd und nutzlos, wie du glaubst!«

»Sixpence? Du hättest ihr unser Bett geben und doppelt so viel verlangen können.«

Lizzie war Minnies tote Schwester. Agnes überlief ein kalter Schauder bei dem Gedanken, dass sie im Bett einer Toten schlief.

»Und wo hättest du dann schlafen sollen? Aber egal. Sei bloß nett zu ihr. Wenn sie sich 'ne andere Bleibe sucht, stehen wir ohne Geld da.«

Das Gezänk hörte nicht auf, und Agnes versuchte, die Stimmen auszublenden, ihre Gedanken mit imaginärer Musik zu füllen, während sie die Nadel wieder und wieder durch den Stoff führte, jeder Stich ein Schritt in ihr neues Leben.

Beim Abendessen lernte Agnes Minnies Mann kennen. Er ähnelte dem Bild von Papa Bär in dem Märchenbuch von Goldlöckchen, das sie als Kind gelesen hatte. Er trug ein graues Hemd, das wohl einst weiß gewesen war, und eine schmutzige Hose, die im Bund von einer Kordel zusammengehalten wurde. Er taxierte sie mit finsterem Blick, während Minnie und die Kinder eingeschüchtert um den Tisch herumstanden. Seinem Geruch nach zu urteilen hatte er seinen Bergarbeiterlohn großteils für Whiskey ausgegeben. Er stopfte zwei dicke Scheiben Brot in sich hinein, während die Kinder je mit einem winzigen Stück vorliebnehmen mussten. Agnes bekam auch nur eine halbe Scheibe. Sie schwieg und überlegte fieberhaft, wie sie hier schnellstmöglich wegkam.

Später kam Minnie zu ihr. »Errol ist eigentlich kein schlechter Kerl.«

Agnes sparte sich eine Antwort.

»Aber … wenn du irgendwelche Wertsachen hast, versteck sie lieber. Oder behalt sie bei dir am Körper.«

»Ich besitze nichts Wertvolles«, sagte Agnes.

»Selbst wenn du glaubst, dass es nichts wert ist«, gab Minnie zurück. »Er verkloppt alles, wenn er dafür Schnaps kriegt.«

»Verstanden«, sagte Agnes. Geld und Gracies Halstuch befanden sich in ihrer Handtasche, die sie unter die Matratze gelegt hatte; mit ihren Sticksachen würde sie es genauso machen.

Im selben Moment erinnerte sie sich, dass auch Julius Halligans Regenschirm noch unter der Matratze lag. Und dann hatte sie einen Geistesblitz.

Sie schlief so gut wie gar nicht, sondern lauschte Errols Schnarchen und Ächzen hinter dem Vorhang. Zuvor hatte er sich schamlos mit seiner Frau vergnügt, ohne sich einen Deut darum zu scheren, dass Agnes alles mitbekam. Doch Agnes war eher erleichtert als schockiert, da sie so zumindest nicht befürchten musste, dass er urplötzlich über sie herfiel. Am nächsten Morgen war sie zu nervös, um einen Bissen hinunterzubringen, und überließ Freddy ihr karges Frühstück. Sie schlüpfte aus dem Haus, bevor Minnie ihr blöde Fragen stellen konnte.

Es war ein schwüler Tag, und ihr war unangenehm heiß, als sie schließlich am Belgrave Place ankam. Sie blieb ein Weilchen im Schatten eines Baumes stehen, um sich ein wenig abzukühlen, und prüfte, ob ihre Haarnadeln noch richtig saßen. Wahrscheinlich sah sie verschwitzt und ungepflegt aus, und nur Gracies Halstuch verhinderte, dass sie für eine Bettlerin gehalten wurde. Sie dankte Gracie im Geiste und läutete an der Haustür. Ihr Herz klopfte wie wild.

Die Tür wurde von einer unscheinbaren jungen Frau in einem marineblauen Kleid und weißer Schürze geöffnet. »Kann ich Ihnen helfen?«

»Könnte ich kurz hereinkommen?« Agnes hob die Hand, in der sie den Regenschirm hielt. »Ich hatte mir den Schirm von Marianna und Julius ausgeliehen und wollte ihn zurückbringen. Sind sie zu Hause?«

Das Dienstmädchen trat einen Schritt zurück, ließ Agnes eintreten und blickte stirnrunzelnd auf den Schirm. »Sie erwarten aber keine Besucher.«

»Ich weiß, dass sie mich nicht erwarten, aber …«

»Wer ist es denn, Daisy?« Eine Frau in mittleren Jahren erschien. Ihr blondes, von grauen Strähnen durchzogenes Haar hatte sie kunstvoll aufgetürmt. Sie trug einen schlichten, cremefarbenen Hausmantel, der ihr ein wenig zu weit war, als hätte sie kürzlich Gewicht verloren. Dennoch war sie groß und stattlich, mit kräftigen Handgelenken und langen weißen Fingern, an denen sie keinen Schmuck trug. Das musste Marianna sein.

Ihre Tante. Agnes fiel auf, dass sie halb hinter der Tür stehen blieb, sich mit einer Hand am Türrahmen festhielt.

»Ma'am, ich heiße Agnes Forest. Julius hat mir neulich netterweise diesen Regenschirm geliehen, als ich hier für die Stellung als Gesellschafterin vorgesprochen habe.«

»Sie haben sich für die Stellung beworben?«

»Ja, und auch wenn ich sie nicht bekommen habe, wollte ich …«

»Sie stammen aus dem Norden, stimmt's?« Mariannas blaugraue Augen waren klar und hell. »Diesen Akzent kenne ich genau. Sie sind aus Yorkshire. Meine Familie kommt von dort.«

Aus den letzten Worten hörte Agnes, wenn auch nur schwach, ihren nordenglischen Akzent heraus, der nach Jahrzehnten in der feinen Londoner Gesellschaft fast vollständig verschwunden war.

»Das stimmt, Ma'am. Ich komme aus Hatby. Und ich würde gern kurz mit Ihnen sprechen.«

»Hatby! Nicht möglich! Dort habe ich meine Kindheit verlebt.«

Auf der Treppe ertönten Schritte, und einen Moment später stand Julius stirnrunzelnd vor ihnen, noch damit beschäftigt, seine Manschetten zu schließen. Er erstarrte, als er Agnes erblickte. »Was machen Sie denn hier?«

»Julius, das Mädchen stammt aus Hatby«, sagte Marianna.

»Ich wollte nur den Regenschirm zurückgeben«, sagte Agnes.

»Darum habe ich Sie nicht gebeten.«

Agnes sah zu Marianna hinüber, die ihr ein Lächeln schenkte. Eigentlich hatte sie Marianna nur schnell fragen wollen, wo sich Genevieve aufhielt, doch das konnte sie jetzt vergessen. Julius würde sie sofort hinauswerfen lassen. Sie öffnete den Mund, wollte Marianna um ein kurzes Gespräch unter vier Augen bitten, doch sie kam nicht dazu.

»Das andere Mädchen hat doch abgesagt«, richtete Marianna das Wort an Julius. »Warum nehmen wir dann nicht dieses hier?«

Agnes schöpfte neue Hoffnung. »Ist die Stellung denn noch frei? Oder wieder frei?«

Julius' Blick wanderte von Marianna zu Agnes und wieder zurück. Es war ihm anzusehen, dass er seine Worte mit Bedacht wählte. »Marianna, das Mädchen hat keinerlei Referenzen. Ich habe noch zwei andere Bewerberinnen.«

»Meine Zeugnisse sind mir gestohlen worden«, wandte Agnes rasch ein, »in York. Mein ganzes Gepäck war plötzlich weg.«

»Siehst du?«, sagte Marianna zu Julius. »Das ist ja wohl nicht ihre Schuld.« Sie wandte sich wieder an Agnes. »Sie können doch lesen, oder? Ich würde wirklich gern diesen Akzent hören. Er erinnert mich an glücklichere Tage.«

Das Dienstmädchen brachte Julius' Mantel und seine Handschuhe. »Bitte sehr, Sir.«

Er warf einen Blick auf seine Taschenuhr. »Ich komme zu spät, wenn ich mich nicht spute«, murmelte er, während das Mädchen ihm in den Mantel half. Die ganze Zeit über ließ er Agnes nicht aus den Augen. Er war wütend. Vielleicht fühlte er sich sogar ausgetrickst. Aus gutem Grund. »Na schön«, sagte er. »Gut. Wenn das dein Wunsch ist, Marianna, dann sei es so.«

»Vielen Dank, Sir«, platzte Agnes atemlos heraus. Nie zuvor hatte sie so viel Dankbarkeit empfunden. »Ich werde Sie nicht enttäuschen.«

Julius streifte seine Handschuhe über und richtete den Zeigefinger auf sie. »Das will ich stark hoffen.«

»Ach, Julius«, versuchte Marianna abzuwiegeln. »Was soll denn groß schieflaufen? Sie wird uns schon nicht das Besteck klauen, oder, meine Liebe?«

»Ganz bestimmt nicht, Ma'am, mein Ehrenwort. Ich suche nur eine anständige Arbeit, das ist alles.«

»Hast du's gehört, Julius? Anständige Arbeit.« Ihre Finger lösten sich vom Türrahmen, und sie trat einen Schritt vor. »Also, geh getrost zur Arbeit. Alles Weitere klären wir miteinander.«

Julius ging, aber nicht, ohne Agnes zu mustern. Eine deutliche Warnung, die sie mit einem süßen Lächeln erwiderte. Sie kannte diesen strengen Blick nur allzu gut und würde sich nicht ins Bockshorn jagen lassen. Nicht jetzt, da sie an ihrem Ziel angelangt war: dem Ort, an dem Genevieve Breckby zuletzt gelebt hatte.

KAPITEL 4

☆

Obwohl sie alles andere als versessen darauf war, nach Bethnal Green zurückzukehren, und es auch gar nicht mehr nötig war, hatte Agnes die Kinder – besonders den kleinen Freddy – so lieb gewonnen, dass sie sich wenigstens von ihnen verabschieden wollte. Errol war unterwegs, als sie eintraf. Feierlich überreichte sie Minnie ihre letzten zwei Shilling und bat sie, den Kindern etwas Gutes zu tun.

»Ich kann das nicht annehmen«, sagte Minnie, hatte aber bereits die Finger um die Münzen geschlossen.

»Ach was, du hast hungrige Mäuler zu stopfen. Und ich habe jetzt eine gute Stellung. Mach dir keine Sorgen um mich.«

Minnie nickte und sagte ihr Lebewohl. Freddy fand ein altes Haarband, das er ihr schenkte. Agnes hatte ein schlechtes Gewissen, als sie ging, doch gleichzeitig war sie heilfroh, Bethnal Green endlich entronnen zu sein.

Als sie diesmal am Belgrave Place läutete, wurde sie freundlich empfangen. Daisy rief nach Marianna, die sie in ihr neues Zimmer führte. Agnes fühlte sich so leicht und beschwingt, als würde sie auf Wolken schweben.

»Sie essen mit den anderen Dienstboten in der Küche«, erklärte Marianna, während sie die steile Treppe in die dritte Etage hinaufstieg, ohne außer Atem zu geraten. »Schlafen müssen Sie allerdings in unserer Nähe. Manchmal tue ich kaum ein Auge zu. Ich vermute, Julius hat Ihnen das schon gesagt.«

»Ja, Ma'am.«

»Lassen Sie den Ma'am-Unfug. Ich heiße Marianna. Mein Schlafzimmer befindet sich am Fuß der Treppe, Ihres hier oben.« Mit diesen Worten öffnete sie die Tür zu einem kleinen, schlicht möblierten Zimmer.

Agnes folgte ihr hinein. Es handelte sich um das Dachzimmer, dessen Fenster sie von der Straße aus gesehen hatte. Die Wand war fast schon bedenklich schräg. Vor dem Fenster hingen einfache blaue Vorhänge, das Bett war mit weißer Wäsche bezogen, ohne Rüschen oder sonstigem Zierrat. Ansonsten standen noch eine Kommode, ein Waschtisch und eine kleine Eichentruhe darin.

»Das Bad für die Hausangestellten ist unten«, fuhr Marianna fort. »Daisy wird es Ihnen zeigen. Aber kommen Sie erst mal in Ruhe an. Und lassen Sie Ihre Tür nachts bitte einen Spalt offen, falls ich nach Ihnen rufe.«

»Ja, Marianna, gern.« Agnes stellte ihre Handtasche auf die Kommode. Hier brauchte sie sie nicht unter dem Kissen oder der Matratze zu verstecken, weil sie endlich ein eigenes Zimmer hatte. *Ein eigenes Zimmer!* Zum ersten Mal in ihrem Leben.

»Was haben Sie sonst noch für Fertigkeiten? Julius wird genau darauf achten, dass Sie genug zu tun haben.«

»Ich bin eine recht gute Näherin, Ma'am ... Marianna. Flicken, stopfen, ändern – und ich sticke auch sehr gerne.«

»Sehr schön. Daisys Nähkünste kann man nur als nachlässig bezeichnen.«

»Darf ich mir eine Bemerkung erlauben, Marianna? Ihr Kleid scheint mir ein wenig zu weit. Wenn Sie wollen, kann ich es für Sie ändern.«

»Sie nehmen ja kein Blatt vor den Mund.« Geistesabwesend schaute Marianna an sich hinunter. »Ich überlege es mir. Vielleicht nehme ich ja auch wieder zu, nachdem ich jetzt eine Gesellschafterin habe. Die Einsamkeit deprimiert mich, und wenn ich deprimiert bin, habe ich keinen Hunger.«

Agnes verspürte einen Anflug von schlechtem Gewissen. Bisher hatte sie Marianna lediglich als jemanden betrachtet, über den sie an ihre Mutter herankommen konnte, doch nun sah sie eine einsame Frau mittleren Alters vor sich, die Angst davor hatte, sich unter Menschen zu begeben, ja sich sogar davor fürchtete, ihre eigene Haustür zu öffnen. Spontan ergriff Agnes ihre Hand und drückte sie sanft. »Ich weiß, dass wir gute Freundinnen werden.«

»Nun denn.« Leicht errötend blickte Marianna auf Agnes' Hand und zog ihre vorsichtig weg. »Ich gehe jetzt. Richten Sie sich ein, und wenn Sie so weit sind, kommen Sie herunter.«

Agnes schaute Marianna hinterher und schloss die Tür leise hinter ihr. Mit ausgebreiteten Armen und Beinen ließ sie sich aufs Bett fallen, *Mein Bett. Mein Zimmer.* Sie stellte sich vor, was sie Gracie schreiben und wie sehr ihre Freundin sich für sie freuen würde. Dann stand sie wieder auf, trat ans Fenster und ließ den Blick über die Häuser, Parks und Bäume schweifen. Zum ersten Mal wurde ihr klar, dass keinerlei Eile bestand, was Genevieve betraf. Zudem wollte sie ihre neue Stellung, dieses hübsche kleine Zimmer, das ihr ganz allein gehörte, unter keinen Umständen durch unliebsame Fragen aufs Spiel setzen. Vorsicht war geboten. Gleichzeitig spürte sie, wie das Feuer nach wie vor in ihr loderte, der unbezähmbare Drang, endlich mehr über ihre Herkunft herauszufinden.

»Alles zu seiner Zeit, Agnes«, murmelte sie. Sie nahm das Halstuch ab, legte es zusammen und verstaute es mit ihren wenigen anderen Habseligkeiten in der Kommode. Ob sie vielleicht um einen bescheidenen Lohnvorschuss bitten konnte, um sich neue Kleidung zu kaufen? Über dem Waschtisch hing ein kleiner ovaler Spiegel. Sie betrachtete sich, kniff sich in die Wangen, damit sie ein bisschen Farbe bekam. Dann stieg sie die Treppe hinab und machte sich auf die Suche nach ihrer neuen Herrin.

Agnes fand Marianna in dem Salon, in dem sie mit Julius gesprochen hatte. Marianna, eine leichte Decke über den Beinen, hatte es sich auf der Chaiselongue bequem gemacht und blickte versonnen aus dem Fenster. Agnes nahm sich einen Moment Zeit, ihr Gesicht zu studieren. Sie hatte ein markantes Gesicht – »gute Anlagen«, hätte Mrs Watford wohl gesagt –, eine lange, gerade Nase und bemerkenswert wenig Falten. Sie hatte tiefliegende Augen, was ihrem Blick etwas Trauriges verlieh. Vielleicht war sie ja traurig.

Der Wind hatte aufgefrischt, rauschte durch die Blätter des Baums vor dem Fenster, trieb die Wolken über den Himmel, und die Sonne verschwand immer wieder. Agnes blickte hinaus in einen kleinen Garten; er war zwar gepflegt, schien aber so gut wie überhaupt nicht genutzt zu werden. Im Zimmer war es still, nur das Ticken der Uhr war zu hören, das leise Klappern der Fenster, wenn der Wind sie erfasste.

Agnes räusperte sich dezent.

Marianna wandte sich um und lächelte. »Agnes, da sind Sie ja. Pamela hat mir gestern ein paar neue Bände aus der Bibliothek geholt. Sie sind in dem Karton da drüben beim Kamin. Suchen Sie doch eins für mich aus. Aber bitte nichts Frivoles.«

Nichts Frivoles. Dabei war es völlig unmöglich, etwas auch nur entfernt Frivoles unter diesen Büchern zu finden. Die Titel verhießen zutiefst erbauliche Themen und erinnerten Agnes an die Bücher, die sie in Perdita Hall für die Schule hatte lesen müssen. Nachts hingegen hatte sie Gracie bei Kerzenlicht aus einer zerfledderten Ausgabe von *East Lynne* vorgelesen. Leider hatten sie nur Band zwei, sodass sie nicht wussten, wie der Roman anfing oder endete.

»Wie wäre es mit *Erinnerungen eines Missionars* von einem gewissen Mister Marcus Cherrywell?«, fragte Agnes.

»Ja, ausgezeichnet.«

Agnes nahm in einem Lehnsessel Platz, schlug das Buch auf und begann zu lesen. Marianna blickte wieder aus dem Fenster. Nichts deutete darauf hin, dass sie ihr zuhörte; tatsächlich schien sie ganz in ihren Gedanken verloren. Agnes las weiter, und nach etwa einer halben Stunde unterbrach Marianna sie plötzlich mitten im Satz.

»Wie wurde Ihnen denn Ihr Koffer gestohlen? Wie ist das passiert?«

Agnes markierte die Stelle im Buch mit dem Lesebändchen. Sie waren nicht sehr weit gekommen, wie sie enttäuscht feststellte. »Ich war am Bahnhof, und …«

»Details. An welchem Bahnhof?«

Agnes räusperte sich und hielt einen Moment inne, bevor sie weitersprach. »In York, Ma'am, an der Tanner Road. Ich hatte mir ein Billett für den Zug nach London gekauft, mich aber nicht vergewissert, wann er fahren würde. Deshalb musste ich bis Mitternacht warten.«

»Ich habe Ihnen doch gesagt, Sie sollen mich Marianna nennen.« Immerhin starrte sie jetzt nicht mehr aus dem Fenster, sondern blickte Agnes an und nickte. »Erzählen Sie weiter.«

»Ich war so erschöpft, todmüde, und wollte mich einfach nur ein paar Minuten ausruhen. Auf dem Bahnsteig war niemand außer einem gut gekleideten Herrn. Ich bin eingenickt, und als ich ein paar Minuten später wieder aufwachte, war mein Koffer weg. Und der Mann auch.«

»Glauben Sie, dass er ihn gestohlen hat?«

»Ich weiß es nicht. Vielleicht. Aber vielleicht waren es auch Straßenkinder. In meinem Koffer war nichts, was für den Mann von Wert gewesen wäre.«

Marianna rümpfte die Nase. »Männern kann man nicht trauen.«

Agnes lächelte. »Na ja, das kann ich so nicht sagen.«

»Mag sein… Sie dachten, es könne Ihnen nichts passieren, weil er gut aussah, stimmt's?«

»Nein«, gab Agnes zurück. »Eher, weil er reich aussah.«

Sie nickte langsam. »Ja, ja, natürlich. Die unteren Klassen sind immer anfällig für…« Marianna sprach nicht weiter, wandte ihren Blick wieder zum Fenster. »Ich bin recht müde, Agnes. Sprechen Sie doch kurz mit Pamela, sie zeigt Ihnen gern, wo Sie die Nähutensilien finden. Ich lege mich bis zum Abendessen noch ein bisschen hin.«

»Dann wünsche ich angenehme Ruhe, Marianna.« Agnes stand auf, unsicher, ob sie einen Knicks machen sollte, doch Marianna war bereits wieder in ihren Gedanken versunken, schien es gar nicht zu merken, als sie das Zimmer verließ.

Beim Abendessen lernte Agnes das übrige Personal kennen. Daisy kannte sie schon. Sie war ein goldiges Mädchen mit fliehendem Kinn, mausbraunem Haar und einem sanften Lachen. Annie, die rotgesichtige Köchin, war so aufgeräumt wie die Küchenchefin in Perdita Hall, und Agnes fragte sich, ob man beim Zubereiten von Essen unweigerlich gute Laune bekam. Das ältere Dienstmädchen, die stämmige Pamela mit ihrem grauen Haar, war für die Wäsche zuständig und übernahm zum Teil auch Aufgaben einer Hauswirtschafterin, kümmerte sich um die Vorratshaltung und erstellte die Arbeitspläne. Sie war hocherfreut darüber, dass Agnes mit Nadel und Faden umgehen konnte, und hatte ihr gleich einen Korb mit Sachen zum Flicken gebracht.

Die Küche war geräumig und warm, auch wenn sie keine Fenster hatte. Zwei Petroleumlampen flankierten den großen gusseisernen Herd, auf dem Annie ihnen Spiegeleier und Bratkartoffeln briet. Agnes saß mit Daisy und Pamela an dem runden Holztisch und inspizierte die Sachen in dem Korb.

»Damit bist du erst mal ein paar Wochen beschäftigt«, sagte Pamela mit ihrem breiten Akzent, den Agnes ebenso sympathisch wie ulkig fand. »Mit Nähen hat Daisy nicht viel am Hut.«

»Du genauso wenig«, gab Daisy zurück, »obwohl du für die Wäsche verantwortlich bist.«

»Liegt an meinen Wurstfingern.« Pamela streckte die Hände aus.

»Ich nähe sehr gern«, sagte Agnes. Im Korb lagen Socken und Kleider, aber peinlicherweise auch eine von Julius' langen Unterhosen.

»Da.« Daisy deutete auf ein Loch, wo die Naht aufgegangen war.

Agnes faltete die Unterhose zusammen und legte sie in den Korb zurück. »Darum kümmere ich mich morgen.«

»Essen«, verkündete Annie und schaufelte ihnen Spiegelei und knusprige Kartoffelscheiben auf die Teller. Das Essen duftete um einiges verführerischer als die Selleriesuppe und die Sandwiches mit kaltem Schweinebraten, die man zuvor Marianna und Julius ins Speisezimmer gebracht hatte.

Sie aßen und plauderten. Agnes beantwortete alle Fragen über York und die lange Zugfahrt, während ihr selbst nur eine einzige Frage auf der Zunge brannte. Als Daisy die Teller abräumte, schien der richtige Zeitpunkt gekommen.

»Kommen hier eigentlich auch manchmal Verwandte zu Besuch? Brüder? Schwestern? Julius' Mutter?«

Pamela und Daisy wechselten einen Blick, und selbst die fröhliche Annie runzelte missbilligend die Stirn.

»Mariannas Schwester darfst du auf keinen Fall erwähnen«, warnte Daisy sie. »Sie geht an die Decke, wenn sie nur den Namen hört.«

»Warum?«

»Das weiß niemand«, erwiderte Daisy. »Familiengeheimnis.«

»Es geht das Gerücht um, dass Genevieve – Mariannas Schwester – ihr den Mann gestohlen hat«, sagte Pamela.

»Ihren Verlobten«, berichtigte Daisy.

»Die vergangenen zehn Jahre hat sich Marianna um Julius gekümmert, als wäre er ihr leiblicher Sohn.« Annie strich sich eine blonde Locke hinters Ohr. »Ich glaube nicht, dass er Genevieve noch als seine Mutter betrachtet.«

»Er hat sogar seiner Verlobten wegen Marianna den Laufpass gegeben«, sagte Pamela.

»Was? Warum?«

»Er wollte Miss Georgina Bell heiraten, aber Marianna und Miss Bell konnten sich nicht riechen«, antwortete Daisy. »Und als Miss Bell dann verkündet hat, dass sie unter keinen Umständen mit Marianna unter einem Dach leben würde, hat er die Hochzeit abgeblasen.«

»Es war ein Skandal, und was für einer«, sagte Pamela. »Aber ihm war es offenbar egal. Er ist ein braver Junge, unser Julius.«

»Hat Genevieve denn je hier gewohnt?«

»Ja, aber das war vor meiner Zeit«, sagte Daisy. »Aber Annie und Pamela kannten sie.«

»Diese Frau kannte niemand«, murmelte Annie.

»Wisst ihr, wo sie hingezogen ist? Schickt sie Briefe? Das sollte ich vielleicht besser wissen, falls …«

»Ladys?«

Agnes fuhr herum. Julius war die Treppe heruntergekommen und musterte sie stirnrunzelnd. Was hatte er mitbekommen? Ihr Puls raste.

»Wie können wir Ihnen helfen, Sir?«, fragte Pamela.

»Hört mit dem Tratschen auf.« Er sah Agnes in die Augen, und sie merkte, wie sie rot wurde. Sie senkte den Blick. Er musste sie für eine unglaublich dumme Pute halten. Aber wieso scherte sie das überhaupt – etwa weil sie vor ihrem Bruder nicht schlecht dastehen wollte?

»Ach, wir haben nur ein bisschen geschwatzt, Sir«, sagte Agnes.

Er richtete das Wort an Annie. »Ich soll dir von Marianna ausrichten, dass Agnes fünf Shilling Vorschuss erhält, weil ihre Sachen allesamt gestohlen worden sind.«

Dann schaute er sie wieder an, und sie begriff, dass er kein Wort von der Geschichte glaubte.

»Und mach uns doch bitte noch einen Kakao«, sagte er. »Für euch selbstverständlich auch.«

»Gern«, erwiderte Annie. »Kommt sofort.«

Er wandte sich um und stieg die Treppe wieder hinauf. Alle holten erst einmal tief Luft.

»Und ihm gegenüber nimmst du Genevieves Namen besser auch nicht in den Mund«, sagte Daisy, sobald er außer Hörweite war.

»Verstanden.« Agnes musste sich mit aller Macht zusammenreißen, weil ihr tausend Fragen auf der Zunge lagen.

»Trotzdem«, sagte Daisy. »Jede Wette, dass er weiß, wo sie ist.«

»Schon möglich, aber das juckt ihn nicht«, sagte Pamela. »Er will nichts mit ihr zu tun haben.«

Agnes hielt den Kopf gesenkt. *Ich wette, er weiß trotzdem, wo sie ist.*

Wie konnte sie ihn nur dazu bringen, ihr etwas zu verraten, ohne dabei ihre Stellung aufs Spiel zu setzen?

Später saß Agnes im Unterhemd auf ihrem Bett und beobachtete das Treiben auf der Straße, den schier endlosen Strom von Menschen, Pferden und Kutschen. Endlich einmal knurrte ihr nicht der Magen. Sie hatte gebadet und freute sich darauf, sich am kommenden Morgen neue Sachen kaufen zu können;

ihr graues Kleid, frisch mit Laugenseife gewaschen, hing unten neben dem Kamin.

Es wurde dunkel. Als sie aufstand, um eine Kerze anzuzünden, bemerkte sie, dass unten auf der Straße Licht brannte. Sie trat ans Fenster, drückte die Nase gegen die Scheibe und spähte hinaus. Überall brannten Gaslaternen. Sie strahlten so hell, dass sie es mit den Sternen aufnehmen konnten, elegant geschwungene Laternen, die die Straße zu beiden Seiten erleuchteten. Agnes spürte, wie ein Lächeln auf ihr Gesicht trat. Es war ein wundervoller Anblick, und sie bereute es keine Sekunde, alles hinter sich gelassen zu haben.

Agnes arbeitete seit drei Tagen in dem großen Haus am Belgrave Place, als Marianna zum ersten Mal mitten in der Nacht nach ihr verlangte.

Zuerst drang die schwache Stimme, die »Agnes« rief, in einen Traum, in dem sie sich im Wald hinter Perdita Hall versteckte, während Mrs Watford nach ihr suchte. »Agnes! Agnes!«

Und dann wachte sie auf. Um sie herum war es stockdunkel, und der Wind rüttelte am Fenster. Doch die Stimme rief immer noch nach ihr, und mit einem Mal wurde Agnes bewusst, wo sie sich befand. »Komme!«, rief sie.

Sie schlug die Decke beiseite und zog ihren Morgenrock an. Ihre Füße waren nackt, da sie sich noch keine neuen Pantoffeln hatte kaufen können, und der Boden war kalt. Vorsichtig stieg sie die schmale Treppe hinunter. Als sich ihre Augen an das Dunkel gewöhnt hatten, sah sie, dass Mariannas Schlafzimmertür offen stand.

»Hier bin ich«, sagte sie.

»Danke. Holen Sie doch bitte die Petroleumlampe. Sie steht auf der Kommode neben dem Fenster. Dort liegen auch Streichhölzer.«

Agnes tastete sich zu der Kommode vor. Gott sei Dank fiel ein wenig Mondlicht durch die Vorhänge. Sie zündete die Lampe an. Mariannas Schlafzimmer lag auf derselben Seite des Hauses wie der Salon und war etwa genauso groß. Marianna setzte sich auf in ihrem ausladenden Himmelbett, dessen fein gewebter Baldachin mit reichen Stickereien verziert war. Des Weiteren beherbergte das Zimmer drei Schränke, zwei Kommoden, vier kleine Regale und zwei Lehnsessel. Auf dem Boden lagen dicke Webteppiche. Auf dem Kaminsims drängten sich Nippsachen, die blassgrüne Tapete war mit Gold durchwirkt, und an den Wänden hingen Gemälde und Miniaturen. Auf einem Bild erkannte sie die Kirche von Hatby. Sie trat näher, um es genauer zu betrachten.

»Das ist St. Mary's«, sagte Agnes.

»Ja. Ich war dort schon seit vielen Jahren nicht mehr. Sieht die Kirche noch genauso aus?«

»Die Bäume ringsum sind höher, deswegen ist es dort jetzt nicht mehr so sonnig.« Sie wandte sich zu Marianna und lächelte. »Eher ein bisschen geheimnisvoll.«

»Törichtes Geschwätz.« Trotzdem lächelte Marianna ebenfalls. »Meine Familie lebt direkt hinter dem Wäldchen.«

»Tatsächlich?«, sagte Agnes. »Dann meinen Sie bestimmt die Breckbys, richtig? Lord Caspians Haus steht dort oben auf dem Hügel.«

»Er ist mein Vater.«

»Besuchen Sie ihn manchmal?«

Marianna wandte den Blick ab. »Ich kann nicht einschlafen«, sagte sie. »Ich bin aus einem Traum aufgewacht, und jetzt gelingt es mir nicht, wieder die Augen zu schließen. Ziehen Sie die Vorhänge auf. Der Morgen graut bald.«

Agnes warf einen Blick auf die Standuhr. Es war fünf nach drei, und es dauerte noch eine Weile, bis es hell wurde, doch sie gehorchte. Das Fenster ging zum Garten hinaus, und sie betrachtete die seltsamen orange schimmernden Umrisse der Bäume und den runden dunklen Fischteich.

»Lesen Sie mir ein wenig vor?«, fragte Marianna. »Sehen Sie das Regal neben der Tür? Auf dem untersten Bord steht eine Geschichte des alten Roms. Ich bin bei Band vier angelangt.«

Agnes verkniff sich die Bemerkung, dass sie bei der Geschichte des alten Roms wahrscheinlich beide einschlafen würden. Sie fand den gewünschten Band und nahm in einem Sessel Platz. Draußen heulte der Wind, die Äste bogen sich, das Mondlicht und der Gaslaternenschein spielten mit den Schatten.

»Ihre Füße müssen ja eiskalt sein.« Marianna warf ihr eine Strickdecke zu.

Agnes breitete die Decke über ihre Beine. »Kapitel elf«, las sie. Doch dann gewann ihre Neugier die Oberhand, und sie schlug das Buch wieder zu. »Was haben Sie geträumt? War es wirklich so schlimm, dass Sie nicht wieder einschlafen konnten?«

Marianna schüttelte den Kopf. »Nein, überhaupt nicht schlimm, meine Liebe. Es war ein so unsagbar schöner Traum, dass ich beim Aufwachen am liebsten geweint hätte vor Enttäuschung.«

»Unsagbar schön? Wovon haben Sie denn geträumt?«

Doch Marianna ging nicht auf ihre Frage ein. »Lesen Sie weiter. Kapitel elf.«

Agnes senkte den Kopf und las. Der Wind legte sich langsam, und ein fahles Rosa schimmerte am Horizont, kroch langsam über die Dächer Londons. Als sie merkte, dass sie heiser wurde, blickte sie auf und sah, dass Marianna eingeschlafen war. Agnes klappte das Buch zu, löschte das Licht und zog die Vorhänge wieder zu. Dann ließ sie die im grauen Morgenlicht schlummernde Marianna zurück und hoffte, dass sie noch etwas unsagbar Schönes träumen würde.

KAPITEL 5

☆

Ende der ersten Woche besorgte Agnes – sie trug eines ihrer zwei neuen blassblauen Wollkleider – neue Bücher für Marianna aus der Bibliothek und wählte einige aus, die vom Inhalt her nicht so trocken waren. Marianna hatte ein Faible für Geschichte, weshalb Agnes ihr Mr Carlyles Ausführungen über die Französische Revolution vorlas, die sie beide gleichermaßen fesselte. In der zweiten Woche brachte sie eine Sammlung mit Geistergeschichten mit, und es gelang ihr sogar, Mariannas Bedenken zu zerstreuen, indem sie ihr hoch und heilig versicherte, dass darin keine Liebesszenen vorkamen – und falls doch, würde Agnes sie einfach auslassen. In der dritten Woche machte sie Marianna Kriminalgeschichten schmackhaft, und sie hielten vor Spannung den Atem an, als Agnes ihr aus Mr Wilkie Collins' *Die Frau in Weiß* vorlas. Marianna hatte nicht einmal an der Affäre zwischen Walter und Laura etwas auszusetzen.

In jenen drei Wochen hatte Agnes das Gefühl, regelrecht durch die Tage zu gleiten. Marianna war fast jede Nacht wach und schlief morgens, während Agnes Näharbeiten erledigte und Teppiche ausklopfte. Manchmal nahm sie vor Müdigkeit alles nur wie durch einen Nebel wahr. Sie sah die Sonne so oft vor Mariannas Fenster aufgehen, dass sie nicht mehr mitzählte, und fiel abends meist völlig erschöpft ins Bett. Zuweilen ließ sie das Abendessen ausfallen, damit sie ein oder zwei Stunden schlafen konnte, ehe sie unweigerlich wieder mitten in der Nacht aus dem Schlaf gerissen wurde.

Es begann an ihr zu zehren, dass sie kaum je vor die Tür kam. Selbst der Kirchenbesuch blieb ihr verwehrt. Sonntags besuchte sie der Pfarrer, da Marianna das Haus nicht verlassen wollte. Mit der Außenwelt kam sie nur bei ihren kurzen nachmittäglichen Spaziergängen mit Daisy in Berührung. Zumeist jedoch sah sie die Welt nur durch die dicken Fensterscheiben. Sie fügte sich in diesen Trott und verzichtete darauf, Fragen nach Genevieve zu stellen, um Mariannas und Julius' Vertrauen zu gewinnen. Doch ihr Geist sehnte sich danach, frei und unbeschwert umherzustreifen; er war nicht dafür geschaffen, im Haus eingeschlossen zu sein. Sie war Perdita Hall entkommen, nur um erneut in einem Kerker zu landen.

Eines schönen Frühlingsnachmittags, als sie und Marianna sich zu einer weiteren Lesestunde im Salon niederließen, konnte Agnes nicht an sich halten, als sie die Orangenbäume und die prachtvoll blühenden Stiefmütterchen vor dem Fenster erblickte. »Setzen wir uns doch in den Garten«, platzte sie heraus.

Marianna verzog missbilligend die Mundwinkel. »Sie wissen, dass ich das Haus nicht verlasse.«

Agnes legte das Buch beiseite und sank vor ihr auf die Knie. »Schauen Sie doch, Marianna. Schauen Sie doch nur.«

Zögernd blickte Marianna zum Fenster.

»Sehen Sie, wie die Brise die Blätter streichelt? Wollen Sie nicht auch ein wenig Sonne auf Ihren Wangen spüren? Hören Sie die Vögel?«

Marianna wandte sich wieder Agnes zu und ergriff ihre Hand. »Sie verstehen das nicht, meine Liebe.«

»Dann erklären Sie es mir.«

»Die Welt ist zu groß. Zu groß für mich. Ihre Größe ist so überwältigend, dass sie mich beinahe erdrückt.« Sie blickte wieder hinaus in den Garten, senkte dann aber den Kopf. »Ich war nicht immer so.«

Agnes, die sich nichts sehnlicher wünschte, als jenseits von Wänden und Mauern zu leben, verstand Mariannas Angst nicht, doch sie sah, dass ihre blassen Hände zitterten, und verspürte plötzlich so tiefes Mitleid mit ihr, dass sie spontan die Arme um sie legte. »Ich bleibe bei Ihnen, ganz nah. Und Sie müssen mir nur beim Vorlesen zuhören. Sie können sogar die Augen schließen, wenn Sie wollen.«

Sie spürte, dass Mariannas Schultern sich ein wenig entspannten. »Die Augen schließen? Ja, dann schaffe ich es vielleicht.«

Agnes ließ sie los und streckte die Hand aus. »Ich kann Sie hinausführen. So, als wären Sie blind.«

Marianna musterte sie eindringlich, und Agnes war bereits sicher, dass sie nein sagen würde. Sie spürte das heftige Pochen ihres Pulses in der Kehle: War sie zu weit gegangen, hatte sie Marianna zu sehr gedrängt? Würde Julius sie am Abend dafür zusammenstauchen?

Doch dann schloss Marianna die Augen und ergriff Agnes' Hand.

Agnes lächelte. »Sie werden es nicht bereuen«, sagte sie und führte Marianna aus dem Salon. Auf dem Weg zur Tür ergriff sie das Buch. »Ich verspreche es Ihnen.«

Sie ging mit Marianna den Flur entlang und rief die Treppe zu Daisy hinunter, sie möge bitte Mariannas Hut und Handschuhe in den Garten bringen. Dann traten sie hinaus in die warme, frische Luft. Rotkehlchen zwitscherten in den Hecken. Von der Straße drang gedämpft Hufgeklapper. Und wie wohltuend es war, den Wind in den Haaren zu spüren. Sie sah Marianna an, die die Augen immer noch geschlossen hielt. Ihr Mund war zu einer schmalen Linie zusammengepresst.

»Hier entlang.« Agnes lenkte sie zu einer von der Sonne beschienenen Steinbank neben einem üppigen Lavendelbeet, half ihr beim Hinsetzen und nahm neben ihr Platz. »Spüren Sie die Brise auf der Haut?«

Marianna nickte, doch sie lächelte immer noch nicht. Nur Geduld, sagte sich Agnes.

Daisy kam mit dem Hut und den Handschuhen aus dem Haus. Agnes setzte ihr den Hut auf, und Daisy streifte ihr die Handschuhe über.

»Und du, Agnes?«, fragte Daisy. »Du sitzt doch auch in der Sonne.«

»Ach, meine Hände können ruhig ein bisschen Farbe abbekommen.« Agnes scheuchte sie fort. »Wir bleiben sowieso nicht lange hier. Nur ein Kapitel. Einverstanden, Marianna?«

Mariannas gerunzelte Stirn sprach Bände. Doch sie nickte. »Na gut. Aber nur eins.«

Daisy zog sich zurück, und Agnes begann zu lesen. Dabei hielt sie Mariannas Hand fest, und nachdem sie das Kapitel etwa zur Hälfte gelesen hatte, merkte sie, wie sich Mariannas Griff lockerte. Als sie einen kurzen Seitenblick riskierte, sah sie, dass Marianna zögernd ein Auge geöffnet hatte. Während Agnes weiterlas, spürte sie, wie die Spannung mehr und mehr von Marianna abfiel. Als sie am Ende des Kapitels angekommen war, blickte sie auf.

Ihre Herrin hatte den Hut abgenommen. Die Sonne schien auf ihr Haar, und ein verwunderter, fast fassungsloser Ausdruck lag auf ihrem Gesicht.

Nach einem weiteren Kapitel verkündete Marianna, sie müsse sich nun ein wenig hinlegen, und Agnes begleitete sie nach oben in ihr Schlafzimmer. Marianna reichte Agnes ihre Handschuhe und bat sie, diese in die Kommode zu legen, und Agnes drehte sich zu dem Möbelstück aus dunklem Walnussholz um.

Doch die oberste Schublade ließ sich nicht öffnen. Sie wollte gerade sagen, dass sie abgeschlossen war, als Marianna rief: »Oh, nicht die Kommode!«

Agnes hielt inne und blickte über die Schulter. Marianna hatte ihren Hut aufgehängt und riss ihr die Handschuhe regelrecht aus der Hand.

»Diese hier meinte ich.« Sie zog die oberste Schublade einer weiß lackierten Kommode auf, die neben einem dazu passenden Schrank stand.

»Entschuldigung«, sagte Agnes.

Marianna hatte ihre Fassung zurückgewonnen. »Da drin sind nur alte Sachen«, sagte sie in sanfterem Tonfall. »Die meisten davon gehören gar nicht mir. Aber zum Wegwerfen sind sie zu schade.«

»Ach so«, sagte Agnes und entschuldigte sich noch einmal. Doch ihre Gedanken überschlugen sich. *Die meisten davon gehören nicht mir.* Wem denn sonst? Aber sie kannte die Antwort bereits: Es waren Genevieves Sachen. Vielleicht fanden sich dort ja sogar Anhaltspunkte, wo Genevieve sich aufhielt.

Agnes half Marianna ins Bett, doch gelang es ihr kaum, die Augen von der Kommode abzuwenden.

Nach dem Abendessen saß Agnes mit den anderen Bedienten in der Küche. Sie bestickte ein Schnupftuch mit einem Lavendelsträußchen und nahm sich vor, morgen Lavendel zu pflücken, ihn zu trocknen und in das Tuch zu wickeln, als Geschenk für Marianna. Daisy, Pamela und Annie schnatterten durcheinander. Offenbar hatte Annie sich ein bisschen in den neuen Metzger verguckt, bei dem sie heute eingekauft hatte, und Daisy und Pamela konnten sich die eine oder andere anzügliche Bemerkung nicht verkneifen. Agnes lachte mit, konzentrierte sich aber auf ihre Stickarbeit.

Mit einem Mal merkte sie, dass die anderen drei verstummt waren, und sah auf. Julius stand in der Tür, den Blick auf sie gerichtet.

»Kann ich Sie kurz sprechen, Agnes?«

In den vergangenen drei Wochen war Agnes Julius nach Möglichkeit aus dem Weg gegangen. Und da sie bereits ab dem frühen Morgen beschäftigt war und sich abends unten im Dienstbotenbereich aufhielt, um dort zu sticken oder Briefe zu schreiben, hatte sie kaum mehr als »Guten Morgen« und »Guten Abend« zu ihm gesagt. Er schien ihr nicht sonderlich gewogen zu sein, und Agnes hatte sich lang genug mit der Missbilligung anderer herumschlagen müssen.

»Selbstverständlich, Sir.« Sie legte ihr Stickzeug beiseite und fragte sich, was sie falsch gemacht hatte.

Sie folgte ihm die Treppe hinauf und durch den Flur in den hinteren Teil des Hauses. Er öffnete die Tür zu einem kleinen, penibel aufgeräumten Studierzimmer, bat sie jedoch nicht, Platz zu nehmen. Mit gesenktem Kopf stand sie da und wartete darauf, was er ihr vorzuwerfen hatte.

Doch kaum hatte er die Tür hinter sich geschlossen, trat er auf sie zu und ergriff ihre Hände. Er hatte die Hemdsärmel aufgekrempelt, und ihr fiel auf, dass er ausgesprochen wohlgeformte Unterarme hatte. »Danke«, sagte er. Seine Hände waren warm, und in seinen Augen stand ein Leuchten, das seinem Gesicht einen völlig anderen Ausdruck verlieh.

»Danke?«, fragte sie.

Er ließ ihre Hände los, und plötzlich fühlte sie sich alleingelassen.

»Wie ist Ihnen das gelungen? Wie haben Sie meine Tante dazu gebracht, den Garten zu betreten?«

Sie ist auch meine Tante, dachte sie. »Oh, jetzt verstehe ich. Nun, Sir, ehrlich gesagt war es recht simpel. Ich habe ihr gesagt, sie soll einfach die Augen zumachen, ich würde sie führen. Sie hat eine ganze Weile mit zugekniffenen Augen neben mir auf der Bank gesessen, aber dann hat sie sie schließlich aufgemacht und war ganz begeistert.«

»Auf die Idee wäre ich nie gekommen. Die ganze Zeit habe ich versucht, sie dazu zu bewegen, einen Fuß vor die Tür zu setzen, sei es, um zum Arzt zu gehen oder bei einem Händler vorbeizusehen – ohne Erfolg.«

»Ich glaube, die Menschenmassen würden ihr einen fürchterlichen Schrecken einjagen, Sir. Sie machen sogar mir Angst, und mich kann so leicht nichts erschrecken.«

Er lächelte, und plötzlich konnte sie sich genau vorstellen, wie er als kleiner Junge ausgesehen hatte. Etwas Offenes und Aufrichtiges sprach aus seinen Zügen. »Wie charmant. Ich mag mutige Damen.«

Sie strahlte ihn an, und einige Sekunden vergingen, ehe er sich von ihrem Blick losriss und hinter seinen kleinen Eichenschreibtisch trat. Er ordnete ein paar Unterlagen, bevor er weitersprach. »Nun ja, ich glaube, ich muss mich bei Ihnen entschuldigen. Ich war neulich nicht besonders freundlich zu Ihnen und auch alles andere als begeistert, dass Marianna Sie eingestellt hat. Aber ich bin jemand, der erkennt, wenn er Fehler macht – und ich habe mich in Ihnen getäuscht. Es tut mir leid, Agnes.«

Agnes empfand tiefe Bewunderung für ihn, und einen Moment lang himmelte sie ihn förmlich an, doch dann rief sie sich in Erinnerung, dass er höchstwahrscheinlich ihr Bruder war und ihr wohl deshalb die Wangen glühten. »Sie brauchen sich nicht zu entschuldigen, Sir«, sagte sie.

»Sagen Sie doch Julius zu mir«, erwiderte er. »Marianna verabscheut Förmlichkeiten, und ich möchte auch nicht aufgeblasen wirken.«

»Sie wirken alles andere als das«, sagte sie, und dann, nach kurzem Zögern, sprach sie seinen Vornamen aus: »Julius.«

Wieder dieses jungenhafte Lächeln, und wieder wich er ihrem Blick aus, rückte die Unterlagen auf seinem Schreibtisch zurecht. Dann sah er auf. »Sie können gehen, Agnes«, sagte er sanft.

»Einen schönen Abend, Sir«, sagte sie und verließ widerstrebend das Zimmer.

Am nächsten Tag traf endlich ein Brief von Gracie ein. Sie hatte immer Probleme mit Lesen und Schreiben gehabt, was sie auf ihr schlimmes Auge schob. Agnes nahm ihr das nicht ab – dazu war sie eine viel zu begabte Spitzenklöpplerin – und vermutete, dass es ihr einfach schwerer fiel als den anderen Mädchen in Perdita Hall. Sie war deswegen ständig aufgezogen worden, und Agnes hatte mehr als einmal bei Mrs Watford antanzen müssen, nachdem sie anderen eine Abreibung verpasst hatte, weil sie ihre Freundin als Gracie, die Gans beschimpft hatten. Umso mehr freute Agnes sich über Gracies sehr langen Brief. Sie verließ die Küche, wo sie gerade die Säume an einem von Annies Kleidern aufgetrennt hatte, und flitzte nach oben auf ihr Zimmer. Es war ein trister grauer Nachmittag; sie rückte den Stuhl ans Fenster, weil dort das Licht besser war, und brach das Siegel. Gracie hatte die Rückseite von Wäschelisten und Stundenplänen beschrieben, so wie es von allen Perdita-Zöglingen verlangt wurde. Papier war Mangelware. Es roch sogar nach Perdita Hall – eine seltsame Mischung aus Zitrus-Reiniger und feuchtem Mief, die Agnes schlagartig jene Welt in Erinnerung rief, die sie erst vor knapp einem Monat hinter sich gelassen hatte. Sie atmete tief aus, zutiefst dankbar für ihr neues Leben.

Ihr sprangen die in winziger Schrift geschriebenen Worte ganz oben ins Auge.

Tut mir leid, dass ich so lange für eine Antwort gebraucht habe. Du weißt ja, wie schwer mir das Schreiben fellt. Habe mehrere Nächte damit verbracht.

Agnes lächelte und las weiter.

Liebste Agnes,

wie ich mich über Deinen Brief gefreut habe! Ich will versuchen, Dir so schnell wie möglich zu antworten, damit Du Dich nicht von Deiner liebsten Freundin alleingelassen fühlst! Lass mich Dir erzählen, was hier alles Aufregendes passiert ist, Bernadett Challenger ist die Treppe hinuntergefallen und hat sich den Arm gebrochen. Sie musste nach York gebracht werden, zu einem Schirugen. Captain Forest ist für die Kosten aufgekommen, damit sie nicht den Rest ihres Lebens mit einem verkrüpelten Arm verbringen muss. Ein kleiner Junge, sieben oder acht Jahre alt, ist im Schlaf gestorben, aber niemand weiß, warum. Sie haben den Schlafsahl der Jungen gründlich gereinigt und überall Karbol verteilt, und wir mussten auf dem Kirchhof für ihn beten. Sein Sarg war so klein, und ich musste schrecklich weinen, weil es so traurig war, und doppelt so traurig wegen dem trüben Wetter. In London ist es doch bestimmt viel sonniger als in Hatby, oder? Aber bestimmt auch ziemlich laut, glaube ich. Jetzt ist gerade Mrs Cranbourne hereingekommen und will die Tintenfässchen wegschließen. Ich schreibe morgen weiter.

Weiter ging es mit einer anderen Tinte. Auf den nächsten Seiten berichtete Gracie, wer sich mit wem angefreundet hatte, dass eine neue junge Schwester nun die ganz Kleinen betreute und wie Hannah Coromandel dabei erwischt worden war, wie sie Seife gegessen hatte. Alle anderen hatten sie ausgelacht, doch Gracie hatte sie offensichtlich in Schutz genommen. Oh, wie sie Agnes fehlte – die sanftmütige Gracie, die stets das Gute in allen sah, selbst in Hannah Coromandel, die immer so gemein zu ihnen gewesen war.

Abermals hatte Gracie abgebrochen und anschließend wiederum mit anderer Tinte weitergeschrieben. Es folgten mehr oder minder Bagatellen und Belanglosigkeiten, doch auf der letzten Seite klang sie auf einmal seltsam zögerlich.

Heute war ich in Hatby, um ein Paket aufzugeben und Möbelpolittur zu kaufen, und da lief mir Cole Briar über den Weg. Er hat sich nach Dir erkundigt und war sehr freundlich zu mir. Findest Du nicht, dass er gut aussieht, Agnes? Er war wirklich sehr nett und hat gesagt, er würde mich gern wiedersehen.

Agnes runzelte die Stirn.

Als ich erwiderte, ich würde bei meinem nächsten Besuch im Dorf Ausschau nach ihm halten, lächelte er mich so unwiderstehlich an, dass sich mein Herz schier überschlug vor Freude. Wahrscheinlich hältst Du mich jetzt auch noch für dämlich.
So, und jetzt bringe ich den Brief zur Post, damit Du ihn endlich kriegst. Tut mir leid, dass ich so lange dafür gebraucht habe.
In inniger Liebe und Verbundenheit
Deine

Gracie

Agnes legte den Brief beiseite und blickte aus dem Fenster. Es hatte zu regnen begonnen, und durch die Scheibe konnte sie die Bäume nur verschwommen erkennen. Es gefiel ihr ganz und gar nicht, was Gracie über Cole Briar geschrieben hatte, und am liebsten hätte sie ihrer Freundin die Leviten gelesen und ihr eindringlich von einem weiteren Treffen abgeraten. Doch Gracie war weit, weit weg und außerdem inzwischen siebzehn Jahre alt, längst nicht mehr das kleine rothaarige Mädchen mit den Schielaugen, das Agnes beschützt hatte, so lange sie sich zurückerinnern konnte.

Als Agnes die Seiten zusammenfaltete und in der obersten Schublade ihrer Kommode verstaute, hörte sie unten die Haustür ins Schloss fallen. Julius war zurück aus dem Krankenhaus, und bald würde es Abendessen geben. Alles ging seinen geregelten Gang, und bald würde sie zusammen mit den anderen Bediensteten in der Küche sitzen. Und Gracie kam auch ohne sie klar. Es blieb ihr gar nichts anderes übrig.

In den nächsten drei Tagen las Agnes Marianna im Garten vor, und in den Nächten schlief Marianna durch. Agnes glaubte bereits, das Heilmittel für Mariannas Schlaflosigkeit gefunden zu haben, doch in der vierten Nacht wurde sie eines Besseren belehrt. Die Stimme aus dem Dunkel riss sie aus dem Schlaf, und sie spürte die Müdigkeit bis tief in die Knochen.

Agnes stand auf, zog ihren Hausmantel über, schlüpfte in die Pantoffeln und stieg die Treppe hinunter. Den Ablauf hatte sie mittlerweile verinnerlicht. Sie entzündete die Lampe, zog die Vorhänge auf – draußen war es still und dunkel – und sorgte dafür, dass Marianna bequem im Bett saß.

Agnes ging zum Regal. »Was würden Sie denn gern hören?«

»Wie wäre es mal wieder mit Mr Cherrywell?«

»Fanden wir beide ihn nicht furchtbar langweilig?«

»Genau das Schlafmittel, das ich brauche.«

Mit einem mühsam unterdrückten Gähnen nahm Anna den Band zur Hand, ließ sich in ihrem Sessel nieder und schlug das Buch auf. Von Zeit zu Zeit schielte sie zu der Kommode neben der Schlafzimmertür hinüber, in der sich vermutlich Genevieves Sachen befanden. Sie war zwar verschlossen, doch der Schlüssel war im Nachttisch neben Mariannas Bett. Sie hatte ihn gesehen, als sie nach Streichhölzern gesucht hatte. Bislang hatte sie es nicht gewagt, den Schlüssel an sich zu nehmen; nicht weil sie befürchtete, entdeckt zu werden und ihre Stellung zu verlieren, sondern weil sie Marianna wirklich mochte und vor ihr nicht schlecht dastehen wollte. Das war eine erstaunliche Erkenntnis: Die Zuneigung bremste ihre Neugier stärker als Ermahnungen und Standpauken.

Sie las weiter. Die Dunkelheit begann allmählich zu schwinden, während im Osten das Tageslicht herankroch. Von Marianna war kein Mucks zu hören, und Agnes hob den Kopf, um zu sehen, ob sie eingeschlafen war.

Sie konnte sich kaum noch konzentrieren. Ihre Gedanken kreisten unablässig um den Schlüssel, die Kommode und auf was sie dort wohl stoßen mochte. Die Worte kamen weiter über ihre Lippen, doch sie hatte es längst aufgegeben, ihnen einen Sinn zu geben.

Sollte sie es wirklich wagen?

Mattes graues Licht fiel durch das Fenster. Inzwischen war Marianna eingeschlafen. Agnes schlug das Buch zu, legte es zur Seite und blieb schweigend sitzen. Eine Minute. Zwei. Marianna wachte nicht auf.

Sie stand auf und … nein, sie würde es nicht tun. Die Vorstellung, in Mariannas verwundertes, enttäuschtes Gesicht schauen zu müssen, war zu niederschmetternd. Sie wandte sich zur Tür, doch nach zwei Schritten drehte sie sich um und schlich sich zum Bett. Sie versuchte, sich einzureden, dass sie sich nur vergewissern wollte, ob Marianna auch bequem ruhte, das Kissen richtig lag oder die Decke verrutscht war. Agnes warf einen Blick auf ihre Hände; es war, als gehörten sie einer Fremden. Leise zog sie die Schublade auf, und einen Moment später hielt sie auch schon den Schlüssel in der Hand. Marianna schlief tief und fest, ihr Gesicht war weich und entspannt.

Agnes' Herz schlug so heftig, dass sie einen Augenblick lang fürchtete, Marianna könne es hören. Aber nun hatte sie den Schlüssel; jetzt würde sie die Sache auch zu Ende bringen. Sie huschte zu der Kommode, schaute über die Schulter, um sicherzugehen, dass Marianna nicht aufgewacht war, und steckte den Schlüssel ins oberste Schubladenschloss.

Kleider, genau wie Marianna gesagt hatte. Agnes nahm ein Nachthemd, schüttelte es aus und hielt es an ihren Körper. Ihr Herz machte einen kleinen Satz: Sie hatte die gleichen Maße wie Genevieve. Sie faltete das Nachthemd wieder zusammen, sah sich nochmals nervös nach Marianna um und legte es zurück. Sie hoffte, noch andere Dinge außer Kleidung zu finden. Agnes kramte in der Schublade herum, doch ihre Finger ertasteten nur Seide und Satin, Wolle und Baumwolle. Sie schloss die Schublade wieder und öffnete die nächste, doch auch hier war ihr kein Glück beschert – nur Unterwäsche und Nachtzeug, alles von feinster Qualität.

Sie ging in die Hocke, um die letzte Schublade aufzumachen. In dieser Position konnte sie Marianna nicht sehen. Sie holte tief Luft und schloss die Schublade auf.

Noch mehr Kleidung, doch darunter ... Agnes nahm ein flaches Holzkästchen mit chinesischen Mustern auf dem Deckel heraus. Sie öffnete den Verschluss. Ringe, Broschen, Halsketten, die offenbar Genevieve gehörten; Marianna trug nie Schmuck. Sie steckte sich einen Ring an – er passte wie angegossen, und sie streifte sich gleich noch einen über. Sie war sich durchaus bewusst, dass sie ihre Stellung riskierte, wenn sie hier weiter in Schubladen kramte und Schmuck anprobierte, doch sie war so verzückt, die Ringe ihrer Mutter zu tragen, dass sie sich nicht bremsen konnte. Die Schmucksachen lagen in einem silbernen Fach, das sie herausnahm, weil sie darunter noch mehr Schmuck vermutete.

Doch stattdessen fand sie ein weiches, einst weißes Stück Stoff, vergilbt und von Motten angefressen.

Marianna bewegte sich im Schlaf, und Agnes spähte hinüber. Das Herz schlug ihr bis zum Hals, als sie den Stoff aus dem Kästchen nahm und ausschüttelte.

Es war ein winziges Kleid. Ein Babykleidchen.

Agnes stockte der Atem. Als sie mit den Fingern über den leichten Stoff fuhr, fiel ihr Blick auf die Ringe an ihrer Hand, und ihr Verstand setzte wieder ein. Rasch faltete sie das Kleidchen zusammen, legte es zurück in das Kästchen, setzte das Fach wieder ein und streifte die Ringe ab. Einen Moment später hatte sie das Kästchen in der Schublade verstaut und sie abgeschlossen. Sie legte den Schlüssel zurück an seinen Platz, verharrte kurz neben dem Bett und strich Marianna eine Strähne aus der Stirn. Ihrer Tante. Das Babykleidchen war der unumstößliche Beweis. Agnes lächelte. Dann beugte sie sich zu ihrer Tante hinunter und küsste sie auf die Stirn.

Der Morgen graute. Agnes machte die Lampe aus, zog die Vorhänge vor und verließ das Zimmer.

Eigentlich wäre es vernünftig gewesen, noch ein, zwei Stunden zu schlafen. Doch in Agnes' Kopf drehten sich Fragen über Fragen, und sie ging in die Küche, um sich ein Glas warme Milch zu machen. Als sie die letzten Stufen hinunterstieg, hörte sie leises Geklapper – sie war nicht die Einzige, die wach war.

Es war Annie, die eine blitzsaubere, akkurat gebundene Schürze trug. Für gewöhnlich sah Agnes sie erst am Abend, wenn ihre Schürze bekleckert war und nur noch lose von ihrem drallen Leib herabhing.

»Guten Morgen, junge Frau«, sagte Annie. »Du bist aber früh wach.«

»Du auch.«

»Ich fange gern zeitig an«, gab Annie zurück. »Und was ist mit dir?«

»Ich konnte nicht schlafen.«

Annie machte eine Kopfbewegung. Auf dem Herd stand eine Kanne. »Ich mache gerade Kakao. Er reicht für uns beide, wenn du auch einen willst.«

»Oh, danke.« Agnes ließ sich auf einen Stuhl sinken. »Gern.«

Annie stellte eine zweite Tasse auf den Tisch und schenkte ihnen beiden ein. Der Inhalt der Kanne reichte gerade für zwei etwas mehr als halb volle Tassen, und Agnes war dankbar für Annies Großzügigkeit. Die rundliche Köchin setzte sich zu ihr und strich sich ein paar widerspenstige blonde Locken hinter die Ohren.

»Na los, raus mit der Sprache, Kleines. Marianna hält dich nachts ganz schön auf Trab, was?«

»Na ja …«

»Wenn du mich fragst, hat sie dich richtig lieb gewonnen, Kind.«

»Ich mag sie auch sehr gern.« Agnes nippte an ihrem Kakao und legte die Hände um die warme Tasse. »Wie lange arbeitest du schon hier, Annie?«

»Müssten an die fünfzehn Jahre sein.«

»Wohnt Marianna schon genauso lange hier?«

»Nein, länger. Zwanzig Jahre oder so.«

»Und sie hat das Haus nie verlassen?«

»Jedenfalls nicht, seit ich sie kenne. Meine Vorgängerin hat mir erzählt, dass sie sich früher nicht mal ans Fenster getraut hat.«

Agnes blickte sie nachdenklich an. »Ich frage mich, was mit ihr passiert ist.« Im selben Moment fiel ihr ein, dass alle im Haus fest schliefen und sie niemand stören würde, auch und insbesondere nicht Julius. »Wie war eigentlich ihre Schwester? Genevieve?«

Annie schüttelte den Kopf. »Sie konnte ihr nicht das Wasser reichen. Und mehr sag ich nicht dazu.«

Agnes verspürte einen Anflug von Empörung; schließlich war es ihre Mutter, von der Annie sprach. Und sie wollte nicht nur mehr über Genevieve in Erfahrung bringen, sondern etwas über ihre guten Seiten hören. Aber eine so unkonventionelle Frau wie sie wurde wohl immer von anderen verurteilt.

»Hast du eine Ahnung, wo sie jetzt lebt?«

»Nicht die geringste. Von einem Tag auf den anderen war sie plötzlich fort, neun Jahre ist das jetzt her, glaube ich. Julius war damals erst zwölf oder dreizehn und zu stolz, um ihretwegen zu weinen. Gut, dass Marianna ihm so viel Liebe gegeben hat – sonst wäre wohl sein Herz erkaltet.«

Erkaltet. Agnes hatte sich oft gefragt, ob der Mangel an Liebe ihr Herz in Stein verwandelt hatte. »Genevieve hat ihn also im Stich gelassen?«

»So einfach ist das nicht.«

Agnes breitete die Arme aus. »Bis zum Frühstück ist noch Zeit. Es dämmert ja gerade erst. Und je mehr ich über Marianna weiß, eine desto bessere Freundin kann ich ihr sein. Nicht dass ich irgendwann etwas Falsches sage.«

»Erwähn einfach nicht den Namen ihrer Schwester, mehr brauchst du gar nicht zu wissen.«

»Weil sie Julius seinem Schicksal überlassen hat? Oder weil sie Marianna ihren Verlobten abspenstig gemacht hat?«

Die Köchin runzelte die Stirn. »Du stellst ’ne Menge Fragen, Süße.«

»Sag schon.«

Annie holte tief Luft, schien einen Moment lang zu überlegen, ob sie tatsächlich antworten sollte. »Nun ja«, sagte sie dann, »soweit ich weiß, war Marianna mit Mr Ernest Shawe verlobt. Aber am Ende hat er dann Genevieve geheiratet. Und mehr weiß ich auch nicht.«

»Shawe? Aber Julius heißt doch Halligan.«

»Oh, Mr Shawe war nicht Julius' Vater.«

Jetzt war Agnes völlig durcheinander. War Julius das uneheliche Kind? Hatte sie sich ein Fantasiekonstrukt zusammengesponnen und sich damit selbst aufs Glatteis geführt? »Aber wer …«

»Genevieve hat Julius adoptiert, als er noch ein kleiner Junge war, zwei oder drei muss er gewesen sein. Er war der Sohn ihrer besten Schulfreundin – sie und ihr Mann sind in Irland an Typhus gestorben.«

Die Glut im Herd knackte leise, sonst war es still. Zwei Dinge schossen Agnes durch den Kopf: Erstens, dass Genevieve kein so schlechter Mensch sein konnte, wenn sie Julius adoptiert hatte, und zweitens, dass Julius also nicht mit ihr verwandt war. Aber warum hatte sie dann das Gefühl, ihn so gut zu kennen, mit jeder Faser ihres Körpers?

»Weißt du noch, wann Genevieve gegangen ist?«, fragte Agnes.

»Allerdings.« Annie zog die Augenbrauen hoch. »Den Tag werde ich nie vergessen. Es war das einzige Mal, dass Marianna die Stimme erhoben hat. Sie hat geschrien und war völlig außer sich, unglaublich. Ich hätte nie gedacht, dass sie dazu überhaupt fähig ist.« Sie zog den linken Träger ihrer Schürze zurecht. »Mariannas und Genevieves Vater war seinerzeit zu Besuch – es war das Jahr, als ihre Mutter gestorben ist. Ein ziemlich steifer Knochen, der alte Herr. Wir mochten ihn nicht besonders, aber damals war es uns ohnehin nicht erlaubt, die oberen Stockwerke zu betreten. Marianna legt keinen Wert auf solche Förmlichkeiten, aber Genevieve bestand darauf, dass das Personal unter sich bleibt. Nun ja, ein paar Tage später reiste ihr Vater wieder ab, und es kam zwischen Marianna und Genevieve zu einem Streit. Es war schlimm, wirklich schlimm. Was sie sich alles an den Kopf geworfen haben! Und wir konnten alles hören! Und dann schrie Marianna, so laut, dass ich selbst hier unten jedes Wort verstehen konnte: ›Wie soll ich dir noch in die Augen sehen, nach dem, was du getan hast!‹ Keine Woche später ist Genevieve ausgezogen. Klammheimlich. Sie dachte, es würde keiner merken, wenn sie das Haus im Morgengrauen verlässt, aber wir waren alle wach. Aber natürlich hat keiner von uns sie aufgehalten.« Sie rümpfte die Nase. »Kein großer Verlust.«

Agnes brannten tausend Fragen auf der Seele, doch Annie hätte sie sowieso nicht beantworten können.

»Master Julius hat eine Woche lang am Fenster gesessen und auf ihre Rückkehr gewartet«, fuhr Annie fort. »Doch schließlich hat Marianna den Vorhang zugezogen und ihm gesagt, dass es zwecklos ist. Er war trotzdem fest davon überzeugt, dass sie zurückkommen würde. Er hat ständig davon geredet. Aber irgendwann hat er damit aufgehört. Wie lange sie ihm noch im Kopf herumgespukt hat, weiß ich natürlich nicht.«

»Habt ihr je wieder von ihr gehört? Vielleicht ist ihr ein Unglück zugestoßen. Vielleicht ist sie ja ...« Aber sie brachte das Wort *tot* nicht über die Lippen. Der Gedanke, dass ihr Abenteuer vorbei sein mochte, noch bevor es richtig angefangen hatte, war ihr unerträglich.

»Ich weiß es nicht genau, Kind. Als Pamela einmal die Post geholt hat, war ein Brief aus Paris dabei, und Pamela meinte, sie hätte Genevieves Handschrift erkannt. Aber sicher wissen wir es natürlich nicht. Wie auch immer, wir tun für Marianna und Julius, was wir können. Er ist zu einem so netten jungen Mann herangewachsen. Daran erkennt man sofort, dass er adoptiert ist – Freundlichkeit war ein Fremdwort für Genevieve.«

Ein Fremdwort für Genevieve. Agnes ließ das erst einmal sacken. Gracie kam ihr in den Sinn, Gracie, die immer so gütig zu anderen war und doch nur ausgenutzt und schlecht behandelt wurde. Vielleicht musste man als Frau nicht unbedingt freundlich und nett sein. Genevieve war stark, entschlossen, unkonventionell. Männer wurden für solche Eigenschaften bewundert. Warum nicht auch Frauen?

Agnes stellte keine weiteren Fragen. Sie trank ihren Kakao aus, wusch die Kanne und die Tassen ab und half Annie, das Frühstück zuzubereiten – Haferflocken für Marianna, die sie stets im Bett zu sich nahm, und pochierte Eier für Julius. Die ganze Zeit aber fragte sie sich, wie weit sie gehen würde, um ihre Mutter zu finden. Bis London war sie bereits gekommen. Warum nicht Paris?

KAPITEL 6

☆

Es folgte ein Wochenende mit strahlendem Spätfrühlingswetter. Agnes überredete Marianna, im Garten zu bleiben, bis die nachmittäglichen Schatten länger und länger wurden. Mittlerweile saß sie nicht mehr wie angewurzelt auf der Bank, sondern schlenderte umher, betrachtete verzückt Blumen und Bienen, genoss die angenehme Brise. Julius gesellte sich für eine Weile zu ihnen, zupfte hier und da Unkraut und schnaubte, weil sie wohl einen Gärtner brauchten, wenn sie nun häufiger hinausgingen.

Am Montagmorgen fand Agnes Marianna wie gewohnt nach dem Frühstück im Salon vor. Sie erwartete, dass sie gemeinsam lesen oder beim Sticken plaudern würden. Doch Marianna war ausgehfertig gekleidet – Hut, Handschuhe, Mantel. Sie hatte sogar ihr Haar selbst frisiert, das ihr lose über den Rücken fiel.

»Wollen wir in den Garten gehen, Marianna?«, fragte Agnes.

»Nein. Heute möchte ich gerne in die Bibliothek und mir meine Bücher selbst aussuchen.«

Agnes sah sie verblüfft an. »Sie wollen zu Fuß zum The Strand?«

Marianna reckte das Kinn und nickte. »Ja, warum auch nicht? Warum sollte ich mich nicht persönlich umsehen? Vielleicht findet sich ja etwas Passendes.«

»Natürlich spricht nichts dagegen.« Agnes' Gedanken überschlugen sich. War Julius bereits fort? Müsste sie es ihm sagen? Oder sollte sie versuchen, Marianna die Idee auszureden? Ein von Mauern umgebener Garten war etwas völlig anderes als die belebten Straßen Londons, vor allem an einem so schönen Tag wie heute, wenn alle Welt auf den Beinen wäre.

»Dank Ihnen habe ich erkannt, dass die Welt dort draußen existiert, Agnes.« Sie fuhr sich mit der Zunge über die Lippen. »Jetzt will ich sie mit eigenen Augen sehen.«

»Wir könnten ja erst einmal bis zum Ende der Straße gehen und dann wieder zurück«, schlug Agnes vor.

»Nun denn. Nehmen Sie meine Hand.«

Agnes ergriff Mariannas Hand und führte sie den Korridor entlang durch die Diele und zur Tür. Die Sonne war greller, als sie erwartet hatte. Marianna kniff die Augen zusammen und wich ein wenig zurück.

»Marianna? Wir können auch hierbleiben, wenn es Ihnen leichter fällt.«

»Natürlich fällt mir das leichter«, gab Marianna zurück, machte jedoch einen Schritt nach vorn. Sie stiegen die drei Stufen hinab und gingen ein paar Schritte. Abrupt blieb Marianna stehen.

Ihre Hand fühlte sich auf einmal kalt an, und Agnes bemerkte, dass sie angestrengt atmete.

»Kehren wir doch um«, sagte sie sanft. »Wir können ja erst einmal zurückgehen.«

»Aber … ich will …«

»Sehen Sie nur, wie weit wir gekommen sind! Vor ein paar Wochen wäre das noch undenkbar gewesen.«

Marianna wandte sich um und blickte auf das kurze Stück, das sie zurückgelegt hatten. Dann ließ sie Agnes' Hand los und eilte zurück ins Haus. Agnes folgte ihr und schloss die schwere Tür. Marianna war bereits im Salon, riss sich den Hut vom Kopf und zerrte an ihren Handschuhen.

»Was bin ich doch für eine Närrin«, stieß sie leise hervor. »Was für eine törichte Närrin.«

Agnes nahm ihr Handschuhe und Hut ab und umfasste Mariannas Hände. »Aber nein, Sie dürfen nicht so streng mit sich sein.«

»Es war nicht immer so, müssen Sie wissen«, platzte Marianna heraus. Ihre Wut schlug in Traurigkeit um, und ihr stiegen Tränen in die Augen. »Ich war ganz normal, konnte jederzeit ausgehen. Hätte er nicht… aber das ist so lange her. Ich kann ihm keinen Vorwurf machen und ewig darüber nachgrübeln, was passiert ist. Ich bin diejenige, die es nicht schafft.«

Agnes packte die Neugier, und sie fragte: »Weswegen Vorwürfe machen?«

»Ach, hören Sie einfach nicht auf mich, ich erzähle nur Unsinn«, murmelte Marianna.

»Keineswegs.« Agnes musterte die ältere Frau mit dem nachlässig frisierten Haar, die vor ihr stand, umgeben von all den schönen Dingen. In ihren Augen standen Tränen, und ihre Unterlippe zitterte. »Vielleicht können Sie mir ja helfen, Sie besser zu verstehen. Wie ist es für Sie, wenn Sie draußen sind?«, fragte Agnes. Sie hatte viel zu viel Zeit hinter hohen Mauern verbracht und konnte sich beim besten Willen nicht erklären, wie jemand sich freiwillig die ganze Zeit im Haus aufhalten konnte.

»Es fühlt sich an, als…« Sie tippte mit der Hand auf ihr Herz. »Als würde mich die gewaltige Größe der Welt zermalmen.«

»Aber im Garten empfinden Sie es nicht mehr so?«

Marianna schüttelte den Kopf.

»Das heißt, Sie können eines Tages womöglich auch auf der Straße entlangspazieren, ohne dass es Ihnen etwas ausmacht. Oder zum The Strand, um Bücher auszuwählen. Stellen Sie sich das nur vor.«

Marianna wandte sich ab und ließ sich aufs Sofa sinken. »Sie sind so reizend, Kind.«

Agnes setzte sich neben sie. Ihre Neugier war noch immer nicht gestillt. »Was ist Ihnen widerfahren, Marianna?«, fragte sie sanft. »Hat Ihnen jemand sehr wehgetan?«

»Nur wenige haben das Glück, im Leben nicht das Opfer kleiner Grausamkeiten zu werden.« Ein bitterer Zug machte sich um Mariannas Mund bemerkbar, und sie tupfte sich mit einem Taschentuch die Augen trocken. »Aber nur Schwächlinge lassen sich davon unterkriegen.«

»Sie sind aber kein Schwächling, sondern eine starke Frau. Vor gerade einmal fünf Minuten haben Sie sich Ihrer größten Angst gestellt.«

»Und jetzt schlottere ich wie Espenlaub.« Sie packte Agnes am Handgelenk. »Es ist grauenvoll. Eigentlich bin ich gar nicht so«, sagte sie. »Aber letztlich sind wir alle nur die Summe dessen, was uns widerfahren ist.«

Agnes begegnete ihrem Blick und wünschte, sie könnte in Mariannas Seele blicken, ihre Gedanken, ihre Erinnerungen lesen. Sie strich ihr eine lose Strähne aus dem Gesicht. »Drehen Sie sich um, Marianna, damit ich Ihr Haar in Ordnung bringen kann.«

»Ach, ich glaube, wir lassen es einfach offen. Einen Vorteil hat es ja, dass ich im Haus bin … ich muss mich nicht groß darum scheren, wie ich aussehe.«

Agnes zog die Haarnadeln heraus und legte sie neben sich aufs Sofa. Marianna ließ den Kopf sinken. Allmählich wurden ihre Atemzüge ruhiger, und sie schien sich etwas zu fangen.

»Ich glaube, ich verbringe den Tag heute im Bett«, sagte sie. »Das Ganze hat mich doch ziemlich angestrengt.«

»Kommen Sie, ich helfe Ihnen …«, begann Agnes, aber Marianne hielt sie zurück.

»Nein«, sagte sie. »Heute bin ich keine gute Gesellschaft. Sie sind so ein reizendes Mädchen. Ich werde Sie heute wohl nicht brauchen. Sie können also gern ein wenig nähen. Bitte sagen Sie Pamela, dass ich um Punkt zwölf Uhr auf meinem Zimmer zu Mittag essen möchte.« Sie erhob sich. Besorgt sah Agnes ihr nach, als sie das Zimmer verließ. Gleichzeitig trieb sie eine gnadenlose Neugier an, welches Schicksal ihrer Tante widerfahren war und welchen Einfluss dies wohl auf ihre eigene geheimnisvolle Vergangenheit hatte.

Am späten Nachmittag ging Agnes in den Garten hinaus. Sie hatte den ganzen Tag in der dunklen Küche mit Flick- und Näharbeiten zugebracht und sehnte sich danach, ein wenig alleine zu sein. Sie war gern mit Annie, Pamela und Daisy zusammen, doch auf die Dauer ermüdete sie ihr Geplapper und ihre Albernheiten, wenn sie alle drei wild durcheinanderredeten.

Obwohl die Sonne noch nicht untergegangen war, lag der Garten im Schatten. Sie erspähte Julius, der mit dem Rücken zu ihr saß, die Schultern leicht gebeugt, als wäre es zu anstrengend für ihn, sich aufrecht zu halten. Gerade als sie umkehren und wieder hineingehen wollte, wandte er sich um und sah sie.

Ein belustigtes Lächeln erschien auf seinem Gesicht. »Guten Abend, Agnes.«

»Guten Abend, Julius. Sie sind ja früh zu Hause.«

»Ja, es war ein anstrengender Tag heute. Aber Sie wollen bestimmt frische Luft schnappen. Lassen Sie sich von mir nicht abhalten.«

Vorsichtig machte Agnes ein paar Schritte. Sie hatte sich darauf gefreut, genau auf dieser Bank zu sitzen. Die einzigen anderen Sitzgelegenheiten waren die unebenen Steine, die die Blumenbeete umsäumten, oder das flechtenüberzogene Mäuerchen um den Fischteich.

Mit einer übertriebenen Bewegung rückte er zur Seite, und sie setzte sich, sorgsam darauf bedacht, ein wenig Platz zwischen ihnen zu lassen.

»Wie geht es meiner Tante heute?«

»Sie liegt bereits seit heute Vormittag im Bett.«

»Fühlt sie sich nicht wohl?«

Agnes dachte kurz nach. »Ich denke, es ist eher seelisch. Sie hat darauf bestanden, heute Morgen zu Fuß zur Bibliothek zu gehen. Ich weiß nicht, wie lange sie sich innerlich darauf vorbereitet und sich selbst in ihrem Entschluss bestärkt hat. Jedenfalls hat sie es gerade einmal ein paar Meter weit geschafft.«

Selbst im Zwielicht bemerkte Agnes, wie seine Züge weich wurden. »Arme Marianna.«

»Aber immerhin hat sie sich überhaupt getraut, Julius«, wandte Agnes ein. »Sie war wirklich tapfer. Aber statt stolz auf sich zu sein, war sie lediglich enttäuscht.«

»Das stimmt. Ich hätte nicht gedacht, dass sie jemals wieder einen Fuß vor die Tür setzt«, meinte Julius. »Sie sind wirklich sehr nett zu ihr, Agnes. Ich habe mich nach Kräften bemüht, so gut wie möglich für sie da zu sein, aber seit vielen, vielen Jahren ist sie so einsam. Sie hat keine Freunde mehr und kaum Kontakt zu ihrer Familie.« Er lachte leise. »Ich habe sechs Monate gebraucht, um sie zu überreden, eine Gesellschafterin zu engagieren.«

»Tatsächlich?«

»Allerdings. Und die erste junge Dame, die wir eingestellt haben … Nun ja, Marianna hat sie praktisch noch am selben Tag aus dem Haus getrieben. Das arme Mädchen wollte nur freundlich und aufgeschlossen sein und hat auf Marianna eingeredet, sich mit ihr in Cheapside ein paar Kleider anzusehen. Marianna hat ihr kurzerhand erklärt, dass sie nie wieder nach draußen geht. Daraufhin hat das Mädchen beschlossen, dass sie die Stellung doch lieber nicht antreten möchte.«

»Nun, umso besser, dass ich jetzt hier bin«, gab Agnes leichthin zurück.

»Und noch dazu mit diesem Yorkshire-Akzent. Keiner hatte zu hoffen gewagt, dass wir jemand Passendes für Marianna finden. Aber auf euch Leute aus dem Norden stößt man ja immer und überall.«

Sie mussten beide lachen.

»Dann wurden Sie also nicht im Norden geboren?«, fragte Agnes.

Schlagartig verdüsterte sich die Stimmung. Erst jetzt fiel Agnes auf, dass die Vögel mittlerweile verstummt waren. »Nein. Gewiss haben Ihnen die Dienstboten inzwischen erzählt, dass ich Waise bin und Mariannas Schwester Genevieve mich schon als kleinen Jungen adoptiert hat.« Er schüttelte den Kopf. »Allerdings nehmen wir ihren Namen in diesem Haus nicht mehr in den Mund.«

Agnes spürte, wie sich ihr Herzschlag beschleunigte. »Nein?«

»Nein«, gab er mit einer Endgültigkeit zurück, die keinen Widerspruch duldete. Trotz der darin mitschwingenden Warnung hatte Agnes Mühe, sich all die Fragen zu verkneifen, die ihr auf der Zunge lagen. »Sie sind sehr freundlich zu Marianna. Dafür bin ich Ihnen dankbar«, sagte er, als hätte er gemerkt, wie schroff er geklungen hatte.

»Sie ist … wie Familie für mich«, gab Agnes zurück.

»Wirklich? Das freut mich. Denn wenn Sie meine Tante nur annähernd so lieben wie ich, lassen Sie sie niemals im Stich.«

Inzwischen war es vollends dunkel geworden. Sein Gesicht war bleich, seine Augen wirkten schwarz wie Kohlestücke. Aus irgendeinem Grund verliehen ihr die Stille und das schwindende Tageslicht den Mut, die Frage zu stellen. »Und was ist mit Ihnen? Als ich vorhin herauskam, schien auch Sie etwas zu bedrücken.«

Im ersten Moment antwortete er nicht. Agnes fürchtete bereits, er könnte ihr übelnehmen, dass sie die von der Gesellschaft auferlegten Grenzen überschritten hatte. Normalerweise kümmerte es sie nicht, wenn andere ihr Verhalten als unangemessen betrachteten, doch die Vorstellung, dass er schlecht von ihr denken könnte, versetzte ihr einen Stich. Umso erfreuter war sie, als er zaghaft lächelte.

»Tatsächlich? Nun ja.«

Sie wartete, in der Hoffnung, dass ihr Schweigen ihn zum Weitersprechen bringen würde.

»Ich habe lange studiert und sehr hart dafür gearbeitet, Arzt zu werden«, sagte er schließlich. »Mein größtes Ziel war es, am Kinderhospital eine Stelle zu finden. Jeden Tag habe ich nach den Vorlesungen einen Umweg über die Great Ormond Street gemacht, um einen Blick auf das Gebäude zu werfen. Es ist so wunderschön, Agnes. Kennen Sie es?« Sie schüttelte den Kopf, doch er wartete nicht auf eine Erwiderung. »Es sieht wie ein Märchenschloss aus, mit Türmen und Rondellen. Wahrscheinlich dachte ich, ich sei ebenfalls in einem Märchen: ein Magier, der Menschen heilen und dadurch wieder glücklich machen kann. Aber es gibt so viel Schmerz und Leid auf der Welt, Agnes. Für jedes Kind, das ich rette, stirbt ein anderes. Meine Träume sind zu einer endlosen Aneinanderreihung kleiner Kinderkörper geworden, reglos und kalt.« Er verstummte. Im Haus ertönte die Glocke zum Abendessen.

Unvermittelt verspürte Agnes den Drang, seine Hand zu drücken, doch selbst wenn er sich über die Geste freuen würde, würden sie vielleicht danach nicht mehr so ungezwungen miteinander umgehen. »Man muss schon ein großartiger Mann sein, um so zu empfinden«, sagte sie deshalb nur.

»Danke, Agnes«, erwiderte er. Ihre Blicke begegneten sich.

Ein Moment verging, dann noch ein weiterer. Schließlich holte er tief Luft. »Ich sollte Sie nicht mit solchen Dingen behelligen …«

»Sie brauchen sich nicht zu entschuldigen«, unterbrach sie ihn, obwohl es ihr schwerfiel, zu ihrer einstigen Förmlichkeit zurückzukehren. »Lassen Sie uns zum Abendessen hineingehen. Vielleicht muntern Sie das Licht, die Wärme und ein schönes Essen ja ein wenig auf.«

Ihm schien noch etwas auf der Zunge zu liegen, doch er besann sich eines Besseren. Gemeinsam kehrten sie ins Haus zurück, und ihre Wege trennten sich – Agnes stieg nach unten in die Küche, während Julius ins Speisezimmer ging.

Am Abend setzte der Regen ein, der eine ganze Woche lang anhielt. Die Küche wirkte noch düsterer, doch dank des Kohleherds war es wenigstens warm und trocken. Wenn Marianna sie nicht brauchte, saß Agnes an dem zerschrammten Tisch und bestickte im Schein einer Lampe den Kragen und die Ärmelaufschläge eines von Mariannas Nachthemden. Wie so oft schweiften ihre Gedanken zu der Frage, wie sie nach Paris gelangen könnte. An ihrem freien Tag war Agnes durch den strömenden Regen zur Victoria Station marschiert, um sich nach den Billettpreisen zu erkundigen. Am einfachsten und bequemsten war es, den Zug und die Fähre über den Ärmelkanal zu nehmen, doch das war schrecklich kostspielig. Nach ihrer Ankunft bliebe ihr nicht einmal genug, um sich eine Unterkunft zu suchen, ganz zu schweigen eine Rückfahrkarte zu kaufen. Der Mann hinter dem Schalter hatte ihr geraten, den Zug nach Folkestone oder Dover zu nehmen, sich dort nach einer billigen Überfahrt auf einem Frachtschiff umzusehen und die restliche Reise von Calais mit dem Zug zurückzulegen. Die Vorstellung behagte ihr ganz und gar nicht. Sie sprach kein Wort Französisch, und auch sonst wusste sie viel zu wenig darüber, wie es in der Welt zuging. In Frankreich bezahlten die Menschen in einer anderen Währung. Woher sollte sie das Geld nehmen, wie sich zurechtfinden? In Mariannas Bücherregal im Salon hatte sie ein Buch über Paris entdeckt, aber bislang war sie nie lange genug allein gewesen, um hineinzuschauen und nach einem Stadtplan zu suchen. Trotzdem reifte ihr Entschluss: Sie würde nach Paris reisen und sich auf die Suche nach Genevieve machen, sobald sie eine Adresse in Erfahrung gebracht hatte. So sehr sie an Marianna hing, so war es nicht Agnes' Lebenstraum, sich als Gesellschafterin die ganze Zeit um sie zu kümmern. Nein, sie wollte unbedingt ihre Mutter finden und konnte damit nicht ewig warten. Herzenswünsche hatten die Angewohnheit, zu verblassen und schließlich in Vergessenheit zu geraten, wenn man sie sich nicht erfüllte.

Auf einmal kam Pamela herein, löste ihren Schal und schüttelte sich die Regentropfen aus dem Haar. »Ein Brief ist für dich gekommen, Agnes. Wollen wir Tee trinken?«

»Gern«, antwortete Agnes und nahm den Brief entgegen. Erstaunlicherweise war er von Gracie, dabei hatte sie erst vor einer Woche geschrieben. Diesmal war der Brief dünn. Agnes riss den Umschlag auf und nahm ein einzelnes Blatt heraus. Auf der anderen Seite stand ein altes Rezept.

Liebe Agnes,
ich muss all meinen Mut zusammennehmen, um Dir zu schreiben. Und ich musste Charlotte Pelican übereden, mir ihre Briefmarke für diesen Monat zu geben – dafür muss ich jetzt bis August jeden Tag ihr Bett machen! Ich glaube nicht, dass jemand schon mal einen solchen Preis für eine Penny Black bezahlt hat. Aber ich habe meine Gründe, meine liebe Freundin, denn außer Dir kann ich keiner Menschenseele davon erzählen. Diese Woche habe ich mich jeden Tag mit Cole Briar getroffen. Erinnerst Du Dich, wie Du früher immer rausgeschlichen bist? Ja, ich bin auf Deinen Baum geklettert, Agnes. Du wärst stolz auf mich gewesen. Ohne Dich ist Perdita Hall nicht mehr dasselbe. Alle sind immer

gemein zu mir, blos Cole nicht. Anfangs dachte ich ja noch, er würde Dir hinterhertrauern, aber er sagt, das ist Unsinn. Wir haben stundenlang im Wald gesessen, und er hat sogar eine Kette aus Gänseblümchen für mich gebastelt. Eigentlich wollte ich sie Dir ja schenken, aber ehrlich gesagt will ich sie lieber behalten. Ich hab sie unter meinem Kissen versteckt. Ich glaube, ich liebe ihn, Agnes.
Findest Du, dass ich eine alberne Kuh bin? Ich brauche dringend Deinen Rat!
Deine Freundin und Schwester
Gracie

Stirnrunzelnd faltete Agnes das Blatt zusammen. Wie konnte sich Gracie so von diesem schleimigen Kerl umgarnen lassen? War sie tatsächlich so flatterhaft, dass einzig und allein Agnes sie davor bewahren konnte, unter die Räder zu kommen? Schlagartig wurde ihr schmerzlich bewusst, wie weit Hatby entfernt war. Sonst würde sie Gracie an den Schultern packen und kräftig schütteln, damit sie zur Vernunft kam. Pamela stellte die Teekanne auf den Tisch, doch Agnes erhob sich.

»Es tut mir leid«, sagte sie, »aber ich muss gleich einen Brief schreiben.«

Pamela schürzte die Lippen. »Das klingt ja mächtig dringend.«

»Vielleicht.« Agnes ging die Treppe hinauf. Sie musste Gracie unmissverständlich klarmachen, dass sie sich um jeden Preis von Cole Briar fernzuhalten hatte.

Das feuchte Wetter schlug Marianna auf die Lunge. Sie litt unter einer bösen Erkältung, und Annie hatte sich ebenfalls angesteckt. Pamela übernahm das Kochen, während Agnes an Mariannas Bett saß, ihr vorlas und sie mit heißer Brühe und sauberen Taschentüchern versorgte. Sie selbst blieb glücklicherweise verschont. Wenn man in einem Waisenhaus aufwuchs, hatte man bereits in jungen Jahren so häufig unter Grippe gelitten, dass es für den Rest des Lebens ausreichte.

Am vierten Tag verscheuchte Marianna sie nach dem Mittagessen. Sie müsse jetzt schlafen, sagte sie. Auch Annie lag in ihrem Bett in der kleinen, dunklen Kammer unter der Treppe. Julius war im Krankenhaus, und Pamela und Daisy waren soeben zum Markt aufgebrochen. Stille senkte sich über das Haus. Agnes war – gewissermaßen – allein.

Sie ging die Treppe hinunter in den Salon und machte sich auf die Suche nach dem Buch über Paris. Sie breitete ihre Röcke aus und setzte sich auf den Boden. Die erste Seite bestand aus einem Faltplan. Sie schlug ihn auf und fuhr staunend mit dem Finger den Verlauf der Seine nach. Das Buch war nicht ganz so alt wie Mariannas andere Bände, und der Rücken knackte, als sie die dicken Seiten umblätterte. Paris und seine Geschichte. Die verschiedenen Pariser Arrondissements. Berühmte Sehenswürdigkeiten. Und ganz am Ende war eine Übersicht der gängigsten Sätze. Wie komme ich zum Bahnhof. *Où est la gare?* Agnes sprach die Worte aus, doch sie klangen nicht französisch, sondern immer noch nach Yorkshire. *Est* reimte sich auf Rest, *gare* auf Ware. Sie versuchte, sich ein paar Sätze zu merken. Wie viel kostet ein Zimmer? Eine Nacht, zwei Nächte, drei Nächte, vier. Kennen Sie Genevieve?

Sie klappte das Buch zu und stellte es zurück. Vielleicht borgte sie es sich ja aus, wenn sie nach Paris ging. Keiner würde sein Fehlen bemerken. Marianna hatte nie darum gebeten, dass Agnes ihr daraus vorlas, und Julius rührte die Bücher im Salon ohnehin nicht an. Er beschäftigte sich ausschließlich mit den medizinischen Wälzern in seinem Arbeitszimmer.

Julius' Studierzimmer!, schoss es ihr plötzlich durch den Kopf. Irgendwo in dem Zimmer fand sie bestimmt Genevieves Adresse. Und außer ihr war keiner da.

Mit leichten Schritten eilte sie den Korridor entlang, pirschte am Treppenhaus vorbei zu Julius' Zimmer.

Sie drehte den Türknauf. Er bewegte sich nicht.

»Verflixt und zugenäht«, stieß sie hervor und spähte durchs Schlüsselloch. Der Raum war in weiches gräuliches Licht getaucht. Der Sekretär war geschlossen, der Stuhl ordentlich davorgeschoben.

Agnes zog zwei Haarnadeln heraus. Eine goldblonde Strähne löste sich und fiel ihr ins Gesicht. Eilig strich sie sie hinters Ohr. Sie hatte noch nie ein Türschloss geknackt, aber einmal zugesehen, wie Alexandra Orion sich beim Spüldienst Zugang zur Vorratskammer verschafft und zwei Kekse gestohlen hatte. Im Schlafsaal hatte sie sie zwar allein verputzt, die anderen aber immerhin in das Geheimnis eingeweiht, wie man eine verschlossene Tür aufbekam. Agnes knickte eine Haarnadel, um sie als Hebel zu benutzen, und tastete mit der zweiten nach den Stiften. »Einige lassen sich leichter bewegen, andere sind ganz fest«, hatte Alexandra erklärt. »Ihr müsst sie ganz vorsichtig hochschieben und dabei mit der unteren Nadel den Zylinder ein Stück zur Seite drücken.« Das Ganze gestaltete sich schwieriger als gedacht, und sie wollte gerade aufgeben, als ein hörbares Klicken ertönte und das Schloss aufsprang. Wieder drehte sie den Türknauf, und diesmal öffnete sich die Tür, und Agnes schlüpfte hinein.

Einen Moment ließ sie den Blick durch das Zimmer schweifen. Wo würde sie an Julius' Stelle Genevieves Adresse aufbewahren?

Natürlich im Sekretär. Leise trat sie zum Schreibtisch und sprach ein Stoßgebet, er möge nicht ebenfalls abgeschlossen sein. Sie hatte Glück. Sie hob die Klappe an und erblickte die säuberlichen Papierstapel und winzige Fächer und Schubladen. Agnes schlug ein ledergebundenes Bändchen auf und klappte es sofort jedoch wieder zu, als sie feststellte, dass es sich um ein

Tagebuch handelte. Ja, sie war in sein Arbeitszimmer eingedrungen und kramte in seinen persönlichen Sachen, doch das bedeutete noch lange nicht, dass sie seine Privatsphäre vollständig missachten würde. Zwischen Tintenfässern und einer Schachtel voll Bleistifte klemmte ein zweites, schmaleres Bändchen. Sie zog es heraus. Es war ein Adressbuch. Hastig schlug sie es auf, suchte nach G. Keine Genevieve, auch unter M wie Mutter und B wie Breckby fand sie nichts, nur die in säuberlicher Handschrift notierte Adresse der Breckbys in Hatby. Sie stellte das Adressbuch zurück und wollte eine Schublade aufziehen. Nichts geschah, allerdings konnte Agnes kein Schloss entdecken. Sie schob die Hand darunter und ertastete einen winzigen Metallhebel, den sie heranzog, worauf die Schublade aufsprang.

Briefe. Sie nahm das ganze Bündel heraus, ließ sich auf Julius' Schreibtischstuhl sinken und ging sie durch. Der letzte Brief war von Genevieve Breckby mit einer Adresse in Paris auf der Rückseite, 22 rue Cousineau. Als sie das Blatt Papier herausnahm, ging plötzlich die Tür auf, und Julius stand da. Ihr wurde heiß. Entsetzt blickte er sich um: der offene Sekretär, die leere Schreibtischschublade, die Briefe in ihrem Schoß, einen hielt sie in der Hand. Sie fürchtete, er sei wütend, doch stattdessen wirkte er traurig. Er war enttäuscht von ihr, was sie hundert Mal mehr traf als ein Wutausbruch.

»Es tut mir leid«, sagte sie.

»Bitte verlassen Sie das Zimmer«, gab er zurück.

»Aber ich habe gute Gründe. Wirklich. Darf ich sie Ihnen nennen?«

Er zögerte. Sie legte den Brief auf den Stapel, stand auf und trat zu ihm. »Bitte, Julius. Ich bitte Sie lediglich darum, sich anzuhören, was ich zu sagen habe.« Das Herz schlug ihr bis zum Hals. Sollten alle Stricke reißen, hatte sie zumindest Genevieves letzte Adresse.

»Gut«, räumte er ein. »Aber Sie müssen mir schwören, dass Sie mir auch die Wahrheit sagen, und zwar die ganze, Agnes, denn ich wusste bereits vom ersten Moment an, als wir uns begegnet sind, dass Sie mir etwas verschweigen.«

Die Schamesröte stieg ihr ins Gesicht. »Das stimmt«, gestand sie. »Es tut mir leid, von ganzem Herzen, aber ich schwöre Ihnen bei aller Liebe, die ich für Marianna hege, dass ich Ihnen die volle Wahrheit sagen werde. Aber Sie müssen mir versprechen, mir erst zuzuhören und zu versuchen, mir zu vergeben.«

Er trat ein paar Schritte vor und schloss den Sekretär. »Kommen Sie«, sagte er. »Wir gehen in den Garten, wo uns niemand hören kann. Dort können Sie mir in Ruhe alles erklären.«

Es war feucht im Garten, der Himmel bewölkt. Die Steinbank war nass, deshalb machten sie keine Anstalten, sich zu setzen. Agnes kreuzte trotzig die Arme vor der Brust, Julius hatte die Hände ineinander verkrallt.

»Also«, begann er. »Fangen wir damit an: Ist Agnes Forest Ihr richtiger Name?«

»Nein, ich heiße Agnes Resolute.«

»Dann sind Sie also eines von Captain Forests Findelkindern? Der Name kam mir von Anfang an seltsam vor. Ich weiß mehr über Hatby, als Sie glauben. Captain Forest ist meiner Familie sehr wohl bekannt.«

Wieder spürte Agnes, wie sie vor Verlegenheit rot wurde. Wie dumm von ihr!

»Und warum sind Sie dann hier, Agnes Resolute?«

Agnes straffte die Schultern. »Ich habe allen Grund zur Annahme, dass ich Genevieve Breckbys Tochter bin.«

Er wirkte schockiert und schien zu begreifen.

Trotz der Nässe ließ er sich auf die Bank sinken, und Agnes kniete sich vor ihm nieder.

»Sie sind also wegen ihr hergekommen?«, fragte er.

»Ja, ursprünglich. Aber dann bin ich geblieben, weil mich aufrichtige Zuneigung mit Marianna verbindet. Eigentlich ist es sogar mehr als das. Sie ist wie eine Tante für mich.«

»Und warum denken Sie, dass Sie Genevieves Tochter sind?«

In knappen Worten erzählte sie ihm von dem Einhornknopf und Miss Candlewicks Bemerkung, worauf er nickte. Auch jetzt schien er nicht verärgert zu sein, was ihr neuen Mut verlieh.

»Glauben Sie mir?«, fragte sie.

»Dass Sie Genevieves Tochter sind? Das Einzige, was ich weiß, ist, dass es einen Skandal in der Familie gab … ein uneheliches Kind. Außerdem ist Genevieve durchaus fähig, ein Kind einfach im Stich zu lassen. Genau dasselbe hat sie mit mir auch getan.«

Sein Vorwurf schmerzte sie, und sie konnte sich kaum bremsen und wollte für ihre Mutter in die Bresche springen – sie war anders als alle anderen, einzigartig, daher verurteilte die Gesellschaft sie so bereitwillig –, doch ihr Instinkt sagte ihr, dass dies nicht der richtige Zeitpunkt für eine flammende Verteidigungsrede war.

»Natürlich habe ich Marianna nie danach gefragt«, fuhr er fort. »Sie und Genevieve stehen einander nicht sonderlich nahe.« Er lachte freudlos. »Ehrlich gesagt empfinden die beiden keine Zuneigung füreinander. Und allein Genevieves Namen zu erwähnen, brächte Marianna aus der Fassung, deshalb bitte ich Sie, es zu unterlassen.«

»Sie haben mein Wort darauf«, sagte sie. »Ich will ihr keinesfalls wehtun.« Doch selbst als die Worte über ihre Lippen kamen, fragte sie sich, ob sie ihr Versprechen halten konnte. Wenn sie Genevieve fand und sie wieder vereint wären, musste sie Marianna davon erzählen.

Er strich sich mit der Hand durchs Haar. Eine Bö fuhr

durch die Äste über ihnen, und Tropfen regneten auf sie nieder. Trotzdem verharrte Agnes in ihrer Position, obwohl ihr allmählich kalt wurde.

»Und was genau wollen Sie von Genevieve?«, fragte Julius schließlich leise.

»Keine Sorge. Ich bin nicht auf Geld oder gesellschaftlichen Aufstieg aus. Ich will nur erfahren … wer ich bin. Ich habe neunzehn Jahre in einer Einrichtung verbracht, die uns alle zu konformen Menschen machen wollte. Viele haben es fügsam hingenommen, aber ich konnte das nicht. Und diese Eigenschaft kommt nicht von ungefähr. Sie muss angeboren sein, genauso wie mein blondes Haar.«

Julius nickte. »Das verstehe ich. Ich bin selbst Waise und kann mich an meine Eltern nicht erinnern. Aber, Agnes, Genevieve ist nicht, wie Sie sie sich vorstellen. Sie hat Sie im Stich gelassen, und sie hat mich im Stich gelassen. Sie tut, was ihr gerade in den Sinn kommt, und schert sich nicht groß darum, ob sie mit ihren Wünschen und Ideen andere womöglich ins Unglück stürzt.«

»Aber sie hat Sie doch aufgenommen und erst dann verlassen«, gab Agnes zurück. »Und mir hat sie ein Pfand hinterlassen, das mich zu ihr geführt hat. Vielleicht ist sie ja doch nicht so unbedacht, wie Sie glauben.« Sie hielt inne und fuhr ein wenig leiser fort. »Immerhin bewahren Sie ihre Briefe auf.«

Er lächelte wehmütig. »Ich bewahre sie auf, aber ich habe seit Jahren keinen mehr bekommen.«

»Nein? Woher wissen Sie dann, dass sie nicht vielleicht krank oder gar tot ist und Ihnen deshalb weder schreiben noch Sie besuchen kann.«

Julius schüttelte den Kopf. »Ach, Agnes. Wie soll ich Ihnen das erklären?«

»Mithilfe von Worten. Sagen Sie mir die Wahrheit, so wie ich mich Ihnen heute offenbart habe.«

»Ja, nur widerstrebend und nur heute.« Zum ersten Mal schien er verärgert.

Sie senkte den Kopf. »Es tut mir wirklich leid.«

»Ja, das weiß ich, aber andererseits bedauern Sie es auch nicht und würden genau dasselbe jederzeit wieder tun, hab ich recht?«

»Ich … wahrscheinlich. Aber ich bin weder stolz darauf, noch halte ich mich für besonders schlau, weil ich Sie hinters Licht geführt habe. Ich habe mich einfach von meinem Instinkt leiten lassen, Julius.«

»Dann ähneln Sie ihr vielleicht tatsächlich«, meinte er. »Aber ich sehe eindeutig mehr Gutes in Ihnen als in ihr, schlussendlich.«

»Schlussendlich?«

»Sie ist einfach abgehauen. Marianna und sie hatten einen Streit. Ich war damals elf und habe sie regelrecht vergöttert. Was völlig normal ist, schließlich war sie die einzige Mutter, die ich je gekannt habe.« Er wandte den Blick ab und biss sich auf die Unterlippe, als ihn seine Gefühle zu übermannen drohten. »Eine Zeit lang war sie sehr gut zu mir. Sie hat mich zu Marianna gebracht, weil ihr Ehemann ein schrecklicher Mensch war und es vor allem auf mich abgesehen hatte. Ich erinnere mich nur dunkel an ihn, aber er konnte sehr aggressiv sein und hat mich häufig aufs Übelste beschimpft.«

»Sie hat Sie also vor ihm beschützt?«

Er zuckte mit den Schultern. »Vielleicht hat sie auch sich selbst gerettet. Aber, ja, bei Marianna war alles sehr viel geordneter und vergnügter. Zumindest eine Weile. Aber dann ist Genevieve gegangen. Eines Morgens kam sie sehr früh in mein Zimmer … Ich werde den Tag niemals vergessen. Sie hat mich aus dem tiefen Schlaf gerissen. Der Morgen graute gerade erst. Sie hat mich geküsst und gesagt, dass sie bald zurückkommt. Ich dachte, es sei ein Traum, und bin sofort wieder eingeschlafen. Als ich aufgewacht bin, war sie fort.«

Er wandte sich zu ihr um. Ein trauriger Ausdruck lag in seinen Augen. »Ich habe gewartet. Das klingt jetzt bestimmt erbärmlich. Ich habe immerzu gewartet. Sie hat geschrieben … die Briefe, die Sie gefunden haben. Kurze Briefe ohne jeden substanziellen Inhalt. ›Wie geht es dir? Mir geht es gut. Heute habe ich im Zoo einen Affen gesehen.‹ Ich glaube, kein Brief war länger als eine Seite. Der letzte war der kürzeste. Sie hat mir mitgeteilt …« Er räusperte sich. »Ich werde die Worte niemals vergessen: ›Es ist wohl nur fair, wenn ich dir mitteile, dass ich nicht die Absicht habe zurückzukehren.‹«

Seine Hände ruhten auf den Knien, und Agnes verspürte den Drang, sie zu drücken.

»An Ihrer Stelle würde ich mir dreimal überlegen, ob ich eine solche Frau als Vorbild haben will.«

Trotzdem brachte Agnes es nicht über sich, Genevieve zu verurteilen. Wie könnte sie auch, schließlich hatte sie nur seine Sicht auf die Dinge gehört. Gleichzeitig gab es keine Veranlassung, Julius von seiner Meinung abzubringen, vor allem nicht heute, nachdem er sie als Lügnerin und naseweise Einbrecherin entlarvt hatte.

»Wollen Sie immer noch, dass ich gehe?«, fragte sie.

Er schüttelte den Kopf. »Sie dürfen gern bleiben, bis wir Beweise für Ihre Vermutung gefunden haben, seien es nun solche, die sie bestätigen oder entkräften. Ende des Monats statte ich der Familie meiner Tante einen Besuch in Hatby ab und werde sie dazu bringen, dass sie mir die Wahrheit sagen. Sollte Ihre Vermutung richtig sein, tue ich alles in meiner Macht Stehende, damit die Breckbys Sie in die Familie aufnehmen, ohne dass Marianna sich dadurch vor den Kopf gestoßen fühlt. Es besteht kein Grund mehr für Sie, Schlösser zu knacken und alte Briefe zu lesen.«

Wieder senkte Agnes beschämt den Kopf. Er verstand einfach nicht. Sie wollte nicht in die Breckby-Familie aufgenommen werden, sondern Genevieve kennenlernen. Sie *musste* sie sehen.

Zum Glück hatte sie jetzt die Adresse.

Marianna hütete vier weitere Tage das Bett. Ein hartnäckiger Husten quälte sie und raubte ihr nachts den Schlaf. In der vierten Nacht hörte Agnes sie ihren Namen rufen, als sie gerade erst die Augen zugemacht hatte und eingeschlafen war. Widerstrebend schlüpfte sie in ihre Pantoffeln. Ihre Beine fühlten sich wie Blei an.

»Komme schon«, murmelte sie und griff nach ihrem Morgenrock. »Ich komme ja schon.«

Sie ging in Mariannas Zimmer, zündete die Lampe an und zog die Vorhänge vor. Marianna setzte sich auf und hustete schwach.

»Soll ich Ihnen ein Glas Wasser holen, Marianna?«, erkundigte sich Agnes und kniete sich vor das Regal, um das langweiligste Buch herauszusuchen.

»Nein, nein, ich komme gleich wieder zu Atem. Wie spät ist es?«

Agnes blickte auf die Uhr auf der Kommode. »Kurz vor elf.«

»Herrje, das ist früh.« Wieder hustete sie und ließ sich in die Kissen sinken. »Kommen Sie, setzen Sie sich zu mir, Agnes. Sie müssen mir heute nichts vorlesen, ich möchte nur Gesellschaft haben.«

Gähnend stand Agnes auf und zog den Sessel näher zum Bett.

»Nein, nicht der Sessel, sondern hierher.« Marianna klopfte auf den freien Platz neben sich.

Vorsichtig kletterte Agnes ins Bett, setzte sich auf die Decke und zog die Beine an.

Wieder musste Marianna husten, wenn auch nur leicht. Agnes sah, dass ihre Wangen ein wenig mehr Farbe hatten. Sie lächelte. »Der Husten ist wirklich lästig, aber Sie sehen trotzdem schon viel besser aus.«

»Danke, Liebes. Ich schätze, ich erhole mich allmählich. Ich …« Sie runzelte die Stirn. »Es ist albern, aber manchmal habe ich einfach Angst, ich könnte im Schlaf sterben, ganz allein.«

»Es ist nur eine Erkältung, Marianna. Sie werden nicht sterben, versprochen.«

»Natürlich. Das weiß ich doch. Aber im Dunkeln, wenn der Husten nicht mehr aufhören will, male ich mir aus, wie es passiert. Die Fantasie kann ein unbezähmbares Biest sein, finden Sie nicht auch?« Sie musterte Agnes forschend. »Sie sind todmüde. Ich habe Sie mit meinen albernen Kümmernissen in den letzten Tagen mächtig strapaziert.«

»Ich bin in der Tat sehr müde«, räumte Agnes ein.

»Kommen Sie, machen Sie es sich doch bequem.«

Agnes legte sich auf die Seite und stützte sich auf dem Ellbogen ab. Marianna nahm ihre Hand und sank mit geschlossenen Augen in die Kissen zurück. »Ich bin gleich viel ruhiger, wenn Sie in der Nähe sind.«

»Wieso schlafen Sie nicht wieder ein?« Agnes gähnte.

»Bleiben Sie noch eine Weile bei mir?«

»Natürlich.«

Marianna seufzte. Nach ein paar Minuten wurden ihre Atemzüge tiefer und ruhiger. Agnes blinzelte, als der Schlaf auch sie zu übermannen drohte und ihre Gedanken wirr ineinanderflossen – die wenigen französischen Sätze, die sie aus dem Buch gelernt hatte, die Züge von der Victoria Station nach Folkestone, Genevieves Adresse.

»Wieso sich eigentlich vor dem Tod fürchten?«, drang Mariannas Stimme irritierend laut und unvermittelt an ihr Ohren. »In Wahrheit habe ich Angst vor dem Leben.«

Agnes schreckte hoch. »Marianna?«

Doch Marianna schlief weiter, und sie betrachtete sie eine Weile. Ihre Züge, die weicher wurden, ihre Brust, die sich regelmäßig hob und senkte. Agnes blickte auf ihre ineinander verschlungenen Hände auf der Bettdecke. Ihre Augen fielen zu …

Stunden später schreckte Agnes hoch. Die Lampe war ausgegangen, doch sie hielt noch immer Mariannas Hand. Es wurde allmählich hell. Behutsam löste sie ihre Finger, stand auf, zog die Vorhänge vor und vergewisserte sich, dass Marianna auch gut zugedeckt war, ehe sie ihr einen Kuss auf die Wange gab.

»Süße Träume«, sagte sie. Und sie meinte es auch so.

Eine Woche später war Marianna wieder genesen. Sie schlief sogar mehrere Nächte durch, sodass auch Agnes endlich ausreichend Ruhe fand. Am Dienstagmorgen, nachdem Julius das Haus verlassen hatte, saß Agnes mit Gracies Halstuch in der Hand auf der Sofakante im Salon und wartete.

Marianna kam nach dem Frühstück herein und setzte sich in den Lehnsessel am Fenster. »Guten Morgen, Agnes.«

Agnes erhob sich, kniete sich vor sie hin und legte ihr Gracies Halstuch in den Schoß.

»Was ist das?«, fragte Marianna.

»Das Wertvollste, was ich besitze«, antwortete Agnes. »Sie sollen es behalten, zur Sicherheit, dass ich zurückkehre.«

»Dass Sie zurückkehren?«

Agnes hätte mit Freuden alles dafür gegeben, was sie besaß, um diesen Ausdruck auf Mariannas Gesicht nicht sehen zu müssen, ihre Verwirrung, die Verständnislosigkeit. »Ich muss fort«, sagte Agnes eilig. »Es ist eine Familienangelegenheit, aber ich komme wieder. Noch weiß ich nicht, wann, aber ich hoffe, es dauert nicht allzu lange.« Sie hatte nicht genug Geld, um lange wegzubleiben. Im Gegenteil – es bestand sogar die

Gefahr, dass sie bleiben und sich Arbeit suchen musste, falls ihr das Geld zu schnell ausging und sie sich keine Rückfahrkarte nach London mehr leisten konnte. »Ich verspreche Ihnen, dass ich zurückkehre. Wenn Sie mich dann noch wollen.«

Marianna starrte mit zusammengepressten Lippen das Halstuch in ihrem Schoß an.

»Allerdings benötige ich den gesamten Lohn, den ich bisher verdient habe«, fuhr Agnes um einen neutralen Tonfall bemüht fort, obwohl sie innerlich sehr aufgewühlt war.

»Pamela soll sich darum kümmern«, erwiderte Marianna widerstrebend.

»Bitte seien Sie mir nicht böse«, sagte Agnes schuldbewusst.

Marianna schwieg.

»Marianna?«

Nichts.

Agnes stand auf und verließ den Salon, während Marianna mit trotzig abgewandtem Kopf in ihrem Sessel sitzenblieb.

Innerhalb einer Stunde hatte Agnes ihre Habseligkeiten in einen alten Obstkorb aus der Vorratskammer gepackt; das Buch über Paris lag unter ihren Kleidern versteckt. Sie würden es nicht vermissen, und natürlich brachte sie es zurück. Sie tischte den anderen Dienstboten dieselbe Geschichte auf wie Marianna – dass sie unerwartet zu ihrer Familie reisen musste –, wartete jedoch nicht auf Julius, um sich auch von ihm zu verabschieden. Es war einfacher so – dann musste sie ihn nicht ansehen, seine Fragen beantworten, dann spürte sie nicht so stark, wie sehr sie ihn vermissen würde. Als sie das Haus am Belgrave Place hinter sich ließ, wich ihre Traurigkeit, weil sie Marianna im Stich ließ, allmählich der gespannten Erwartung auf das, was vor ihr lag: die Überquerung des Ärmelkanals. Paris. Ihre Mutter.

GEGENWART

☆

Wie befürchtet wache ich um halb drei Uhr früh auf. Ich bin hellwach, und ungewollte Energie durchströmt meinen Körper. Eine geschlagene Stunde lang weigere ich mich, die Augen aufzuschlagen. Am Ende füge ich mich seufzend. Der Lichtstrahl einer Straßenlaterne dringt durch die Jalousien. Es regnet. Ich stehe auf, öffne die Jalousie und blicke auf die dunkle, nasse Straße. Ein Wagen braust vorbei. Seine Reifen zischen auf dem nassen Asphalt, die roten Rücklichter spiegeln sich in den schwarzen Pfützen. Dann ist die Straße wieder leer. Es ist zu spät und zu früh zugleich für Verkehr.

Ich ziehe mir etwas über und gehe in die Küche. Statt Kaffee gibt es bloß Teebeutel in einer zerknautschten Packung. Ich mache mir einen schwachen Tee, dann nehme ich die Wagenschlüssel und gehe hinaus. Wenn ich schon wach bin, kann ich mich genauso gut durch die Berge aus alten Unterlagen in Mums Büro arbeiten. Später gehe ich sie dann besuchen. Vielleicht finde ich ja die zweite Seite des Briefes, der mir in die Hände gefallen ist, obwohl ich mir angesichts des Chaos in Mums Büro keine allzu großen Hoffnungen mache.

Erstes Licht schimmert am Horizont, als ich das College erreiche. Die Eingangstür fällt mit einem lauten Knall hinter mir zu. Ein Angestellter des Putztrupps, der sein Wägelchen am oberen Treppenabsatz vor sich herschiebt, beäugt mich argwöhnisch, sagt jedoch »Guten Morgen.«

»Morgen«, gebe ich zurück, wobei mir auffällt, wie breit mein australischer Akzent mittlerweile geworden ist. Immer wenn ich nach Sydney komme, ziehen mich alle mit meinem britischen Zungenschlag auf, aber hier bin ich so was wie der weibliche Crocodile Hunter. Ich gehe in Mums Büro und schalte das Licht an. Inzwischen würde ich alles für einen anständigen Kaffee geben. Wenn ich mir in ein paar Stunden halbwegs einen Überblick verschafft habe, hat auch das Café hinter dem Beech House offen, wo ich mir irgendetwas mit gebratenem Speck bestellen werde.

Ich staple die Bücher ordentlich auf, wobei ich jedes einzelne schüttle, um sicherzugehen, dass nichts Wichtiges zwischen den Seiten klemmt. Aus einem fällt ein Foto heraus. Es zeigt Mum und mich. Ich muss zwölf oder dreizehn sein, ein mageres Ding, das verlegen mit geschlossenem Mund in die Kamera lächelt. Ich setze mich auf den Boden und betrachte es näher. Mum trägt eine große Sonnenbrille, ihr dunkles Haar fällt ihr über die Schultern, und sie strahlt so breit, dass man ihre Backenzähne sieht. Sie ist ein Ausbund an Energie und Lebensfreude. Ich kann mich nicht daran erinnern, wann das Foto aufgenommen wurde. Ich versuche, die Umgebung auszumachen – anscheinend sitzen wir auf der Couch von jemandem, den ich längst vergessen habe. Ich stehe auf und strecke mich. Das Foto stecke ich in meine Handtasche. Dabei fällt mein Blick auf mein Handy. Kurz überlege ich, Geoff anzurufen; seit meiner kurzen Nachricht, dass ich wohlbehalten gelandet bin, habe ich nichts mehr von mir hören lassen. Aber was soll ich ihm sagen? Ihm von Mum erzählen? Er hatte es satt, sich ständig mein Gejammer anzuhören. »Früher warst du immer so fröhlich.« Das hat er so oft und in einem so vorwurfsvollen Tonfall gesagt, als wäre es allein meine Schuld und hätte rein gar nichts mit ihm zu tun. Oder mit all den Fehlgeburten.

Nein, ich rufe ihn erst an, wenn ich weiß, wie es hier weitergehen soll. Ich kann nicht nach Australien zurückkehren und Mum in diesem Plemplem-Laden zurücklassen. Bleiben kommt genauso wenig infrage. Schließlich habe ich mein eigenes Leben in Sydney, einen Ehemann, meine Arbeit, Freunde.

Ich wende mich wieder dem Bücherstapel zu, während sich draußen die Wolken zusammenziehen und es erneut zu regnen beginnt. Die Kälte dringt mir bis in die Knochen. Gerade als ich die Heizung anwerfe, klopft es an der Tür, und der Putzmann steht vor mir.

»Ich muss hier drin staubsaugen«, sagt er.

»Kommen Sie rein. Aber bitte passen Sie auf die Bücher und die Unterlagen auf. Jemand hat alles auf den Fußboden geworfen.«

Er kommt herein und schwingt sich den Staubsauger wie einen Rucksack über die Schulter. »Das war ich.«

Die Beiläufigkeit, mit der er es sagt, schockt mich. »Was? Warum?«

»Vor etwa zwei Monaten gab es einen schlimmen Sturm. Ein Ast hat die Fensterscheibe durchschlagen, und alles, was auf dem Schreibtisch stand oder lag, wurde nass. Außer mir war keiner da.« Er zuckt mit den Schultern. »Ich wollte nicht, dass etwas kaputt geht. Sie war eine nette Lady. Wo ist sie denn?«

»Ich … sie ist krank. Ich bin ihre Tochter.«

»Richten Sie ihr bitte schöne Grüße aus.«

»Ja, natürlich. Weiß sie, wieso Sie ihre Sachen auf den Boden geworfen haben?«

»Ja, natürlich, sie hat sich sogar dafür bedankt. Mit einer Flasche Wein. Ich trinke aber keinen Alkohol, deshalb habe ich sie meinem Bruder geschenkt.«

Ich warte an der Tür, während er staubsaugt. Erst jetzt bemerke ich, dass die Fensterscheibe nicht aus demselben welligen alten Glas besteht wie die anderen. Der Putzmann saugt vorsichtig um den Berg herum, lächelt mich an und verschwindet, und ich mache mich wieder an die Arbeit. Gegen acht stehen alle Bücher wieder in den Regalen, und ich habe ein rundes Dutzend kniehoher Papierstapel gebildet – wichtige Zeitschriftenartikel, kopierte Kapitel aus Büchern, kostbare Dokumente aus dem viktorianischen Zeitalter und Listen mit zu erledigenden Aufgaben, alles so wild durcheinander, dass ich keinerlei Hoffnung habe, jemals ein System hineinzubringen. Wo soll ich anfangen?

Ich hebe einen Stapel auf und setze mich damit an Mums Schreibtisch.

Eine Stunde und einen Kaffee nebst pappigem Sandwich später habe ich ansatzweise eine Ordnung in das Chaos gebracht. Inzwischen türmen sich säuberliche Berge neben mir, und ich gehe die alten Briefe Stück für Stück durch, in der Hoffnung, den Rest des Briefes zu finden, der mir gestern in die Hände gefallen ist – von der Frau an das Kind, das sie nicht behalten konnte. Aber leider kann ich ihn nirgendwo entdecken, und inzwischen ist es bereits nach neun. Ich muss zu Mum und ihr sagen, dass ihre Sachen keineswegs achtlos zu Boden geworfen wurden, sondern dass jemand sie vor Beschädigung schützen wollte, sie es aber vergessen hat.

Mum ist bester Dinge und in Plauderlaune, als ich eintreffe. Sie erinnert sich noch ganz genau an den »reizenden Putzmann«, der ihre Sachen in Sicherheit gebracht hat. Vergessen sind die imaginären brutalen Kerle, die alles achtlos hingeschmissen haben sollen. Ab und zu wiederholt sie sich, aber ansonsten scheint sie die meiste Zeit klar im Kopf zu sein, und sie steht auch auf, um sich an den kleinen Tisch am Fenster zu setzen. Die Vorhänge sind zugezogen, sodass man nicht auf den trostlosen braunen Ziegelbau nebenan blicken muss. Mum kann es kaum erwarten, entlassen zu werden. Pausenlos liegt sie den Schwestern damit in den Ohren, sobald sie in ihr Zimmer kommen. Schließlich erscheint der Arzt. Die beiden reden miteinander, und ich frage mich, was aus Mum werden soll. Kann sie tatsächlich nach Hause zurückkehren? Jemand sollte bei ihr sein. Sollte ich diejenige sein? Ich wünsche mir schon eine halbe Ewigkeit ein Kind und kenne jedes Buch zum Thema Geburt und Kindererziehung. Doch wenn man ein Kind hat, bleibt man zu Hause und kümmert sich darum, damit es alles hat, was es braucht. Bei der eigenen Mutter ist die Sache nicht ganz so eindeutig. Erwartet Mum von mir, dass ich meinen Job aufgebe, um bei ihr zu sein? Sie war immer eine flammende Feministin und hat mir tausend Mal erklärt, wie wichtig es für eine Frau sei, einen Job zu haben und nicht an Haus und Herd gefesselt, immer nur für andere da zu sein. Aber was ist, wenn sie diejenige ist, für die ich jetzt da sein muss?

»Ich glaube, sie wollen, dass ich hierbleibe«, sagt sie, als der Arzt gegangen ist. »Die denken, ich sei komplett gaga.«

»Du bist überhaupt nicht gaga«, widerspreche ich und streichle ihr beruhigend die Hand. »Ich habe einen alten Brief gefunden. Oder zumindest eine einzelne Seite.«

»Ich habe jede Menge alter Briefe«, wiegelt sie ab, trotzdem sehe ich ihr an, wie froh sie ist, dass ich sie auf andere Gedanken gebracht habe.

»›Meinem Kind, das ich nicht behalten durfte.‹«

Sie legt die Stirn in Falten und denkt so intensiv nach, dass es sie körperlich anzustrengen scheint. »Das ist …«, sagt sie. »Es ist …«

»Das war bloß die erste Seite. Gibt es noch weitere?«

»Sogar jede Menge«, antwortet sie. »Eigentlich ist es kein Brief, sondern ein Essay. Eine Geschichte. Ich habe mich mächtig dahintergeklemmt und versucht, die Daten und die Namen aller Beteiligten zu verifizieren.« Ihre Augen fokussieren sich, als sie sich konzentriert. »Mist! Es entgleitet mir. Es ist, als stünde alles direkt vor mir, aber sobald ich danach greifen will, verschwindet es. Der Brief besteht aus zwei oder drei größeren Teilen. Wenn ich beim Lesen unterbrochen werde, lasse ich ihn einfach liegen und vergesse ihn dann …« Sie lächelt schwach. »Es ist grauenvoll. Mein Gehirn …«

»Was hältst du davon, wenn ich die Teile für dich suche. Würde dir das vielleicht helfen?«

»Ja. Dann würden mir die Namen wieder einfallen. Irgendetwas mit einem Spatzen. Oh, und irgendwas mit Chinoiserie.«

»Was ist Chinoiserie?«

»Im viktorianischen Zeitalter war orientalische Kunst besonders beliebt«, sagt sie, als würde das alles erklären. »Würdest du das tun, Victoria? Die einzelnen Teile zusammensuchen? Ich wollte unbedingt etwas darüber schreiben, sobald ich die Identität der Beteiligten geklärt hatte. Oder sie in meinem nächsten Buch …« Sie spricht nicht weiter. »Ich muss irgendwo Notizen zu einem Buch haben.«

»Auch die finde ich.« Damit verspreche ich Mum, ihr zu helfen, ihre überall verstreuten Erinnerungen wiederzufinden, die ihr mehr und mehr entgleiten. Aber sie wirkt so zufrieden und glücklich, dass ich mich nicht traue, mein Versprechen zurückzuziehen.

Am nächsten Morgen bin ich wesentlich ausgeschlafener und besserer Dinge, als ich in Mums Büro komme. Ich bin fest entschlossen, all die Unterlagen durchzugehen und den Rest des Briefes zu finden. Doch nach einer Stunde schwindet meine Energie zusehends – ich brauche entweder Musik, Kaffee oder beides. Es ist immer derselbe Ablauf: einen Stapel Blätter heranziehen, mit zusammengekniffenen Augen durchgehen. Brauche ich eine Brille? Vielleicht sollte ich mir eine zulegen, wenn ich wieder in Sydney bin. Sydney. Geoff. Schnell an etwas anderes denken, die Blätter beiseitelegen und nach dem nächsten Stapel greifen. Ich stehe auf, verlasse das Büro. Auf dem

Flur ist ein Wasserspender. Ein großer, schlanker Mann steht davor und füllt eine Plastikflasche auf. Ich warte. »Entschuldigung«, sagt er lächelnd und beeilt sich betont.

Er hat ein freundliches Gesicht, blaue Augen und weiche blonde Brauen. Ich denke an Geoff. Er lächelt längst nicht mehr und setzt eine freundliche Miene auf. War er immer schon so? Ich erinnere mich, dass er selbst am Anfang oft schroff war und ich so getan habe, als wäre das völlig normal.

»Lassen Sie sich ruhig Zeit«, sage ich zu dem Mann, doch er schraubt bereits den Deckel auf die Flasche und macht eine Geste. »Bitte sehr, bedienen Sie sich«, sagt er und geht davon.

Ich beuge mich vor, um ein paar Schlucke zu trinken, und merke, dass mein Nacken vom stundenlangen Sitzen verspannt ist. Ich kehre in Mums Büro zurück und nehme die Stapel von ihrem Lesesessel. Ich muss ihn ein ganzes Stück von der Wand wegziehen, um die Rückenlehne nach hinten verstellen zu können. Schließlich lasse ich mich hineinsinken und mache mit einem leisen Seufzer die Augen zu. Vor mir sehe ich die geschwungene Handschrift aus dem neunzehnten Jahrhundert. Einige Momente lang atme ich tief, lausche auf meinen Herzschlag und versuche, die Muskeln zu entspannen.

Als ich den Sessel wieder gerade stellen will, ertaste ich eine Seitentasche, üblicherweise für eine Fernbedienung oder Zeitschriften.

Wenn ich beim Lesen unterbrochen werde, lasse ich ihn einfach da und vergesse ihn dann.

Meine Hand gleitet in die Tasche. Papier. Ich ziehe es heraus. Ein einziger Blick genügt, es ist dieselbe Handschrift, derselbe Brief. Ich schaue mir die letzte Seite an. Leider habe ich nicht alle Seiten gefunden.

Kurz zögere ich. Soll ich ihn wirklich mitnehmen? Der Brief könnte ohne Weiteres hundertfünfzig Jahre alt sein. Andererseits muntert er Mum vielleicht auf. Ich lege die Seiten in einen dicken Wälzer, schlinge Gummibänder darum und stecke ihn in meine Handtasche.

Als ich ins Krankenhaus komme, ist Mums Bett leer. Im ersten Moment habe ich Angst, sie könnte irgendwo auf den Gängen herumirren, aber dann sagt mir die Schwester, sie sei beim Röntgen und ich solle doch in der Zwischenzeit einen Kaffee trinken gehen und später zurückkommen.

»Aber lieber nicht in der Cafeteria«, fügt sie mit der Überzeugung einer echten Kaffeeliebhaberin hinzu. »Gehen Sie lieber ins Ellie's, ein Stück die Straße runter.«

Ich folge ihrem Rat und ziehe mich mit einem doppelten Latte und drei Tütchen Zucker in eine ruhige Ecke zurück. Ich nippe daran. Herrlich. Stark und süß.

Ich sehe auf die Uhr und überlege, Geoff anzurufen, um die Zeit totzuschlagen, aber dann fällt mir der Brief wieder ein. Ich nehme ihn aus dem Buch, falte ihn auseinander und streiche die Seiten glatt. Als ich erst einmal den Dreh raushabe und die S und R voneinander unterscheiden kann, ist es ein Kinderspiel. Ich trinke meinen Kaffee aus, hole mir noch einen und lese weiter.

KAPITEL 7

☆

Moineau

… die zu Deiner Geburt führten und schließlich dazu, dass Du mir genommen wurdest. Diese Zeilen sollen keine Entschuldigung sein, sondern als Erklärung dienen. Ich werde versuchen, mich an so viele Einzelheiten wie möglich zu erinnern, damit Du alles verstehst. Eines Tages wirst Du eine Frau sein und selbst die unerbittlichen Kräfte der Leidenschaft kennen. Man sagt, dass wir Frauen uns von unseren Gefühlen leiten lassen – als wären Gefühle nichts weiter als eine Bagatelle, der man keine weitere Bedeutung zumessen muss. Aber ich habe die Macht der Gefühle am eigenen Leib und im tiefsten Herzen erfahren, sie waren so stark, dass selbst Gottes Wort ihnen nicht Einhalt gebieten konnte. Männer halten zu Unrecht Frauen für das schwache Geschlecht. In uns steckt die Urgewalt ganzer Ozeane.
Alles begann mit Tante Harriet, der Schwester meines Vaters. Ich habe sie immer gemocht, und sie mich auch. Sie war eine starke, kluge Frau mit wilden braunen Locken und einem schallenden, ansteckenden Lachen. Ihr Mann, mein Onkel Oswald, wirkte klein und blass neben ihr, wie ein Spinnenmännchen neben dem viel größeren Weibchen, doch sie liebte ihn über alles; ihre Augen leuchteten stets, wenn sie ihn ansah.

Als er plötzlich verstarb – im Frühling des Jahres, in dem ich Emile kennenlernte –, bestand mein Vater darauf, dass ich Harriet den Sommer über Gesellschaft leistete. Also reiste ich nach Millthorne, einem winzigen Dorf in Dorset, um meiner Tante zur Seite zu stehen. Es war kurz nach der Sommersonnenwende, die Tage waren licht, die Abende wurden langsam länger. Ich fuhr mit dem Zug nach Dorchester und mietete dort eine Kutsche. Obwohl ich müde war von der Reise, konnte ich mich nicht sattsehen an der Landschaft. Es ging steile, von Eichen, Kastanien und Ahornbäumen gesäumte Hügel hinab, über schmale Wege, auf denen wilde Blumen wuchsen und es von glitzernden Insekten nur so wimmelte. Ich war in der flachen Heidelandschaft um Hatby aufgewachsen, in einem Dorf, das aus grauen Straßen bestand. Millthorne wirkte lebendiger, wärmer, grüner. Am späten Nachmittag hielt der Kutscher an einer stillen Straße, und ein Mann mittleren Alters in schwarzer Livree kam lächelnd auf mich zu. Seine Trauerkleidung ließ darauf schließen, dass Tante Harriet ihn geschickt hatte, und so war es auch. Er stellte sich mir als Toby vor, Harriets Hausdiener, nahm meinen Koffer und führte mich ein Stück die Straße hinunter, bevor wir zum Haus meiner Tante abbogen.

In der Eingangshalle herrschte Halbdunkel, noch brannte kein Licht. Toby stellte meinen Koffer ab und klingelte nach der Haushälterin, während ich meine Handschuhe abstreifte und meine Haube abnahm. »Wo finde ich meine Tante?«, fragte ich.

»Jones kommt sofort.« Traurig sah er mich an. »Ihre Tante fühlt sich nicht gut. Der Tod ihres Mannes hat ihr … schwer zugesetzt.«

Vor meinem geistigen Auge sah ich Harriet vor mir, in einem dunklen Zimmer, einen Trauerschleier vor dem Gesicht. Womöglich hatte ich mehr oder weniger verdrängt, dass es ein schwieriger Besuch werden würde. Ich war schlicht versessen darauf gewesen,

Hatby den Rücken zu kehren. Ich ertrug nicht mehr die endlosen Diskussionen darüber, wen meine Schwester oder ich heiraten sollten – als könne man uns Ehemänner zuteilen wie ein Stück Torte.
Im selben Augenblick betrat Jones die Halle. Seit mehr als zwanzig Jahren war sie der gute Geist im Haus meiner Tante und begleitete sie auch auf ihren Reisen. Wir kannten einander gut. Ich spürte ihre knotigen Finger, als sie mir Haube und Handschuhe abnahm. »Sie ist im Salon. Aber wundern Sie sich nicht.«
Ich nickte und folgte ihr den dunklen Flur hinunter. Vor der Tür des Salons hielt sie inne und nickte mir abermals zu, ehe sie leise anklopfte und die Tür öffnete.
Aber wundern Sie sich nicht.
Ich hatte nur meine Tante erwartet, doch stattdessen sah ich mich einer ganzen Versammlung gegenüber. Die Vorhänge waren zugezogen, sodass meine Augen einen Moment brauchten, um sich an das Dunkel zu gewöhnen. Sieben Leute saßen um einen Tisch herum; alle hatten die Augen geschlossen, während eine Frau gedämpft vor sich hin murmelte und seltsame Geräusche von sich gab.
Ich spürte Jones' Atem an meinem Ohr. »Sie halten eine Séance.« Damit zog sie sich zurück, und ich trat, die Hände verschränkt, über die Schwelle. Leider hatte mir niemand beigebracht, wie man sich korrekt verhält, wenn man bei einer Geisterbeschwörung hereinplatzt.
Schließlich hob die Frau, die leise vor sich hin stöhnte, den Kopf. »Ich spüre eine neue Energie unter uns.« Sie öffnete die Augen und fixierte mich mit derart stechendem Blick, dass es mir kalt den Rücken hinunterlief. »Wer sind Sie?«, fragte sie.
»Ich bin Harriets Nichte.«
Harriet riss die Augen auf. »Oh, hallo, Spätzchen.« Das war von jeher ihr Kosename für mich. »Kannst du dich noch eine halbe Stunde gedulden? Madame Azhkenazy steht kurz davor, eine Verbindung

ins Jenseits herzustellen. Jones soll dich in dein Zimmer bringen. Und bitte mach die Tür fest hinter dir zu.« Sie schloss die Augen wieder, und auch Madame Azhkenazy wandte ihren Medusenblick von mir ab. Ich verließ das Zimmer und rief nach Jones.

Sie führte mich die Treppe hinauf, vorbei an wenigstens fünf neuen Porträts von Onkel Oswald, und in ein geräumiges Zimmer mit einem Himmelbett. Der Baldachin und die Tagesdecke waren ganz in Weiß und Cremetönen gehalten, sodass ich erst nicht die cremefarbene Katze bemerkte, die sich am Fußende des Betts zusammengerollt hatte.

»Ab mit dir!«, zischte Jones, doch ich schüttelte den Kopf und strich der Katze sanft über den Kopf.

»Wie heißt sie denn?«

»Das ist Basil. Er glaubt wohl, ihm gehört das Zimmer.«

»Das macht mir nichts. Er kann gern hierbleiben. Ich mag Katzen.« In Breckby Manor hatten wir viele Hunde und Katzen. Ihre Hingabe an mich hatte so etwas Liebreizendes an sich, sie mochten mich so, wie ich war.

Basil rollte sich auf den Rücken und präsentierte mir seinen Bauch.

»Sieht aus, als würde er Sie auch mögen, Ma'am.« Jones schüttelte die Kissen auf und zupfte die Vorhänge zurecht.

Ich trat ans Fenster und sah auf die Straße hinaus. Der Laden auf der anderen Seite schloss gerade; der Besitzer trug die letzten Obstkisten hinein und verriegelte die Tür. Das Wirtshaus nebenan hatte noch nicht geöffnet. Der Himmel hatte sich blaurosa gefärbt, und die Vögel zwitscherten. Die Häuser waren mit Reet gedeckt, und ein Mann ging mit seinem großen Hund zum Mühlbach.

»Ich lasse Sie dann allein, Ma'am«, sagte Jones. »Ich sage Toby gleich, dass er Ihnen Ihren Koffer bringen soll. Das Abendessen wird um sieben serviert. Die … ähm … Bekannten Ihrer Tante

sind bis dahin sicher gegangen.« Sie schloss die Tür hinter sich. Ich setzte mich zu Basil aufs Bett und streichelte ihn so lange, bis er laut zu schnurren begann.
Ich ließ mich zurücksinken und starrte den Baldachin an. Mit wem Tante Harriet durch die Séance in Verbindung zu treten versuchte, war nicht schwer zu erraten. Aber auch wenn sie sich wohl immer noch in einem Schockzustand befand, dachte ich unwillkürlich, wie viel Glück ihr doch zuteil geworden war – das Glück, den Mann zu lieben, den sie geheiratet hatte. Von solch einem Glück würden meine Schwester und ich ein Leben lang nur träumen.

Tatsächlich sah ich Harriet erst am nächsten Morgen wieder. Jones brachte mir ein Tablett mit meinem Abendessen aufs Zimmer, weil die Séance noch länger dauerte, und ich war so erschöpft von der langen Reise, dass mir die Augen zufielen.
Der Frühstücksraum befand sich im Wintergarten. Die Morgensonne fiel durch die Bäume hinter dem Haus, und Harriet wartete bereits auf mich; sie trug ein grünes Hauskleid und hatte ein gelbes Tuch um ihr Haar geschlungen.
»Guten Morgen, meine Liebe. Soll dir die Köchin ein Ei pochieren?«
»Oh, gern.« Ich setzte mich ihr gegenüber an den in Sonnenschein getauchten Tisch.
Harriet läutete, gab einen Klecks Marmelade auf ihr Brötchen und musterte mich. »Wie schön, dich zu sehen, Spätzchen.«
»Ganz meinerseits«, sagte ich. »Aber ich hätte nicht gedacht, dass ich dich in so guter Stimmung antreffe.«
»Ha!« Sie winkte ab. »Und du sagst das ohne jeden Vorwurf. Und genau deshalb habe ich dich so gern, meine Liebe. Wir beide sind uns so ähnlich.«

Ein Hausmädchen kam mit einer frischen Kanne Tee herein, und Harriet bat es, mir zwei pochierte Eier und gegrillten Schinken zu bringen. Ebenso wie Harriet unterhielt ich mich nur ungern in Gegenwart der Dienerschaft, und so schwiegen wir, während mir das Mädchen Teller und Tasse hinstellte. Ich nahm mir ein Brötchen, und Harriet schenkte mir Tee ein. Der erste Schluck war himmlisch: heiß, stark und malzig.

»Aber du hast recht«, fuhr Harriet fort, nachdem das Mädchen verschwunden war. »Ich bin tatsächlich bester Stimmung. Wie du siehst, trage ich auch keine Trauerkleidung. Ich habe das von Anfang an nicht eingesehen. Schwarz – das würde bedeuten, dass er fort ist, und das ist er nicht.«

Das Lächeln gefror mir im Gesicht. »Nein?«

»Ja, er ist tot und begraben, und ich werde nie wieder seine zärtliche Hand halten …« Einen Moment lang versagte ihr die Stimme, doch dann hellte sich ihre Miene wieder auf. »Aber sein Geist ist mir ganz nah, Spätzchen. Ich träume jede Nacht von ihm, und jedes Mal fleht er mich an, ihn nicht zu vergessen. Als ob ich ihn je vergessen könnte!«

Damals wusste ich nicht, dass es normal ist, wenn man von jemandem träumt, den man verloren hat, und dass solche Träume ganz und gar nichts mit Geistern zu tun haben. Ich glaubte Harriet sogar, dass Onkel Oswald versuchte, aus dem Jenseits in Verbindung mit ihr zu treten. »Es freut mich, dass du schöne Träume hast.«

»Siehst du? Du weißt stets das Richtige zu sagen. Ganz im Gegenteil zu Dr. Mortensen – dieser schreckliche Mensch glaubt, ich hätte den Verstand verloren! Dass ich nicht lache!« Sie schenkte sich Tee nach. »Madame Azhkenazy mag Russin sein, aber sie ist keine Halsabschneiderin. Sie hilft mir, Kontakt zu Oswald herzustellen. Er ist hier. Ich kann es spüren.«

Ich wusste nicht, was ich darauf erwidern sollte. Mir war natürlich bekannt, dass viele Menschen sich für Spiritismus und übersinnliche Phänomene interessierten; unser Pfarrer in Hatby hielt übrigens gar nichts von solchem Hokuspokus. Doch nun saß ich meiner Tante gegenüber, die keineswegs am Boden zerstört und vor Trauer außer sich war, sondern lebensbejahend wie eh und je. »Wenn Madame Azhkenazy dir Trost spendet«, sagte ich, »bin ich ganz auf deiner Seite.«

Sie griff über den Tisch und tätschelte meine Hand. Ihre Haut war blass, durchsichtig und durchzogen von blau schimmernden Venen. »Obwohl sie ziemlich einschüchternd wirkt«, fügte ich hinzu.

»Oh, keine Angst, meine Liebe. Sie tut keiner Fliege etwas zuleide. Aber du darfst nicht vergessen, dass sie Dinge gesehen hat, die gewöhnliche Sterbliche nie zu Augen bekommen, und wahrscheinlich wären auch wir ein wenig unnahbar, hätten wir dasselbe erlebt wie sie. Es ist bestimmt kein sonderlich angenehmer Zeitvertreib, mit den Toten zu reden, und sie hat selbst schwere Zeiten hinter sich.« Harriet erzählte, dass Madame Azhkenazy in bettelarmen Verhältnissen in Nowgorod aufgewachsen und wegen ihrer seherischen Fähigkeiten aus Russland vertrieben worden war. Zwischendurch servierte das Hausmädchen mein Frühstück. Mein Bärenhunger ließ mich sämtliche Manieren vergessen, doch Harriet schien davon nichts mitzukriegen. Kaum war es Sommer, hatte ich ständig Appetit, vielleicht weil ich so viel Zeit an der frischen Luft verbrachte – zum Unmut meiner Mutter, die mich, wenn sie mich gelegentlich einmal wahrnahm, stets warnte, ich würde mir den Teint ruinieren, weil ich Sommersprossen bekäme.

»Ich muss mich jetzt leider entschuldigen«, sagte Harriet schließlich. »Der Tuchhändler kommt gleich, um im Salon und den anderen Zimmern Maß zu nehmen. Ich habe die Nase voll von den alten

Vorhängen – ich will hier endlich Grün haben, in allen Schattierungen. Grün war Oswalds Lieblingsfarbe. Kannst du dich ein paar Stunden allein beschäftigen?«

»Aber gern«, erwiderte ich. »Ich mache einen Spaziergang.«

»Ausgezeichnete Idee. Hinter der Kirche befindet sich eine alte Quelle, um die sich alle möglichen Mythen und Legenden ranken. Die Weißdornquelle, so wird sie hier genannt – in grauer Vorzeit haben dort die Heiden ihre Götter angebetet. Aber achte auf die Haselnussbäume auf dem Kirchhof, sonst gehst du dran vorbei. Die Leute hier in der Gegend sagen, dass die Quelle einem das Gesicht des Mannes zeigt, den man heiraten wird, wenn man eine Butterblume hineinwirft.« Etwas schien sie zu erschüttern, da ihr abermals die Stimme versagte.

»Das klingt mir nach einem ziemlich törichten Aberglauben, Tante«, sagte ich.

Ein schwaches Lächeln. »Wohl wahr. Ich konnte Butterblumen sowieso noch nie leiden. Sie sind so gewöhnlich. So etwas hast du nicht nötig, mein Spätzchen.«

Sie läutete nach dem Mädchen, damit es den Tisch abräumte, und dann gingen wir getrennter Wege.

Es war ein warmer, wolkenloser Tag. Die Sonne spielte in den Blättern, und die Vögel sangen, als wüssten sie, wen ich an diesem Tag kennenlernen würde.

Ich folgte der Straße und dem Verlauf des Mühlbachs, der in einen Teich zwischen den Bäumen mündete. Enten schwammen darauf, und Libellen sirrten über der Wasseroberfläche. Es ging einen von Platanen gesäumten Hang hinauf, deren schwere Äste fast bis zum Boden herabhingen. Auf der anderen Seite des Hangs erstreckten sich Äcker, Felder und Weideland. In der Ferne sah ich

Schafe auf einem grünen Hügel grasen. Das schöne Wetter weckte meine Lebensgeister, und ich beschloss, den Hügel hinaufzusteigen, um zu sehen, welche Aussicht sich mir von dort bot.

Erst auf halbem Weg merkte ich, wie steil er war. Mir wurde immer heißer, und meine Beine brannten, als ich oben ankam. Schatten gab es nicht. Ich ließ mich auf der anderen Seite des Hügels nieder, um zu verschnaufen. Von dort konnte ich bis zum nächsten Dorf sehen, das, umrahmt von Wäldern, in einem kleinen Tal lag; in der Ferne erspähte ich eine Kutsche auf einer Brücke. Nichts war zu hören außer dem sanften Rauschen der Brise und dem Summen einer Hummel, die träge von einer Blume zur nächsten flog.

Was für eine Wonne. Aber mir war so heiß!

Ich stieg den Hügel wieder hinab und folgte den Wegweisern zur Kirche; von dort war es auch nicht mehr weit bis zur Weißdornquelle. Doch als ich schließlich den Kirchhof erreichte, war ich nassgeschwitzt, und meine Wangen glühten. Die Sonne stand hoch am Himmel, und ich musste mich dringend irgendwo abkühlen und etwas trinken.

Dafür war die Kirche genau der richtige Ort. Unweit des Portals stand ein Pferdewagen, und auf einer Wiese rupfte ein Pferd gemächlich hier und da ein paar saftige Grashalme ab. Die St-Thomas-Kirche war mehr als fünfhundert Jahre alt, und gerade wurden die alten Bänke ausrangiert und durch neue ersetzt. Harriet hatte mir beim Frühstück erzählt, dass sie im Namen der Gemeinde Spenden gesammelt hatte. An den Wänden lehnten Bretter und Bohlen, und ein großer Teil des Kirchenschiffs war leer. Ich schloss die Tür hinter mir und sog die kühle Luft tief in meine Lunge. Am anderen Ende in der Nähe des Altars erblickte ich einen Mann, der mit dem Rücken zu mir stand. Vermutlich der Pfarrer. Harriet hatte mir erzählt, er sei ein junger Mann mit vollem Haar, und diese Beschreibung traf auf ihn zu.

»Entschuldigen Sie, Herr Pfarrer«, rief ich. »Könnte ich vielleicht ein Glas Wasser bekommen?«
Er wandte sich um, und sofort sah ich, dass er nicht der Pfarrer war. Er trug eine braune Hose, ein hellblaues Hemd, dessen Ärmel er bis zu den Ellbogen aufgekrempelt hatte, und einen schmutzigen Kittel. Und nun erkannte ich auch, dass er an einem Sägebock stand.
»Oh, tut mir leid«, platzte ich heraus, und im selben Moment sagte er: »Ich bin kein Pfarrer.«
»Das sehe ich«, gab ich zurück. Klang ich etwa herablassend? Kurz überlegte ich, ob ich ihm verraten sollte, dass Tante Harriet den Pfarrer für ein törichtes junges Bürschchen hielt, er sich also durchaus etwas darauf einbilden konnte, nicht mit ihm verwechselt zu werden.
Doch dann lächelte er. »Ich kann Ihnen trotzdem einen Becher Wasser bringen.« Er sprach mit einem leichten französischen Akzent, aber wie jemand, der schon lange Jahre in England lebte.
»Vielen Dank«, erwiderte ich. »Es ist furchtbar heiß heute.«
»Ich war gerade vor einer halben Stunde an der Pumpe«, sagte er. Er trat an einen großen Kübel, an dessen Seite eine Blechtasse hing. Er tauchte sie ins Wasser und gab sie mir.
Ich legte beide Hände um die wunderbar kühle Tasse und nahm einen Schluck – das Wasser schmeckte göttlich. Und nun, da er mir direkt gegenüberstand, konnte ich ihn auch näher in Augenschein nehmen. Er hatte breite Wangenknochen und kastanienbraune Koteletten, die nicht zu seinen dunklen Locken passen wollten. Seine Nase war gerade, seine Lippen voll und männlich, und er hatte sich offensichtlich ein, zwei Tage nicht rasiert. Doch es waren insbesondere seine Augen, die mir später nicht aus dem Kopf gingen. Sie changierten zwischen Grau und Grün unter den schweren Lidern mit den dichten dunklen Wimpern. Plötzlich wurde mir bewusst, dass

ich ihn anstarrte, und ich reichte ihm die Tasse zurück. »Merci«, sagte ich.

Er antwortete mir mit einem Wortschwall auf Französisch, von dem ich kein Wort verstand. Ich lachte und schüttelte den Kopf. »Ich kann nur ein bisschen Schulfranzösisch, und selbst da habe ich nicht besonders gut aufgepasst.«

»Dann haben Sie ja Glück, dass ich gut Englisch spreche.«

Und so standen wir da und lächelten uns an, und wahrscheinlich hätten wir noch ein Weilchen miteinander geplänkelt, wäre nicht plötzlich der echte Pfarrer aufgetaucht.

»Kann ich Ihnen behilflich sein?«

Seine Worte brachen den Zauber. Wieso Tante Harriet den Pfarrer für jung hielt, war mir ein Rätsel; aber vielleicht gingen alle Männer unter fünfzig für sie als Jungspunde durch. Er war mittleren Alters, hatte graues Haar und hinkte. Misstrauisch musterte er erst mich und dann den Zimmermann, ehe er den Blick wieder auf mich richtete.

Ich stellte mich ihm vor, und sein Argwohn verflog sofort, als ich erwähnte, dass ich Harriets Nichte war. Der Zimmermann war wieder an den Sägebock zurückgekehrt, und nachdem ich ein paar Minuten lang Höflichkeitsfloskeln mit dem Pfarrer ausgetauscht hatte, brachte ich schließlich den Mut auf zu sagen: »Ihr Handwerker war so freundlich, mir etwas zum Trinken zu bringen.«

»Emile? Tatsächlich?«

Emile.

»Anscheinend ist er nicht nur ein trefflicher Zimmermann, sondern wohl auch ein feiner Mensch«, fuhr der Pfarrer fort. »Und Sie müssen jetzt sicher wieder los, nicht wahr? Ihre Tante erwartet Sie bestimmt zum Mittagessen.«

Aha. Der Pfarrer wollte mich also nicht mit Emile allein lassen,

was mich ärgerte und zugleich nachdenklich stimmte. Ich nickte. »Dann noch einen schönen Tag, Emile«, rief ich. »Und noch mal vielen Dank.«
Er hob die Hand, wandte sich aber nicht um. »Ebenfalls, Mylady.«
Ich verließ die Kirche und trat hinaus in den Sonnenschein.

Du hältst mich womöglich für eine alberne Närrin, aber tatsächlich hätte mich an jenem Tag, als ich Emile begegnete – und das wird dich vielleicht überraschen – niemand mehr als »jung« bezeichnet. Mit sechsundzwanzig Jahren lief ich sogar Gefahr, ziemlich bald als alte Jungfer zu gelten, weil nämlich meine Eltern sich nicht einigen konnten, welche ihrer Töchter – meine Schwester oder ich – Mr Ernest Shawe heiraten sollte (der, nebenbei bemerkt, bei mir nie den Eindruck hinterließ, er hege sonderlich ernste Absichten), wobei Mr Shawes häufige Handelsreisen nach Fernost eine zügige Entscheidung zudem verhinderten. Natürlich war meiner Schwester und mir klar, dass längst eine Entscheidung gefallen wäre, hätte Mr Shawe tatsächlich ein Auge auf eine von uns beiden geworfen. Davon abgesehen wartete noch ein zweiter Kandidat auf seine Chance, ein gewisser Mr Wilburforce Peacock, der schon fast vierzig war. Auch mit ihm hatte man mir bereits gedroht, und früher oder später würde ich Mrs Shawe oder Mrs Peacock sein. Ich fand mich damit ab, so wie alle Frauen meines Standes – uns blieb schlicht keine Wahl. Doch mein Körper wollte diese Gewissheit nicht hinnehmen, jener Körper, der so heftig auf Emile reagiert hatte. In der nächsten Nacht tat ich kein Auge zu. Eine seltsame Unruhe trieb mich um. Ich wälzte mich von einer Seite auf die andere, und jedes Mal, wenn ich wegdämmerte, erschien er vor meinem inneren Auge – es war, als würde ich etwas unwiderstehlich Süßes und Kühles auf meiner Zunge spüren.

Beim Frühstück am nächsten Morgen beschlossen Harriet und ich, gegen Mittag zu einem Picknick an der Weißdornquelle aufzubrechen. Anschließend ging ich auf mein Zimmer und las ein wenig, während Basil es sich auf meinem Schoß bequem machte. Als es an der Haustür läutete, ging ich zur Treppe. Tante Harriet hatte nicht erwähnt, dass sie Besuch erwartete, schon gar nicht so kurz vor unserem geplanten Picknick. Ich blieb unten an der Treppe stehen und lauschte.

»Sie werden nicht erwartet«, hörte ich Jones sagen.

»Sie wird mich gewiss empfangen«, erwiderte eine Frauenstimme. Es war Madame Azhkenazy, die ich an ihrem Akzent erkannte.

Jones schwieg einen Moment. »Kommen Sie herein«, sagte sie dann und führte die Spiritistin in den Salon.

Neugierig geworden, ging ich ihnen hinterher. Ich erreichte den Salon, als Jones gerade wieder herauskam und die Tür hinter sich schloss.

»Madame Azhkenazy?«, fragte ich.

Jones' Mund war ein missbilligender Strich. »Ständig kreuzt sie hier unangemeldet auf.«

»Sie spendet meiner Tante Trost«, versuchte ich abzuwiegeln.

»Ihre Tante zahlt ihr auch genug dafür«, gab Jones zurück. Im selben Augenblick senkte sie den Kopf, wohl wissend, dass ihr eine derartige Bemerkung nicht zustand. »Verzeihen Sie bitte, Ma'am«, murmelte sie und drückte sich an mir vorbei.

Ich öffnete die Tür zum Salon. Die Vorhänge waren abgenommen worden, und helles Sonnenlicht fiel durch die Fenster. Tante Harriet saß auf dem Sofa. Madame Azhkenazy kniete vor ihr und hielt ihre Hände.

»Tante?«

Madame Azhkenazy sprang auf, ohne Harriet loszulassen, und

fixierte mich mit ihrem frostigen Blick, doch diesmal ließ ich mich davon nicht ins Bockshorn jagen.
»Oh, du bist es, Spätzchen«, sagte Harriet. »Madame Azhkenazy hatte letzte Nacht einen prophetischen Traum und wollte mir davon erzählen. Wäre es sehr schlimm, wenn wir das Picknick ausfallen lassen?«
Ich überlegte einen Moment, ob ich auf unserem Picknick bestehen, sie den Klauen der russischen Hexe entreißen sollte, entschied mich dann aber dagegen. Harriet vertraute Madame Azhkenazy, und da sie tatsächlich Geld wie Heu besaß, würden die Dienste einer Hellseherin sie wohl kaum ruinieren.
»Nein, gar nicht«, gab ich zurück. »Ich hoffe, deine … Freundin kann dir ein wenig Beistand leisten.« Ich nickte Madame Azhkenazy zu und schenkte ihr ein Lächeln, das sie mit einem skeptischen Blinzeln quittierte. Ihr glattes, volles Haar und die hohen Wangenknochen deuteten darauf hin, dass sie als junge Frau eine echte Schönheit gewesen sein musste. »Habt einen schönen Tag.«
Ich wollte wieder hinaufgehen, als Toby mit einem Körbchen von unten heraufkam. »Bitte sehr, Ma'am. Ihr Picknick.«
»Oh«, sagte ich. »Das Picknick fällt ins Wasser. Können Sie …« Ich wollte ihn fragen, ob er die Sachen vielleicht bis morgen aufbewahren konnte, doch dann sagte ich: »Ach, ich nehme ihn trotzdem. Danke, Toby. Ich ziehe allein los.«
Er lächelte und reichte mir das Körbchen. »Eine ausgezeichnete Idee, Ma'am. Einen solchen Tag verbringt man nicht in der trüben Stube.«
Also machte ich mich auf eigene Faust auf, um die Weißdornquelle zu finden. Ich marschierte die Straße zur Kirche hinauf und fragte mich, ob ich Emile wiederbegegnen würde und ob er genauso eine

schlaflose Nacht hinter sich hatte. Dann aber schalt ich mich, derart lachhaften Gedanken nachzuhängen. Wahrscheinlich war er glücklich verheiratet oder hatte ohnehin kein Interesse an verschwitzten blonden Frauen, die ihn mit dem Pfarrer verwechselten. Mit gesenktem Kopf ging ich an seinem Pferd und dem Wagen vorbei und betrat den von grauen Mauern umgebenen Friedhof hinter der Kirche; eine weit ausladende Eibe ragte über den Gräbern auf. Zu meiner Rechten befand sich ein von Bäumen bestandener Hügel, und ich ging daran vorbei und vergaß die versteckt liegende Quelle. Gerade als ich den Friedhof durch das Tor auf der Nordseite verlassen wollte, hörte ich jemanden nach mir rufen.

Ich wandte mich um. Es war Emile. Hemdsärmelig und im Kittel wie am Tag zuvor, winkte er mir von der Kirche aus zu. Ich winkte zurück und überlegte, wie ich mich verhalten sollte. Und wenn ich es richtig deutete, schien er sich dasselbe zu fragen.

Ich machte einen Schritt in seine Richtung, und im selben Augenblick kam er mir auch schon entgegen. Wir trafen uns auf halber Strecke unter der Eibe.

»Guten Tag, Emile.«

»Ebenfalls, Ma'am. Was führt Sie denn heute hierher?«

»Ich versuche, die Weißdornquelle zu finden«, erwiderte ich. »Meine Tante sagt, es wäre der ideale Ort für ein schönes Picknick.«

Er deutete mit einer Kopfbewegung hinter sich. »Die Quelle ist da drüben. Soll ich Sie hinführen?«

»Oh«, sagte ich. »Das wäre mir eine Freude.«

Er wandte sich um, und ich betrachtete unwillkürlich seine breiten Schultern. »Die Haselnussbäume sind der ideale Orientierungspunkt«, sagte er, während wir uns der Anhöhe näherten. Die Bäume standen dicht nebeneinander, und auf einmal fielen mir zwei große Exemplare auf, deren üppig grüne Äste miteinander verwachsen

schienen. Er schob sie auseinander, und ich trat unter den Baldachin der Haselnussbäume, die den Weg den Hügel hinab flankierten.
»Gleich sind wir da«, sagte er.
Als wir auf der anderen Seite herauskamen, standen wir auf einem kleinen, von einer Mauer umgebenen Platz mit einem mit uralten Steinen gepflasterten Boden und einer sprudelnden Quelle in der Mitte.
»Das ist ja wunderschön!«, platzte ich heraus. Ich stellte den Korb ab, kniete mich hin und tauchte die Hand ins Wasser. Es war kühl und klar.
»Hätte ich den Weg schon gestern gewusst, hätte ich Sie nicht um Wasser bitten müssen.« Ich wandte mich um und lächelte ihn an.
Emile verbeugte sich leicht. »Ich lasse Sie jetzt allein, Mylady.«
Mein ganzer Körper schrie nein, doch Gott sei Dank kam mir das Wort nicht über die Lippen. »Ich habe genug zu essen für zwei dabei«, stammelte ich. »Möchten Sie mir vielleicht Gesellschaft leisten?«
Er zögerte, schien ebenso unschlüssig, hin und her gerissen wie ich. Uns war beiden bewusst, dass Harriet, der Pfarrer, ja das ganze Dorf es höchst unpassend, wenn nicht gar unschicklich finden würden, wenn ich mich mit dem Zimmermann beim Picknick amüsierte. Aber es war ein warmer Sommertag und die Quelle tief in den kühlen Schatten verborgen. Und wir wollten es beide.
»Gern«, sagte er und verneigte sich abermals.
»Fein.« Ich breitete die Decke auf den Steinen aus und packte die Leckereien aus, die die Köchin zubereitet hatte. Emile zog seinen Kittel aus, hängte ihn über einen Ast und setzte sich mir gegenüber. Ich reichte ihm einen Holzteller und einen Löffel, und wir machten uns über die Sachen her. Es gab kalten Lammbraten und Täubchenpasteten, verschiedene Salate, frisch gebackenes Brot, Käse und leckere hauchzarte Obsttörtchen. Eine Flasche Limonade und zwei

Blechtassen waren auch dabei. Ich gab mir Mühe, nicht gleich alles in mich hineinzuschlingen, obwohl ich wie immer einen Bärenhunger hatte.

»Herrlich«, sagte er, während er ein Stück Lamm aufspießte. »So gut habe ich schon seit einer Ewigkeit nicht mehr gegessen.«

»Die Köchin meiner Tante Harriet ist erstklassig«, sagte ich. »Sie arbeitet schon seit fast fünfzehn Jahren für sie.« Ich biss herzhaft in eine Pastete und hielt mir die Hand vor den Mund, während ich kaute.

Er lächelte. »Nicht so hastig.«

Ich errötete und schluckte den Bissen, was gar nicht so einfach war. »Ich habe ziemlichen Appetit für eine Frau«, sagte ich. »Meine Tante hat mich selbst schon zwei Mal darauf hingewiesen, seit ich hier bin. ›Nun schling doch nicht, Spätzchen, dir isst doch keiner was weg.‹«

Er schien Mühe zu haben, nicht laut loszulachen. »Spätzchen?«

»So nennt sie mich schon immer. Als ich noch ein kleines Mädchen war, besuchte uns meine Tante einmal, im November, es regnete ohne Unterlass. Ich wollte unbedingt hinaus in den Garten, aber meine Mutter erlaubte es nicht, und Tante Harriet sagte, ich würde sie an ein Spätzchen erinnern, das sich in einem Haus verflogen hat und verzweifelt zurück in die Freiheit will. Jedenfalls wollte sie damit nicht sagen, dass ich wie ein Spatz essen würde.«

Wir lachten. Es gefiel mir, wie sich winzige Fältchen um seine Augen kräuselten und wie er den Kopf zurückwarf. Am besten aber gefiel mir, dass ich ihn zum Lachen gebracht hatte. »Was heißt ›Spatz‹ eigentlich auf Französisch?«, fragte ich.

»Moineau«, sagte er.

»Das klingt aber hübsch. Auf Französisch klingt alles so viel schöner.«

»Nicht unbedingt«, erwiderte er. Er schwieg einen Moment, ehe er weitersprach. »Aber natürlich haben Sie recht. Ich wollte nur höflich sein.«

»Nicht nötig«, sagte ich. »Seien Sie einfach Sie selbst.«

»Wenn Sie das wünschen, Ma'am.«

»Und nennen Sie mich nicht Ma'am.«

Er grinste. »Wenn Sie das wünschen, Moineau.«

Ich sprudelte schier über vor lauter Glück, und mein Lächeln fühlte sich an, als wäre es zu breit für mein Gesicht. »Ja«, erwiderte ich. »Das wünsche ich.«

»Für Wünsche ist das hier der richtige Ort.« Er deutete mit seiner großen Hand hinter sich. »Sehen Sie?«

Erst jetzt bemerkte ich den großen Weißdornbusch auf der anderen Seite der Quelle. An seinen Ästen hingen Dutzende von bunten Bändern, manche davon völlig ausgeblichen, als würden sie dort schon seit Jahren hängen.

»Was sind das für Bänder?«, fragte ich.

»Das ist ein Wunschbaum. Um einige dieser alten Stätten ranken sich alte Legenden. Seit Jahrhunderten kommen Leute hierher und bitten das Feenvolk, ihnen ihre Wünsche zu erfüllen. Als Geschenk für die Elfen knoten sie bunte Bänder an die Äste.«

Ich war entzückt. »Elfen? Aber wer glaubt denn schon an Elfen?«

»Selbst strenggläubige Kirchgänger«, gab er zurück. »Aber man muss nicht zwangsläufig an Elfen glauben, wenn man sich etwas wünscht.«

»Und was würden Sie sich denn von den Elfen wünschen?«

Er überlegte ein paar Sekunden. »Mehr solche Tage wie heute, in angenehmer Gesellschaft.«

»Ich auch.«

Ich stellte ihm tausend Fragen. Woher er stamme (aus dem Loire-

Tal), warum er nach England gekommen sei (»familiäre Gründe«, die er jedoch nicht weiter ausführte), warum er Zimmermann geworden sei (»Ich liebe Holz«). Er hingegen hielt sich zurück. Unser Standesunterschied erlaubte ihm nicht, mir persönlichere Fragen zu stellen. Und so begnügte er sich damit, mich zu fragen, wie es meiner Tante ging und wo ich aufgewachsen war. Nach einer Stunde, als wir fast alles aufgegessen hatten, blickte er über die Schulter zur Kirche. Aber ich wollte nicht, dass er ging.

»Müssen Sie schon zurück?«

»Ich fürchte ja«, sagte er. »Ich habe keine Taschenuhr.«

»Dann gehen Sie. Ich packe alles zusammen. Es war mir ein Vergnügen, Emile.«

»Mir ebenfalls.« Er lächelte mich traurig an.

»Und morgen?«, platzte ich heraus. »Ich könnte morgen ja wieder zur selben Zeit hierherkommen, und …«

Er stand auf. »Einen schönen Tag, Moineau.«

»Auf Wiedersehen, Emile.«

Er nahm seinen Kittel und stieg den Hügel hinauf. Ich sah ihm hinterher, und dann war er auch schon im Dickicht der Bäume verschwunden.

Zugegebenermaßen rechnete ich nicht damit, dass er am nächsten Tag wieder zur Quelle kommen würde. Seine zögerliche Reaktion auf meine Einladung hatte mir einen Stich ins Herz versetzt, doch ich war so eitel, dass ich unseren Klassenunterschied dafür verantwortlich machte – dass er sich womöglich nicht für mich interessierte, zog ich gar nicht erst in Erwägung. Und obwohl er wahrscheinlich nicht kommen würde, ließ ich mir von Tante Harriets Köchin ein Picknick zusammenstellen, und sie packte genug für zwei ein – auch sie hatte mitbekommen, wie verfressen ich war. Harriet traf sich mit

den Damen von ihrem Lesezirkel im nächsten Dorf, und so hatte ich keinerlei Verpflichtungen, konnte den ganzen Nachmittag an der Quelle verbringen und mich nach Emile sehnen.
Aber da war er, wartete bereits auf mich. Er stand mit dem Rücken zu mir, und meine Brust wollte schier bersten vor Sehnsucht, als ich ihn erblickte.
»Emile.«
Er wandte sich um. »Moineau.« Er reichte mir einen Strauß wilder Rosen. »Die sind für Sie.«
Wir hatten nur eine Stunde, die wie im Flug verging. Doch am folgenden Tag trafen wir uns wieder, und in der knappen Zeit, die uns blieb, erzählten wir uns unzählige Dinge. Am dritten Tag wusste ich alles über ihn und er alles über mich. Nun ja, nicht ganz. Nach wie vor hatte ich ihm nicht erzählt, dass ich bald mit Mr Shawe oder Mr Peacock verheiratet werden sollte, doch bis jetzt war ja nichts beschlossen, weshalb ich keinen Grund hatte, unsere liebliche sommerliche Schwärmerei mit solch unerfreulichen Details zu belasten. Außerdem wich er jedes Mal meiner Frage aus, was ihn aus dem Loire-Tal hierher nach Millthorne verschlagen hatte – wir waren also quitt.
An jenem dritten Tag vergaßen wir die Zeit, als wir nebeneinander auf der Picknickdecke lagen, zum Himmel hinaufblickten und uns erzählten, welche Umrisse wir in den Wolken erkannten. Sein Arm lag dicht neben meinem, und mir war, als würde sich seine Körperwärme auf mich übertragen. Meine nächtlichen Fantasien hatten immer ungestümere, fast schamlose Ausmaße angenommen, und obwohl ich mir einredete, dass es nur Hirngespinste waren, fachten sie ein Feuer in mir an, das nicht hätte brennen dürfen.
Seine Nähe, seine Wärme, sein starker, männlicher Körper … von Kopf bis Fuß, mit jeder Faser meines Körpers sehnte ich mich

nach ihm, so heftig, dass dagegen unweigerlich alles verblasste, was ich je in meinem Leben empfunden hatte. Auch wenn ich wusste, dass der Moment nicht von Dauer sein würde, klammerte ich mich mit aller Macht daran.

Schließlich stieß er einen Seufzer aus. »Ich muss los.«

»Ich weiß. Sehen wir uns morgen?«

»Es tut mir leid, aber ich kann nicht. Ich treffe mich mit … Verwandten.« Er wich meinem Blick aus, und ich fragte mich, was das für Verwandte waren und warum er nichts von ihnen erzählen wollte.

»Dann bis Montag«, sagte ich.

»Ja, am Montag werde ich hier sein.«

Wir packten zusammen und machten uns auf den Rückweg. Als wir mit verträumtem Blick den Hügel hinabgingen, betrat der Pfarrer gerade den Friedhof. »Gehe ich recht in der Annahme, dass ich Sie nach wie vor für Ihre Dienste bezahle, Emile?«, fragte er.

»Jawohl, Sir.« Emile eilte an ihm vorbei zum Portal.

Der Pfarrer wandte sich mir zu. Eine Windbö zerzauste sein silbriges Haar, was ihn wie ein Wiedehopf aussehen ließ. »Nun, Miss Breckby. Ich werde Ihre Tante über dieses Tête-à-tête unterrichten.«

»Was für ein Tête-à-tête?«, entgegnete ich. Plötzlich schlug mir das Herz bis zum Hals, und ich hasste den Pfarrer, diesen aufgeblasenen Kerl mit seinem lächerlichen Haarschopf. »Wie reden Sie überhaupt mit mir?«

Er machte auf dem Absatz kehrt und ging davon, ließ mich einfach auf dem Friedhof stehen. Die Äste der Buche warfen lange Schatten über die stillen Gräber.

Kurz vor dem Abendessen betrat Harriet mein Zimmer. Ihr energisches Klopfen verriet mir, dass ich mich auf eine Standpauke gefasst machen musste, und ich sollte recht behalten. Auch wenn Harriet mich liebte und grundsätzlich der Meinung war, dass Frauen mehr Freiheiten genießen sollten, hagelten all die Worte auf mich ein, die ich erwartet hatte – »unziemlich«, »ungehörig«, »schockierend«, sogar »schamlos« nannte sie mich. Tränen rannen über meine Wangen, tropften von meinem Kinn, doch sie wollte sich nicht beruhigen.

»Emile Venson ist Zimmermann«, sagte sie schließlich. »Du kannst dich nicht in einen Zimmermann verlieben.«

»Das ist ein anständiger Beruf. Er ist kein Diener und schon gar kein Bettler. Außerdem bin ich nicht in ihn verliebt.«

»Tatsächlich? Dem Pfarrer ist aber dein verträumter Blick aufgefallen.«

»Der Pfarrer ist ein kleingeistiger Narr. Das hast du doch selbst tausend Mal gesagt.«

»Trotzdem. Du kannst diesen Mann nicht wiedersehen. Haben wir uns verstanden?« Sie wischte mir eine Träne von der Wange, streng, aber nicht ohne Mitgefühl. »Es tut mir leid, Spätzchen, aber das war's. Ende.«

Und damit verließ sie das Zimmer, während ich weiter vor mich hin schluchzte, Basil neben mir auf dem Bett, der ungerührt schlief. Doch Harriet irrte sich. Es war nicht das Ende.

KAPITEL 8

☆

Moineau

Und nun muss ich Dir von meiner Schwester erzählen, Deiner Tante. Ab jetzt spielt sie nämlich eine fast ebenso bedeutende Rolle in der Geschichte Deiner Empfängnis und Geburt wie Emile und ich. Ich liebe meine Schwester, aber ich kenne sie auch besser als jeden anderen Menschen. Wir sind fast gleich alt und einander so nahe, dass ihre Fehler zwar anderen, aber nicht mir verborgen bleiben. Besonders hat sie zwei Schwächen. Erstens muss sie stets im Mittelpunkt stehen, wobei es ihr geradezu spielend gelingt, das Augenmerk auf sich zu lenken. Groß, blond und auffallend hübsch ist sie ohnehin, so wie ich auch, doch setzt sie nicht ihre Schönheit ein, sondern allerlei billige, mal ausgeklügelte Kniffe, mit denen sie andere um den kleinen Finger wickelt. Sie übertreibt, wenn sie sich nicht wohlfühlt, macht großes Aufhebens um jede noch so kleine Blessur, verlangt, dass alle Rücksicht auf ihre Gemütszustände nehmen, tut immer so überaus bescheiden und weigert sich beharrlich, ein Kompliment anzunehmen, wenn es nicht mindestens vier Mal geäußert worden ist. Ihr zweiter Charakterfehler besteht darin, dass sie ungeachtet ihrer Gefühle – und sie hat starke Gefühle, die sich in ihrem Blick spiegeln, in ihrer Stimme mitschwingen – stets wie ein Papagei das nachplap-

pert, was mein Vater oder meine Mutter sagen. Und dabei ist es keineswegs so, dass sie keine eigene Meinung hätte; sie spielt einfach Mamas und Papas Liebling, selbst wenn sie dafür ihre eigenen Überzeugungen über Bord werfen muss. Ich weiß nicht, ob sie sich dessen bewusst ist, aber eines Tages wird es sie innerlich zerreißen wie eine zu straff gespannte Saite, oder ihre Seele nimmt sogar Schaden.

Einen Tag nach Harriets Standpauke kam sie ohne Vorankündigung zu Besuch. Eine Kutsche brachte sie trotz der schmalen Straße direkt bis vor die Tür. Ich hörte Hufgeklapper, Rufe und Gewieher, ehe mehrmals nachdrücklich an der Haustür geklopft wurde. Neugierig spähte ich aus meinem Fenster, sah aber niemanden, und ich lief die Treppe hinunter.

»Schwester!«, erklang unvermittelt ein Ruf, und schon umarmte sie mich stürmisch. Sie duftete nach Lavendel und Seife.

Harriet war völlig überfordert, scheuchte die Dienerschaft herum und stieß lauter als Entschuldigungen verkleidete Vorwürfe aus: »Ja, ist das denn die Möglichkeit? Wir haben gar nicht genug zu essen im Haus!« »Warum hast du denn nichts gesagt, Schatz, sonst hätten wir doch dein Zimmer gelüftet!«

Aber meine Schwester wischte ihre Klagen leichthin beiseite: »Ich würde jetzt sowieso keinen Bissen hinunterbringen, und falls nötig, schlafe ich auch zusammen mit jemandem in einem Bett. Mach dir bitte keine Umstände, Tante. Ich weiß, dass ich ungelegen komme.«

»Aber nein, Schatz, überhaupt nicht. Wie kannst du das nur denken?«

»Keine Widerworte, Tante! Ich bin eine Last für euch, aber ich verspreche, dass ich es wiedergutmache. Nur jetzt gerade bin ich ein wenig erschöpft von der langen Reise und würde mich gern erst einmal ausruhen.« Sie streifte ihre Handschuhe ab und reichte sie Toby, der sie auf ihren Koffer legte und die Hand ausstreckte, um ihre Haube entgegenzunehmen.

»Jones, bringen Sie meine Nichten in den großen Salon und sorgen Sie für ihr Wohl. Ich leiste euch dann später Gesellschaft.« Mit diesen Worten wandte sie sich ab und gab Toby ein paar Anweisungen; selbst Basil war inzwischen heruntergekommen und strich um das Gepäck herum.

Wir folgten Jones durch einen schwach erleuchteten Flur in den großen Salon. Sie entzündete die Lampen, klopfte die Sofakissen aus, öffnete das Fenster, um frische Luft hereinzulassen, und rückte ein Bild an der Wand gerade. Ihr war deutlich anzusehen, dass ihr der unverhoffte Besuch entschieden gegen den Strich ging. Ich setzte mich auf einen Stuhl. Jones ließ sich Zeit, doch wir sprachen beide kein Wort, bis sie uns allein ließ.

Meine Schwester sank auf das Sofa, streckte die Beine aus und fasste sich an die Stirn. »Oh Gott, mir platzt gleich der Kopf. Reisen ist einfach schrecklich.«

»Ich reise gern.«

Sie öffnete ein Auge. »Immer musst du widersprechen.«

»Tja, die ungleichen Schwestern«, witzelte ich, und sie lachte.

Ich kniete mich auf den tiefgrünen Teppich vor dem Sofa und ergriff ihre Hände. »Also«, sagte ich. »Was führt dich hierher?«

»Ich wollte dir ein bisschen Gesellschaft leisten.«

Das machte mich hellhörig. Meiner Schwester war es völlig egal, ob ich Gesellschaft hatte oder nicht. »Tante Harriet leistet mir doch Gesellschaft«, sagte ich. »Sie ist bester Dinge.«

»Das habe ich gemerkt. Die Trauerkleidung hat sie ja bereits abgelegt.«

»Sie hat nie welche getragen.«

»Wie bitte!«, rief sie mit gespielter Entrüstung. »Jedenfalls dachte ich, du würdest hier vor Langeweile umkommen und mich mit offenen Armen empfangen, aber …« Sie setzte sich auf und warf einen

Blick zur Tür, um sich zu überzeugen, dass wir allein waren. »Tatsächlich bin ich aus einem anderen Grund hier, aber du darfst Tante Harriet nichts davon erzählen. Ach, vielleicht sollte ich besser den Mund halten.«

»Jetzt musst du es mir verraten.« Meine Neugier war geweckt, aber ich kannte meine Schwester – sie erzählte keine Geschichten, sie enthüllte sie.

»Es ist ein Test. Ich will wissen, ob Mr Ernest Shawe mir hierher folgt.«

»Was?« Dass sie mich ausgerechnet daran erinnern musste – ich hatte das Thema so gut es ging aus meinen Gedanken verbannt, erst recht, seit ich Emile begegnet war. Und nun musste es meine Schwester wieder aufs Tapet bringen.

»Ich habe die Nase voll von seiner Unentschlossenheit, Schwester, und du wahrscheinlich auch. Wann ringt er sich endlich zu einer Entscheidung durch? Immer druckst er herum, und davon habe ich endgültig genug. Aber wenn es mir gelingt, ihn hierher zu locken, wo unsere Mutter und unser Vater nicht dauernd um ihn herumscharwenzeln, wird er zu einem Entschluss kommen, davon bin ich fest überzeugt. Und dann kann ich ihn heiraten – oder den lieben, so unendlich geduldigen Mr Peacock.«

»Den lieben Mr Peacock? Seit wann empfindest du etwas für ihn?«

»Er ist mir durchaus sympathisch, aber ich bin nicht blöd. Shawe besitzt sieben Fabriken und drei Häuser, Peacock nur eine und zwei. Shawe wäre definitiv die bessere Partie.«

Behutsam entzog ich ihr meine Hand. »Wie kannst du nur so reden? Sollte es zwischen Mann und Frau nicht um ein wenig mehr gehen als bloß geschäftliche Interessen?«

»Wie sieht Mr Shawe uns denn, was denkst du? Wer wird ihm

die kräftigsten Söhne gebären, wer seinen Haushalt am besten führen, wer die hübscheste Figur an seinem Arm abgeben, wenn er der Queen begegnet? Das sind die Fragen, die sich Shawe stellt. Es ist eine Übereinkunft, nicht mehr und nicht weniger. Wir haben viele Freiheiten genossen, aber wir haben eben auch Verpflichtungen.«

»Du klingst genauso wie Papa.«

»Papa ist klug.«

Ich konnte nicht aussprechen, was mir durch den Kopf ging, weil meine Gedanken höchst unziemlich waren. Aber um »kräftige Söhne« zu gebären, musste eine das Bett mit Shawe, die andere mit Peacock teilen, und plötzlich widerte es mich an, etwas derart Intimes so kalt und rational zu betrachten. Ich erinnerte mich an das warme, wunderbare Gefühl, das ich in Emiles Gegenwart verspürt hatte. Unseren zwei Gatten in spe gegenüber hatte ich nie auch nur die leiseste Regung empfunden.

»Oh, jetzt schau nicht so niedergeschlagen drein.« Sie strich mir über den Kopf. »Da werde ich ja selbst ganz trübselig.«

Die Tür ging auf, und Harriet kam herein. Demonstrativ ließ sich meine Schwester zurücksinken.

»Du Ärmste«, sagte meine Tante. »Fühlst du dich sehr unwohl? Was bin ich nur für eine schreckliche Tante. Du musst dir ja wie ein ungebetener Gast vorkommen!«

»Überhaupt nicht«, erwiderte meine Schwester. »Ich habe nur Kopfschmerzen, Tante.«

»Jones schwört auf Wickel mit Essig. Soll ich sie bitten, dir einen zu machen?«

Sie zuckte kaum merklich zurück. »Nein, ich glaube, es reicht, wenn ich mich ein, zwei Stunden hinlege. Kann mir die Köchin vielleicht etwas Leichtes zubereiten? Eine Brühe mit etwas Brot? Und irgendetwas Süßes zum Nachtisch?«

»Du kriegst ein richtiges Abendessen, in einer halben Stunde.« Harriet half meiner Schwester auf. »Jones lüftet gerade das Balkonzimmer. Komm, ich bringe dich hinauf.«
Ich hockte mich auf die Fensterbank und sah hinaus in den Garten. Unter dem Fenster blühte ein Busch wilder Rosen. Er erinnerte mich an den Strauß, den Emile mir geschenkt hatte. Ich liebe wilde Rosen über alles; sie sind so hübsch und wirken trotzdem so bescheiden.
Hätte ich dich behalten dürfen, hätte ich dich Rose genannt. Leider weiß ich nicht, wie du heute heißt.
Der Abend brach herein, und ich hatte einen ganzen Tag ohne Emile verbracht. Morgen war Sonntag, und ich hoffte, ich würde ihn in der Kirche sehen. Harriet konnte mich schlecht dafür ausschimpfen, wenn ich ihn höflich grüßte.
Ich ließ den Kopf an die Fensterscheibe sinken. Es war sinnlos. Was brachte es schon, wenn ich ihm irgendwo über den Weg lief? Ich war töricht, schlicht töricht. Ich musste endlich anfangen, so praktisch zu denken wie meine Schwester. Es gab keine Zukunft mit Emile.

Am nächsten Morgen stand ich früh auf, zog ein hübsches, aber nicht zu auffälliges Kleid für die Kirche an – ein blassblaues mit goldenen Knöpfen – und bürstete mir sorgfältig die blonden welligen Haare, die mir über meine Schultern fielen. Dann steckte ich sie hoch. Ich betrachtete mich im Spiegel, drehte meinen Kopf nach links und rechts. Wie sah er mich wohl? Waren meine Wangen rund, meine Lippen voll genug? Ganz augenscheinlich nicht, was mich einen Moment lang verzagen ließ, doch dann rief ich mir in Erinnerung, dass Emile mich offenbar so mochte, wie ich war. Gleich darauf aber sank mir der Mut wieder, weil es nichts änderte, ob ich

ihm gefiel oder nicht. Als ich die Treppe hinabstieg, um nach meiner Tante und meiner Schwester zu sehen, hatte leise Verzweiflung Besitz von mir ergriffen.
Sie waren im Salon. Harriet kommandierte Jones herum, während meine Schwester im Nachthemd und mit offenen Haaren auf dem Sofa lag.
»Gehen wir nicht zur Kirche?«, fragte ich.
»Deiner Schwester geht es immer noch nicht besser«, sagte Harriet.
»Es ist grauenhaft!«, kam es vom Sofa. »Diese Schmerzen wollen einfach nicht weggehen.«
»Deshalb habe ich den Pfarrer benachrichtigt, dass er nach dem Gottesdienst hier vorbeikommen und seine Predigt noch einmal für uns halten soll. Du brauchst also auch nicht zu gehen, Spätzchen.«
Ich war stinkwütend auf meine Schwester, der es genauso gut ging wie mir. »Aber ich möchte in die Kirche. Ein bisschen frische Luft schnappen. Es ist ein viel zu schöner Tag, um ihn im Haus zu verbringen.«
»Dann lass dich nicht von uns aufhalten, Spätzchen. Ich bleibe hier und mache mich als Krankenschwester nützlich. Apropos, erst vorgestern hat Madame Azhkenazy gesagt, ich würde in Kürze jemand Jüngerem zur Seite stehen. Eigentlich dachte ich an dich, aber wer hätte auch damit gerechnet, dass deine Schwester so unverhofft bei uns auftaucht. Wie das Leben so spielt!«
Als ich den Blick zu Jones schweifen ließ, konnte ich an ihrer Miene ablesen, dass sie mit mir einer Meinung über diesen Humbug war. »Dann bis später.«
Harriet schenkte mir keine Beachtung.
Das Läuten der Glocken schallte über die Häuser, die Geschäfte und Tavernen, und die Dorfbewohner gingen in ihrem besten Sonntagsstaat zum Gottesdienst. In der Kirche hatten einige Familien

bereits die verbliebenen Sitzbänke eingenommen; andere saßen auf Stühlen, die behelfsweise zur Verfügung gestellt worden waren. Ich nahm auf einer der neuen Bänke Platz, die Emile gezimmert hatte. Als ich die Hand über die Rücklehne gleiten ließ, merkte ich, dass sie mit Schnitzereien verziert war – mit einem Muster wilder Rosen. Mit den Fingern fuhr ich die Schnitzereien nach, so lange, bis mein Banknachbar mich verärgert anblickte.

Ich versuchte, mich nicht allzu auffällig nach Emile umzusehen, mich nicht jedes Mal umzudrehen, wenn die Kirchentür aufging. Als der Pfarrer auf die Kanzel trat und sein Gebetbuch aufschlug, war Emile immer noch nicht da, und mein Herz wog schwerer als ein Mühlstein.

Der Pfarrer war kein besonders charismatischer Mann. Normalerweise mag ich es sehr, wenn aus der Bibel vorgelesen wird, doch er leierte den Text herunter, als lese er ihn zum ersten Mal, so steif und monoton, dass er keinerlei Wirkung entfaltete. Ein paar meiner liebsten Stellen sprach ich leise mit, um nicht einzunicken. Tatsächlich war es der langweiligste Gottesdienst, an dem ich je teilgenommen hatte; unglaublich, dass jemand von der Größe und Güte Gottes so unendlich ermüdend sein konnte. Bei der Vorstellung, den gleichen Sermon noch einmal nach meiner Rückkehr im Beisein von Harriet und meiner Schwester ertragen zu müssen, wurde mir ganz anders. Außerdem verspürte ich nicht die geringste Lust, mich dem prüfenden Blick des Pfarrers auszusetzen.

Schließlich trat ich wieder hinaus in den strahlenden Sonnenschein. Ich überlegte, ob ich zur Weißdornquelle gehen sollte, doch ohne Emile würde ich dort nur Trübsal blasen. Deshalb schlug ich den Weg in Richtung Norden ein, doch erst nach etwa einer Meile wurde mir klar, dass ich Emiles Haus zu finden versuchte.

Er hatte mir erzählt, dass er am Dorfrand lebte. Nun bereute ich es, dass ich ihn nicht genauer gefragt hatte, doch ich war davon ausgegangen, dass wir uns ohnehin an der Quelle treffen würden. Aber der Pfarrer und meine Tante hatten mir einen Riegel vorgeschoben – zumindest saßen sie jetzt zusammen und konnten mir nicht in die Quere kommen.

Schließlich kam ich zu einer unbefestigten Straße, die durch ein Waldgebiet führte. Ich machte kehrt, hielt die Augen auf, ob ich irgendwo einen Seitenweg oder ein Tor zu einem Gehöft übersehen hatte. Und so war es auch: Ein überwucherter Pfad führte vorbei an zwei baufälligen Häusern, doch dann erblickte ich Emiles Pferdewagen vor dem dritten Haus. Klein und einfach war es, aber hübsch und bestens in Schuss gehalten; schließlich war er Zimmermann, was für eine absurde Idee von mir, er könne womöglich in einer heruntergekommenen Kate wohnen. Die Torpfosten waren mit Schnitzereien versehen. Ich ging näher und hielt unschlüssig inne. Sollte ich geradewegs zu seiner Haustür marschieren und anklopfen? Doch dann wurde ich aus meinen Gedanken gerissen, als ein großer, magerer Hund am Tor erschien und mich anbellte. Mir stieg die Röte ins Gesicht, und ich machte auf dem Absatz kehrt. Im selben Moment vernahm ich Hufgeklapper. Emile saß auf dem Rücken eines Pferds und hatte mich bereits erspäht.

Er stieg ab. »Moineau!« Besorgt sah er mich an. »Alles in Ordnung?«

»Ja. Ich habe einen Spaziergang gemacht und plötzlich Ihren Wagen gesehen. Ich habe gerade Ihre Torpfosten bewundert.«

Ich erwiderte sein Lächeln, und sofort verflog meine Verlegenheit.

»Danke. Sie sind mein ganzer Stolz.« Als er das Tor entriegelte, schoss der Hund heraus, sprang an ihm hoch und leckte seine Hand. »Ruhig, Marin, ruhig«, sagte er. »Darf ich dir meine Freundin Moineau vorstellen?«

»Sehr erfreut, Sir.« Ich tätschelte Marins Kopf.
Emile führte sein Pferd auf den Hof. Ich folgte ihm um das Haus herum in einen gepflegten Stall.
»Haben Sie den gebaut?«, fragte ich.
»Ja, natürlich.« Er nahm dem Pferd Zaum und Sattel ab und führte es zur Tränke. »Haben Sie keine Angst, dass der Pfarrer oder Ihre Tante hier auftauchen könnten?«
Ich verschwieg, dass sie anderweitig beschäftigt waren, weil ich wollte, dass er mich für meine Kühnheit bewunderte. »Nein«, erwiderte ich. »Überhaupt nicht.«
»Dann kommen Sie doch herein. Der arme Marin war über Nacht allein und braucht erst einmal Futter und ein paar Streicheleinheiten. Vielleicht mögen Sie das übernehmen, während ich uns einen Tee mache.«
Obwohl mein Stand es mir eigentlich verbot – unvermittelt kamen mir meine Schwester und der von ihr so sehnlich erwartete Mr Shawe in den Sinn – , folgte ich ihm ins Haus.
Er gab Marin Futter, machte Feuer im Ofen und ergriff eine zerbeulte Teedose. Ich sah mich um. Das Zimmer mit der niedrigen Decke, in dem wir saßen, war sehr einfach, zugleich Küche und Stube. Die Wände waren nicht tapeziert, sondern weiß gekalkt, die Teppiche dünn und schlicht, doch die Möbel waren wunderschön und offensichtlich von ihm geschreinert – Tische, Stühle und eine lange Sitzbank mit handgenähten Kissen in verblichenem Blau und Grün.
»Ihre Schnitzereien sind eine Augenweide.« Ich nahm Platz und ließ die Finger über die Lehne gleiten.
»Holz mit Mustern zu verzieren bereitet mir große Freude«, sagte er.
»Und Nähen können Sie auch? Die Kissen sind perfekt gearbeitet. Ich glaube nicht, dass ich das so gut könnte.«

Er antwortete nicht, und eine Ahnung stieg in mir auf. Ich wandte den Kopf zu dem schmalen Fenster, dessen Glas so dick war, dass die Hecke auf der anderen Seite nur als grüner Schemen zu erkennen war. Marin trottete zu mir und legte den Kopf in meinen Schoß, und ich kraulte ihn hinter den Ohren. Emile stellte ein hölzernes Tablett mit einer schlichten Kanne aus weißem Porzellan, zwei Tassen und einem Teller mit Brot und Käse auf den Tisch.

Als er sich setzte, bemerkte ich den traurigen Ausdruck in seinen Augen.

»Meine Frau«, sagte er. »Meine Frau hat die Kissen genäht.«

»Sie sind …«

»Es gab einen Unfall«, sagte er. »Vor sieben Jahren. Ich habe sie verloren.«

Seine Frau war also tot. Ich war mir nicht sicher, wie ich reagieren sollte, und beschränkte mich auf ein ernstes Nicken. »Das tut mir leid.« Sieben Jahre waren eine lange Zeit. »Haben Sie …«

»Kinder? Nein. Wir wollten Kinder, aber wir waren erst ein knappes Jahr verheiratet, als der Unfall geschah. Ich war zweiundzwanzig, sie erst zwanzig. Ihr Pferd hat sie abgeworfen und ist mit den Vorderhufen direkt auf ihren …« Er fasste sich an den Kopf, unfähig, das Wort auszusprechen.

»Das ist ja entsetzlich. Sie hatte noch ihr ganzes Leben vor sich.«

»Ich bin mit ihr aus Frankreich hergekommen. Ihre Eltern leben nicht weit von hier in Harper's Hill. Ich habe sie gestern besucht. Es macht sie glücklich, wenn ich ab und zu vorbeischaue.«

Wie selbstlos von ihm, dachte ich, dass er sich nach all den Jahren immer noch um die Eltern seiner toten Frau kümmerte, obwohl er doch sicher Familie in Frankreich hatte.

Er schenkte uns Tee ein. Immer noch sprachlos über seine Großherzigkeit, wusste ich nicht, was ich sagen sollte, und strich schweigend

weiter über Marins Kopf. »Wie hieß sie?«, brachte ich schließlich hervor.
»Eleanor. Sie war eine wunderbare Frau, aber inzwischen habe ich dreimal so viel Zeit ohne sie verbracht als mit ihr. Manchmal kann ich mich kaum noch an sie erinnern.« Er zuckte mit den Schultern. »Aber wir haben hier zusammen gelebt, und sie hat die Kissen genäht.«
Ich nippte an meinem Tee. »Sie sind wirklich sehr schön.«
Eine kurze, verlegene Pause entstand. »Marin mag Sie«, sagte er dann.
»Ich ihn auch«, erwiderte ich. »Warum nehmen Sie ihn nicht mit zur Kirche, wenn Sie dort arbeiten?«
»Weil der Pfarrer keine Hunde mag.«
»Tatsächlich? Das sagt ja einiges über ihn aus, wenn Sie mich fragen.«
Er nickte. »Das ist wahr. Aber er bezahlt mich gut, und solange ich für ihn arbeite, ist der arme Marin wohl oder übel auf sich selbst gestellt.«
Plötzlich kam mir eine Idee. »Ich könnte ihm ja Gesellschaft leisten.«
Er lächelte, schüttelte aber den Kopf. »Nicht notwendig.«
»Aber hätten Sie etwas dagegen, wenn ich gelegentlich vorbeikomme und einen Spaziergang mit ihm mache? Ich liebe Tiere, und der Kater meiner Tante ist nicht so zutraulich wie Marin.« Vielleicht war es töricht von mir, aber ich wollte ihm einfach so nahe sein wie möglich.
»Nein, warum nicht.« Er stellte seine Tasse ab. »Aber nicht dass Sie Ärger mit Ihrer Tante bekommen.«
»Meine Tante ist gerade vollauf mit meiner Schwester beschäftigt«, sagte ich, »und mit ihrer russischen Hellseherin, die ihr von

ihren prophetischen Träumen von meinem toten Onkel erzählt. Wahrscheinlich kriegt sie es nicht mal mit, wenn ich nicht da bin.«
»Das mag sein«, gab er zurück. »Aber das heißt ja noch nicht, dass sie es gutheißen würde.«
Wir schwiegen. Es war schwieriges Terrain, auf das wir uns begeben hatten. Und was machten wir hier eigentlich – gestanden wir uns unsere gegenseitige Zuneigung und redeten über Menschen, die gegen unsere Verbindung waren? Die Leichtigkeit unserer Gespräche an der Quelle war verflogen, nun, da wir uns nicht mehr im Freien, in der Natur befanden, wo wir jederzeit überrascht werden konnten, sondern innerhalb der vier Wände eines Hauses, alleine an einem privaten Ort. Bei dem Gedanken überlief es mich heiß und kalt. Niemand würde je erfahren, was hier geschah. Unsere Blicke trafen sich.
»Ich sollte jetzt besser gehen.« Ich fühlte mich wie ein Kapitän, der plötzlich merkte, wie weit er vom Kurs abgekommen war. Abrupt stand ich auf. »Ich …«
Er erhob sich ebenfalls und ergriff meine Hand. Es flimmerte vor meinen Augen, als er den Ärmel sanft hochschob und seine warmen Lippen auf mein Handgelenk presste. Ich stieß ein leises Keuchen aus, und ein heftiges, ungekanntes Verlangen überkam mich.
Dann ließ er mich los. Ich zögerte einen Augenblick. Es drehte sich alles.
»Auf Wiedersehen, Moineau«, sagte er, als sei nichts geschehen.
»Es tut mir leid«, murmelte ich, auch wenn ich nicht wusste, warum, und eilte zur Tür.
Ich hielt den Atem an, bis ich das Tor hinter mir geschlossen hatte, und dann löste sich ein Lachen aus meiner Brust. Er hatte mich geküsst. Er hatte mich geküsst!
Wir hatten eine Grenze überschritten, Emile und ich. Wie sollten wir jetzt wieder zurückfinden?

Eine Woche lang sah ich Emile nicht, doch ich dachte jede Nacht an ihn, bevor mich der Schlaf übermannte. Und nicht nur nachts; wenn meine Tante und meine Schwester tagsüber im Salon plauderten, gab ich mich meinen Tagträumen hin, stellte mir wieder und wieder vor, wie er seine Lippen auf mein Handgelenk gepresst hatte, bis mir eine sanfte Schamröte in die Wangen stieg. Madame Azhkenazy weckte das Interesse meiner Schwester; sie nahm sogar an einer Séance teil, auch wenn sie behauptete, sie wolle Harriet lediglich Gesellschaft leisten. Sie fragten mich, ob ich auch dabei sein wolle, doch die Stille im Haus war mir nur recht. Ich nutzte die Gelegenheit, in meinem Zimmer zu sitzen und auf das dunkle Dorf hinauszuschauen, während ich mich fragte, was er wohl gerade machte.

Um seinen Hund kümmerte ich mich jeden Tag. Es mag eher amüsant als romantisch klingen, aber jeden Morgen kam Marin ans Tor gelaufen und beschnupperte mich ausgiebig, ehe wir zusammen durch die umliegenden Wälder streiften. Er wurde immer zutraulicher, und am Donnerstag wartete er bereits auf mich.

»Komm, mein Freund.« Ich öffnete das Tor, und er lief voraus. Die Sonne schien. Ob Emile wusste, dass ich jeden Tag mit Marin spazieren ging? Wenn Hunde nur reden könnten, dachte ich, als ich Marin hinter den Ohren kraulte. Ich nahm ihm das Versprechen ab, Emile auszurichten, dass ich von morgens bis abends, jede Sekunde an ihn dachte.

Als ich am Samstag von meinem Spaziergang mit Marin zurückkehrte, sah ich, wie livrierte Diener vor dem New Inn Koffer von einer Kutsche luden. Der Gasthof befand sich in unmittelbarer Nähe von Harriets Haus. Es war eine herrschaftliche Kutsche mit einem feudalen Wappen auf den Türen, und die Pferde waren heraus-

geputzt und trugen ein prächtiges Geschirr. Es schien hoher Besuch nach Millthorne gekommen zu sein, und ich eilte nach Hause. Ich nahm meine Haube ab, warf sie auf die Kommode und platzte in den Salon: »Hallo! Habt ihr die große Kutsche vor dem …«
Jäh hielt ich inne. Im Salon war niemand, doch durch die Fenster zum Garten erkannte ich, welcher wohlhabende, ehrenwerte Herr ins Dorf gekommen war. Dort stand nämlich Mr Ernest Shawe, vertieft in eine Unterhaltung mit meiner Tante und meiner Schwester. Er beugte sich über einen Lavendelstrauch und nahm die Blätter in Augenschein, als würde er den beiden Nachhilfe in Gartenbaukunst erteilen. Das Blut rauschte in meinen Ohren, übertönte alles. Mein Schicksal, dem ich so lange hatte entrinnen können, war besiegelt. Die Höflichkeit gebot, dass ich nach draußen ging und mich zu ihnen gesellte, doch ich brachte es nicht über mich. Denn ich war den halben Tag mit Marin durch den Wald gestreift und hatte von Emile geträumt. Stattdessen lief ich nach oben in mein Zimmer.

Und so hatte sich alles geändert, als ich Emile genau eine Woche nach meinem letzten Kirchgang wiedersah. Wir hatten auf ein paar Stühlen am hinteren Ende der Kirche Platz genommen, da die neuen, von Emile so liebevoll mit Schnitzereien versehenen Bänke bereits besetzt waren; ich saß zwischen meiner Tante und Mr Shawe, dessen Blick unablässig auf mir zu ruhen schien. Draußen regnete es in Strömen, und der Saum meines Kleids war nass. Auf einmal erspähte ich Emile weiter vorne, sein dichtes, dunkles Haar, seine breiten Schultern. Während des gesamten Gottesdienstes sah ich zu ihm hinüber. Nur ein paar Meter trennten unsere Herzen, und doch fühlte es sich an, als läge ein ganzes Meer zwischen uns. Er wandte sich nicht um und sah nicht …

GEGENWART

☆

Der Brief endet mitten im Satz. Als ich aufsehe, bemerke ich, dass sich das Café mittlerweile gefüllt hat und ich einen Tisch belege, während andere Gäste warten müssen, darunter ein Grüppchen junger Mütter mit ihren Babys. Draußen vor der Tür steht ein Kinderwagen neben dem anderen. Frauen mit kleinen Kindern lösen stets gemischte Gefühle bei mir aus. Einerseits rührt mich der Anblick der Kleinen mit ihrer streichelzarten Haut und ihren riesigen, feuchten Augen. Andererseits scheinen diese Frauen gar nicht zu wissen, was für ein Wunder sie erschaffen haben. Ein Wunder, zu dem ich selbst nicht in der Lage bin, auch wenn ich meinen Körper und Geist noch so sehr dazu zwinge. Manchmal meckern die Mütter sogar und beschweren sich: *Heute hat er mich wieder die ganze Nacht wachgehalten. Ich will doch bloß mal in Ruhe unter die Dusche gehen.*

Vorsichtig falte ich den Brief zusammen und stecke ihn ein. Dann nehme ich meine Handtasche und mache mich auf den Weg zurück in die Klinik.

Mum sitzt quietschvergnügt im Bett und verkündet stolz, dass sie sich keine Rippe gebrochen, sondern bloß eine harmlose Prellung hat.

Die Neuigkeit führt mir noch einmal überdeutlich vor Augen, wie böse Mums Sturz in Wahrheit war; obwohl nichts gebrochen ist, hat sie Schrammen und Schürfwunden davongetragen. Ich setze mich zu ihr und zeige ihr den Brief, und wir überlegen, wo der Rest wohl abgeblieben ist. »Mum, du hast gesagt, der Unfall ist passiert, weil du gedacht hast, du hättest ihn gesehen.«

»Wen gesehen, Schatz?«

»Emile. Du bist vor das Auto gelaufen, weil du dachtest, er wäre auf der anderen Straßenseite.«

Kurz verdunkeln sich ihre Augen, doch ihre Miene bleibt neutral. »Unsinn. So plemplem bin ich nun auch wieder nicht.«

Ich gehe nicht näher darauf ein, ich will den Rest des Briefes unbedingt finden. »Kriegen sie sich denn am Ende?«, frage ich.

»Daran kann ich mich nicht erinnern, Schatz«, antwortet sie leichthin, aber ich merke, wie satt sie es hat, ständig über ihr Gedächtnis und dessen Unzulänglichkeit reden zu müssen. »Wie kommt Geoff ohne dich zurecht?«, fragt sie eine Spur zu fröhlich.

Ich zucke mit den Schultern. »Bestimmt geht es ihm gut. Ich habe ihn noch nicht angerufen.«

»Nein?«

»Ich mache es bald. Er hat sicher … viel zu tun.«

Eindringlich mustert sie mich, wie immer, wenn sie direkt in meinen Kopf hineinsieht. »Ist mit euch beiden alles in Ordnung?«

»Nicht so richtig«, antworte ich wahrheitsgetreu. Es ist einfacher, als zu lügen.

Sie tätschelt meine Hand. »Meine arme Victoria. Mach dir keine allzu großen Sorgen. In einer Ehe gibt es bessere und schlechtere Zeiten.«

Ich lache. »Du warst nie verheiratet, Mum«, erinnere ich sie liebevoll.

Sie stimmt in mein Gelächter ein. Ein Pfleger kommt mit einem Brief für sie ins Zimmer. Dem blauen Umschlag nach zu urteilen ist es eine Genesungskarte. Mum sieht ärgerlich aus. Bislang war die Schmach über ihr zunehmend unzuverlässiger werdendes Gedächtnis noch nicht an die Öffentlichkeit gelangt.

»Was ist das für ein Unsinn?« Sie reicht mir die Karte. »Los, mach du sie auf.«

Ich reiße den Umschlag auf und ziehe eine Karte heraus. Ein Foto von der Sonne, die über einem Lavendelfeld aufgeht. *Mit großem Bedauern habe ich von Ihrer Erkrankung gehört, Margaret. Ich wünsche Ihnen eine baldige Genesung. Andrew Garr.*

Allein bei der Erwähnung seines Namens geht Mum augenblicklich in die Luft. »Wie kann er es wagen?«, stößt sie hervor und zerrt aufgebracht an der Bettdecke. »Eine Unverschämtheit.«

»Was ist denn los, Mum? Wer ist Andrew Garr?«

»Der Dekan. Der Kerl, der mir die ganze Zeit in den Ohren gelegen hat, ich soll endlich in den Ruhestand gehen. Er hat veranlasst, dass alle meine Bücher aus den Regalen gerissen und auf den Boden geworfen wurden. Er ist heilfroh, dass ich hier bin. Ich frage mich, welcher Verräter von der Fakultät es ihm gesteckt hat. Oh, ich würde demjenigen am liebsten den Hals umdrehen!«

Eine Schwester kommt herein und schimpft laut mit ihr, als wäre sie ein kleines Kind. »Mrs Camber, Sie beruhigen sich jetzt auf der Stelle.« Sie zieht die Bettdecke wieder glatt. »Sie können sich doch nicht so aufführen. Schließlich ist Ihre Tochter den ganzen Weg aus Australien hierhergekommen.«

»*Professor* Camber«, korrigiere ich sie leise und strecke die Hand aus. »Wir machen das schon. Bitte lassen Sie uns allein.«

Die Schwester stößt ein empörtes Schnauben aus. Mum beruhigt sich und betrachtet das Foto von dem Lavendelfeld. »Früher mochte ich Lavendel so gern. Aber damit hat er es mir für immer versaut.«

»Soll ich dir ein bisschen vorlesen?«, frage ich, um sie abzulenken.

»Ich kann sehr gut selbst lesen«, gibt sie zurück.

»Trotzdem ist es doch nett, wenn man etwas vorgelesen bekommt«, beharre ich. »Du kannst dich hinlegen und die Augen zumachen. Im Aufenthaltsraum gibt es Bücher. Soll ich mal nachsehen, was sie so haben?«

Mum sieht mich an. Der Ausdruck in ihren Augen hat sich verändert. Erneut hat sie sich ein Stück von mir entfernt. »Nun gut. Ja. Vielleicht haben sie ja etwas von George Eliot.«

»Ich bin gleich wieder da.« Ich gebe ihr einen Kuss auf die Wange.

Kaum habe ich das Zimmer verlassen, suche ich die Nummer der Uni aus meinem Telefonverzeichnis und lasse mich mit dem Büro des Dekans, diesem Andrew Garr, verbinden. So gern ich auch behaupten würde, dass ich ihn sprechen will, um meine Mutter in Schutz zu nehmen, habe ich den leisen Verdacht, dass die Wahrheit ein bisschen anders aussieht. Ich muss wissen, was los ist, damit ich überlegen kann, wie es mit Mum weitergeht.

Ein Termin beim Dekan von Mums Fakultät ist erst in drei Tagen möglich, weil er laut seiner Sekretärin in Amsterdam auf einer Konferenz ist. Ich fahre jeden Tag zu Mum in die Klinik, aber die Stimmung zwischen uns wird zunehmend angespannt. Ich kann mich nicht stundenlang mit ihr unterhalten, vor allem nicht, wenn sie vage und verängstigt ist. Sie weiß zwar die ganze Zeit, wer ich bin, aber manchmal spricht sie von Dingen, von denen ich keine Ahnung habe, wiederholt sich oder verwechselt alles. Wirklich entspannt sind wir eigentlich nur, wenn ich ihr vorlese. Ich habe von zu Hause ein paar Bücher von George Eliot mitgebracht, allerdings werden Mum und ich immer unterschiedlicher Meinung über sie sein. Ich finde ihre Bücher langatmig und zäh. Die Minuten ziehen sich, während wir am Fenster sitzen, mit Blick auf das Backsteingebäude nebenan. Ein zufriedenes Leben sieht anders aus, das wissen wir beide nur allzu gut.

Ich verbringe eine Menge Zeit bei Mum zu Hause. Mein Kinderzimmer ist seit vielen Jahren in ein Arbeitszimmer umfunktioniert worden, während das kleinere der drei Schlafzimmer als Gästezimmer fungiert. Dort schlafe ich. Jeden Morgen habe ich beim Aufwachen den Geruch meiner Mutter in der Nase. Akribisch durchforste ich ihr Arbeitszimmer, allerdings habe ich bislang die restlichen Seiten des Briefes nicht gefunden.

Professor Andrew Garrs Büro im Locksley College liegt eine Etage tiefer als das meiner Mutter. Im Wartebereich wird gerade renoviert, und die Hälfte des Raums ist mit einer farbverspritzten Schutzfolie abgehängt. Die Männer auf der anderen Seite hämmern, bohren und schrauben. Ihr Akzent klingt so anders als der australischer Handwerker, und einen Moment lang überkommt mich Heimweh. Zum ersten Mal vermisse ich mein Zuhause.

Ich erkenne Andrew auf Anhieb wieder, als er aus seinem Büro tritt und auf mich zukommt, um mich zu begrüßen: Er ist der Mann vom Wasserspender. Es gelingt mir nicht, die beiden Männer unter einen Hut zu bringen – den Tyrannen aus Mums Schilderung und diesen jungen Mann mit dem freundlichen, offenen Gesicht. Jemand in meinem Alter (oder sogar jünger) sollte eigentlich nicht hierarchisch über meiner Mutter stehen.

»Oh, hallo«, sagt er. »Sie sind Margarets Tochter? Schade, dass ich das nicht schon gewusst habe, als wir uns neulich begegnet sind. Ich dachte, Sie wären eine Studentin.«

»Dafür bin ich wohl ein bisschen zu alt.«

»Ach wo«, wiegelt er ab. »Aber ich hätte Sie erkennen müssen. Sie sind Ihrer Mutter wie aus dem Gesicht geschnitten.«

Das hat mir bisher noch niemand gesagt, und ich bin sprachlos. In seinem Büro setze ich mich in einen Sessel.

»Nein, danke«, sage ich, als er mir Tee anbietet. Seine Sekretärin kommt herein und stellt einen Krug Eiswasser mit zwei Gläsern auf den Tisch.

Andrew schenkt uns ein. Er ist groß – über eins neunzig – und hat braunes Haar, das dünner zu werden beginnt. Er trägt einen dunkelblauen Anzug und eine goldfarbene Krawatte, und seine Hände sind riesig und wirken etwas plump. Er reicht mir mein Glas. Ich nippe höflich daran und stelle es auf den Tisch.

»Also, Victoria. Es freut mich, Ihre Bekanntschaft zu machen.«

»Tori, bitte«, sage ich. »Nur meine Mutter nennt mich Victoria.«

»Nun, dann ist es mir ein Vergnügen, Ihre Bekanntschaft zu machen, Tori. Ihre Mutter hat oft und immer sehr liebevoll von Ihnen gesprochen.«

Was? Ich traue meinen Ohren nicht. Eigentlich dachte ich, meiner Mutter sei es eher peinlich, so eine gewöhnliche, unauffällige Tochter zu haben. »Sie hat auch über Sie gesprochen«, gebe ich zurück. »Allerdings nicht ganz so positiv.«

Er lächelt wehmütig. »Wir standen immer ein bisschen auf Kriegsfuß miteinander, Ihre Mutter und ich.«

»Ich würde mich freuen, wenn Sie mir Ihre Seite der Geschichte schildern.« Mit einem Mal wird mir bewusst, dass ich ihm auf Anhieb glauben werde, wegen seiner ganzen Art und weil er ein ehrliches Gesicht hat.

Er legt die Fingerspitzen aneinander und stützt das Kinn darauf ab. »Margaret ist eine ausgezeichnete Wissenschaftlerin und seit vielen Jahre eine echte Bereicherung für Locksley. Wussten Sie, dass sie mit ihrer Fernsehsendung mein Interesse für Geschichte geweckt hat?«

»Tatsächlich?«

»Sie macht Geschichte lebendig. Es ist ein schreckliches Klischee, ich weiß, aber …« Er unterbricht sich, scheint seine Worte mit Bedacht zu wählen. »In den vergangenen zwei, drei Jahren hat Margaret zunehmend …«

Wieder hält er inne, und ich merke, dass er Angst hat, mich zu verärgern oder zu kränken. »Bitte, sprechen Sie weiter«, sage ich. »Ich muss die ganze Wahrheit erfahren, damit ich mir überlegen kann, wie es weitergehen soll.«

Er sieht so mitfühlend aus, dass ich beinahe fürchte, in Tränen auszubrechen. »Es fing mit Beschwerden der Studenten an. Sie hat offenbar über Dinge referiert, die gar nicht zum Thema gehören, hat Examensunterlagen verlegt und bekam Wutausbrüche in den Seminaren. Es wurde immer schlimmer. Natürlich wusste ich, was los ist, und ich … ich wollte unbedingt, dass sie keine Vorlesungen mehr hält, weil das sonst ihrem Ruf schaden könnte.«

Tränen brennen in meinen Augen. Ich nicke. »Verstehe.«

»Daher habe ich sie zu Forschungszwecken freigestellt. Dieser Trick hat mich fast den Job gekostet, weil der Direktor nicht mitgezogen hat. Sie hat eine Ewigkeit nichts mehr veröffentlicht. Wissen Sie das?«

»Ich wusste, dass sie länger kein Buch mehr geschrieben hat, und dachte, sie arbeitet an einem neuen.«

»In den letzten fünf, sechs Jahren hat sie nichts mehr geschrieben.«

Ich bin sprachlos.

»Als ich mit ihr über die Forschung gesprochen habe«, fährt er fort, »kam sie mit völlig abstrusen Ideen an, hat irgendetwas vor sich hin gefaselt, ohne Sinn und Verstand. Margaret ist eine Wissenschaftlerin der alten Schule, trotzdem war sie immer eine blitzgescheite Frau. Sie hat den Sprung ins moderne Zeitalter geschafft, was ziemlich schwierig ist, das gebe ich offen zu. Und zwar mühelos und mit Würde und Anstand. Ich konnte es kaum mit ansehen, wie sie immer weiter abgebaut hat.« Er lehnt sich zurück und seufzt. »Damals war sie bereits zwei Jahre über dem üblichen Pensionsalter, sie hätte also ohne jegliche Einbußen in den Ruhestand gehen können, sie bekommt eine hübsche Pension. Ich habe sie ermutigt, aber … Ihre Mutter sieht sich selbst sehr stark mit ihrer Arbeit verbunden.«

Ich bin ein klein wenig verärgert. Sie kennen sie doch überhaupt nicht, würde ich ihm am liebsten entgegenschleudern. Aber natürlich hat er recht.

»Ich wollte, dass sie in Würde geht«, fährt er fort. »Leider ist sie geblieben, und … es fällt mir sehr schwer, das zu sagen, vor allem Ihnen. Aber sie hat sich ein bisschen …«

»Lächerlich gemacht?«, sage ich.

Wieder seufzt er. »Es klingt schlimmer, als es ist, aber ja, ich denke, das kann man so ausdrücken. Ihre Kollegen reden über sie. Im Augenblick noch freundlich, aber wenn sie noch länger bleibt …«

»Sie kann auf keinen Fall noch länger arbeiten«, sage ich. »Die Diagnose ist eindeutig. Daran führt kein Weg vorbei.«

Er nickt. »Das tut mir leid. Aber es ist gut, dass Sie hergekommen sind. Sie ist viel zu stolz, um Besuch von Kollegen zu empfangen.«

Er klingt traurig, und mein Herz, mein Körper fühlen sich auf einmal bleiern an. Ich bin müde. Einen Moment lang sitzen wir schweigend da.

»Meine Mutter hat Ähnliches durchgemacht«, sagt er nach einer Weile. »Sie hat bei einem Autounfall eine Gehirnverletzung erlitten. Ein junger Mann – ein Student aus Locksley, der danach allerdings weggegangen ist – hatte ein paar Bier zu viel intus und ist mit dem Wagen rückwärts in die Bushaltestelle gefahren, wo meine Mutter gewartet hat.« Seine Stimme ist tonlos, als hätte er Mühe, seine Gefühle unter Kontrolle zu halten. »Sie konnte nicht mehr sprechen und hat mich und meine

Schwester kaum noch erkannt. Acht Monate nach dem Unfall ist sie an einer Lungenentzündung gestorben. Jedenfalls habe ich immer gespürt, wie sie sich entspannt hat, wenn wir sie besucht haben, auch wenn sie gar nicht wusste, dass wir da sind. Unsere Anwesenheit hat ihr geholfen, ruhiger zu werden, auch wenn niemand sagen konnte, was in ihrem Innern vorging.« Er wendet verlegen den Kopf ab. »Das klingt vermutlich alles andere als wissenschaftlich, aber ich weiß einfach, dass es so war. Mütter und ihre Kinder sind durch Körper und Geist miteinander verbunden, aber auch durch die Seele. Und wenn Körper und Geist nicht mehr vorhanden sind, bleibt immer noch dieses Band.«

Ich senke den Kopf und kämpfe mit den Tränen. Dann sehe ich auf und lächle ihn an. »Vielen Dank, Andrew.«

»Gern geschehen. Wenn ich etwas für Sie tun kann … Wie lange sind Sie hier?«

Ich gebe keine Antwort, weil ich keine Ahnung habe, ob ich Mum überhaupt allein lassen kann.

KAPITEL 9

☆

Agnes

»*Mademoiselle? Mademoiselle?*«

Agnes schlug die Augen auf. Ihr Nacken schmerzte. Ein Mann in einer sorgfältig gebügelten Uniform rüttelte sie an der Schulter, und eine Flut unverständlicher Worte prasselte auf sie nieder. Ihr Herzschlag beschleunigte sich. Erst jetzt fiel ihr wieder ein, wo sie war: im Zug.

»Gare du Nord?«, krächzte sie.

»*Oui, mademoiselle. Gare du Nord.*«

Sie blinzelte. Der Zug stand. Er war leer. Wie lange hatte sie wohl geschlafen? Abermals redete er auf sie ein, während sie ihm klarzumachen versuchte, dass sie kein Französisch sprach. Ihr Akzent musste ziemlich ausgeprägt sein, denn er sah sie verständnislos an. Sie wusste natürlich nicht, wie man die Worte richtig aussprach, sondern wiederholte sie lediglich, wie sie sie gelesen hatte.

»*Oui, mademoiselle*«, wiederholte er und fügte in sehr gebrochenem Englisch hinzu: »Zug ist zu Ende.« Dann wandte er sich ab und ging zum Ende des Waggons. Agnes stand auf und nahm den Korb mit ihren Habseligkeiten aus dem Fach über ihrem Kopf, wobei sie erleichtert feststellte, dass nichts fehlte. Ihr ganzer Körper schmerzte, vom Kopf bis zu den Zehen.

Schon seit dem Morgengrauen war sie unterwegs. Zuerst von London nach Folkestone, dann hatte sie zweieinhalb Stunden auf das heruntergekommene Fischerboot gewartet, das sie über den Ärmelkanal brachte. Ihre Freude, das Meer zu sehen und die frische, salzige Luft einzuatmen, hatte ihr die scheinbar endlose, raue Überfahrt ganz schnell ausgetrieben: Der Gestank nach Fischeingeweiden setzte sich in ihrer Nase fest, und ihre Kleider fühlten sich klamm an. In Calais war es ihr immerhin gelungen, mit ihren eingeschränkten Sprachkenntnissen ihr englisches Geld zu wechseln. Dann hatte sie den Zug bestiegen. An einer Station, einem winzigen Bahnhof in der französischen Einöde, hatte sie umsteigen müssen und eine Ewigkeit mutterseelenallein gewartet, bis der Zug endlich eingefahren war.

Irgendwann musste sie auf dem harten Sitz vor Erschöpfung eingeschlafen sein. Mühsam erhob sie sich, stieg aus und schleppte sich den langen Bahnsteig entlang und trat ins Freie. Paris.

Die Schatten wurden bereits lang, trotzdem herrschte immer noch reges Treiben. Agnes hatte sich den Weg vom Bahnhof zur Adresse ihrer Mutter eingeprägt, dennoch nahm sie sich einen Moment Zeit, den mächtigen Bogen und die Figuren auf den Brüstungen zu bewundern, ehe sie sich umwandte und davonging.

Als Erstes fiel ihr auf, dass im Gegensatz zu London die Straßen hier sauber und ordentlich waren. Alles wirkte sehr gepflegt, selbst die Straßenlaternen waren auf Hochglanz poliert. Über den Cafés und Geschäften hingen Markisen, und die Leute nahmen ihre Mahlzeiten an Tischen auf den Gehsteigen ein. Viele Gebäude verfügten über Balkone mit schmiedeeisernen Geländern. Und überall standen schattige Platanen. Agnes lauschte: französisches Geplapper, Hundegebell, kreischende Kinder, Huftrappeln der Pferdekutschen, Händler, die ihre Waren feilboten. Wäre sie nicht so müde gewesen, hätte sie sich die Pracht wahrscheinlich genauer angesehen, doch sie setzte ihren Weg fort, die breiten Boulevards entlang in Richtung Fluss, wo die Straßen nicht mehr ganz so ausladend und feudal wirkten, sondern stiller, bis zur Rue Cousineau.

Die Straße war schmal und bot gerade einmal Platz für ein paar Bäume; Markisen gab es nicht. Links und rechts erhoben sich hohe Wohngebäude, manche gepflegt und wunderschön, andere eher heruntergekommen oder gar baufällig. Agnes konzentrierte sich auf die Hausnummern und schob den Gedanken beiseite, dass es allmählich dunkel wurde, sich der Korb in ihrer Hand immer schwerer anfühlte, sie kaum ein Wort Französisch sprach und gerade einmal dreiundvierzig Francs bei sich hatte und nicht wusste, wo sie die Nacht verbringen würde. Denn jeden Moment würde sie vor dem Haus mit der Nummer 22 stehen, Genevieve würde die Tür öffnen, und alles wäre gut.

Alles wird gut.

Sie ging weiter, die Hausnummern in abnehmender Reihenfolge. Hier war die 38. Hier die 30. Dann die 26. Und schließlich …

Agnes blieb stehen und starrte das Haus an. Die Rue Cousineau 22 war kein Wohngebäude, sondern ein Lagerhaus, auf dessen Fassade der Name *Valentine & Valois* in riesigen Lettern prangte und darunter, in kleineren Buchstaben, *Marchand de thé*.

Ein Teehändler? Aber wo war Genevieve?

Die braune Holztür war verschlossen. Agnes sah sich um. Es war zwar schon spät, aber vielleicht war ja noch jemand hier. Sie klopfte dreimal. Stille. Nirgendwo brannte Licht. Sie presste das Ohr gegen die Tür und glaubte, Stimmen zu hören. Noch einmal klopfte sie und rief: »Hallo? Hallo? Bitte machen Sie auf.«

Sie hörte Schritte. Die Tür öffnete sich knarzend und gab den Blick auf einen großen, schwach von Öllampen erhellten Vorraum frei. Ein junger Mann mit einer Baskenmütze und einer grauen Jacke aus grobem Stoff spähte heraus.

»*Excusez-moi*«, sagte sie. »*Où est Genevieve*?« Diesen Satz hatte sie zigmal geübt.

Fragend legte er den Kopf schief. Agnes hatte keine Ahnung, ob er sie verstanden hatte.

»Genevieve Breckby«, sagte sie. »Ich muss sie sprechen.«

Der junge Mann wandte sich um und rief etwas über seine Schulter. »Genevieve« war das einzige Wort, das Agnes verstand. Eine plumpe, verärgert wirkende Frau erschien. Ihr Haar hatte sie zu einem losen Knoten hochgesteckt. Sie trug ein graues Kleid und eine Schürze. Sie riss die Tür ein Stück weiter auf, und Agnes erblickte Regale, Fässer und Körbe. Der Fußboden und der Verkaufstresen bestanden aus grob gezimmertem Holz, und in der Luft lag der Geruch nach getrockneten Blättern.

»Was gibt's?«, fragte die Frau auf Englisch – sie war eindeutig Muttersprachlerin.

»Bitte, ich bin den ganzen Weg aus London gekommen, um mit Genevieve Breckby zu sprechen.«

»Dann haben Sie Ihre Zeit vergeudet«, gab die Frau zurück.

»Aber sie hat hier doch gewohnt, oder?«

»Sie hat hier gearbeitet. Aber sie ist weg.«

»Wissen Sie, wohin sie gegangen ist? Ist sie noch in Paris? Hat sie eine Adresse hinterlassen?«

Die Frau schüttelte den Kopf. »Mich dürfen Sie nicht fragen. Ich weiß nichts.«

»Seit wann ist sie schon …«

Die Frau hob die Hand. »Mich dürfen Sie nicht fragen. Ich weiß es nicht, und es kümmert mich auch nicht. Und jetzt entschuldigen Sie uns bitte. Wir haben noch einiges zu tun, bevor wir Feierabend machen können. Zu Genevieve habe ich nichts mehr zu sagen.«

Die Tür schloss sich vor Agnes' Nase. Einen Moment lang stand sie mit hämmerndem Herzen da. Genevieve war nicht hier. Aber Agnes kaufte der Frau keine Sekunde lang ab, dass sie nichts wusste. Sie hatte sehr wohl das Flackern in den Augen der Frau bemerkt, und sie erkannte den umherirrenden Blick, wenn jemand log. In Perdita Hall hatte sie lange geübt, um ihn sich abzugewöhnen, was ihr sehr oft aus der Patsche geholfen hatte. Doch viel seltsamer war, dass die Frau wütend auf Genevieve zu sein schien. Es kümmere sie nicht, hatte sie behauptet, aber ihr Tonfall und ihr ganzes Benehmen ließen das genaue Gegenteil vermuten.

Agnes hämmerte an die Tür. »Hallo! Bitte lassen Sie mich rein. Bitte. Ich muss sie finden!« Ihre Stimme hallte in der stillen Straße wider, doch nichts geschah. Es dämmerte, und sie stand nach wie vor mit ihrem Korb mit all ihren Habseligkeiten hier herum.

Erschöpft ließ Agnes sich mit dem Rücken gegen die Holztür auf den Boden sinken und legte den Kopf auf die Knie. Sie weinte nie, und jetzt war bestimmt nicht der richtige Zeitpunkt dafür. Lange Zeit verharrte sie in dieser Position, und vielleicht wäre sie noch länger dort sitzen geblieben, hätte sich sogar auf dem Boden zusammengerollt und geschlafen, als plötzlich eine Frauenstimme ertönte.

Die Hand schützend auf ihren Korb gelegt, sah sie auf. Auf der anderen Straßenseite stand eine zierliche Frau von etwa dreißig Jahren mit kunstvoll aufgetürmtem dunklem Haar und einem dunkelblauen Kleid mit einem Gürtel, an dem etwas Metallisches klirrte. Sie rief ihr etwas auf Französisch zu, doch in ihrer Verzweiflung und Erschöpfung hatte Agnes jedes der wenigen Worte vergessen, die sie in der fremden Sprache beherrschte, und rief nur: »Ich spreche kein Französisch.«

Die Frau kam zu ihr herüber und beugte sich vor. Sie war unfassbar schön, mit hohen Wangenknochen, großen blauen Augen und einem Porzellanteint. Sie sah wie eine Puppe aus. »Sie sind Engländerin, ja?«

»Ja.«

»Ich habe gefragt, ob Sie ein Zimmer brauchen.«

Agnes nickte eifrig, obwohl sie Zweifel beschlichen.

Die Frau streckte ihr die Hand hin. Im ersten Moment wollte Agnes sie schütteln, doch die Finger der Frau schlossen sich um die ihren. Mit einem Ruck zog sie sie hoch und klopfte ihr den Staub vom Rock. »Ich habe Sie rufen gehört«, sagte die Frau leise lachend. »Wie heißen Sie?«

»Agnes, Ma'am.«

»Ich bin Madame Beaulieu. Viele Mädchen kommen bei mir unter, wenn sie anderswo nicht willkommen sind. Ich habe Zimmer. Sie arbeiten eine Weile und gehen dann wieder. Kommen Sie mit.«

Kurz überlegte Agnes, ihr Angebot auszuschlagen, doch es war dunkel, sie war hundemüde und hatte keinen blassen Dunst, wo sie mit ihrer knappen Barschaft unterkommen könnte. Außerdem schienen Madame Beaulieus Räumlichkeiten ganz in der Nähe zu sein, und Agnes hatte die Absicht, gleich morgen noch einmal herzukommen. Also nahm sie ihren Korb und folgte Madame Beaulieu, die lässig elegant die dunkle, stille Straße entlangschlenderte, bis zu einem Wohngebäude, an dem Agnes auf dem Weg zum Lagerhaus vorbeigekommen sein musste. Das einzig Auffällige war die hohe Platane davor und das Schild *Maison de Cygnes* über der Tür.

Madame Beaulieu nahm einen Schlüssel von dem Gürtel und schloss die Haustür auf. Auch das Foyer war wenig bemerkenswert; es war dunkel und spärlich möbliert, eine Treppe führte in die oberen Stockwerke. »Hier wären wir. Die erste Nacht ist kostenlos, und morgen besprechen wir, wie Sie für

Ihren Unterhalt aufkommen können.« Sie trat zu einer Kommode und entzündete eine Öllampe, mit der sie den Weg nach oben beleuchtete. »Hier wohnen viele reizende Mädchen. Sie werden sie mögen.«

»Ich sollte Ihnen zumindest einen kleinen Betrag für das Zimmer geben«, meinte Agnes. »Zwei Francs kann ich mir leisten.«

Madame Beaulieu winkte ab. »Nein. Behalten Sie Ihr Geld. Ich habe noch nie jemanden gesehen, der so traurig und verloren gewirkt hat wie Sie. Morgen besprechen wir in Ruhe, wie es weitergehen soll.«

Beklommen folgte Agnes Madame Beaulieu. »Was für eine Art von Arbeit ist das denn, die die Mädchen hier leisten?«

»Ach, ganz unterschiedlich«, gab Madame Beaulieu leichthin zurück. »Hilfe beim Putzen, Kochen und Nähen. Sie können es sich aussuchen.«

»Ich kann nähen«, gab Agnes zurück. »Das ist mein Beruf.«

»Wir finden ganz bestimmt das Richtige für Sie, aber jetzt ruhen Sie sich erst einmal aus und vergessen Ihre Sorgen.« Sie stiegen eine weitere Treppe hinauf, dann noch eine. »Sie teilen sich ein Zimmer mit Molly. Sie ist auch Engländerin und schon seit einigen Monaten bei uns. Sie ist sehr glücklich hier. Sie können sie gern fragen.«

Sie erreichten das oberste Stockwerk. Ein angenehmer Duft nach Parfum und frischen Blumen stieg Agnes in die Nase. Vor ihnen erstreckte sich ein langer Korridor mit einer niedrigen Decke, doch Madame Beaulieu klopfte an die erste Tür und trat ein, ohne eine Antwort abzuwarten.

Zwei Betten standen unter dem Fenster, dessen Jalousie heruntergezogen war. »Ah, Molly ist noch nicht da, aber sie kommt sicher bald. Das hier ist Ihr Bett.« Sie deutete auf das Bett links. »Das Badezimmer ist am Ende des Flurs. Wir sehen uns morgen früh.«

»Vielen Dank«, sagte Agnes und stellte ihren Korb auf dem Bett ab.

Madame Beaulieu schenkte ihr ein Lächeln, in dem Agnes jedoch eine gewisse Härte erkannte. »Kommen Sie nach unten, wenn Sie wach sind.«

Sie verließ das Zimmer und schloss leise die Tür hinter sich.

Agnes kniete sich auf das Bett und hob die Jalousie an. Von hier oben bot sich ein Blick über die ganze Straße bis zu dem Teelagerhaus, wo ihre Mutter gearbeitet hatte. Gearbeitet? Genevieve Breckby? In einem Lagerhaus? Was mochte ihr widerfahren sein? Dass auch ihre Mutter schwere Zeiten durchlebt hatte, bestärkte Agnes in ihrer Überzeugung, dass sie ihr eigenes Schicksal ebenso meistern würde. Sie legte sich neben ihrem Korb aufs Bett, um nachzudenken, Pläne zu schmieden und Lösungen zu finden. Doch nach wenigen Minuten begannen ihre Gedanken zu verschwimmen, und sie schlief im Schein der Öllampe ein.

Ein Geräusch weckte sie. Jemand musste hereingekommen sein. Im ersten Moment wusste sie nicht, wo sie sich befand. Ein zierliches Mädchen mit offenem dunklem Haar stand mit dem Rücken zu Agnes vor der Kommode.

»Molly?«

Das Mädchen drehte sich um, eine Haarbürste in der Hand, und lächelte Agnes an. »Und du bist …?«

Molly war keine Engländerin, sondern Irin.

»Ich bin Agnes. Ich bin neu hier. Wie spät ist es?«

»Kurz nach elf.«

Agnes bemerkte, dass Molly einen hübschen Morgenrock anstelle eines Kleides trug. »Bist du so spät erst nach Hause gekommen?«

»Ich habe gearbeitet.« Molly setzte sich auf ihr Bett und bürstete ihr Haar.

»Gearbeitet? Für Madame Beaulieu?«

»Natürlich.«

Agnes lag die Frage auf der Zunge, warum ein Mädchen um elf Uhr abends noch arbeitete, dazu im Morgenrock. Aber in Wahrheit kannte sie die Antwort bereits. Eigentlich hatte sie es schon gewusst, als Madame Beaulieu sie vor dem Lagerhaus aufgegabelt hatte. Also musste sie noch viel vorsichtiger sein.

»Tut mir leid. Halte ich dich vom Schlafen ab?«, fragte Agnes und stellte ihren Korb auf den Boden.

»Nein, nein, es dauert immer ein Weilchen, bis ich mich entspannen kann, nachdem ich … Und du? Bist du heute erst angekommen?«

»Ja. Ich habe das Gefühl, als wären tausend Jahre vergangen, seit ich London verlassen habe, aber eigentlich war es erst heute Morgen.« Sie löste die Schnürsenkel ihrer Schuhe, knöpfte ihr Kleid auf und ließ es auf den Boden fallen. Dann kletterte sie ins Bett. »Wie lange bist du schon hier?«

»Seit fünf Monaten.«

»Und wann hast du angefangen … zu arbeiten?«

Molly lächelte. Sie hatte ein reizendes Gesicht, ohne auch nur den Anflug von Härte, was Agnes erstaunte. »Ah. Nun ja, Madame Beaulieu lässt einem fünf oder sechs Tage Zeit, bis du die Dinge so siehst wie sie. Und das wirst du über kurz oder lang. Alle tun das. Bis dahin lässt sie dich jeden Abend Geschirr spülen, bis deine Hände rot und aufgescheuert sind, und du musst die Teppiche klopfen, bis dir die Arme brennen.« Molly zuckte mit den Schultern. »Letzten Endes ist es einfacher, die Kunden zu unterhalten. Außerdem gibt es viel mehr Geld dafür.«

»Viel mehr?«

»Oh, ja. Dies ist ein bekanntes Etablissement mit einem ausgezeichneten Ruf. Hier kannst du fünfundzwanzig Francs pro Nacht verdienen, inklusive Zimmermiete.«

Agnes schwirrte der Kopf. So viel Geld. Doch dann fiel ihr die Art und Weise wieder ein, wie es verdient wurde. Sie zog sich die Decke bis zum Kinn. Sie wollte der netten Molly nicht unter die Nase reiben, dass sie lieber bis zum Ende ihrer Tage den Abwasch machen würde, deshalb schwieg sie.

Molly löschte die Lampe und ging zu Bett. »Gute Nacht, Agnes. Ich freue mich, dass ich wieder eine Zimmergenossin habe.«

»Gute Nacht«, sagte Agnes.

Innerhalb weniger Minuten schlief Molly tief und friedlich. Friedlicher, als Agnes es vermutet hätte.

Wenn stimmte, was Molly sagte, blieb ihr eine Woche, um Hinweise zu finden, was mit Genevieve passiert war. Sie hatte die richtige Straße gefunden und fürchtete sich nicht davor, ein paar Tage lang niedrige Hausarbeiten in einem Freudenhaus zu erledigen. Aber sie würde sich niemals zu einem Mann legen, den sie nicht kannte.

Und das wirst du. Alle tun das.

»Ich nicht«, sagte Agnes leise und schlief mit dem Gedanken ein, was sie mit fünfundzwanzig Francs alles anfangen könnte.

Am nächsten Morgen wachte Agnes auf und wusste nicht, wie spät es war. Sie hob vorsichtig die Jalousie an und warf einen Blick auf das Haus des Teehändlers. Die Eingangstüren waren geöffnet, doch es war niemand zu sehen. Plötzlich sagte eine laute Stimme neben ihr: »Lass das!«

Molly riss ihr die Jalousie aus der Hand und zog sie wieder nach unten. Ihr Haar war wild zerzaust.

»Was ist denn? Es ist Morgen.«

»Wir dürfen die Jalousien während des Tages nicht öffnen. Und nicht nur, weil Madame Beaulieu es sagt. Das ist Gesetz.«

»Gesetz?«

Mollys Tonfall wurde eine Spur freundlicher. »Ach, Agnes.

Du weißt doch, wo du hier bist, oder? Was das Maison de Cygnes ist? Wir sind ein bekanntes Etablissement mit wohlhabenden Kunden und müssen uns den Vorgaben der Gendarmerie beugen, wenn wir unseren guten Ruf wahren wollen. Deshalb: Die Jalousien bleiben unten, und zwar den ganzen Tag.« Gähnend fuhr sie sich mit den Fingern durchs Haar. »Komm, ich zeige dir, wo das Badezimmer und das Speisezimmer sind. Vielleicht sind ja ein paar der anderen Mädchen da. Sprichst du Französisch?«

»So gut wie kein Wort.«

»Ach, ich kann es dir beibringen. Mein Großvater war Franzose. Deshalb bin ich nach Paris gekommen. Ich sollte bei ihm bleiben, er war krank und lag im Sterben. Leider hatte er einen Berg voll Schulden und hat mir nichts hinterlassen. Während ich weg war, ist meine Mutter gestorben und mein Vater nach Australien gesegelt. Deshalb hatte ich in Dublin kein Zuhause mehr, wohin ich hätte zurückkehren können.« Ein wehmütiger Ausdruck trat in ihre Augen, doch dann erhellte sich ihre Miene. »Nun ja, es hätte schlimmer kommen können. Ich lebe ja noch. Los, komm, ich zeige dir alles.«

Molly führte sie in ein winziges Badezimmer am Ende des Korridors mit einem Wasserklosett und einer kleinen runden Badewanne. Nachdem sie sich gewaschen hatte, kehrte sie in ihr Zimmer zurück, um sich anzukleiden. Gemeinsam gingen sie nach unten ins Speisezimmer, wo ein mageres, pickliges Mädchen Rosinenbrötchen verteilte und heiße Schokolade aus einer weißen Porzellankanne eingoss. Agnes setzte sich mit Molly und zwei weiteren Mädchen, deren Namen sie sofort wieder vergaß, an den langen Tisch aus dunklem Holz. Sämtliche Jalousien waren geschlossen, sodass lediglich an den Rändern Licht von draußen hereindrang. Das Zimmer war groß, hatte einen Holzfußboden und getünchte Wände, an denen Gemälde und Postkarten hingen. Molly schwatzte mit den beiden anderen Mädchen in atemberaubend schnellem Französisch. Das picklige Mädchen servierte ihr das Frühstück, ehe es das schmutzige Geschirr am anderen Ende der Tafel abräumte und in einem Durchgang verschwand, an dessen Ende sich vermutlich die Küche befand. Agnes nahm an, dass sie die niedrigen Arbeiten verrichtete, weil sie sich weigerte, sich für die andere Tätigkeit herzugeben, die Molly und die anderen hübschen koketten Mädchen neben ihr offenbar zu tun bereit waren. Oder vielleicht war sie für Madame Beaulieus Geschmack auch bloß nicht hübsch und kokett genug.

Agnes verschlang ihr Essen und rutschte dann unruhig auf ihrem Stuhl herum. Sie konnte es kaum erwarten, mit Madame Beaulieu die Bedingungen für ihre Arbeit zu besprechen, und fragte Molly, wo sie sie finde.

»Oh, irgendwann taucht sie schon auf. Wie jeden Tag«, antwortete Molly leichthin. »Sie findet einen, wenn sie einen braucht. Komm mit mir nach oben, dann kannst du mir ein bisschen mehr über dich erzählen, und ich bringe dir ein paar französische Sätze bei, die du brauchen wirst.«

Die anderen Mädchen beäugten sie neugierig, weil sie Englisch sprachen. Eine von ihnen, eine Schönheit mit sahnig-weißem Teint und fast silberfarbenem Haar, kicherte hinter vorgehaltener Hand und flüsterte einem anderen Mädchen etwas zu. Agnes konnte sie auf Anhieb nicht leiden.

Auf dem Weg die Treppe hinauf hielt Molly auf dem ersten Treppenabsatz inne und deutete auf den Korridor. »Dort sind die Zimmer, in denen wir uns mit den Kunden treffen. Sie sind wirklich schön. Möchtest du gern eins sehen?«

Trotz ihrer Neugier schüttelte Agnes den Kopf. Eine Tür stand offen, und sie erhaschte einen Blick auf die dunkelrote Einrichtung.

»Na gut.« Molly wandte sich um und ging weiter. »Hier ist Madame Beaulieus Apartment. Wenn du unbedingt mit ihr sprechen musst, kannst du zu ihr gehen, aber sie ist immer sehr beschäftigt.«

Sie stiegen eine weitere Treppe hinauf bis zu ihrem Zimmer. Agnes fiel sofort auf, dass ihr Korb nicht mehr an dem Ort stand, wo sie ihn hingestellt hatte. »Jemand hat meinen Korb aufs Bett gestellt.«

Molly schien nicht weiter besorgt zu sein. »Vielleicht hat Suzette gefegt.«

Als Agnes hastig ihre Sachen durchsuchte, merkte sie, dass ihre Handtasche – mit ihrem Ausweis und ihrem Geld – fehlte. »Mein Geld ist weg! Jemand hat es gestohlen!«

Molly ergriff ihre eiskalte Hand. »Ach wo, beruhige dich. Wir finden schon heraus, wer es genommen hat. Hier leben gerade einmal acht Frauen und …«

In diesem Moment ging die Tür auf, und Madame Beaulieu stand auf der Schwelle. »Guten Morgen, Agnes. Ich nehme an, du hast gefrühstückt?«

»Meine Handtasche ist weg. Mit meinem ganzen Geld. Und meinen Papieren«, platzte Agnes heraus. »Sie müssen herausfinden, wer die Sachen genommen hat.«

»Ich habe sie, Liebes. Ich wollte nach dir sehen, und da stand der Korb mitten im Zimmer. Ich vertraue meinen Mädchen zwar, trotzdem nehme ich Wertsachen lieber an mich. Deine Handtasche ist sicher im Geldschrank in meinem Büro verwahrt. Sei ganz unbesorgt.«

Doch Agnes war keineswegs erleichtert. Insgeheim hatte sie gehofft, ungesehen aus dem Haus schlüpfen zu können und nicht zurückzukehren, wenn sie es für richtig hielt, doch nun hatte Madame Beaulieu ihre Sachen.

Sie wandte den Blick ab, um zu verhindern, dass Madame Beaulieu sah, was ihr im Kopf herumging. »Danke. Das ist sehr freundlich von Ihnen. Nun, ich bin gerne bereit, die Arbeiten zu erledigen, die Sie wünschen. Soll ich in der Küche anfangen?«

»Nein, mit der Wäsche«, sagte Madame Beaulieu. Agnes spürte, wie Mollys Hand, die immer noch ihre Finger umschlossen hielt, sich mit einem Mal versteifte. »Alle Bettlaken müssen gekocht und aufgehängt werden. Das hast du doch schon einmal gemacht, oder?«

Agnes hatte in der Tat bereits Bettwäsche gekocht und konnte es auf den Tod nicht ausstehen. Einige Male hatte sie die herrlich stille Nähstube in Perdita Hall verlassen müssen, um für jemanden beim Wäschedienst einzuspringen, und wusste, was sie erwartete: zuerst das Feuer anzünden, dann das Wasser zum Kochen bringen, die Seife einrühren, die heißen Laken unter kaltem Wasser ausspülen, durch die Mangel drehen und sie mit nassen Fingern mit der Innenseite nach außen aufhängen. »Gern«, erwiderte Agnes scheinbar ungerührt. »Allerdings bitte ich darum, heute Nachmittag eine Stunde für einen Spaziergang freizubekommen. Ich mache gern jeden Tag einen Spaziergang.«

»Natürlich. Aber deine Tasche bleibt lieber bei mir. Hier gibt es an jeder Ecke Taschendiebe.« Sie betonte das letzte Wort falsch, sodass es sich wie der französische Ausdruck für eine hübsche Blume anhörte. Doch die Bedeutung dahinter war bei Weitem nicht so reizend und lieb, sondern glich einer Drohung. Sie würde Agnes nicht so einfach gehen lassen. Noch nicht. »Du wirst sie nicht brauchen. Solange du arbeitest, hast du hier freie Kost und Logis, und du bekommst bei uns alles, was du brauchst.«

»Danke schön, Madame«, sagte Agnes. »Wenn Sie mir jetzt freundlicherweise zeigen könnten, wo die Waschküche ist?«

Um zwei Uhr nachmittags war Agnes völlig erschöpft, sowohl körperlich als auch seelisch. Niemand hatte sie zum Mittagessen geholt, und sie hatte sich in dem dunklen, von unerträglich heißem Dampf erfüllten Raum die Hände wundgeschrubbt.

Lediglich ein Mal war sie durch die Hintertür in den Garten getreten, wo kein Grashalm und keine Blume wuchsen, und hatte ein wenig frische Luft geschnappt. Sie hatte die nassen Laken auf die zwischen dem hohen Zaun gespannten Leinen gehängt, wobei ihr prompt ein Laken entglitten und zu Boden gefallen war, weshalb sie es ein zweites Mal hatte waschen müssen. Nur mit Mühe hatte sie sich einen wütenden Fluch verkniffen. Doch sie hatte durchgehalten, weil sie immer noch fest entschlossen war, dass sie sich nicht für Geld mit einem Mann einlassen würde. Punktum.

Fieberhaft überlegte sie, wie sie ihre Handtasche von Madame Beaulieu zurückbekommen könnte. Sollte sie sich in ihr Büro schleichen und sie an sich nehmen? Oder zur Gendarmerie gehen? Vielleicht genügte es ja auch, einfach freundlich zu fragen … an dem Tag, an dem sie das Etablissement verließ. Aber wann wäre das? Wann würde sie ihren Plan, Genevieve zu finden, aufgeben? Jemand bei dem Teehändler wusste etwas, so viel stand fest, aber wie sollte sie denjenigen zum Reden bringen?

Wieso hatte sie so viele Dinge in Perdita Hall gelernt, aber ausgerechnet nicht Französisch? Sie wusste, warum. Captain Forest ging fest davon aus, dass seine Findlinge den Norden Englands niemals verlassen, ganz zu schweigen die Landesgrenzen überqueren würden. Einen Moment lang erlaubte sie sich, stolz auf sich zu sein, dass sie so weit gekommen war. Sie versuchte, einige der Wörter und Sätze, die Molly ihr beigebracht hatte, zu wiederholen. Die beiden Mädchen hatten an dem Klapptisch in ihrem Zimmer gesessen, bevor Molly gerufen worden war, um sich eines Kunden anzunehmen. *Wo befindet sich …? Ich bin … Wie viel …? Mit, von, nach. Mann, Frau, Kind, Katze, Hund, Ehefrau, Ehemann. Langsamer, bitte. Ich verstehe nicht. Hilfe! Lassen Sie mich in Ruhe!*

Um vier Uhr hatte sie es endlich geschafft. Sie ging in die

Küche, wo sie zum Glück niemanden antraf, der ihr hätte verbieten können, sich eine dicke Scheibe Brot und ein Stück Käse abzuschneiden. Trotzdem schlang sie beides eilig hinunter. Ihre Hände waren rot und wund, ihr Haar bestimmt krisselig vom Dampf, aber Madame Beaulieu hatte ihr erlaubt, einen Spaziergang zu machen, und diese Gelegenheit würde sie sich nicht entgehen lassen. Entschlossen marschierte sie zur Haustür und riss sie auf.

Augenblicklich stand Madame Beaulieu vor ihr; unwillkürlich fragte Agnes sich, ob sie sie die ganze Zeit über beobachtet hatte.

»Agnes?«, sagte sie, gerade als sie die Tür hinter sich schließen wollte.

»Sie haben mir erlaubt, einen Spaziergang zu machen.«

Lächelnd kam Madame Beaulieu mit ihrem typisch eleganten Gang auf sie zu. »Aber natürlich, du bist schließlich keine Gefangene.« Sie deutete auf die Klingel. »Läute einfach zweimal, wenn du zurückkommst, dann weiß ich, dass es eines von meinen Mädchen ist, und lasse dich herein.«

Agnes nickte und wollte gehen, doch Madame Beaulieu hielt sie auf. »Und bleib nicht zu lange fort, meine kleine englische Rose. Du musst Suzette bei den Vorbereitungen fürs Abendessen helfen.«

»Gut, Madame«, sagte Agnes respektvoll, obwohl sie schon jetzt wusste, dass sie nach ihrer Rückkehr am liebsten nur ins Bett fallen würde.

Doch all ihre Gedanken traten in den Hintergrund, als die Tür des Maison de Cygnes hinter ihr ins Schloss fiel und sie hinaus an die frische Luft trat. Tief sog sie die Gerüche ein und schlug den Weg zum Teehändler ein. Es war ein schöner, warmer Tag. Vor dem Laden stand ein Mann mit einer weißen Schürze, der leere Körbe aufeinanderstapelte. Er sah sie das Geschäft betreten, sagte jedoch nichts.

Nun, da die Fenster und die Türen offen standen, wirkte der Laden nicht mehr so düster und freudlos. An den Wänden reihten sich große Fässer und Schachteln, und in den Regalen hinter dem Tresen standen kleinere Gefäße. Eine etwa fünfundzwanzigjährige Frau stand mit dem Rücken zu Agnes und sortierte Dosen ein. »*Excusez-moi*«, sagte Agnes, worauf sie sich umdrehte und lächelnd auf Französisch etwas zu ihr sagte. *Bonjour* verstand Agnes noch, doch den Rest des Satzes nicht.

»*Où est Genevieve?*«, fragte sie trotzdem.

Die junge Frau antwortete ohne Umschweife in einem Wortschwall, aus dem Agnes eindeutig den Namen Genevieve heraushörte.

»Es tut mir leid. Mein Französisch ist sehr schlecht.« Wie sagte man noch mal *Bitte langsamer, ich verstehe Sie nicht*?

Sie zuckte die Achseln. Sie sprach offenbar kein Englisch.

»*Où est Genevieve*?«, versuchte Agnes es noch einmal.

Diesmal sprach die junge Frau ganz langsam, sodass Agnes weitere Worte ausmachen konnte. *Madame Valentine. Boulevard des Italiens. Genevieve. Avec Monsieur Valentine.* Es dauerte einen Moment, bis der Groschen fiel. Valentine war einer der Namen auf dem Schild an der Tür. Der Besitzer des Ladens. Sie bemühte sich, die nächste Frage zu formulieren, als eine Stimme mit einem ausgeprägten Akzent hinter ihr ertönte: »Was ist hier los?«

Agnes wandte sich um und sah einen stämmigen Mann vor sich stehen. Sein Hemd war unter den Achseln nass, und auch auf seiner Stirn glänzte Schweiß. Sein dicker, dunkelbrauner Schnäuzer war mit Bartwichse getrimmt und bedeckte wie ein unbeweglicher Balken seinen gesamten Mund.

»Guten Tag, Sir. Ich suche Genevieve.«

»Genevieve arbeitet nicht mehr hier.«

»Weiß jemand, wo sie ist? Könnte ich vielleicht mit Monsieur Valentine sprechen?«

Der Mann plusterte sich auf wie ein Ochsenfrosch. »Monsieur Valentine« – er spie den Namen mit vor Sarkasmus triefender Stimme förmlich aus – »arbeitet auch nicht mehr hier.«

»Kann ich dann vielleicht mit Monsieur Valois sprechen? Weiß er vielleicht, wo ich sie finden könnte?«

»Ich bin Monsieur Valois«, gab er zurück. »Und ich kann Ihnen rein gar nichts über Genevieve sagen. Sie ist fort.« Er wechselte ins Französische und schimpfte das Mädchen hinter dem Tresen aus. Agnes hoffte inständig, dass es nicht wegen ihr war.

Sie probierte es mit Charme. »Vielen Dank. Danke, Monsieur Valois. Wo ich schon hier bin, möchte ich Sie fragen, ob Sie vielleicht eine freie Stelle haben? Ich suche Arbeit.«

»Sie sprechen ja noch nicht einmal Französisch.« Er lachte freudlos.

»Dafür scheue ich keine harte Arbeit. Ich …«

»Raus.«

Agnes warf der jungen Frau einen entschuldigenden Blick zu und wandte sich zum Gehen. Monsieur Valois folgte ihr sogar noch vor die Tür und ein Stück die Straße hinunter. Ihre Nackenhärchen sträubten sich.

Sie blieb stehen und drehte sich zu ihm um. »Monsieur?«

»Ich habe gesehen, aus welchem Haus Sie gekommen sind.«

»Ich kann Ihnen versichern, dass ich lediglich dort untergekommen bin, bis ich eine anständige Arbeit gefunden habe.«

Zu ihrem Entsetzen packte er sie und zog sie fest an seinen feisten, schwitzenden Leib. »Vielleicht verrate ich dir ja, wo diese Frau ist, wenn du freiwillig zu mir kommst. Ohne Geld.«

Agnes versteifte sich. »Lassen Sie mich los«, sagte sie. »Sie würden mir doch sowieso nichts sagen, was mich weiterbringt, und meine Ehre bedeutet mir eine Menge.«

»Noch besser.« Er beugte sich vor und strich mit der Zunge an ihrem Hals entlang.

Sie erschauderte und versuchte, sich loszureißen. Endlich ließ er von ihr ab. »Lebwohl, du dumme englische Gans. Ich habe endgültig die Nase voll von euch albernen englischen Gänsen.« Er ging zurück zum Warenhaus. Agnes stand auf dem Bürgersteig und wischte sich mit dem Ärmel den Speichel ab.

KAPITEL 10

☆

Wenige Stunden später stand Agnes in der dampfigen, feuchten Küche im Maison de Cygnes, die Arme bis zu den Ellbogen im seifigen Spülwasser. Aber es machte ihr nichts aus. Nach der Begegnung mit Monseiur Valois war sie sogar noch entschlossener, ihren Körper nicht an wildfremde Männer zu verkaufen, ganz egal, wie schwer die Arbeit war, die ihr die Bordellbesitzerin aufbürdete. Sie würde es schon aushalten, es war ja nicht für immer. Immerhin hatte sie hier kurzfristig ein Bett und durfte jeden Nachmittag das Haus verlassen. Zurück in ihrem Zimmer, zog sie Mariannas Buch über Paris heraus, um nach dem Boulevard des Italiens zu suchen und den Weg dorthin zu planen.

Madame Valentine. Boulevard des Italiens. Genevieve. Avec Monsieur Valentine.

Hatte das Mädchen gemeint, dass Genevieve diesen Monsieur Valentine, den Besitzer des Geschäfts, geheiratet hatte und dadurch Madame Valentine geworden war? Das würde erklären, weshalb sie nicht mehr dort arbeitete. Sollte sie noch einmal zurückgehen, wenn Valois nicht dort war, und versuchen, mehr über diesen Monsieur Valois in Erfahrung zu bringen? Doch bereits beim ersten Mal hatte ihr die Engländerin gesagt, dass Genevieve fort sei, und zwar mit allem Nachdruck, so als wäre sie gar nicht erst willkommen gewesen.

Inzwischen war Agnes daran gewöhnt, dass alles, was mit Genevieve zu tun hatte, irgendwie geheimnisvoll zu sein schien, und sogar ein wenig stolz darauf, dass ihre Mutter so ein unkonventionelles und aufregendes Leben führte. Und auch in ihr schlummerte dieses Naturell. Genevieve hatte sich von niemandem bezähmen lassen, und für Agnes galt dasselbe.

Zumindest hatte sie eine Adresse, na ja, einen Straßennamen. Das war ein Anfang.

Suzette, das pickelgesichtige Küchenmädchen, kam mit weiteren schmutzigen Tellern herein und erteilte ihr barsche Anweisungen auf Französisch. Vielleicht war sie so sauertöpfisch, weil die anderen sie wegen ihres unansehnlichen Äußeren schon ihr ganzes Leben lang hänselten. Agnes hatte keine Ahnung, was sie von ihr wollte, und arbeitete mit gesenktem Kopf einfach weiter.

Nachdem die Küche aufgeräumt und gefegt war, saßen Agnes und Suzette an dem kleinen Holztisch und aßen das Essen, das die Mädchen übrig gelassen hatten. Suzette schlang alles hinunter wie ein gieriger Straßenköter, während Agnes nur wenig Appetit hatte. Sobald sie konnte, entschuldigte sie sich und schleppte sich die Treppe hinauf in ihr Zimmer. In den fensterlosen Fluren des Hauses hing schwer der Geruch nach Parfum. Sie ging an der Etage vorbei, in der die Mädchen arbeiteten, und gelangte in das Stockwerk, in dem Madame Beaulieu residierte. Sie zögerte kurz und überlegte, ob sie es wagen könnte, sich auf die Suche nach ihrer Handtasche und ihren Papieren zu machen, doch bevor sie länger darüber nachdenken konnte, ging die Tür auf, und Madame erschien.

Sie erschrak, als sie Agnes dort stehen sah. »Was gibt's? Wieso stehst du hier herum?«, fragte sie mit gerunzelter Stirn.

»Bitte entschuldigen Sie, ich wollte Sie nicht erschrecken.« Agnes lächelte. »Ich wollte mit Ihnen reden. Haben Sie vielleicht einen Moment Zeit für mich?«

Madame Beaulieus Miene erhellte sich, und ihre Verärgerung schien zu verfliegen. »Natürlich. Komm.«

Vermutlich glaubte die Bordellbesitzerin, sie würde endlich kapitulieren und sich bereit erklären, die Kunden zu unterhalten. Agnes folgte Madame Beaulieu den schwach erhellten Korridor entlang bis zu einer Tür. Sie schloss sie auf und sagte: »Bitte, komm herein.«

Agnes betrat einen geräumigen Salon mit vier Fenstern mit heruntergezogenen Jalousien. Als Madame Beaulieu mehrere Lampen entzündete, machte Agnes dunkel gemusterte Tapeten und mehrere Gemälde von nackten Frauen in silbernen und goldfarbenen Rahmen, eine reich verzierte Kaminuhr und zwei ausladende Sofas aus. Unter einem Fenster stand eine Chaiselongue.

»Setz dich«, forderte Madame Beaulieu sie auf.

Agnes gehorchte. Sie erwartete, dass Madame Beaulieu gegenüber von ihr Platz nahm, doch diese setzte sich direkt neben sie, so dicht, dass sie ihren Atem spüren konnte. »Hast du dich entschieden, für mich zu arbeiten?«

»Das tue ich bereits«, sagte Agnes. »Heute habe ich sehr schwer für Sie gearbeitet.«

»Tu nicht so unschuldig. Ich kann es nicht ausstehen, wenn Frauen die Naive spielen. Du weißt genau, was ich meine.«

»Ich brauche noch etwas Zeit. Eine Woche? Ich werde alle Arbeiten erledigen, die Sie mir auftragen, ohne mich zu beklagen.« Eine Woche würde genügen, um Genevieve auf dem Boulevard des Italiens ausfindig zu machen, da war sie sich ziemlich sicher.

Agnes bemerkte, wie es hinter Madame Beaulieus Stirn arbeitete. Die Bordellbesitzerin war verärgert, wollte aber noch nicht so schnell die Flinte ins Korn werfen.

»Ich kann es mir nicht leisten, dir weiter unter die Arme zu greifen, wenn du nicht für mich arbeiten willst«, sagte sie schließlich. »Ein Mädchen wie du, eine englische Rose …«

»Dann werde ich noch heute Abend Ihr Haus verlassen.

Wenn Sie mir meine Tasche und meine Papiere geben, mache ich mich sofort auf den Weg.«

»Nicht so schnell«, wandte die Bordellbesitzerin ein. »Natürlich setze ich dich nicht einfach auf die Straße.« Madame Beaulieu hoffte immer noch, dass Agnes es sich anders überlegte. »Vier Nächte. Rede mit Molly. Sie wird es dir bestätigen. Eigentlich ist es gar nicht so schlimm.

Agnes nickte. »Noch vier Nächte, und ich spreche mit Molly.« Und in der Zwischenzeit würde sie ihre Mutter oder eine andere Unterkunft finden. Vielleicht nahm Genevieve sie sogar bei sich auf.

»Braves Mädchen.« Madame Beaulieus Laune hatte sich erneut sichtlich gehoben. »Wir sind immer auf der Suche nach neuen Mädchen. Meine Kunden haben es schnell satt, immer in denselben Armen zu liegen.« Sie zuckte mit den Schultern. »Einige meiner Mädchen arbeiten nur eine Saison lang für mich, dann gehen sie wieder und heiraten einen anständigen Mann, der … Wie sagt man so schön? Was man nicht weiß, macht einen nicht heiß. Solange sie ihm nichts davon erzählen, ist alles in schönster Ordnung.«

»Und Sie? Was ist mit Ihrem Ehemann?«, fragte Agnes neugierig.

»Ich habe keinen Ehemann.«

»Aber alle sagen doch Madame zu Ihnen.«

»Ich erzähle den Leuten, ich sei verwitwet. Aber in Wahrheit war ich niemals verheiratet.« Nachdenklich ließ sie sich tiefer in die Chaiselongue sinken. »Aber geliebt habe ich. Zu oft sogar. Viel zu oft.«

Agnes senkte den Blick. »Ich wollte Ihnen nicht zu nahe treten.«

»Ach, das tust du nicht. Ich erzähle gerne etwas über die Zeit, als ich noch jung und schön war, so wie du. Damals habe ich mich verliebt. Er war der Sohn einer reichen englischen

Familie und nach Paris gekommen, um hier zu studieren. Jeden Tag hat er mir Blumen geschenkt. Er hat ein Apartment für mich gemietet, mir Geld für schöne Kleider gegeben und mir viele Versprechungen gemacht … ah, ich wusste gar nicht, wo mir der Kopf stand. Aber als er sein Studium beendet hatte, ist er zu seiner Familie zurückgekehrt und hat eine Jungfrau geheiratet, der er schon seit dem Tag seiner Geburt versprochen gewesen war.« Einen Moment lang sah sie sehr traurig aus, doch dann wich ihre Betrübtheit, und ein harter Zug erschien um ihren Mund. »Dann habe ich einen anderen jungen Mann kennengelernt, ebenfalls einen Studenten. Inzwischen wusste ich ja, wie es lief. Ich habe die Geschenke angenommen, habe mit ihm gelebt, so wie er es haben wollte, doch als auch er ging, ließ ich mich nicht mehr von meinem jugendlichen Leichtsinn leiten. Beim nächsten Mal verliebte ich mich nicht mehr, sondern suchte mir den hässlichsten, reichsten Narren, den ich finden konnte, nahm mit Freuden alles, was er mir gab, und investierte es mit Bedacht, denn mir war klar, dass ich nicht ewig so schön bleiben würde. Geld hingegen, nun ja, Geld bleibt einem immer, wenn man es halbwegs klug anstellt.«

Agnes hatte Mühe, sich ihr Entsetzen nicht anmerken zu lassen. »Sie haben ihm so viel abgeknöpft, um dieses Haus hier zu kaufen?«

»Zumindest ein Apartment, in dem ich mein Geschäft eröffnen konnte. Und weil ich klug bin und nur die besten und schönsten Mädchen engagiere …« Sie nickte Agnes zu. »Und auch weil ich wichtige Leute kenne, für die Diskretion an oberster Stelle steht, floriert mein Geschäft.« Sie breitete die Arme aus. »Ich habe nur die Gelegenheiten genutzt, die sich mir geboten haben. Das kann mir nun wirklich keiner verdenken, oder?«

In diesem Moment wurden sie vom Läuten der Türglocke unterbrochen, und Madame Beaulieu erhob sich. »Wer kann das sein? Alle meine Kunden für heute Abend sind bereits hier.« Sie hastete aus dem Zimmer, und Agnes folgte ihr ein paar Stufen hinab, blieb dann jedoch stehen, um zu beobachten, was für Leute ein Bordell besuchten.

Doch als die Tür aufging, wich sie erschrocken zurück – es war Monsieur Valois. Madame sprach mit ihm – die französischen Sätze flogen wie Pfeile zwischen den beiden hin und her –, wobei Agnes kein Wort verstand. Das Gespräch dauerte nicht lange. Agnes hörte, wie die Tür geschlossen wurde, und als sie sich vorbeugte, stellte sie erleichtert fest, dass Madame Beaulieu allein war.

»Nun, Agnes«, sagte sie und kam die Treppe herauf, wobei sie mit beiden Händen ihre Röcke anhob, um nicht zu stolpern, »wie es scheint, hast du mächtig Eindruck auf Alain gemacht.«

Agnes wollte Monsieur Valois` Vornamen gar nicht wissen; und auch nicht, dass Madame Beaulieu ihn kannte. Wie versteinert stand sie da.

»In all den Jahren hat er nicht ein einziges Mal an meiner Tür geklingelt. Aber heute steht er plötzlich da und will das englische Mädchen haben.«

Agnes' Herzschlag beschleunigte sich. »Und was haben Sie gesagt?«

»Nein, natürlich. Aber nicht bloß, weil du dich noch nicht entschieden hast, ob du für mich arbeiten willst, sondern weil ich niemals eines meiner Mädchen einem Mann mit so einem Gesichtsausdruck überlassen würde.« Sie gab ein Schnauben von sich.

»Was für einen Gesichtsausdruck?«

»Verlangen in vielerlei Ausprägungen, Agnes. Aber wenn es mit einer solchen Gier und einem so gewaltigen Zorn daherkommt, endet es nicht gut für meine Mädchen, das weiß ich aus Erfahrung.« Sie tätschelte Agnes' Hand. »Siehst du? Ich sorge gut für dich.« Sie zog ihre Hand zurück. »Du siehst müde aus. Es wird wohl das Beste sein, wenn du zu Bett gehst. Morgen früh musst du Suzette beim Frühstück helfen.« Sie machte auf dem Absatz kehrt und ging die Stufen hinauf. Agnes malte sich aus, wie Madame Beaulieu in dem schwach erleuchteten Raum saß, inmitten all der schönen Dinge, mit denen sie sich umgeben hatte.

Als Agnes endlich oben in ihrem Bett lag, schlug sie das Paris-Buch auf und suchte nach dem Boulevard des Italiens. Mit dem Zeigefinger fuhr sie die Straßen auf der Karte nach und stellte fest, dass sie gerade einmal eine halbe Meile von hier entfernt war. Ihr Herz machte einen Satz. In den nächsten vier Tagen sollte es doch wohl möglich sein, Genevieve zu finden, oder? Anscheinend war es einer der breiten Boulevards, die sie nach ihrer Ankunft entlanggegangen war. Sie ließ sich auf ihr Kissen zurücksinken und stellte sich vor, wie Genevieve wohnte – in einem Apartment mit luftigen Zimmern und riesigen Fenstern, dessen Jalousien niemals geschlossen sein mussten. Agnes würde bei ihr sitzen, während draußen der Verkehr vorbeirauschte und die Geräusche der Großstadt hereinwehten. Was würde sie ihre Mutter als Erstes fragen? Jedenfalls nicht: Wieso hast du mich im Stich gelassen? Agnes fühlte sich nicht wie jemand, der im Stich gelassen worden war, sondern war überzeugt, dass das Leben sich für alle Menschen gleich anfühlte: Letzten Endes war jeder allein, ob Mann oder Frau. Nein, vielleicht würde sie fragen: Wie schaffen es Frauen wie du und ich am besten, ihr Leben zu meistern? Sie lächelte beim Gedanken daran, was Genevieve wohl antworten würde. Schließlich schlief sie ein, während die Lampe noch brannte und der Stadtplan ausgebreitet auf ihrem Schoß lag. Nur vage bekam sie mit, wie Molly sehr viel später das Zimmer betrat, das Buch mit der Karte beiseitelegte und das Licht löschte.

Als Agnes am nächsten Nachmittag auf dem Boulevard des Italiens stand, dämmerte ihr, dass das ganze Unterfangen bei Weitem nicht so einfach werden würde, wie sie gehofft hatte. Die Häuser hier waren riesig. Im Erdgeschoss der vier- oder gar fünfstöckigen Gebäude befanden sich Geschäfte, darüber die Wohnungen; in einigen Etagen waren die Fenster hoch und bogenförmig, in anderen quadratisch oder gelegentlich winzig klein wie Dachluken. Es hatte den ganzen Tag geregnet, und die Äste hingen tief, und die Gehsteige waren nass und glitschig. Agnes stand vor einer Buchhandlung mit einer aufwändig verzierten Uhr über der Tür und übte im Geiste den Satz, den Molly ihr am Morgen beigebracht hatte. *Je cherche Genevieve Breckby, ou Genevieve Valentine* – ich bin auf der Suche nach Genevieve Breckby oder Genevieve Valentine. Natürlich hätte sie Mühe, die Antwort zu verstehen, aber bislang war sie ganz gut durchgekommen. Und sie wusste, wie man darum bat, die Antwort aufzuschreiben, damit sie sie später Molly zeigen konnte. Sie holte tief Luft und trat ein.

Eine Stunde später hatte sie zumindest gelernt, wie das französische Wort für »Nein« lautete, und zwar gründlich. Niemand hier kannte Genevieve, unter keinem der beiden Nachnamen, aber ein freundlicher Herr hatte ihr zumindest in gebrochenem Englisch erklärt, dass den Ladenbesitzern nicht zwingend die Namen der Leute im Haus geläufig waren, und geraten, an jede Tür zu klopfen und zu fragen.

An jede Tür klopfen? Das waren Hunderte.

Sie kehrte zum ersten Haus zurück und betrat das mit Schachbrettfliesen ausgelegte Treppenhaus. Kurz blieb sie stehen, eine Hand auf dem schmiedeeisernen Geländer; es schien, als hallte der Schlag ihres Herzens von den hohen Mauern ringsum wider. Zögernd ging sie weiter und klopfte an sämtliche Türen. Sie klapperte alle Häuser ab. Manchmal wurde sie von argwöhnischen Concierges aufgehalten und mit einem barschen *Non* kurzerhand auf die Straße gesetzt. In manchen Häusern waren die Treppenstufen abgetreten, die Korridore düster. An einigen Türen, die ihr geöffnet wurden, erhaschte sie einen Blick in Wohnungen mit hohen Decken und kostbarem Mobiliar; in anderen bestanden die Fußböden nur aus Holzbohlen, und es war kaum etwas darin; manche Türen blieben geschlossen. Unzählige Male wurde ihre Frage nach Genevieve mit einem Achselzucken, einem Kopfschütteln oder den Worten »*Je ne la connais pas*« quittiert, was, wie ihr aufging, »Ich kenne sie nicht« bedeutete.

Niemand kannte sie. Irgendwann merkte Agnes, dass sie seit fast zwei Stunden unterwegs war. Plötzlich fühlte sie sich entmutigt. Sie schleppte sich ins Maison de Cygnes zurück, um sich noch mehr krumm zu machen und mit Mollys Hilfe ihr Französisch zu verbessern. So gingen die Tage dahin. Auch am vierten Tag verlor Madame Beaulieu kein Wort über ihr Arrangement, also blieb Agnes. Noch zwei Tage, dann hatte sie die ganze Straße abgeklappert. Allerdings blieben noch die Wohnungen, in denen entweder niemand aufgemacht oder sich die Concierge geweigert hatte, ihr eine Auskunft zu geben. Sie war bei ihrer Suche nur unwesentlich vorangekommen und musste sich allmählich entscheiden, ob sie in Paris bleiben oder zu Marianna und Julius zurückkehren wollte, zurück in das stille Haus und in ein einfacheres Leben.

Nein. Sie würde nicht aufgeben. Noch nicht. Denn wer aufgab, quälte sich den Rest seines Lebens mit der Frage, ob nicht alles anders gekommen wäre, wenn …

Am fünften Tag kam ihr auf dem Rückweg ins Maison de Cygnes die junge Frau entgegen, mit der sie in Monsieur Valois' Teegeschäft gesprochen hatte. Agnes ging weiter, ohne groß Notiz von ihr zu nehmen, doch die junge Frau blieb stehen und berührte ihre Schulter.

Agnes drehte sich um. »Guten Tag.«

»Agnes?«

»*Oui.*«

Die junge Frau sagte etwas auf Französisch, einen scheinbar ellenlangen Satz, mit eindringlicher Stimme, bei deren Klang sich ihr Pulsschlag beschleunigte.

»Moment, Moment. *Parlez lentement. Je ne comprends pas*«, sagte Agnes.

Die junge Frau holte tief Luft und warf einen Blick über die Schulter auf das Teegeschäft. »Ein Mann suchen Sie.«

»Was für ein Mann?«

Wieder kam eine französische unverständliche Wortsalve.

»Nicht Monsieur Valois?«, fragte Agnes.

Die junge Frau schüttelte den Kopf. »Ein Mann suchen Sie«, wiederholte sie und breitete in einer hilflosen Geste die Arme aus. Dann hastete sie davon.

Was für ein Mann? Hatte Madame Beaulieu sich etwa mit ihrer neuen, jungfräulichen englischen Rose gebrüstet? Agnes sah sich um. Die Gebäude standen so dicht nebeneinander, dass es in der Straße bereits halbdunkel war. Mit einem Mal schienen sie Welten von den breiten, hell erleuchteten Boulevards zu trennen. Erschaudernd wandte sie sich um und ging hinein.

Etwa eine Stunde nachdem Agnes in einen erschöpften Schlaf gefallen war – ihre Schultern schmerzten, weil sie schwere Steinguttöpfe geschleppt hatte –, ging die Tür auf, und Molly kam herein und zündete die Lampe an. Agnes war daran gewöhnt, dass es bei ihr stets spät wurde, und sie drehte sich auf die andere Seite, um weiterzuschlafen. Doch auf einmal hörte sie Molly leise schniefen. Sie saß auf dem Bett und bürstete sich das Haar.

Agnes setzte sich auf. »Molly?«

Molly wandte sich zu Agnes um. Ihre Wange war dick geschwollen, und sie hatte einen tiefen Schnitt im Gesicht. Tränen tropften ihr vom Kinn.

Agnes warf ihre Bettdecke zurück und sprang auf. »Was ist denn mit dir passiert?« Molly zuckte vor Schmerz zurück, als Agnes vorsichtig ihr Gesicht berührte.

»Das war sein Ring«, schluchzte sie. »Der Schnitt, meine ich. Das andere war seine Faust.«

»Einer deiner Kunden hat dich geschlagen?«

Molly nickte. »Und damit nicht genug. Er hat mich quer durchs Zimmer geschleudert. Plötzlich war alles dunkel. Als ich wieder zu mir kam, war er …« Sie schüttelte den Kopf. »Er hat mich in den Magen getreten. Und bezahlt hat er auch nicht.« Sie zog ihren Morgenrock auseinander und hob ihr Negligé ein Stück an, um Agnes die übel aussehende Prellung zu zeigen.

»Hast du es Madame Beaulieu gesagt?«

»Nein. Sie schläft bestimmt schon. Das wird schon wieder. Es ist nicht das erste Mal, dass mich einer schlägt, nur so schlimm war es eben noch nie. Mein Kopf tut so weh. Mein Gesicht …« Sie hielt inne und schluchzte laut, mit weit offenem Mund, sie sah wie ein kleines Mädchen aus.

Agnes schloss sie in die Arme und streichelte ihr beschwichtigend den Rücken. Sie fühlte sich zerbrechlich wie ein Vögelchen an. »Shh, Molly, nicht weinen. Jetzt ist er ja weg und kann dir nichts mehr tun. Madame Beaulieu wird sicher dafür sorgen, dass er nicht mehr kommt. Ich gehe sie sofort holen.«

Molly löste sich von ihr. »Ich will ihr aber keine Umstände machen.«

»Es ist ihre Aufgabe, dich zu beschützen.«

Molly schniefte und sah Agnes zweifelnd an. »Ihre Aufgabe ist es, viel Geld zu verdienen. Früher hatten wir einen Mann hier, einen großen Russen namens Oleg, der die ganze Nacht die Tür bewacht hat, und wenn ein Kunde nicht bezahlen wollte, ist er gleich gekommen und hat für Ordnung gesorgt. Aber er ist weggegangen, und sie meinte, es ist der Mühe nicht wert, jemand Neues zu engagieren, weil normalerweise nichts passiert.« Sie wischte sich mit dem Ärmel die Nase ab. »Madame Beaulieu kann es nicht ausstehen, wenn man sie weckt.«

»Dann soll sie eben wütend auf mich sein. Du brauchst einen Arzt.« Agnes zog ihren Morgenrock über und ging zur Tür. »Schlaf nicht ein. Einmal, in … dort, wo ich aufgewachsen bin, ist ein Mädchen die Treppe runtergefallen und war fast eine Minute lang bewusstlos. Dann kam sie wieder zu sich, und alles schien in bester Ordnung zu sein. Sie hat sich hingelegt und ist eingeschlafen und nie wieder aufgewacht.«

Molly nickte mit ernster Miene. »Ich habe sowieso viel zu große Schmerzen, um einschlafen zu können.«

Agnes ging hinaus und tastete sich im Dunkeln das Treppenhaus hinunter. Da sie wusste, wo sich Madame Beaulieus Salon und ihr Büro befanden, musste eine der anderen Türen in ihr Schlafzimmer führen. Die erste führte in ein dunkles Badezimmer, die zweite ließ sich gar nicht öffnen. Doch inzwischen war Madame Beaulieu ohnehin aufgewacht und stand im Türrahmen ihres Schlafzimmers. Im Halbdunkel wirkten ihre Augen fast schwarz. »Was ist das für ein Lärm?«, zischte sie. »Bist du das, Agnes? Immer gibt es bloß Ärger mit dir!«

»Molly ist verletzt«, sagte Agnes. »Schwer. Sie braucht einen Arzt. Ein Gast hat sie geschlagen und ihr in den Magen getreten.« Ihre Stimme begann zu beben, als sie das ganze Ausmaß begriff. Sie war hier nicht sicher. »Vielleicht hat sie sich etwas gebrochen oder eine Gehirnblutung erlitten.«

»Krankenschwester bist du also plötzlich auch noch?«, giftete Madame Beaulieu. Trotzdem sagte sie: »Also gut, gehen wir.«

Agnes stieg vor ihr die Treppe hinauf und führte sie in das schwach erhellte Zimmer. Molly saß auf dem Bett. Inzwischen hatte sie aufgehört zu weinen, doch die Schwellung war größer geworden und zog sich sogar über ihr Auge. Obwohl es abscheulich von ihr war, konnte Agnes einen Anflug von Befriedigung nicht leugnen, als sie hörte, wie Madame Beaulieu scharf den Atem einsog.

»Wer hat dir das angetan?«, fragte sie, setzte sich neben Molly und drehte behutsam ihr Gesicht ins Licht.

»Monsieur Bergeron.«

»Hat er dich bezahlt?«

»Nein, Madame.«

»Ich schicke Sergeant Vermette zu ihm, damit er ihn festnimmt. Brauchst du einen Arzt?«

»Ich will keine Umstände machen.«

»Sie braucht einen Arzt«, warf Agnes mitfühlend ein. »Sehen Sie sie doch bloß an. Molly, zeig Madame das riesige Mal auf deinem Bauch.«

»Nein, nein, das ist nicht nötig«, wiegelte Madame Beaulieu ab.

»Ich hole einen Arzt«, erbot sich Agnes. »Sie müssen mir nur sagen, wo ich hingehen soll.«

»Wir haben einen an der Hand.« Madame Beaulieu erhob sich. »Zieh dich an, Molly. Wir gehen zu Dr. Lemaître. Er kümmert sich um meine Mädchen. Wir sehen uns gleich unten an der Tür.« Sie rauschte hinaus, und Agnes half Molly aufzustehen.

»Hilfst du mir beim Anziehen?«, bat Molly. »Ich kann kein Korsett tragen.«

»Natürlich nicht.« Agnes griff nach ihrem Korb. »Hier, mein altes Kleid passt dir bestimmt. Ich habe es in meiner letzten Stellung in London getragen, wo ich so gut wie nie vor die Tür gekommen bin.«

Ohne jede Scham kleidete Molly sich aus und zuckte zusammen, als sie die Arme hob, damit Agnes ihr das Kleid überstreifen konnte. Sie musste ihr sogar in die Schuhe helfen. »So, bitte schön. So kannst du dich sehen lassen.«

»Dr. Lemaître.« Molly verzog das Gesicht. »Er ist schrecklich. Er sorgt dafür, dass wir nicht in andere Umstände kommen, und falls es doch einmal passiert, macht er's weg. Aber er ist auch Kunde hier und hat schon alle Mädchen gehabt.«

Agnes unterdrückte ihren Abscheu. »Trotzdem ist er Arzt und wird dir bestätigen, dass deine Verletzungen sehr schwer sind. Notfalls näht er auch die Schnittwunde.«

Molly lächelte schwach. »Aber mein Herz kann er nicht wieder heil machen. Oder dafür sorgen, dass ich mich wieder sicher fühle.« Ihre Stimme war nur ein Flüstern. »Du liebe Güte, Agnes, ich dachte wirklich, mich haut so schnell nichts um.« Sie schluckte und holte tief Luft. »Hilfst du mir die Treppe runter?«

Agnes nickte. Die Lampen im Foyer brannten. Madame Beaulieu legte den Arm um Mollys Schultern und gab ihr einen Kuss auf die Stirn, dann sagte sie mit sanfter Stimme etwas zu ihr und führte sie behutsam nach draußen.

»Viel Glück«, sagte Agnes, ging wieder nach oben und schlüpfte ins Bett. Sie schloss die Augen, doch an Schlaf war nicht zu denken. Stattdessen dachte sie an ihre Habseligkeiten, die in der Geldkassette in Madame Beaulieus Büro verwahrt lagen – sicherlich war sie verschlossen. Am liebsten hätte sie ihre Sachen genommen und wäre auf und davon. Es war dumm von ihr, so lange hierzubleiben, an diesem grauenvollen Ort, wo so grauenvolle Dinge passierten. Sie war hier nicht sicher. Morgen würde sie ihre Sachen zurückverlangen und das Haus für immer verlassen.

Suzette weckte sie im Morgengrauen und rief ihr barsch etwas auf Französisch zu. Blinzelnd spähte Agnes zum leeren Bett ihrer Zimmergenossin hinüber. »Molly?«

Suzette zuckte übertrieben mit den Schultern und bellte eine weitere Anweisung, ehe sie die Treppe hinunterpolterte. Agnes stand auf. Sie zog sich an und ging hinunter, um sich an die Arbeit zu machen, bis Madame erwachte.

Den ganzen Morgen war sie in Habachtstellung, belauschte die Unterhaltungen der Mädchen, in der Hoffnung, dass sie Molly erwähnten, auch wenn sie ohnehin nichts verstanden hätte. Suzette sorgte dafür, dass sie bis neun Uhr mit Kochen und Putzen beschäftigt war. Dann befahl sie in gebrochenem Englisch: »Laken. Zweiter Stock.«

Zweiter Stock. Dort befanden sich die Räume, in denen die Mädchen ihre Kunden empfingen. Agnes, die noch nie einen Fuß in die Etage gesetzt hatte, wich zurück. Sie wollte unter keinen Umständen Mollys Blut auf den Laken sehen. Allmählich war sie es leid, auf Madame Beaulieus Erscheinen zu warten, und sie stieg die Treppe hinauf in die dritte Etage. Sie marschierte zu dem großen Zimmer am Ende des Korridors und klopfte beherzt an die Tür. »*Entrez*«, rief Madame Beaulieu, worauf Agnes die Tür öffnete.

»Agnes«, sagte Madame Beaulieu. »Mal wieder.« Sie saß auf der Chaiselongue unter dem Fenster und hatte die Jalousie ein Stück hochgezogen, um die Plantane vor dem Fenster zu betrachten. Alle anderen Jalousien waren geschlossen und der Raum wie der Rest des Hauses in Halbdunkel getaucht.

»Entschuldigen Sie, Madame. Aber ich wollte mich nach Mollys Befinden erkundigen.«

»Dieser Mistkerl Bergeron wird dafür bezahlen. Molly liegt im Krankenhaus.« Madame Beaulieus Akzent wurde hörbar ausgeprägter, und sie verschluckte das H nahezu vollständig. »Sie hat eine gebrochene Rippe«, stieß sie aufgebracht hervor. »Dr. Lemaître musste sie zu einem befreundeten Chirurgen bringen. Aber keine Angst, du siehst sie sehr bald wieder.«

»Nun, Madame, das werde ich wohl nicht. Denn ich beabsichtige, Ihr Haus zu verlassen. Meine vier Tage sind vorüber.«

»Fünf«, korrigierte Madame Beaulieu sie mit einem angedeuteten Lächeln. »Es waren fünf.«

»Dann eben fünf.« Agnes war fest entschlossen, sich nicht ins Bockshorn jagen zu lassen. »Ich habe Ihnen die vereinbarte Zeit zu Diensten gestanden und bin zu dem Entschluss gelangt, dass ich nicht bleiben möchte. Wenn Sie also so freundlich wären, mir mein Geld und meine Papiere zurückzugeben.«

Madame Beaulieu erhob sich langsam und durchquerte das Zimmer. Ihre Röcke raschelten. »Bist du ganz sicher? Ich habe ein ausgezeichnetes Angebot für dich, meine englische Rose.«

»Von wem? Es weiß doch gar niemand, dass ich hier bin.«

»Valois.«

Agnes zuckte zusammen. »Was? Nein. Sie sagten doch, Sie würden nicht …«

»Er hat das Vierfache des üblichen Preises geboten. Du könntest morgen, wenn du gehst, hundert Francs in der Tasche haben.«

Hundert Francs! Von dem Geld könnte sie ein Zimmer für einen ganzen Monat mieten. »Nein. Ich breche heute noch auf. Und was unser Arrangement betrifft …«

»Das du nicht eingehalten hast, denn du bist nicht nach vier Tagen abgereist.«

»Sie haben mich nicht darum gebeten.«

»Das lag in deiner Verantwortung. Damit ist unsere Vereinbarung hinfällig.« Sie kniff ihre schönen Augen zusammen. »Ich könnte dich auch zwingen.«

Wut stieg in Agnes auf. »Ich werde mich niemals einem Mann für Geld hingeben«, stieß sie hervor und richtete sich auf, wodurch sie Madame Beaulieu um beinahe zehn Zentimeter überragte. Unter keinen Umständen würde sie sich einer so abscheulichen Forderung unterwerfen. »Schon gar nicht einem

Mann wie Valois. Geben Sie mir meine Sachen und lassen Sie mich gehen.«

Madame Beaulieus hübsches Gesicht verfinsterte sich, sie presste die Lippen zusammen und reckte das Kinn. Die beiden Frauen starrten einander an. Agnes schlug das Herz vor Angst und Wut bis zum Hals.

Schließlich rang sich Madame Beaulieu ein dünnes Lächeln ab. »Gut. Ich hole deine Sachen. Geh nach oben und pack deine Tasche ... deinen Korb ... ich bringe dir deine Handtasche.«

Agnes entspannte sich. »Gut. Danke.«

Madame Beaulieu kehrte zum Fenster zurück und trommelte mit den Fingern auf das Fensterbrett.

Agnes ging nach oben und faltete ihr Nachthemd zusammen; sie bedauerte ein klein wenig, dass sie Molly das Kleid geliehen hatte. Gerade als sie überlegte, wo sie die folgende Nacht wohl verbringen würde, hörte sie Madame Beaulieus Schritte auf der Treppe. Sie dachte, dass die Tür gleich aufgehen würde, doch stattdessen ertönte ein metallisches Klappern, gefolgt von einem schnappenden Geräusch.

Agnes wandte sich um und sah zur Tür, während sich die Angst in ihrer Brust ausbreitete.

Wieder ertönten Schritte, die zur Treppe gingen.

»Madame Beaulieu!«, rief sie und rüttelte an der Tür, doch sie war verriegelt. »Madame Beaulieu!«, rief sie noch einmal. »Nein! Sie können mich doch nicht einfach einsperren! Lassen Sie mich raus! Ich will hier raus!«

Aber Madame Beaulieu kehrte nicht zurück.

KAPITEL 11

☆

Agnes war felsenfest davon überzeugt, sie könnte das Schloss knacken. Eine geschlagene Stunde lang stocherte sie panisch mit Haarnadeln herum und riss sich dabei die Finger auf. Frustriert gab sie auf und begann zu schreien. Nach einer Weile war sie hoffnungslos heiser. Die Hände im Schoß verkrallt, ließ sie sich aufs Bett sinken. Der Tag verstrich. Um die Mittagszeit herum war es so stickig im Zimmer, dass sie aufstand und die Jalousie öffnete. Vielleicht fiel ja einem Gendarmen auf, dass sie gegen die Gesetze der Stadt verstieß. Sie riss das Fenster auf. Träge strich eine Brise um die Äste der Platane, doch sie war nicht kräftig genug, um ihre erhitzten Wangen zu kühlen. Kurz überlegte sie, um Hilfe zu rufen, entschied sich jedoch dagegen, aus Angst, Valois könnte auftauchen. Obwohl ihr die Äste die Sicht versperrten, starrte sie stundenlang auf die Straße, in der Hoffnung, dass jemand vorbeikam. Nur einmal hörte sie Schritte. Da sie aber nicht erkennen konnte, wer es war, machte sie sich lieber nicht bemerkbar. Sie stützte sich mit beiden Händen auf dem Fensterbrett ab und lauschte ihrem Herzschlag, ihren Atemzügen. Was sollte sie nur tun?

Warten, bis Madame Beaulieu sie zu Valois brachte und versuchen, um ihr Leben zu laufen? Bestimmt hatte Madame Beaulieu bereits entsprechende Maßnahmen ergriffen, um dies zu verhindern; schlimmstenfalls würde sie Valois sogar erlauben, Agnes' Flucht gewaltsam zu unterbinden. Ein so heftiger

Schauder jagte durch ihren Körper, dass ihre Zähne klapperten.

Sollte sie es einfach über sich ergehen lassen, die hundert Francs nehmen und das Ganze vergessen? Nein. Das konnte sie nicht. Sie hatte nicht so lange ausgeharrt, die Grenzen der Wahrheit dermaßen strapaziert und so eisern an ihren Prinzipien festgehalten, nur um jetzt jemandem zu erlauben, über ihren Körper zu bestimmen. *Ich gehöre allein mir*, hätte sie am liebsten laut hinausgerufen.

Was würde ihre Mutter tun? Warum hatte Genevieve ihre Arbeit bei Valois aufgegeben? Vielleicht hatte auch er versucht, sich ihr in ungebührlicher Art und Weise zu nähern. Ihre Überzeugung, dass genau das der Grund sein musste, wuchs mit jeder Minute. Natürlich! Sie und Genevieve hatten in Valois einen gemeinsamen Feind, und Agnes würde dafür sorgen, dass er sie beide nicht kleinkriegte.

Sie hob den Kopf und lehnte sich aus dem Fenster. Die obersten Äste der Platane waren zu dünn, um hinunterzusteigen, aber ein Stück tiefer entdeckte sie einen Ast, der geeignet wäre. Direkt unter ihr ragte ein schmaler Fenstervorsprung hervor, und darunter befand sich der winzige Balkon in der Etage, die Madame Beaulieu bewohnte. Man würde sie bemerken. Aber Moment – nein! Die Jalousien waren den ganzen Tag geschlossen. Sie konnte leise hinunterklettern, den Ast packen und sich am Stamm hinabhangeln.

Agnes schüttelte den Kopf. Nein, es war viel zu gefährlich, außerdem musste sie dann ihre letzten Habseligkeiten zurücklassen. Vielleicht kam Madame Beaulieu auch bald und ließ sie heraus. Oder Molly kehrte aus dem Krankenhaus zurück. Vielleicht regelte sich alles in den nächsten paar Stunden von ganz allein, bevor der Abend kam und sie Valois endgültig ausgeliefert wäre.

Sie saß auf dem Bett und wartete, während der Nachmittag verstrich, die Schatten immer länger wurden. Pausenlos liefen abwechselnd zwei Szenarien in ihrem Kopf ab: Im einen schickte Madame Beaulieu sie zu Valois, im anderen verlor sie beim Fluchtversuch aus dem Fenster ihr Leben.

Dann endlich gelangte sie zu einer Entscheidung. Wenn sie blieb, wäre eine Nacht mit Valois unvermeidbar; wenn sie floh, stürzte sie womöglich in den Tod. Sie musste zwar ihr Geld und ihre Habseligkeiten zurücklassen, aber vielleicht fand sich jemand, der ihr half oder ihr gegen freie Logis eine anständige Arbeit vermittelte.

Wieder trat Agnes ans Fenster, schlüpfte aus ihren Schuhen und hielt sie für einen Moment in der Hand. Nur barfuß konnte sie sich am Vorsprung entlangtasten, gleichzeitig wollte sie ihre Schuhe nicht hierlassen. Die Straße lag still unter ihr. Keine Schritte, kein Verkehr. Sie warf die Schuhe aus dem Fenster und hörte, wie sie aufschlugen. Nun gab es kein Zurück mehr.

Sie schwang sich aufs Fensterbrett und saß einen Augenblick lang mit baumelnden Füßen da. Eine sanfte Brise spielte um ihre Rocksäume, was ihr unerklärlicherweise Mut verlieh. Mit beiden Händen umfasste sie das Fensterbrett, drehte sich um und ließ sich nach unten sinken, wobei sie mit den Füßen nach dem Fenstervorsprung tastete. Ganz langsam ließ sie sich nach unten, wohl wissend, dass sie ihr Körpergewicht auf die Füße verlagern musste, sobald sie den Vorsprung spürte. Panische Angst erfasste sie. Ihre Schultern brannten. Sie bewegte die Zehen, doch ihre Füße hingen im Nichts. Noch immer klammerte sie sich mit aller Kraft am Fensterbrett fest, rutschte noch ein Stück tiefer. Auf einmal spürte sie etwas Festes. Sie ließ die Hände abwärts wandern, tastete nach einem Spalt in der Fassade. Kurz verharrte sie in dieser Position – die Finger gespreizt, während ihre Füße nach festem Halt suchten, sorgsam darauf bedacht, nicht an den gähnenden Abgrund zu denken, der zwischen ihrem weichen Körper und dem harten Pflaster unter ihr klaffte.

Als sie das Gleichgewicht wiedergefunden hatte, ging sie vorsichtig in die Hocke, eine Hand am Sims. Halb springend, halb rutschend landete sie mit einem dumpfen Knall auf dem Balkon unter ihr, wobei sie mit dem Ellbogen hart gegen das Geländer prallte. Falls Madame Beaulieu in der Nähe war, hatte sie es bestimmt gehört. Aber jetzt durfte sie keine Angst haben. Agnes kletterte aufs Geländer, packte den nächsten Ast, den sie erreichen konnte, und schlang fest beide Arme darum. Die Verzweiflung schien ihr ungeahnte Kräfte zu verleihen. Langsam schob sie sich auf dem Ast vorwärts zum Stamm, wo sie einen Moment lang in der Gabel sitzen blieb und sich umsah. Agnes war sehr erfahren – in Perdita Hall war sie auf unzählige Bäume geklettert – und wusste nur zu gut, dass der richtige Ast das A und O war, wenn man einen Baum hinauf- oder hinunterkletterte. Vorsichtig stieg sie Stück für Stück abwärts bis zur letzten Astgabel, die sich immer noch mindestens zwei Meter über dem Boden befand. Sie konnte ihre Schuhe erkennen – einer lag umgedreht auf dem Pflaster, der andere stand dagegen gelehnt.

Es gab nur eine Möglichkeit: springen. Den Ast hinter sich umklammernd, ließ sie sich nach unten sinken, als mit einem Mal ihre Muskeln versagten und sie fiel. Ihr Knöchel gab nach, und sie landete mit der Hüfte, der Schulter und dem Kopf auf dem harten Boden. Die Erschütterung des Aufpralls schoss wie ein Blitz durch ihren Körper. Einen Moment lang schien die Welt ringsum zu flackern und sich zu verdüstern, ehe sie sich wieder erhellte. In ihren Ohren klingelte es, und ihr schwirrte der Kopf, trotzdem setzte sie sich auf.

»Agnes!«

Jemand rief ihren Namen. Ein Mann. Obwohl ihr schwindlig war, wusste sie, dass sie aufstehen und verschwinden musste.

Aber meine Schuhe …

Dafür war keine Zeit mehr. Sie stolperte los. Der Schmerz in ihrem Knöchel war mörderisch, doch er würde sie nicht erwischen. Sie hörte Schritte hinter sich. Sie kamen näher.

»Agnes, warten Sie!«

Vor Aufregung konnte sie die Stimme nicht zuordnen. Sie gehörte eindeutig einem Mann, doch sie war viel zu durcheinander. Valois. Oder vielleicht war es Madame Beaulieus merkwürdiger Arzt, vor dem Molly sich so fürchtete. Aber eigentlich spielte es keine Rolle. Flucht, das war alles, was zählte. Inzwischen hatte sie gelernt, was »Lassen Sie mich in Ruhe« und »Hilfe« auf Französisch hieß. Sie schrie die Worte laut zum Himmel, während sie in eine schmale Straße stürmte, die sich jedoch als Sackgasse entpuppte. Wenige Meter vor ihrer Nase stapelten sich alte Körbe. Sie lief darauf zu, blieb abrupt stehen und versteckte sich dahinter. Die Sonne stand in seinem Rücken, und der Schatten des Mannes, seine Arme und Beine wirkten übergroß.

»Agnes?«

Ihr Herz hämmerte, ihre Kehle hatte sich zugeschnürt. Sie saß in der Falle, wie ein wildes Tier. Hektisch sah sie sich nach etwas um, das sie als Waffe benutzen könnte. Ihr Blick fiel auf ein dünnes Holzscheit, das neben einem Korb lag. Ein Nagel ragte heraus. Sie packte es mit beiden Händen.

Doch dann erkannte sie ihn, blinzelte verwirrt und versuchte, sich einen Reim darauf zu machen.

Er streckte die Hand aus, in der er ihre Schuhe hielt. »Die haben Sie vergessen«, sagte er.

»Julius!«, stieß sie erstickt hervor.

Die freudlosen, düsteren Räume des Maison de Cygnes waren das glatte Gegenteil von Julius' Zimmer im Hotel Londres in der Rue de Rivoli. Die Fenster reichten beinahe bis zum Fußboden, und niemand hatte Vorhänge zugezogen oder Jalousien geschlossen, um die warme Nachmittagssonne auszusperren. Stattdessen warf sie ihre heilenden Strahlen auf das schimmernde Holz des Mobiliars, die dicken Polstermöbel, die dunkelrote Tapete und auf ihren weißen Knöchel in Julius' warmen, starken Händen.

»Es ist nichts gebrochen«, erklärte er und tastete den Knöchel sorgsam ab. »Können Sie den Fuß strecken?«

Sie gehorchte und zuckte vor Schmerz zusammen.

»Jetzt bitte zur Seite drehen … gut. Und jetzt in die andere Richtung. Wo tut es am meisten weh?«

»Überall«, antwortete sie.

»Aber in welcher Position ist der Schmerz am schlimmsten?«, beharrte er.

»In dieser.«

»Aha. Nun, wie es aussieht, sind die Bänder ein bisschen gezerrt, aber mit ein wenig Ruhe sollte es in einer Woche wieder in Ordnung sein.« Behutsam legte er ihren Fuß auf einen Schemel und strich ihre Röcke glatt. »Am besten, Sie lagern ihn hoch und belasten ihn möglichst wenig.«

Wie sollte sie das bewerkstelligen? Sie musste eine Arbeit finden, eine Unterkunft, musste nach ihrer Mutter suchen. »Aber ich …«

»Nein«, unterbrach Julius. »Ich will nichts hören. Agnes, Sie sind aus einem Fenster im vierten Stock geklettert. Sie können von Glück sagen, dass Sie überhaupt noch leben.«

Sie bekam rote Wangen, als sie überlegte, ob Julius wohl wusste, um was für ein Etablissement es sich beim Maison de Cygnes handelte. Natürlich wusste er es. Er war schließlich kein Dummkopf.

»Ich habe nicht für sie gearbeitet«, platzte sie heraus. »Madame Beaulieu. Ich meine, ich habe für sie gearbeitet, aber es hatte nichts … mit Männern zu tun. Ich habe geputzt und aufgeräumt. Alles, damit ich bloß nicht diese Arbeit machen musste.«

Julius lächelte. »Agnes, dass Sie aus dem Fenster im vierten Stock geklettert sind, sagt wohl einiges. Man muss schon sehr verzweifelt sein, um so etwas zu tun. Ich weiß, wovor Sie fliehen wollten.«

Beschämt ließ sie sich zurücksinken. »Bestimmt halten Sie mich für eine hoffnungslose Närrin.«

»Weit gefehlt«, gab er zurück, stand auf und ging zur Tür. »Warten Sie hier. Ich bin gleich zurück.«

Er schloss die Tür. Agnes sah sich um. Das Zimmer war klein, aber luftig und hell. Über dem opulenten Kaminsims hing ein riesiger Spiegel, an der stuckverzierten Decke war ein glänzender Kronleuchter angebracht, und der Großteil des Fußbodens war von einem dicken Teppich bedeckt. Hinter einer angrenzenden Tür lagen aller Wahrscheinlichkeit nach Schlaf- und Badezimmer. Sie konnte nicht hierbleiben; das wäre unangemessen, und sie kannte Julius gut genug, um zu wissen, wie sehr ihm Anstand und Moral am Herzen lagen.

Er hatte sie gestützt, als sie die Rue Cousineau entlanggehumpelt war, und eine Droschke angehalten. Lediglich seiner sauberen Kleidung und seinem Geld hatte sie es zu verdanken, dass der Kutscher sie überhaupt mitgenommen hatte. Bislang hatten sie noch nicht eingehend über alles sprechen können. Als sie aus dem Haus am Belgrave Place verschwunden war, hatte er sofort gewusst, wohin sie gefahren war. So schnell es ging, war er ihr nachgereist und ebenso überrascht gewesen, statt Genevieves Wohnadresse den Laden eines Teehändlers vorzufinden. Dreimal hatte er das Geschäft aufgesucht und erfahren, dass eine junge blonde Frau sich nach Genevieve erkundigt habe. Bei seinem vierten Besuch hatte er aus der Ferne mitbekommen, wie sie den Baum hinuntergeklettert und auf die Straße gestürzt war.

Über mehr hatten sie noch nicht gesprochen. Kaum hatten sie sein Zimmer betreten, hatte er sich ganz als der fürsorgliche Arzt gezeigt, die Schürfwunde an ihrem Ellbogen versorgt, sich ihren verstauchten Knöchel angesehen und sichergestellt, dass sie keine Gehirnerschütterung erlitten hatte.

Agnes unterdrückte den Drang, ans Fenster zu treten und auf die belebte Straße hinauszublicken. Wenig später kehrte Julius zurück, setzte sich auf den Stuhl ihr gegenüber und legte einen Schlüssel auf den brokatbezogenen Schemel neben ihr.

»Ich habe ein Zimmer für Sie gemietet«, sagte er. »Es liegt einen Stock tiefer. Ich bringe Sie gleich hin.«

»Oh, aber Sie sollen sich doch wegen mir nicht in Unkosten stürzen.«

»Unsinn. Wenn Sie tatsächlich diejenige sind, die wir glauben, ist es nur angemessen, wenn Sie in einem anständigen Hotel wohnen.« Ein Lächeln spielte um seinen Mundwinkel. »Und nicht in einem Bordell.«

»Hätte ich die Wahl gehabt, wäre ich sicher nicht dort geblieben«, gab sie hitzig zurück.

»Aber natürlich«, sagte er. »Aber jetzt haben Sie die Wahl.«

Trotz ihrer Gewissensbisse war Agnes erleichtert und froh, endlich eine sichere und behagliche Bleibe gefunden zu haben.

Julius lehnte sich auf seinem Stuhl zurück und legte die Hände auf die Armlehnen. »Sie konnten Genevieve nicht finden, nehme ich an? Auch ich habe mich an diesen Teehändler gewandt.«

»Man hat mir gesagt, sie hätte dort gearbeitet, sei aber weggegangen. Mein Französisch ist sehr schlecht, aber eine Verkäuferin meinte, ich soll nach Madame Valentine auf dem Boulevard des Italiens suchen. Ich bin mehrere Male hingegangen und habe sämtliche Wohnungen abgeklappert.«

»Sie glauben, diese Madame Valentine weiß, wo Genevieve ist?«

»Oder vielleicht ist Madame Valentine auch Genevieve. Vielleicht hat sie einen der Besitzer des Teehandels geheiratet und deshalb dort gearbeitet.«

Julius trommelte mit den Fingern auf die Lehne. »Hm.«

Agnes wartete.

»Warum sind Sie hergekommen, Julius?«, fragte sie schließlich.

Er blickte ihr in die Augen. Etwas geschah zwischen ihnen – eine Hitze und Energie, wie sie sie noch nie zuvor verspürt hatte, wallte in ihr auf, so als bilde dieser kurze Moment einen Höhepunkt, heller und klarer und intensiver als alles zuvor und danach. Ihr stockte der Atem.

»Ich bin hergekommen, weil ich Sie finden wollte«, sagte er schließlich sanft. »Marianna hat sich Sorgen um Sie gemacht.«

»Weiß sie, warum ich nach Paris gegangen bin?«

»Sie hat keine Ahnung, sondern will nur, dass Sie nach London zurückkehren. Ich glaube, Ihnen ist nicht klar, wie sehr sie Sie ins Herz geschlossen hat.«

Schuldgefühle überkamen Agnes. »Doch, es ist mir sehr wohl klar. Und sie liegt mir ebenso am Herzen.«

»Trotzdem sind Sie gegangen?«

»Ich muss Genevieve mit eigenen Augen sehen, sie persönlich kennenlernen. Ich muss herausfinden, wo mein Platz in dieser Welt ist, wohin ich gehöre, und sie ist der Schlüssel dazu. Möchten Sie sie denn nicht auch finden? Sie ist doch Ihre Mutter. Gewissermaßen zumindest.«

»Gewissermaßen. Bis sie mich verlassen hat, war sie die einzige Mutter, die ich je kannte.« Er löste den Blick von ihr und zuckte flüchtig mit den Schultern. »Wenn es Ihnen so wichtig ist, Genevieve zu finden und die Wahrheit zu erfahren, ist es womöglich auch für mich wichtig.« Er beugte sich vor. »Ich kenne Leute, die uns vielleicht helfen können. Wir werden sie finden, aber zuerst müssen Sie sich ein paar Tage ausruhen, damit Ihr Knöchel heilen kann.«

Wir werden sie finden.

Agnes schloss die Augen und stieß einen tiefen Seufzer aus. Sie hörte ihn aufstehen, und als sie sie wieder aufschlug, sah sie, dass er die Hand ausstreckte. »Kommen Sie«, sagte er. »Ich bringe Sie in Ihr Zimmer.«

Es fühlte sich beinahe unerträglich intim an, seinen Arm so fest um sich zu spüren, als sie die Treppe hinuntergingen. Er wollte es sich nicht nehmen lassen, sie zu tragen, doch sie bestand darauf, selbst zu gehen, deshalb einigten sie sich darauf, dass er sie stützte. Der Knöchel schmerzte höllisch. Kaum hatte er sie für einen Moment losgelassen, vermisste sie seinen festen Griff, doch sie schalt sich eine dumme Gans, schließlich war er nur ein Arzt, der sich um ihr Wohlergehen sorgte und sie deshalb so eng umschlungen hielt.

»Da wären wir also«, sagte er und blieb vor der dunklen Zimmertür stehen. »Ich sehe morgen nach Ihnen, jetzt schlafen Sie sich tüchtig aus. Ich lasse Ihnen etwas zum Abendessen aufs Zimmer bringen.«

Er wandte sich zum Gehen, drehte sich jedoch noch einmal um. »Ah, beinahe hätte ich es vergessen«, sagte er und zog einen zerdrückten Umschlag aus seiner Tasche. »Am Tag nach Ihrer Abreise kam ein Brief für Sie.«

Agnes erkannte Gracies Handschrift. Mutig ergriff sie seine Hand. Einen Augenblick lang standen sie reglos da. »Danke, Julius«, flüsterte sie schließlich.

Er nickte knapp, befreite sich behutsam und ging davon.

Agnes trat ein. Licht flutete durch das hohe Fenster in das Zimmer und auf das glänzende Mobiliar. Hätte Agnes nah am Wasser gebaut, wäre sie vor Erleichterung vermutlich in Tränen ausgebrochen. So viel Platz, so luftig. So viele Sitzgelegenheiten. Sie humpelte ans Fenster. Als sie es aufmachte, drang der

Geruch nach Lebensmitteln, Blumen und Pferdedung herein. Eine Zeit lang saß sie auf dem Fensterbrett und beobachtete den Verkehr auf der Straße. Dann ließ sie sich auf dem breiten Messingbett in die weichen Kissen sinken und riss den Umschlag auf.

Liebe Agnes,
bestimmt bist Du mir böse, wenn Du diese Zeilen liest, aber ich bitte Dich, nicht allzu verärgert zu sein. Ich weiß ja, dass Du gesagt hast, Cole Briar tauge nichts und ich solle mich von ihm fernhalten, aber er ist nicht so übel, wie Du behauptest. Er sagt, er liebt mich, und ich liebe ihn, so viel steht fest. Aber natürlich weißt Du nichts davon, weil er ja immer hinter Dir her war und ich nie ein Wort gesagt habe, aber ich mochte ihn schon immer sehr. Du brauchst nicht zurückschreiben, Agnes, zumindest nicht an diese Adresse, weil ich nämlich dasselbe tun werde wie Du und aus Yorkshire abhaue! Ja, Du liest ganz richtig! Cole hat eine Arbeit in Indien angeboten bekommen, wo er eine Menge Geld verdienen wird, und ich gehe mit ihm nach Kalkutta. Wenn Du diesen Brief erhältst, bin ich schon auf dem Weg dorthin. Ich wünschte, ich könnte Dein Gesicht sehen, wenn Du meine Zeilen liest. Bitte, sei mir nicht böse, Agnes. Ich schreibe Dir, sobald wir in unserer neuen Heimat angekommen sind, und vielleicht wirst Du mich ja eines Tages dort besuchen. Wir wurden nach Schiffen benannt, Agnes. Daher wird es allmählich Zeit, in die Ferne zu fahren!

Viele liebe, aufgeregte Grüße
Gracie Badger

Frustriert warf Agnes den Brief beiseite. Mit Cole Briar nach Indien durchbrennen? Agnes hätte sie niemals allein zurücklassen dürfen. So ungern sie es auch zugab, aber sie hatte immer geahnt, dass Gracie ein eher schlichtes Gemüt war. Sonst wäre es Cole, diesem Mistkerl, wohl kaum gelungen, sie zu einer solchen Dummheit zu überreden. Agnes seufzte. Vielleicht war ja ihre eigene Reise auch eine Riesendummheit, aber im Gegensatz zu Gracie konnte sie viel besser auf sich selbst aufpassen.

Sie lag auf dem Bett und dachte an Gracie, an die weite Reise, die sie unternehmen würde, an das endlose Meer und ferne Orte, wo die Hitze flirrte. Als die Sonne unterging, fiel sie in einen tiefen Schlaf, so tief, dass sie nicht einmal hörte, als ihr jemand etwas zu essen brachte.

Helles Morgenlicht schien in das Zimmer, als ein Zimmermädchen mit einer weißen Schürze hereingeeilt kam. Sie stellte ein Silbertablett mit einer Kanne dampfendem Kaffee und allerlei Gebäckstücken und Aufschnitt auf dem Fußende des Betts ab, und Agnes setzte sich auf. »Danke«, sagte sie und legte ihre Lektüre beiseite.

Das Mädchen sagte etwas auf Französisch, doch Agnes schüttelte den Kopf. »Es tut mir leid, aber ich verstehe nicht …«

»Meister Julius sagt, ich darf Sie nicht aufstehen lassen. Er hat einen Brief hiergelassen.« Sie tippte auf das gefaltete Blatt Papier auf dem Tablett und verließ das Zimmer.

Ich habe ein paar Besorgungen zu machen, Agnes. Bitte bleiben Sie in Ihrem Zimmer und ruhen Sie sich aus. Wir sehen uns spätestens zum Mittagessen. Julius.

Sie bestaunte seine Handschrift, die geschwungenen Buchstaben und Linien, ordentlich und elegant zugleich. Es gab so vieles, was sie an ihm bewunderte, doch sie ermahnte sich, dass sie besser sofort damit aufhören sollte. Sie legte die Notiz beiseite und stürzte sich auf ihr Frühstück.

Im Lauf des Vormittags tauchten Hotelangestellte auf und

verschwanden wieder – eine räumte das Tablett weg, eine andere brachte ihr englische Zeitungen, eine dritte half ihr beim Ankleiden und Frisieren, und eine machte das Bett und säuberte das kleine Badezimmer. Agnes hatte nichts zu tun, außer sich auszuruhen – oberhalb ihres Knöchels hatte sich ein blauer Fleck gebildet – und zu lesen. Kurz malte sie sich aus, was sie jetzt tun müsste, wäre sie im Maison de Cygnes geblieben, aber daran wollte sie lieber keinen weiteren Gedanken verschwenden. Dieses Kapitel lag hinter ihr. Als sie an Molly dachte, überkamen sie Gewissensbisse, doch die Irin war gewiss vernünftig genug und verließ ebenfalls das Bordell, weil sie einer der Gentlemen dermaßen übel zugerichtet hatte.

Gentlemen … eine ziemlich weite Auslegung dieses Begriffs.

Wie versprochen erschien Julius um die Mittagszeit. Er klopfte an und trat ein, eine Hand theatralisch über die Augen gelegt. »Verzeihen Sie mir, dass ich einfach so hereinplatze, Agnes«, sagte er. »Sind Sie in der Verfassung, Besuch zu empfangen?«

Agnes lachte. »Wie Sie sehen, ja«, antwortete sie, worauf er die Hand sinken ließ.

»Ich wollte nicht, dass Sie aufstehen und zur Tür humpeln müssen«, fuhr er fort. »Darf ich mir Ihren Fuß ansehen?«

Agnes nickte. Er trat zu der Chaiselongue vor dem Fenster, setzte sich auf die Kante, streifte ihr den Schuh vom Fuß und schob ihren Rocksaum ein Stückchen hoch. Agnes' Herz schlug schneller, und ihre Haut fühlte sich auf einmal wärmer an. Sie wandte sich ab und schaute hinaus. Ihr Blick schweifte zu dem Haus auf der anderen Straßenseite, während Julius vorsichtig ihr Fußgelenk betastete.

»Der blaue Fleck ist nicht so schlimm«, konstatierte er. »Die Schwellung ist zurückgegangen. In ein paar Tagen sind Sie wieder springlebendig.« Er strich ihren Rock glatt, und sie beugte sich vor, um ihren Schuh wieder anzuziehen. Schon jetzt vermisste sie seine Berührung.

»Ich kann Ihre Großzügigkeit nicht so lange in Anspruch nehmen«, sagte sie, »und sollte mir eine Bleibe suchen.«

»Wovon denn?« Er lächelte. »Ich war heute Morgen bei Ihrer Madame Beaulieu. Ein Obstkorb mit Ihren Habseligkeiten steht in meinem Zimmer, darunter auch Ihre Geldbörse. Ich musste sie noch nicht mal öffnen, um zu wissen, dass sie leer ist.«

»Also hat sie mir auch noch meine letzten Francs weggenommen.«

»Es hat ganz den Anschein, Agnes. Ich bringe Ihnen später Ihre Kleider vorbei, aber die Frau eines alten Freundes ist mir einen Gefallen schuldig und kommt in den nächsten Tagen vorbei, um ein paar neue Kleider für Sie anzufertigen.«

»Aber Sie können unmöglich …«

»Ich kann, und ich werde. Agnes, wenn Sie tatsächlich recht haben und wir verwandt sind, kann ich Sie unmöglich sich selbst überlassen. Und falls Sie sich im Hinblick auf Genevieve irren, ist es meine Pflicht als Gentleman, Ihnen zur Seite zu stehen, also bitte, ich will nichts mehr hören. Sie bleiben hier, bis Sie wieder ganz genesen sind.«

»Und danach?«

»Machen wir uns auf die Suche nach Genevieve. Gemeinsam. Besagter Freund hört sich bereits auf dem Boulevard des Italiens nach dieser geheimnisvollen Madame Valentine um. Bis Sie wieder auf den Beinen sind, sollten wir eine Adresse haben.«

»Sie würden also mitkommen?«

»Es bleibt mir wohl nichts anderes übrig.« Er unterdrückte mühsam ein Lächeln. »Ihr Französisch ist schließlich …«

»Ich weiß«, gab sie lachend zurück. »Es ist fürchterlich.«

»Vor dem gestrigen Tag habe ich noch nie Französisch mit

Yorkshire-Akzent gehört.« Er lächelte freundlich. »Was haben Sie mir entgegengeschrien?«

»›Lassen Sie mich in Ruhe‹«, sagte sie. »Eines der Mädchen hat mir ein paar Brocken beigebracht.«

Seine Miene wurde ernst. »Was für ein grauenvoller Ort, Agnes. Ich bin heilfroh, dass ich Sie gefunden habe.«

»Ich hatte mich ja bereits in Sicherheit gebracht«, sagte sie. »Ich hätte schon überlebt. Irgendwie.«

Julius sah sie an. Die Sonne zauberte goldene Reflexe in seine Koteletten, und sie bemerkte den Bartschatten auf seinem Kinn und seinen Wangen. »Das glaube ich Ihnen aufs Wort, Agnes. Sie wirken unbesiegbar.« Er tätschelte ihr Knie. »Sie sollten sich jetzt ausruhen.«

»Nein, bleiben Sie doch«, erwiderte sie aus einem Impuls heraus. »Vielleicht können wir ja gemeinsam zu Mittag essen, und Sie können mir von Marianna erzählen. Ich vermisse sie.«

Er zögerte. Agnes wusste nur zu genau, was in ihm vorging. Er war hin- und hergerissen zwischen Schicklichkeit und Vergnügen, aber vielleicht erleichterte ihm die Tatsache, dass sie in Paris waren, seine Entscheidung. »Nun gut. Ich lasse uns ein Tablett heraufbringen«, sagte er schließlich.

Trotz ihres schmerzenden Knöchels waren die folgenden Tage geradezu paradiesisch. Seit Agnes aus Perdita Hall fortgegangen war, hatte sie sich nicht mehr so wohlgefühlt. Die Schneiderin kam, um Maß zu nehmen, und bat sie, Stoffe auszuwählen. Auf Julius' Drängen hin entschied sie sich für wunderbare Stoffe in den herrlichsten Farben und konnte die erste Anprobe kaum erwarten. Er erschien mit zwei Koffern aus echtem Leder – der eine war leer, im anderen befanden sich ihre Habseligkeiten aus dem Obstkorb. »Den alten Korb habe ich gleich verbrennen lassen«, erklärte er. Die Vormittage brachte sie mit Lesen zu, dann aß sie gemeinsam mit Julius zu Mittag, während sie sich angeregt unterhielten. Ihre Gespräche begannen stets mit Marianna, ehe sie sich anderen Themen wie Familie, Religion, Geschichte oder Astronomie zuwandten. Sie erzählte ein wenig von den Jahren in Perdita Hall. Obwohl ihr finanzielle Armut erspart geblieben sei, habe sie sehr unter der emotionalen Isolation gelitten. Agnes berichtete von Gracie Badger und der Seelenverwandtschaft zwischen ihnen, dass sie der einzige Mensch sei, den sie je geliebt und der sie je geliebt habe. Julius erzählte ihr, dass er den Dienst im Krankenhaus an den Nagel gehängt hatte, weil ihm das Leid der kleinen Kinder zu sehr zusetzte, von seiner tiefen Scham, nicht stärker zu sein, obwohl sie ihn so dringend brauchten. Er fragte sich, ob er überhaupt jemals Arzt werden konnte. Mehr als einmal waren sie noch am Nachmittag in ein Gespräch vertieft, aber Julius blieb niemals zum Essen oder bis zum späten Abend. Am Montag, als sie das erste Mal wieder ohne Schmerzen gehen konnte, betrat Julius strahlend ihr Zimmer.

»Ich habe eine Adresse«, sagte er nur.

»Eine Adresse?«

»Madame Valentine.«

»Ist sie Genevieve?«

»Ich weiß es nicht. Ich habe bloß über Umwege ihre Adresse von jemandem bei der Gendarmerie bekommen, der sie kennt. Herausfinden werden wir es wohl erst, wenn wir hinfahren und an die Tür klopfen.«

Agnes spürte, wie ihre Aufregung wuchs. Es fühlte sich an, als tanzten winzige Bläschen in ihren Adern. »Können wir? Jetzt gleich?«

Julius schüttelte den Kopf. »Nein, morgen, Agnes. Eigentlich möchte ich, dass Sie sich noch ein paar Tage ausruhen, aber ich sehe ein, dass Sie nicht länger stillhalten können, deshalb bringe ich Sie morgen hin, versprochen.«

Agnes trug das Sonntagskleid aus hellblauem Baumwollstoff mit dem weißen Kragen und Knöpfen, das sie während ihrer Zeit bei Marianna erstanden hatte. Falls sie tatsächlich ihre Mutter kennenlernte, wollte sie perfekt aussehen, weder zu bescheiden noch zu herausgeputzt. Julius nahm ihren Vorschlag, zu Fuß zum Boulevard des Italiens zu gehen, alles andere als begeistert auf; ihr Knöchel würde erneut anschwellen, und der Heilungsprozess verzögere sich nur, warnte er sie. Also genoss sie das Farbenspiel und die Geräuschkulisse der breiten Pariser Boulevards von einer bequemen Kutsche aus. Sie hielten vor dem Haus, in dem Madame Valentine allem Anschein nach wohnte, und Julius bezahlte den Kutscher. Graue Wolken verdeckten die Sonne, und ein heftiger Wind, der Regen verhieß, fegte durch die Platanen.

Julius nahm ihren Ellbogen. »Bereit?«

»Ja.«

Als sie den mit Parkett ausgelegten Eingangsbereich durchquerten, erschien eine ältliche Frau und fragte sie etwas mit scharfer Stimme.

Julius blickte Agnes an. »Die Concierge«, sagte er. »Ich erledige das schon.«

Julius setzte ein Lächeln auf und erwiderte etwas in fließendem Französisch. Agnes hörte lediglich die Worte »Madame Valentine« heraus.

Die Concierge zeigte sich weder von seinem Lächeln noch seiner Freundlichkeit beeindruckt, sondern feuerte eine neuerliche Wortsalve ab.

Julius wandte sich zu Agnes um. »Sie sagt, ohne Einladung dürften wir nicht nach oben gehen und Madame Valentine sprechen. Wir müssen eine Nachricht hinterlassen und hoffen, dass Madame Valentine sie beantwortet.«

»Fragen Sie sie, ob Madame Valentine mit Vornamen Genevieve heißt.«

Julius gehorchte, doch seine Frage wurde mit eisigem Schweigen quittiert.

»Ich habe nicht den Eindruck, dass sie uns das verraten wird, Agnes«, meinte Julius.

Agnes seufzte. Den ganzen Morgen war sie so sicher gewesen, dass heute der große Tag wäre. Sie war so voller Hoffnung gewesen, als würde sie eine goldene Flüssigkeit von innen her erleuchten. Doch nun glich ihr Gefühl dem grauen und düsteren Himmel. »Dann hinterlassen wir eben eine Nachricht«, meinte sie. »Aber sagen Sie ihr, dass wir sie unbedingt sprechen müssen.«

Julius nickte und nannte der Concierge seinen Namen und die Adresse des Hotels. Die alte Frau machte keine Anstalten, die Angaben zu notieren noch sie zu wiederholen. Agnes begann bereits, über andere Mittel und Wege nachzudenken, wie sie Kontakt zu Madame Valentine aufnehmen könnten, als mit einem Mal die Tür aufging und ein Schwall kalter Luft hereinwehte. Eine dunkelhaarige, etwa vierzigjährige Frau trat ein und streifte ihre Handschuhe ab. Sie grüßte die Concierge auf Französisch, doch sie hatte unverkennbar einen englischen Akzent. Agnes bemerkte, wie die Concierge von der Dame zu Julius und wieder zu ihr blickte. Damit bestand kein Zweifel mehr – sie war die Frau, nach der sie suchten.

Aber es war nicht Genevieve.

»Sind Sie Madame Valentine?«, fragte Agnes.

Madame Valentine, die einen Fuß auf die unterste Stufe gestellt hatte, hielt inne und wandte sich um. »Ja. Und wer sind Sie?«

Die Concierge sagte etwas, doch Agnes beachtete sie nicht. »Ich bin Agnes Resolute und suche nach Genevieve Breckby. Wissen Sie, wo sie sich aufhält?«

Madame Valentines Gesicht verzerrte sich vor Wut, und ihre dunklen Augen verengten sich zu Schlitzen. »Ja, ich weiß, wo sie sich aufhält«, fauchte sie.

»Würden Sie es uns bitte sagen?«, schaltete sich Julius ein. »Wir sind ihre … Kinder. Sie ist verschwunden.«

»Sie sollten froh darüber sein. Ich werde Ihnen sagen, wo sie ist. Sie ist bei meinem Ehemann.«

Die Concierge packte Julius an der Schulter und stieß ihn mit einem zornigen Wortschwall zur Tür.

»Bitte«, bat Agnes mit klopfendem Herzen. »Könnten Sie uns nicht ihre Adresse geben? Ich muss sie unbedingt finden.«

Doch Madame Valentine stapfte bereits die Treppe hinauf, während die Concierge Julius nach draußen bugsierte.

Und wieder war ihnen Genevieve entschlüpft und außer Reichweite.

KAPITEL 12

☆

Unzählige Male war Agnes an den Cafés vorbeigegangen und hatte sich sehnlichst gewünscht, an einem Tisch auf dem Gehsteig zu sitzen, Kaffee zu trinken und Kuchen zu essen. Heute jedoch mussten Julius und sie wegen des Regens mit einem kleinen Tisch in der hintersten Ecke vorliebnehmen, wo es durchdringend nach nassen Mänteln und Zigarrenrauch stank.

Niedergeschlagen nippte Agnes an ihrem Kaffee; das süße Stückchen mit Zuckerguss lag unberührt vor ihr auf dem Teller.

»Ich weiß ja, dass Sie enttäuscht sind«, sagte Julius nicht zum ersten Mal, seit sie hereingekommen waren.

»Wieso muss Madame Valentine so grausam sein? Wieso konnte sie uns nicht einfach verraten, wo Genevieve steckt?«

Julius legte die Hand auf ihre ruhelos auf der Tischplatte trommelnden Finger. »Nur Mut. Ich habe der Concierge die Adresse des Hotel Londres genannt. Vielleicht hat Madame Valentine ja ein Einsehen und meldet sich bei uns.«

Doch das erschien Agnes absurd, und neuerlich empfand sie eine tiefe Enttäuschung. Verärgert über Julius' Naivität, zog sie ihre Hand weg. »Das wird sie ganz bestimmt nicht tun.«

»Man weiß nie.«

Doch Agnes war nicht nur enttäuscht, weil sie Genevieve nicht gefunden hatten, sondern es setzte ihr zudem gehörig zu, dass sie nicht nur sie und Julius im Stich gelassen, sondern allem Anschein nach auch einer anderen Frau den Ehemann ausgespannt hatte. »Bitte erzählen Sie mir irgendetwas Nettes über Genevieve, Julius. Etwas Gutes, das sie getan hat«, bat sie.

»Sie hat mich aufgenommen und adoptiert, als ihre Freundin gestorben ist.«

»Das mag ja sein, aber ich spreche von einer Erinnerung, in der sie etwas Nettes für Sie getan hat. Etwas nicht Alltägliches.«

Nachdenklich presste Julius seine aneinandergelegten Fingerspitzen gegen das Kinn. »Sie hat mir jeden Abend ein Schlaflied vorgesungen«, antwortete er. »Alte Volkslieder, die sie aus ihrer Kindheit noch kannte.«

»Sonst noch etwas?«

Er runzelte die Stirn. »Einmal, als ich acht oder neun war, bin ich von einem Baum im Garten gefallen.«

»Am Belgrave Place?« Agnes konnte sich nicht an Bäume erinnern, die hoch genug waren, um hinaufzuklettern.

»Ja, damals stand noch eine alte Esche da. Obwohl ich es nicht durfte, bin ich hinaufgestiegen. Dann bin ich heruntergefallen und dachte, das war's. Genevieve konnte Ungehorsam auf den Tod nicht ausstehen und hat manchmal tagelang nicht mit mir geredet, wenn ich nicht folgsam war.«

»Julius … Etwas Nettes, schon vergessen?«, mahnte Agnes gutmütig.

Er lächelte. »Natürlich. Jedenfalls habe ich mich bemüht, nicht zu weinen, damit sie es nicht mitbekommt und mich ausschimpft. Aber ich war noch ein kleiner Junge und bin natürlich doch in Tränen ausgebrochen, bis mein Kindermädchen kam. Sie sah, dass ich mir die Knie aufgeschlagen hatte, und rief Genevieve, worauf ich noch lauter geheult und geschrien habe. Als sie kam, war ich völlig aufgelöst. Ich habe geschluchzt, mich entschuldigt und hoch und heilig versprochen, dass ich es nie wieder tue.« Er senkte den Blick und stocherte in seinem

Kuchen herum. »Aber Genevieve war mir nicht böse«, fuhr er fort, »und hat mich in den Arm genommen und mir mit dem Ärmel die Tränen abgewischt. Sie fing an zu singen.« Ungläubig schüttelte er den Kopf. »Es war wie der Gesang einer Sirene. Ich war hingerissen. Meine Tränen trockneten, und ich beruhigte mich. Nach einer Weile schickte sie mich zu meinem Kindermädchen, die mich zu Dr. Faraday brachte, damit er sich meine aufgeschürften Knie ansieht. Innerhalb einer Woche war der Baum verschwunden. Ich glaube, sie hat ihn zu meinem Schutz fällen lassen.«

»Vermutlich«, sagte Agnes.

Er zuckte mit den Schultern. »Aber vielleicht hat sie es auch getan, damit ich nicht mehr hochklettere und ihr Ärger mache.«

»Nein, sie hat Sie geliebt. Auf ihre Weise. Sie ist eine unkonventionelle Frau, richtig?«

»So könnte man es ausdrücken, das stimmt.«

Agnes hielt sich vor Augen, dass Julius ein konservativer Mann mit einem ausgeprägten moralischen Bewusstsein war, weshalb sie ihm keinen Vorwurf machen konnte. Trotz der Ansichten, die mit seiner Herkunft und seinem Geschlecht zusammenhingen, war er stets freundlich zu ihr gewesen und hatte sie nicht verurteilt.

»Kehren Sie jetzt nach London zurück?«, fragte Agnes.

»Begleiten Sie mich?«

Agnes schüttelte den Kopf. »Noch nicht.«

Seufzend rutschte er auf seinem Stuhl zurück. »Nun, wir müssen ohnehin abwarten, bis die Schneiderin mit den Kleidern fertig ist. Wollen wir noch eine Woche bleiben? Dann sollte ich allerdings zu Marianna zurückkehren und mir Gedanken machen, womit ich zukünftig meinen Lebensunterhalt verdienen möchte.«

Agnes erwiderte nichts darauf. Sie wollte sich noch nicht auf ein konkretes Abreisedatum festlegen. Aus Julius' Mund klang es, als wäre es ein Klacks, nach London zurückzufahren, sich um Marianna zu kümmern, seine langen Unterhosen zu flicken und den Rest ihres Lebens im Haus und dem Garten am Belgrave Place zu verbringen. Nein, das Leben sah etwas anderes für sie vor. Das wusste sie ganz genau.

»Als Sie Madame Valentine gesagt haben, wir wären Genevieves Kinder …«

»Ja?«, erwiderte er nach einer kurzen Pause.

»Nun ja, jetzt denkt sie, wir wären Geschwister.«

»Richtig. Was ja in gewisser Weise auch stimmt. Genevieve ist eine unkonventionelle Frau, wie Sie selbst gesagt haben.«

Sie sah ihn an. »Bin ich denn so etwas wie eine Schwester für Sie?«

»Ich …« Er hielt inne. Sein Gesicht lief rot an.

Agnes lachte. »Also nein.«

Julius fing sich. »Sie sind Marianna sehr ans Herz gewachsen und in unserem Haus jederzeit willkommen«, sagte er. »In dieser Hinsicht sind Sie tatsächlich wie ein Familienmitglied für mich. Für uns.« Wieder wanderte seine Hand über den Tisch, und diesmal entzog sie ihm die ihre nicht. »Sie glauben, Sie müssten Genevieve um jeden Preis finden, weil sie den Schlüssel zu Ihrem Herzen in der Hand hält, zu Ihrem Platz in der Welt. Damit Sie wissen, wo Sie hingehören.«

Dass er sie so gut kannte, versetzte ihr einen Stich.

»Aber, Agnes, womöglich ist dieser Ort, an den Sie gehören, in Wahrheit derjenige, an dem Sie all die Jahre gelebt und dem Sie den Rücken gekehrt haben.«

Agnes drehte ihre Handfläche nach oben, und Julius verschränkte seine Finger mit ihren und drückte sie fest. »Meinen Platz in der Welt muss ich selbst erst noch bestimmen, Julius«, sagte sie. »Ich will Genevieve finden.«

Er nickte. »Das verstehe ich. Und ich werde Ihnen nach

Kräften zur Seite stehen. Und vielleicht lässt ja Madame Valentine tatsächlich etwas von sich hören. Wir warten ab.«

Agnes lächelte ihn an. Er war ein so freundlicher Mensch, und beim Anblick ihrer ineinander verschlungenen Finger überkam sie ein eigentümliches Gefühl, angenehm und verheißungsvoll zugleich.

Doch sie verriet ihm nicht, dass sie keine Frau war, die einfach herumsaß und abwartete.

Es regnete. Agnes kannte nur das sommerliche Paris, mit klarem Himmel, doch als nun die grauen Wolken tief über der Stadt hingen, wirkte sie so überfüllt und eng, dass sie kaum noch atmen konnte. Sie war heilfroh, dass sie in ihr Zimmer im Hotel Londres flüchten konnte, wo sie den ganzen Nachmittag darüber nachdachte, wie sie Madame Valentine dazu bewegen könnte, Genevieves Aufenthaltsort preiszugeben. Nach einem gemeinsamen Abendessen mit Julius zog sie sich zurück und las – eine Gespenstergeschichte von Mrs Oliphant, die Julius ihr gekauft hatte –, bis ihr die Augen zufielen. Sie löschte das Licht.

Doch der Schlaf wollte sich nicht einstellen. Ihre Gedanken überschlugen sich, jagten durch ihren Kopf. Abwechselnd nickte sie ein, schreckte hoch, döste wieder, nur um erneut aufzuwachen, bis sie weit nach Mitternacht endgültig wach war und dem Regen lauschte, der gegen die Fensterscheiben prasselte.

Sie stand auf, schlüpfte in ihren Morgenrock und zog die Vorhänge zur Seite, um auf die stille Straße hinauszublicken. Die Bars und Tanzlokale hatten mittlerweile geschlossen. Das Licht der Gaslaternen spiegelte sich in den Pfützen. Die Stadt schlief. Sie dachte an Julius, der friedlich in seinem Zimmer im Stockwerk über ihr schlummerte. An Molly, die irgendwo in einem Krankenbett lag. Und an Madame Valentine in ihrer

Wohnung auf dem Boulevard des Italiens. Sie alle schliefen tief und fest, während Agnes im Gespinst ihrer Gedanken gefangen war.

Die Concierge. Die alte Frau im Haus von Madame Valentine. Auch sie schlief bestimmt. Ein Plan begann in Agnes' Kopf Gestalt anzunehmen.

Sie zog sich an und schlüpfte in ihre Schuhe. Das Geräusch der sich öffnenden und schließenden Zimmertür schien wie ein Kanonenschlag von den Korridorwänden widerzuhallen. Sie huschte die Treppe hinunter, durch das mit schwarz-weißen Fliesen ausgelegte Foyer des Hotels, und trat auf die regennasse Straße hinaus.

Agnes hatte sich so sehr darauf konzentriert, unbemerkt nach draußen zu gelangen, dass sie nicht daran gedacht hatte, einen Schirm mitzunehmen – eigentlich besaß sie noch nicht einmal einen. Der einzige, den sie je besessen hatte, war das ramponierte Exemplar, das Julius ihr nach ihrem ersten Besuch überlassen hatte, und sie würde ihn bestimmt nicht wecken und ihn ein zweites Mal darum bitten. Die leeren, regennassen Straßen waren eher vorteilhaft für sie. Zwei Betrunkene torkelten lachend an ihr vorbei, doch ansonsten war weit und breit niemand zu sehen. Obwohl Agnes dicht an den Häusern entlangging, war sie innerhalb kürzester Zeit nass bis auf die Haut. Der Regen sickerte ihr in den Kragen, und ihre Schuhe quietschten beim Gehen, doch das nahm sie in Kauf. Bei diesem Wetter würde es ihr mühelos gelingen, unbemerkt am Zimmer der Concierge vorbei und hinauf zu Madame Valentines Wohnung zu gelangen. Sie würde sie wecken und sich schlicht weigern zu gehen, bis sie ihr verraten hatte, wo Genevieve steckte. Wie sie genau vorgehen würde, darüber wollte sie lieber nicht nachdenken. Details waren etwas für Mutlose. In der Ferne hörte sie eine Kirchenglocke drei Uhr schlagen. Es war totenstill, sodass sie sogar das leise Fauchen der Gaslampen hören konnte.

An der Straßenecke bemerkte sie einen Mann, der unter einer Markise stand, aufrecht und reglos wie eine Statue. Sie verlangsamte ihre Schritte. Ein Gendarm, sie erkannte seine Uniform mit dem langen Kavalleriesäbel. Agnes überquerte die Straße, bog in eine schmale Gasse ein und erreichte einen breiten Boulevard mit Geschäften. Sie passierte das Geschäft eines Juweliers und eines Kurzwarenhändlers, eine Buchbinderei und ein Schneideratelier. Schließlich gelangte sie zum Boulevard des Italiens. Der Regen ließ ein wenig nach. Mit beiden Händen fuhr sie sich über das nasse Gesicht. Endlich stand sie vor Madame Valentines Wohnhaus. Sie drückte die große Messingklinke herunter.

Abgeschlossen. Natürlich.

Am liebsten hätte Agnes sich geohrfeigt. Wie hatte sie so naiv sein können? Schließlich war es drei Uhr morgens. Wenn sie läutete, weckte sie bloß die Concierge.

Welches Fenster gehörte wohl zu Madame Valentines Wohnung?

Sie zählte die Stockwerke. Apartment drei lag sicherlich in der dritten Etage. Sie warf einen Kieselstein, doch er prallte am Sims im zweiten Stockwerk ab.

Agnes sah sich um. Ihr Blick fiel auf den Wagen eines Straßenverkäufers. Er war für die Nacht abgestellt worden, die eine Seite neigte sich leicht, und das Dach war zu steil, aber es war einen Versuch wert… Agnes sammelte eine Handvoll Kieselsteine ein und stellte sich auf das Trittbrett. Ihr Knöchel schmerzte, und sie brauchte einen Moment, um ihr Gleichgewicht zu finden. Dann kletterte sie auf das Dach. Erneut zählte sie die Fenster. Als sie sicher war, das richtige gefunden zu haben, bombardierte sie es mit den kleinen Steinen. Die ersten beiden verfehlten ihr Ziel, der dritte und vierte hingegen trafen. Sie wartete. Nichts. Weiter. Fünf, sechs, sieben.

Ein Licht ging an. Agnes warf einen weiteren Stein. Er

prallte an der Hausmauer ab und landete vor dem Eingang. Das Fenster wurde geöffnet, und Madame Valentines Kopf erschien.

»Sie?«, sagte sie. »Verschwinden Sie, sonst rufe ich die Polizei.«

»Sagen Sie mir, wo Genevieve ist«, rief Agnes.

»Seien Sie ruhig. Sie wecken noch meine Tochter. Verschwinden Sie.«

»Ich werde nicht gehen und noch viel mehr Lärm machen. Sie müssen mir bloß verraten, wo …«

»Shhh!«, zischte sie und hielt inne. »Sie sind ja pitschnass.«

»Ich muss wissen, wo sie ist.«

Agnes konnte Madame Valentines Gesicht nicht erkennen, doch sie registrierte eine Veränderung in ihrer Körperhaltung. Sie überlegte.

»Warten Sie«, sagte sie schließlich. »Ich komme herunter.« Das Fenster wurde geschlossen.

Vorsichtig kletterte Agnes von dem Verkaufskarren herunter und wartete an der Haustür. Eine halbe Ewigkeit verging. Sie dachte bereits daran, die anderen Fenster mit Steinen zu bewerfen, als das Schloss entriegelt wurde. Die Tür schwang auf, und Madame Valentine erschien, im Morgenrock und mit einer Lampe in der Hand. »Kommen Sie schon herein«, sagte sie. »Wie war Ihr Name noch mal?«

»Agnes.«

»Wie alt sind Sie?«

»Neunzehn, Ma'am.«

»Mit neunzehn hat wohl jeder bloß Unsinn im Kopf«, brummte Madame Valentine und führte sie die Treppe hinauf. Agnes hinterließ eine nasse Spur auf den Stufen. Im dritten Stock öffnete Madame Valentine die Wohnungstür, und Agnes trat ein.

Madame Valentine stellte die Lampe auf einen Beistelltisch. Das Zimmer war sauber, aber klein und dunkel, der Teppich fadenscheinig, die Polster abgenutzt, die Messingbeschläge stumpf – sichtbare Zeichen für die schweren Zeiten, die die Familie durchlebte. Madame Valentine deutete auf ein schmales Sofa, setzte sich neben sie und schlang ihren Morgenrock enger um sich.

»Danke, Madame Valentine«, sagte Agnes. Sie fror, doch sie merkte es kaum, weil sie viel zu aufgeregt war.

»Sie können Rashmi zu mir sagen.«

Agnes nickte.

»Also, Sie wollen unbedingt wissen, wo Ihre Mutter ist?«, fragte Rashmi.

»Ja. Ich habe sie nur einmal gesehen, aber sie hat mich nicht erkannt. Wir sind uns … entfremdet. Es ist mein sehnlichster Wunsch, sie zu treffen.«

»Haben Sie schon mal die Redewendung ›Überleg genau, was du dir wünschst, denn es könnte in Erfüllung gehen‹ gehört?«

Agnes nickte. »Ja.«

»Wenn Sie wissen wollen, wo Genevieve ist, müssen Sie mir auch erlauben, Ihnen zu sagen, wer sie wirklich ist.«

Agnes versuchte, sich ihre Ungeduld nicht anmerken zu lassen. »In Ordnung. Wenn Sie es unbedingt wollen.«

»Sie sind ein sehr forderndes Mädchen. Es besteht kein Zweifel, dass Sie mit ihr verwandt sind.«

Agnes konnte einen Anflug von Stolz nicht leugnen.

In diesem Moment ging die Tür auf. Ein kleines Mädchen kam herein und rieb sich die Augen. Sie hatte dunkles Haar wie ihre Mutter, jedoch milchig weiße Haut. Agnes schätzte sie auf etwa zwölf.

»Mama?«, sagte das Mädchen.

»Geh wieder ins Bett, Schatz. Ich muss mit dieser Dame hier sprechen, sie ist weg, wenn du morgen früh aufwachst.«

Das Mädchen blickte Agnes an. Agnes erinnerte sich noch, wie sie sich mit zwölf gefühlt hatte; in einem Körper gefangen zu sein, der in alle Richtungen gleichzeitig zu wachsen schien. Sie lächelte dem Mädchen freundlich zu. »Ich bleibe nicht lange, versprochen«, sagte sie.

Rashmi erhob sich, legte den Arm um das Mädchen und sagte leise etwas, worauf die Kleine ins Bett zurückkehrte. Rashmi setzte sich wieder zu Agnes.

»Sind Sie bereit?«

Agnes nickte.

Rashmi blickte zur Lampe hinüber. »Meine Familie handelt seit über achtzig Jahren mit Tee. Meine Mutter stammte aus Darjeeling, ich wurde als Tochter eines englischen Vaters in London geboren. Ich habe meine Mutter nie kennengelernt. Sie starb bei meiner Geburt. Ich war das einzige Kind aus dieser Ehe und bin sehr behütet aufgewachsen. Mein Vater hat nicht wieder geheiratet und dafür gesorgt, dass ich nur das Allerbeste bekomme, auch den besten Ehemann, den man sich vorstellen kann, als ich zwanzig wurde. Einer seiner Kollegen hatte einen Sohn, Saul. Saul Valentine. Wir haben eine Woche nach meinem einundzwanzigsten Geburtstag geheiratet. Er und mein Vater haben gemeinsam Geschäfte gemacht. Saul war der festen Überzeugung, dass man aus Ceylon einen ebenso guten Tee einführen kann wie aus Indien. Das Hochland, wo es kühl ist und viel regnet, erschien ihm am besten für den Anbau geeignet. Vater hat Saul Geld gegeben, damit er sich auf die Reise machen und eine Teeplantage aufbauen kann. Er hat Land in der Gegend um Kandy gekauft – nur ein kleines Stück, acht Hektar – und eine Fabrik errichtet. Anfangs glaubte niemand, dass es klappen würde. Ceylon stand für Zimt, Indien für Tee. Aber innerhalb von zwei Jahren traf die erste Lieferung in London ein. Hundert Pfund ceylonesischer Tee. Er kaufte noch mehr Land, baute noch mehr Tee an. Andere Hersteller kamen und versuchten ihr Glück, aber Valentine Tee genoss über fünf Jahre hinweg ein hohes Ansehen. Die Geschäfte liefen hervorragend.« Sie hielt inne.

»Natürlich haben wir uns nicht gesehen. Er war ständig in Ceylon. Er hatte ein Haus auf der Plantage und eines in Colombo. Ich habe ihn immer gebeten, ihn begleiten zu dürfen, aber er wollte es nicht. Ich habe ihn geliebt, auf meine Weise … natürlich habe ich ihn so selten gesehen, dass ich eine Art Fantasieversion von ihm erfunden habe, die vermutlich nicht ganz der Wirklichkeit entsprach. Für mich war er ein schwer arbeitender, engagierter, treuer, loyaler Mann, aber in Wahrheit besaß er keine einzige dieser Eigenschaften. Unsere Tochter kam erst nach sechs Jahren Ehe zur Welt. Nach ihrer Geburt blieb er sechs Monate bei uns. Ich dachte, weil er mit uns zusammen sein wollte, aber heute ist mir klar, dass um diese Zeit das Geschäft in die Binsen ging. In jenem Jahr habe ich meinen Vater verloren und war sogar dankbar, dass er nicht miterleben musste, wie Sauls Geschäfte uns in den Ruin trieben.« Rashmi wandte den Kopf und sah Agnes an. »Mein armer Vater. Kannten Sie Ihren Vater, Agnes?«

»Nein. Und ich habe auch keinerlei Bild vor Augen«, antwortete Agnes.

»Genevieve hatte sicher viele Männerbekanntschaften. Womöglich ist sogar Saul Ihr Vater. Allerdings kann ich nichts von ihm an Ihnen erkennen. Aber Sie können sie ja fragen, wenn Sie sie sehen. Sie scheint mir keine Frau zu sein, die es stört, wenn man sie auf ihre vielen Liebschaften anspricht.« Wieder hielt Rashmi inne. »Wie auch immer, in London waren uns jedenfalls viele Gläubiger auf den Fersen. Um diese Zeit hat Saul angefangen, mit Valois Geschäfte zu machen. Er ist ein ganz übler Schurke.«

Agnes nickte heftig. »Oh ja, ich kenne ihn.«

»Bis heute weiß ich nicht genau, wie Saul derart in eine

finanzielle Schieflage geraten konnte, aber vermutlich war es eine Mischung aus falscher Unternehmensführung und Spekulationen, außerdem konnte er nicht länger als ein paar Stunden nüchtern bleiben.« Sie schüttelte den Kopf. »Wir sind nach Paris gezogen. Saul hat eine schöne Wohnung für uns gekauft, und ich war überzeugt, wir könnten endlich glücklich sein. Er war weiter auf Reisen, während Valois sich um den Aufbau des Geschäfts hier gekümmert hat. Wir haben eine Reihe von Hotels als Kunden gewonnen, und eine Zeit lang lief es gut. An mehreren Tagen in der Woche habe ich im Geschäft mitgearbeitet, um Lohnkosten zu sparen. Unsere Tochter habe ich mitgenommen. Ich habe geholfen, den Tee zu wiegen und zu verpacken, habe die Rechnungen geprüft und solche Dinge. Dann kehrte Saul von einer Reise nach London zurück und meinte, wir müssten mehr Leute einstellen, damit ich mich wieder der Erziehung unserer Tochter widmen könne. Da kam Genevieve zu uns. Anfangs hatte ich keine Ahnung, wer sie ist. Sie hat kein Wort darüber verlauten lassen, dass sie aus einer adligen Familie stammte. Sie hatte keinerlei Allüren und hat immer und überall mit angepackt, war sich für keine Arbeit zu schade. Innerhalb kürzester Zeit hat sie sich unentbehrlich gemacht. Sie hat die Hotels besucht und die Direktoren beschwatzt, damit sie bei uns bestellen oder ihre Abnahmemengen erhöhen. Valois hat ein Apartment in der Rue du Temple für sie angemietet, und innerhalb von vier Monaten waren wir die erfolgreichsten Teehändler von ganz Paris. Genevieve hat mit eiserner Hand regiert. Die Angestellten konnten sie nicht ausstehen, aber sie war unglaublich erfolgreich. Saul hat ununterbrochen von ihr geschwärmt. Abends blieb er länger im Geschäft, um mit ihr seine Pläne zu besprechen. Zumindest hat er das behauptet.« Sie schürzte die Lippen und schwieg einen Moment, ehe sie fortfuhr.

»In Wahrheit kannte er sie bereits einige Jahre. Zumindest

seit unsere Tochter geboren worden war. Ich habe keine Ahnung, wann aus ihrer Freundschaft Liebe wurde, aber sie bei Valentine und Valois anzustellen, war keinesfalls eine geschäftliche Entscheidung gewesen, auch wenn es für unsere Firma Gold wert war. Natürlich ahnte ich nichts von alldem. Inzwischen ließ ich mich kaum mehr im Geschäft blicken, weil ich Valois so verabscheut habe. Und wenn doch, war Genevieve geradezu unerträglich nett zu mir. Eine Zeit lang kam sie sogar mehrmals pro Woche vorbei, wenn Saul auf Reisen war. Ich fand sie merkwürdig, habe aber um des Geschäfts willen nichts gesagt. Sie blieb zum Abendessen und spielte mit meiner Tochter, die sie verständlicherweise vergötterte. Genevieve war bildschön und hatte dieses innere Leuchten, zu dem wir anderen im Vergleich nur trist und leblos wirkten. Aber ich wusste, dass sie im Grunde genommen bei Weitem nicht so nett war, weil ich mitbekommen habe, wie sie die Angestellten im Laden behandelt hat und mit meinen Dienstboten umgesprungen ist, sogar mit dem Kindermädchen, das ein Engel auf Erden war. Ich habe immer gespürt, dass sie etwas Gemeines an sich hat, und bis zum heutigen Tag weiß ich nicht, was ihre ständigen Besuche sollten, höchstwahrscheinlich wollte sie Teil von Sauls Leben sein, während er auf Reisen war.« Sie seufzte und schwieg. Der Regen hatte nachgelassen.

»Sie hat sich in meinem Haus breitgemacht, in meinem Leben, im Leben meiner Tochter«, sagte Rashmi schließlich. »Es kam mir so vor, als hätte sie sich in alles hineingedrängt, was mir lieb und teuer war. Aber dann verschwand sie plötzlich. Ich wusste nicht, warum, und habe auch nicht weiter gefragt. Ich dachte, sie sei endgültig fort, und war erleichtert.« Sie zuckte mit den Schultern. »Eine Närrin war ich. Acht Monate später kehrte Saul aus Celyon zurück, und ich bekam mit, wie er mit Valois über Genevieve redete. Er hatte sie mitgenommen! Sie sollte die Geschäfte in Kandy auf Vordermann bringen, aber diesmal lief es nicht so gut wie sonst. Saul war damals zwar das Risiko eingegangen, Tee in Ceylon anzupflanzen, aber sein Erfolg hatte auch andere inspiriert, und er war längst nicht mehr allein auf dem Markt. Ich musste folglich damit leben, dass mein Mann in Übersee mit Genevieve zusammen war. Und wenn er in Paris war, verhielt er sich mir gegenüber kühl. Manchmal saß er in seinem Sessel am Kamin und starrte ins Leere, und ich wusste genau, dass er an sie dachte.« Sie zögerte.

»Danach habe ich Genevieve nur noch ein oder zwei Mal gesehen. Sie hielt sich tunlichst von mir fern. Keine Besuche mehr. Die Geschäfte gingen zunehmend den Bach runter. Saul hatte in eine Teeplantage in einem anderen Teil Ceylons investiert, doch die Ernte war nicht annähernd so gut, um die Kosten zu decken. Er begann, Sachen zu verkaufen, darunter auch unsere wunderschöne Wohnung. Als ich hier einzog, versprach er mir, dass es nicht für immer wäre, aber jetzt wird sich daran wohl nichts mehr ändern, denn mein Ehemann ist fort, und ich garantiere Ihnen, dass Genevieve bei ihm ist. Das Geschäft läuft mehr schlecht als recht, und Valois schickt mir jede Woche etwas Geld. Deshalb bleibe ich hier. Aber wir leben nicht mehr annähernd so gut wie früher, und meine Familie in England will mir nicht helfen. Sie sind alle wütend, weil so viel von dem Vermögen meines Vaters in Sauls schlecht verwaltete Geschäfte geflossen ist.« Sie breitete die Arme aus und fuhr mit erschöpfter Stimme fort. »Aber was soll ich tun? Ich habe eine Tochter großzuziehen, aber weit und breit ist niemand, der mir helfen könnte, einen angemessenen Ehemann für sie zu finden, und ich bin zu arm, um eine attraktive Frau aus ihr zu machen. Vermutlich wird sie für ihren Lebensunterhalt arbeiten müssen. Sie ist noch so klein und so zart, und ich fürchte das Schlimmste, was ihre Zukunft betrifft. Genevieve hingegen hat sich nie um die Zukunft meiner Tochter geschert, sondern sich genommen, was sie haben wollte. So ist sie.«

Agnes bemühte sich, das Gesagte zu verdauen und sich ihre eigene Meinung zu bilden. »Wo ist sie jetzt?«, fragte sie nach einer Weile.

»Ich konnte Sie also nicht überzeugen, dass Sie ohne sie besser dran sind?«

Agnes schüttelte den Kopf.

»Nun gut«, sagte Rashmi. »Sie ist in Ceylon. Entweder auf der Plantage in Kandy oder im Haus in Colombo. Ich kann Ihnen beide Adressen geben.«

Agnes wurde schwer ums Herz. Genau vor dieser Antwort hatte sie sich gefürchtet. »Sie ist also nicht in Paris?«

»Sie würde es nicht wagen, sich hier noch einmal blicken zu lassen. Genauso wie Saul. Er ist seit Jahren nicht mehr hier gewesen. Wahrscheinlich genießen die beiden ihr Glück, und ich wünsche ihnen alles erdenklich Gute.« Rashmi lächelte bitter. »Wie weit würden Sie gehen, um sie zu finden?«

KAPITEL 13

☆

Wie weit würden Sie gehen, um sie zu finden?

Wieder und wieder grübelte Agnes über die Frage nach, als sie in ihrem Bett lag. Sie hatte sich die nassen Sachen ausgezogen und war in ihr Nachthemd geschlüpft, trotzdem fror sie bitterlich. Das erste Tageslicht drang herein.

Das ist mir egal. Notfalls bis ans Ende der Welt!, dachte sie. Selbst Gracie Badger mit ihrem schlichten Gemüt hatte es nach Kalkutta verschlagen. Gleichzeitig hatte Agnes große Zweifel. Gracie hatte Cole, der für sie sorgte und sie beschützte, aber eine so weite Reise allein zu unternehmen, könnte gefährlich sein. Bislang war sie von York nach London und schließlich nach Paris gekommen, aber wenn sie ehrlich war, hatte sie diese Reise nur mit Müh und Not überstanden. Wie sollte sie ein Schiff finden, das dorthin fuhr? Wovon sollte sie leben, wo unterkommen, wenn sie erst einmal dort war? Und selbst wenn sie all diese Fragen geklärt hätte, wüsste sie immer noch nicht, wie ein Zusammentreffen mit Genevieve verlaufen würde.

Genevieve. Das Bild ihrer Mutter wurde immer klarer. Verständlicherweise hatte Rashmi kein gutes Haar an ihr gelassen, aber das konnte man ihr wohl kaum verdenken. Sie glaubte, Genevieve hätte ihre Ehe zerstört, obwohl es auf der Hand lag, dass ihr eigener Ehemann dafür verantwortlich war. Er hatte sich bis über beide Ohren verschuldet, zu viel getrunken, sich aufgeführt, als gehöre ihm die ganze Welt, und war ins Bodenlose gestürzt, als er herausgefunden hatte, dass es nicht so war. Aber lief es nicht immer so? Man gab der Frau die Schuld, obwohl selbst ein Blinder sah, dass der Mann das Ganze in den Sand gesetzt hatte.

In Wahrheit trat Genevieves Lebensgeschichte sogar aufgrund jener Details, die Rashmi nicht kannte oder unterschlagen hatte, deutlicher zutage: Genevieve war vor ihrem gewaltbereiten Ehemann aus London geflohen, hatte Arbeit bei einem Teehändler gefunden und seinem Geschäft zum Erfolg verholfen. Sie hatte sich bemüht, ihrem Boss und seiner Familie eine gute Freundin zu sein, war ans andere Ende der Welt gereist, um ihre Fähigkeiten unter Beweis zu stellen, was als Frau nicht unbedingt gern gesehen wurde. Und vielleicht hatte sie sich tatsächlich in Saul Valentine verliebt. Und das Herz eines anderen konnte man lediglich für sich gewinnen, wenn sich derjenige ohnehin bereits von dem Menschen abgewandt hatte, dem es einst gehörte. Vielleicht war Saul nicht nur wegen des Geschäfts auf Distanz zu Rashmi gegangen.

Wieder gab es kleine, aber nicht zu leugnende Beweise, die darauf hindeuteten, dass ihre Mutter auch ihre guten Seiten hatte, trotz der harschen Kritik an ihr. Und offenbar ließ sie sich wirklich von niemandem sagen, was sie zu tun und zu lassen hatte. Genevieve schien sich selbst stets treu geblieben zu sein. Und das war eine bewundernswerte Eigenschaft. Die arme Marianna – ihr Leben war das genaue Gegenteil. Ihre Welt hatte sich immer weiter verkleinert, während Genevieves Leben sich entfaltet hatte.

Agnes schloss die Augen und dachte an Ceylon. Alles, was sie über die Insel wusste, hatte sie in Perdita Hall gelernt. Zimt und Schlangen gab es dort.

Als die Sonne aufging, schlief sie endlich ein.

Am späten Vormittag erschien die kleine, grauhaarige Schneiderin mit den Kleidern.

»Mademoiselle Agnes«, sagte sie. »Sind Sie bereit?«

Bis zum Mittagessen probierte Agnes die Kleider an und gestattete der Schneiderin zu raffen und abzustecken, während sie reglos wie eine Statue dastand. Verzückt schwelgte sie in den Träumen aus Seide, Satin und Spitze und vergaß für einige Stunden ihre Sorgen: ein Kleid war aus roter Seide, ein anderes aus hellrosa Taft besaß einen schmal geschnittenen Rock mit einer üppigen Tournüre, nicht zu vergessen das Reisekleid aus grau-schwarz gestreiftem Baumwollstoff. Die Schneiderin präsentierte ihr Tageskleider und eine atemberaubende blaue Abendrobe mit breitem Ausschnitt, der gerade eben die Schultern bedeckte und mit Schleifen und Spitze besetzt war, und mit einer langen Schleppe. Zudem hatte die Schneiderin Hauben, Hüte, Handschuhe und sogar Schuhe mitgebracht, aus denen sie auswählen konnte. Sie schnalzte mit der Zunge und murmelte etwas auf Französisch, während Agnes die Kleider anprobierte. Am Ende ließ sie vier da, die ihrem Urteil nach perfekt passten, und versprach, die restlichen Sachen bis zum Ende der Woche vorbeizubringen.

Wieder allein, schlüpfte Agnes in ein weiches blaues Sommerkleid aus erstklassiger tschechischer Seide und Baumwolle, das mit großer Fertigkeit genäht worden war. Als sie umherging, spürte sie, dass ihr Knöchel nach ihrem nächtlichen Ausflug wieder stärker schmerzte. Ob sie wohl so elegant aussah, wie sie sich fühlte? Als Julius nachmittags eine Nachricht schickte und sie zum Abendessen einlud, nahm sie das blaue Abendkleid aus dem Schrank und strich liebevoll mit den Fingern darüber.

Julius reichte Agnes die Hand und half ihr beim Einsteigen in die Kutsche, wobei sein Blick auf ihren Knöchel fiel.

»Was haben Sie angestellt?«, fragte er sie milde tadelnd.

»Ich weiß, er ist wieder ein wenig angeschwollen. Nun machen Sie doch kein so pampeliges Gesicht.«

»Mache ich doch gar nicht. Zumindest glaube ich es nicht, weil ich nicht sicher bin, was das Wort überhaupt bedeutet.« Er stieg in die Kutsche und nahm neben ihr Platz. »Soll ich ihn mir mal ansehen?«

»Das wird in einer offenen Kutsche mitten auf der Straße wohl kaum möglich sein«, bemerkte sie lachend und verpasste ihm einen Klaps mit ihrem Fächer. »Außerdem habe ich gehofft, Sie würden eher mein nagelneues Abendkleid bemerken und nicht meinen geschwollenen Knöchel.«

Mit einem leichten Ruck setzte sich die Kutsche in Bewegung, und der Kutscher fädelte sich in den Verkehr auf dem breiten Boulevard ein. »Natürlich habe ich es bemerkt, nur haben mir die Worte gefehlt, um zu beschreiben, wie wunderschön Sie darin aussehen.«

Agnes wandte den Blick ab und verkniff sich ein Lächeln.

Der Regen hatte aufgehört, und auf den Straßen herrschte reges Treiben. Es war noch nicht dunkel.

»Wohin fahren wir eigentlich?«, fragte sie.

»Wir besuchen eine frühe Opernaufführung, und danach essen wir zu Abend. Ich hoffe, das ist in Ihrem Sinne?«

»Ich war noch nie in der Oper.«

»Dann freut es mich sehr, dass ich derjenige bin, der Ihnen eine ganz neue Welt eröffnet«, gab er zurück.

Die Kutsche rollte durch die Straßen und Boulevards, vorbei an Geschäften, Cafés und Hotels. Sie hielten vor einem Gebäude im 2. Arrondissement, und Julius half ihr beim Aussteigen. Sie stellten sich in eine Schlange gut gekleideter Herrschaften, die die Treppe hinauf durch einen hohen Torbogen bis ins Innere des Gebäudes verlief. »Hier hinauf«, sagte er und legte seine Hand auf ihren Ellbogen. »Der Gehsteig ist kein Ort für eine Dame.«

Das Foyer der Oper war schwach erleuchtet, und die Messingbeschläge schimmerten im Schein der Lampen. Sie gingen mit den anderen Gästen in den Saal.

Agnes schnappte nach Luft. Die cremefarbene, gewölbte Decke war mit Blattgold verziert. Sie befanden sich in der obersten Etage, von der aus sich ein Blick über sämtliche Logen bot. Die Balkone hatte goldfarbene Verzierungen und waren mit rotem Samt gepolstert. Über der Bühne befand sich ein hoher, reich verzierter Bogen, der von einem mindestens drei Meter großen Engel links und rechts gehalten wurde. Der schwere, reich bestickte Vorhang bestand aus Goldbrokat. Gaslampen erhellten die mit dunkelroten Wandtapeten ausgestatteten Logen. Angesichts der eindrucksvollen Pracht fühlte Agnes sich klein und unbedeutend, doch es war keineswegs ein unangenehmes Gefühl. Vielmehr freute sie sich, dass so etwas Wunderbares überhaupt existierte.

»So etwas Schönes habe ich noch nie gesehen«, sagte sie zu Julius.

»Warten Sie erst, bis Sie die Oper gesehen haben«, meinte er. »Sie ist noch großartiger als die Ausstattung.«

Doch die Oper selbst entpuppte sich nicht als das Aufregendste. So hübsch sie die Kostüme auch fand, konnte sie die schmetternden Stimmen und ohrenbetäubenden Crescendos nur mit Mühe ertragen. Den Großteil der Aufführung brachte sie damit zu, die Gäste in den anderen Logen zu beobachten und sich auszumalen, wer sie wohl waren und was sie taten. Julius dagegen lauschte sichtlich berauscht der Musik. Seine Augen leuchteten. Während einer langsamen, getragenen Arie legte er für einen Moment seine Hand auf ihr Handgelenk und blickte sie voller Verzückung an. Die heißen Finger auf ihrer Haut versetzten auch Agnes in Verzückung, wenngleich aus anderen Gründen. Sie hätte noch ewig in der Loge sitzen können, doch ihr Magen begann lautstark zu knurren, und obwohl sie die Wärme seiner Berührung schmerzlich vermisste, war sie froh, dass die Oper vorüber war.

Wieder mussten sie sich anstellen, doch diesmal dauerte es nicht so lange, weil die Stammgäste aus den oberen Logen als Erste das Haus verlassen durften. Sie traten in die frische Abendluft. Inzwischen brannten überall die Straßenlampen, sodass es beinahe so hell war wie tagsüber. Essensdüfte stiegen Agnes in die Nase, und ihr lief das Wasser im Mund zusammen.

»Ist es weit zu dem Restaurant?«, fragte sie.

Julius deutete auf die andere Straßenseite. »Gleich da drüben«, sagte er. »Überleben Sie so lange, was meinen Sie?«

»Ich hoffe es«, gab sie lächelnd zurück.

Sie warteten auf eine Lücke im Verkehr, überquerten die Straße und betraten das Restaurant mit den hohen Decken und den hübschen Tapeten. Direkt neben dem Eingang befand sich ein Stehpult mit einer Lampe. Ein Mann trat hervor, begrüßte Julius auf Französisch und führte sie zu einem Tisch im hinteren Teil des Restaurants, wo es nicht so hell und ruhiger war. Agnes setzte sich auf die lange, gepolsterte Bank, während Julius auf dem Stuhl ihr gegenüber Platz nahm. Ein Kellner erschien, und Agnes erlaubte Julius, für sie zu bestellen – ihr Französisch war so stümperhaft, dass sie ohnehin keine Ahnung hatte, was auf der Speisekarte stand.

Sie unterhielten sich über die Oper und die Aufführung, über Paris und darüber, wie strahlend und prachtvoll alles hier im Vergleich zu London war. Ihr Essen wurde serviert, und Agnes genoss das zarteste Rindfleisch, das sie je probiert hatte. Julius hatte eine Flasche Wein bestellt und war verblüfft, dass Agnes noch nie zuvor Wein getrunken hatte, und nach dem ersten Schluck beschloss sie, es auch weiterhin so zu halten.

Schließlich verließen sie das Restaurant und bestiegen die wartende Kutsche.

»Ich schlage eine kleine Rundfahrt durch Paris bei Nacht vor«, sagte Julius. »Eigentlich hätte es ein Spaziergang werden sollen, aber mit Ihrem Knöchel …« Er beugte sich kurz vor, um dem Kutscher die Route zu nennen.

»Sie haben mir noch gar nicht erzählt, warum er wieder angeschwollen ist«, sagte er.

»Nun ja, ich wollte nicht, dass Sie sich Sorgen machen«, gab Agnes zurück.

»Inzwischen kenne ich Sie gut genug. Mich um Sie zu kümmern, bedeutet, dass ich mir Sorgen um Sie machen muss.«

Agnes wiederholte die Worte im Geiste. *Mich um Sie zu kümmern.* Natürlich tat er das, aber es so unverblümt aus seinem Mund zu hören, löste ein wohliges, warmes Gefühl in ihr aus, das sie nicht recht einzuordnen vermochte.

Julius blickte sie immer noch erwartungsvoll an, während hinter ihm die Lichter der Stadt vorüberflogen.

»Ich war noch einmal bei Madame Valentine.«

»Wann?«

»In den frühen Morgenstunden. Gegen drei.«

»Agnes! Es hat die ganze Nacht wie aus Eimern geschüttet!«

»Das ist richtig. Ich war nass bis auf die Haut, aber sie hat mich hereingelassen und mir verraten, wo Genevieve ist.«

»Und zwar?«

»In Ceylon.«

Julius presste die Lippen aufeinander. Agnes wartete. »Sie überlegen doch nicht ernsthaft, nach Ceylon zu reisen, oder?«

»Nun ja, natürlich denke ich darüber nach. Laut Rashmi – so heißt Madame Valentine mit Vornamen – lebt Genevieve mit Saul Valentine zusammen, entweder auf der Teeplantage oder in seinem Haus in Colombo.«

»Das ist doch Unsinn!«, stieß Julius aufgebracht hervor. »Wie wollen Sie denn dort hinkommen? Wovon wollen Sie leben, und wer soll auf Sie aufpassen? Agnes, Sie müssen sich das sofort aus dem Kopf schlagen. Ich verbiete Ihnen, so eine Reise auch nur in Erwägung zu ziehen.«

Dies genügte, um Agnes' Entschluss, die Reise anzutreten, zu festigen. »Wer sind Sie, dass Sie glauben, mir etwas verbieten zu können?«, fragte sie leichthin.

Augenblicklich schlug er einen anderen Ton an. Er packte ihre Hände und drückte sie an seine Brust. »Bitte vergeben Sie mir. Sie müssen mir vergeben, Agnes. Es steht mir nicht zu, so mit Ihnen zu reden. Ich ertrage nur die Vorstellung nicht, dass Sie ganz allein eine so weite Reise machen wollen.«

»Um Ihre Frage zu beantworten, wie ich für meinen Lebensunterhalt sorgen und wer auf mich aufpassen würde … nun ja, ich würde eine Stellung auf dem Schiff annehmen und mich unter den Schutz des Kapitäns und der Crew begeben. Ich scheue keine niedrigen Arbeiten, was Madame Beaulieu gewiss bestätigen würde.«

Bei der Erwähnung der Bordellbesitzerin zuckte Julius zusammen.

»Sie können mich nicht aufhalten, Julius.«

Behutsam ließ er ihre Hand sinken. »Je länger wir uns kennen, umso besser verstehe ich Sie«, sagte er. »Sind Sie offen für einen vernünftigen Vorschlag?«

»Vielleicht.«

»Auf den Briefen, die Genevieve mir geschrieben hat, stand lediglich die Adresse des Teehändlers als Absender. Ich dachte mir schon, dass sie nicht dort wohnt.«

»Das stimmt. Rashmi hat gesagt, sie hätte in der Rue du Temple ein Apartment gehabt.«

»Aber diese Adresse hat sie niemals angegeben.«

»Was wollen Sie damit andeuten?«, fragte Agnes, obwohl sie es bereits ahnte. Es gefiel ihr ganz und gar nicht.

»Genevieve wollte nicht gefunden werden. Von mir nicht. Und womöglich auch von niemandem sonst. Es sieht so aus, als hätte sie uns beide im Stich gelassen. Sie hat seit Jahren nicht mehr geschrieben, und aus ihren Briefen geht auch nicht hervor, wo sie lebt. Wenn Sie tatsächlich nach Colombo reisen, sollten Sie im Hinterkopf behalten, dass Genevieve womöglich nicht an einem Zusammentreffen interessiert ist.«

Agnes schüttelte den Kopf. »Sie hat mir den Knopf hinterlassen, als sie mich in Perdita Hall abgegeben hat. Das hätte sie wohl kaum getan, wenn sie sich nicht irgendwo tief im Herzen danach sehnen würde, mich persönlich kennenzulernen.« Agnes war so empört, dass sie leidenschaftlicher denn je davon überzeugt war. Sie würde ein Schiff nach Ceylon besteigen, wenn auch nur, um ihm zu beweisen, dass er sich irrte.

Sie sahen einander an. Über das Hufklappern und das Knarren der Kutschräder hinweg ertönten Kirchenglocken.

»Nun«, sagte Julius schließlich, »dieser Abend hat eine ganz andere Wendung genommen, als ich es mir erhofft hatte.«

»Worauf haben Sie denn gehofft?«, fragte Agnes.

»Das spielt jetzt keine Rolle«, gab er zurück. »Ich kann Sie unter keinen Umständen allein auf einem Schiff nach Ceylon reisen lassen. Das ist völlig ausgeschlossen, wenn Sie tatsächlich ... zur Familie gehören.«

»Sagen Sie mir nicht, was ...«

»Agnes, beruhigen Sie sich und hören Sie mir zu. Wir ... ich komme für sämtliche Kosten auf. Sie fahren mit einem Passagierdampfer, was schneller geht, und zwar durch den Suezkanal. Sie bekommen eine Kabine in der ersten Klasse, das ist viel sicherer.«

Agnes' Herzschlag beschleunigte sich. »Ein so großzügiges Angebot kann ich keinesfalls annehmen.«

»Ich ziehe mein Angebot unter keinen Umständen zurück. Wenn Sie schon fahren müssen, dann tun Sie es für uns beide. Und deshalb sorge ich dafür, dass Sie auf einem anständigen britischen Schiff reisen, damit Sie nicht allzu lange von ... fort sind.«

»Dann nehme ich Ihr Angebot mit verbindlichstem Dank an.« Agnes fühlte sich erleichtert.

»Ich habe gehofft, dass Sie das sagen würden.« Julius wandte den Blick ab. »Zumindest irgendwann heute Abend.«

Sie musterte ihn verwirrt. »Nun, dann ist es also beschlossene Sache«, sagte er. »Wir fahren morgen nach London zurück, damit ich die Überfahrt reservieren kann. Ich halte es allerdings für das Klügste, wenn Sie nicht bei uns am Belgrave Place wohnen, da Marianna nur zu viele Fragen stellen und es nicht ertragen würde, Sie ein zweites Mal zu verlieren. Aber kann ich Ihnen wenigstens das Versprechen abnehmen, dass Sie nach Ihrer Rückkehr aus Ceylon unverzüglich zu uns kommen werden? Ich sorge dafür, dass Ihnen genug Geld für das Billett zur Verfügung steht.«

»Ich gebe Ihnen mein Wort. Ich kann es kaum erwarten, Marianna wiederzusehen, außerdem habe ich Ihnen dann eine Menge zu erzählen, Julius.«

Er nickte knapp. »Nun gut«, sagte er und wies den Kutscher an, sie ins Hotel Londres zurückzubringen.

Alles ging sehr schnell; zu schnell, sodass Agnes keine Zeit blieb, ihre Pläne doch noch über den Haufen zu werfen. Natürlich konnte sich die Reise als ergebnislos entpuppen, aber inzwischen hatten ihre Erregung und ihre Vorfreude, dass sie mit einem Schiff ans andere Ende der Welt reiste, die Oberhand gewonnen, und sie konnte an fast nichts anderes mehr denken.

Die Schneiderin kam mit ihren Kleidern, die Agnes sorgsam zusammenlegte und in den beiden Lederkoffern verstaute. Ein Träger brachte sie zur Kutsche. Auf der kurzen Fahrt zum Bahnhof plauderten sie und Julius angeregt, dann bestiegen sie den Zug nach London. Die Fahrt in der ersten Klasse war nicht zu vergleichen mit ihrer Anreise: Es gab bequeme Sitze, sie aßen im Speisewagen zu Abend, und die Abteile waren mit weichem Teppichboden ausgelegt. Sie tranken Kaffee und spielten im Schein der Lampe auf dem Tischchen Karten. Vom Zug ging es auf die Fähre. Die Überfahrt war ziemlich stürmisch, und Julius war ein wenig blass um die Nase, wohingegen Agnes nicht einmal das leiseste Anzeichen einer Seekrankheit zeigte, was sie in ihrem Glauben, auch die lange Reise ohne Schwierigkeiten zu überstehen, noch bestärkte. Dann bestiegen sie den Zug von Dover nach London. Julius zwang Agnes, auf dem hektischen Bahnhof Victoria Station zu warten, damit sie ihren Knöchel schonte, während er die Billetts für ihre Weiterfahrt und ihre Schiffspassage nach Ceylon organisierte. Nach den hellen, breiten Boulevards in Paris wirkte London düster und grau.

Agnes beobachtete die Menschenströme in dem hohen Bahnhofsgebäude mit seinen Säulen und Bögen. Insgeheim ohrfeigte sie sich für ihre Neugierde. Sie hatte Julius gefragt, was die Überfahrt denn koste. Fünfzig Pfund aufwärts in der ersten Klasse! Sie hatte darauf bestanden, dass er eine Kabine in der zweiten Klasse reservierte, doch er hatte erst eingelenkt, nachdem sie ihn überzeugt hatte, dass die Reise in Begleitung einer Kabinengenossin gewiss angenehmer wäre. Sie war schockiert, dass er eine solche Summe scheinbar mühelos hinblättern konnte, und hegte den Verdacht, dass ein so kostspieliges Geschenk unweigerlich ihre Freiheit beschneiden würde.

Zwei Stunden vergingen, und es war bereits kühl geworden. Schließlich kam Julius lächelnd durch die geschäftige Bahnhofshalle auf sie zu.

»Hier«, sagte er und reichte ihr das Billett. »Eine Überfahrt zweiter Klasse nach Ceylon und zurück, an Bord des Royal Mail Ship Udolpho. Sie legt am Samstagnachmittag am Victoria Dock ab.«

»Am Samstagnachmittag? Aber heute ist schon Donnerstag.«

»Das nächste Schiff geht erst in drei Wochen, deshalb dachte ich, Sie wollten lieber gleich aufbrechen.«

»Und wo soll ich so lange wohnen?«

»Wir steigen in einem Gästehaus ab, etwa acht Kilometer außerhalb der Stadt, das nur ein Stück nördlich des Docks liegt. Ich bleibe bei Ihnen, bis Sie an Bord des Schiffes gehen, Agnes.«

Agnes umklammerte das Billett. Ihre Handfläche war schweißfeucht. »Danke«, sagte sie. »Von ganzem Herzen. Ich war noch nie so aufgeregt.«

»Deshalb sollten Sie sich ausruhen. Kommen Sie, suchen wir uns einen Gepäckträger.«

Als sie in der Pension eintrafen, war es bereits Abend. Das Gästehaus, ein Gebäude aus dem dreizehnten Jahrhundert, gehörte einem alten Freund von Julius und war lediglich durch eine schmale Straße vom Dorfanger getrennt. Hugh, der Besitzer, hatte ein offenes Gesicht und große Augen. Agnes mochte ihn auf Anhieb, obwohl sie seine neugierigen Blicke ein wenig verlegen machten. Zweifellos überlegte er, in welchem Verhältnis Julius und Agnes zueinander standen, und seine Fragen zielten eindeutig darauf ab, dieses Geheimnis zu lüften.

Julius unterbrach ihn. »Agnes ist todmüde. Könnte sie ihr Abendessen vielleicht auf ihrem Zimmer einnehmen?«

»Natürlich«, gab Hugh mit einem breiten Grinsen zurück. »Dann bringe ich Sie mal in Ihr Zimmer, Ma'am. Julius, wir sehen uns gleich im Pub.«

Agnes folgte Hugh die engen, schiefen Stufen hinauf. Der Flur neigte sich gefährlich nach links.

»Dies ist das Stockwerk mit den Zimmern für die Damen«, erklärte Hugh. »Das Bad liegt am Ende des Flurs. Sie können es mit dem Zimmerschlüssel aufschließen. Hier ist Ihr Zimmer.« Er schloss eine Tür auf und reichte ihr den Schlüssel. »Ich lasse gleich Ihre Koffer und etwas zu essen hochbringen.«

»Danke. Das ist sehr freundlich von Ihnen.«

Mit einem letzten neugierigen Blick verließ er das Zimmer, wobei seine Schuhsohlen auf den Holzplanken quietschten.

Agnes schloss die Tür. Das Zimmer war klein, aber gemütlich, mit einem Himmelbett, einem dicken Teppich und Spitzenvorhängen. Sie trat ans Fenster – auch hier war der Fußboden sehr uneben –, schob den Vorhang beiseite und blickte auf den Dorfanger. Wieder einmal saß sie wegen ihres Knöchels im Zimmer fest. Es schien, als wäre sie ihr halbes Leben dazu verdammt, die Welt durchs Fenster betrachten zu müssen. Hier war es viel ruhiger als in Paris. Zwei Damen in dunkelgrauer Reiterkluft trabten vorbei, und Agnes beäugte sie neidisch. Auf der anderen Seite des Dorfplatzes fuhr eine hohe Kutsche mit einem jungen Mann auf dem Bock vorbei. Eine Mutter spielte mit zwei pausbäckigen Kindern – eineiige Zwillinge, wie es aussah – und einem großen Hund auf dem Rasen.

Agnes setzte sich auf die Bettkante und dachte über ihre Beziehung zu Julius nach. Sie hegte große Bewunderung für den jungen Arzt, und manchmal befeuerte seine Nähe ihre Fantasie und trübte ihren gesunden Menschenverstand. Dann verspürte sie den Drang, ihn zu berühren, oder sehnte sich danach, in seinen Armen zu liegen. Sie erinnerte sich noch allzu gut an die Berührung seiner Finger auf ihrem Handgelenk an jenem Abend in der Oper und wie sie sich ausgemalt hatte, sie überall auf ihrem Körper zu spüren, auf ihren Hüften, ihren Brüsten. Mehr als einmal hatte er durchblicken lassen, dass sie ihm etwas bedeutete, und er hatte eine stattliche Summe für sie ausgegeben, aber vielleicht verstand sie seine Absichten falsch. Männer wie Julius konnten durchaus eine Menge Geld für jemanden ausgeben, ohne es überhaupt zu bemerken. Vielleicht war er ja ein Familienmensch. Der Gedanke war so ernüchternd, dass sie aufstehen und im Zimmer umhergehen musste und vor Anspannung die Nägel in ihre Handflächen grub. *Benimm dich nicht wie eine Närrin, Agnes.*

Als sie sich ein wenig beruhigt hatte, kehrte sie ans Fenster zurück. In zwei Tagen befände sie sich an Bord des Schiffes, mitten auf dem Meer – eine beängstigende und zugleich aufregende Vorstellung. Vielleicht würde sie bald Genevieve treffen, und sie schob alle besorgniserregenden Gedanken beiseite.

Am nächsten Morgen bestand Julius darauf, dass sie ihren Knöchel schonte und ihre Kräfte für die Reise sammelte. Daher blieb sie den Großteil des Tages in dem kleinen Zimmer, während Julius mit Hugh in den Wäldern ausritt. Agnes las, konnte sich jedoch kaum konzentrieren. Die Stunden zogen sich endlos dahin, und sie ärgerte sich, weil Julius sie so lange allein ließ.

Sie schob den Sessel an das winzige Fenster. Als sie es öffnete, erblickte sie Julius und Hugh, die aus dem Stall kamen. Die beiden lachten über etwas, und Julius' Wangen waren vor Freude und der frischen Luft gerötet. Bei dem Anblick machte ihr Herz einen kleinen Satz, als wäre es soeben zu einer wichtigen Erkenntnis gelangt. War es vielleicht Liebe, was sie für ihn empfand? Ihn so ausgelassen zu sehen, nach all dem Kummer, die ihm seine Arbeit im Kinderkrankenhaus bereitet hatte, machte sie glücklich. Agnes wusste nicht viel über die Liebe, aber wenn sein Glück auch das ihre war, musste das doch ein Zeichen dafür sein, oder nicht? Noch hatte er sie nicht bemerkt. Jemanden heimlich zu beobachten, enthüllte Details, die einem sonst verborgen blieben. Die beiden Männer verschwanden, und Agnes sank in ihren Sessel zurück. Sie merkte, dass ein Lächeln auf ihrem Gesicht lag.

Hugh lud Agnes zum Mittagessen in seine behagliche Wohnstube ein. Es gab Brathühnchen mit Kartoffeln und der leckersten Soße, die sie je gekostet hatte. Er entschuldigte sich, dass seine Frau sich gerade zu Besuch bei ihrem Cousin in Woodbridge aufhielt, was ganz und gar ungelegen komme, aber er müsse ihr nun einmal ab und zu die Freiheit lassen. Agnes quittierte die Bemerkung nicht einmal mit dem Anflug eines Lachens.

Den Nachmittag brachten sie in Hughs Wohnung zu, wo Agnes ihnen ein altes Kartenspiel aus Yorkshire beibrachte und sie beide nach allen Regeln der Kunst schlug. Hugh lachte zwar, trotzdem merkte Agnes, dass er sich darüber ärgerte. Sein Brandy-Glas wurde immer schneller leer, seine Scherze immer derber. Nach dem Abendessen befand Agnes, dass sie lange genug im Haus herumgesessen hatte.

»Ich würde gern einen kleinen Spaziergang über den Dorfanger machen, Julius«, sagte sie.

»Aber Ihr Knöchel«, wandte er ein.

»Meinem Knöchel geht es gut. Auf dem Schiff werde ich mehr als genug Zeit zum Ausruhen haben. Ich komme mir wie ein Vogel im Käfig vor.«

Hugh warf Julius einen Blick zu und zog die Brauen hoch.

»Los, geh schon, alter Knabe, mach einen Spaziergang mit der Dame«, sagte er. »Du hast mir ja erzählt, dass sie unzufrieden ist, wenn sie die ganze Zeit herumhockt.«

Agnes war nicht sicher, ob sie sich darüber ärgern oder stolz sein sollte, aber Julius entgegnete eilig: »In Wahrheit habe ich gesagt, dass sie einen viel zu regen Geist besitzt, um sich mit den gewöhnlichen weiblichen Beschäftigungen zufriedenzugeben.« Er ließ Agnes nicht aus den Augen. »Und dass ich sie sehr dafür bewundere.«

Hugh winkte ab. »Wie auch immer. Geh mit ihr spazieren.«

»Sir«, sagte Agnes, ehe Julius etwas erwidern konnte. »Ich bin kein Hund, den man Gassi führt, sondern sehr wohl in der Lage, allein einen Spaziergang zu unternehmen.«

Hugh fand die Bemerkung sichtlich amüsant, doch Julius erhob sich hastig. »Trotzdem würde ich mich sehr freuen, wenn Sie mir erlauben würden, Sie zu begleiten.«

»Ich hole nur meinen Mantel.«

Sie trafen sich unten an der Treppe. Es war ungewöhnlich kalt für die Jahreszeit, und der blasse, blaue Himmel war von goldfarbenen Streifen durchzogen. Sie überquerten die Straße und gingen über die Wiese um das hohe steinerne Denkmal am hinteren Ende herum. Julius bestand darauf, dass sie sich setzte und eine Weile ausruhte, was sie tat. Sie war schon zufrieden, überhaupt an die Luft zu kommen. Eine Weile saßen sie nebeneinander am Fuß des Denkmals, das einen Edelmann mit Dreispitz und Rüschenkrawatte darstellte.

Agnes lehnte sich zurück und blickte zum Himmel, wo ein Schwarm Vögel vorbeizog. Es war still, und die Luft strich weich und kühl über ihre Wangen. Mit einem leisen Seufzer schloss sie die Augen.

»Agnes, da ist etwas, was ich Ihnen sagen muss.«

Sie schlug die Augen auf. Julius klang so ernst. Ging es um das Geld, das er für sie ausgegeben hatte? Oder ahnte er, welche Gefühle sie für ihn hegte, und wollte sie zurückweisen? »Was ist?«, fragte sie mit klopfendem Herzen.

»Ich weiß nicht recht, wie ich …« Er holte tief Luft. »Wenn Sie zurück sind, würde ich …«

Agnes' Verwirrung und Beklommenheit wuchsen.

Er setzte ein weiteres Mal an. »Während Sie fort sind, werde ich nach Norden reisen und Lord Breckby in Yorkshire einen Besuch abstatten. Um ihn zu fragen, ob er Einwände gegen eine Heirat mit Ihnen erhebt.« Nun, da die Worte ausgesprochen waren, nickte Julius bekräftigend. »So.«

Agnes schwirrte der Kopf. *Heirat.* Julius wollte sie heiraten. Der Gedanke versetzte sie in Staunen und Erregung. Doch dann kam ihr das andere Wort in den Sinn, legte sich wie ein Schatten über sie. *Einwände.*

»Einwände?«, wiederholte sie. »Was, wenn er welche hat?«

»Ich bin sicher, dass er keine haben wird, Agnes. Wenn er erfährt, wer Sie sind …«

»Ein Mädchen aus dem Kinderheim? Du liebe Güte! Natürlich wird er Einwände haben. Und warum sprechen Sie so über diese Eheschließung, als wäre es zwischen Ihnen und Lord Breckby bereits beschlossene Sache? Wollte einer von Ihnen zufällig auch mich fragen, wie ich dazu stehe?«

Verlegenheit und Scham zeichneten sich auf Julius' Gesicht ab, und wäre Agnes bei klarem Verstand gewesen, hätte sie Mitleid mit ihm gehabt, doch ihr Stolz war so tief verletzt, dass sie sich nicht länger unter Kontrolle hatte.

»Bitte entschuldigen Sie, Agnes. Ich habe mich falsch ausgedrückt. Mich Ihnen zu erklären, macht mich so nervös, dass ich in dieser Angelegenheit …«

»In dieser Angelegenheit? Sprechen Männer so über die Liebe? Lieben Sie mich, Julius? Ist es das, was Sie mir sagen wollen? Oder wollen Sie mir deutlich machen, dass ich nun, wo Sie so viel Geld in mich investiert haben« – aufgebracht zerrte sie an ihrem Rock – »eine bewegliche Habe bin, die man irgendwo hinstellen kann, solange Ihr Großvater nicht der Ansicht ist, dass sie zu billig zwischen seinen Kostbarkeiten aussieht?«

»Nein, Agnes! Es war niemals meine Absicht, so etwas Beleidigendes anzudeuten.«

»Weil Sie und Ihre Familie wohlhabend sind und ich nicht, dachten Sie, meine Zustimmung wäre nicht notwendig? Glauben Sie ernstlich, alle armen Mädchen würden von reichen Männern träumen, und seine Lordschaft wäre der Einzige, dessen Erlaubnis benötigt wird, damit er die Entscheidung treffen kann, ob ich es wert bin, das Risiko einzugehen, sich gesellschaftlich lächerlich zu machen?«

»Bitte verstehen Sie doch … ich war so unbeholfen. Natürlich liebe ich Sie. Schon als ich Sie und Marianna zusammen sah, habe ich mich in Sie verliebt. Ich liebe Ihren eisernen Willen, Ihr inneres Feuer, aber auch Ihre Freundlichkeit und Güte. Ich liebe Ihre Stimme, Ihre Augen und … einfach alles an Ihnen. Und ich möchte Sie gerne zu meiner Frau machen.«

Doch inzwischen wusste Agnes nicht mehr, was sie denken sollte. Die Liebe war eine verwirrende Angelegenheit. Vielleicht war sie zu keiner wahren, aufrichtigen Liebe und Nähe fähig, weil sie ohne die Wärme einer Familie aufgewachsen war. Sie zweifelte an sich, und die Art, wie er mit ihr gesprochen hatte, gefiel ihr nicht. *Sie zu meiner Frau machen*, das hörte sich an, als wäre sie sein Besitz. Sie war sich nicht sicher, ob sie ihn wirklich liebte, und Hughs Worte, seiner Frau »die Freiheit zu lassen«, hallten immer noch in ihren Ohren wider.

»Fragen Sie mich noch einmal, wenn ich zurückkomme«, sagte sie, und obwohl sie ihre Worte augenblicklich bereute, nahm sie sie nicht zurück. Stattdessen fügte sie hinzu: »Fragen Sie mich an dem Tag meiner Rückkehr, nachdem ich Gelegenheit hatte, Genevieve kennenzulernen, und genauer weiß, wer ich wirklich bin. Ich verspreche Ihnen, dass ich Ihnen auf der Stelle eine klare, eindeutige Antwort gebe. Für den Augenblick bin ich mir leider unsicher und kann nicht Ja sagen.«

Julius sackte in sich zusammen, und ein schwaches Lächeln trat auf sein Gesicht. »Ich bin so ein Narr.«

Wie gern hätte sie ihn getröstet, liebevoll seine Hand gedrückt, doch sie war verwirrt und zutiefst verlegen. Sie fühlte sich entblößt und wollte an etwas anderes denken – an ihre bevorstehende Reise ans andere Ende der Welt. Ja, genau, darüber sollte sie sich Gedanken machen.

Julius erhob sich, strich sein Jackett glatt und zog seinen Mantel enger um sich. »Es ist kalt geworden. Vielleicht sollten wir lieber zurückgehen.«

»Es ist in der Tat kalt«, bestätigte sie, heilfroh, dass das Gespräch wieder in sichereren Bahnen verlief.

»Kälter, als ich erwartet habe«, gab er spitz zurück. »Ich dachte, es sei Hochsommer.«

Agnes erwiderte nichts, und sie gingen schweigend zurück ins Gästehaus.

Das Victoria Dock in den Playstowe Marshes war ein Wunder moderner Technik, und auf der Zugfahrt erläuterte Julius Agnes begeistert die Drehbrücken und hydraulischen Maschinen, doch das Blut rauschte vor Aufregung so laut in Agnes' Ohren, dass sie kaum etwas mitbekam. Als der Zug das Tempo drosselte und durch das scheinbar endlose Marschland ratterte, machte sie die riesigen Eisenstrukturen aus, die wie monströse Bäume in den grauen Himmel ragten. Sie erblickte große Schiffe und hohe Silos. Auf den Landungsstegen wimmelte es von Männern unterschiedlicher Hautfarbe, die die Fracht von den Schiffen in die Lagerhäuser oder umgekehrt schafften. Dampfer tuteten, und auf den Gleisen standen scheinbar endlose Züge mit Waggons voller Kohle. Der Anblick gab ihr das Gefühl, winzig und zerbrechlich zu sein.

Der Zug hielt an der Custom House Station, und als sie ausstiegen, schlug Agnes der saure, abgestandene Geruch des Flusses entgegen, vermischt mit Dampf und Rauch. Julius deutete auf ein Schiff, das unfassbar groß wirkte. Es hatte zwei hohe Masten und einen schwarzen Schornstein. »Das ist sie«, sagte er. »Die RMS Udolpho.«

Agnes kämpfte gegen das Gefühl an, dass auch sie bloß ein weiterer Handelsgegenstand war, der auf ein Schiff geladen und in einen anderen, warmen, weit entfernten Teil des Empires verfrachtet wurde. »Wo muss ich hin?«, fragte sie und trat ein wenig dichter zu Julius.

Er blieb stehen. »Ans andere Ende der Welt, meine liebe Agnes.«

Manche Passagiere nahmen ihre Freunde mit an Bord, um ihnen ihre Kabine zu zeigen, doch Agnes verabschiedete sich an der Gangway von Julius. Der fehlgeschlagene Heiratsantrag stand immer noch zwischen ihnen. Während ringsum die Leute von und an Bord strömten, nahm er ihre behandschuhte Hand, drückte einen Kuss darauf und erinnerte sie an ihr Versprechen, gleich nach ihrer Rückkehr nach London zu ihm zurückzukommen. Er reichte ihr einen Umschlag. »Das hier werden Sie brauchen. Aber machen Sie ihn erst auf, wenn das Schiff den Hafen verlassen hat.«

Agnes nickte beklommen. »Auf Wiedersehen, Julius«, sagte sie und verstaute den Umschlag in ihrer Handtasche.

»Leben Sie wohl, Agnes«, erwiderte er und musterte sie forschend.

»Was ist?«

»Ich hatte Tränen erwartet.«

»Wohl kaum. Ich weine nur sehr selten.«

Er lächelte. »Natürlich.« Er gab ihr einen kleinen, liebevollen Schubs in Richtung Gangway.

Sie stellte sich in der Schlange an und ging an Bord. Erst als sie das Deck betrat, wurde ihr der gewaltige Schritt bewusst, den sie gerade tat. Wieder geriet sie in Aufregung, und all ihre Ängste und Sorgen zerstreuten sich. Überall auf dem Deck standen Holzbänke im Schutz der hohen Reling. Sie kniete sich hin und ließ den Blick über das Dock schweifen, in der Hoffnung, Julius auszumachen. Schließlich entdeckte sie seinen Hut in der Menge. Ihr Herz zog sich zusammen, und sie musste die Lippen fest aufeinanderpressen, um ein Stöhnen zu unterdrücken.

Sie zog den Umschlag heraus und riss das Siegel ab. Geld. Sie hatte es gleich gewusst. Julius würde sie niemals ohne ausreichende Mittel fortschicken. Sie küsste den Umschlag und steckte ihn in ihre Tasche. Auf dem Deck herrschte reger Betrieb, doch sie spürte, wie sich beim Gedanken an Julius eine tiefe Ruhe in ihr ausbreitete. Nach einer Weile erschien ein Steward und erkundigte sich, ob er sie zu ihrer Kabine begleiten dürfe, doch sie lehnte ab.

»Ich würde gern hier sitzen bleiben und noch ein wenig englische Luft schnappen.«

»Das Schiff läuft erst in einer Stunde aus«, gab er zurück.

»Trotzdem.«

Der Steward nickte und lächelte. »Wie Sie wünschen, Ma'am.«

Agnes ließ sich zurücksinken und blickte wieder zum Dock, obwohl Julius längst verschwunden war. Schließlich löste sie ihren Blick und richtete ihn nach Osten auf den glitzernden Fluss.

KAPITEL 14

☆

Während das Schiff auf der Themse entlang zum offenen Meer glitt, machte Agnes sich auf die Suche nach ihrer Kabine. Die RMS Udolpho fuhr erst durch den Ärmelkanal und erreichte am Abend den Golf von Biskaya. Die Reise nach Colombo sollte drei Wochen dauern.

Sie wandte sich an einen Steward, einen hochgewachsenen dürren Kerl mit Nickelbrille, der ihr Billett in Augenschein nahm und sie anlächelte. »Ich bringe Sie sofort hin, Miss Resolute. Und laut Vorschriften der Reederei bin ich verpflichtet, Sie auf das Datum Ihrer Rückfahrt aufmerksam zu machen.« Er zeigte auf den Aufdruck in kleiner Schrift am unteren Rand. »Hier steht es.«

»Das Datum?« Sie warf einen Blick darauf. »Sie meinen, meine Rückfahrt ist bereits gebucht?«

»Ja, Ma'am.«

Nach zwei Wochen sollte sie schon wieder zurückfahren. Zwei Wochen? Selbst wenn sie Genevieve fand, könnte sie sie wohl kaum in dieser kurzen Zeit näher kennenlernen. »Kann ich es umbuchen?«

»Ich fürchte, nein, Ma'am. Dies ist eine der Buchungsbestimmungen. Wir wissen gern im Voraus, wie viele Gäste wir auf unseren Überfahrten jeweils befördern.« Wieder lächelte er. »Aber das hat man Ihnen gewiss bei der Reservierung mitgeteilt.«

»Die Reservierung habe ich nicht persönlich vorgenommen.« Sie nahm ihm das Billett aus der Hand und tat es in ihre Tasche.

»Ah. Verstehe.«

»Sie wollen damit sagen, dass derjenige, der die Überfahrt bezahlt hat, auch gleich die Rückfahrt festlegen musste?«

»Das ist richtig, Ma'am.«

Dies war der Beweis, dass durchaus Bedingungen an Julius' Geschenk geknüpft waren: Ihre Rückkehr an einem Tag, den er festgelegt hatte.

Sie konnte sich denken, was Julius auf ihre Frage erwidern würde, und ihr wurde warm ums Herz: Natürlich würde er anführen, dass er nicht zu lange von ihr getrennt hätte sein wollen und lediglich versucht hätte, sie zu beschützen. In gewisser Weise verstand sie ihn sogar; doch seine Fürsorge und sein Schutz hatten etwas von Kontrolle und Einschränkung, und das kannte sie aus Perdita Hall nur zu gut.

Sie folgte dem Steward durch eine Tür und eine schmale Treppe hinunter in einen stickigen, kaum mehr als schulterbreiten Korridor mit Reling, in dem sich eine nummerierte Tür an die andere reihte. Er deutete auf die beiden Badezimmer am Ende und blieb vor Kabine zwölf stehen.

»Hier wären wir, Ma'am. Die Schlüssel finden Sie drinnen, aber …« Er hielt inne. Und auch Agnes hörte es. Schallendes Gelächter drang aus der Kabine. »Es scheint, als hätte sich Ihre Kabinengenossin bereits eingefunden.«

»Ich dachte, ich hätte nur eine«, sagte sie.

»Das stimmt. Offensichtlich hat sie Freunde zu Besuch«, erwiderte der Steward und verabschiedete sich.

Agnes wappnete sich und öffnete die Tür.

Unvermittelt verstummte das Gelächter, und vier Augenpaare richteten sich auf sie. Drei junge Frauen und eine etwas ältere, vermutlich die Mutter der drei, saßen auf einer breiten Couch und hatten die Füße auf Agnes' Koffer gelegt.

»Hallo«, sagte Agnes.

»Nun, das ist dann wohl deine Kabinengenossin, Tempie«, sagte die Mutter und nahm ohne jede Eile ihre Füße von Agnes' Gepäck. Sie war korpulent, und ihr Gesicht war gerötet. Ihr Kleid aus grauem Taft spannte gehörig.

Eine ihrer Töchter, ein plumpes Mädchen mit mausbraunem Haar, erhob sich von dem Stockbett und ergriff Agnes' Hand. »Ich bin Tempie«, sagte sie.

»Agnes.« Tempies Hand fühlte sich verblüffend weich an.

»Das sind meine Mutter und meine Schwestern, aber keine Angst, sie sind bald wieder weg. Sie teilen sich Kabine sieben, die ziemlich groß ist.«

»Nein, nein, ich habe keine Angst«, gab Agnes zurück, obwohl sie in Wahrheit unendlich erleichtert war. Tempie hatte ein freundliches, offenes Gesicht, wohingegen die beiden anderen sie argwöhnisch von oben bis unten musterten. »Aber stell mich doch bitte deiner Familie vor.«

»Meine Mutter, Mrs Dartforth, meine Schwester Mercy.« Tempie deutete auf das dunkelhaarige Mädchen, das Agnes beäugte und sich offensichtlich kaum ein Lächeln abringen konnte. »Und das ist meine Schwester Constance.«

»Du kannst mich auch Connie nennen.« Connie hatte einen blonden Lockenschopf. »Freut mich«, fügte sie hinzu, obwohl ihre Stimme wie auch ihre Miene etwas anderes ausdrückten.

»Nun«, sagte Mrs Dartforth, »ich denke, wir sollten die junge Dame auspacken lassen. Kommst du mit, Tempie?«

»Ich würde lieber hierbleiben und auch in Ruhe meine Sachen auspacken«, antwortete Tempie.

Agnes kniete sich hin und öffnete die Schlösser an ihren Koffern.

»In Ruhe auspacken?«, sagte Constance hinter ihr und schnaubte verächtlich. »Meine Güte, du bist so eine Langweilerin, Temperance Dartforth.«

»Lass das arme Mädchen«, schaltete sich Mrs Dartforth ein. »Du weißt, dass sie anders ist als ihr beide.«

Agnes hörte das Rascheln von Taft, dann das Geräusch von Wangenküssen, ehe die Tür ins Schloss fiel und Stille einkehrte.

»Tut mir leid«, sagte Tempie.

»Was?« Agnes wandte sich zu ihr um.

»Meine Familie.«

Eigentlich sollte sich deine Familie bei dir entschuldigen, hätte Agnes am liebsten entgegnet. »Ist schon gut, Tempie«, sagte sie stattdessen.

Sie sah sich in der kleinen getäfelten Kabine um. Auf einer Seite stand eine Klappcouch, auf der anderen Seite ein Stockbett mit weiß bezogenen Kissen und Decken, dazwischen war Platz für eine Kommode mit vier Schubladen und einen großen Spiegel. Neben der Kabinentür war ein schmaler Wandschrank, und über dem Sofa befand sich ein Bullauge, durch das Licht hereindrang.

»Nicht so übel, was?«, meinte Tempie.

»Sehr komfortabel«, gab Agnes zurück, nahm ihr Nachthemd und ihre Unterwäsche aus dem Koffer und legte sie in eine Schublade. »Fühlst du dich denn nicht einsam ohne deine Familie hier?«

»Nein, ich habe freiwillig angeboten, in eine andere Kabine zu ziehen.«

»Mit einer Wildfremden«, meinte Agnes und verkniff sich ein Lachen.

Tempie lief rot an. »Sozusagen. Ich weiß, dass wir uns nicht richtig kennen, Agnes, aber dürfte ich dich bitten, mich im unteren Bett schlafen zu lassen? Ich habe schreckliche Angst, im Schlaf herauszufallen.«

»Mir ist das obere Bett sowieso lieber. Du siehst also, wir passen perfekt zusammen.«

»Das freut mich. Fährst du auch nach Kalkutta?«

»Nein, ich fahre den ganzen Weg bis nach Colombo.« Agnes hängte ihre Kleider auf.

»Nach Colombo? Ganz alleine? Erwartet dich dort deine Familie?«

Es war einfacher, Ja zu sagen. Tempie erzählte, dass auch sie zu ihrer Familie fuhr. Ihr Vater lebte seit zwei Jahren in Indien und holte seine Frau und seine Töchter nun nach.

»Ich hoffe, Mutter ist nicht mehr so anstrengend, wenn sie erst wieder mit Vater zusammen ist«, bemerkte Tempie. »Aber vielleicht ist das auch Wunschdenken.«

Agnes legte ihre Haarbürste auf die Kommode, dann schob sie ihre Koffer neben Tempies unter das Bett und steckte ihre Handtasche unter ihr Kopfkissen.

»Ich fürchte, Konversation ist nicht gerade meine Stärke«, meinte Tempie.

»Ich brauche keine.«

»Ich würde gern ein wenig lesen und nachdenken. Macht es dir etwas aus, wenn ich mich bis zum Abendessen zurückziehe?«

»Das macht mir überhaupt nichts aus, im Gegenteil«, erwiderte Agnes.

Tempie lächelte. »Du hast recht. Wir sind ein perfektes Gespann.«

Agnes kletterte die Leiter hinauf in ihr Bett. Die Matratze war weich, und das Schiff schaukelte angenehm. Sie sank zurück und stieß langsam den Atem aus. Endlich war sie unterwegs.

Die Passagiere der ersten und zweiten Klasse teilten sich einen Speisesaal, und Agnes und Tempie gingen gemeinsam zum Essen, nachdem sie einen angenehm ruhigen Nachmittag verbracht und sich gegenseitig beim Ankleiden geholfen hatten. In diesem Teil des Schiffes waren achtundzwanzig Passagiere untergebracht, von denen einige an den zwei langen, im Boden verankerten Tischen Platz genommen hatten. An der Decke hing ein Kronleuchter, doch die Holzvertäfelung ließ den Raum klein und beengt wirken. Tempies Mutter winkte sie mit einer ausladenden Geste herüber, worauf Tempie sich zu Agnes beugte und flüsterte: »Ich muss wohl bei meiner Familie sitzen, aber du kannst dir natürlich einen anderen Platz suchen.«

»Komm schon!«, rief Mrs Dartforth. »Sie auch, Agnes. Eine junge Dame darf doch nicht mitten unter Fremden sitzen.«

»Nun gut«, gab Agnes zurück.

Auf beiden Seiten des Tisches standen lange, gepolsterte Bänke. Agnes setzte sich mit Tempie und Constance auf die eine Seite, während Mrs Dartforth und die scharfäugige Mercy, die hochmütig den Blick durch den Saal schweifen ließ, auf der anderen Bank Platz nahmen.

»Oh Gott«, stöhnte Mrs Dartforth, als das Schiff leicht schlingerte. »Mir war den ganzen Nachmittag schon übel.«

»Warte bloß, bis wir den Golf von Biskaya erreichen«, sagte Tempie. »Wir werden alle sterbenskrank sein. Wie Katzen, die eine Ratte gefressen haben.«

»Prima!«, bemerkte Mercy.

»Temperance liest gern Bücher über Schiffe«, warf Constance ein, als wäre dies eine Erklärung für die Unzulänglichkeiten ihrer Schwester.

Allmählich füllte sich der Speisesaal, und die Gäste stellten sich einander vor. Agnes machte Bekanntschaft mit dem Schiffspfarrer und seiner Tochter, einem etwa vierzehnjährigen Mädchen mit einer Zahnlücke. Ihnen gegenüber saßen ein Missionar und seine Frau, ebenfalls auf dem Weg nach Colombo. Neben Mrs Dartforth hatten zwei junge, einfältig grinsende Gentlemen mit vor Verlegenheit geröteten Wangen Platz genommen. Mercy schien bereits der Appetit vergangen zu sein, noch bevor das Essen überhaupt serviert wurde, und

Constance schoss eine weitere beiläufige Gemeinheit in Tempies Richtung ab. Schon jetzt hatte Agnes die Nase gestrichen voll von den Dartforth-Damen.

»Stimmt es, dass du dich für Schiffe interessierst?«, fragte sie leise Tempie.

»Ja«, antwortete sie mit gesenkter Stimme. »Ich habe jede Menge Bücher darüber, kenne alle möglichen Schiffstypen, und mein Onkel hat mir sogar ein Buch mit den Schiffsrouten geschenkt. Mich faszinieren Schiffe. Ich wollte so gern auf einem richtigen Segelschiff nach Indien reisen, aber Mutter hat es nicht erlaubt. Dampfer sind keine richtigen Schiffe, musst du wissen. Auf einem Dampfer hat man keine richtige Verbindung zum Wasser, deshalb ist es nicht so aufregend.« Tempie hielt inne und wurde rot. »Bestimmt hältst du mich für eine Närrin.«

Agnes lächelte. »Ganz im Gegenteil. Ich finde, dass du ein sehr interessantes Mädchen bist.«

»Wenn ich mir überlege, wie Schiffe funktionieren und sich ihren Weg über die Meere bahnen, kommt mir die Welt so gewaltig vor. Es ist, als würde sie nach mir rufen. Aber meine Familie findet, dass das keine angemessene Beschäftigung für ein Mädchen ist. Sie denken, ich habe bloß Flausen im Kopf.«

»Sie sind nicht allwissend.«

Tempie lächelte schüchtern.

Ihr Essen wurde serviert, und Agnes lernte, wie man eine Mahlzeit an Bord eines Schiffes zu sich nahm. Irgendwann schwankte der Dampfer so heftig, dass die Teller über den Tisch rutschten, und nur weil die Passagiere schnell reagierten, verhinderten sie unter allgemeinem Gelächter, dass ihr Abendessen auf ihrem Schoß oder auf dem Fußboden landete. Mrs Dartforth brachte die Namen der beiden jungen Gentlemen – Glynn – in Erfahrung und stellte sie ihren Töchtern vor; der unscheinbare Leonard und der dunkelhaarige Peter mit den traurigen Augen, waren Brüder, obwohl sie kaum Ähnlichkeit miteinander hatten. Agnes plauderte angeregt mit Tempie und dem Missionarsehepaar.

Nach dem Essen lud man die Passagiere zum abendlichen Unterhaltungsprogramm in den Salon ein.

Im Gegensatz zum Speisesaal wirkte der Salon mit seinen Gaslampen großzügig und hell. Die Decke war mit Stuck verziert, auf dem Boden lag ein dicker Teppich, und an den Wänden und um die Pfeiler herum standen bequeme Stühle und Sessel. An einem Ende verlief eine geschwungene Treppe nach oben auf das Achterdeck; dahinter erstreckte sich ein langer, schwach erleuchteter Korridor, der vermutlich zu weiteren Kabinen und hinunter zu den Postfrachträumen und den einfacheren Unterkünften führte. Am anderen Ende, neben der Tür zum Speisesaal, befand sich eine Tanzfläche mit einer Bühne, auf der eine stark geschminkte Frau und ein erschöpft wirkender Mann ihre Plätze an einem Flügel eingenommen hatten.

»Setzen wir uns doch dort hinten hin«, sagte Mrs Dartforth. »Ich ertrage Musik einfach nicht. Sie ist immer so laut und penetrant.«

Agnes überlegte, sich zu dem Missionarsehepaar zu setzen, doch sie konnte Tempie unmöglich in den Fängen ihrer Familie lassen, und sie folgte ihnen in eine Nische am anderen Ende. Sehr zur Mrs Dartforths Freude gesellten sich die beiden jungen Gentlemen zu ihnen. Der Pianist begann zu spielen, und die Frau sang – zuerst ein paar traurige Volkslieder, doch dann steigerten sie das Tempo und stimmten schließlich einen Walzer an. »Meine Töchter tanzen leidenschaftlich gern«, sagte Mrs Dartforth an die beiden jungen Männer gewandt.

Unverzüglich forderte der unscheinbare Leonard Glynn Constance zum Tanz auf. Agnes bemerkte die Enttäuschung in ihrem Gesicht. Sie gab eindeutig seinem trübseligen Bruder Peter den Vorzug. Trotzdem ging sie mit ihm zur Tanzfläche, während Peter sich erhob und Agnes aufforderte.

»Nein, nein, ich tanze nicht«, wehrte Agnes eilig ab. Sie interessierte sich nicht für Mr Glynn. Außerdem hatte sie nie tanzen gelernt und wollte sich nicht zum Narren machen.

»Genau, sie nicht«, warf Mrs Dartforth ein. »Wie wäre es mit meiner anderen Tochter Mercy?«

Mercy lächelte, doch nicht einmal ihr Lächeln machte sie anziehend. Widerstrebend trat Peter Glynn zu ihr und führte sie zur Tanzfläche.

»Ein Jammer, dass die beiden keinen weiteren Bruder haben«, sagte Mrs Dartforth zu Tempie, als wäre es ihr erst jetzt aufgefallen.

»Ich bin froh, wenn ich nicht tanzen muss«, gab Tempie zurück.

»Das ist auch klüger so. Ein Mädchen mit deiner Figur würde auf der Tanzfläche bloß lächerlich wirken. Dass du auch alles Essbare in dich hineinstopfen musst, Tempie.«

Die junge Frau senkte den Kopf. Wut auf die boshafte Mrs Dartforth stieg in Agnes auf. Die Frau war mindestens anderthalb Mal so breit wie ihre Tochter.

»Ich finde dich sehr hübsch«, sagte sie so leise, dass Mrs Dartforth sie nicht hören konnte.

»Danke, Agnes, aber ich weiß, dass das nicht stimmt. Meine Schwestern sind die Schönheiten in der Familie, aber ich habe zumindest ein bisschen Verstand mitbekommen.«

»Allerdings. Und ein großes Herz, was man auch nicht unterschätzen darf.«

Die Tänzer kehrten zurück, und Peter Glynn forderte Agnes ein weiteres Mal auf, wodurch sie gezwungen war zuzugeben, dass sie eine Verletzung am Knöchel hatte und deshalb während der ganzen Reise die Tanzfläche nicht betreten würde. Was auch stimmte, zumindest teilweise: Julius hatte ihr geraten, sich zu schonen, damit er kein weiteres Mal anschwoll. Peter erklärte, dann werde er ebenfalls nicht mehr tanzen, worauf Constance und Mercy laut protestierten und Mrs Dartforth Agnes einen giftigen Blick zuwarf. Die jungen Männer setzten sich zu ihnen, und obwohl Agnes sich nicht an der Unterhaltung beteiligte, stand sie auch weiter im Mittelpunkt von Peters Aufmerksamkeit. Die Mädchen rückten ihre Stühle enger zusammen, sodass Agnes in der Falle saß.

»Ich finde die Stimme der Sängerin fürchterlich«, bemerkte Constance. »Ich dagegen kann hervorragend singen. Wie ein Vögelchen.«

»Wohl kaum, Connie«, warf Mercy ein. »Du verdrehst die Wahrheit ganz gehörig.«

»Sei nicht so ein Biest«, gab Constance zurück. »Du weißt genau, dass die Gäste auf Mr Hammersmiths Fest von meiner Darbietung begeistert waren.«

»Ich habe keinen Zweifel daran, dass Sie die Stimme eines Engels haben«, bemerkte Leonard, worauf Constance verkniffen lächelte, ohne ihn jedoch eines Blickes zu würdigen.

»Singen Sie auch, Agnes?«, erkundigte sich Peter.

»Nein.«

»Aber gewiss nur aus reiner Bescheidenheit. Sie besitzen sicher viele Talente.«

»Nein«, wiederholte Agnes.

Ein boshaftes Glitzern trat in Mrs Dartforths Augen. »Nun, wir wissen eigentlich gar nichts über Sie. Nicht einmal Ihren Nachnamen.«

»Resolute«, sagte Agnes.

»Wie ungewöhnlich. Was für ein Nachname ist das? Wer ist Ihr Vater?«

Agnes hatte Mrs Dartforth jetzt schon satt. Wie sollte sie es nur drei Wochen mit ihr aushalten? »Der Nachname kommt aus Ungarn«, log sie. »Mein Vater war Bärenfellhändler dort. Allerdings ist er inzwischen tot, ebenso wie meine Mutter, die die letzte Tochter einer verlotterten Adelsfamilie aus Nordengland war. Ich reise nach Ceylon zu meinem Onkel. Er besitzt eine große Zimtplantage und ist geradezu unverschämt reich. Ich habe nur ein Porträt von ihm gesehen, und er wirkt, als würde er sich nicht die Butter vom Brot nehmen lassen.«

Einen Moment lang herrschte Stille, ehe Mrs Dartforth ein Schnauben ausstieß. »Nun, denn«, sagte sie, und Peter rief: »Ein armes Waisenkind!« Mit einem Mal hatte Agnes genug. Sie stand auf, entschuldigte sich und ging die Treppe hinauf an Deck.

Es nieselte, und dichte Wolken verdeckten die Sterne. Sie ließ sich auf die Bank sinken, von der aus sie am Nachmittag über die Reling gespäht hatte, und sog tief die frische, salzige Luft in ihre Lunge. Sie dachte an Julius und verglich ihn mit Leonard und Peter Glynn. Warum hatte sie seinen Antrag bloß nicht angenommen, fragte sie sich, während das Schiff durch die Nacht glitt und England und Julius immer weiter hinter sich ließ.

Ein ersticktes Keuchen riss Agnes mitten in der Nacht aus dem Schlaf. Es dauerte einen Moment, bis ihr wieder einfiel, wo sie war. Das Schiff, dachte sie beim Anblick der Trägerbalken über ihrem Kopf. Deshalb schwankte es auch so. Sie befand sich mitten auf dem Meer, irgendwo zwischen England und Ceylon. Die See war rau. Der Regen prasselte gegen das Bullauge. Und Tempie kotzte sich in ihrem Bett unter ihr die Seele aus dem Leib.

»Tempie?« Agnes setzte sich auf.

»Oh, Agnes, mir ist ja so schlecht«, stöhnte Tempie, ehe sie den nächsten Schwall erbrach.

Agnes schlug die Decke zurück und kletterte barfuß die Eisenleiter hinunter. In diesem Moment schwankte das Schiff bedenklich, sodass sie sich an den Streben festklammern musste.

»Offenbar ist ein Sturm aufgezogen«, sagte sie und hockte sich neben Tempie. Der saure Geruch nach Erbrochenem hing in der Luft.

»Ich hatte keinen Eimer, deshalb habe ich die Hutschachtel genommen«, sagte Tempie und setzte sich auf. »Aber ich glaube, ich habe es sogar in den Haaren.«

Agnes tätschelte ihr die Schulter. »Ich hole Wasser und einen Waschlappen aus dem Badezimmer.«

»Würdest du das wirklich tun? Mir ist so elend, dass ich es nicht mal bis ans Ende des Flurs schaffen würde, ohne mich noch einmal zu übergeben.«

»Warte hier.«

Agnes öffnete die Kabinentür. Der Korridor war in trübes Licht getaucht. Das Schiff hob und senkte sich, und Agnes musste sich am Geländer festhalten, um nicht hinzufallen. Doch ihr war nicht übel.

Der Teppich fühlte sich dick und weich unter ihren bloßen Füßen an. Sie taumelte den Flur entlang bis zum Badezimmer. Auf dem Waschtisch lag ein Stapel gefalteter Handtücher und Waschlappen, daneben standen vier Porzellankrüge. Agnes befeuchtete zwei Waschlappen. Die ganze Welt schien unter ihren Füßen zu schwanken. Knarrend fiel die Kabinentür hinter ihr zu. Tempie hatte inzwischen die Lampe angezündet, und Agnes sah, wie bleich sie war. Sie zitterte am ganzen Leib. Die Hutschachtel stand neben den Stockbetten auf dem Boden.

»Die müssen wir morgen wohl über Bord werfen«, sagte Agnes und schob sie mit dem Fuß beiseite. »Hier.« Sie wischte Tempies Gesicht und Brust mit dem Waschlappen ab. »Dein Nachthemd ist ganz schmutzig. Hast du ein zweites dabei?«

Nickend deutete Tempie auf die Kommodenschublade, in der Agnes ein Baumwollnachthemd fand. Sie half Tempie beim Umziehen. Ihre weiche Haut war weiß wie eine Lilie. Agnes streifte ihr das Nachthemd über den molligen Körper, schloss die Bänder am Hals und den Ärmeln und wusch ihr das Erbrochene aus dem Haar.

»Danke, Agnes«, sagte Tempie. »Ich habe keine Ahnung, womit ich deine Freundlichkeit verdient habe.«

»Jeder verdient Freundlichkeit«, erwiderte Agnes. »Ich glaube, dir ist so übel, weil dein Körper versucht, sich gegen die Bewegung des Schiffes zu wehren. Leg dich einfach hin und roll mit.«

Tempie gehorchte. Anges setzte sich auf die Bettkante und strich ihr übers Haar. »Stell dir vor, du wärst ein Säugling in einer riesigen Wiege. Lass dich einlullen.«

»Mein Magen lässt sich aber nicht einlullen«, protestierte Tempie. »Wieso bist du nicht seekrank, Agnes? Warst du schon mal auf dem Meer?«

»Nein«, antwortete Agnes. »Nur auf einem Schiff, das den Ärmelkanal überquert hat, sonst noch nie.«

»Das Ganze gefällt mir gar nicht. Ich habe Angst, wir könnten sinken. Weißt du, wie viele Dampfer seit 1840 gesunken sind?«

»Nein, aber du musst aufhören, dir Sorgen zu machen. Das Schiff wird nicht sinken, solange ich an Bord bin. Daran glaube ich ganz fest.«

»Warum?«

»Weil ich einen Schutzengel habe.« Sie hängte die nassen Waschlappen über die Leiter des Stockbetts. »Und jetzt mach die Augen zu, damit ich dir eine Geschichte erzählen kann.«

Tempie machte die Augen zu. »Fang an.«

»Es war einmal ein Mädchen, das weder Mutter noch Vater hatte. Es wurde in einem Findlingshospital im kalten, grauen Norden abgegeben, als es gerade einmal eine Woche alt war. Als die Zeit kam, ihm einen Namen zu geben, benannte man es nach einem Schiff. Agnes Resolute.«

Tempie riss die Augen auf. »Agnes! Nein!«

»Und man nannte es so, weil es von Geburt an seefest war und einen Schutzengel hatte, der verhinderte, dass das Schiff, auf dem es mitfuhr, sank.«

»Agnes, bist du tatsächlich Waise?«

»Shhh«, machte Agnes. »Lass mich zu Ende erzählen.«

Agnes schilderte alles, was sie bisher erlebt hatte – wer ihre Mutter war, die Reise nach London, als ihr das Gepäck gestohlen wurde, ihre Tage im Armenviertel, ihre neue Stellung und ihre wachsende Verbundenheit mit Marianna, ihre Reise nach Paris und die Flucht aus dem Bordell und dass sie Julius' Antrag abgelehnt hatte. Tempie starrte sie die ganze Zeit über mit weit aufgerissenen Augen an, während der Regen gegen das Bullauge prasselte und das Schiff durch den peitschenden Sturm pflügte. Und sie musste sich kein einziges Mal mehr erbrechen.

»Du meine Güte, Agnes, du bist die mutigste Frau der Welt!«, meinte sie, als Agnes geendet hatte.

»Aber kein Wort von alldem zu deiner Mutter oder deinen Schwestern«, ermahnte Agnes sie.

»Natürlich nicht, aber sieh nur. Deine Geschichte hat mich von meiner Seekrankheit geheilt. Mir ist gar nicht mehr übel.«

»Mach die Augen zu und schlaf. Der Sturm ist bestimmt bald vorbei, und es ist nicht mehr lange bis zum Morgen.«

»Bleibst du hier bei mir?«

Agnes sehnte sich nach ihrem eigenen Bett, weil sie den Gestank nach Erbrochenem kaum noch ertrug, doch Tempie war ein reizendes, sanftmütiges, etwas tollpatschiges Ding, und sie hatte unwillkürlich Mitleid mit ihr. »Na gut, rutsch ein Stück.«

Agnes legte sich neben Tempie und schlang den Arm um sie. Wenige Minuten später war sie eingeschlafen, und Agnes lauschte ihren Atemzügen. Doch dann zeigte das einschläfernde Schwanken des Schiffes seine Wirkung, und auch ihr fielen die Augen zu.

KAPITEL 15

☆

Die Tage vergingen, und Agnes und Tempie wurden enge Freundinnen. In den rauen Gewässern des Golfs von Biskaya lernten sie, ihre Mahlzeiten am Tisch einzunehmen, ohne dass die Teller dank der sogenannten Schlingerleiste über die Kante rutschten. Als das Schiff an Gibraltar vorbeifuhr, standen sie nebeneinander an Deck und blickten wie gebannt zur Festung und der Tropfsteinhöhle von St. Michael's und verpassten den Gottesdienst, den der freundliche Reverend Dubar im Salon abhielt. Entlang der spanischen Küste beobachteten sie Schweinswale und vertrauten einander Geheimnisse an, und Tempie erzählte Agnes alles, was sie über Schiffe und ihre Routen gelesen hatte. Sie waren die Gewinnerinnen der nachmittäglichen Eierläufe an Deck, als die Udolpho in Marseille vor Anker lag, um Dutzende Postsäcke abzuladen. Als das Wetter wärmer wurde, trieb es sie aus ihrer stickigen, überhitzten Kabine. Sie verzichteten auf ihre Korsetts, suchten sich ein schattiges Plätzchen auf dem Achterdeck, wo sie vor Tempies Familie sicher waren, und zogen die Röcke bis zu den Knien hoch, um sich die sanfte Brise um die Beine streichen zu lassen. Sie lasen einander vor, und Agnes zeigte Tempie, wie man richtig stickte. Ihre Hände wurden braun, und ihre Gesichter strahlten. Auf der Straße von Bonifacio folgte der ernste, melancholische Peter Glynn Agnes eines Abends auf das Deck, während alle anderen im Salon *God Save the Queen* schmetterten. Er erklärte Agnes zur Königin seines Herzens, worauf Agnes ihn sanft, aber bestimmt zurückwies. Später verriet Tempie ihr, dass ihre Schwester Mercy Agnes nun endgültig nicht mehr ausstehen könne, wohingegen sie in ihr stets eine treue Freundin habe. Dass Mrs Dartforth eine zunehmende Abneigung gegen Agnes entwickelte, war die reinste Untertreibung, doch vielleicht erlaubte sie die Freundschaft der Mädchen, weil sie sich insgeheim für Tempies Leibesfülle und Unscheinbarkeit schämte. Auf jeden Fall hatte Leonard Glynn sowohl von Constance als auch von Mercy einen Korb bekommen, und seine Aufmerksamkeit richtete sich ohne jede Scham nun auf Temperance.

Eines Abends – sie befanden sich in der Straße von Messina – wurden sie von lauten Rufen und Lärm auf dem Deck geweckt und verließen ihre stickige Kabine. Der Kapitän, der Reverend, eine Handvoll Stewards und einige Passagiere aus dem Orient mit ihren bunten Gewändern standen beisammen und zeigten auf etwas Oranges, das den dunklen Nachthimmel erhellte.

»Du liebe Güte!«, stieß Agnes hervor und ging mit den anderen nach Backbord, als sie an dem ausbrechenden Vulkan vorbeiglitten. Etliche Passagiere der dritten Klasse hatten sich eingefunden, sie applaudierten und stießen jedes Mal Begeisterungsrufe aus, wenn eine Flamme in den nächtlichen Himmel schoss.

»Was ist das?«, fragte Tempie.

»Das ist der Stromboli«, antwortete der Kapitän. »Der ist immer aktiv.«

»Am Fuß des Vulkans ist sogar ein Dorf«, sagte ein Steward. »Also, ich könnte da nicht leben. Das wäre mir zu gefährlich.«

Agnes starrte in die Flammen, bis sie sich regelrecht in ihre Netzhaut einzubrennen schienen, und hoffte, dass sie den Anblick niemals wieder vergessen würde. Sie waren gleißend hell wie die Sonne und schossen in die Höhe, um dann langsam auf die Erde herabzutrudeln, während gewaltige Lavaströme hinabliefen. Tempie drückte Agnes' Hand. »Oh, all die Dinge, die wir gesehen haben, Agnes.«

Zum ersten Mal wusste Agnes nicht, was sie sagen sollte, und drückte nur stumm Tempies Hand.

Zehn Tage nachdem sie London verlassen hatten, erreichten sie Port Said und die Zufahrt zum Suezkanal, über den sie zum Roten Meer gelangten. Inzwischen war die Hitze unerträglich, und die Glynn-Brüder überlegten sogar, an Deck zu schlafen, wo es deutlich kühler war als in den Kabinen. Mrs Dartforth war schockiert, als Agnes ankündigte, dasselbe zu tun. Und noch schockierter, als die jungen Männer um die Mittagszeit erklärten, sie unternähmen einen Landgang, sobald die Udolpho in den Hafen einlaufe, obwohl sie nicht vor zehn Uhr dort eintrafen.

»Port Said soll ein reichlich gefährliches Pflaster sein«, sagte Mrs Dartforth und schlug mit ihrer Gabel auf den Tisch, um ihren Worten Nachdruck zu verleihen. »Sie werden mit einem Loch im Kopf und ausgeraubten Taschen zurückkehren. Falls Sie überhaupt zurückkehren.«

»Ah, keine Angst, Ma'am«, erwiderte der teigige Leonard, »zwei Burschen wie wir können es doch wohl mit einem dahergelaufenen Straßenräuber aufnehmen. Außerdem heißt es, die Stadt würde niemals schlafen, wir lassen uns unsere Pläne ganz bestimmt nicht vermiesen.«

»Ihr könnt ja Tempie mitnehmen«, schlug Constance scherzhaft vor. »Sollte jemand Sie überfallen wollen, kann sie sich einfach auf den Angreifer draufsetzen.«

Außer Tempies Mutter und ihren Schwestern lachte niemand. Alle Anwesenden, auch die beiden Brüder, waren verlegen wegen dieses derben Scherzes. Tempie schob abrupt ihren

Stuhl zurück und stürzte aus dem Speisesaal, und als Agnes ihr hinterhereilte, rief Mrs Dartforth: »Ach, lassen Sie sie doch, Miss Resolute. Sie ist dermaßen überempfindlich.«

Agnes holte die weinende Tempie vor ihrer Kabine ein und nahm sie in den Arm.

»Wie kann man so etwas Gemeines sagen«, schluchzte sie tränenüberströmt.

»Ich weiß.«

»Woher willst gerade du das wissen?«, stieß Tempie hervor. »Du bist bildschön und … schlank und …«

Agnes verkniff sich eine scharfe Erwiderung. »Dafür wurde ich wegen anderer Dinge gehänselt, Tempie. Ich weiß, dass es wehtut, aber auch, dass die Wunde immer nur so tief ist, wie du es zulässt, und es gibt keine bessere Methode, um sich abzulenken, als einen heimtückischen Plan.«

Schniefend blinzelte Tempie die Tränen weg. »Was für ein heimtückischer Plan?«

»Ich will mit den Jungs an Land gehen.«

»In Port Said? Damit man dir den Schädel einschlägt und dir die Tasche stiehlt?«

»In allen anderen Häfen sind wir an Bord geblieben. Stell dir nur vor … eine exotische Stadt, die ganze Nacht erleuchtet.«

Tempie schüttelte den Kopf. »Mutter würde mich nie im Leben gehen lassen.«

»Allerdings. Und genau deshalb verraten wir ihr auch nichts. Vor heute Abend um zehn Uhr laufen wir nicht ein. Bis dahin ist sie längst in ihrer Kabine und kommt nicht vor morgen früh wieder heraus.«

»Aber wie soll ich den Glynn-Gentlemen jemals wieder unter die Augen treten? Was, wenn sie *wollen*, dass ich mich auf einen Dieb draufsetze?«

Annie kicherte, doch es war ein gutmütiges Kichern, in das Tempie einstimmte.

»Oh Agnes, es tut mir so leid, dass ich dich angefahren habe.«

»Schon gut. Lass dir eines gesagt sein: Die Jungs haben nicht darüber gelacht. Sie waren eher schockiert, und abgesehen davon schien sich Leonard sehr für alles zu interessieren, was du beim Abendessen erzählt hast.«

Tempies Gesicht nahm die Farbe einer reifen Tomate an. »Ich weiß nicht, ob ich es wirklich wagen soll.«

»Ich fürchte, dir bleibt nichts anderes übrig, meine Liebe, denn ich werde dich einfach mitnehmen.« Agnes imitierte Leonards näselnden Londoner Akzent. »Ich lasse mir meine Pläne nicht vermiesen.«

Obwohl Tempie die Angst ins Gesicht geschrieben stand, willigte sie ein.

»Agnes, das ist wirklich skandalös«, sagte Tempie, als sie den Korridor zu den Herrenkabinen entlangschlichen, die sich im Stockwerk über denen der Damen befanden und deutlich breiter und feudaler waren.

»Still jetzt. Weißt du, welche Nummer ihre Kabine hat?«

»Sechs.«

Das Schiff lag vor Anker und bewegte sich kaum. Agnes klopfte leise an. Kurz darauf erschien Peter Glynn, dessen Gesicht sich erhellte.

»Agnes!«

»Wir kommen mit euch!«

Leonard trat mit zweifelnder Miene neben seinen Bruder. »Tempie? Hat Ihre Mutter den Ausflug erlaubt?«

»Ich ...« Tempie wurde rot.

»Nein, aber wir kommen trotzdem mit«, erklärte Agnes.

Die Brüder tauschten einen Blick, und Leonard seufzte. »Aber Sie müssen ganz dicht bei uns bleiben. Die Einheimischen springen ziemlich übel mit Touristen um, heißt es. Sie knöpfen einem das Geld ab, wo sie nur können, und wenn nicht, rauben sie einen aus.«

Bis auf eine kleine Summe hatte Agnes ihre gesamte Barschaft unter dem Kissen in der Kabine gelassen. »Ja, ja«, sagte sie. »Los jetzt, bevor Mrs Dartforth uns hört.«

Die Jungs schlossen ihre Kabinentür ab, dann machte sich das Quartett auf den Weg zum Deck. Einige Passagiere der zweiten Klasse pfiffen die kleinen Boote heran, die zwischen dem Dampfer und dem Pier hin und her fuhren. Tempie drängte sich eng an Agnes, während sie auf eines der Boote warteten. Dann kletterten sie auch schon eine Leiter hinab, und Leonard reichte dem dunkelhäutigen Bootsführer das geforderte Geld für die Überfahrt. Agnes ließ den Blick über die anderen Dampfer, die Stadt auf der einen und die Wüste auf der anderen Seite schweifen. Ein Leuchtturm erhob sich an der Mündung des Hafens, und es roch nach Salz und Fisch, vermischt mit dem Gestank von Kohle. Leonard half Tempie von Bord, während Peter Agnes die Hand reichte. Am liebsten hätte sie sie weggeschoben, doch sie brauchte seine Hilfe, da sie mit einer Hand ihre Röcke festhalten musste.

»Du liebe Güte«, sagte Tempie. »Ich habe ganz vergessen, wie es ist, festen Boden unter den Füßen zu haben.«

Agnes lachte. Ihr erging es genauso. Es war ein seltsames Gefühl, das mittlerweile vertraute Schwanken nicht länger zu spüren. Sie bemerkte, dass Leonard Tempies Arm genommen hatte und sie eng an sich zog. Peter versuchte, dasselbe mit Agnes zu tun, doch sie löste sich von ihm.

»Nur zur Sicherheit«, sagte er, worauf sie widerstrebend einwilligte.

»Nur heute Abend.«

Sie betraten eine hell erleuchtete Straße. Die drei- und vierstöckigen Häuser waren aus Holz gebaut und mit schmiedeeisernen Balkonen versehen. Über den Hauseingängen waren weiße Markisen gespannt, an denen Gaslampen baumelten, und überall boten fliegende Händler ihre Waren feil. Laut riefen sie ihnen hinterher, als sie sich einen Weg bahnten. Agnes fiel ein elegantes ägyptisches Pärchen auf. Der Mann trug weite weiße Gewänder und einen Hut ohne Krempe, seine Gattin war in Schwarz und Weiß gehüllt und hatte ein kleines Diadem auf dem Kopf, damit ihr Schleier nicht verrutschte. Sie kauften Wasser bei einem Mann mit einem Behälter auf dem Rücken. Er bot ihnen auch eine Tasse an. ENGLISCHE WAREN stand auf der Markise eines großen, hell erleuchteten Geschäfts. Sie gingen hinein, doch die Waren hatten rein gar nichts mit den Sachen gemeinsam, die Agnes aus England kannte. Sie nahm die Postkarten in Augenschein und wünschte, sie könnte jenen Menschen, die sie vermisste, schreiben, doch Gracie Badgers Adresse kannte sie nicht, und Marianna würde womöglich eine Karte an Julius abfangen und sich sorgen, weil sie so weit fort war.

Tempie hielt eine hübsche ägyptische Krone in der Hand. »Wie findest du die, Agnes?«

»Ich glaube, die ist aus Blech und bloß goldfarben lackiert«, meinte Leonard abfällig und betrachtete das Preisschild. Augenblicklich kam der Händler angelaufen und erklärte, all seine Waren seien von bester Qualität und aus echtem arabischem Gold. Er und Leonard begannen, miteinander zu handeln, bis Tempie ihre Krone und der Händler sein Geld bekam, zwar deutlich weniger, als er verlangt hatte, aber immer noch viel zu viel. Überall spazierten Leute herum, als wäre es mitten am Tag und nicht kurz vor Mitternacht. Englische und französische Wortfetzen wehten heran, Agnes blickte in dunkelhäutige Gesichter. Manche Männer trugen Anzüge und Frauen Kleider, andere wiederum luftige weiße Gewänder. Bettler und Straßenhändler bedrängten sie, dazwischen wuselten Kinder herum, die eigentlich längst in ihren Betten liegen sollten. Agnes sog alles in sich auf, genoss die Geräusche, die Gerüche, die Hitze und sogar die Gegenwart der anderen. Etwa eine Stunde lang schlenderten sie umher, ehe sie der Einladung eines Mannes folgten und eine Music Hall betraten. Er hatte behauptet, der Eintritt sei umsonst, doch nun, da sie drinnen waren, blieb ihnen keine andere Wahl, als sich an einen Tisch zu setzen und etwas zu essen und zu trinken zu bestellen. Leonard und Peter erwiesen sich als Gentlemen und orderten Kaffee und Kuchen für alle, während sie in dem überfüllten, von Zigarrenrauch erfüllten Saal saßen und einer großen, mageren Frau auf der Bühne lauschten, die in lausigem Französisch irgendwelche Lieder zum Besten gab.

Nach einer Weile wurden Kaffee und Kuchen serviert, und sie unterhielten sich über die laute Geräuschkulisse hinweg darüber, dass die Leute ein völlig falsches Bild von Port Said hätten und es eine sehr reizvolle Stadt voll netter Menschen sei. Schließlich verließ die Sängerin die Bühne, und es wurde für die Band umgebaut.

Leonard winkte den Kellner heran und bat darum, noch mehr Kaffee zu bringen. Der Kellner verstand ihn nicht, worauf Leonard ihn ungehalten anschnauzte. Agnes schämte sich in Grund und Boden und warf dem Kellner ein freundliches Lächeln zu, als dieser davoneilte, um sich um ihre Bestellung zu kümmern.

»Elende Schwachköpfe, diese Einheimischen«, brummte er, und Peter stimmte ihm zu.

»Ich bin so froh, dass du mich zu diesem Abenteuer überredet hast, meine liebste Freundin«, ereiferte sich Tempie albern kichernd und legte den Arm um Agnes' Schultern. »Ich war noch nie so glücklich.«

»Ich mag abenteuerlustige Frauen«, sagte Peter.

»Sie haben ja keine Ahnung, was für Abenteuer sie schon erlebt hat«, rief Tempie. »Aber du wirst es sicher gut sein lassen, wenn du deine Mutter gefunden hast, oder?«

Peters Brauen schossen in die Höhe. »Ihre Mutter? Ich dachte, sie sei tot?«

Tempie schlug die Hand vor den Mund. »Oh, tut mir leid.«

Leonard beugte sich vor. »Aha, jetzt wird es interessant. Los, dann mal raus mit der Sprache.«

Obwohl sie leicht verärgert war, weil Tempie ausgerechnet jetzt und vor diesen beiden Blödmännern den Mund nicht halten konnte, lächelte Agnes. »Ja, es stimmt. Mein Vater war kein ungarischer Bärenfellhändler, und meine Mutter habe ich niemals kennengelernt. Deshalb fahre ich nach Colombo, um sie zu suchen. Dort wurde sie zuletzt gesehen.«

»Sie ist ein Findelkind«, fügte Tempie aufgeregt hinzu. »Jemand hat sie vor einem Findelhaus abgelegt!« Sie plapperte weiter, bis Agnes ihr die Hand auf den Mund legte.

»Oh. Bitte entschuldige«, sagte Tempie.

Agnes nahm ihre Hand weg. »Reiß dich zusammen, Tempie. Wir wollen doch die beiden Gentlemen nicht mit meiner Lebensgeschichte langweilen, oder?«

Peter kniff die Augen zusammen. »Warum sind Sie dann so gut gekleidet, Miss Resolute?«

Agnes fiel auf, dass er sie nicht mehr mit Vornamen ansprach und jener schwärmerische Unterton aus seiner Stimme verschwunden war. »Ich habe das Glück, dass sich ein Wohltäter um mich kümmert«, gab sie zurück, in der Hoffnung, dass ihre Erwiderung nicht zu eindeutig klang.

»Ein Mann?«

Agnes wollte Julius' Namen keinesfalls erwähnen. »Es gibt doch sicherlich interessantere Themen als mich«, sagte sie. »Tempie, wieso erzählst du uns nicht …«

»Ich finde es aber interessant«, unterbrach Peter. »Sogar sehr.«

Agnes erhob sich. »Vielen Dank, meine Herren, aber ich bin müde und kehre auf das Schiff zurück.«

»Agnes?«, fragte Tempie unsicher.

»Genieß ruhig den Abend, Tempie«, sagte Agnes und hastete davon.

Kurz darauf tauchte Tempie neben ihr auf. »Es tut mir so leid«, sagte sie. »Ich bin eine schreckliche Freundin.«

»Ich mache dir keine Vorwürfe, Tempie. Die Herren hätten keine Fragen nach Geld stellen dürfen. Selbst ich weiß, wie vulgär so etwas ist.« Trotzdem schlug ihr das Herz immer noch bis zum Hals. Ihr eigener Ruf kümmerte sie nicht, sondern Julius' Ansehen.

»Aber es ist doch alles in bester Ordnung«, entgegnete Tempie. »Du wirst Julius heiraten, daher ist rein gar nichts Anrüchiges an deinem Verhalten.«

Agnes blieb stehen und wandte sich zu Tempie um, die sie mit ihren großen, sanften Augen ansah. »Für andere Leute haben arme Menschen wie ich immer etwas Anrüchiges.«

»Aber auf dich trifft das nicht zu.«

»Nun ja, die beiden jungen Herren haben sicherlich so einiges über mich zu sagen, und ich will lieber nicht in der Nähe sein, wenn sie sich das Maul zerreißen. Wollen wir zurück aufs Schiff gehen?«

Tempie bejahte und ergriff Agnes' Hand.

Die kleinen Boote hüpften im Hafenbecken auf und ab. Männer unterhielten sich in ihrer exotisch klingenden Landessprache und rauchten, wobei ihre Zigaretten orangefarben in der Dunkelheit leuchteten. Inzwischen war der Himmel bedeckt, sodass man die Sterne nicht mehr erkennen konnte, doch es war immer noch angenehm warm.

Agnes holte das Geld für das Boot aus der Tasche und dachte an den Ausdruck auf Peters Gesicht, als er erfahren hatte, dass sie vielleicht doch nicht die Lady war, für die er sie gehalten hatte. Julius hingegen war so gütig und freundlich. Der Arme. Sein Antrag hatte ihn solche Überwindung gekostet, und zum Dank hatte er ihre ungezügelte Wut abbekommen. Gewissensbisse quälten sie, und mit einem Mal wünschte sie sich sehnlichst in das stille, friedliche Haus am Belgrave Place zu Julius und Marianna zurück, statt hier zu sein, am anderen Ende der Welt.

Am nächsten Morgen war sie gerade dabei, sich anzukleiden, als es an der Tür klopfte und eine Stimme »Tempie!« rief.

Eilig raffte Agnes ihr Kleid zusammen und blickte auf, geradewegs ins Gesicht von Mrs Dartforth, die sich im Türrahmen aufbaute. Tempie, die auf dem Bett gelegen und gelesen hatte, stieß ein leises, furchtsames Stöhnen aus.

»Was ist denn, Mrs Dartforth?«, fragte Agnes.

»Wagen Sie es nicht, mich anzusprechen«, fauchte Mrs Dartforth. »Los, komm mit Tempie, auf der Stelle. Ich weiß, was du gestern Abend getan hast, und jetzt weiß ich auch, wer sie ist.«

Tempie sprang auf und zog ihren Morgenrock enger um sich. »Was? Aber woher?«

»Zum Glück hat mich einer der jungen Herren über die Situation in Kenntnis gesetzt. Arme Tempie. Du bist ihr auf den Leim gegangen. Und jetzt pack deine Sachen. Du bleibst auf keinen Fall im selben Zimmer mit dieser …« Mrs Dartforths feindseliger Blick heftete sich auf Agnes. »Diesem *Findelkind.*«

»Es tut mir leid, Mutter. Ich werde das Schiff bestimmt nicht noch einmal ohne deine Erlaubnis verlassen. Aber du darfst Agnes und mich nicht trennen.«

»Ich sagte, pack deine Sachen«, keifte Mrs Dartforth. »Ich lasse nicht zu, dass du oder sonst einer meiner Lieben auch nur eine Sekunde länger mit dieser elenden Lügnerin verbringt, einer Frau von fragwürdiger Herkunft und mit keinerlei Aussichten!« Sie schüttelte den Kopf. »Ungarischer Bärenfellhändler! Pah!«

Tempie protestierte und weinte, doch Mrs Dartforth stapfte in der Kabine umher, riss Tempies Sachen aus den Schubladen und stopfte alles in ihren Koffer. Agnes sah ihnen benommen zu.

»Ich werde dich niemals vergessen, Agnes«, rief Tempie tränenüberströmt, als ihre Mutter sie aus der Kabine zerrte.

Agnes erwiderte nichts. Die Tür fiel hinter ihnen ins Schloss, dann war es still.

Den ganzen Tag saß Agnes an Deck in der glühenden Sonne und beobachtete, wie das Schiff den Suezkanal passierte, so langsam, dass kein kühlender Fahrtwind entstand. Der Kanal entpuppte sich als deutlich schmaler, als sie erwartet hatte. Auf der einen Seite war nur Sand, auf der anderen zogen Gebäude und Kamelkarawanen vorüber. Eine Handvoll Straßenkinder lief neben dem Schiff her und bot den Passagieren an, nach Bargeld zu tauchen. Ein oder zwei warfen Münzen ins Wasser, und die dürren Kinder sprangen hinein, um sie herauszuholen – ein durchaus gefährliches Unterfangen. Mit angehaltenem Atem beobachtete Agnes, wie sie hinuntertauchten und wieder emporkamen, die Münzen triumphierend zwischen den dunklen Fingern.

Eine unscheinbare junge Frau aus der ersten Klasse, die etwa in Agnes' Alter war, warf ebenfalls eine Münze hinein, doch niemand machte Anstalten, danach zu tauchen.

»Was für eine Verschwendung«, murmelte sie.

»Aber haben Sie denn keine Angst, eines der Kinder könnte ertrinken?«, fragte Agnes.

Die junge Frau sah sie verächtlich an. »Es ist wohl kein Wunder, dass ein Findelkind sich um diese gottverlassenen, erbärmlichen Tagediebe sorgt, deren Eltern sich nicht anständig um sie kümmern.« Sie lächelte boshaft. »Soll ich vielleicht noch eine Münze reinwerfen, damit Sie danach tauchen?«

Agnes setzte zu einer beleidigenden Antwort an, verkniff sie sich jedoch im letzten Moment. Eine freche Erwiderung würde die Meinung der Frau über sie lediglich noch festigen. Sie wollte sich nicht ins Bockshorn jagen lassen. »Dämliche Kuh«, murmelte sie, als die Frau davonging.

Tempies Geschichte über Agnes' Vergangenheit hatte also auf dem Schiff die Runde gemacht. Im Grunde machte es Agnes nichts aus. Sie schämte sich nicht dafür, wer sie war. Allenfalls war sie stolz darauf, wie weit sie es angesichts ihrer Herkunft gebracht hatte. Als sie in Ismailia vor Anker gingen, um ein anderes Schiff vorbeifahren zu lassen, kam ein Seidenhändler an Bord, dem Agnes ein Stück Stoff zu einem horrenden Preis abkaufte – direkt vor den Augen der jungen Frau aus der ersten Klasse, die sie mit einer Mischung aus Verblüffung und Schockiertheit anstarrte.

Am Abend hatten sie Suez immer noch nicht erreicht. Agnes beschloss, aufs Abendessen zu verzichten und sich die feindseligen Blicke der Dartforths und der anderen neugierigen Passagiere zu ersparen. Sie zog sich in ihre Kabine zurück, und als sie am nächsten Morgen erwachte, befanden sie sich bereits auf dem Roten Meer.

Ihre Freude darüber, die Kabine für sich zu haben, währte nur kurz. Die Hitze war unerträglich, und in den fensterlosen Räumen unter Deck war es noch viel schlimmer. Sie ging nach oben an Deck, suchte den schattigen Platz auf, an dem sie und Tempie während der letzten Tage gesessen hatten, las und stickte ein Weilchen, während sie sich nach einem kühlen Bad sehnte. Sie konnte sich nicht vorstellen, wie ein Mensch diese unsägliche Hitze überlebte. Sie schien förmlich ihre Lunge zu versengen. Das Rote Meer war flach und ruhig, und die Udolpho glitt scheinbar mühelos dahin, doch selbst der Fahrtwind war unerträglich heiß, als käme er geradewegs aus einem

Hochofen. Inzwischen befanden sie sich mitten auf dem Meer, und es war viel zu diesig, um in der flirrenden Hitze noch das Land erkennen zu können. Es existierte nur noch der strahlend blaue Himmel, das badewannenwarme Wasser und die Udolpho. Matt und erschöpft blickte Agnes auf das Wasser und konnte sich zum ersten Mal vorstellen, wie Marianna sich fühlte – so als erdrücke die Welt einen. Nichts als Wasser, gnadenlose Hitze und sie, bloß ein nichtiges Geschöpf mit einem laut schlagenden Herzen.

Im Speisesaal war es stickig, und der Geruch nach Essen hing in der Luft. Obwohl Agnes sich möglichst weit weg von den Dartforths setzte, schienen sie Mrs Dartforths durchdringende Stimme und ihr eisiger Blick zu verfolgen. Inzwischen gab es keinen Zweifel mehr, dass sie andere Passagiere eingeweiht und gegen Agnes aufgewiegelt hatte. Agnes saß beim Reverend und seiner Tochter, die sehr freundlich zu ihr waren und sie nicht mit neugierigen Fragen löcherten. Immer wieder sah Tempie zu ihr herüber und bemühte sich um ein aufmunterndes Lächeln, doch Mercy schlug ihrer Schwester jedes Mal mit dem Löffel auf die Hand, worauf Agnes, die ihrer einstigen Freundin das Leben nicht unnötig schwermachen wollte, eilig den Blick abwandte.

Schließlich kam die allgemeine Frage auf, wo man der nächtlichen Gluthitze am besten entgehen könnte, und der Reverend verkündete, er werde die Nacht auf dem Deck zubringen. Mit einem zufriedenen Lächeln registrierte Agnes das empörte Murmeln am Tisch der Dartforths.

»Würden Sie mir gestatten, Ihnen Gesellschaft zu leisten?«, fragte sie so laut, dass jeder sie hören konnte.

»Aber natürlich, Miss Resolute«, gab er mit einem belustigten Zwinkern zurück.

Wegen der Hitze wurden sämtliche abendlichen Zerstreuungen abgesagt, und Agnes ging gleich nach dem Abendessen nach unten, um ein kaltes Bad zu nehmen. Sie schlüpfte in ihr leichtestes Hauskleid, klemmte sich ihr Kopfkissen unter den Arm und ging nach oben. Etliche belegten das Achterdeck mit Beschlag und plauderten leise. Es schien, als hätte sich die gesamte dritte Klasse dort eingefunden, wohingegen sie hier, in dem den reichen Passagieren vorbehaltenen Teil des Schiffs, lediglich auf den Reverend, seine Tochter und das Missionarsehepaar traf.

»Wir haben Ihnen einen Platz frei gehalten, Miss Resolute«, sagte die Tochter des Reverends und deutete auf eine zusammengefaltete Decke zwischen ihr und der Missionarsfrau.

Agnes legte sich hin. Obwohl sie die Deckplanken deutlich spüren konnte, genoss sie die frische, klare Luft. Sie blickte zu den Sternen hinauf, die millionenfach über ihr funkelten, einige strahlend und hell, andere wiederum kaum auszumachen. Kein Wölkchen war am Himmel zu sehen.

»Liegen Sie bequem?«, erkundigte sich der Reverend, setzte sich auf und lehnte sich über seine Tochter hinweg.

»Ja. Vielen Dank. Und danke, dass Sie … trotz allem nett zu mir sind.«

»Ich habe so viele Jahre lang das Wort Gottes gepredigt, Miss Resolute, daher empfinde ich allen seinen Kindern gegenüber Liebe und will nicht über sie urteilen. Aber sagen Sie mir eines – kränkt Sie die Feindseligkeit dieser Leute und macht Sie traurig?«

Agnes stützte sich auf den Ellbogen auf und schüttelte den Kopf. »Nein, Reverend. Es ist nicht das erste Mal, dass andere ein Urteil über mich fällen, und zweifellos auch nicht das letzte Mal.« Sie lächelte, als ihr ein Satz aus seiner letzten Predigt wieder einfiel. »Aber nur Gott allein kann über mich richten.«

»Das ist wohl wahr.«

»Was erzählen sie über mich?«

Der Reverend seufzte, und seine Tochter ergriff das Wort. »Dass Sie ein armes Findelkind sind, sich aber einen reichen Mann angelacht haben, der die Kosten für Ihr Abenteuer trägt.«

Agnes zuckte zusammen. »Und haben sie auch seinen Namen genannt?«

»Mir ist er jedenfalls nicht zu Ohren gekommen«, antwortete die Pfarrerstochter.

Vielleicht hatte Tempie dem Druck ihrer grauenvollen Familie standgehalten und ihn nicht preisgegeben.

»Nur Mut«, sagte die Ehefrau des Missionars, eine freundliche Frau mit glattem, zu einem straffen Knoten frisiertem Haar. »All das liegt bald endgültig hinter Ihnen, sowie wir das Meer hinter uns lassen, das für alle Zeit seine Wellen schlagen wird, ganz ohne unser Zutun.«

Agnes legte sich wieder hin und blickte zum Himmel. Nur Gott allein konnte über sie richten, ebenso wie über Genevieve. Der Gedanke entlockte ihr ein Lächeln. Sie betrachtete die Sterne, lauschte den leisen Stimmen und schlief schließlich ein, eingehüllt vom samtigen Blau des Nachthimmels über ihr.

Drei Tage später gingen die Dartforths in Aden von Bord, um von dort ihre Reise auf dem Dampfer nach Kalkutta fortzusetzen. Als die Udolpho ankerte, beschloss Agnes, dass sie Tempie Auf Wiedersehen sagen musste; sie war ihr so eine gute Freundin gewesen, wenn auch nur für eine kurze Zeit. Die Sorge, ihre Freundin ohne ein Lebewohl ziehen zu lassen, war größer als die Furcht vor der Reaktion ihrer Familie.

Am Morgen klopfte Agnes noch vor dem Frühstück an die Tür der Kabine der Dartforths. Mercy öffnete.

»Was wollen Sie?«, fragte sie verächtlich.

Agnes sah, dass die vier Tempie gezwungen hatten, auf dem Fußboden zu schlafen. Tempie setzte sich auf. »Agnes?«

»Ich wollte mich nur von dir verabschieden«, sagte Agnes über Mercys Schulter hinweg.

Mrs Dartforth tauchte auf, schob Mercy zur Seite und stieß Agnes grob auf den Korridor hinaus, ehe sie die Tür schloss. Agnes musste sich an der Reling festhalten, um nicht ins Straucheln zu geraten. »Auf Wiedersehen, Agnes«, hörte sie Tempies gedämpfte Stimme.

Mrs Dartforth baute sich über ihr auf. »Bitte, lassen Sie meine Familie in Frieden. Ich weiß, dass Sie keine Mutter haben und sich deshalb so unzivilisiert benehmen, aber meine Töchter – vor allem Tempie – können jemanden wie Sie nicht um sich gebrauchen.«

»Ich mag Tempie sehr gern und wollte stets nur ihr Bestes.«

»Sie haben doch keine Ahnung, was ihr Bestes ist.« Zum ersten Mal schwang nicht dieser feindselige und barsche Ton in ihrer Stimme mit. »Es ist meine Pflicht, sie zu beschützen.« Ihre Worte schienen aufrichtig gemeint zu sein. »Ich muss dafür Sorge tragen, dass sie zu einer Frau heranwächst, die ihren Platz in der Welt findet. Alles, was ich für sie tue, geschieht aus reiner Liebe zu ihr. Ich kann nicht von Ihnen erwarten, dass Sie es verstehen, mutter- und mittellos, wie Sie sind.«

Agnes starrte sie verblüfft an. Mrs Dartforth liebte ihre Tochter? Sie hatte sie gedemütigt, beschimpft und gekränkt, und dennoch sprach sie von Liebe? Wenn man genauer darüber nachdachte, ergab es sogar einen Sinn, gleichwohl auf eine verkorkste Art und Weise. Für Mrs Dartforth stellten Beschämung und Demütigung eine Methode dar, damit Tempie sich nicht ständig vollstopfte; und sie einzusperren und ihre Freiheit zu beschränken bereitete sie womöglich auf ein Leben in einer Welt vor, in der Frauen es nun einmal nicht leicht hatten. Agnes wusste nicht, was sie davon halten sollte, dass Mutterliebe so gemein und zugleich so wohlwollend sein konnte.

Mrs Dartforth nickte knapp, als wäre die Unterredung damit beendet, und wandte sich zum Gehen.

»Seien Sie nett zu ihr«, bat Agnes.

Mrs Dartforth erwiderte nichts darauf.

Agnes ging an Deck und beobachtete, wie sie von Bord gingen. Tempie gelang es sogar, ihr verstohlen zu winken und eine Kusshand zuzuwerfen. Agnes ließ sich nicht von den missbilligenden Blicken der anderen Passagiere irritieren. In nicht einmal einer Woche wäre sie in Colombo, wo sie Genevieve erzählen konnte, wie es sich anfühlte, von anderen ausgegrenzt zu werden. Denn ihre Mutter wusste genau, wovon sie sprach. Wenn Mrs Dartforth sie etwas gelehrt hatte, dann war es die Erkenntnis, dass Mütter ihre Töchter liebten. Ohne Ausnahme.

KAPITEL 16

☆

Die RMS Udolpho erreichte den Hafen von Colombo mitten in der Nacht und lag bereits einige Zeit vor Anker, als Agnes erwachte. Sie hatte ihre Sachen schon am Vorabend gepackt und ihren Hut mit der breitesten Krempe vor dem Zubettgehen abgestaubt und hergerichtet, jedoch kaum Schlaf gefunden.

Endlich hatten sie ihr Ziel erreicht.

Das Gepäck zu ihren Füßen stellte sie sich in der Schlange an. Eine Barkasse brachte die Menschen an Land, während auf der anderen Seite des Dampfers die Postsäcke entladen wurden. Agnes konnte es kaum erwarten, endlich von Bord zu kommen. Jenseits des Hafens erstreckten sich niedrige Häuser und Palmen. Es herrschte eine feuchte Hitze, und sie sehnte sich nach einer angenehmen Brise. Auch der Fächer, mit dem sie sich Luft zuwedelte, verschaffte ihr keine Linderung.

Endlich übergab sie ihre Koffer einem Mann auf dem Boot, der mit nichts als einem dünnen Lendenschurz bekleidet war – durchaus angemessen bei dieser Hitze. Sie wünschte, sie könnte ebenfalls so herumlaufen. Gemeinsam mit dem Reverend und seiner Tochter und zwei älteren Gentlemen, die in Aden zu ihnen gestoßen waren, wurde sie an Land gebracht.

An der Pier drehte sich der Reverend zu ihr um und musterte sie mit seinen klugen grauen Augen. »Auf Wiedersehen, Miss Resolute. Ich hoffe, Sie finden, wonach Sie suchen.«

»Das werde ich gewiss«, erwiderte sie und drückte ihn spontan an sich, ehe sie auch seine Tochter umarmte.

»Sie haben so viel Gutes in sich«, sagte der Reverend. »Das kann ich sehen.«

Agnes ließ den Blick schweifen, über den dunstig blauen Himmel, das tropische Grün, die vielen Menschen. Sie fühlte sich lebendig, voller Hoffnung. »Es gibt auch so viel Gutes in der Welt«, sagte sie. »Danke.«

In einem kleinen Laden an der Pier kaufte sie eine Landkarte für einen Penny, las sich die Liste der Hotels durch und entschied sich für das Victoria Hotel, das hoffentlich für eine junge, allein reisende Engländerin geeignet war; schließlich war es nach der englischen Königin benannt.

Agnes bahnte sich einen Weg durch die geschäftigen Straßen voller Karren mit eingespannten Ochsen statt Pferden und halb nackten, barfüßigen Einheimischen, die Rikschas hinter sich herzogen. Sie kam an kleinen Holzhütten und mehrstöckigen Häusern mit aufwändig verzierten Giebeln vorbei, an behelfsmäßigen Marktständen, an denen Früchte, Reis, Kokosnüsse und Brennholz feilgeboten wurden. Besonders fasziniert war Agnes von den fließenden Kleidern der Frauen, die schulterfrei und mit raffinierten Spitzen besetzt waren. Schließlich stand sie vor dem Hotel, das sich ins Londoner Stadtbild nahtlos eingefügt hätte: Es war ein weißes Steinhaus mit Bogenfenstern und einem umzäunten Garten mit perfekt getrimmten Bäumen. Unter einem Baum picknickte eine Gruppe von Damen, allesamt in weißen Leinenkleidern. Mit hochrotem Gesicht schleppte Agnes ihre Koffer an ihnen vorbei und betrat völlig verschwitzt die kühle Lobby des Hotels mit dem glänzenden Steinfußboden. Die Wände waren hellgrün gestrichen, und an der hohen Decke hingen ausladende Kronleuchter. Die Angestellten schienen Einheimische zu sein, die Gäste hingegen ausnahmslos Weiße.

Agnes nahm sich ein Zimmer, das jedoch erst am Nachmittag zur Verfügung stand, doch sie konnte zumindest ihre Koffer im Hotel lassen. Sie wechselte ein wenig Bargeld, ehe sie sich neuerlich ins Getümmel stürzte. Sie konnte es kaum erwarten, endlich mit ihrer Suche zu beginnen, daher hielt sie eine Rikscha an und nannte dem Fahrer Genevieves Adresse.

Die Entfernung, die sie in den letzten Wochen zurückgelegt hatte, fühlte sich gewaltig an; sie hatte nicht nur körperlich einen Ozean überquert, sondern auch im Herzen. All die vielen Meilen, die sie nun vom kalten, grauen England trennten ... wie weit alles entfernt schien, was sie kannte, was ihr vertraut war, und wie nahe war sie dem gekommen, was wirklich zählte. Die Rikscha holperte durch die Straßen. Agnes hatte Mitleid mit dem armen Mann, der sie ziehen musste. Sie ließen die geschäftigen Hauptstraßen hinter sich und rollten durch nicht so wohlhabende, weniger dicht mit Bäumen bestandene Viertel. Hunde und Katzen, die keinem und jedem zu gehören schienen, stromerten herum. Vor einem Haus mit abgeblätterter Farbe und vernagelten Fenstern kam der Rikschafahrer schließlich zum Stehen.

»Das ist es?«, fragte sie ihn.

Er nickte und wiederholte die Adresse, die sie ihm gegeben hatte.

Sie stieg aus und nahm das Haus in Augenschein, und ihre Hoffnung verflog. Es schien niemand darin zu wohnen. Einen Moment lang überlegte sie, wieder einzusteigen und zurückzufahren, doch sie brauchte Gewissheit.

»Ma'am?«

Sie wandte sich zu dem Rikschafahrer um, der ihr die Hand entgegenstreckte. Lächelnd bezahlte sie ihn, worauf er sein Gefährt nahm und sich auf die Suche nach dem nächsten Fahrgast machte.

Agnes ging die beiden Stufen hinauf und klopfte an die rot

gestrichene Tür mit dem angelaufenen Messingklopfer. Wie befürchtet machte niemand auf.

Aus einem Impuls heraus drehte sie den Knauf. Die Tür war nicht verschlossen.

Mit einem flüchtigen Blick über die Schulter machte sie die Tür auf. »Hallo?«

Durchdringender Gestank nach Tierexkrementen empfing sie. Vor ihr lag ein schwarzweiß gefliester Eingangsbereich. Agnes trat ein und schloss die Tür hinter sich. »Hallo?«, rief sie noch einmal. Diesmal ertönte das Geräusch von Krallen auf dem Fußboden; vermutlich hatte sich irgendein Vieh hier häuslich eingerichtet. Sie ging in das nächste Zimmer, das ebenfalls leer war. Die Fenster im hinteren Teil des Hauses waren nicht vernagelt; eines war zerborsten, der Fußboden von Blättern übersät. In der Ecke lag ein aufgerollter, offensichtlich halb vermoderter Teppich. Von der Decke hingen Eisenketten, an denen einst Kronleuchter befestigt gewesen waren. Agnes ging von Zimmer zu Zimmer, doch sie stieß auf keinerlei Mobiliar oder sonst etwas, das Aufschluss über seine Besitzer oder den Grund ihres Auszugs hätte geben können. Schließlich stieg sie die Treppe hinauf. Nur noch die Nägel waren vorhanden, an denen einst der Teppichboden befestigt gewesen war. Sie spähte in die abgedunkelten, staubigen Zimmer. Nichts.

Agnes kehrte auf die Straße zurück. Eine Brise war aufgekommen und trug salzige Luft heran, ein Zeichen, dass die Hitze am Abend ein wenig nachlassen würde. Niedergeschlagen ging sie ins Hotel.

Später saß sie am Fenster in ihrem Zimmer mit Ausblick auf den Garten und den geschäftigen Markt und genoss den sanften Wind, der ihr Gesicht liebkoste. Der Geruch nach Gewürzen und offenem Feuer wehte heran und verflog wieder. Sie hatte ein kaltes Bad genommen, ein leichtes Leinenkleid übergestreift und trug ihr langes Haar offen. Nach all den Wochen auf See hatte sie sich immer noch nicht daran gewöhnt, wieder festen Boden unter den Füßen zu haben, doch es machte ihr nichts aus.

Morgen setzte sie ihre Reise fort, hundert Meilen oder sogar noch weiter in die Berge zur Teeplantage der Valentines. Dort würde sie zumindest irgendjemanden finden, sagte sie sich, um sich ein wenig aufzumuntern; schließlich stand nach wie vor der Name auf dem Pariser Geschäft. Natürlich wünschte sie sich, dass dieser Jemand Genevieve war, doch die lange Liste aus Enttäuschungen verbot ihr, sich allzu große Hoffnungen zu machen. Zum ersten Mal, seit sie aus England aufgebrochen war, spürte sie, wie die Fieberhaftigkeit, die sie bislang angetrieben hatte, nachzulassen begann. Vor diesem Moment hatte sie sich gefürchtet, denn nun war sie am anderen Ende der Welt, weit fort von Zuhause, von Julius und Marianna, die ihr so sehr ans Herz gewachsen waren. Sie war klein und schwach, die Welt ringsum dagegen groß und brutal. Ja, morgen würde sie mit dem Zug nach Kandy fahren und vielleicht … vielleicht Genevieve finden und ihr alles sagen, was sie auswendig gelernt und im Geiste zahllose Male geprobt hatte: *Ich bin deine Tochter. Du bist meine Mutter.*

Sie sprach die Worte aus, die laut in dem großzügigen Hotelzimmer widerhallten, in ihren Ohren jedoch bedeutungslos und wenig überzeugend klangen.

Wie würde Genevieve reagieren? Würde sie entzückt lachen, sie liebevoll umarmen, sie mit einem vielsagenden Blick bedenken? Oder würde sie Agnes an den Kopf werfen, dass sie ihre Gründe gehabt habe, sie zurückzulassen, und ihre Suche lediglich eine Zeit- und Energieverschwendung sei?

Seufzend schloss Agnes die Augen. Wie weit würde sie noch reisen, falls sie Genevieve dort nicht vorfand? Würde sie zur nächsten Adresse fahren, die sie ausfindig machte, an die nächste Tür klopfen, hin- und hergerissen zwischen Hoffnung und Enttäuschung?

»Ich bin in Ceylon«, sagte sie laut, denn sie konnte es auch jetzt immer noch nicht recht glauben. Nicht einmal in ihren kühnsten Träumen hätte sie sich so etwas je auszumalen gewagt. Aber egal was morgen passierte, sie war weit gekommen, seit sie Perdita Hall den Rücken gekehrt hatte; weiter, als sie es je für möglich gehalten hatte, und damit begnügte sie sich.

Sie versuchte, sich mit dem Gedanken anzufreunden. Trotzdem kam sie nicht zur Ruhe, fand bis weit nach Mitternacht keinen Schlaf.

Noch vor Sonnenaufgang bestieg Agnes am nächsten Morgen den Zug. Der Hoteldirektor hatte ihr geholfen, ihre Reiseroute festzulegen. Von Colombo ging es nach Kandy, von Kandy bis zur neuen Bahnstation Nawalapitiya, wo sie eine Kutsche nach Valentine Estate nahm. Einen Koffer ließ sie zurück, den zweiten, leichteren, nahm sie mit. Auf der Plantage benötigte sie keine besonders ausgefallene Garderobe, und allein der Gedanke, bei dieser Hitze ein Korsett zu tragen, war unerträglich. Nein, leichte, praktische Kleidung, Handschuhe und ein breitkrempiger Hut, mehr brauchte sie nicht. Sie verstaute den Koffer im Gepäcknetz und suchte ihren Platz. Der Sitz war hart, das Tischchen zu weit entfernt, aber wenigstens hatte sie einen Fensterplatz, sodass sie die reich verzierten schmiedeeisernen Stützbalken des Bahnhofs und die einheimischen Kofferträger in ihren wadenlangen Hosen und mit den weißen Schärpen betrachten konnte. Ein großer, kräftiger Mann mit riesigen Händen setzte sich neben sie, und ihr blieb kaum noch Platz. Weitere Fahrgäste stiegen ein, unter ihnen rotwangige Zwillingsmädchen, die unentwegt mit ihrer Mutter in einer unverständlichen Sprache plapperten. Schließlich ertönte ein lautes Tuten, und eine dicke Dampfwolke stieg aus dem Schornstein der Lok auf, als sich der Zug in Bewegung setzte.

Agnes hatte vorgehabt, zu lesen oder ein wenig zu dösen. Die Fahrt dauerte mehr als vier Stunden, doch die Landschaft war so spektakulär, dass sie nichts verpassen wollte. Sie ließen die Stadt und angrenzenden Dörfer hinter sich, fuhren über Brücken, unter denen reißende Flüsse tosten, durch dichte Wälder, wobei die leuchtend grünen Blätter der Bäume gegen die Abteilscheiben schlugen, über Hügel und Hänge, um dramatische Felsvorsprünge herum und durch so lange und tiefe Tunnel, dass sie sich fragte, ob sie jemals am anderen Ende wieder herauskämen. In Kandy musste sie umsteigen. Als der Zug losfuhr, sah sie einen Mann auf einem Elefanten reiten. Der Zug war deutlich kleiner, und nur ein weiterer Fahrgast saß in ihrem Abteil, ein Mann mit einem rotblonden Bart, der die ganze Fahrt über in ein Rechnungsbuch kritzelte und jedes Mal fluchte, wenn der Zug ruckelte und die Tinte aus seiner Feder lief. Sie fuhren durch eine hügelige Landschaft mit steil abfallenden Feldern voll leuchtend grüner Pflanzen links und rechts. Dichter, gräulicher Dunst hing über Nawalapitiya, als sie in dem winzigen Dorf ankamen. Agnes stieg aus und sah sich mit wachsender Panik auf dem verwaisten Bahnsteig um; sie hatte gedacht, einen Gepäckträger oder jemanden am Fahrkartenschalter nach einer Kutsche fragen zu können, doch es war weit und breit niemand zu sehen. Gerade als sie zum vorderen Teil des Zugs gehen wollte, um sich an den Lokführer zu wenden, marschierte der rotbärtige Mann aus ihrem Abteil an ihr vorbei.

»Entschuldigen Sie, Sir«, rief sie. »Wie komme ich am besten zum Valentine Estate?«

Er blieb stehen und sah sie stirnrunzelnd an. »Weiß Saul, dass Sie kommen?«

»Ja, ich bin seine Nichte«, log sie. »Allerdings könnte der Zeitpunkt meiner Ankunft etwas … unerwartet sein.«

Er tippte sich an den Hut. »Ich bin ein Geschäftspartner von Saul, und mein Fahrer kennt den Weg. Es wäre mir ein Vergnügen, Ihnen seine Dienste und meine Kutsche anzubieten. Schließlich gehören Sie ja zur Familie.«

»Nun, dann kann ich mich ja glücklich schätzen, Ihre Bekanntschaft zu machen«, sagte sie. »Wie heißen Sie?«

»Daniel Fitzpatrick. Ich bin Geschäftsmann und vermittle einheimische Arbeitskräfte an Plantagenbesitzer.« Er runzelte neuerlich die Stirn. »Allerdings habe ich in letzter Zeit niemanden mehr zu Saul geschickt.«

»Nun, Mr Fitzpatrick, dank Ihrer Hilfe nimmt ein sehr anstrengender Tag nun ein erträgliches Ende.«

»Dann kommen Sie mit.«

Sie folgte ihm zu einer von einem Ochsen gezogenen Kutsche. Fitzpatrick sagte etwas zu seinem Fahrer, einem dunkelhäutigen Mann in weißer Kluft, in der Landessprache, worauf Agnes' Koffer auf die Ladefläche gewuchtet wurde. Fitzpatrick half ihr beim Einsteigen. Der Kutscher fuhr zu Fitzpatricks Haus – einem weitläufigen Anwesen mit einem dschungelähnlichen, undurchdringlichen Garten – und nahm die Anweisungen seines Herrn entgegen, wo er Agnes absetzen sollte.

»Richten Sie Saul meine Grüße aus«, bat er und beugte sich durchs Fenster. »Ich hab ihn seit Monaten nicht mehr zu Gesicht bekommen.«

Am liebsten hätte sie ihn gefragt, ob Genevieve ebenfalls in Valentine Estate sei, doch sie fürchtete, er könne daraus schließen, dass sie in Wahrheit gar nicht seine Nichte war. »Das werde ich, Mr Fitzpatrick. Und vielen Dank.«

Sie ließ sich zurücksinken, während die Kutsche die unebenen Straßen entlangholperte. Schon bald befanden sie sich mitten im Dschungel. Ein Käfer flog durch das offene Fenster herein und ließ sich auf ihrem Schoß nieder. Mit einem spitzen Schrei fegte sie ihn weg, schämte sich jedoch augenblicklich für ihre Hysterie. Aber sie hatte noch nie so ein riesiges Insekt gesehen. Inzwischen stand die Sonne tief am Himmel. Vor vier Uhr nachmittags würde sie Valentine Estate keinesfalls erreichen. Sie war todmüde und verängstigt, und die Reise schien nicht enden zu wollen.

Schließlich fuhren sie aus dem Dickicht heraus und einen Hügel hinunter, geradewegs auf ein in eine Steinmauer eingelassenes Eisentor zu. Meilenweit erstreckten sich grüne Hügel in der untergehenden Sonne. Es war merklich kühler geworden, und hier und da waren vereinzelte Häuser auszumachen. Die Kutsche rumpelte weiter und kam auf einer breiten Lichtung vor dem Tor zum Stehen. Sie hörte den Kutscher herunterspringen und ihren Koffer ausladen.

Agnes hatte gehofft, er würde sie bis zum Plantagenhaus bringen. Sie stieg aus. »Wo ist das Haus?«, fragte sie.

»Valentine Estate«, antwortete er nur.

»Hier?« fragte sie und deutete zwischen den Gitterstreben hindurch.

Er nickte. »Valentine Estate.«

»Nun, das ist gut, aber würden Sie bitte hier auf mich warten? Nur für den Fall, dass niemand zu Hause ist.«

Er lächelte.

»Hier warten.«

»Wir hier.«

»Nein ... bitte warten Sie. Bitte. Nur ein paar Minuten.«

Er nickte eifrig.

Agnes ließ ihren Koffer am Wegrand stehen und öffnete das Tor. Nach ein paar Metern hörte sie die Kutsche davonfahren.

Sie wirbelte herum. »Nein! Warten Sie!«, rief sie, doch der Kutscher lenkte das Gefährt bereits den Hügel hinauf. Sie lief ihm hinterher, doch der Hang war zu steil und sie viel zu erschöpft, um lange durchzuhalten. Sie blieb stehen, ging zurück, nahm ihren Koffer und schleppte ihn die lange, überwucherte

Zufahrt entlang, in der Hoffnung, bald das Plantagenhaus zu entdecken.

Hinter der nächsten Biegung sah sie es – ein weitläufiges Gebäude aus Stein, mit einer breiten Treppe und einer Veranda, die ums ganze Haus zu verlaufen schien. Auf beiden Seiten standen Obstbäume, die allem Anschein nach seit Langem nicht mehr geschnitten worden waren. Der Anstrich des mit üppigen ceylonesischen Motiven verzierten Geländers war verblasst, das Holz wellig von der Feuchtigkeit und an manchen Stellen sogar verrottet. Überall wucherte Gras.

Agnes' Mut sank. Das Haus schien genauso unbewohnt zu sein wie das in Colombo. Sie war meilenweit von der Zivilisation entfernt, ohne eine Möglichkeit, ins Dorf zurückzukehren – ganz davon abgesehen, dass sie nicht einmal genau wusste, in welcher Richtung es überhaupt lag –, und es wurde bereits Abend. Sie holte tief Luft. Nun gut, wenn das Haus verlassen war, konnte sie nichts daran ändern. Sie würde schon auf der Veranda ein Plätzchen zum Schlafen finden; im Grunde wäre es nicht viel anders als an Deck der Udolpho. Und morgen würde sie schon irgendwie zurück ins Dorf gelangen. An Käfer oder wilde Tiere würde sie ganz einfach nicht denken.

Ihr Schatten fiel lang auf die Treppe des Plantagenhauses, als sie sie erklomm. Laut klopfte sie an die Tür. Über der hohen Holztür befand sich ein mit opulenten Schnitzereien verziertes Oberlicht. Im Haus schien alles dunkel zu sein, trotzdem wartete sie.

Nach einer Weile hörte sie Schritte. Sie verspürte Erleichterung und wappnete sich. Womöglich würde sie gleich Genevieve gegenüberstehen.

Die Tür ging auf, und ein verblüffend gut aussehender Mann von etwa Ende vierzig stand vor ihr. Sein schwarzes, lockiges Haar war von silbernen Strähnen durchzogen und reichte ihm fast bis auf die Schultern, und sein Gesicht schien seit Längerem kein Rasiermesser mehr gesehen zu haben. »Wer sind Sie? Was wollen Sie?«

»Sind Sie Saul Valentine, Sir?«

»Ja, der bin ich. Was wollen Sie von mir?«

»Ich bin hier, weil ich nach Genevieve Breckby suche.«

Er lachte freudlos auf und presste die Lippen aufeinander. »Genevieve ist nicht hier. Sie hat mich vor zwei Jahren, fünf Monaten und zwölf Tagen verlassen.«

Agnes zwang sich, nicht die Fassung zu verlieren. »Können Sie mir sagen, wo sie jetzt ist, Sir?«

»In Australien. Aber wer sind Sie?«

Australien. Agnes stockte der Atem. Sie hatte den Ozean umsonst überquert.

»Also, Mädchen? Wer sind Sie?«

Die Worte sprudelten nur so aus ihr heraus. »Ich bin Agnes Resolute. Ich bin ein Findelkind. Aber ich glaube, sie ist meine Mutter, und deshalb bin ich den ganzen weiten Weg hierhergekommen … den ganzen weiten Weg …«

Mit einem Mal wurde sein Gesicht weich. Er musterte sie aus seinen haselnussbraunen Augen, als suche er in ihrem Gesicht nach Ähnlichkeiten mit Genevieve. »Genevieves Tochter, ja?« Ein fast zärtlicher Tonfall schwang in seiner Stimme mit. »Tja, dann kommen Sie mal besser rein.«

KAPITEL 17

☆

Agnes folgte Saul Valentine ins Haus, in einen weitläufigen Raum mit hohen Säulen und Doppeltüren, die auf die breite Veranda führten. Gerade ging die Sonne hinter den grünen Hügeln unter. Auf den Steinböden lagen weder Teppiche noch Matten. Alles in allem wirkte das Haus seltsam leer; lediglich hier und da standen Möbelstücke herum, die kleinen Inseln glichen. Saul führte sie zu zwei Sesseln mit einem niedrigen Tisch neben einem hölzernen Schrank. Er goss sich einen Whiskey ein und bot Agnes ebenfalls ein Glas an.

»Nein, danke, Sir«, sagte sie und setzte sich. »Aber ich hätte gerne einen Tee.«

»Tee«, erwiderte er trocken. »Puh. Ich selbst kann das Zeug ja nicht ausstehen. Vor allem, wenn man bedenkt, dass es mich beinahe ruiniert hat.« Er verzog das Gesicht zu einem zweideutigen Lächeln. »Na ja, beinahe, aber nicht ganz.« Er läutete eine Glocke, und gleich darauf erschien ein sehr magerer Dienstbote.

»Mahesh, Tee für die Lady. Und haben wir etwas zu essen im Haus? Bring ihr irgendetwas.« Er entließ Mahesh mit einer knappen Geste. »Du machst das schon.«

»Ja, Mylord.« Mahesh verschwand.

»Er ist mein letzter Dienstbote«, erklärte Saul. »Bestimmt haben Sie jetzt Mitleid mit mir, weil ich so heruntergekommen aussehe. Wahrscheinlich hat Valois Ihnen alles über mich erzählt, und deshalb sind Sie hier.«

Bei der Erwähnung von Valois' Namen erschauderte Agnes. »Nein, Sir. Rashmi hat mir gesagt, wo ich Sie finde.«

»Ha! Hat sie Sie geschickt, damit Sie mir ein Messer in den Leib rammen oder mich vergiften?«

»Weder noch, Sir.«

»Hören Sie auf, mich Sir zu nennen. Ich heiße Saul.« Er kippte den Whiskey hinunter und schenkte sich noch einen ein. Erst jetzt fiel Agnes auf, wie schmutzig seine Weste war, als hätte er sich mit Essen bekleckert, sich jedoch nicht die Mühe gemacht, die Flecken abzuwischen. Sie betrachtete ihn, während sich ein Gedanke in ihrem Kopf formte.

»Was ist?«, fragte er. »Wieso sehen Sie mich so seltsam an? Ich kenne diesen Ausdruck. So schauen Frauen, wenn sie über einen urteilen.«

»Weit gefehlt, Sir … Saul, meine ich. Weit gefehlt. Ich überlege gerade, ob Sie womöglich mein Vater sind.«

Er runzelte die Stirn. »Hm. Also, mit dieser Frage habe ich nun wirklich nicht gerechnet. Wie alt sind Sie, Agnes Resolute?«

»Neunzehn.«

Er schien nachzurechnen, schüttelte dann den Kopf. »Nein, ich bin nicht Ihr Vater. Das muss Ernest Shawe oder Wilburforce Peacock sein. Hoffen wir um Ihretwillen, dass es Letzterer ist. Shawe ist ein reichlich unangenehmer Zeitgenosse. Er hat mir sogar mal einen Kinnhaken verpasst. Ich hätte um ein Haar einen Zahn verloren.« Er schwieg kurz, ehe er etwas leiser fortfuhr. »Andererseits habe ich ihm wohl die Frau ausgespannt.«

Agnes kämpfte gegen ihre Enttäuschung an. Ihren Vater zu finden, wäre immerhin ein kleiner Trost gewesen, wenn sie schon nicht an ihre Mutter herankam. »Und woher wollen Sie wissen, ob einer der beiden tatsächlich mein Vater ist?«, hakte sie nach.

»Weil die zwei vor zwanzig Jahren verrückt nach Ihrer Mutter waren und sie wohl beiden eine Zeit lang zugetan war. Zu ihrer Heirat mit Shawe haben sie ihre Eltern gezwungen.« Er lachte bitter. »Selbst schuld.« Er verfiel in verdrossenes Schweigen.

Agnes betrachtete ihn im schwindenden Tageslicht. Nachdem sie Valois begegnet war und nach Rashmis Schilderungen zu urteilen, hätte sie eher jemanden wie die grauenvollen Glynn-Brüder erwartet, die sich einbildeten, die ganze Welt gehöre ihnen. Saul Valentine dagegen schien der Ansicht zu sein, die Welt hätte sich gegen ihn verschworen.

Der Tee wurde serviert, lediglich mit trockenem Brot und Sirup. Obwohl sie sich vorsichtig einen Bissen nach dem anderen in den Mund schob, bekam sie klebrige Finger. Der Tee verlieh ihr wenigstens ein wenig neue Energie. Saul wollte alles über ihre weite Reise wissen und lauschte mit bewunderndem Lächeln. Manchmal lachte er auf und stieß verblüffte Laute aus. Als sie geendet hatte, meinte er, sie hätte Genevieves Abenteuerlust geerbt, was Agnes mit großer Freude erfüllte.

»Es ist wichtig, dass ich positive Dinge über sie höre«, sagte sie. »Denn jeder, mit dem ich bislang gesprochen habe, hat sich bloß über ihre Fehler und Versäumnisse ausgelassen.«

»Positive Dinge über Genevieve, ja?« Er rieb sich das Kinn. »Nun … alles an ihr ist positiv. Wo soll ich da anfangen?«

Agnes' Lebensgeister erwachten. »Was haben Sie am meisten an ihr geliebt?«, fragte sie, bereute ihre Frage jedoch sofort, als sie den schmerzerfüllten Ausdruck auf seinem Gesicht sah.

»Was ich an ihr liebe, meinen Sie wohl. Denn ich habe niemals aufgehört, sie zu lieben.«

»Nun, dann das, Sir.«

»Ihren messerscharfen Verstand. Ihre schneeweiße Haut. Ihre Weigerung, sich Einschränkungen auferlegen zu lassen …« Seine Stimme brach. »Oh, lassen Sie mich bloß in Ruhe. Ich bin zu betrunken und zu melancholisch für all das.«

»Bitte verzeihen Sie, wenn ich Ihnen wehtue.«

»Sie tun mir nicht weh«, gab er zurück, »sondern Genevieve. Jetzt ist es zu spät, um ins Dorf zurückzufahren. Außerdem würde ich keinem trauen, der Ihnen dort ein Zimmer vermietet. Nein, Sie bleiben heute Nacht hier, aber stellen Sie mir bloß keine Fragen mehr. Ich werde einfach hier sitzen und der Sonne zusehen, wie sie hinter den Hügeln untergeht, und mich volllaufen lassen, bis ich nicht mehr denken kann. Morgen, wenn ich wieder nüchtern bin und mich auf meine Stimme verlassen kann, erzähle ich Ihnen von Genevieve.«

»Danke, Saul«, sagte sie. »Ich bin todmüde.«

»Mahesh soll Sie in Genevieves Zimmer bringen.« Wieder erschien dieser traurige Ausdruck auf seinem Gesicht. »Ich habe es nicht mehr betreten. Es sieht noch genauso aus wie an dem Tag, als sie ...« Er trank noch einen großen Schluck. »Mahesh!«

Mahesh erschien und nahm Agnes' Koffer. »Hier entlang«, sagte er.

»Gute Nacht, Saul«, sagte Agnes.

Er nickte und verscheuchte sie mit einer Handbewegung. Sie ging mit Mahesh durch das Wohnzimmer und einen kurzen Flur auf der linken Seite, der zu einer Schlafkammer führte.

Mahesh stellte ihren Koffer ab und machte einen Diener, wobei sie bemerkte, dass seine Kleider ebenso schmutzig waren wie Sauls.

»Danke, Mahesh«, sagte sie. »Sie sind ein guter Mann, weil Sie auch in schweren Zeiten bei Ihrem Herrn bleiben.«

Er lächelte matt. »Er war immer gut zu mir. Nicht alle, denen ich gedient habe, waren das.« Er warf ihr einen vielsagenden Blick zu, der ahnen ließ, dass Genevieve ihm nicht mit derselben Freundlichkeit begegnet war. »Ich bleibe hier, weil sich jemand um ihn kümmern muss. Er hat ja sonst keinen.«

Er wandte sich um und schloss die Tür hinter sich. Agnes sah sich um. Über dem Bett hing ein schweres Moskitonetz. Ein Teppich lag zwischen Bett und Kommode, über der ein großer Spiegel montiert war, daneben stand ein leeres Bücherregal. Agnes bemerkte die Staubschicht auf den Dachbalken über ihr. Offenbar hatte Saul die Wahrheit gesagt und das Zimmer seit Genevieves Abreise tatsächlich nicht mehr betreten. Mit klopfendem Herzen nahm sie die Haarbürste, die auf der Kommode lag. Sie zog die Nadeln aus ihrem Haar und bürstete es mit der Bürste *ihrer Mutter* vor dem Spiegel *ihrer Mutter*. »Die Bürste meiner Mutter«, sagte sie laut, nahm den kleinen Parfumflakon und drückte den Zerstäuber zusammen. Ein schaler, blumiger Duft stieg ihr in die Nase. Tief sog sie ihn ein. So hatte Genevieve also immer gerochen. Agnes öffnete die längliche Schmuckschatulle, in der Perlenketten, Ringe und Armbänder lagen. Ganz unten lag ein angelaufenes Medaillon mit zwei Miniaturporträts – eines davon zeigte Genevieve, vielleicht ein wenig jünger als zu der Zeit, als Agnes sie in Hatby gesehen hatte, mit ihren goldenen Locken und rosigen Wangen. Das andere Porträt kam ihr bekannt vor, und Agnes brauchte einen Augenblick, bevor sie die junge Marianna erkannte. Ihr Haar war eine Spur heller und leuchtete nicht so stark, die Nase war etwas schmaler und länger, ihre Miene ernster.

Agnes betrachtete die Aufnahme mit einem Anflug von Bedauern. Marianna war einst eine schöne junge Frau voll heiterer, ruhiger Gelassenheit gewesen, und nun saß sie in ihrem eigenen Haus fest, im Würgegriff ihrer Ängste und Albträume. Nein, das traf es nicht. Ihre Träume waren so unsagbar schön, dass »ich beim Aufwachen am liebsten geweint hätte vor Enttäuschung«. Agnes würde ihre Worte niemals vergessen, ebenso wenig wie das Mitgefühl, das sie bei ihr ausgelöst hatten.

Agnes klappte das Amulett zu. Vielleicht machte ihre Müdigkeit sie sentimental, aber mit einem Mal wünschte sie sich sehnlich in das Haus am Belgrave Place zurück. Sie vermisste

Julius, Marianna und sogar Annie, Daisy und Pamela. Einen Moment lang gab sie sich der Vorstellung hin. Würden die Mädchen es anstößig finden, wenn sie als Julius' Frau zurückkehrte? Oder Marianna? Nein, sie würde sich über alle Maßen freuen. Dann musste Agnes nicht mehr mitten in der Nacht aufstehen, um ihr vorzulesen. Aber vielleicht täte sie es ja trotzdem, aus reiner Fürsorge.

Aber es war sinnlos, sich darüber Gedanken zu machen. Sie war völlig erschöpft vom Schlafmangel und der langen Reise. Sie hängte sich das Medaillon um den Hals. Saul würde es nicht vermissen. Er trank viel zu viel, um einen Überblick über die Dinge in seinem Haus zu haben.

Agnes schlüpfte aus ihrem Kleid und kroch in das Bett ihrer Mutter. Die Laken rochen muffig, und der Staub kitzelte sie in der Nase. Sie schloss die Augen, obwohl es noch nicht einmal sechs Uhr war. Hier hat Genevieve geschlafen, dachte sie, während sie sich in die seidige Bettwäsche kuschelte. Sie umfasste das Medaillon und versuchte sich mittels schierer Willenskraft dazu zu bringen, sich Genevieve näher zu fühlen.

Doch es war Marianna, an die sie dachte, bevor sie in tiefen Schlaf fiel.

Am Morgen war sie bereits vor allen anderen auf den Beinen. Das Wetter hatte umgeschlagen. Schwere graue Wolken türmten sich am Horizont, und es herrschte eine erstickende Schwüle. Sie trat auf die Veranda hinaus, in der Hoffnung, dass es hier ein wenig kühler war. Es nieselte, und um die Hügel in der Ferne waberte feiner Nebel. Das leuchtende Grün der Teepflanzen hob sich scharf vom düsteren Grau ab. Agnes ging die vier Stufen hinab zu einem Nebengebäude, offensichtlich die Waschküche. Auch hier hingen überall dichte Spinnennetze. Sie ging wieder ins Haus. In der Küche hing der Gestank nach Verschimmeltem in der Luft. Eine dicke Schmutzschicht bedeckte den Herd und die Spüle. Schließlich fand sie einen Laib Brot und einen Wasserkessel. Sie machte sich Frühstück und sah zu, dass sie die stinkende Küche so schnell wie möglich wieder verließ. Sie setzte sich auf einen Stuhl auf der Veranda und betrachtete die Regenwolken. Niemand tauchte auf.

Eigentlich konnte sie sich ebenso gut ein wenig nützlich machen. In der Küche suchte sie Bürsten, Scheuermittel, Politur und Lappen zusammen und machte sich an die Arbeit, die auch nicht schlimmer war als das, womit sie sich in Madame Beaulieus Bordell Kost und Logis verdient hatte. Sie schrubbte den Herd und die Spüle, machte die Töpfe sauber, wachste den Tisch und die Bank, fegte den Fußboden, polierte den Kupferkessel und das Silber. Sie stellte fest, dass es ein alter Topf mit Essen war, der so ekelhaft stank und allem Anschein nach seit einer Ewigkeit in der hintersten Ecke der Vorratskammer stand. Sie trug ihn hinaus ins Freie, warf das vergammelte Essen über den Zaun und schrubbte dann den Topf, bis er wie neu aussah. Im Eisschrank befanden sich weder Eis noch Lebensmittel. Sie wusch ihn mit heißem Wasser aus und ließ ihn offen stehen, dass er trocknen konnte.

Nach stundenlanger Schufterei roch es angenehm nach Zitrone in der Küche, und alles blitzte. Inzwischen regnete es heftiger. Saul schien immer noch zu schlafen, und sie hatte keine Ahnung, wo Mahesh wohnte.

Die Arbeit hatte sie hungrig gemacht, doch sie war nicht gerade versessen darauf, wieder Brot und Tee zu sich zu nehmen, also durchsuchte sie die Vorratskammer und fand Reis und ein paar Kartoffeln. Sie schnitt die Augen heraus, wusch den Reis und setzte beides auf. Außer Salz und ein paar Gewürzen fand sie nichts Brauchbares. Sie gab sie zu den Kartoffeln und bereitete eine Art Curry zu, dessen Duft wohl schließlich Saul aus den Federn holte.

»Was treiben Sie da?«, fragte er verärgert.

Sie drehte sich um. Offenbar hatte er in seinen Kleidern geschlafen. Sie waren verknittert und voller Flecken, das Hemd hing ihm auf einer Seite aus der Hose, und seine Krawatte hatte er gelöst.

»Ich mache etwas zu essen. Wo ist Ihr Diener?«

»Mahesh? Sonntags hat er frei. Ist heute Sonntag?«

Agnes überlegte kurz. »Ja. Gehen Sie in die Kirche?«

Statt einer Antwort stieß er nur ein bitteres Lachen aus und holte seine Taschenuhr hervor. »Tja. Es ist gleich Mittag. Wahrscheinlich wollen Sie, dass ich etwas von dem Zeug da esse, das Sie gekocht haben.«

»Setzen Sie sich.«

Er zog einen Stuhl heran, und sie holte zwei Schüsseln und Löffel. Es mochte ein einfaches Gericht sein, doch es war sämig, und es sättigte. Verstohlen musterte sie ihn. Seine Augen waren blutunterlaufen, und sein Haar und sein Bart wirkten sogar noch wilder und ungepflegter als gestern.

»Haben Sie schlecht geschlafen?«, fragte sie ihn.

»Ein Mädchen ist aufgetaucht und hat die Dämonen heraufbeschworen«, erwiderte er.

»Keine Sorge, ich werde nicht bleiben. Sobald Sie mir von Genevieve erzählt haben, breche ich auf.«

»Sie bleiben. Heute ist Sonntag, da kann man nicht reisen. Mahesh kommt morgen früh her, nach dem Markt. Dann gibt es wieder Essen und Eis, und wir müssen dieses Zeug nicht mehr essen.« Er deutete auf die Schüssel.

Sie lächelte. »Ich habe in Perdita Hall kochen gelernt und schnell gemerkt, dass die Mädchen, die ihre Sache gut machten, bis zum Sankt Nimmerleinstag in die Küche verbannt wurden, deshalb habe ich mich bemüht, meine Fähigkeiten in Grenzen zu halten.«

»Mit Erfolg«, bemerkte er, nicht lächelnd, aber auch nicht unfreundlich. »Worin waren Sie dann gut?«

»Nähen. Hauptsächlich Flickarbeit und Sticken.«

»Genevieve hat auch immer gern gestickt«, sagte er.

»Tatsächlich?« Agnes biss sich auf die Lippe, um ein breites Grinsen zu unterdrücken.

»Ja. Dabei steht die Zeit so schön still, hat sie immer gesagt.«

»Genauso geht es mir auch«, bemerkte Agnes. »Die Welt ringsum kann verrückt spielen, aber solange ich meine Nadel und meinen Faden in der Hand habe, bringt mich so schnell nichts aus der Ruhe.«

Wieder erschien dieses zweideutige Lächeln auf seinem Gesicht. »Dann sind Sie wirklich ihre Tochter.«

»Würde sie mich kennenlernen wollen, was glauben Sie?«, fragte Agnes und bemerkte verlegen, wie kleinlaut und unsicher sie klang.

»Ich denke schon. Warum auch nicht?«

»Weil sie mich in ein Findelhaus gegeben hat. Sie wollte mich nicht.«

»Das können Sie nicht wissen. Ihr Vater ist ein verdammter Narr. Entschuldigen Sie bitte meine Ausdrucksweise, aber das ist die Wahrheit. Vielleicht ist Peacock ja doch Ihr Vater, und die beiden haben sie gezwungen, Sie herzugeben, damit sie Shawe heiraten konnte. Sie haben in hohem Maße davon profitiert.« Er schnaubte und starrte in seine Schüssel. »Aber wer kann schon sagen, wer sonst Ihr Vater sein könnte? Fest steht, dass es andere Männer gab, bevor ich ihr begegnet bin, und auch danach. So etwas vor einer Lady zu sagen, ist reichlich skandalös, nehme ich an.«

»Ich bin wohl kaum eine Lady«, erwiderte Agnes. »Und da Genevieve mich unehelich zur Welt gebracht hat, ist sie weder unschuldig noch sonderlich tugendhaft.«

»Das ist sie wahrlich nicht. Höchstwahrscheinlich wusste Pepperman das, als er sie mir ausgespannt hat, und auch, dass er genauso an der Nase herumgeführt wird wie ich.«

»Wer ist Pepperman?«

»George Pepperman. Ihr Ehemann. Keine Ahnung, ob sie ihm gesagt hat, dass sie schon verheiratet ist, oder ob Ernest Shawe sich immer noch als ihr Ehemann sieht. Du lieber Gott, wir waren solche Schwachköpfe. Wo ist mein Whiskey?«

»Sie sind gerade erst aufgestanden, Sir.«

»Ich habe Ihnen doch gesagt, Sie sollen mich nicht Sir nennen. Könnten wir bitte ins Wohnzimmer zurückkehren, wenn wir dieses undefinierbare Mahl aufgegessen haben? Mir steht der Sinn eher nach einem Glas Single Malt. Ehrlich gesagt bestehe ich sogar darauf, wenn ich meine Seele vor Ihnen bloßlegen soll.«

»Wie Sie wünschen, Saul.« Agnes erhob sich, und sie setzten sich ins Wohnzimmer. Mittlerweile goss es wie aus Eimern, und heftiger Donner grollte in der Ferne. Nach den scheinbar endlos heißen Tagen war die kühle Luft mehr als willkommen.

Er goss sich einen großzügigen Schluck ein und kippte ihn hinunter.

»Nun gut. Ich habe Genevieve auf einer Reise kennengelernt. In England, genauer gesagt, in London. Welches Jahr haben wir?«

»1874.«

»Aha. Also vor zehn Jahren. Meine Tochter lernte gerade sprechen, und Genevieve wohnte mit ihrer Schwester am Belgrave Place.«

»Marianna«, sagte Agnes.

»Genau. Und mit diesem Jungen. Julius. Er war noch nicht mal ihr leiblicher Sohn. Und Genevieve hatte gewiss nicht den Wunsch, Mutter zu sein. Das war der Hauptgrund, weshalb sie ihren Ehemann verlassen hat.«

»Ich dachte, Sie seien der Grund gewesen.«

»Ah. So einfach war das alles nicht. Als wir uns begegneten, hat er gerade mit allen Mitteln versucht, sie zurückzugewinnen.

Ich habe sie sogar über Shawe kennengelernt. Er und ich waren zusammen in Cambridge. Jedenfalls hielt ich mich gerade in London auf, um Geld für eine Geschäftsidee zu beschaffen. Shawe war auch dort. Er heulte wegen Ihrer Mutter den Mond an und redete von ihr, als wäre sie ein Rennpferd, dessen Willen unbedingt gebrochen werden musste, um es zum Gehorsam zu zwingen. Und da er ein richtiger Mann sei, werde er sie dazu bringen, zu ihm zurückzukehren. Ich habe sie bei einem Fest in seinem Haus kennengelernt. Er hat sie mir als seine Ehefrau vorgestellt, der arme Narr. Sie war zutiefst gedemütigt und zugleich außer sich vor Wut. Ich wusste sofort, dass sie kein Pferd ist, dessen Willen es zu brechen gilt. Nein, sie ist eine Frau, der man die Zügel in die Hand geben muss.« Er hielt inne.

»Wir begegneten uns noch einige weitere Male, zuerst zufällig, dann trafen wir uns und verliebten uns irgendwann ineinander. Ich war häufig auf Reisen, sorgte aber dafür, dass ich stets von London aus nach Colombo fuhr, damit ich sie sehen konnte. Unter der Trennung haben wir sehr gelitten, also habe ich sie nach Paris geholt, wo sie eine Zeit lang für mich gearbeitet hat. Rashmi hat sie natürlich gehasst. Obwohl sie mich nicht wollte und mich nach der Geburt unserer Tochter wieder und wieder zurückgewiesen hat, konnte sie es nicht ertragen, dass mich eine andere bekam. Am Ende wurden die Spannungen zwischen ihnen unerträglich, und da ich ohnehin die ganze Zeit in Colombo sein musste, beschlossen wir, zusammen hier zu leben. Für mich war es, als würde ich zwei Leben führen – ein anständiges als Ehemann und Vater in Paris und mein wahres Leben mit Genevieve in Colombo.« Er unterbrach sich.

»Sie haben mich gebeten, Ihnen alles über sie zu erzählen, damit Sie etwas haben, wofür Sie sie bewundern können.« Er nahm noch einen Schluck und schien sich zu sammeln. »Ich klinge wie ein sentimentaler Schwachkopf, aber alles an ihr war bewundernswert. Sie war unglaublich. So sprunghaft. Sie war herrisch, fröhlich, leidenschaftlich und von unbeschreiblicher Schönheit. Ohne Einschränkungen lebte sie ihr Leben in vollen Zügen. Mit ihr zusammen zu sein, bedeutete, ein Leben voller Gefahr und Abenteuer zu führen. Sie folgte ihren Instinkten und scherte sich nicht darum, was andere dachten oder wollten. Einmal sagte sie zu mir, sie wäre ihre gesamte Kindheit über ein braves Mädchen gewesen, und alles, was es ihr eingebracht hätte, war eine Ehe mit Mr Ernest Shawe, der unablässig nörgelte, dass sie ihm endlich einen Sohn schenken sollte. Ich war mehr als nur verliebt in sie … ich war regelrecht berauscht. Das Leben ohne sie ist …« Er verstummte und starrte vor sich hin.

»Alle haben mir erzählt, sie sei selbstsüchtig …«

»Natürlich ist sie selbstsüchtig. Sie konnte einem das Leben zur Hölle machen, wenn sie ihren Kopf durchsetzen wollte. Aber in meinen Augen sind Männer, die nur eine schwache Frau lieben können, keine richtigen Männer. Hat man erst einmal das wilde, süße … ah, ich brauche mehr Whiskey, Agnes. Mehr Whiskey.«

Er schenkte sich noch einmal nach und nippte an seinem Glas. »Sie kehrt nicht zu mir zurück.«

»Sie sagten, sie ist in Australien.«

»Ja, in Melbourne oder an einem anderen gottverdammten Ort. Sie hat George Pepperman in Colombo kennengelernt, als ich gerade in Paris war, um Valois meine Schulden zurückzuzahlen. Als ich zurückkam, war sie fort.«

»Sie haben sie nicht gesucht?«

»Natürlich nicht. Ich bin schließlich nicht so ein erbärmlicher Narr wie Ernest Shawe. Je mehr ich mich an sie klammern würde, desto erbitterter würde sie sich zur Wehr setzen. Ich kann sie nur gehen lassen und allenfalls hoffen, dass sie irgendwann merkt, wie sehr ich ihr fehle.«

Der Regen trommelte auf das Dach. Die zugewucherten

Hecken drohten unter der Last des Wassers nachzugeben. »Und dieser Mr Pepperman ist ebenfalls ein erfolgreicher Geschäftsmann?«

»Reichtum ist ihr nicht wichtig, Agnes. Erfahrungen sammeln, das ist das Einzige, was für sie von Bedeutung ist.«

Agnes schloss einen Moment lang die Augen und dachte nach. Genau dasselbe galt auch für sie. Zwischen ihr und Genevieve bestand eine Verbindung, und inzwischen war sie überzeugter denn je, dass Genevieve sie treffen wollen würde. Aber sie war in Australien.

»Falls dieser Pepperman wohlhabend sein sollte, ist sein Reichtum nicht garantiert. Er ist in der Theaterbranche. Kein Wunder, dass Genevieve sich zu ihm hingezogen fühlt. Für sie ist das ganze Leben ein Drama. Er und ein Geschäftspartner sind hierhergekommen, weil sie eine Musikrevue für die vielen Passagiere auf dem langen Weg von England nach Australien auf die Beine stellen wollten. Sie dachten, den Leuten sitzt das Geld locker, weil sie so froh sind, für eine Weile festen Boden unter den Füßen zu haben, und deshalb könnten sie sie bequem übers Ohr hauen.«

Agnes dachte an die Music Hall in Port Said, wo man den Glynn-Brüdern eine horrende Summe für Kaffee und Kuchen abgeknöpft hatte.

»Ich habe den Verdacht, dass Genevieve ihm begegnet ist, als sie für eine Rolle vorgesungen hat«, fuhr er fort. »Sie hat immer gern gesungen und genießt es in vollen Zügen, ein Publikum zu haben. Nachdem sie ein paar Falten bekommen und ein wenig zugelegt hatte, wurde ihr Bedürfnis, bewundert zu werden, noch viel größer.« Er zuckte mit den Schultern. »So, jetzt wissen Sie, wie Ihre Mutter ist.«

»War sie freundlich?«

»So gut wie nie.«

»Zärtlich? Liebevoll?«

»Sie hat stets voller Leidenschaft geliebt, niemals zärtlich. Oh Gott, ich vermisse sie so sehr. Oh Gott, ich ertrage diesen Schmerz nicht länger.« Er stützte den Kopf in die Hände und rang nach Fassung. Schließlich sah er sie an. »Es tut mir leid, dass ich Ihnen nicht helfen kann. Und Sie haben diesen ganzen langen Weg auf sich genommen. Wann fahren Sie zurück?«

»In zwölf Tagen.«

»Dann bleiben Sie doch hier. Nehmen Sie ihre Kleider mit, wenn sie Ihnen passen. Ich habe keine Verwendung mehr dafür. Nur ihr Parfum würde ich gern behalten. Ich sprühe es manchmal auf mein Kopfkissen und träume, dass sie neben mir liegt.« Er räusperte sich. »Im Grunde bin ich so etwas wie Ihr Stiefvater. Bitte gestatten Sie mir, diese Rolle zu übernehmen, und wenn es nur für eine kleine Weile ist.«

Agnes lächelte. Warum nicht hier die Suche nach ihrer Mutter beenden? Sie würde ihre Sachen durchsehen und vermutlich ein paar Kleinigkeiten finden, die sie mit nach Hause nehmen konnte. Es gab nur ein Problem: Sie wollte nicht, dass ihre Reise hier endete. Denn sie sehnte sich mehr als je zuvor, Genevieve leibhaftig gegenüberzustehen.

»Das ist ein sehr freundliches Angebot, das ich gerne annehmen möchte«, sagte sie.

Agnes überlegte, wie sie sich in Valentine Estate am besten nützlich machen könnte. Seit langer Zeit gab es keine Haushälterin mehr. Sie fegte die Waschküche und wusch zuerst ihre eigenen, dann Sauls und Mahesh' Kleider. Dann besserte sie sie aus und nähte lose Knöpfe an. Sie staubte ab, polierte, sortierte, wusch und bügelte. Mahesh half ihr nach Kräften, doch die meiste Zeit musste er sich um die hoffnungslos überwucherten Teefelder kümmern. Allem Anschein nach hatte Saul einen guten Teil seines Besitzes an die Nachbarn verkauft und in seinem Kummer wegen Genevieves Verschwinden mehrere Ernten versäumt. Sie hatten kein Geld mehr, um die Arbeiter zu bezahlen, erklärte Mahesh ihr. Er hoffte, dass einige Familienmitglieder bei der Herbsternte einsprangen. In der Zwischenzeit sorgte er dafür, dass das Unkraut die Ernte nicht ruinierte.

Saul stand jeden Tag erst gegen Mittag auf. Einige Stunden lang war er bei klarem Verstand, dankte Agnes wortreich für ihre Hilfe und erklärte, sie sei eine Inspiration für ihn. Er versprach, dass er heute endlich auf die Felder gehen würde, um Mahesh zu helfen und einen Sanierungsplan für Valentine Estate auf die Beine zu stellen. Doch dann wanderte er ziellos zwischen Wohnzimmer und Veranda hin und her, aß ein paar Bissen zum Mittagessen, zog sich die Schuhe an, nur um sie gleich wieder auszuziehen. Um vier Uhr nachmittags goss er sich den ersten Whiskey ein und fläzte sich in seinem Sessel. Er wolle nicht einmal in die Nähe der Teefelder, weil sie ihm Angst machen würden, sagte er. Valois würde kommen, um die Schulden einzutreiben und ihm höchstwahrscheinlich die Kehle durchzuschneiden, was möglicherweise für alle Beteiligten das Beste sei. Wenn er betrunken und in dieser Stimmung war, zog Agnes sich für gewöhnlich in ihr Zimmer zurück und sah Genevieves Sachen durch. Sie polierte ihren Schmuck und probierte ihre Kleider an. Stundenlang stand sie vor dem Spiegel und betrachtete sich, bis ihr das eigene Gesicht fremd vorkam und ein Gefühl hoffnungsloser Verlorenheit Besitz von ihr ergriff.

Mahesh hatte ihr angeboten, sie zum Bahnhof in Nawalapitiya zu bringen. Bereits am frühen Morgen war er aufgebrochen, um den Karren und den Ochsen vom Nachbarn zu holen. Ihr Koffer war gepackt, sie trug eines von Genevieves leichten Baumwollkleidern, und Saul stand mit traurigen Augen auf den Stufen der Veranda.

»Sie sehen Ihrer Mutter so ähnlich«, sagte er. »Es tut mir leid, dass Sie sie hier nicht angetroffen haben.«

Agnes streifte ihre Handschuhe über. »Ja, aber wenigstens habe ich Sie getroffen und weiß jetzt, dass sie kein Ungeheuer ist.«

»Weit gefehlt. Oh, verdammt, sie fehlt mir so. Sollten Sie sie jemals finden, sagen Sie ihr, sie soll zu mir zurückkommen.« Er schüttelte den Kopf. »Aber nein, sie wird nicht zurückkommen.«

Spontan schlang Agnes die Arme um ihn, und er hielt sie für einen Moment fest. Dann ließ er sie los und ging ins Haus. Agnes kletterte neben Mahesh auf den Karren.

»Die lange Reise nach Hause beginnt«, sagte er lächelnd und trieb den Bullen an.

Agnes' Herz zog sich zusammen. »Sieht ganz so aus«, gab sie zurück.

Es war bereits später Abend, als Agnes Colombo erreichte. Gleich am nächsten Tag sollte das Schiff nach England ablegen. Sie bezog ein Zimmer im Victoria Hotel und stellte ihr Gepäck ab, dann machte sie sich auf den Weg zur Pier. Eine frische Brise war aufgekommen und machte die schwüle Luft erträglicher. Sie sah die Udolpho zwischen Dampfern und Segelschiffen vor Anker liegen. Auf ihrem Rückfahrtschein stand nicht, wann sie ablegen würde. Vergeblich suchte sie nach jemandem, der die Postsäcke auf dem Dock auslud, und wurde schließlich zu einer Holzhütte am Ende der Pier verwiesen.

Agnes rümpfte die Nase, als ihr der Geruch nach Fisch und Tinte in die Nase stieg. Hinter einem ausladenden Eichentisch saß ein Mann mit grau meliertem Haar. Er hatte eine Karte ausgebreitet und beantwortete geduldig die Fragen eines älteren Ehepaars. An einer Wand des Büros hingen Seekarten mit Überfahrtrouten und handschriftliche Zettel, auf denen Arbeit auf Schiffen angeboten wurde.

Plötzlich sprang ihr etwas ins Auge.

Gesucht. Alleinstehende Frau ohne Anhang als Schwesternhelferin für den Schiffsarzt an Bord des Seglers Persephone. *Abfahrt am 9. September nach Melbourne. Sachliches, nüchternes Wesen, Englisch als Muttersprache und gute Kenntnisse als Krankenschwester erforderlich. Der Lohn beträgt 3 Pfund, Auszahlung bei Ankunft in Melbourne. Kost und Logis an Bord sind im Lohn enthalten. Bewerbungen bei Dr. Angel, The Grand Alfred Hotel.*

»Ma'am? Kann ich Ihnen helfen?«, sagte der Gentleman in diesem Moment.

Sie wandte sich um.

»Ma'am?«, wiederholte er und runzelte die Stirn, während Agnes sich zu erinnern versuchte, weshalb sie gekommen war.

Sie mochte keine ausgebildete Krankenschwester sein, hatte aber einige Zeit in der Krankenstation in Perdita Hall ausgeholfen, was sie durchaus etwas ausschmücken konnte.

»Schon gut«, sagte sie zu dem Gentleman, riss das Blatt Papier ab, damit ihr niemand zuvorkam, und hastete davon.

Am Abend schrieb sie Julius einen Brief.

Mein lieber Julius,
es tut mir leid, dass Sie nun diesen Brief bekommen, statt mich selbst begrüßen zu können. Die Udolpho wird morgen ohne mich nach England fahren. Stattdessen habe ich eine Überfahrt nach Melbourne in Australien gefunden. Ich weiß nicht, wie lange ich unterwegs sein werde. Ich habe Neues über Genevieve erfahren und will nicht aufgeben, nachdem ich so weit gereist bin, um sie zu finden. Ich möchte sie unbedingt persönlich kennenlernen und glaube inzwischen, dass auch sie meine Bekanntschaft machen will.
Bitte seien Sie mir nicht böse. Meine Gefühle für Sie verän-

dern sich dadurch nicht, und ich vertraue darauf, dass auch Ihre Gefühle für mich dieselben bleiben. Es ist schlicht noch nicht der richtige Zeitpunkt für mich zurückzukehren. Bitte haben Sie Geduld, falls Sie sie nicht aufbringen können, vergeben Sie mir. Ich bin auf der Suche nach einem fehlenden Teil meiner Selbst und komme, wenn ich ihn gefunden habe, als vollständiger Mensch zu Ihnen zurück.
Bitte richten Sie meine allerherzlichsten Grüße an Marianna aus, und ja, sagen Sie ihr, dass ich tatsächlich am anderen Ende der Welt bin, jedoch so schnell wie möglich die Heimreise antrete.
In Liebe,
Agnes

GEGENWART

☆

Obwohl rein gar nichts geregelt ist, stellt sich eine gewisse Routine ein. Mum wird zunehmend deprimiert. Ihre Verletzungen heilen, und sie hat es satt, im Krankenhaus bleiben zu müssen. Obwohl wir die wichtigen Fragen vermeiden, verhindert die erbarmungslose Monotonie des Alltags – Essen, Schlafen, Dinge erledigen – , dass ich der Verzweiflung anheimfalle. Auf dem Rückweg vom Supermarkt, mit zwei Tüten Fertigmahlzeiten auf dem Rücksitz meines Mietwagens, beschließe ich, kurz zum College zu fahren und den nächsten Band von *Middlemarch* mitzunehmen, aus dem ich Mum vorgelesen habe. Da sie Bücher aus dem viktorianischen Zeitalter sammelt, hat sie keine vollständigen Taschenbuchausgaben, sondern lediglich staubige Einzelbände. Als ich die Treppe heraufkomme, bemerke ich, dass die Tür zu ihrem Büro offensteht, und beschleunige meine Schritte.

»Mum?« Ich bleibe auf der Schwelle stehen.

Sie blickt auf. Sie hat ihr Nachthemd ausgezogen und trägt – zumindest vermute ich es – die Sachen vom Tag des Unfalls, einen zartrosa Wollpullover mit dunkelbraunen Blutflecken und einen langen grauen Rock. Barfuß sitzt sie an ihrem Schreibtisch, wo ich fein säuberlich die Unterlagen aufgestapelt hatte, doch sie sind allesamt verschwunden. Es herrscht wieder das reinste Chaos. »Hallo, Schatz. Ich dachte, ich schaue mal rein und suche den Rest von Moineaus Brief.«

Ich lege ihr die Hand auf die Schulter. »Hat der Arzt dir erlaubt, das Krankenhaus zu verlassen? Wie bist du hierhergekommen?«

»Nein, hat er nicht. Ich habe ein Taxi genommen.« Sie wendet sich wieder den Unterlagen zu. »Was ist denn hier passiert? Es ist alles völlig durcheinander.«

»Es war alles sortiert.«

»Aber nach welchem System? Siehst du … 1840er, 1850er, 1860er …«

Ich bin nicht auf die Idee gekommen, die Sachen nach Jahrzehnten zu ordnen, weil es keinerlei Sinn ergibt. Stattdessen habe ich alles nach Kategorien sortiert: Artikel, Magazine, Briefe, Flugblätter … aber sie bringt alles wieder durcheinander.

»Mum, du hättest im Krankenhaus bleiben sollen.«

Sie starrt mich trotzig an. »Ach ja? Was ist mit dir? Was würdest du an meiner Stelle tun? Würdest du dich nicht auch gegen die Schwestern auflehnen, die dich wie ein unmündiges Kind behandeln? Und die Ärzte, die reden mit dir, als würden sie dich besser kennen als du selbst.«

»Schön und gut, aber dann erlaube mir wenigstens, dass ich dich nach Hause bringe. Und dann rufe ich Dr. Chaudry an, okay? Ich habe gestern mit dem Dekan gesprochen. Er lässt dein Büro nicht ausräumen. Er hat es versprochen.«

»Deshalb sind all meine Sachen so durcheinander?«, ruft sie.

Ich setze an, will ihr von dem Sturm erzählen, von dem Putzmann und meinem Versuch, Ordnung in ihre Sachen zu bringen, so wie sie es wollte, aber wahrscheinlich ist sie für vernünftige Argumente noch nicht zugänglich. Ich weiß nicht, ob meine Worte zu ihr durchdringen oder auf dem Weg zu ihrem Verstand verloren gehen. Womöglich klinge ich in ihren Ohren wie das Mitglied einer gemeinen Verschwörertruppe. »Lass uns nach Hause fahren«, sage ich. »Du warst seit einer Ewigkeit nicht mehr dort. Du kannst eine Tasse Tee trinken, hast dein eigenes Sofa und dein eigenes Bett. Na, wie findest du das?«

Mum lächelt dünn. »Nett. Und mein eigenes Badezimmer anstelle dieser grässlichen winzigen Dusche.«

»Wunderbar, ich lasse dir ein Bad ein, und dann koche ich für uns beide.«

Mum streckt mir die Hand entgegen. Als ich ihr aufhelfe, bemerke ich, dass sie kleiner geworden ist.

Sobald wir zu Hause sind, geht es mir besser. Mum nimmt ein Bad, wir essen gemeinsam zu Abend, und danach liest sie im Bett. Ein Lichtstrahl dringt unter ihrer Tür hervor. Ich setze mich aufs Sofa und schalte den Fernseher ein. Es läuft eine Immobiliensendung über Leute, die so reich sind, dass sie sich ein Haus auf dem Land und eine Zweitwohnung in London leisten können. Es ist eine dieser Sendungen, die arme Menschen verzweifeln lässt und Leuten aus der Mittelklasse das Gefühl gibt, komplett versagt zu haben. Ich höre nur mit einem Ohr zu, weil ich mit den Gedanken bei Professor Garr bin. Andrew. Könnte er eine Ahnung haben, wo der Rest des Briefes ist? Vielleicht gibt es auf dem Campus einen Aufbewahrungsort für verloren gegangene Unterlagen, und Mum hat es vergessen. Ich betrachte seine Visitenkarte, lege sie weg, betrachte sie erneut. Er hat gesagt, ich könnte ihn jederzeit anrufen.

Als ich mein Telefon nehme, stelle ich fest, dass ich einen Anruf von der Arbeit versäumt habe. Ich runzle die Stirn, lösche die Meldung und wähle Andrews Nummer.

Mein Herz hämmert. Er hebt ab. »Tori, wie nett, von Ihnen zu hören.« Augenblicklich bin ich beruhigt, dass ich keine Grenze übertreten habe, die er gezogen hat, ohne dass ich es mitbekommen habe. »Was kann ich für Sie tun?«

»Meine Mutter sucht ein paar Unterlagen, genauer gesagt, einen alten Brief. Einen ziemlich langen. In ihrer … Verwirrung sind Teile davon abhandengekommen, und sie weiß nicht mehr, wo sie sie hingelegt hat. Aber sie möchte ihn so gern lesen.«

»In ihrem Büro ist er nicht?«

»Zumindest konnte ich ihn dort nicht finden.«

Er schweigt einen Moment. »Vor einiger Zeit hat sie Unterlagen auf einem Tisch auf der Terrasse der Mensa liegen lassen. Das ist vielleicht ein halbes Jahr her. Eine Putzfrau hat sie gefunden und sie einem ihrer Kollegen gegeben. Vielleicht hat er sie ja noch. Ich erinnere mich, dass er ziemlich verärgert war, weil jemand alte Dokumente von unschätzbarem Wert einfach herumliegen ließ. Soll ich ihn fragen?«

»Würden Sie das tun?«

»Gern.« Wieder herrscht einen Moment lang Stille, doch bevor ich mich verabschieden kann, fügt er hinzu: »Wieso treffen wir uns morgen nicht zum Mittagessen? Dann kann ich Ihnen sagen, was ich erreicht habe.«

»Ich … ja. Das wäre … nett.« Mittagessen. Wie unsexy für eine Verabredung. Ich muss ihm nicht auf die Nase binden, dass ich verheiratet bin und keinen Ehering trage, weil ich ihn vor ein paar Monaten am Strand verloren habe und Geoff es noch nicht einmal aufgefallen ist. Ich brauche Geoff überhaupt nicht zu erwähnen. Sonst wird es nur peinlich.

Am nächsten Tag werde ich in einen Konferenzraum geführt, wo eine Platte Sandwiches auf dem Tisch steht. Meine Angst (oder sollte ich lieber *Hoffnung* sagen?), das Mittagessen könnte zu romantisch oder intim werden, ist schlagartig verflogen. Das hier ist ein sachliches Geschäftsessen, und ich sitze eine Weile herum, bis Andrew endlich mit einem Ordner unter dem Arm hereinkommt.

»Es tut mir schrecklich leid«, sagt er mit einer Geste in Richtung der Sandwiches.

»Kein Problem. Die sehen wirklich lecker aus.«

»Ja, ja, aber …« Er schließt die Tür hinter sich. »Ich habe einen neuen Assistenten. Er sollte einen Tisch für zwei Personen im Chancellor's Club reservieren, hat es aber mit einem Vorstandsmeeting nächste Woche verwechselt. Elektronische Kalender … Sie wissen ja, wie das ist.«

»Es macht mir nichts aus, ehrlich.« Ich nehme mir ein Schinkensandwich.

Er setzt sich gegenüber von mir hin und schiebt den Ordner über den Tisch. »Hier ist er.«

»Tatsächlich?« Ich lege das Sandwich beiseite, wische mir die Krümel von den Fingern und schlage den Ordner auf. Die Handschrift ist mir vertraut. Ich blättere zum Ende. »Ah, es fehlt immer noch etwas.«

»Wirklich? Das ist alles, was sie liegen gelassen hat.«

»Der Rest muss irgendwo sein«, sage ich. »Vielleicht fällt es ihr ja wieder ein.«

Er schenkt sich ein Glas Orangensaft ein, bietet mir ebenfalls etwas an. Einen Moment lang sitzen wir in verlegenem Schweigen da und essen unsere Sandwiches. »Sie müssen mir erlauben, es wiedergutzumachen«, sagt er nach einer Weile.

»Wiedergutmachen?«

»Ich würde Sie gern zum Abendessen einladen, als Wiedergutmachung für das vergeigte Mittagessen.«

»Aber das ist nicht nötig …« *Sag ihm, dass du verheiratet bist.*

»Ich bestehe darauf. Ich würde wirklich gern in den Chancellor's Club mit Ihnen gehen, außerdem ist ein Museum daran angeschlossen, bei dessen Gründung Ihre Mutter federführend war. Ich … ich will keine verfrühten Hoffnungen wecken, aber ich bemühe mich gerade darum, dass es in Margaret Camber Gallery umbenannt wird.«

Ich bin sprachlos.

»Ich kann nichts garantieren«, fügt er eilig hinzu. »Sie kennen ja die Mühlen der Bürokratie.«

»Ich werde Sie auf nichts festnageln. Aber ich würde mir die Galerie tatsächlich sehr gern ansehen.«

»So lange Sie hier sind?«

»Ja. Irgendwann muss ich nach Sydney zurück. Geoff wird …«

»Geoff?«

»Mein Mann. Er ist Anwalt.« Für Liegenschaftsrecht. Nichts Spannendes. Nichts, wofür er wirklich brennt.

Der Augenblick der Verlegenheit, vor dem ich mich gefürchtet habe, ist vorüber. Andrew hat sich sofort wieder unter Kontrolle. »Vielleicht machen Sie ja ein paar Fotos, die Sie ihm zeigen können«, schlägt er vor.

»Das würde ihn nicht interessieren«, gebe ich mit einem dünnen Lächeln zurück.

»Trotzdem.« Wieder vergeht ein Moment. Er sieht mich an, doch ich kann den Ausdruck auf seinem Gesicht nicht deuten. Aber die Art, wie er mich ansieht, gefällt mir. In seinem Blick liegt Geduld. Daran bin ich nicht gewöhnt.

»Ich würde sehr gern mit Ihnen zu Abend essen«, sage ich und freue mich insgeheim darüber, wie warm und aufrichtig meine Stimme klingt. »Wann passt es Ihnen denn?«

»Nächsten Freitag? Um sieben?«, schlägt er vor.

»Perfekt.«

Auf der Fahrt nach Hause bin ich ziemlich von der Rolle. Ich stehe an einer grünen Ampel, bis der Fahrer des Peugeots hinter mir aufgebracht hupt. Na ja, immerhin besser, als eine rote Ampel zu übersehen. Ich würde Mum gern von Andrew erzählen und erfahren, was sie über ihn denkt, aber ich weiß ja, dass sie ihn nicht ausstehen kann, zumindest den Andrew, den sie sich in ihrem Kopf zurechtgeschustert hat.

Mum sitzt im Wintergarten und döst. Sie sieht alt aus. Mein Herz zieht sich zusammen, und mir wird schmerzlich bewusst, dass ich sie nicht ewig um mich haben werde. Sie schlägt die Augen auf, sieht mich und lächelt.

»Victoria.«

»Ich habe den nächsten Teil des Briefes entdeckt.«

Aufgeregt setzt sie sich auf. »Wirklich? Wo?«

»Andrew Garr hat ihn gefunden.«

Ihre Miene wird ernst. »Er hat ihn vor mir versteckt.«

»Nein, du hast ihn auf der Terrasse der Mensa liegen lassen, und einer deiner Kollegen hat ihn für dich aufbewahrt.«

Sie runzelt die Stirn, und tiefe Falten erscheinen zwischen ihren Brauen. Offenbar versucht sie, sich zu erinnern, und ich lasse ihr Zeit. Es ist mir wichtig, dass sie nichts Schlechtes über Andrew denkt.

»Tja, wenn das so ist«, sagt sie schließlich. »Vielleicht war es tatsächlich so. Es war nett von ihm, ihn für mich zu suchen.«

Am liebsten würde ich ihr sagen, dass Andrew ein freundlicher, geduldiger Mann ist, der große Bewunderung für sie hegt, aber ich weiß, dass ich ihre Geduld lieber nicht überstrapazieren sollte. »Soll ich ihn dir vorlesen?«, frage ich also stattdessen und setze mich in den brokatbezogenen Sessel ihr gegenüber.

»Oh ja, bitte.«

KAPITEL 18

☆

Moineau

… mich deshalb nicht bemerkt. Den ganzen Gottesdienst über habe ich gelitten, fühlte mich unglücklich und war voller Sehnsucht. Meine Zukunft raste förmlich auf mich zu, klarer denn je zuvor, und niemals hatte ich so verzweifelt versucht, ihr zu entkommen.
Als Tante Harriet stehen blieb und mit dem Pfarrer sprach, gelang es mir endlich, mich davonzustehlen. Ich ließ mich mit dem Strom der Gottesdienstbesucher hinaus auf den Kirchhof treiben. Inzwischen goss es in Strömen. Die Äste des Haselnussbaums bogen sich unter dem Gewicht des Wassers, und mein Kleid war augenblicklich durchnässt, als ich unter ihnen hindurchschlüpfte. Wie es mir gelang, auf dem matschigen Weg nicht auszurutschen, vermag ich nicht zu sagen. Aber ich hatte mir etwas in den Kopf gesetzt und war fest entschlossen, es zu Ende zu bringen.
Am Wunschbaum zog ich das rote Band aus meinem Haar, das mir offen über die Schultern fiel. Ich kannte das Ritual nicht, drückte einfach die Lippen auf das Band und flüsterte: »Bitte, mach, dass ich mit Emile zusammen sein kann.« Ehrfurchtsvoll befestigte ich es am höchsten Ast, den ich erreichen konnte. Nass bis auf die Knochen kehrte ich nach Hause zurück.

Der Regen war schuld, dass ich weder am nächsten noch am übernächsten Tag zu Marin konnte; meine gute Erziehung und Harriets Wachsamkeit waren schuld, dass ich auch Emile nicht zu Gesicht bekam. Harriet war versessen darauf, dass ich keinen Fuß vor die Tür setzte. »Selbst ein Spatz wie du muss von Zeit zu Zeit auf der Stange sitzen bleiben, Liebes«, sagte sie. Also hockte ich untätig im Haus herum. Nur meine Schwester lenkte mich ein wenig ab. Wir spielten Karten und machten uns gegenseitig immer ausgefallenere und verrücktere Frisuren. Wegen des Regens kam auch Mr Shawe nicht zu Besuch, worüber ich froh war. Doch zu Hause zu bleiben ertrug ich kaum, so viele Gefühle tobten in mir. Ich dachte an mein rotes Haarband, das in dem Weißdornbusch hing, dem Wind und dem Regen ausgesetzt, und es machte mich traurig, als hätte ich etwas Kostbares dem Schicksal überlassen.

Das durfte ich keinesfalls erlauben. Ich durfte mich nicht auf Wünsche verlassen. Sollte eine Frau, wenn sie sich etwas von ganzem Herzen wünscht, nicht die Zügel selbst in die Hand nehmen?

Am frühen Mittwochmorgen erwachte ich aus einem Traum, der sich just in jenem Moment verflüchtigte, als ich die Augen aufschlug. Der Regen hatte nachgelassen. Ich schloss die Augen wieder, konnte aber nicht mehr einschlafen, weil ich im Geiste unablässig Briefe an Emile formulierte. Ich stand auf und setzte mich noch vor dem Frühstück an den kleinen Schreibtisch, nahm Tinte und Papier. Marin trug ein Halsband, und ich hatte vor, eine Nachricht darunter zu verstecken, damit Emile sie fand.

Liebes Herrchen, heute hat mich dein Spatz Gassi geführt und mir erzählt, sie hätte mich schrecklich vermisst. Aber da ist immer so ein trauriges Glitzern in ihren Augen, und ich glaube, in Wahrheit vermisst sie jemand anderen. Alles Liebe und viele Hundeküsse, Marin.

Ich las den Brief und musste über mich selbst lachen, dann schalt ich mich für meine Tollkühnheit, für meine Albernheit, überlegte hin und her, meinen Plan lieber zu verwerfen. Schließlich faltete ich die Nachricht zusammen, schnürte ein schmales Band darum und schob sie unter mein Kopfkissen, um sie zu holen, sobald ich mich loseisen konnte.

»Guten Morgen, Tante. Heute wird ein schöner Tag«, sagte ich, als ich mich neben meine Schwester an den Frühstückstisch setzte, die etwas Unverständliches brummte. Sie ist ein Morgenmuffel.

»Das sehe ich selbst«, erwiderte Harriet und schob mir ein Blatt Papier zu. »Mr Shawe hat vor nicht einmal zehn Minuten eine Nachricht geschickt und uns zum Abendessen eingeladen. Hast du ein festliches Kleid, das du tragen kannst?«

Obwohl mir das Herz in die Hose rutschte, gelang mir ein Lächeln. »Bestimmt kann ich etwas Passendes finden.«

»Das grüne Samtkleid steht dir gut«, warf meine Schwester ein. »Das mit dem Brokatmieder.«

»Es ist viel zu warm für Samt.«

»Aussehen ist wichtiger als Bequemlichkeit«, sagte sie und lächelte mir über den Rand ihrer Teetasse hinweg zu. »Du hast nicht die leiseste Ahnung, wie man sich einen Ehemann schnappt.«

»Was redet ihr bloß für einen Unsinn«, warf Harriet liebevoll tadelnd ein. »Ich war in eurem Alter nicht so ein Dummchen. Im Gegenteil. Als ich so alt war wie ihr, war ich längst verheiratet. Vier Jahre. Es ist grauenvoll, was eure Eltern mit euch angestellt haben … euch so lange warten zu lassen. Vielleicht kann eine von euch beiden ja Mr Shawe heute Abend zu einer Entscheidung zwingen. Deshalb, ja, kleiner Spatz, das grüne Samtkleid steht dir ganz ausgezeichnet.«

Ich aß mein Frühstück und versuchte, mir meine Mutlosigkeit nicht anmerken zu lassen. Meine Schwester, deren Lebensgeister

nach einem gekochten Ei und drei Tassen Tee offenbar erwacht waren, fragte, ob ich mit ihr in der Kutsche ins Nachbardorf fahren würde, wo eine bekannte Hutmacherin ihr Atelier hatte, doch ich erwiderte, ich hätte einen verstimmten Magen und bliebe lieber zu Hause. Als sie fort war und Harriet sich mit Madame Azhkenazy in den Salon zurückgezogen hatte, konnte ich endlich aus dem Haus schlüpfen.
Marin wartete zwar nicht auf mich, doch ein einziger Ruf genügte, und schon kam er aus seiner Hütte und stützte sich freudig wedelnd mit den Vorderpfoten auf dem Tor ab. »Hallo, mein Freund«, sagte ich. »Komm, lass uns eine Runde drehen.«
Wir ließen das Dorf hinter uns und erklommen den Hügel, umrundeten das Walnusswäldchen und gingen wieder zurück. Als wir Emiles Haus erreichten, war ich erhitzt, und Marin hing die Zunge aus dem Maul. Mit hämmerndem Herzen zog ich die Nachricht aus meinem Mieder und schob sie unter Marins Halsband. Sie fiel sofort wieder heraus, deshalb machte ich es ab und band sie mühevoll fest. Der Zettel hing heraus, und hoffentlich fiel er nicht auf den Boden oder wurde schmutzig, bevor Emile ihn entdeckte. Aber vielleicht wäre das sogar das Beste.
Ich rief Marin einen Abschiedsgruß zu und ging nach Hause, um mich für das Abendessen in Mr Shawes Räumlichkeiten im New Inn umzuziehen.

Ich trug nicht das grüne Samtkleid, sondern ein Kleid aus grauer Seide mit einer bescheidenen Tournüre und frisierte mein Haar streng nach hinten. Wenn ich nur recht unscheinbar aussah, würde Mr Shawe sich bestimmt für meine Schwester erwärmen.
Um kurz nach sechs brachen wir zum New Inn auf. Die nachmittäglichen Schatten waren bereits lang. Tante Harriet schien ir-

gendetwas im Kopf herumzugehen, wollte aber nicht sagen, was es war. Meine Schwester sah bildhübsch in ihrem rosa Satinkleid aus und war sichtlich erfreut über die Männer aus dem Dorf, die ihr bewundernd hinterhersahen. Entgegen seines Namens war das New Inn ein ziemlich alter Kasten – laut Harriet sechshundert Jahre alt –, lehmverputzt und mit gefährlich schiefen Böden. Meine Schwester hielt Harriet am Ellbogen, als sie die enge Treppe zu Mr Shawes Zimmer hinaufgingen. Ich folgte ihnen. Möglicherweise war ich etwas mürrisch; zumindest erinnere ich mich, wie meine Schwester mir im Lauf des Abends im Flüsterton vorwarf, übellaunig zu sein.

Shawes Dienstbote stand an der Tür. Wir betraten einen großen Raum mit niedriger Decke, in dem sich mehrere Gäste unterhielten, unter ihnen auch Mr Shawe. Alle waren sehr gut gekleidet. Nur ich sah aus wie eine Pfarrersfrau. Eine lange, mit Kerzen geschmückte Tafel war fürs Abendessen gedeckt.

»Oh«, sagte Tante Harriet enttäuscht, »ich habe gehofft, nur wir wären eingeladen.«

»Wer sind all diese Leute?«, wollte meine Schwester wissen, die offenkundig dasselbe gedacht hatte wie meine Tante.

»Die Cloveys und die Lamberts«, antwortete sie. »Und ihre Töchter. Verflixt. Wir müssen zusehen, dass wir während des Essens die Unterhaltung bestreiten.«

Tante Harriet konnte nicht weitersprechen, da Mr Shawe in diesem Moment auf uns zusteuerte und uns begrüßte.

Ich sollte wohl schildern, wie er aussah, sonst glaubst du noch, er sei das reinste Ungeheuer. Eigentlich war er sogar ein gut aussehender Mann. Er hatte dichtes goldblondes Haar, blaue, große Augen mit mädchenhaft langen Wimpern. Sorgfältig gestutzte Koteletten verliefen bis zu seinem markanten Kiefer, und er hatte einen schmalen

Schnäuzer. Er trug einen dunklen Gehrock, dazu eine Brokatweste und eine weiße Krawatte. Und er hatte die schönsten Zähne, die ich je gesehen habe, weiß und gleichmäßig. Er war zwischen dreißig und vierzig, und sein Vermögen hatte er teilweise geerbt, aber sich auch erarbeitet. Er war ein hervorragender Anwalt, allerdings nach wie vor ohne einen Titel, darüber hinaus hatte er die etwas derben Manieren eines Mannes aus dem Norden, was viele hier im Süden als vulgär empfanden.

»Mrs Parsons«, sagte er zu Harriet, und dann zu meiner Schwester und mir gewandt: »Miss Breckby und Miss Breckby.«

»Ich bin ziemlich müde«, sagte Harriet. »Wären Sie wohl so freundlich und würden mir meinen Platz am Tisch zeigen? Gegenüber von Ihnen, wenn ich darf, Sir. Als Älteste hier im Raum«, fügte sie hinzu und sah sich um, »werden Sie mir doch wohl kaum das Vergnügen einer Unterhaltung mit einem reizenden jungen Mann wie Ihnen verwehren, oder?«

»Natürlich nicht, Mrs Parsons«, gab er zurück.

Als er sie an den Tisch führte, hakte meine Schwester sich bei mir unter und raunte: »Dicht dranbleiben.« Wir begrüßten die Nachbarn meiner Tante und machten Konversation. Meine Schwester erwähnte ihren Besuch im Nachbardorf, worauf man ihr nahelegte, unbedingt auch nach Raven's Head zu fahren, in das nächste Dorf flussabwärts, wo es eine höchst talentierte Handschuhmacherin gab. Eigentlich mochte ich solche Gesellschaften, aber heute Abend fühlte ich mich seltsam fremd. War Emile bereits nach Hause gekommen? Hatte er meine Nachricht gefunden? Wie dachte er darüber? Wie sehr ich mich nach ihm sehnte, nach seine heißen Lippen auf meinem Handgelenk. Reflexartig fächelte ich mir Luft zu, während jemand meinte, ja, es sei in der Tat unerträglich heiß, und ein anderer ein Fenster öffnete.

Harriets Plan ging auf. Meine Schwester und ich saßen links und rechts von ihr mitten im Geschehen, während die Lambert-Mädchen ans Ende des Tisches verbannt wurden. Anfangs war ich in meiner eigenen Welt. Der Kerzenschein, das Gelächter, das Geplauder, die schimmernden Juwelen der Damen – all das nahm ich nur am Rande wahr, doch allmählich merkte ich, dass Mr Shawe fest entschlossen schien, mich in ein Gespräch zu verwickeln. Zuerst wollte er wissen, was ich vom Wetter hielt, schließlich kämen wir ja beide aus dem Norden, wo es so warme Tage wie hier nicht gäbe. Ich beantwortete seine Frage ebenso wie meine Schwester, wenn auch nur sehr knapp, wohingegen sie sich ihm zuwandte und ihm in aller Ausgiebigkeit vom wärmsten Tag erzählte, den sie in Hatby je erlebt hatte. Als das Essen serviert wurde – geröstetes Täubchen und Waldpilze – erkundigte er sich, ob ich schon einmal ein Gewehr in der Hand gehalten hätte. Ich schüttelte den Kopf, doch wieder hatte meine Schwester eine Geschichte parat. Und so ging es weiter – meine Schwester flirtete beinahe mit ihm, während ich nur einsilbige Antworten gab.

Beim Dessert wandte der Gentleman neben Mr Shawe – ich glaube, es war Mr Clovely – seinem Tischnachbarn den Rücken zu und musterte mich eindringlich. »Aha! Jetzt erinnere ich mich wieder«, sagte er just in dem Moment, als man mir den Apfelschnee servierte.

Ich sah ihn fragend an. Die Gäste aßen ihren Nachtisch, und die Unterhaltung war ein wenig abgeebbt, und ich spürte, wie sich einige Augenpaare auf mich richteten.

»Entschuldigen Sie, Sir?«, sagte ich.

»Ich überlege schon den ganzen Abend, wo ich Sie gesehen habe. Gerade ist es mir eingefallen. Es war heute Nachmittag, auf dem Hügel. Mit einem großen braunen Hund.«

Meine Schwester verpasste mir einen Tritt unter dem Tisch, und Harriet warf mir einen vernichtenden Blick zu.
»Ah, ja, richtig, Sir. Ich habe in der Tat einen Spaziergang gemacht. Am Morgen habe ich mich nicht sonderlich wohl gefühlt und wollte mir unbedingt die Beine vertreten. Dieser tagelange Regen war so schrecklich.«
»Und wessen Hund war das, Mädchen? Ein hässliches Riesenvieh.«
Mir schlug das Herz bis zum Hals. »Er war bloß ein Streuner, Sir, der mir ein ganzes Stück nachgelaufen ist. Ich habe keine Ahnung, wohin er verschwunden ist.«
»Dafür waren Sie aber ungewöhnlich freundlich zu ihm«, sagte er mit einem bewundernden Lächeln. »Ich habe gesehen, wie Sie ihn gestreichelt haben. Der Kerl muss doch gestunken haben wie der leibhaftige Teufel.«
»Es besteht kein Grund, so zu fluchen, mein Lieber«, sagte die Frau, vermutlich seine Gattin, ihm gegenüber.
Das Gespräch wandte sich anderen Themen zu. Erleichtert atmete ich auf. Mr Shawe strahlte mich an. »Sie mögen Hunde? Ich habe zufällig zwei.«
»Wirklich? Wie heißen sie denn?«
»Bonnie und Heather, beides Weibchen. Meiner Erfahrung nach sind Weibchen grundsätzlich gehorsamer. Waren Sie schon mal auf der Jagd mit Hunden?«
Ich schüttelte den Kopf, und meine Schwester wartete erneut mit einer Anekdote auf. »Du hast mir nicht gesagt, dass du spazieren warst«, raunte Harriet mir ins Ohr, während Mr Shawes Aufmerksamkeit für einen Moment abgelenkt war.
»Du warst mit Madame Azhkenazy im Salon, und ich wollte dich nicht stören.«

»Du liebe Güte«, fuhr Harriet fort. »Stromert wie eine Vagabundin durch die Landschaft und fasst sogar noch streunende Hunde an.«
»Du weißt doch, wie leicht mir die Decke auf den Kopf fällt, Tante.«
»Sieh zu, dass du im Dorf bleibst. Es ist nicht schicklich für ein Mädchen, sich allein herumzutreiben.«
Ich schob mir einen Löffel voll Apfelschnee in den Mund. Er war so süß, dass mir die Zähne wehtaten. Ich hatte genug von allem, von der Gesellschaft, vom Essen. Im Geiste schlenderte ich durch Emiles Haus, das ruhig und nicht so hell erleuchtet war. Ich verspürte eine große Sehnsucht, und in diesem Augenblick begriff ich, dass ich Mr Shawe mit all seinem Reichtum jederzeit für ein bescheidenes Leben mit Emile eintauschen würde.

Beim Frühstück warnte Harriet mich ein weiteres Mal, während eines Spaziergangs keinesfalls das Dorf zu verlassen. Meine Schwester wollte mich begleiten, überlegte es sich jedoch anders, als wir uns angezogen hatten, weil es fürchterlich heiß war und sie die Sonne nicht ausstehen kann. Natürlich war ich heilfroh, weil ich so mit Marin spazieren gehen konnte. Wie absurd, sich so auf einen Hund zu freuen.
»Marin!«, rief ich am Tor, worauf er unverzüglich zu mir kam. Und tatsächlich, er hatte etwas an seinem Halsband, doch als ich es ergriff, wusste ich augenblicklich, dass es sich um meine eigene Nachricht handelte. Ich nahm sie, faltete sie auseinander. Meine Enttäuschung verflog schlagartig, als ich Emiles Antwort auf der Rückseite entdeckte.

Liebe Moineau, mein Herrchen muss sich sehr über Ihre Nachricht gefreut haben! Er hat sie wieder und wieder gelesen und war voller Bewunderung für die reizenden Zeilen in Ihrer wunderschönen Handschrift. Ich glaube, er hätte schrecklich gerne eine weitere. Bitte, seien Sie heute etwas vorsichtig mit mir, ich habe eine wunde Pfote. Ihr treuer Freund Marin.

Ich strahlte. Sofort las ich die Nachricht ein weiteres Mal und war so verzückt, dass ich glatt den armen Marin vergaß, der es kaum erwarten konnte, endlich einen Spaziergang zu machen.
»Aber warum hast du eine wunde Pfote, mein wunderbarer Freund?«, fragte ich ihn und öffnete das Tor. Obwohl es ihm nicht allzu schlecht zu gehen schien, drehten wir nur eine kleine Runde. Unbemerkt schlüpfte ich ins Haus und kritzelte eilig eine Nachricht, die ich an Marins Halsband befestigte.
Eine Woche verging. Es schien, als könne Marin uns all die Dinge sagen, die wir selbst nicht auszusprechen wagten. Es fing ganz harmlos an.

Moineau findet, dass Sie der wunderbarste Mann sind, dem sie je begegnet ist. Herrchen war außer sich vor Freude, Ihr Gesicht am Sonntag beim Gottesdienst zu sehen.

Im Lauf der Zeit wurden die Nachrichten intimer, kühner, gefährlicher.

Moineau hat mir erzählt, ihr letzter Gedanke vor dem Einschlafen gelte Ihrem Kuss auf ihrem Handgelenk. Herrchen findet, dass sein Haus sich abends so schrecklich leer und sein Bett eiskalt anfühlt.

Eines Tages, als ich mich Harriets Anweisung widersetzte und mit Marin einen langen Spaziergang über die Felder machte, kam mir zu meinem Erstaunen Mr Shawe entgegen. Seit dem Abendessen im New Inn hatten wir nicht mehr miteinander gesprochen, doch meine Schwester hatte ihn gemeinsam mit einem der Lambert-Mädchen, mit dem sie sich angefreundet hatte, mehrere Male besucht. Ich hielt den Kopf gesenkt, in der Hoffnung, dass er mich nicht bemerken würde, doch natürlich vergebens. »Miss Breckby!« Er kam auf mich zu, und ich musste stehen bleiben und Marin ermahnen, Sitz zu machen und ihn nicht anzuknurren.

»Wie schön, dass ich Sie treffe, Miss Breckby«, sagte er. Seine Wangen waren gerötet. »Ist das der Streuner, von dem Mr Clovey gesprochen hat? Nun, wie ich sehe, sind Sie beide inzwischen Freunde geworden.«

»Ist es nicht ein wundervoller Tag für einen Spaziergang?«, fragte ich statt einer Antwort.

»Ich bewundere Frauen, die nichts gegen frische Luft einzuwenden haben«, gab er zurück. »Wollen wir gemeinsam ein Stück gehen?«

»Ich wollte den Hügel hinauf«, sagte ich, aber natürlich ließ er sich nicht so einfach abschütteln. Marin trottete neben mir her.

Oben auf der Kuppe musste Mr Shawe verschnaufen. Ich setzte mich neben ihn, Marin lag zu meinen Füßen, und wir blickten auf das Dorf hinunter. Ich konnte die Kirche erkennen, wo Emile arbeitete.

»Ich habe eher den Eindruck, dass er jemandem gehört«, sagte Mr Shawe. »Er wirkt gepflegt. Vielleicht büxt er ja aus, sobald er Ihre Stimme hört.«

»Kann sein. Er ist ein braver Junge.« Ich tätschelte Marin den Kopf. Hingebungsvoll leckte er mir die Hand. »Mal sehen, ob er auch einen Stock bringt. Los.« Mr Shawe warf ein Stöckchen, worauf Marin davonschoss, ihn zurückbrachte und ihm artig vor die Füße legte. »Oh, nein, Junge«, sagte er zu dem Hund. »Er ist ja ganz vollgesabbert.«

Ich erbarmte mich und warf den Stock. Brav brachte Marin ihn wieder zurück. Mr Shawe und ich unterhielten uns über die Natur, über Tiere und die Unterschiede zwischen Milthorne und Hatby. Mir entging nicht, dass Mr Shawe unablässig versuchte, mich auszuhorchen und eine tiefer gehende Verbindung zwischen uns herzustellen, doch ich wollte nicht allzu viel preisgeben, war höflich, aber zurückhaltend.

»Würden Sie gern in Hatby bleiben?«, fragte er.

»Ich würde sehr gern reisen«, antwortete ich argwöhnisch. »Ich glaube, es gibt viele interessante Orte auf der Welt.«

»Sie sollten in den Orient reisen, so wie ich«, meinte er. »Vielleicht ergibt sich ja eines Tages eine Gelegenheit.« Er hielt inne, ehe er spitz hinzufügte: »Wenn Sie erst einmal verheiratet sind.«

»Über eine Heirat denke ich nicht allzu häufig nach«, gab ich leichthin zurück.

»Ich dachte, jede Frau möchte gern heiraten«, sagte er lachend.

»Ich weiß noch nicht so recht, was ich möchte.«

»Mit einer passenden Heirat können Sie alles bekommen, was Sie sich wünschen.«

Eine unbehagliche Stimmung breitete sich zwischen uns aus. »Nun ja«, sagte ich. »Ich denke, es ist an der Zeit, dass ich zu meiner Tante zurückkehre.«

»Ich begleite Sie.«

Ich hatte nur einen Gedanken: Wie sollte ich Marin in Emiles Garten zurückbringen? »Wenn es Ihnen nichts ausmacht, Mr Shawe, aber ich habe eine Menge, worüber ich nachdenken muss, und wäre lieber gern alleine.«

Er musterte mich mit zusammengekniffenen Augen. Ich spürte förmlich, wie er sich bemühte, tief in mein Inneres zu blicken, mich einzuschätzen. »Es scheint, als hätten Sie tatsächlich eine Menge, worüber Sie nachdenken müssen, deshalb lasse ich Sie alleine«, sagte er schließlich.

Er erhob sich und ging davon. Ich sah ihm hinterher. Erst jetzt konnte ich wieder durchatmen. Wieso um alles in der Welt hatte er mich so eindringlich angesehen? Meine Schwester warf sich ihm praktisch vor die Füße. Vielleicht lag hier ja der Hase im Pfeffer. Vielleicht mochte er mich, weil ich seinen Annäherungsversuchen widerstand und schicklicher wirkte. Am besten erklärte ich das meiner Schwester, bevor sie sich zum Narren gemacht hatte.

Eine angenehm kühle Brise strich durch mein Haar. Marin hatte den Kopf auf den Vorderpfoten abgelegt und schlief tief und fest, wie es nur Hunde können. Mr Shawes Worte kamen mir erneut in den Sinn: Mit einer passenden Heirat können Sie alles bekommen, was Sie sich wünschen. Das stimmte wohl nicht ganz; im Gegenteil: Sollte ich ihn heiraten, musste ich genau auf jene Dinge verzichten, die ich mir am allermeisten wünschte.

Ich gestattete mir den Gedanken, dass ich Emile heiraten könnte; dass meine Eltern mich nicht enterben, meine Tante nicht vor Schreck in Ohnmacht fallen, der Pfarrer sich nicht weigern würde, uns zu trauen. Weshalb sollte ich ihn auch nicht heiraten? Er mochte nicht reich sein, aber ein armer Teufel war er schließlich auch nicht. Ja, ich war eine andere Art von Leben gewöhnt, doch was kümmerte mich materieller Reichtum? Auch wenn ich aus einem reichen Haus kam, so gab es kein größeres Glück für mich als Emiles Gegenwart. Ich könnte lernen, wie man kochte und einen Haushalt führte. Vielleicht würde mein Vater uns ja ein Haus bauen und uns ein paar Dienstboten zur Verfügung stellen.

Ich lachte laut. Jetzt machte ich mir wirklich etwas vor.

Ich stand auf, rief Marin und ging den Hügel hinunter.

Irgendetwas lag Tante Harriet auf der Seele. Ihr Frohsinn, den sie auch nach Onkel Oswalds Tod nicht verloren hatte, schien mit einem Mal spürbar getrübt. Madame Azhkenazy kam jeden zweiten Tag vorbei und hielt einmal pro Woche eine Séance im Salon ab. Doch nicht einmal jene hoffnungsvollen Momente, in denen sie mit Onkel Oswald Kontakt aufnahm, gaben ihr so viel Kraft wie zuvor. Ich versuchte, ihr Trost zu spenden, doch sie tat beharrlich so, als wäre alles in bester Ordnung, und da Madame sich ständig in ihrer Nähe aufhielt, war es praktisch unmöglich, in Ruhe mit ihr zu reden.

An einem Abend nach dem Essen trafen ihre Séance-Freunde ein, hängten ihre Mäntel auf und kommandierten wie immer Toby und Jones herum. Als ich in mein Zimmer flüchtete, fand ich dort meine Schwester vor.

Sie stand mit dem Rücken zu mir und beugte sich über etwas. Augenblicklich schlug mein Herz schneller.

»Schwester?«

Das schlechte Gewissen stand ihr ins Gesicht geschrieben, als sie sich umwandte. In der Hand hielt sie die Nachrichten, die Emile und ich uns geschrieben hatten. Ich entriss sie ihr. Angst und Wut überkamen mich, und ich hörte ihre Entschuldigung kaum.

»Eigentlich wollte ich mir nur deine Haarbürste leihen, weil ich meine nirgendwo finden kann. Die Briefe lagen in der Schublade, aber ich verstehe das alles nicht. Wer sind Herrchen und Moineau, und wieso liegt ihre Korrespondenz hier in der Schublade?«

Kurz überlegte ich, ob ich sie anlügen, ihr eine absurde Geschichte über Briefe auftischen sollte, die ich gefunden hatte; ob ich behaupten sollte, ich würde an einem Roman schreiben. Aber ich brachte es nicht über mich, außerdem hatte meine Schwester einen Riecher, wenn ich log. Also stand ich da, die Briefe in der Hand, und sagte nichts, bis es ihr dämmerte. Sie trat einen Schritt auf mich zu. »Wer ist er?«

»Der Zimmermann, der die Kirche renoviert. Er heißt Emile. Ich glaube, ich liebe ihn.«

»Liebt er dich auch?« Sie schüttelte den Kopf. »Natürlich. Ich habe seine Antworten gelesen. Dann willst du Mr Shawe also nicht heiraten?«

Ich schüttelte den Kopf. »Das ist so ziemlich das Letzte, wonach mir der Sinn steht.«

»Und trotzdem besteht kein Zweifel, dass du ihn mit deinem Charme für dich eingenommen hast. Er redet immer nur von dir. Aber wenn du ihn nicht willst ...«

Ich ließ mich aufs Bett sinken. Basil, der auf seinem angestammten Platz hockte, miaute empört. »Ich will niemanden heiraten, den Vater für mich ausgewählt hat«, sagte ich. »Die Ehemänner sind schrecklich.«

»Aber er wäre auch Mutters Wahl.«

»Das macht es noch schlimmer.«

»Und du würdest aus Liebe heiraten und ein Leben in Armut führen?«

Ich nickte.

»Wieso bist du dann hier, mit mir? Wieso schreibst du ihm all die Nachrichten, statt zu ihm zu gehen?«

»Weil Harriet es verboten hat.«

Sie setzte sich neben mich und nahm meine Hand. »Harriet sitzt in einem abgeschlossenen Zimmer und versucht, Kontakt mit ihrem toten Mann aufzunehmen. Sie wird es niemals erfahren.« Sie hielt inne. »Ich verrate es ihr jedenfalls nicht«, fügte sie im Flüsterton hinzu.

Natürlich waren die Ermutigungen meiner Schwester nicht gänzlich selbstlos. In Wahrheit wollte sie sich lediglich Mr Shawes Zuneigung sichern, gemeinsam mit seinen sieben Fabriken und den drei Häusern. Vielleicht wollte sie sogar erreichen, dass ich aufflog und offiziell in Ungnade fiel und damit für Mr Shawe als Kandidatin für eine Heirat nicht länger infrage kam. Aber in diesem Moment hörte ich lediglich die Stimme meiner Schwester, die mich drängte, mich in der abendlichen Dämmerung zu Emile zu schleichen. Ich kam mir wie ein Vogel im Käfig vor, der bemerkt, dass die Tür offen steht.

»Und du würdest mich wirklich nicht verraten?«

»Niemals. Gott ist mein Zeuge. Es ist Sommer, und wir sind weit weg von zu Hause, liebste Schwester. Ich wünsche mir für dich, dass du dein Glück findest, und sei es nur für eine kleine Weile.«

Das Herz schlug mir bis zum Hals. Ich zog einen leichten Mantel an, und meine Schwester frisierte mich. Jones bemerkte mich zwar, sah aber absichtlich weg, als ich mich zur Haustür hinausschlich. Mit gesenktem Kopf hastete ich die Straße entlang. Das letzte Tageslicht erhellte den Weg. Die Vögel hatten sich längst zur Ruhe begeben. Gelbes Licht drang aus den Fenstern, die Geschäfte waren dunkel, ebenso wie Emiles Straße, doch dank meiner zahlreichen Besuche bei Marin fand ich mich mühelos zurecht. Und auch jetzt empfing er mich am Tor.

»Hallo, mein Freund«, sagte ich leise. Meine Kehle war wie ausgedörrt. Was um alles in der Welt tat ich hier? Ich war doch nicht dazu erzogen worden, mich im Dunkeln um die Häuser von Männern herumzudrücken. Andererseits war ich auch noch nie verliebt gewesen. Kein Wunder schrieben Dichter so fasziniert darüber. Marin jaulte leise, als er begriff, dass wir keinen Spaziergang machen würden, doch dann lief er neben mir her zur Haustür. Ich klopfte und wartete mit hämmerndem Herzen.

Er öffnete die Tür. In letzter Zeit hatte ich ihn immer nur aus der Ferne in der Kirche gesehen und mich mit seinen kurzen Botschaften zufriedengeben müssen, und nun stand er leibhaftig vor mir. Er packte meine Hand, zog mich ins Haus und schlug die Tür hinter mir zu.

»Moineau? Ist alles in Ordnung? Warum bist du hier?«

Wenn ich ganz ehrlich sein soll, bekam ich kaum mit, was er sagte. Er trug kein Hemd. Bisher hatte ich allenfalls ein oder zweimal einen Mann ohne Hemd gesehen … feiste, teigige Kerle, die die Eisenbahngleise verlegten. Seine Gegenwart, dass er nur halb bekleidet war, lähmten meine Gedanken … einige Sekunden zu lange, um den Anschein von Anstand und Moral zu erwecken. Seine Schultern und Arme waren wohlgeformt und muskulös, und auf seiner breiten, ebenfalls muskelbepackten Brust sprossen dunkle Haare, die in einer dunklen Linie über seinen flachen Bauch verliefen und in seinem Hosenbund verschwanden. Hastig griff er nach einem Hemd und zog es sich über. Mit einem Mal fand ich auch meine Stimme wieder.

»Es tut mir leid, ich …«

»Natürlich hätte ich nicht in diesem Zustand die Tür aufgemacht, wenn ich geahnt hätte, dass du es bist. Hier kommen immer wieder Dorfjungen vorbei und klopfen an, um Marin zu ärgern. Ich dachte, es sei einer von ihnen, und wollte ihnen eine kleine Abreibung verpassen.« Seine geröteten Wangen verrieten, wie peinlich es ihm war, dass ich ihn so gesehen hatte. »Aber was führt dich her?«

»Meine Schwester meinte, ich solle herkommen.«

»Die junge Frau, mit der du letzten Sonntag beim Gottesdienst warst? Ich dachte mir fast, dass ihr verwandt seid. Ihr seht euch ziemlich ähnlich.«

»Meine Schwester ist wohl die hübschere von uns.«

»Unmöglich«, sagte er, ehe er sich seiner Manieren besann. »Aber komm doch herein. Ich mache gerade Abendessen. Möchtest du etwas?«

Ich folgte ihm ins Wohnzimmer und nahm auf dem Sofa Platz, während er am Herd in einem Topf rührte. Ich betrachtete seinen Rücken, enttäuscht, dass mir kein Blick auf diesen Teil seines Körpers ohne Hemd vergönnt gewesen war.

Inzwischen brodelte die Leidenschaft in mir, ein Gefühl, das ich bislang nicht gekannt hatte. Deshalb wusste ich nicht, wie ich es unter Kontrolle bekommen sollte. Es hatte mich restlos überwältigt. Es schien, als hätten mein Körper und meine Seele lediglich einen Wunsch – ihn zu berühren und von ihm berührt zu werden. Ich schob die Hände unter meine Schenkel und nahm ein paar tiefe Atemzüge. Marin legte den Kopf in meinen Schoß und blickte mich seelenvoll an.

»Weg da, Marin«, sagte Emile und gab einen Schöpfer voll Eintopf in eine Schüssel.

»Das riecht gut«, sagte ich.

»Das ist eine Ratatouille. Meine Mutter hat mir beigebracht, wie man sie zubereitet. Möchtest du probieren?«

Mir lag ein Nein auf der Zunge, doch er hielt mir bereits den Löffel vor den Mund, deshalb beugte ich mich vor und ließ mich von ihm füttern. »Oh, das schmeckt ja köstlich.«

»Es besteht aus gekochtem Gemüse und ein paar geheimen Kräutern«, sagte er lächelnd. »Ich kann mir nur zwei oder drei Fleischmahlzeiten pro Woche leisten, aber dieses Gericht sättigt ganz hervorragend nach einem langen Tag.« Er schob sich einen Löffel voll in den Mund. »Ich nehme an, bei dir steht jeden Tag Fleisch auf dem Speiseplan?«

Bis zu diesem Moment hatte ich mir keine Gedanken darüber gemacht, was ich aß. Jeden Tag stand der Teller einfach vor mir und wurde wieder abgeräumt. Da Geld in meiner Familie und bei meinen Freunden nicht knapp war, musste ich ihm recht geben: Fleisch gab es tatsächlich täglich. Statt meine Antwort abzuwarten, fragte er erneut nach meiner Schwester und wollte wissen, was ich in den Wochen seit unserer letzten Begegnung getan hatte. Plötzlich fühlten wir uns gehemmt. Nun da ich hier war – ein eindeutiges Zeichen dafür, dass ich mich danach sehnte, mit ihm zusammen zu sein – schienen wir uns auf einmal bloß noch über Banalitäten unterhalten zu können. Nach einer halben Ewigkeit – ich hatte bereits überlegt zu gehen, schließlich war es stockdunkel – sagte er: »Du hast deiner Schwester also von mir erzählt?«

»Ja. Nun ja. Sie hat unsere Briefe gefunden.«

»Ah. Die Briefe.« Lächelnd blickte er zu seinem Schreibtisch am Fenster hinüber, auf dem ein gefaltetes Blatt Papier lag.

»Ist das der Brief von morgen?«, fragte ich aufgeregt.

»Ja, aber ich weiß nicht recht, ob Marin ihn dir wirklich überbringen soll. Ich denke, ich sollte die Zeilen streichen und noch mal von vorn anfangen.«

»Warum? Darf ich ihn lesen?« Voller Ungeduld und Vorfreude stand ich auf und durchquerte das Zimmer. Doch bevor ich nach dem Blatt greifen konnte, legte Emile seine Hand auf meine.

»Nicht«, sagte er. Ein düsterer Unterton schwang in seiner Stimme mit. Er stand dicht neben mir, so dicht, dass ich die Hitze spürte, die von seinem Körper ausging. Sein Griff war fest.

»Bitte.«

Langsam ließ er meine Hand los. Ich faltete den Brief auseinander und las ihn, bevor er es sich anders überlegen konnte.

»Moineau, ich stehe im Begriff, mich in dich zu verlieben.«

Mir wurde schwindlig, doch es war ein keineswegs unangenehmes

Gefühl; es war, als würde ich auf Sand stehen, der sich unter meinen Füßen bewegte. »Und die Worte stammen von dir? Oder von Marin?«, fragte ich leichthin.
Seine Miene blieb ernst. »Sie müssen von Marin stammen, weil ich mich nicht in dich verlieben werde.«
Mit einem Mal war das Schwindelgefühl gar nicht mehr angenehm. »Wieso nicht?«
»Weil es nicht gut ausgehen würde. Du weißt nicht alles über mich, was du wissen solltest.«
»Dann erzähl mir alles. Ich will alles über dich erfahren.«
»Nein, das willst du nicht. Es geht einfach nicht.« Er trat einen Schritt zurück und schüttelte den Kopf, als wollte er die Düsternis vertreiben. »Es ist schon spät, ich bin müde und rede nur Unsinn«, sagte er.
»Willst du, dass ich gehe?«, fragte ich voller Angst. Ich kam mir so albern vor.
»Nein, ich … ich habe dich so vermisst. Bleib doch noch ein Weilchen und lass uns über andere Dinge reden.«
Also blieb ich, und wir taten so, als hätte dieser seltsame Dialog wegen des Briefes niemals stattgefunden. Wir saßen einander gegenüber, ohne uns zu berühren, trotzdem spürte ich noch seine Hand auf der meinen, und als ich an diesem Abend zu Bett ging, behielt ich dieses Gefühl in meinem Herzen, bis es sich auflöste. Ich träumte, ich stünde am Fenster und versuchte, Emiles Hände auf der anderen Seite zu ergreifen, nur um festzustellen, dass es die von Mr Shawe waren.

KAPITEL 19

☆

Moineau

An drei aufeinanderfolgenden Abenden erschien Madame Azhkenazy zu einer Séance, und ich ging, auch auf das eindringlicher werdende Drängen meiner Schwester hin, jedes Mal zu Emile.

»Wieso solltest du denn nicht einen Zimmermann heiraten?«, fragte sie. »Solange eine von uns Mr Shawe nimmt, so wie von Vater vorgesehen, ist doch alles in bester Ordnung.«

Einmal fragte ich sie, ob Mr Shawes Vermögen für den Mangel an Gefühlen entschädigte, worauf sie mich ansah, als hätte ich Swahili gesprochen.

Weshalb sollte ich denn nicht einen Zimmermann heiraten? Meine Abende mit Emile waren der Himmel auf Erden. Wir redeten, wir aßen, und eines Abends lagen wir nebeneinander auf dem Fußboden, Marin zwischen uns, und lauschten dem leisen Regen auf dem Dach. »Marin ist überglücklich«, sagte er. »Genauso wie ich«, erwiderten ich und Emile wie aus einem Mund. Ich wertete es als ein Zeichen. Ich wertete alles als Zeichen. Ich war genauso abergläubisch wie Harriet. Selbst das Wetter schien mitzuspielen, damit Emile und ich in unserem Glück schwelgen konnten, in seinem einfachen kleinen Haus, über uns die Sterne.

Am späten Morgen des vierten Tages lag ich auf dem Bett und las, als Stimmen heraufdrangen. Ich legte mein Buch beiseite, schob Basil weg, der sich in meinen Arm geschmiegt hatte, und ging die Treppe hinunter. Harriet war im Salon und weinte, während Jones versuchte, sie zu einer Tasse Tee zu überreden. Harriet hatte das Tablett umgeworfen und schrie unablässig »Er ist fort! Er ist fort«, während sie sich wieder und wieder mit der Faust auf die Brust schlug.
»Was ist denn los?«, fragte ich und lief zu ihr.
»Madame Ashkenazy war hier«, antwortete Jones verächtlich.
»Sie sagte, sie könnte nicht mehr tun«, schluchzte Harriet. »Sie kann Oswald nicht erreichen. Er ist für immer verloren. Oh, dieser starrköpfige Kerl! Schon zu Lebzeiten war er so starrköpfig!«
Ich nahm Tante Harriet in die Arme, wobei ich bestürzt bemerkte, wie klein und zart sie war. Ihre Persönlichkeit wirkte stets so einschüchternd, dass man annehmen würde, ein solches Naturell könne nur in einem robusten Körper wohnen. Sie wurde von Schluchzern geschüttelt. Meine Schwester erschien und fragte, was passiert sei.
»Tante Harriet hat Onkel Oswald verloren«, sagte ich, obwohl der Verlust bereits mehrere Monate zurücklag.
Sofort eilte meine Schwester herbei, um Harriet zu trösten, während ich Jones freundlich zunickte, die unverzüglich die Scherben aufklaubte, den Tee aufwischte und dann den Salon verließ. Lange Zeit standen wir drei, meine Schwester, Harriet und ich, da und hielten einander fest. Schließlich schniefte Harriet und löste sich. »Könnte ich ihm doch wenigstens Lebewohl sagen«, sagte sie mit kummerverzerrtem Gesicht. »Ich hatte keine Gelegenheit mehr, ihm zu sagen, wie sehr ich ihn geliebt habe.«
»Shhh«, machte meine Schwester und strich ihr übers Haar.
»Das war alles, was ich wollte. Madame Azhkenazy sollte eine Verbindung zu ihm herstellen, damit ich ihm Lebewohl sagen kann.«

»Ich weiß«, sagte ich, obwohl ich damals keine Ahnung hatte, wie schwer der Verlust der Liebe wog.

Meine Schwester blickte mich über Harriets Kopf hinweg an. Ihre hochgezogene Braue verriet mir, dass sie etwas ausheckte. Ich nickte zum Zeichen, dass ich verstanden hatte, weil es auf der Hand lag: Jones war sicher, dass Madame Azhkenazy Harriet ausnahm wie eine Weihnachtsgans. Wenn wir ihr also eine ausreichend hohe Summe anboten, würde sie vielleicht zurückkommen und so tun, als hätte sie Verbindung zu Oswald aufgenommen, damit meine Tante Gelegenheit bekam, sich von ihm zu verabschieden.

Doch jetzt blieben wir erst einmal bei Harriet, bis sie meinte, es sei Zeit, die Vorhänge zuzuziehen und ihr Trauerkleid anzuziehen. Was sei sie doch für eine Närrin gewesen, sagte sie. Meine Schwester brachte sie nach oben, während ich nach unten ging und mich auf die Suche nach Jones machte.

Ich fand sie in der Spülküche, wo sie Bürsten, Flaschen und Gläser mit Seife und Politur aus einem Schränkchen räumte.

»Jones?«

Sie richtete sich auf und nickte knapp. »Miss Breckby. Immer wenn ich wütend bin, räume ich die Schränke auf.«

»Sind Sie auf Madame Azhkenazy wütend?«

»Ich wusste von Anfang an, dass diese Russin nichts Gutes im Schilde führt. Sie hat Dinge versprochen, die sie nicht halten konnte.«

»Wo wohnt sie? Meine Schwester und ich möchten ihr einen Besuch abstatten.«

»Sie wohnt über einem Tearoom auf der Hauptstraße in Raven's Head. Was für eine fürchterliche Person! Mrs Parsons dermaßen hinters Licht zu führen. Wollen Sie zu ihr gehen, um das ganze Geld wiederzubeschaffen, das sie ihr abgeknöpft hat?«

»Ehrlich gesagt … vielleicht sollte Madame Azhkenazy sogar noch

ein letztes Mal vorbeikommen.« Behutsam berührte ich ihre Schulter. »Sie müssen mir und meiner Schwester vertrauen.«
»Dann sorgen Sie dafür, dass ich sie nicht in die Finger kriege, sonst kann sie was erleben.« Jones schnaubte. »Ich habe nach Dr. Mortensen geschickt. Er wird gleich hier sein, um ihr ein Beruhigungsmittel zu verabreichen, dann kann sie sich auf dem Sofa ausruhen.«
Ich kehrte in den Salon zurück. Wenig später erschien Harriet in Begleitung meiner Schwester; ihr leuchtend grünes Kleid hatte sie gegen ein düsteres schwarzes Trauerkleid getauscht. Wir führten sie zum Sofa. Dr. Mortensen kam und gab ihr etwas zur Beruhigung, und kurz darauf wurde sie schläfrig.
Endlich hatten meine Schwester und ich Gelegenheit, vor der Tür miteinander zu reden.
»Raven's Head«, sagte ich. »Wir können morgen versuchen, dieses grauenhafte Weibsstück zu finden und zu zwingen, dass sie herkommt und es in Ordnung bringt.«
»Lieber gleich heute«, meinte meine Schwester. »Ich sehe keinen Grund, weshalb wir warten sollten.«
»Wir müssen eine Kutsche besorgen.«
»Mr Shawe kann uns fahren.«
»Mr … Nein, wir werden Mr Shawe nichts von alldem erzählen. Es ist eine Familienangelegenheit, die wir alleine regeln können.«
»Du bist viel zu unabhängig, Schwester«, sagte sie. »Mr Shawe hat eine Kutsche, die jederzeit zur Verfügung steht. Außerdem möchte ich wissen, ob er einwilligt.«
»Natürlich willigt er ein. Er ist schließlich ein Gentleman.«
»Ich will aber wissen, ob er sich sofort bereit erklärt«, korrigierte sie sich hastig. »Komm. Wenn wir uns beeilen, können wir um ein Uhr schon in Raven's Head sein und diese leidige Angelegenheit hinter uns bringen.«

Ich dachte an Tante Harriet, an ihren zierlichen, zitternden Körper in meinem Arm. »Also gut«, erwiderte ich. »Allerdings passt es mir nicht, in seiner Schuld zu stehen.«
»Bald gehört er ohnehin zur Familie«, sagte sie, und obwohl ihr Tonfall beiläufig war, wusste ich, dass sie es bitterernst meinte.

Mr Shawe willigte ohne Umschweife ein. Zu meiner Erleichterung stellte ich fest, dass er sein Interesse mittlerweile auf meine Schwester verlagert zu haben schien und ihr gegenüber sehr freundlich und beflissen war. Ich hielt mich dezent im Hintergrund, während die beiden Pläne schmiedeten. Nun, da sie im Mittelpunkt seiner Aufmerksamkeit stand, entspannte sie sich ein wenig und zeigte sich von ihrer gewohnt ruhigen, gutmütigen Seite, und war glücklicherweise nicht mehr schrill und aufreizend wie zuvor. Kurze Zeit später saßen wir in seiner luxuriösen Kutsche und fuhren nach Raven's Head. Es war ein schöner, klarer Nachmittag mit einer leichten Brise. Mr Shawe hatte das Verdeck geöffnet, und die Sonne schien auf unsere Köpfe. Wir fuhren aus dem Dorf hinaus, vorbei an Emiles Haus. Ich dachte an unsere Unterhaltung von gestern Abend, als ich ihn gefragt hatte, was Glück für ihn bedeute. »Keine Sorgen und angenehme Gesellschaft«, hatte er geantwortet.
Keine Sorgen und angenehme Gesellschaft. Es war so einfach und doch so aussagekräftig, denn inzwischen wusste ich, dass es genau das war, was auch ich mir wünschte. Keine Häuser, Fabriken und luxuriöse Kutschen, auch wenn ich es meiner Schwester keineswegs vorwarf, dass sie danach strebte.
Mr Shawe zog mich auf, ob ich weiterhin Streuner aufgabeln würde, worauf ich unverblümt erwiderte, ich würde sogar mittlerweile den Besitzer des Hundes, Mr Emile Venson, kennen, den Zimmermann, der die Kirche renovierte.

»Der Hund eines Zimmermanns.« Er rümpfte die Nase. »Das wird ja immer besser.«

»Mr Venson ist ein sehr netter Gentleman.«

»Er mag ein netter Mann sein, aber wenn er als Zimmermann arbeitet, ist er wohl kaum ein Gentleman.«

»Vorsicht, sie mag ihn wirklich sehr gern«, warnte meine Schwester, wofür ich ihr am liebsten einen kräftigen Tritt gegen das Schienbein verpasst hätte.

»Mr Venson und ich sind lediglich Bekannte, mehr nicht«, wiegelte ich ab.

Mr Shawe beäugte mich argwöhnisch. Ich wandte den Blick ab und betrachtete die vorüberziehende Landschaft, während meine Schwester ihn mit irgendeiner albernen Anekdote bei Laune hielt. Erleichtert atmete ich auf. Wir fuhren an Feldern voll bunter Wildblumen und kühlen Wäldchen vorbei, langsam einen steilen Hügel hinauf, ehe es in Windeseile abwärts ging. Nach einer guten Stunde erreichten wir die Hauptstraße von Raven's Head. Es war größer als Millthorne, am historischen Marktplatz lag die Kirche, und es gab zahlreiche neu erbaute Häuser.

»Jones hat erzählt, sie wohnt über einem Teesalon.«

»Da ist er«, sagte meine Schwester. Mr Shawe half ihr beim Aussteigen, wobei er seine Hand einen Moment länger auf ihrer Hüfte ließ als unbedingt notwendig. Sie lächelte ihn an.

Ich ergriff ebenfalls seine ausgestreckte Hand, ließ sie jedoch unverzüglich wieder los, sobald ich auf dem Bürgersteig stand. »Ich glaube nicht, dass Sie uns begleiten müssen, Mr Shawe«, sagte ich. »Schließlich handelt es sich um eine delikate Familienangelegenheit.«

»Hören Sie nicht auf sie«, warf meine Schwester ein und wandte sich zum Gehen. »Natürlich brauchen wir Sie, Ernest. Was, wenn sie einen schrecklichen russischen Ehemann hat, der ein Messer in seiner Hose versteckt?«

Ich schenkte Mr Shawe ein dünnes Lächeln, das er mit einem düsteren Blick erwiderte. Ich ignorierte ihn und ging mit meiner Schwester vorbei an den Läden mit den einladenden Schaufensterfronten. Wir fanden den Eingang neben dem Teesalon und stiegen eine schiefe Treppe hinauf. An Madame Azhkenazys Tür hing ein Weißdornzweig und etwas, das wie der Schädel eines Vogels aussah.

»Wie dramatisch«, bemerkte Mr Shawe und wich angewidert zurück.

Ich klopfte an, und Madame Azhkenazy, diesmal nicht mit ihrem gewohnten schwarzen Kopftuch, stand vor uns. »Was wollen Sie?«

»Ich muss mit Ihnen über Tante Harriet sprechen.«

»Ich habe nichts zu sagen.«

»Lassen Sie uns herein«, forderte Mr Shawe. »Sonst werden Sie es bereuen.«

Madame Azhkenazy stieß ein bitteres Lachen aus, trat jedoch beiseite. Wir betraten ein dunkles, enges Zimmer mit schwarzen Vorhängen vor den Fenstern, in dem es durchdringend nach Talglichtern stank. Es gab einen kleinen Tisch, jedoch keine Stühle oder Sessel. Die Russin starrte uns trotzig an. »Meine Beziehung zu Ihrer Tante ist beendet.«

»Wieso? Hat sie sich geweigert, Ihnen noch mehr Geld für Ihre Dienste in den Rachen zu werfen?«, fragte meine Schwester scharf.

»Kein Geld auf der Welt könnte je genügen, um Verbindung mit den Toten aufzunehmen, wenn sie nicht wollen«, erwiderte Madame Azhkenazy und zog eine Braue hoch.

Mr Shawe wollte etwas sagen, doch ich brachte ihn mit einem Blick zum Schweigen. »Wir entschädigen Sie mit einem angemessenen Honorar«, wandte ich mich an die Russin, »wenn Sie morgen *zu einer letzten Séance zu uns kommen und ihr sagen, dass Oswald mit ihr sprechen will.«*

»Sie beleidigen mich. Für billige Varietétricks bin ich nicht zu haben.«

»Ich bitte Sie«, höhnte Mr Shawe. »Das Ganze ist doch ohnehin Humbug. Wir wissen es, Sie wissen es, also tun Sie einfach, was die Mädchen sagen. Nur zu Ihrer Information – ich werde die Kosten dafür übernehmen, und von mir bekommen Sie mehr als von den beiden.«

»Nein, Mr Shawe«, rief ich, als meine Schwester »Oh, was für ein perfekter Gentleman Sie doch sind!« säuselte.

Madame Azhkenazy sah von mir zu meiner Schwester, ehe sie ihren Blick wieder auf Shawe richtete. »Wie viel?«

»Zwanzig Pfund.«

»Fünfundzwanzig«, konterte sie, ohne zu zögern.

»Na gut, fünfundzwanzig. Aber dafür kommen Sie eine Woche lang jeden Abend vorbei und lassen sie mit ihm reden«, sagte Shawe.

Mein Magen verkrampfte sich vor Schuldgefühlen. Zwar hatten wir sie jetzt an der Angel, andererseits standen wir damit in Mr Shawes Schuld, und er hatte ihr eine gewaltige Summe angeboten – mehr als dreimal so viel, als ich im Sinn gehabt hatte. Eilig drückte Shawe ihr die Geldscheine in die Hand und besiegelte damit den Handel.

»Sie müssen aber überzeugend sein«, sagte ich zu ihr. »Inzwischen trägt sie ihr Trauerkleid. Sorgen Sie dafür, dass Onkel Oswald ihr mitteilt, er wolle sie lieber in leuchtendem Grün sehen. Und er soll sie in ihren Träumen besuchen, sie wird ihn wiedererkennen, weil er als junger Mann zu ihr kommt.«

Wir schilderten detailgenau, was sie sagen sollte; Dinge, die nur Oswald wusste. Am Ende sollte sie Harriet sagen, dass es Oswald leidtue, weil er sie im Stich gelassen habe. »Eines Tages werden sie sich wiedersehen, und er wird sie in den Armen halten«, fügte meine Schwester hinzu, während ich vor Rührung und Ergriffenheit ihre Hand drückte.

»Ich komme morgen«, versprach Madame. »Und nun, da Sie schon hier sind, möchten Sie, dass ich einen Blick in Ihre Zukunft werfe?«

»Was für ein Unsinn«, bemerkte Mr Shawe, doch meine Schwester sah ihn bittend an.

»Ach, kommen Sie schon, Ernest, das wird bestimmt lustig. Außerdem«, fügte sie an Madame Azhkenazy gewandt hinzu, »wüsste ich gerne, was mich erwartet.«

»Ich will das nicht hören«, sagte er. »Kommen Sie, wir gehen.«

Gehorsam folgte ihm meine Schwester, während ich noch einen Moment stehen blieb. »Bitte.«

»Ihre Freunde gehen aber schon.« Ein boshaftes Lächeln erschien auf ihrem Gesicht. Mr Shawe und meine Schwester stiegen bereits die Treppe hinunter.

Ich nickte und wollte gehen, doch mit einem Mal ergriff sie mit ihrer knochigen Hand mein Handgelenk und flüsterte mir ins Ohr: »Er belügt Sie.«

»Wer? Shawe?« Dann kam mir ein grauenvoller Gedanke. »Emile?«

»Ein Mann. Es gibt da einen Mann, und er belügt Sie.« Sie ließ mich los. In diesem Moment rief meine Schwester nach mir, und ich folgte ihr und Mr Shawe nach unten.

»Das haben Sie sehr gut gemacht«, sagte meine Schwester zu ihm.

»Bei armen Leuten ist immer alles bloß eine Frage des Preises«, sagte er hochmütig und warf mir einen Blick zu. »Manchmal gilt das auch für arme Zimmermänner.«

Bis zu diesem Moment hatte ich lediglich wenig Sympathie für

Mr Shawe gehegt, doch nun verabscheute ich ihn. Ich biss mir auf die Zunge und stieg in die Kutsche.

Ich konnte Harriet in diesem Zustand nicht alleine lassen, deshalb blieb ich den Abend und den ganzen nächsten Tag bei ihr, statt zu Emile zu gehen. Ich betete darum, dass Madame Azhkenazy bald auftauchen würde. Meine Schwester und ich wichen Harriet nicht von der Seite, und wir tranken Unmengen von Tee, aber in schwierigen Zeiten sei Tee »genau das Richtige«, erklärte Jones.

Am frühen Abend hallte ein Klopfen an der Eingangstür durchs ganze Haus. Mein Herz machte einen Satz. Bestimmt war es Madame Azhkenazy, die zur Séance erschien; damit wäre Harriet für eine Weile beschäftigt, und ich könnte Emile besuchen. Die Salontür ging auf, und Toby führte den Pfarrer herein, während Jones die Lampen entzündete.

»Der Herr Pfarrer«, verkündete Toby und zog sich zurück.

»Mrs Parsons.« Der Pfarrer humpelte herein. »Miss Breckby, Miss Breckby.«

»Guten Abend, Herr Pfarrer«, begrüßte Harriet ihn. »Sind Sie hier, um mir Trost zu spenden? Nun, leider gibt es nichts, was mich im Augenblick trösten könnte.«

»Sie trösten? Nein, warum? Ich … Ist etwas passiert?«

»Meiner Tante ist der Verlust ihres Ehemanns erst jetzt wirklich bewusst geworden«, erklärte ich eilig.

Seine Miene wurde ausdruckslos, während er sein Gehirn zu durchforsten schien. »Oswald?«, fragte er verwirrt.

»Ja, natürlich Oswald, wer denn sonst?«, rief Harriet.

Ich konnte ihm keinen Vorwurf machen, dass er nicht recht wusste, was hier vorging, schließlich hatte er Oswald vor Monaten begraben.

»Oh, nun ja. Mein aufrichtiges Beileid. Nochmals«, sagte er.

»Vielleicht kommen Sie ja lieber ein andermal wieder«, sagte meine Schwester.
»Nein, nein, der Herr Pfarrer ist gewiss aus einem bestimmten Grund hier«, warf Harriet ein. »Bitte, Herr Pfarrer, sagen Sie es mir. Ich bin für jede Ablenkung dankbar.«
»Nun ja, ich brauche Ihren Rat als Vorsitzender des Komitees für die Kirchenrenovierung.«
»Bitte.«
»Unser Mann, dieser Venson.« Er warf mir einen vielsagenden Blick zu. »Emile. Er hatte einen Unfall bei der Arbeit. Offensichtlich hat er sich beim Sägen in die Hand geschnitten und wird für eine Weile nicht arbeiten können.«
Es war, als würde sich das Zimmer um mich zu drehen beginnen, und ich nahm die Stimmen nur noch gedämpft wahr. Ich brachte keinen Ton heraus, aber zum Glück schaltete sich meine Schwester sofort ein. »Was für ein Unfall? Ist er sehr schwer verletzt?«
»Nein, so schlimm ist es nicht, nur ein bisschen unpraktisch. Er hat sich ziemlich tief in die Handfläche geschnitten, und es wird wohl eine Weile dauern, bis die Wunde verheilt ist.«
Das beruhigte mich ein wenig, trotzdem wäre ich am liebsten aufgesprungen und sofort zu ihm geeilt.
»Und welchen Rat wollen Sie nun von mir?«, erkundigte sich Harriet.
In diesem Moment klopfte es erneut an der Tür.
»Hier ist ja ziemlich viel los heute Abend«, bemerkte der Pfarrer. »Ich wüsste gerne, ob ich einen anderen Zimmermann suchen soll, der die Arbeiten zu Ende bringt, oder ob wir warten wollen.«
»Oh, aber Sie müssen warten, bis er wieder gesund ist«, platzte ich heraus. »Es ist doch nicht seine Schuld, dass er sich verletzt hat.«
Der Pfarrer sah mich eisig an. »Miss Breckby, vielen Dank. Ich

hatte allerdings Ihre Tante in ihrer Funktion als Vorsitzende des Renovierungskomitees gefragt.«

Harriet sah mich flüchtig an, ehe sie sich wieder an den Pfarrer wandte. »Der Mann hat bislang gute Arbeit geleistet, außerdem könnte es einige Zeit dauern, bis wir einen passenden Ersatz gefunden haben. Deshalb sollten wir warten, bis er wieder auf den Beinen ist.«

Tränen brannten in meinen Augen, und am liebsten wäre ich Harriet um den Hals gefallen.

»Eine kluge Entscheidung, Mylady«, bemerkte der Pfarrer und wollte noch etwas hinzufügen, als die Tür aufging und Toby mit Madame Azhkenazy erschien.

»Madame Azhkenazy«, verkündete er und verließ wieder das Zimmer.

Der Pfarrer und das Medium musterten einander. »Oh!«, stieß Harriet hervor. »Also wirklich, Harriet«, sagte der Pfarrer.

Ich sprang auf. »Ich bringe Sie hinaus, Herr Pfarrer.«

»Bitte, kommen Sie doch herein, Madame«, sagte meine Schwester. »Wie reizend, dass Sie zurückgekommen sind.«

Ich nahm den Herrn Pfarrer am Arm, führte ihn hinaus und schloss die Salontür.

»Was hat diese Hexe hier zu suchen?«, fragte er.

»Sie spendet meiner Tante Trost.«

»In Gott sollte sie den einzigen Trost finden, den sie braucht.«

»Das verstehe ich. Aber was kann es schon schaden, wenn sie dadurch glücklicher ist?«

»Der Teufel, der Besitz von ihrer Seele ergreift, könnte ihr gehörig schaden«, murmelte er, doch natürlich wusste er, dass dies eine Schlacht war, die er nicht gewinnen konnte. An der Eingangstür blieben wir stehen. Es hatte zur regnen begonnen, und er hatte offensichtlich keinen Schirm mitgebracht.

»Bitte gestatten Sie mir, Sie zum Pfarrhaus zu begleiten. Ich habe einen Schirm, unter den wir beide passen.«

»Das ist nicht nötig«, wehrte er ab, doch ich bestand darauf und nahm einen großen Schirm aus dem Ständer neben der Tür.

Wir gingen die Church Lane entlang, während ich über das Wetter und über Blumen plapperte. Ich fragte ihn, ob er lieber Hunde oder Katzen mochte … über alles, nur nicht über Madame Azhkenazy und Emile. Schließlich standen wir vor dem Pfarrhaus, wo er sich bei mir bedankte und meinte: »Bitte, passen Sie gut auf Ihre Tante auf.«

»Das werde ich, versprochen.«

»Und auf sich selbst.«

Ich wusste, dass er auf meine Gefühle für Emile anspielte, und es ärgerte mich, dass jeder zu glauben schien, es sei das Beste für mich, wenn ich mich für einen reichen Mann entschied, statt für denjenigen, den ich aufrichtig liebte. Ich erwiderte nichts darauf, und er trat ins Haus.

Natürlich schlug ich den Weg zu Emile ein.

Die Straße war verwaist und dunkel. Es regnete immer noch. Ich trat in eine Schlammpfütze, sodass meine Füße unangenehm in den Schuhen quietschten, doch all das vermochte mir meine Vorfreude und mein Verlangen nicht zu nehmen. Gleich würde ich Emile wiedersehen; die Zeit ohne ihn war mir unerträglich lang vorgekommen. Marin begann zu bellen, als ich klopfte, und ich rief, er solle aufhören, ich sei es doch bloß. Sofort wurde die Tür geöffnet, und Emile lächelte mich an.

»Moineau! Was für eine Überraschung!«

Mein Blick fiel auf seine verbundene linke Hand. »Dann stimmt es also? Du hast dich verletzt?«

Er hob seine Hand. »Ich habe kurz nicht aufgepasst und bin abgerutscht. Aber komm doch herein.«

Das behagliche, warme, von Kerzenschein erhellte Haus fühlte sich trotz seiner Schlichtheit inzwischen wie mein Zuhause an.
»Du kommst genau im richtigen Moment. Der Verband müsste gewechselt werden. Ich soll ihn jeden Abend wechseln, aber ich weiß nicht, wie ich das mit nur einer Hand bewerkstelligen soll.«
»Natürlich«, sagte ich, begeistert von der Idee, dass ich Krankenschwester bei ihm spielen durfte.
Nach seinen Anweisungen kochte ich Wasser und mischte es mit dem kalten Wasser aus dem Krug, damit die Temperatur erträglich war. Dann nahm ich frisches Verbandszeug und die Salbe und trug alles ins Wohnzimmer. Ich setzte mich neben ihn, und er legte seine Hand in meinen Schoß.
»Es tut höllisch weh«, sagte er.
»Lass mich mal sehen.« Vorsichtig löste ich den Verband. Ich versprach ihm, ihn auszukochen und aufzuhängen, damit er ihn wieder verwenden konnte. Die Wunde verlief diagonal über seine Handfläche und schien besonders unterhalb des Daumens sehr tief zu sein. Vorsichtig tupfte ich sie ab und hielt seine Hand fest.
»Danke«, sagte er.
Er war so nahe. Ich spürte seinen Puls unter meinen Fingern schlagen. Mein Verlangen war so übermächtig, dass ich ihn nicht ansehen konnte. Ganz vorsichtig blies ich auf die Wunde, damit sie schneller trocknete. Er seufzte leise.
»Moineau.« Seine Stimme war heiser vor Verlangen.
Ich stellte das Tablett auf den Boden, nahm den frischen Verband und wickelte ihn um seine Hand, seinen Daumen und um sein Handgelenk. Am Ende band ich eine Schleife, doch ich brachte es nicht über mich, ihn loszulassen.
Ich konnte ihn einfach nicht loslassen.
Er zog mich an sich, obwohl es ihm Schmerzen bereiten musste, und

ich sank an seine Brust. Mit seiner gesunden Hand streichelte er zärtlich mein Haar, während die verletzte auf meinem Rücken lag.
»Nun, nun«, sagte er.
Ich war überglücklich und gestattete mir, mich in seine Umarmung fallen zu lassen. Er ließ mich nicht mehr los. Der Regen prasselte auf das Dach, und Marin beäugte uns neugierig von seinem Platz auf dem Teppich aus.
»Moineau?«
Ich hob den Kopf. Er umfasste mein Kinn, beugte sich herab und küsste mich auf den Mund. Jeder einzelne Nerv in meinem Körper begann unter der zärtlichen Berührung zu vibrieren. Emile küsst mich, dachte ich, und das Verbotene meiner Tat befeuerte meine Leidenschaft noch weiter. Er teilte meine Lippen, und ich schmolz dahin, als er zuerst meine Ober-, meine Unterlippe und dann beide Lippen liebkoste. Ich spürte seine Zunge, die sich in meinen Mund schob, und verlor mich vollends. In diesem Moment hätte er alles mit mir anstellen können. Er hatte mich in der Hand. Wie aus weiter Ferne merkte ich, wie ein leises Stöhnen über meine Lippen drang.
Er löste sich von mir und lachte leise, als er mein verblüfftes Gesicht sah.
»Oh, Moineau. Es tut mir so leid. Ich hätte mir so eine Freiheit nicht nehmen sollen.«
»Bitte, nimm sie dir noch einmal.«
»Nein, nein, meine Gefühle haben mich überwältigt, aber jetzt bin ich wieder bei klarem Verstand. Verzeih mir, Liebste.«
Liebste. Ich beugte mich vor und presste meine Lippen auf seinen Mund. All dieses Gerede über Freiheit und klaren Verstand konnte er sich schenken. Nun, da er mich einmal geküsst hatte, würde ich ihn nie wieder gehen lassen. Von diesem Moment an waren die Küsse unsere Sprache, bis der Regen aufhörte. Meine Lippen

brannten von der Berührung, als ich mich mitten in der Nacht auf den Heimweg machte.

Die ganze nächste Woche benahm ich mich wie eine liebeskranke Närrin. Harriet war vollauf mit Madame Azhkenazy beschäftigt. Inzwischen kamen die Botschaften von Oswald mit einer solchen Regelmäßigkeit, dass sie die Russin kurzerhand im Dienstbotentrakt einquartierte, damit sie nicht ständig zwischen Millthorne und Raven's Head hin und her zu fahren brauchte. Meine Schwester lag Mr Shawe auch weiterhin in den Ohren, sie zu Spazierfahrten in seiner Kutsche mitzunehmen. Ich dagegen schlenderte frei wie ein Vogel zu Emiles Haus, in seinem Garten herum und durch die üppig grünen Wiesen am Fluss entlang.

Emile und ich spielten ein Spiel namens »Wenn alles möglich wäre«, unter dessen Vorwand wir einander alles anvertrauten, was wir uns im Leben wünschten.

»Wenn alles möglich wäre«, sagte ich eines Tages, als wir im Sonnenschein am Flussufer saßen, »würde ich gerne Yorkshire verlassen und für immer hier in Millthorne leben.«

»Wenn alles möglich wäre«, meinte er, »hätte ich dich hier bei mir, jeden Tag und jede Nacht.«

Und so verliehen wir Plänen Ausdruck, die sich niemals in die Tat umsetzen lassen würden, bis er am Ende des Spiels »Aber leider ist eben nicht alles möglich« sagte, was mich jedes Mal sehr traurig machte. Aber dann küsste er mich, und mein Kopf war augenblicklich leer. Ich vergaß meine Traurigkeit und schöpfte neue Hoffnung. Wir waren so glücklich.

Aber jeder weiß, dass ein solches Glück niemals währt.

Es war Dienstag. Der langweiligste Tag der Woche. Am Morgen brach Madame Azhkenazy auf, und Tante Harriet, die zwar wieder ihr leuchtend grünes Kleid trug, aber spürbar bedrückter war als bei meiner Ankunft, hatte mich beauftragt, sie zu verabschieden. Meine Schwester war gleich nach dem Frühstück zu einem Picknick mit Mr Shawe aufgebrochen. Sie hatte mich gefragt, ob ich romantische Orte in der Gegend kennen würde, doch ich hatte ihr nichts von der Weißdornquelle erzählt, denn wenn ich dort schon kein Liebespicknick machen durfte, wieso sollte es ihr dann vergönnt sein? Ich half Madame Azhkenazy mit ihrem Gepäck. Überschwänglich küsste Harriet sie auf die Wangen, beteuerte, was für ein Gottesgeschenk sie doch sei und sie nun in der Gewissheit weiterleben könne, dass Oswald ihr alles gesagt habe. In diesem Moment kam meine Schwester mit hängenden Schultern und gesenktem Kopf die Straße herauf. Etwas Unangenehmes musste passiert sein.

»Was ist los?«, fragte ich.

Sie sah auf, schüttelte jedoch nur den Kopf. Toby sollte Madame Azhkenazy zur Kutsche begleiten, und Harriet gab ihr Geld für die Fahrt. Meine Schwester zwang sich, ihr und Madame zuzulächeln, die sich mit Toby zur Kutschstation aufmachte. Wir umarmten Tante Harriet.

»Kommst du zurecht, jetzt, wo sie weg ist?«, fragte ich sie, als wir in den Salon zurückkehrten.

»Ich werde euch Mädchen noch für ein, zwei Tage brauchen, bis ich mich vollends gefangen habe.«

»Natürlich, Tante«, sagte meine Schwester.

Ich nickte, obwohl ich es kaum erwarten konnte, zu Emile zu gehen.

»Aber ich fürchte, ich habe schlechte Nachrichten«, fuhr meine Schwester fort, nahm ihre Haube ab und legte ihre Handschuhe auf den Kaminsims. »Mr Shawe bricht morgen bei Tagesbeginn nach

London auf. Er war zu beschäftigt mit Packen, um ein Picknick mit mir zu machen.«
»Aber nach London ist es doch nicht weit, Kind«, sagte Harriet. »Komm, setz dich zu mir.«
Meine Schwester ließ sich auf das Sofa neben sie plumpsen. »Er fährt ganz früh nach London, weil morgen sein Segelschiff nach Indien ablegt, Tante.«
Meine Knie drohten vor Erleichterung nachzugeben. Ich nahm gegenüber von ihnen Platz. »Ist es eine Geschäftsreise?«, fragte ich.
»Ja. Aber was für ein schlecht gewählter Zeitpunkt! Und wieder sitzen wir beide auf dem Trockenen. Aber da spiele ich nicht mit. Vater muss ihn dazu bringen, sich zu erklären.« Sie legte die Hand auf die Stirn. »Ich glaube, ich brüte etwas aus, Tante. Mir dröhnt der Kopf.«
»Armes Lämmchen. Jones soll Dr. Mortensen holen.«
»Nein, lass nur. Ich werde mich heute ausruhen. Vielleicht fühle ich mich morgen ja schon besser. Verflixt und zugenäht! Ich will endlich wissen, woran ich bin. Dieser Kerl lässt uns warten, bis wir alt und grau sind!«
»Komm bloß nicht auf die Idee, Mr Peacock zu schreiben, er soll herkommen.« Meine Bemerkung sollte scherzhaft klingen, doch sie hörte sich ziemlich düster an. Meine Schwester sah mich scharf an. »Ich sehe keine andere Alternative, der Vater zustimmen würde«, schoss sie barsch zurück.
Harriet sah von ihr zu mir. »Ihr Mädchen werdet immer Schwestern bleiben, ganz egal, wen ihr einmal heiratet. Seid nett zueinander.«
Eigentlich stand uns nicht der Sinn nach Nettigkeiten, aber wir rissen uns Harriet zuliebe zusammen. Wir packten die Picknicksachen ein und fuhren zur Weißdornquelle, wo wir einen herrlichen

Sommertag verbrachten, in dem Wissen, dass eine Veränderung bevorstand. Die Eichenblätter wirkten schlaff. Bald würde es Herbst werden.

Nach dem Mittagessen spielten wir im Salon Karten. Harriet verriet uns einige der Botschaften, die Oswald ihr über Madame Azhkenazy hatte zukommen lassen, und wir lächelten brav und tätschelten ihr die Hand. Obwohl ich Emile schmerzlich vermisste, versuchte ich, vernünftig zu sein. Es war ein schöner harmonischer Tag. Meine Tante vermisste ihren toten Ehemann, meine Schwester Mr Shawe. Wir saßen alle drei im selben Boot.

Als meine Schwester erneut die Karten mischte, klopfte es an der Tür. Harriet sah uns fragend an. »Erwartet ihr jemanden?«

Wir schüttelten den Kopf. Gleich darauf kündigte Toby Mr Shawe an.

»Ernest!« Meine Schwester stand auf, um ihn zu begrüßen.

»Bitte, verzeihen Sie mir.« Er nahm seinen Hut ab und hielt ihn sich vor die Brust. »Ich weiß, dass ich vielleicht ungelegen komme, aber ich konnte nicht abreisen, ohne … Mrs Parsons, würden Sie mir gestatten, mit Ihrer Nichte ins Wohnzimmer zu gehen, um unter vier Augen mit ihr zu sprechen?« Sein Blick fiel auf mich.

»Meine Nichte?«, fragte Tante Harriet und zeigte auf meine Schwester.

Er sah mir direkt ins Gesicht. »Miss Breckby, dürfte ich Sie bitte allein sprechen?«

»Was auch immer Sie zu sagen haben, können Sie gewiss auch in unserem Beisein tun«, warf meine Schwester mit vor Wut und Angst bebender Stimme ein, obgleich sie sich um einen freundlichen Tonfall bemühte.

»Bitte entschuldigen Sie, aber ich entführe sie nur für ein paar Minuten, dann bin ich auch schon fort«, beharrte er.

Ich erhob mich. Mir zitterten die Knie. Er bot mir seinen Arm, den ich steif ergriff. Wir gingen ins angrenzende Wohnzimmer. Die Vorhänge waren immer noch offen, und die spätnachmittägliche Sonne fiel herein. Noch waren keine Lampen entzündet worden.
»Miss Breckby«, sagte er, nachdem er die Tür hinter uns geschlossen hatte, »ich nehme an, Ihre Schwester hat Ihnen bereits mitgeteilt, dass ich morgen nach Indien aufbrechen werde?«
»Ja.« Erst jetzt bemerkte ich, dass ich die ganze Zeit den Atem angehalten hatte, und meine Lunge brannte. Ich versuchte, mich zu entspannen, und nahm auf dem Sofa Platz, die Hände im Schoß gefaltet.
»Nachdem ich nun viel Zeit mit Ihnen beiden verbracht habe, möchte ich nur ungern aufbrechen, ohne die Frage nach der Eheschließung zu klären«, sagte er, ohne Anstalten zu machen, sich ebenfalls zu setzen. »Lord Breckby hat mir sein grundsätzliches Einverständnis gegeben, eine von Ihnen zur Frau zu nehmen, und daher möchte ich Sie bitten, meinen Antrag akzeptieren.«
Ich spürte, wie sämtliche Farbe aus meinem Gesicht wich und meine Wangen auf einmal eiskalt wurden. »Ich? Aber … wieso nicht …«
»Ihre Schwester besitzt ein sehr geselliges Wesen, doch als Ehefrau würde sie mich nur ermüden.« Er lächelte verschwörerisch. »Diese Kopfschmerzattacken. Sobald sie glaubt, ich würde ihr nicht mehr zuhören …«
»Ich kenne die kleinen Eigenheiten meiner Schwester sehr gut, Mr Shawe«, unterbrach ich ihn kühl. »Sie haben sie aufs Gemeinste hinters Licht geführt.«
»Ich habe niemanden hinters Licht geführt. Sie waren stets meine erste Wahl. Ich brauche eine starke Hand zu Hause und eine Ehefrau, die unabhängig genug ist, um sich mit meinen langen Rei-

sen zu arrangieren. Ihre Schwester ist absolut ungeeignet für mich, Sie hingegen passen ganz hervorragend zu mir. Deshalb sollten Sie eventuelle Gewissensbisse beiseiteschieben und meinen Antrag annehmen.«

»Nein«, sagte ich.

Er starrte mich entsetzt an. »Bitte, Miss Breckby. Wie ich gerade sagte, wird sich Ihre Schwester schon damit abfinden …«

»Ich lehne Ihren Antrag nicht wegen meiner Schwester ab«, erwiderte ich, »sondern weil ich Sie nicht liebe und Sie nicht heiraten will.«

Er hätte mir in seiner Verblüffung vielleicht sogar leidtun können, wäre ich nicht von einem einzigen Gedanken beherrscht gewesen – möglichst schnell aus diesem Zimmer, dieser ganzen Misere herauszukommen. Doch kaum hatte er sich gefangen, wich seine Fassungslosigkeit verhaltener Wut. »Ihr Vater wird Sie schon dazu bringen«, sagte er.

»Wollen Sie das? Eine Ehefrau, die gezwungen wird, Sie zu heiraten? Wäre ich dann im Grunde nicht eine Prostituierte?«

»Miss Breckby! Ich hätte niemals gedacht, dass Ihnen so etwas Grauenvolles über die Lippen kommt!« Er schnappte seinen Hut und setzte ihn hastig auf. »Hier ist noch nicht das letzte Wort gesprochen, das kann ich Ihnen versichern. Ich werde an Ihren Vater schreiben, bevor ich abreise.«

Er riss die Tür auf, worauf meine Tante und meine Schwester – sie hatten unübersehbar gelauscht – vor Schreck zusammenzuckten.

»Guten Abend«, stieß Mr Shawe zornig und verlegen zugleich hervor.

»Ich bringe Sie noch zur Tür, Ernest«, sagte meine Schwester, doch er schob sich wortlos an ihr vorbei, und sie drehte sich um und starrte mich zornig an.

Harriet eilte Mr Shawe hinterher, und meine Schwester nutzte die Gelegenheit, um ihrer Wut ungeniert Luft zu machen. »Wie kannst du es wagen, du abscheuliches Geschöpf?«, fauchte sie. »Wie kannst du es wagen, ihn abzuweisen?«

»Ich dachte, du wärst froh darüber. Jetzt nimmt er vielleicht dich.«

»Er wird mich nicht heiraten. Ich habe sehr wohl gehört, was er über mich und meine Unzulänglichkeiten gesagt hat. Aber mich noch mehr zu demütigen, indem du ihn abweist! Glaubst du etwa, du wärst so viel besser als ich?«

»Wie bitte?« Ich war wie vor den Kopf geschlagen. »Nein! Das hat nichts mit dir zu tun.«

»Falsch. Es hat sogar eine ganze Menge mit mir zu tun. Ich bin deine Schwester. Und ein Mitglied der Familie, die ausnahmslos diese Heirat billigt. Vater wird außer sich vor Wut sein, und ich kann es ihm nicht verdenken. Wärst du nur nicht so verhext von diesem elenden Zimmermann …« Die Wut machte sie unvorsichtig. Harriet, die in diesem Moment das Zimmer betrat, blieb abrupt stehen.

Sie ergriff meine Arme. »Ich habe die Wogen erst einmal geglättet. Aber, Liebes, was hast du getan? Warum hast du seinen Antrag abgelehnt? Du wusstest doch, dass du Mr Shawe versprochen warst.«

»Ich ertrage ihn nicht.«

»Er hat eine Menge Geld und ist sehr oft auf Reisen. Sei doch vernünftig, Spätzchen. Vielleicht lernst du ja mit der Zeit, ihn zu mögen.«

»Wie kannst du so etwas sagen, Tante Harriet? Wo du selbst doch Onkel Oswald von ganzem Herzen geliebt hast. Wie kannst du mich bitten, jemanden zu heiraten, den ich nicht ausstehen kann?«

Harriet runzelte die Stirn. »Es besteht kein Grund, Oswald da mit hineinzuziehen.«

»Aber es ist doch wahr. Du hast dich in ihn verliebt und ihn geheiratet. Wieso soll ich mich mit weniger zufriedengeben?«
»Ich werde das nicht zulassen!«, schrie sie. »Auf keinen Fall! Nicht am Tag, nachdem mein geliebter Ehemann mir ein letztes Mal aus dem Grab Lebewohl gesagt hat.«
Beide begannen, gleichzeitig auf mich einzureden, mich zu beschimpfen und zu beleidigen, bis ich nicht mehr konnte, nach oben in mein Zimmer rannte und die Tür zuknallte, wobei Basil erschrocken aus dem Schlaf hochfuhr.
Ich riss das Fenster auf, lehnte mich hinaus und sog tief die frische Abendluft ein. Alles war zerstört, und mein Herz schmerzte. Ich blickte in Richtung von Emiles Haus. Minuten vergingen. Ich hörte Harriet in ihr Zimmer gehen und die Tür schließen. Das Blut rauschte in meinen Ohren.
Leise verließ ich mein Zimmer und verriegelte die Tür. Sollten sie doch denken, ich würde in stummer Wut vor mich hin brüten.
Als ich mich die Treppe hinunterschlich, hörte ich Jones' und Tobys Stimme. Ich traute mich nicht, die Haustür zu öffnen, und schlüpfte ins Esszimmer. Der Geruch nach Braten mit Soße hing noch in der Luft. Emile hatte recht. Es mangelte mir an nichts, außer an Liebe. Und genau das brauchte ich am meisten.
Ich öffnete das Fenster, schwang die Beine über das Fensterbrett und sprang hinunter. Mit einem dumpfen Schlag landete ich auf der Erde, wobei sich mein Rock in der Hecke verfing. Ich eilte davon, zu Emile.

Diesmal klopfte ich nicht, sondern riss die Tür auf und ging ins Haus. Ich rief nach ihm. Mehr brachte ich nicht heraus und begann zu schluchzen.
»Moineau, was ist denn los? Was ist passiert?«

»Mein Vater … Mr Shawe … Ich werde niemals …« Wieder schluchzte ich, und statt mich weiter mit Fragen zu bombardieren, hielt er mich fest. Doch so verzweifelt ich auch Trost in seiner warmen, schützenden Umarmung suchte, wusste ich doch, dass mein Glück nicht von Dauer war. Man würde mir nicht erlauben, mit ihm zusammen zu sein, und das Glück würde mir für immer genommen werden.

Als ich mich ein wenig beruhigt hatte, schob er mich zum Sofa und machte mir einen Tee. Marin kam zu mir und legte den Kopf in meinen Schoß. Solange Emile mich nicht ansah, fiel es mir leichter, ihm die Wahrheit zu erzählen.

»Meine Schwester und ich wurden Ehemännern versprochen«, sagte ich. »So wird es in Familien unseres Standes gehandhabt. Mr Shawe ist heute Abend ins Haus meiner Tante gekommen und wollte um meine Hand anhalten, aber ich habe ihn zurückgewiesen. Doch meine Tante und meine Schwester bestehen darauf, dass ich seinen Antrag annehme. Dass meine Zukunft nicht in meinen eigenen Händen liegt.«

Er stellte das Tablett vor mir ab und blickte mich aus traurigen Augen an. »Ich verstehe.«

»Ich liebe dich, Emile. Ich will dich heiraten, nicht ihn. Du bist so unendlich viel besser.«

»Ich wusste die ganze Zeit, dass wir nicht heiraten können, Moineau«, sagte er schlicht. »Nicht alles ist möglich, weißt du noch?«

Ich sah ihn an und begann, neuerlich zu weinen, herzzerreißende Schluchzer drangen aus der Tiefe meiner Seele. »Bitte, Emile«, sagte ich, obwohl ich in Wahrheit nicht wusste, worum ich ihn anflehte.

Er ergriff meine Hände und nahm mich in die Arme und küsste mich auf den Mund. Wie immer verjagten seine Küsse meine

Kümmernisse, jeden klaren Gedanken in meinem Kopf, und ich erwiderte sie voller Verlangen. Ich hielt ihn umschlungen, während seine Hände über meinen Körper wanderten, bis seine verletzte Hand auf meiner Taille lag, seine andere auf der Tournüre meines Kleides und er sich an mich presste.

Ich warf jede Vernunft über Bord, ebenso wie er. Hier, im Angesicht des unvermeidlichen Endes, ließen wir zu, dass die Leidenschaft über unsere Vernunft siegte. Seine Hand fand ihren Weg zu meinem Mieder. Er löste die Knöpfe, und ich wehrte mich nicht. Ich ließ mich von ihm in sein Schlafzimmer führen, während er mich unablässig küsste, ließ zu, dass er mich auf sein Bett legte, zwischen seine Laken, die so würzig und warm rochen wie er. Dann zog er sein Hemd aus und legte sich auf mich. Als ich das erste Mal seine Hand auf meiner nackten Brust spürte, war es, als würde mich ein Blitz durchzucken, und ich zitterte unkontrolliert.

»Sshh, Moineau, shh«, machte er an meinen Lippen, meinen Ohren, meinem Hals. »Ich werde dir nichts tun.«

Er half mir aus meinen Kleidern, ehe er seine restlichen Sachen auszog. Ich konnte seinen Körper im Schein der Kerzen erkennen, der durch die Tür hereinfiel. Er war stark, wunderschön, hart. Ich hatte immer geglaubt, es würde sich seltsam anfühlen, doch es fühlte sich völlig natürlich an. Als er mich berührte, wusste ich, dass er erfahren war. Er küsste mich vom Scheitel bis zu den Zehenspitzen, und in dieser Nacht, mein Kind, wurdest Du gezeugt.

Natürlich wirst Du das hier niemals lesen. Deshalb kann ich Dir ja Dinge sagen, die eine Mutter ihrem Kind gegenüber niemals preisgeben sollte. Du wirst von jemand anderem geliebt, und diese Menschen werden alles daran setzen, dass Du mich niemals finden wirst. Vielleicht sagen sie Dir noch nicht einmal, dass Du im Leib einer anderen Frau herangewachsen bist. Nein, ich erzähle

diese Geschichte mir selbst, es ist die traurigste Geschichte, die je erzählt wurde.
Danach fielen wir, noch immer eng umschlungen, in tiefen Schlaf. Ich weiß noch, dass ich in der Nacht einmal aufwachte und dachte, ich sollte nach Hause gehen, doch es war so ein wunderbares Gefühl, neben ihm liegen zu dürfen, dass ich den Gedanken sofort wieder verwarf und mich an ihn schmiegte. Als ich schließlich endgültig erwachte, fuhr auch er aus dem Schlaf hoch, weil jemand an die Tür hämmerte und seinen Namen rief. Und meinen.
»Schnell«, sagte er, warf mir mein Unterkleid zu und schlüpfte in seine Hose. Doch die Tür war nicht verriegelt, und sie platzten herein.
Der Pfarrer, Harriet und meine Schwester. Ich trug lediglich ein dünnes Baumwollunterkleid, er war von der Taille aufwärts nackt.
»Es tut mir leid«, sagte meine Schwester.

Es war Basils Schuld. Er war in meinem Zimmer eingesperrt gewesen und wollte raus. Deshalb hatte er miaut und an der Tür gekratzt, bis Tante Harriet ihn um ein Uhr früh gehört und mit dem Ersatzschlüssel aufgeschlossen hatte. Ich war verschwunden, und sie hatte nicht gewusst, wo ich stecken könnte. Sie hatte sich fürchterlich aufgeregt, und da hatte meine Schwester ihr alles erzählt. Sie waren zum Pfarrer gegangen, der wusste, wo Emile wohnte. Und so flogen wir auf.
Ich weiß nicht, ob das Bedauern meiner Schwester aufrichtig war. Aber es spielte keine Rolle. Emile wurde auf der Stelle entlassen, und ich sollte mit dem nächsten Zug zurück nach Yorkshire fahren. Meine Brust schmerzte vom vielen Weinen. Ich stieg in die Kutsche nach London, und als wir aus dem Dorf fuhren …

GEGENWART

☆

»Okay«, sage ich. »Der Brief ist unvollständig.«

»Ich glaube allerdings, dass es fast der Schluss ist«, meint Mum. »Viel mehr Blätter waren es nicht. Ich weiß noch, dass ich ihn aus einer Sammlung alter Bücher aus einer Bibliothek in Yorkshire habe. Die Bibliothekarin hat ihn in einer Ausgabe von Cicero gefunden, und eine Weile habe ich mich ziemlich eingehend damit beschäftigt.«

»Was hat es damit auf sich?«

Mum seufzte. »Ich kann mich nur dunkel erinnern.« Doch dann erhellte sich ihre Miene. »Ich habe ziemlich viel Geld und Zeit investiert, um die Leute ausfindig zu machen, die in dem Brief erwähnt werden. Den vollen Namen des Mädchens habe ich nicht in Erfahrung gebracht, aber ich habe meine Rechercheassistentin darauf angesetzt, Emile Venson zu finden. Nichts. Wie schade. Ich hätte gern erfahren, was aus ihm geworden ist.«

»Ich auch.«

»Könntest du … Glaubst du, Andrew Garr könnte uns behilflich sein, den Rest zu finden?«

Ein Fortschritt. Ich lächle. »Ich kann ihn gern fragen.« Beim Abendessen. Bei dem Gedanken durchströmt mich ein Gefühl der Wärme, und im nächsten Augenblick bekomme ich ein schlechtes Gewissen. Ich habe Geoff immer noch nicht angerufen.

Allerdings hat er sich bei mir ebenfalls nicht gemeldet.

KAPITEL 20

☆

Agnes

Nachdem die Persephone in Colombo die Segel gesetzt hatte, bekam Agnes einen Tag Zeit, um sich einzurichten, ehe sie bei Dr. Angel vorstellig werden musste.

Statt des Brummens der Motoren wie auf dem Dampfschiff bildeten das unablässige Klirren und Knallen der Taue und das Flappen der Segel die tägliche Geräuschkulisse, und statt Kohle stieg ihr lediglich die salzige frische Meeresluft in die Nase. Selbst die Schiffsbewegungen waren anders. Die Persephone pflügte nicht durch die Wellen, sondern war eins mit dem Wind und durchschnitt das Wasser mit fast instinktiver Eleganz.

Dieses Mal bekam Agnes keine behagliche Kabine der zweiten Klasse. Ihr wurde eine winzige, fensterlose Unterkunft im Mittelschiff zugewiesen, in der der leichte Geruch nach Bratfett hing. Ihre schmale, harte Pritsche musste abends aus der Holzvertäfelung herunter- und morgens wieder hochgeklappt werden. Für den Waschtisch und ihre Koffer war so gut wie kein Platz. Die Hitze war unerträglich, und sie fand in der ersten Nacht an Bord so gut wie keinen Schlaf. Sie schloss die Tür ab und legte sich splitternackt auf die Decke, trotzdem fühlte sich das Bettzeug sofort verschwitzt an.

Ziemlich müde meldete sie sich an ihrem ersten Arbeitstag bei Dr. Angel zum Dienst. Sie hatte bereits in Colombo seine Bekanntschaft gemacht und ihm eine Geschichte über ihre Tätigkeit auf der Krankenstation in Perdita Hall aufgetischt, wo sie angeblich reichlich Erfahrung sammeln konnte. Allerdings hätte sie nicht so dick aufzutragen brauchen, weil die letzte Bordschwester schnurstracks das Weite gesucht hatte, als die Persephone den Hafen von Colombo erreichte. Der Arzt war ziemlich verzweifelt gewesen, weil es sich als nahezu unmöglich entpuppte, so kurzfristig einen Ersatz zu finden, der die englische Sprache beherrschte. Deshalb reichte es, wenn sie lesen konnte und seinen Anweisungen Folge leistete.

WUNDARZT stand auf dem Schild an der Tür. Sie klopfte an und trat ein.

Dr. Angel saß hinter einem kleinen Schreibtisch, auf dem sich Unterlagen und Bücher türmten; einige lagen auf dem Boden herum, als hätte sich keiner die Mühe gemacht, sie aufzuheben, nachdem sie vom Seegang herabgefegt worden waren. Er hatte die Füße auf den Tisch gelegt und starrte gedankenversunken durch das verschmierte Bullauge. In der Ecke befand sich ein in der Wand eingelassener schmaler Untersuchungstisch mit einer dünnen Matratze und diverse Schränke mit Schubladen, in denen vermutlich die chirurgischen Instrumente und Medikamente aufbewahrt wurden.

»Guten Tag«, sagte sie.

Er drehte sich zu ihr um. Dr. Angel war noch jung, allenfalls Mitte zwanzig. Er hatte ein rötliches Gesicht, leicht hervorquellende Augen, mausbraunes Haar und einen wild wuchernden Bart und Koteletten. »Guten Tag, Miss Resolute. Nun, haben Sie sich schon ein wenig auf dem Schiff umgesehen?«

»Nur ein klein wenig, Sir, aber eigentlich war es viel zu heiß, um etwas anderes zu tun, als dazusitzen und auf eine Brise zu hoffen.«

»Nun, wenn Sie erst einmal mit Ihrer Arbeit angefangen haben, werden Sie bestimmt noch ein paar verwinkelte Ecken entdecken. Es befinden sich einundfünfzig Passagiere im Zwischendeck; die Herren achtern, die Damen im Heckbereich, getrennt durch eine Leiter zu den Oberdecks. Ich kümmere mich um die männlichen Patienten, Sie sind für das Wohlbefinden der Damen zuständig. Falls ich Sie bei den Männern brauche, müssen Sie mich begleiten.« Er lachte. »Ohne Anstandsdame würden Sie da nicht hingehen, das kann ich Ihnen versichern. Und mir ist es nicht gestattet, ohne Sie das Refugium der Damen zu betreten.«

»Warum denn?«

»Die Passagiere in den Zwischendecks sind alles Wilde«, gab er bierernst zurück. »Es ist zu unserer eigenen Sicherheit. Sie werden nicht von den Männern belästigt, und mir kann keiner vorwerfen, ich sei einer der Damen zu nahe getreten. Sehen Sie mich nicht so an. Das ist alles schon vorgekommen.« Er nahm die Füße vom Tisch, zog eine Schublade auf und holte einen silbernen Flachmann heraus, aus dem er einen Schluck nahm.

»Und die anderen Passagiere, Sir?«

»Die Kabinen der ersten und zweiten Klasse befinden sich auf diesem Deck in Richtung Bug. Es sind lediglich zwölf Passagiere, die meisten sind erst in Colombo zugestiegen und leiden vermutlich noch unter Seekrankheit. Sie müssen also damit rechnen, dass Sie mit Erbrochenem bespritzt werden. Normalerweise sollte die Fahrt ruhig und ereignislos verlaufen, trotzdem geben Sie mir bitte Bescheid, wenn Ihnen irgendetwas Ungewöhnliches auffällt.« In diesem Moment wurde das Schiff von einer gewaltigen Welle erfasst und knallte so heftig herab, dass es klirrte und schepperte. Agnes hielt sich an Dr. Angels Schreibtisch fest. Ein weiteres Buch rutschte vom Tisch, und Agnes bückte sich, um es aufzuheben.

Er nahm es ihr aus der Hand. »In den ersten beiden Kojen

im Frauendeck soll es Bettwanzen geben. Irgendwo in diesem Schrank müsste Karbolsäure stehen. Sie werden sie schon finden.«

»Ja, Sir. Und dann?«

»Das Bettzeug muss mit der Karbolsäure gewaschen werden, außerdem geben Sie etwas davon auf die Matratzen, und wenn die Frauen über Juckreiz klagen, schicken Sie sie zu mir, dann gebe ich Ihnen eine Tinktur dagegen.«

»Ja, Sir. Wo finde ich die Waschküche?«

Er sah sie belustigt an. »Eine Waschküche gibt es nicht, sondern bloß eine Pumpe. Waschen Sie die Laken einfach mit der Seifen-Karbol-Mischung aus und bitten Sie dann einen der Jungs, sie eine Weile hinter dem Schiff herzuziehen. Die sagen Ihnen schon, was Sie machen müssen.« Er entließ sie mit einer knappen Geste. »Sie haben eine Menge zu lernen. Los, ans Werk.«

Agnes stieg die Leiter zum Zwischendeck mit den Quartieren der Passagiere hinunter. Es war dunkel, lediglich ein klein wenig Tageslicht fiel durch die offene Luke herein. Die Kojen waren durch Wände voneinander getrennt, Türen gab es jedoch keine, und als Schlafgelegenheit gab es nur dünne Hängematten. Der durchdringende Gestank nach Urin und Schweiß empfing sie. Sie trat um zwei kleine Jungs herum, die auf dem Boden mit Steinchen spielten. Von irgendwo aus den Tiefen des Korridors drangen Atemzüge, das Rascheln von Kleidung und Murmeln. Wegen der mörderischen Hitze war der Großteil der Passagiere sicherlich oben auf dem Deck. Die Passagiere der ersten beiden Kabinen, eine links, eine rechts (Nein, steuerbord und backbord, korrigierte sie sich), hatten ihre Betten abgezogen und alles auf den Boden geworfen. Agnes streute das Karbolsäurepulver auf die Matratzen und nahm die fadenscheinigen grauen Laken mit nach oben.

Die Wasserpumpe befand sich am Heck des Schiffs und ließ

sich erst nach mehreren Versuchen in Gang setzen, und das Wasser, das herausplätscherte, besaß die Farbe von dünnem Tee. Sie verteilte noch mehr von der Karbolsäure auf die Laken und begann, sie zu schrubben. Obwohl sich die Pumpe weitgehend im Schatten befand, spürte sie die Kraft der Sonne. Sie hielt nach einem Matrosen Ausschau. Endlich kam ein junger Mann, der höchstens sechzehn war, mit einem Eimer in der Hand vorbei. Er trug einfache braune Kleider und keinen Hut; sein Gesicht war gerötet, die Haut schälte sich.

»Entschuldigung, aber Dr. Angel hat gesagt, Sie könnten mir helfen, die Laken hier hinter dem Schiff herzuziehen.«

»Geben Sie her, Miss. Ich kümmere mich darum.«

Sie reichte ihm die nassen Laken, folgte ihm und sah zu, wie er sie gemeinsam mit zwei anderen an einem Tau befestigte und langsam ins Wasser ließ. Sie versprachen ihr, in einer Stunde wiederzukommen. Agnes suchte sich ein schattiges Plätzchen und beobachtete, wie die Laken durch das Wasser gezogen wurden. Nachdem sie sie herausgeholt hatten, spülte sie sie unter der Pumpe aus und brachte sie wieder den Seeleuten, die sie am Mast zum Trocknen aufhängten, wo sie fröhlich in der Brise flatterten. Agnes war hingerissen von dieser unorthodoxen Waschmethode; sie blieb eine Weile an Deck und begrüßte vorbeikommende Crewmitglieder und Passagiere. Hier an Bord schienen alle viel fröhlicher zu sein als auf dem Dampfer, und auch sie selbst fühlte sich zugegebenermaßen deutlich wohler.

Nachdem sie die trockenen Laken zurück in die Kojen gebracht hatte, ging Agnes zu Dr. Angel, um zu hören, ob er sie noch brauchte. Sie klopfte und trat ein, als er nicht antwortete. Dr. Angel lag hinter seinem Schreibtisch und schlief. Sie selbst konnte kaum atmen – wie um alles in der Welt ertrug der Mann diese unsägliche Hitze? Doch dann stieg ihr der durchdringende Brandygeruch in die Nase, also schlief er wohl seinen Rausch aus.

Agnes lächelte. In diesem Zustand konnte er sich wenigstens nicht wie ein Tyrann gebärden. Sie ging nach oben an Deck, in der Hoffnung auf eine angenehm kühle Brise.

An den ersten beiden Arbeitstagen kümmerte sie sich größtenteils um Passagiere, die in Colombo zugestiegen waren und sich noch nicht an den Seegang gewöhnt hatten. Mehr als einmal musste sie ihre Schuhe und ihre Rocksäume an der Pumpe von Erbrochenem säubern. Dr. Angel wies sie an, seinen Schreibtisch aufzuräumen und die Inhalte der Schränke zu sortieren, wobei er sie unablässig aus seinen blutunterlaufenen Augen musterte. Agnes konnte sich nicht vorstellen, Freundschaft mit ihm zu schließen. Sie dachte an Julius, der etwa im selben Alter war und denselben Beruf ausübte. Was für ein ruhiger, sanftmütiger und warmherziger Mensch er im Vergleich zu Dr. Angel doch war! Wenn sie nachts auf ihrer schmalen Pritsche lag, malte sie sich aus, wie er ihren Brief erhielt. Ob er wohl wütend auf sie war? Oder stolz? Würde dieses neue Abenteuer seine Geduld strapazieren, sodass seine Liebe zu ihr erkaltete? Sie versuchte, sich innerlich dafür zu wappnen, doch es wollte ihr nicht gelingen. Er lag ihr zu sehr am Herzen.

Am Morgen des dritten Tages stand Agnes mit den anderen Passagieren an Deck, als das Schiff den Äquator überquerte. Der Kapitän läutete die Schiffsglocke, und alle applaudierten. Damit befanden sie sich ganz offiziell auf der Südhalbkugel, auch wenn Agnes es seltsamerweise gar nicht merkte. Und ebenso seltsam war, dass es heute kühler zu sein schien. Wolken zogen über den Himmel und verdeckten die Sonne, sie hatten Rückenwind, und eine frische, salzige Brise wehte ihr durchs Haar. Ein Matrose riet ihr, die Abkühlung in vollen Zügen zu genießen, denn schon bald würde der Wind nachlassen und die Hitze unerträglich werden. Dr. Angel erschien, als die Passagiere der ersten und zweiten Klasse sich auf die Decks im feudalen hinteren Teil des Schiffes zurückzogen. Dort luden offene, im Schatten gelegene Salons zum Kartenspiel ein, während Agnes und die anderen Passagiere der Unter- und Zwischendecks versuchten, einen Platz zwischen Eimern und Tauen außerhalb der direkten Sonneneinstrahlung zu ergattern. Der Geruch nach Schweiß war durchdringend.

»Agnes«, rief Dr. Angel und winkte sie von der Luke aus herüber.

»Komme schon, Herr Doktor«, sagte sie und trat über das Gewirr aus Tauen und Füßen hinweg.

Sie folgte ihm in den brüllend heißen Schiffsbauch und blieb am Ende der Leiter stehen.

Dr. Angel zeigte auf die nächste Luke. »Runter ins Unterdeck. Koje vier. Ein kleiner Junge, ein oder zwei Jahre alt, ist schwer krank. Nicht seekrank, sondern er kotzt sich die Seele aus dem Leib, sagt seine Mutter.«

»Was fehlt ihm denn?«, fragte Agnes.

»Ich habe keine Ahnung. Gehen Sie runter und sehen Sie ihn sich an. Vielleicht können Sie ihm ein paar Salze geben.« Er bedeutete ihr, sich auf den Weg zu machen. »Mit Kindern kann ich nicht sonderlich gut.«

»Verstanden, Sir«, sagte Agnes und kletterte die Leiter zum Zwischendeck hinab, wo sie Gluthitze und Dunkelheit empfingen. Sie zählte die Kojen ab. Eins, zwei, drei, vier, dann blieb sie stehen und spähte hinein. Wieder hörte sie dieses Murmeln von irgendwoher ein Stück den Korridor hinunter. Sie nahm sich vor, den Passagier später ausfindig zu machen und ihm zu raten, für eine Weile an Deck zu gehen, um frische Luft zu schnappen.

»Geht es dem Kleinen sehr schlecht?«, fragte sie die besorgte Frau in Koje vier.

»Ja, wie Sie sehen, Ma'am. Kommt der Doktor bald?«

»Ich … Lassen Sie ihn mich mal ansehen.« Agnes betrat die

Koje. Der Kleine lag apathisch und bleich in seinem Bett. »Dr. Angel sagte, er muss sich ständig übergeben.«

»Ja, Ma'am. Es geht ihm so schlecht, seit wir Colombo verlassen haben, und anfangs dachte ich, es liegt am Seegang. Ich war selbst seekrank. Aber inzwischen behält er gar nichts mehr bei sich und ist so still.« Sie strich dem Kleinen die verschwitzten Locken aus der Stirn. »Und still ist er sonst nie!«

Agnes holte tief Luft. Sie wusste, dass sie nicht die Qualifikation besaß, um dem kleinen Patienten zu helfen, doch diese Frau wusste das natürlich nicht und vertraute ihr. Sie dachte an Schwester Maggie in Perdita Hall und überlegte, was sie wohl in der Situation tun würde.

»Was hat der Kleine gegessen?«

»Gar nichts. Er hat nur Milch aus einer Flasche getrunken.«

»Zeigen Sie mir die Flasche bitte.«

Die Frau holte eine Flasche zwischen den Decken hervor. »Dr. Angel hat sie mir gegeben, als wir in Colombo vor Anker lagen«, sagte sie. »Er meinte, Milch aus der Flasche würde ihm helfen, dass er sich nicht erbricht.«

»Und woher haben Sie die Milch bekommen?«

»Er hat uns eine Portion Milchpulver gegeben.«

Agnes schnupperte an der Flasche. Der Inhalt roch ranzig. Sie ging in den düsteren Korridor und zog den Sauger vom Flaschenhals. Er war mit grünem Schimmel überzogen. Sie hatte nicht allzu viel aus ihrem kurzen Einsatz unter Schwester Maggies Kommando behalten, aber eines wusste sie noch: Die Fläschchen der Kleinen waren wesentlich sauberer gewesen als dieses hier. »Geben Sie ihm ein paar Tage keine Milch«, sagte sie zu der Frau. »Ich muss die Flasche erst gründlich reinigen. Was haben Sie zu essen für ihn?«

»Nur unsere gewöhnliche Ration, Ma'am. Ein bisschen gepökeltes Schweinefleisch, Reis und gekochten Pudding.«

»Geben Sie ihm nur etwas Reiswasser, aber keine Milch, bis

sich sein Magen beruhigt hat. Und etwas frische Luft an Deck tut ihm bestimmt ebenfalls gut.«

»Danke, Ma'am. Ich mache mir schreckliche Sorgen um ihn.«

Agnes wusste, dass die Frau Zuversicht brauchte. »Er wird schon wieder. Sie werden sehen«, sagte sie. Doch kaum waren die Worte über ihre Lippen gekommen, bereute sie sie, denn sie hatte keine Ahnung, ob das stimmte. Sie musste Dr. Angel überreden, sich den Kleinen anzusehen. Andererseits war er derjenige gewesen, der der Mutter die Milch gegeben hatte, ohne sie darauf hinzuweisen, dass sie die Flasche sauber halten musste. Mit einem Mal wurde ihr bewusst, welche Verantwortung auf ihren Schultern ruhte. Im Vergleich hierzu waren die anderen kleinen Lügen, auf die sie zurückgegriffen hatte, harmlos und unbedeutend.

Agnes kletterte die Leiter wieder hinauf und ging in die Kombüse, ein kleiner, niedriger Raum hinter der Kajüte des Kapitäns im vorderen Teil des Schiffs. Der Herd und die Spüle befanden sich in einem langen, an der Wand eingebauten Schrank mit einer Reling davor, sodass der Koch bei Seegang nicht ausrutschte. Wegen der Töpfe mit kochendem Essen herrschte eine unerträgliche Hitze, die sich staute, weil der Dampf nirgendwo abziehen konnte. Ein schlanker Mann stand mit einem Sack Kartoffel zu seinen Füßen vor der Spüle. Agnes räusperte sich. »Entschuldigung.«

Als der Koch sich umdrehte, bemerkte Agnes, dass es sich in Wahrheit um eine Frau von etwa dreißig Jahren handelte, die Männerkleidung trug. »Was gibt's?«, fragte sie mit breitem schottischem Akzent. Sie hatte ein rotes Gesicht und glasige Augen, und die Schürze über ihrer Hose und ihr Hemd waren mit Flecken übersät.

»Ich bin Dr. Angels Assistentin und muss dieses Fläschchen hier reinigen. Der kleine Junge, der daraus getrunken hat, ist sehr krank.« Sie machte den Sauger ab und hielt ihn der Köchin zum Beweis hin. »Die Flasche ist voller Schimmel.«

Die Köchin wies mit dem Kinn auf einen Topf mit kochendem Wasser. »Legen Sie sie da rein. Da ist nur kochendes Wasser für die Kartoffeln drin.«

Als Agnes zum Herd ging, schlug ihr heißer Dampf entgegen. Sie ließ Flasche und Sauger in das kochende Wasser gleiten. Die Köchin widmete sich wieder ihren Kartoffeln, und Agnes musterte sie. Ihr Haar reichte bis knapp über die Ohren und war mit Haaröl nach hinten gekämmt.

»Ich spüre, dass Sie mich anstarren«, sagte sie.

»Entschuldigung.«

»Sie sehen wohl das erste Mal eine Frau in Männerkleidern, stimmt's? Nun ja. Von meiner Sorte gibt's nicht allzu viele.« Sie wischte sich die Hände an ihrer Schürze ab und reichte Agnes ihre Rechte. »Jack.«

»Agnes.«

Jack schüttelte Agnes kräftig die Hand und wandte sich wieder ihrer Arbeit zu. »Und jetzt fragen Sie sich wahrscheinlich, warum ich Männerkleider trage.«

»Ich ... ja.«

»Ich wollte zur See. Als Hure oder Schauspielerin wollte ich nicht arbeiten, und für einen Job als Krankenschwester bin ich zu blöd.«

»Aber der Kapitän weiß doch bestimmt, dass Sie eine Frau ...«

»Er ist ein anständiger Kerl und schert sich nicht darum. Ich nehme an, der hat seine eigenen Gründe, weshalb er zur See fährt. Am Anfang hab ich die Töpfe geschrubbt, und jetzt sind die Kombüse und der Speisesaal ganz allein mein Reich.«

»Und wie geht die Crew mit Ihnen um? Die Männer, meine ich?«

»Anfangs haben ein paar von ihnen versucht, mir das Leben

schwerzumachen, aber inzwischen sind sie an mich gewöhnt, und ich an sie.« Sie nahm eine gusseiserne Zange, fischte das Fläschchen und den Nuckel aus dem kochenden Wasser und legte beides in die Spüle. »Los, Sie müssen sie saubermachen.«

Agnes ergriff eine Bürste und schrubbte die Schimmelreste ab. »Aber wenn sie schon wissen, dass Sie eine Frau sind, wieso ziehen Sie sich dann nicht wie eine an?«

Jack verpasste ihr mit dem Kochlöffel einen Klaps auf ihre Tournüre. »Was? So was anziehen? Nein, ich lebe mein Leben, wie ich es will. Das offene Meer. Freiheit. Dinge, die Sie niemals haben werden.« Sie ließ die Kartoffeln in das heiße Wasser fallen.

»Vielleicht ja doch.«

»Ehe Sie sichs versehen, heiraten Sie irgendeinen Sir und haben einen Stall voller Kinder«, sagte Jack über die Schulter hinweg. »Und Kinder sind wie ein Anker. Also genießen Sie Ihre Freiheit, solange Sie können.«

Verärgert verließ Agnes die Kombüse. In einer heißen Schiffsküche zu stehen und Kartoffeln zu kochen, konnte man ja wohl kaum als Freiheit bezeichnen. Sie ging ins Zwischendeck und brachte der Mutter das Fläschchen.

In dieser Nacht fand Agnes in ihrer winzigen, völlig überhitzten Kabine keinen Schlaf. Ihr fiel wieder ein, dass die Passagiere auf dem Dampfer in heißen Nächten an Deck geschlafen hatten. Den Passagieren der Zwischendecks war es verboten, sich nach Einbruch der Dunkelheit oben aufzuhalten. Außerdem wäre sie bei den Gästen der ersten und zweiten Klasse gewiss nicht willkommen. Möglicherweise waren einige der Seeleute ja oben, doch sie waren alle Männer. Außer Jack.

Ruhelos warf sie sich hin und her, bis sich ihre Lunge anfühlte, als wäre sie mit heißer Baumwolle gefüllt. Schließlich gab sie es auf, nahm ihre Decke und ihr Kissen und ging an Deck.

Sie ließ den Blick über die auf dem Vorderdeck liegenden Leiber schweifen und zögerte. Einer der Seeleute, ein großer, grobschlächtiger Kerl, hatte sich auf den Ellbogen gestützt und pfiff durch die Zähne.

»Hey, Mädchen, hier drüben, neben dem alten Dom, ist mehr als genug Platz.«

Sie ging ein paar Schritte in Richtung Vorderdeck und wäre dabei um ein Haar über ein Paar Beine gestolpert.

»Pass gefälligst auf, wo du hintrittst?«

»Jack?«

»Oh, du bist es, Mädchen. Ich hab mich schon gefragt, ob ich dich heute Nacht hier treffen würde.« Jack lag zwischen zwei Fässern und rutschte ein Stück zur Seite, um Platz für Agnes zu machen. »Komm her. Solange du bei mir bist, trauen die sich nicht, dir was zu tun. Die wissen genau, dass ich ihnen ins Essen spucke. Oder Schlimmeres.«

»Danke.« Agnes legte ihre Decke und ihr Kissen hin und zwängte sich neben Jack. »Wird dir nicht zu heiß, wenn ich hier liege?«

»Nein. Nicht hier oben. Das geht schon. Es herrscht eine angenehme Brise, und sieh dir nur die Sterne an. Die Wolken sind verschwunden. Es ist so wunderschön.«

Agnes blickte durch die Takelage zum von Sternen übersäten Himmel, der wie ein zweites Meer über ihnen glitzerte. Es klirrte und knatterte. Agnes seufzte. »Oh, Gott, vielen Dank.«

»Ja. An die Hitze werde ich mich wohl nie gewöhnen.«

»Wie lange bist du schon auf diesem Schiff?«

»Seit zwei Jahren. Melbourne, Perth, Colombo, Kalkutta und wieder zurück. Auf dem Hinweg Zimt und Tee, auf dem Rückweg enttäuschte Goldschürfer. Hoffentlich bildest du dir nicht ein, du könntest in Australien zu Reichtum gelangen, Agnes.«

»Nein. Absolut nicht. Ich suche meine Mutter.«

»Deine Mutter? Ist sie weggelaufen?«

»Ja, aber nicht vor mir. Sie kannte mich gar nicht. Ich wurde als Baby in einem Findelhaus abgegeben.«

Jack stieß ein bitteres Lachen aus. »Wenn sie damals einen Weg gefunden hat, dich loszuwerden, schafft sie es jetzt bestimmt ein zweites Mal.«

Agnes erwiderte nichts darauf.

Jack drehte sich auf die Seite, stützte sich auf dem Ellbogen auf und legte den Kopf in die Hand. Trotz ihres Haarschnitts und der Männerkleider war sie unverkennbar eine Frau: Ihre Nase war schmal und leicht nach oben gebogen, ihre dunklen Augen von dichten schwarzen Wimpern umkränzt. »Meine Mutter hieß auch Agnes«, sagte sie, eine Spur sanfter. »Das heißt Lamm, wusstest du das?«

»Nein.« Agnes hatte Mühe, sich selbst als Lamm zu sehen.

»Das hat mir meine Mama erzählt, Gott sei ihrer Seele gnädig.«

»Sie ist tot?«

»Ja, schon seit sechs Jahren. Sie war eine hochanständige Frau.« Jack lächelte verschmitzt. »Hat mich jedenfalls nicht in einem Findelhaus zurückgelassen.«

Agnes verspürte einen Anflug von Verärgerung, doch dann begriff sie, dass dies Jacks Art war, Freundschaften zu schließen – mit sarkastischen Witzen. »Nun ja, sie hat dich Jack genannt, also kann sie wohl nicht so ein wunderbarer Mensch gewesen sein, oder?«

Jack lachte, und Agnes hatte das Gefühl, dass das Eis gebrochen war. »Also, wie heißt du wirklich? Jack ist sicher nicht dein richtiger Name, oder?«

»Jetzt heiße ich so, und das ist alles, was zählt«, gab Jack zurück, wandte ihr den Rücken zu und verfiel in trotziges Schweigen. »Was hältst du von Dr. Angel?«, fragte sie nach einer Weile.

Seufzend schloss Agnes die Augen. Die Brise war verebbt, und sie lag erneut in einer Schweißpfütze. »Er ist ständig blau und auch sonst kein sehr angenehmer Mensch. Ich habe ihn heute erst betrunken hinter dem Schreibtisch vorgefunden, wo er seinen Rausch ausgeschlafen hat.«

»So kenne ich ihn. Er ist ein grauenvoller Arzt. Außer auf einem Schiff findet er wahrscheinlich nirgendwo Arbeit. Wegen ihm ist die letzte Schwester davongelaufen.«

»Wirklich? Was ist passiert?«

»Er hat sich geweigert, ein kleines Mädchen auf der Überfahrt von Perth nach Kalkutta zu behandeln, sondern hat sie angewiesen, der Kleinen bloß ein paar Salze zu geben. Am nächsten Morgen war das arme Würmchen tot. Noch am selben Abend haben wir ihre Leiche über Bord geworfen. Die Mutter hat geweint und geschrien, es nicht zu tun, weil die Haie sie sonst fressen würden. Was wahrscheinlich auch geschehen ist. Die Haie scheinen immer in der Nähe zu sein, wenn jemand an Bord schwer krank ist.«

Agnes erschauderte.

»Die Schwester ist in Kalkutta von Bord gegangen und hat sich geweigert zurückzukommen«, fuhr Jack fort. »Soweit ich weiß, hat sie sich irgendwelchen Missionaren angeschlossen. Ich kann die Kerle ja nicht ausstehen. Na ja, das beruht wohl auf Gegenseitigkeit. Wir hatten im Lauf der Jahre so einige von denen an Bord. Für die bin ich der leibhaftige Teufel. Aber ich bin kein Teufel, Agnes.«

»Das sehe ich.«

»Am besten bin ich auf See aufgehoben. Weit weg von der Gesellschaft.« Sie drehte sich wieder auf die Seite, sodass Agnes ihr Gesicht sehen konnte. »Wo alles möglich ist und es keine Grenzen gibt.«

Agnes schwieg eine Weile. Die Brise frischte wieder auf. »Vermisst du das Leben an Land denn nicht?«

»Nein. Dort habe ich die schlimmsten Jahre meines Lebens verbracht.«

»Weil du dich wie ein Mann kleiden wolltest?«

Jack lächelte wehmütig. »Weil ich jemanden geliebt habe und es nicht geklappt hat.«

Agnes konnte sich Jack beim besten Willen nicht verliebt vorstellen. »Wieso nicht?«

»Weil es verdammt schwer ist, mich zu lieben, Agnes. Was ist mit dir? Gibt es in England einen jungen Mann, der auf dich wartet?«

Agnes konnte ein Lächeln nicht verhehlen. Jack lachte. »Oh, alles klar. Ein junger Mann. Wie heißt er? Los, raus damit. Ich will alles wissen.«

Agnes erzählte ihr von Julius, und Jack lauschte die ganze Zeit lächelnd, auch wenn sie sich den einen oder anderen derben Witz nicht verkneifen konnte.

»Ich fürchte, in der Liebe stelle ich mich nicht sonderlich geschickt an«, meinte Agnes, nachdem sie geschildert hatte, wie sie Julius' Antrag ausgeschlagen hatte. »Ich wusste einfach nicht, was ich sagen oder wie ich mich verhalten sollte.«

»Mich darfst du nicht fragen, Mädchen. Ich habe keine Ahnung. Ich trage Hosen.« Wieder brach sie in ihr ansteckendes Gelächter aus, in das Agnes einstimmte. »Beschreib ihn mir mit drei Worten, Agnes«, forderte Jack sie auf.

»Nur drei?«

»Genau, das ist der Kniff dabei. Wenn du mehr als drei Worte brauchst, stimmt was mit ihm nicht.«

Agnes dachte einen Moment nach. »Freundlich und aufrichtig«, sagte sie dann.

»Gut. Das waren zwei. Eines noch.«

»Gut aussehend. Sehr, sehr gut aussehend.«

»Das sind zu viele.« Jack lachte. »Aber ich bin froh, dass du so warmherzig bist, vor allem, wenn man bedenkt, dass du aus dem Norden stammst.« Sie tätschelte ihr den Kopf. »Gute Nacht, Agnes.«

»Gute Nacht, Jack.« Agnes lag noch eine ganze Weile wach und dachte an Julius.

Am nächsten Tag sah Agnes den kleinen Jungen mit seiner Mutter an Deck, und es ging ihm schon viel besser. Seine Wangen waren etwas rosiger, und Agnes gab ihm den Zimtapfel, den sie aus Jacks Vorratskammer hatte mitgehen lassen, wofür sie einen milden Tadel der Köchin kassiert hatte. »Jetzt muss der Kapitän auf sein Lieblingsdessert verzichten«, hatte sie gesagt. »Soll er wirklich wegen eines kranken Kindes darauf verzichten?«

Agnes hatte nur gelacht und ihn trotzdem genommen, und als sie nun sah, wie genüsslich der Kleine das weiche Fruchtfleisch löffelte, wurde ihr warm ums Herz. Sie hatte geholfen. Und es war gar nicht so schwierig gewesen.

In der ersten Woche war sie vorwiegend mit Patienten beschäftigt, die unter Bauchschmerzen und Husten litten. Doch sie assistierte auch Dr. Angel, dessen Hände vor dem ersten Brandy so stark zitterten, dass er nicht anfangen konnte. Gemeinsam behandelten sie einen jungen Seemann, der sich den Arm gebrochen hatte. Der arme Teufel heulte wie ein verwundetes Tier. Sie versorgte Quetschungen und Schürfwunden, verband aufgeschlagene Ellbogen von Passagieren, die bei stärkerem Seegang ausgerutscht und hingefallen waren. Doch sie hatte auch oft frei und plauderte mit Jack in der Kombüse. Sie war noch nie jemandem mit einem so boshaften Humor begegnet. Jack ließ sich endlos darüber aus, wie mies das Leben sein konnte und am Ende sowieso alle den Löffel abgaben, und lachte sich kaputt über ihre eigenen Witze. Agnes war völlig fasziniert von ihr, und Jack wiederum schien sie ins Herz geschlossen zu haben, brachte ihr heimlich Essen in die Kabine und sorgte dafür, dass sie bei ihren Wochenrationen immer die besten Fleischstücke bekam. Zur sonntagmorgendlichen Bordmesse unter Dr. Angels Leitung erschien Jack nicht, andererseits auch nicht gerade viele Passagiere oder Crewmitglieder.

Eine Woche nach Dienstantritt schickte Dr. Angel Agnes los, um sich um das schwangere Mädchen in Koje fünfzehn zu kümmern.

»Geht es ihr nicht gut?«, wollte Agnes wissen.

»Ich weiß es nicht. Sie ist in Kalkutta an Bord gegangen und meinte, man hat ihr eine Kabine zugeteilt, weil sie ein Kind bekommt, und ich habe versprochen, von Zeit zu Zeit nach ihr zu sehen, allerdings war ich ziemlich beschäftigt.« Er deutete auf die verstreuten Unterlagen und Bücher, die sich erneut auf seinem Schreibtisch stapelten. »Gerade ist sie mir wieder eingefallen.«

»Gewiss, Doktor. Ich lasse Sie wissen, wie es ihr geht.«

Er entließ sie mit einer Geste. »Gut, gut.«

Agnes stieg nach unten ins Zwischendeck. Als sie den Korridor entlangging und die Kojen zählte, wurde ihr klar, dass das Murmeln, das ihr immer wieder aufgefallen war, aus Koje fünfzehn kam. Es war sehr heiß, stockdunkel, und der Gestank schien durchdringender zu werden. Schwacher Kerzenschein erhellte die Koje. Sie machte zwei Hängematten aus – die obere war leer, in der unteren lag eine Frau mit einem Buch mit vergilbtem Einband, in dem sie leise murmelnd las. Es war ein Kinderbuch.

»Entschuldigen Sie, Miss«, sagte Agnes.

Die Frau ließ das Buch sinken und fuhr blinzelnd hoch. »Ist das etwa …«

Agnes fuhr zusammen. »Gracie!«, rief sie. »Gracie Badger!«

KAPITEL 21

☆

Und schon hielt Agnes Gracie in den Armen, das Kinderbuch lag auf dem Fußboden. Unzählige Fragen wollten gleichzeitig aus ihr heraussprudeln. »Was machst… wie kommst du denn… was hast du…«

Gracie lachte leise. »Dass ich ausgerechnet dir hier begegne, Agnes Resolute. Der liebe Gott muss uns zueinander geführt haben. Das muss doch ein Zeichen wahrer Freundschaft sein, oder etwa nicht?«

Agnes blickte sich in der winzigen, stickigen Kabine um. »Aber, Gracie, du solltest nicht hier unten in der Dunkelheit, sondern oben an Deck sein.«

Betrübt schüttelte Gracie den Kopf. »Mein Sehvermögen ist so schlecht, dass ich Angst habe, die Leiter raufzuklettern oder an Deck zu stolpern.«

Agnes stand auf und zog sie hoch. »Los, komm, ich begleite dich. Dr. Angel hat gesagt, ich soll mich um dich kümmern, also…«

»Dr. Angel? Aber warum?« Erst jetzt schien sie Agnes' weiße Tracht zu bemerken. »Du bist die Schiffskrankenschwester?«

»Schwesternhelferin«, korrigierte Agnes sie. »Ich habe vielleicht bei der Einstellung ein bisschen dick aufgetragen. Aber jetzt komm nach oben, Gracie. Deine Sachen sind ja ganz staubig, und du musst schrecklich müde und verschwitzt sein, nachdem du so lange hier unten ausgeharrt hast. Wir suchen uns ein schönes Plätzchen an Deck, und dann können wir reden.«

Gracie klammerte sich an Agnes fest, als sie den Korridor entlanggingen. Als sie ihr die Leiter hinaufhalf, fiel ihr auf, dass Gracie das graue Baumwollkleid aus Perdita Hall trug. Besaß sie denn keine anderen Kleider?

Kaum trat Gracie ins Freie, lachte sie laut auf. »Es ist wirklich herrlich hier oben.«

»Allerdings«, sagte Agnes. »Und die frische Luft tut dir gut. Dir und …« Sie deutete auf Gracies Bauch, auch wenn die Wölbung sorgsam unter ihren Röcken verborgen war.

Gracie wurde rot. »Entschuldige. Ich denke immer noch, ich sollte mich dafür schämen.«

»Los, suchen wir uns einen Platz, dann kannst du mir alles erzählen«, sagte Agnes.

Gracie hatte recht. Jemand, der kaum etwas erkannte, was sich nicht direkt vor seiner Nase befand, war an Deck nicht gut aufgehoben. Überall waren Eimer, Fässer, Taue und Kübel im Weg. Agnes führte sie zum Heck, wo sie sich in die Sonne setzten und ihnen eine angenehme Brise um die Nase wehte.

»Fang du an«, sagte Gracie.

»Nein, du. Ich frage mich schon seit Monaten, wo du abgeblieben bist. Wo ist Cole? Im Männerquartier?«

Gracie schüttelte ihre rotblonden Locken, die ganz kraus von der schwülen Hitze waren. »Cole ist schon nach Perth gereist. Dort soll es Gold geben. Er wollte, dass ich zum Jahresende nachkomme, aber da war ich bereits in anderen Umständen und wollte nicht länger warten, bis ich mich auf die lange Reise mache.« Sie blickte auf ihren Bauch. »Ich fühle mich jetzt schon furchtbar dick. Und es geht mir gar nicht gut. Ich habe Schmerzen und …« Sie senkte die Stimme. »Blutungen.«

»Sind sie stark?«

»Du hörst dich schon wie eine Krankenschwester an. Nein,

nur leicht, aber dafür an den meisten Tagen, und immer habe ich Schmerzen.«

Besorgt horchte Agnes auf. Wenn Gracie ernsthaft etwas fehlte, wusste sie nicht, was sie tun sollte, und wahrscheinlich wäre Dr. Angel keine wirkliche Hilfe. Aber womöglich waren Gracies Beschwerden ganz normal. »Ich komme morgen mit Dr. Angel in deine Koje«, versprach sie und nahm sich vor, ihn zu bitten, bevor er mit dem Trinken anfing. »Das wird schon wieder. Sicher brauchst du nur ein bisschen frische Luft und festen Boden unter den Füßen.«

Seufzend blickte Gracie zum Horizont. »Genau da liegt das Problem. Cole weiß nicht, dass ich unterwegs zu ihm bin. Ich habe ihm einen Brief geschrieben, und nicht nur einen, aber er antwortet nicht. Hoffentlich bin ich überhaupt noch willkommen.«

Agnes behielt ihre Meinung über Cole Briar tunlichst für sich. »Er ist dein Ehemann, deshalb muss er dich bei sich aufnehmen«, sagte sie.

Gracie schüttelte den Kopf. »Noch haben wir nicht geheiratet. Als wir nach Liverpool kamen, blieb keine Zeit mehr, bevor das Schiff abgelegt hat. Dann waren wir in Indien und haben uns schon als Mann und Frau ausgegeben, deshalb erschien es einfacher, dabei zu bleiben, als uns der Schande auszusetzen, dass wir in wilder Ehe leben.« Wieder hatten sich Gracies Wangen dunkelrot gefärbt. Agnes drückte ihre Hand.

»Trotzdem muss er dich bei sich aufnehmen. Immerhin trägst du sein Baby unter dem Herzen.«

»Ich liebe ihn so sehr. Aber dann gibt es Tage, an denen ich mich nicht mehr daran erinnern kann, wie wir in all das hineingeraten sind. Dann kommt er mir so unwirklich vor, wie eine Figur aus einem Roman oder so.« Nachdenklich biss sie sich auf die Lippe.

Agnes konnte dieses Gefühl nicht nachvollziehen. Ihre Erinnerung an Julius war sehr lebhaft und farbenfroh. Sie betrachtete ihre Freundin von einst. Allein bei der Vorstellung, dass Gracie bald von Bord gehen und sich, schwanger, mutterseelenallein und so weit weg von zu Hause, auf die Suche nach Cole machen würde, wurde ihr ganz elend.

»Aber erzähl mir doch, wie es dir ergangen ist, Agnes«, sagte Gracie plötzlich. »Ich bin es so leid, immer nur über meine eigenen Sorgen zu grübeln.«

»Natürlich, aber lass uns erst mal aus der Sonne gehen, bevor wir uns noch einen schlimmen Sonnenbrand holen.«

Agnes führte Gracie zu der Stelle, wo sie und Jack nachts schliefen; hier, zwischen Fässern und unter den flatternden Segeln, schilderte sie der verzückt lauschenden Gracie ihre Erlebnisse.

»Weißt du noch, wie ich zu dir gesagt habe, dass du den langen Weg nach London auf dich nehmen musst, um deine Mutter zu finden?«, sagte Gracie.

»Ja.« Agnes lachte. »Anfangs hatte es den Anschein, aber jetzt liegt das alles schon so weit hinter mir.«

»Ich bewundere dich wirklich für deinen Mut, Agnes. Das ist einer der Gründe, warum ich mit Cole durchgebrannt bin.« Wieder wurde Gracie rot. »Allein wäre ich niemals weggelaufen. Wahrscheinlich könnte ich es auch gar nicht, weil ich sowieso über irgendetwas gestolpert wäre.«

Agnes legte den Arm um sie, und Gracie drückte sie fest an sich. »Ich werde nicht zulassen, dass du stolperst. Und jetzt komm mit, damit wir dich waschen können. Du stinkst zum Himmel.«

In dieser Nacht regnete es, sodass Agnes unten schlafen musste. Sie erwachte früh in der stickigen Kabine, lag eine Weile da und dachte an Gracie. Sie musste Dr. Angel überreden, sie sich anzusehen, um sich zu vergewissern, dass mit ihr alles in Ordnung war. Aber wie sollte sie das bewerkstelligen? Normalerweise kippte er sich das erste Glas Brandy hinter die Binde, sobald er sein Sprechzimmer betrat.

Plötzlich hatte sie eine Idee. Sie stand auf, wusch sich rasch und schlüpfte in ihre Tracht. Dr. Angel hatte ihr die Schlüssel zum Sprechzimmer gegeben. Sie schloss auf und trat ein. Es war düster, wegen des hohen Seegangs waren erneut sämtliche Bücher vom Schreibtisch auf den Fußboden gerutscht. Die Flaschen klirrten in den Schränken. Sie öffnete die unterste Schreibtischschublade und nahm seinen Flachmann heraus. Leise ging sie in den Korridor und versteckte die Flasche in einem aufgerollten Tau neben der Tür. Dann kehrte sie in ihre Kabine zurück und machte Frühstück.

Als sie zwei Stunden später zurückkam, häufte der Arzt gerade den gesamten Inhalt seiner Schubladen auf den Schreibtisch, von wo er augenblicklich auf den Fußboden fiel.

»Dr. Angel?«

Er sah auf. Das Haar stand ihm wild vom Kopf ab. »Haben Sie meinen silbernen Flachmann gesehen?«

»Nein, Sir. Ich wollte fragen, ob Sie sich die Schwangere in Koje fünfzehn ansehen könnten.«

»Ja, ja, sobald ich meinen …« Weitere Papierstapel landeten auf dem Tisch. Er richtete sich auf und wandte sich zum Schrank um. »Sie könnten mir suchen helfen«, sagte er.

Sie stellte sich vor ihn. »Dr. Angel, Sie müssen mit zu der Patientin kommen.«

In diesem Moment ging die Tür auf, und ein Matrose taumelte mit blutüberströmtem Gesicht herein. »Doktor?«

Agnes musste sich an der Stange der Untersuchungsliege festhalten. Sie hatte noch nie so viel Blut gesehen.

Dr. Angel rang sichtlich um Fassung. »Was ist denn passiert?«, fragte er und führte den Mann zur Liege.

»Ich bin ausgerutscht und hab mir den Kopf angeschlagen«,

antwortete der Matrose und legte sich hin. Er musste um die vierzig sein und hatte einen grauen Bart, der rot verschmiert vom Blut war.

»Agnes, machen Sie ihn sauber«, wies Dr. Angel sie an und wühlte erneut in seinem Schreibtisch. »Wo ist bloß das verdammte Ding?«

Agnes ging zu dem kleinen Waschbecken, pumpte Wasser in eine Schüssel und reinigte die Wunde mit einem sauberen Tuch. Sie war mehr als drei Zentimeter lang und verlief quer über seine rechte Braue. Behutsam presste sie das Tuch darauf, in der Hoffnung, dass die Blutung stoppte.

Dr. Angel stieß einen so vulgären Fluch aus, dass selbst Agnes erschrak. »Was ist denn, Doktor?«, fragte sie.

»Ich kann ihn einfach nicht finden.«

»Dann hören Sie auf zu suchen und kümmern Sie sich um den Patienten. Ich fürchte, die Wunde muss genäht werden.«

Als der Arzt das Tuch wegnahm, spürte Agnes, dass sie blass wurde. Er fuhr mit dem Finger über die Wunde, worauf der arme Mann sich vor Schmerz verkrampfte. »Ja, das muss genäht werden. Also, haben Sie meinen Flachmann nun gesehen oder nicht, Agnes?«

»Nein, Sir.«

Er nahm eine Emailleschüssel aus einem Schrank und legte mehrere Utensilien hinein. »Sie müssen dafür sorgen, dass er still hält, Agnes. Und pressen Sie weiter das Tuch auf die Wunde.«

Sie gehorchte und lächelte den Mann schwach an. Dr. Angel kippte Karbolsäure auf ein Tuch und betupfte damit die Wunde. Wieder fuhr der Matrose vor Schmerzen zusammen.

»Ich werde das jetzt nähen«, sagte der Arzt.

Er nickte und biss die Zähne aufeinander. Dr. Angel stellte die Schüssel hin, zog die Nadel aus einem Samtkissen, doch seine Hände zitterten so heftig, dass er den Faden kaum durch das Öhr bekam. Agnes nahm ihm beides aus der Hand und schob den Faden kurzerhand durch.

»Halten Sie die Wunde zusammen, Agnes«, sagte er. Sie holte tief Luft und tat, wie ihr geheißen.

Mit der Nadel in der einen und der Schere in der anderen Hand, beugte Dr. Angel sich über den Patienten. Schweißperlen glitzerten auf seiner Stirn, und seine Hände zitterten wie Espenlaub.

»Verdammte Scheiße noch mal«, stieß er hervor und versuchte, seine Hände still zu halten.

Das Schiff schlingerte heftig, und die Schüssel fiel scheppernd zu Boden. Er hielt sich fest und zückte erneut die Nadel, doch seine Hände zitterten so sehr, dass die Nadel ein gutes Stück neben der eigentlichen Einstichstelle eindrang. Wieder stieß er einen Fluch aus und zog die Nadel heraus. Der arme Matrose brüllte vor Angst und Schmerz. Abermals wurde das Schiff von einer Welle erfasst, und Dr. Angel gelang es auch jetzt nicht, ohne sein gewohntes Brandy-Frühstück das Beben in den Griff zu bekommen.

»Ich mache das«, sagte Agnes. Sie war eine gute Näherin mit ruhigen Händen. »Sie müssen mir bloß sagen, was ich zu tun habe.«

Der Seemann stöhnte leise. Dr. Angel reichte Agnes bereitwillig Nadel und Schere. »Ja. Das ist eine gute Idee, Agnes. Übernehmen Sie das.«

»Wo muss ich anfangen?«

»In der Mitte. Wo die Wunde am weitesten auseinanderklafft.«

Nur mit großer Mühe bekam Agnes die Nadel durch die Haut. Unterdessen hielt Dr. Angel die Wunde zusammen.

»Jetzt einen Knoten machen und abschneiden«, sagte er und ließ los.

Agnes machte einen Knoten und schnitt die Enden ab. Die Wundränder sprangen nicht auf.

»Gut, sehr gut. Jetzt der nächste Stich. Auf jeder Seite einen.«

Ganz langsam, während sich der arme Seemann vor Schmerz wand, nähte Agnes die Verletzung. Wieder schlingerte das Schiff, und Dr. Angel rief Agnes Anweisungen zu, während er erneut seinen Schreibtisch nach seinem Flachmann durchsuchte. »Tut mir leid«, sagte sie leise zu dem Mann, als sie die Nadel ein weiteres Mal in seine Haut trieb, worauf er zwischen zusammengebissenen Zähnen hervorstieß, sie mache ihre Sache sehr gut.

Dann war sie endlich fertig, und Agnes half dem Matrosen auf. Er sollte sich zwei Tage in seiner Koje ausruhen und dann noch einmal vorbeikommen, damit sie sichergehen konnten, dass sich die Wunde nicht infizierte. Der Mann dankte Agnes und ging in sein Quartier.

Abermals durchwühlte der Arzt sämtliche Schubladen und Schränke nach seinem Brandy.

»Dr. Angel? Die Patientin in Koje fünfzehn.«

»Zuerst muss ich mich um etwas anderes kümmern, Agnes«, sagte er. »Ich habe etwas Wichtiges verloren.«

»Dr. Angel?«

Er hielt inne und sah sie an.

»Ich weiß, wo Ihr Flachmann ist, aber Sie bekommen ihn erst, wenn wir bei Gracie Badger waren.«

»Was meinen Sie damit, Sie wissen, wo er ist?«

»Ich habe ihn versteckt. Sie sind ständig betrunken, und die Patienten leiden darunter.«

Er baute sich vor ihr auf. Einen Moment lang fürchtete Agnes, er würde sie schlagen. Sein Gesicht war wutverzerrt. »Wie können Sie es wagen, sich solch ein Urteil über mich zu erlauben? Meine Hände haben gezittert, weil ich meinen Brandy brauche. Verstehen Sie nicht?«

Agnes blieb gelassen. Was könnte er ihr schon tun? Sie waren auf See, und er brauchte sie. »Los, gehen Sie schon. Ich habe keine Angst vor Ihnen.«

Er wich zurück und starrte sie finster an.

»Gracie Badger. Koje fünfzehn.«

Er nahm seine Arzttasche. »Das werden Sie bereuen, Miss Resolute.«

Agnes war ziemlich sicher, dass er nach dem ersten Morgenschluck den Vorfall schnell wieder vergessen würde. Sie stiegen die Leiter ins Zwischendeck hinab, und Agnes führte ihn zu Gracies Koje.

»Agnes«, begrüßte Gracie sie. »Dr. Angel.«

»Der Doktor wird sich davon überzeugen«, sagte Agnes, »dass es dir und dem Baby gut geht. Du musst ihm alle Symptome aufzählen, auch wenn es dir unangenehm ist.«

Gracie schluckte. »Also gut.«

»Heben Sie Ihr Nachthemd an«, forderte Dr. Angel sie auf, worauf sie das Nachthemd bis über ihre Unterhose anhob.

Der Arzt schob das Nachthemd bis zu ihren Brüsten hoch und legte beide Hände auf ihren gerundeten Leib.

»Im wievielten Monat sind Sie?«, fragte er.

»Ich weiß es nicht genau. Vielleicht im vierten?«

»Hm.« Er kramte eine langes, trompetenförmiges Holzgerät aus seiner Tasche, legte ein Ende auf Gracies Bauch, an das andere hielt er sein Ohr.

»Was ist los?«, fragte Gracie.

»Shh«, zischte er. »Gar nichts ist los, aber Sie müssen still sein.«

Agnes hielt den Atem an. Nach einer Weile ließ Dr. Angel das Holzding sinken. »Ihr Bauch ist ziemlich groß dafür, dass Sie erst im vierten Monat sind. Ich kann es nicht mit Sicherheit sagen, aber es wäre möglich, dass Sie Zwillinge bekommen.«

»Zwillinge?« Gracie schnappte nach Luft.

»Wie gesagt, sicher weiß ich es nicht.«

»Und wann werde ich es wissen?«

»Wenn die Schwangerschaft ein wenig weiter fortgeschritten ist, spüren Sie es vielleicht in Ihrem Bauch. Natürlich wissen Sie es endgültig erst bei der Geburt. Wenn nach dem ersten noch ein zweites rausflutscht, sind es definitiv Zwillinge«, erklärte er ohne jeden Anflug von Ironie.

»Gracie sagt, sie hätte leichte Blutungen und immer wieder Schmerzen«, warf Agnes ein, aus Angst, Gracie würde es aus Scham verschweigen oder könnte zu schockiert über die Neuigkeit sein.

Dr. Angel schürzte die Lippen. »Ehrlich gesagt habe ich noch nie eine Frau mit Zwillingen behandelt. Das könnte normal sein. Ansonsten wirken Sie ja recht gesund. Ich würde mir keine allzu großen Sorgen deswegen machen. Und sollte das Ziehen im Unterleib schlimmer werden, gibt Agnes Ihnen ein paar Salze.«

Agnes lauschte bedrückt. Er hatte genauso wenig Ahnung wie sie. Gracie saß mitten auf dem Ozean auf einem Segelschiff fest, vermutlich mit mehr als einem Baby im Bauch, und weit und breit war niemand, der ihr helfen könnte. Sie strich ihr übers Haar. »Siehst du?«, sagte sie. »Es ist nichts, worüber du dir Sorgen machen müsstest.«

Gracie lächelte sie an.

»Und jetzt, Agnes, haben wir noch etwas zu erledigen.«

»Ja, Sir, hier entlang.« Sie drückte Gracies Hand ein letztes Mal und stieg mit Dr. Angel wieder nach oben.

Sobald der Arzt seinen Flachmann in der Hand hielt, hob sich seine Laune zusehends. Er warnte Agnes, ihn bloß nicht noch einmal zu verstecken, und sie versprach es ihm. Was machte es schon, einen Trunkenbold anzulügen?

Einige Stunden später führte Agnes Gracie erneut an Deck und verbrachte ein wenig Zeit mit ihr. Doch Dr. Angel ließ sie nicht ungeschoren davonkommen – zur Strafe, weil sie seinen Brandy versteckt hatte, musste sie sämtliche Schränke und Schubladen ausräumen, putzen und wieder einräumen. Die Hitze war mörderisch. Es schien, als bewege sich das Schiff in der sengenden Sonne keinen Meter vorwärts, und die Sonne knallte gnadenlos herab. Agnes' Kleid war schweißdurchtränkt, und am liebsten hätte sie es sich vom Leib gerissen.

Gemeinsam mit Gracie aß sie in ihrer Kabine, und danach saßen sie auf Agnes' Bett und redeten bis tief in die Nacht. Gracie hatte die Knie angezogen und sah so unglaublich jung aus. Sie war gerade einmal siebzehn, und dass in diesem Moment womöglich zwei Kinder in ihr heranwuchsen, überstieg Agnes' Vorstellungsvermögen. Dabei klang sie wie die Gracie, die Agnes praktisch ihr ganzes Leben gekannt hatte. »Erinnerst du dich noch, wie Lewis Antigone eines Tages durch das Schlafsaalfenster der älteren Mädchen geklettert ist?«, fragte sie, und »Wie um alles in der Welt konnte Bess Albertus so fett werden, obwohl sie doch immer genauso viel gegessen hat wie wir?«, und »Ich habe einen ganzen Monat lang geglaubt, Carmody, die Köchin, wollte mich vergiften, weil ich gesagt habe, ihr Lammeintopf sei versalzen«, und »Charlotte Pelican war eigentlich gar kein so übler Mensch. Sie war eben nur sehr fromm.« Sie schwelgten in Erinnerungen und lachten, und wenn das Schiff nicht so geschwankt hätte, kam es Agnes beinahe so vor, als wären sie wieder in Perdita Hall, wo das Leben so viel einfacher war.

Trotzdem wollte sie die Zeit um keinen Preis zurückdrehen.

Irgendwann wurde Gracie müde. Agnes wollte sie überreden, gemeinsam mit ihr und Jack an Deck zu schlafen, doch sie wollte lieber sicherheitshalber in ihre Koje zurückkehren. Agnes half ihr nach unten und trug dann ihre Decke und ihr Kissen nach oben.

Jack machte ihr Platz. »Selbst hier ist es heute Nacht schrecklich heiß.«

Agnes legte sich hin. Kein Lüftchen regte sich. »Unerträglich.«

»Am Äquator ist es immer am schlimmsten, auch wenn diesmal die Hitze ein bisschen später kommt als gewohnt. Aber bald wird es kühler, dafür ziehen in den Rossbreiten heftige Stürme auf.«

»Bewegen wir uns überhaupt vom Fleck?«

»Ein bisschen. Hast es wohl eilig, nach Melbourne zu kommen, was?«

Agnes rückte ein Stück ab, weil ihr so dicht neben Jack noch heißer wurde. »Ich muss eine Passagierin so schnell wie möglich nach Perth bringen«, erwiderte sie. »Ein Mädchen auf dem Zwischendeck. Sie ist schwanger, wahrscheinlich mit Zwillingen, und es geht ihr nicht besonders.«

»Pass bloß auf, dass du nicht zu eng wirst mit den Patienten. Wenn man sie zu gern mag, ist es noch schwieriger, sie am Ende zu beerdigen«, sagte Jack düster.

»Sie ist eine alte Freundin von mir. Wir sind gemeinsam zur Schule gegangen.«

»Ehrlich? Und sie ist hier an Bord?«

Agnes nickte.

»Trotzdem. Ich hab schon von größeren Zufällen gehört.« Jack schniefte. »Einmal hat mir einer erzählt, er sei einem Kerl in Kalkutta zwei Straßen weit gefolgt, um ihm ein Bündel Geldscheine aus der Hosentasche zu ziehen. Das Geld hätte regelrecht danach geschrien, rausgezogen zu werden. Er hat sich das Geld geschnappt, als der Kerl sich umdrehte. Stellte sich heraus, dass es sein eigener Bruder war, den er seit fünf Jahren nicht mehr gesehen hatte.«

»Ist das wahr?«

»So wahr, wie ich hier liege. Die beiden haben sich dermaßen geprügelt, dass unser Mann mit einem Auge zurückkam, das aussah, als hätte jemand einen Pfirsich aufgeschnitten. Rivalitäten zwischen Familienmitgliedern können blutig ausgehen.«

Sie lachten und rissen noch ein paar Witze. »Ich mache mir Sorgen um Gracie«, sagte Agnes schließlich. »Vielleicht kannst du etwas für sie tun …«

»Welche Koje?«

»Fünfzehn.«

»Ich lege ihr ein bisschen Obst und einen schönen Pudding in ihren Rationsbeutel.«

»Danke.«

»Aber du solltest dir keine allzu großen Sorgen machen. Du bist eine gute Krankenschwester und kümmerst dich rührend um sie. Bill Collie hat wahre Loblieder auf dich gesungen, weil du ihn heute Morgen zusammengeflickt hast. Das waren die schönsten Stiche, die ich je gesehen habe.«

Agnes blickte zu den schlaffen Segeln empor und betete für eine Brise. Sie erzählte Jack nicht, dass die Stiche bloß deshalb so schön geworden waren, weil sie Näherin von Beruf statt Krankenschwester war. »Er war sehr tapfer«, sagte sie stattdessen. »Es muss höllisch wehgetan haben.«

»Du machst das sehr gut, Agnes. Du solltest an Bord bleiben. In Melbourne liegen wir zwei Tage vor Anker. Wenn deine Mum dir erst mal ins Gesicht gesagt hat, dass sie dich nicht will, kannst du jederzeit zurückkommen. Du und ich, wir könnten den Ozean noch das eine oder andere Mal überqueren. Ich glaube, das würde mir gefallen.« Sie verpasste Agnes einen kameradschaftlichen Knuff. »Mit Jack bist du besser dran als mit einer Mum, die dich nicht haben will.«

»Vielleicht will sie mich ja doch bei sich haben«, wandte Agnes ein. Gracie hatte voller Hingabe erklärt, wie sehr ihr das Wohl und die Sicherheit ihrer Kinder am Herzen lag. Bestimmt wünschten sich alle Frauen dasselbe für ihre Kinder, egal, wie groß sie inzwischen waren. »Man kann nie wissen.«

»Ich will dich jedenfalls«, erklärte Jack. »Auch wenn du manchmal eine Tranfunzel bist, eine gute Krankenschwester gibst du trotzdem ab, das muss man dir lassen.«

»Ich bin keine Krankenschwester«, widersprach Agnes.

»Dann eben Schwesternhelferin oder wie auch immer du dich sonst schimpfen magst.«

»Das bin ich auch nicht. Ich habe gelogen, um die Stellung zu bekommen.«

Jack starrte sie fassungslos an. »Nein, Agnes! Sag mir, dass das nicht wahr ist!«

»Doch«, antwortete Agnes schuldbewusst.

Jack brach in schallendes Gelächter aus. »Na, du bist mir vielleicht eine. Siehst aus wie ein leibhaftiger Engel mit deinen blonden Haaren, aber wenn man genau hinsieht, versteckt sich eine echte Teufelin unter dem Heiligenschein.«

Agnes musste lachen. »Das war schrecklich von mir, stimmt's? Was, wenn etwas Schlimmes passiert?«

»Das ist Dr. Angels Problem, nicht deines.« Sie verwarf Agnes' Bedenken mit einer lässigen Handbewegung. »Er hat an irgendeiner noblen Uni studiert und ist seit zwei Jahren an Bord dieses Schiffes. Es wird nichts passieren, glaub mir.«

»Ich bin auch erst besorgt, seit ich Gracie getroffen habe.«

Jack schwieg kurz. »Du machst dir zu viele Gedanken, Agnes Resolute«, sagte sie dann. »Eigentlich solltest du Agnes Angsthase heißen. Angsthasen-Agnes.« Sie kicherte. »Frauen haben schon immer Kinder gekriegt.«

»Vermutlich hast du recht«, räumte Agnes ein. »Genau deshalb sind du und ich ja auch hier.«

»Vor allem du. Kinder zu bekommen ist so leicht, dass es manche Frauen nicht gleich merken und sie sie dann auf der Türschwelle von einem Findelhaus ablegen.« Jack rollte sich auf den Rücken. »Wobei du ja vielleicht kein Unfall warst und sie dich bloß loswerden wollte, weil du so ein schlimmes Baby warst.«

Agnes lachte. »Ich war doch gerade mal ein paar Tage alt.«

»Vielleicht hast du oft geweint.«

»Ich weine nie.«

»Vielleicht wusste sie gleich von Anfang an, dass du lügst und dir ständig Sorgen um alles und jeden machst. Vielleicht dachte sie: ›Oje, die muss ich gleich loswerden, sonst treibt sie mich noch in den Wahnsinn.‹« Jack nickte mit gespielt ernster Miene. »Sie hatte keine andere Wahl.«

»Ich werde sie fragen, sobald ich sie finde.«

»*Falls* du sie findest.«

»*Sobald*«, beharrte Agnes.

Jack wechselte das Thema. »Wie deine Freundin die beiden Kleinen durchbringen soll, ist vermutlich ihr größtes Problem. Es gibt wohl keinen Vater?«

»Doch schon, er ist nur …« Agnes brachte den Satz nicht zu Ende. »Ich habe mir überlegt, in Perth mit ihr von Bord zu gehen und mich um sie zu kümmern.«

»Das ist sehr edelmütig von dir«, sagte Jack. »Vielleicht edelmütig, vielleicht auch idiotisch. Dein Julius wird nicht ewig auf dich warten, und du könntest es irgendwann bereuen.«

»Er wird auf mich warten«, beteuerte Agnes und hoffte, dass sie sich nicht irrte. »Zumindest wird er es verstehen. Gracie ist so etwas wie eine Schwester für mich. Ich habe keine andere Wahl.«

Die windstille Schwüle hielt tagelang an. Das Schiff schien wie gefangen zwischen dem warmen Wasser und dem wolkenlos blauen Himmel zu sein. Die erzwungene Reglosigkeit bei der starken Hitze machte alle reizbar. Zwischen den Crewmitgliedern kam es zu Streitereien, Dr. Angel schrie Agnes nur noch an, und Jacks ohnehin schwarzer Humor versank vollends in Sarkasmus und Düsternis. Lediglich Gracie wahrte ihre reizende Gelassenheit, saß mit Freuden an Deck und blickte mit ihrem gesunden Auge zum Horizont. Agnes sehnte sich nach dem Dampfer. Trotz des Lärms und dem ständigen Gestank kam man wenigstens voran.

Am vierten Tag der Windstille ging Agnes morgens nach unten, um Gracie an Deck zu holen, aber sie wollte nicht mitkommen.

»Ich glaube, heute bleibe ich lieber unten, Agnes.«

»Aber bei der Hitze kommst du ja um«, wandte ihre Freundin ein.

»Mir geht's nicht gut«, erwiderte Gracie. »Ich will bloß daliegen und mich nicht bewegen.«

Agnes horchte auf. »Wie schlimm ist es?«

»Ich hab Schmerzen.« Sie rieb sich ihren Bauch. »Bestimmt hab ich etwas Falsches gegessen. Seit die Mitternachtsglocke geläutet hat, musste ich bestimmt schon fünfmal. Inzwischen hat es zwar aufgehört, trotzdem ist es besser, wenn ich liegen bleibe und versuche zu schlafen.«

Agnes strich ihr das Haar aus der Stirn. »Die Hitze muss die Hölle für dich sein.«

»Das kannst du laut sagen«, gab Gracie zurück.

Agnes nahm das Kinderbuch zur Hand, um ihr Luft zuzufächeln, doch sie war viel zu heiß und abgestanden.

»Ich wünschte, wir würden endlich weitersegeln«, sagte Gracie. »Ich fühle mich …« Sie hielt inne, trotzdem hörte Agnes die Eindringlichkeit und die Frustration aus ihrem Tonfall heraus.

»Nur die Ruhe. Bis nach Perth ist es nicht mehr weit.«

»Aber wir sitzen hier fest, mitten auf dem offenen Meer. Und hör nicht auf, mir Luft zuzufächeln, Agnes, es ist immerhin eine kleine Erleichterung.« Sie seufzte. »Warum hat mich

Cole bloß nicht nach Perth mitgenommen. Wenn er da wäre, würde ich mich viel wohler fühlen.«

»Ich bin hier«, sagte Agnes.

»Ja, und du bist wirklich ein Schatz. Aber gerade ist das Leben so schwer, Agnes. Ich hätte niemals aus Perdita Hall fortgehen dürfen. Selbst du warst schon neunzehn, als du weggegangen bist, und du hast mir so oft gesagt, dass du dich dort wie in einem Käfig fühlst. Aber du bist eine vernünftige Frau und wusstest, dass du erst deine Lehrzeit hinter dich bringen musst, außerdem hattest du all deine Papiere beisammen ... Ich war eine gute Spitzenklöpplerin, Agnes, und es hätte etwas aus mir werden können.«

»Die Vergangenheit lässt sich nun mal nicht ändern«, sagte Agnes sanft.

»Hast du noch die Stola, die ich dir geklöppelt habe?«

»Ich habe sie in London zurückgelassen.« London. Marianna. Der Gedanke schmerzte. Hatte Julius inzwischen ihren Brief erhalten? Hatte er ihr gesagt, wo sie war? Es wäre entsetzlich, wenn Marianna dachte, Agnes hätte sie im Stich gelassen. »Aber sie ist in guten Händen dort. Und du bist in guten Händen, Gracie, weil ich hier bin und mich um dich kümmere.«

Gracie brach in Tränen aus. »Oh, und letzte Nacht hatte ich einen ganz schlimmen Traum.«

Agnes legte das Buch beiseite und nahm Gracies Hände. »Du darfst dich nicht so aufregen.«

»Ich war wieder in Perdita Hall, in unserem alten Schlafsaal, um etwas zu suchen, aber ich konnte mich nicht erinnern, was es war. Alles war düster, überall lauerten dunkle Schatten, und dann fiel mir plötzlich ein, was ich vergessen hatte. Meine Babys. Ich lief schnell nach unten zur Krankenstation, aber sie war auf einmal so groß, und ich suchte in sämtlichen Betten und Schränken nach ihnen. Als ich sie schließlich fand, waren sie beide tot. Zwei winzige kalte Leiber«, schluchzte sie und holte zitternd Luft. »Sie sahen wie Puppen aus.«

Agnes unterdrückte einen Schauder. »Aber das war doch nur ein Traum.«

»Ich weiß, trotzdem habe ich mich hinterher schrecklich gefühlt. Was soll ich denn mit zwei Babys anfangen, Agnes? Wie soll ich das jemals schaffen? Ich weiß ja noch nicht mal, wie ich Cole finden soll.« Sie wischte sich die Tränen ab. »Es ist die reinste Katastrophe.«

»Ich komme mit dir nach Perth und helfe dir, ihn zu finden«, sagte Agnes. »Oder du lässt es sein und fährst mit mir nach Melbourne. Wie auch immer du dich entscheidest, ich bleibe an deiner Seite.«

Gracies Tränen versiegten. »Das würdest du für mich tun?«

»Dasselbe würdest du auch jederzeit für mich tun«, gab Agnes zurück.

»Du warst klug genug, dich gar nicht erst in so einen Schlamassel zu bringen«, sagte Gracie. »Aber ich kann das Angebot nicht annehmen, schließlich bist du beinahe am Ende deiner Suche angelangt.«

»Genevieve und ich haben uns neunzehn Jahre nicht gesehen, da spielt ein Jahr mehr oder weniger wohl keine Rolle«, erwiderte Agnes.

»Aber was ist mit Julius? Du liebst ihn doch, oder?«

»Er ist ein anständiger Mann und wird es verstehen«, sagte Agnes; sie wusste, dass es die Wahrheit war, was es zugleich sehr schwierig machte. Wäre er engstirnig oder eifersüchtig, würde er von ihr verlangen, dass sie unverzüglich nach Hause zurückkehrte, und sie müsste Gracie sagen, dass sie sie nicht begleiten konnte. »Das Wichtigste ist, dass du nicht allein mit dem Baby bist. Oder den Babys.«

Gracie nickte. »Wenn das so ist, dann bitte ich dich, mit mir nach Perth zu gehen und zumindest so lange bei mir zu bleiben, bis ich Cole gefunden habe. Es wird nicht allzu lange dauern, und dann kannst du deine Reise fortsetzen.«

Agnes verschwieg wohlweislich, dass sie davon überzeugt war, dass Cole sich aus dem Staub gemacht hatte. Aber sollten sie ihn tatsächlich ausfindig machen – umso besser. Dann würde sie ihm mit dem größten Vergnügen eins auf seine picklige Nase geben.

Gracie rollte sich auf den Rücken und blickte zur Decke. »Ich bin so müde.«

»Das liegt an der Hitze. Und an der ganzen Aufregung.« Agnes erhob sich. »Ich bitte Dr. Angel, dir ein Stärkungsmittel zu geben. Und sobald wir weitersegeln, geht es dir bestimmt auch bald besser, versprochen.«

Gracie lächelte sie an. »Glaubst du, Gott hat uns zusammen auf dieses Schiff geführt, Agnes? Damit du dich um mich kümmern kannst? Vielleicht sollte ich ja beten. Das habe ich seit Perdita Hall nicht mehr getan. Vielleicht bin ich deswegen vom Pech verfolgt.«

»Ich bin gleich wieder hier«, sagte Agnes. »Dann können wir zusammen beten.«

KAPITEL 22

☆

Agnes lag oben an Deck und schlief, als der Wetterumschwung endlich kam. Das Rattern und Flattern der Takelage und die Rufe der Seeleute rissen sie aus dem Schlaf. Ein kühler, feuchter Wind wehte. Sie setzte sich auf und rüttelte Jack wach. Die Segel über ihnen blähten sich.

Agnes ging davon aus, dass Gracie sich nun, da sie endlich weitersegelten, besser fühlen würde; umso größer war ihre Besorgnis, als sie nach dem Frühstück ihre Freundin noch schwächer vorfand als am Abend.

»Du bist ja ganz blass.« Agnes legte ihr die Hand auf die Stirn. »Wie fühlst du dich?«

»Die Schmerzen sind schlimmer geworden.«

Agnes lächelte sie an. »Wenigstens ist es etwas kühler. Meinst du, du schaffst es, mit mir nach oben zu Dr. Angel zu gehen?«

»Muss ich, Agnes? Ist es so schlimm?«

»Mach dir keine Sorgen, aber es gefällt mir nicht, dass du Schmerzen hast, deshalb muss er dich untersuchen.«

Mühsam setzte Gracie sich auf, und Agnes half ihr beim Aufstehen, wobei sie merkte, wie penetrant sie beide nach Schweiß stanken. So schnell wie möglich mussten sie ein Bad nehmen und saubere Sachen anziehen. Bei dem Wind würden ihre Kleider im Nu trocknen.

Dr. Angel half Gracie auf die Untersuchungsliege. Sie hielt

Agnes' Hand fest umklammert, als der Arzt sie – reichlich grob, wie Agnes fand – untersuchte. Auf Gracies Miene zeichneten sich Schmerz und tiefe Scham ab. Schließlich strich Dr. Angel ihre Röcke glatt und wandte sich Agnes zu. Auf seinem Gesicht lag ein bedauernder Ausdruck, den Agnes nur allzu gut kannte. Sie hatte ihn bei Julius gesehen, als er ihr von seinen kleinen Patienten erzählt hatte – eine Mischung aus Bedauern und Hilflosigkeit. Agnes gefror das Blut in den Adern. »Für diese Babys gibt es keine Rettung«, sagte er.

»Was?«, schrie Gracie.

»Sie haben Wehen«, sagte Dr. Angel. »Aber Ihre Babys sind viel zu klein, um eine Überlebenschance zu haben.«

»Aber wir kommen doch vorwärts, oder nicht? Können wir nicht einfach warten, bis ich an Land bin. Dort wären sie in Sicherheit, oder nicht?«

Er schüttelte den Kopf, noch während ihre Fragen auf ihn einprasselten. »Ganz egal, wo Sie die Kinder bekommen, ist es viel zu früh. Sie würden nicht überleben. Es tut mir sehr leid.«

»Wann kommen sie, was meinen Sie?«, fragte Agnes.

»Das kann niemand genau sagen. Aber ich verordne der Patientin strikte Bettruhe. Ihr Körper wird alles andere übernehmen. Ansonsten kann niemand etwas tun.« Er setzte sich an seinen Schreibtisch und zog eine Schublade auf. »Bleiben Sie bei ihr, wann immer Sie können, Agnes. Und nehmen Sie zusätzliche Laken für die Blutungen mit.«

Agnes schloss Gracie in die Arme. »Es tut mir so leid.«

Gracie stieß einen Klagelaut aus, doch dann sagte sie: »Vielleicht ist es ja besser so. Ich hätte mich ohnehin nicht um sie kümmern können. Vielleicht hat Gott dich deshalb auf das Schiff gesandt. Damit ich nicht alleine bin, wenn es passiert.«

Agnes half ihr von der Liege herunter. »Du bist nicht allein«, sagte sie. »Das verspreche ich dir.«

In den frühen Morgenstunden wurde Agnes von heftigen Schlingerbewegungen, lautem Knarzen und Stöhnen aus dem Schlaf gerissen. Sie setzte sich auf. Selbst hier, tief im Schiffsbauch, konnte sie das Heulen des Windes hören. Gegenstände kullerten zwischen den Kojen hin und her, und irgendwo schrie ein Kind vor Angst.

»Gracie, wach auf«, sagte Agnes und kletterte von ihrer Pritsche.

»Was ist denn?«, murmelte Gracie.

»Ein Sturm ist losgebrochen …« Agnes' Magen verkrampfte sich, als das Schiff hochgerissen wurde und mit einem dumpfen Knall wieder im Wasser landete. Obwohl sie sich an der Pritschenkante festhielt, wurde sie von den Füßen gerissen. Inzwischen hatte Gracie sich hochgekämpft. »… ein Sturm ist losgebrochen, und ich will nicht, dass wir so weit unten im Schiff sind.«

»Wieso? Sind wir hier unten nicht sicherer als weiter oben?«

»Falls das Schiff untergeht, ertrinken wir als Erste. Also, los, ich bringe dich ins Untersuchungszimmer.«

Einen Arm um Gracies Taille geschlungen, tastete sie sich an der Wand entlang bis zur Leiter.

»Du zuerst. Falls du fällst, fange ich dich auf«, sagte Agnes.

Wieder geriet das Schiff gewaltig ins Schlingern, und Gracie schrie auf.

»Geh schon! Und reiß dich zusammen!«, befahl Agnes.

Sie stieg hinter Gracie langsam die Leiter hinauf, wobei ihr auffiel, dass Gracies Nachthemd von dunklen Blutflecken übersät war. Oben angekommen, führte Agnes ihre Freundin zum Untersuchungsraum, wobei sie sich mit einer Hand an der Reling festhielt. Erst beim dritten Versuch bekam sie die Tür auf. Als sie sich umdrehte, sah sie Wasser durch die Luke schwappen. Erst jetzt blickte sie zu Boden und merkte, dass das Wasser bereits mehrere Zentimeter hoch stand.

Sie schob Gracie in den Untersuchungsraum und half ihr auf die Liege. Dann zündete sie die Lampe an und nahm zwei lange Bandagen aus dem Schrank. »Halt still und heb die Arme nach oben«, sagte sie und begann, ihre Freundin auf dem Untersuchungstisch festzubinden. Wieder schwankte das Schiff heftig, und ein lautes Krachen ertönte. Der Wind toste, und Agnes hörte die Männer an Deck einander Befehle zurufen. Sie hangelte sich zum Bullauge und spähte hinaus. Auf den ersten Blick war nichts als Schwärze zu erkennen, doch dann zuckte ein gleißend heller Blitz, und für einen kurzen Moment erhaschte sie einen Blick auf das Chaos – das Schiff schien in einem völlig absurden Winkel auf dem Wasser zu liegen, halb unter den Wellen begraben –, doch dann wurde es auf einen Schlag wieder dunkel. Sie kehrte zu Gracie zurück und zwang sich, ihre Panik unter Kontrolle zu halten. Wieder und wieder drohte sie auf dem rutschigen Boden auszugleiten und hielt sich an allem fest, was sie zu fassen bekam, während sie versuchte, Handtücher und Laken zusammenzusammeln, um Gracies Blutungen zu stoppen.

»Werden wir sterben?«, fragte Gracie kleinlaut.

»Eines Tages bestimmt«, antwortete Agnes. »Aber Stürme sind auf See an der Tagesordnung, oder etwa nicht? Stell dir bloß mal die Geschichte vor, die du eines Tages erzählen kannst. Damals … als Agnes mich am Bett festbinden musste.«

Gracie fing an zu weinen. »Aber ich werde keine Kinder haben, denen ich sie erzählen kann.«

»Nur Mut, bestimmt wirst du noch welche bekommen. Wahrscheinlich ein Dutzend.«

»Wenn Cole will.« Agnes sah im flackernden Schein der Lampe, wie sie das Gesicht verzog. »Wenn er *mich* überhaupt noch will.«

Wieder schien es, als würde das Schiff hochgerissen werden, ehe es mit voller Wucht auf die Wellen donnerte. Agnes presste sich die Hand auf den Magen. »Heiliger Strohsack, ich wurde zwar nach einem Schiff benannt, aber das brauche ich nun wirklich nicht.«

»Ich wurde auch nach einem Schiff benannt«, sagte Gracie. »Nach der HMS Badger. Weißt du, was aus ihr geworden ist? Sie wurde abgewrackt, als ich zehn war. Captain Forest hat es mir erzählt. Ich hoffe bloß, mir passiert nicht dasselbe.« Sie erschauderte.

Das Schiff erbebte so heftig, dass die Utensilien in den Schränken klirrten und mehr Wasser in den Untersuchungsraum gespült wurde. Agnes musste sich mit aller Kraft festhalten. Eine Schranktür ging auf, und Behälter und Flaschen fielen heraus; einige zerschellten auf dem Fußboden. Das bedeutete eine Menge Arbeit – morgen würde sie nicht nur das Chaos beseitigen, sondern auch die Verletzungen der Crew und Passagiere versorgen müssen. Bestimmt hatten viele Schnitt- oder Schürfwunden, und Dr. Angel befand sich wahrscheinlich gerade oben im Salon, um sich um die Damen zu kümmern, die in Ohnmacht gefallen waren. Sie fragte sich, ob es Jack wohl gut ging, beruhigte sich jedoch mit dem Gedanken, dass die Köchin auf ihren zahlreichen Überfahrten schon so manchen Sturm überstanden hatte und schimpfen würde, weil Agnes sich Sorgen um sie machte.

Wieder wurde das Schiff von einem heftigen Schlag erschüttert, und diesmal neigte es sich so weit zur Seite, dass die Lampe zu Boden fiel, zerbarst und erlosch. Gracie stieß einen spitzen Schrei aus, und Agnes landete mit dem Ellbogen in einer glitschigen Masse aus Scherben und Lampenöl. Fluchend wollte sie sich aufrichten, rutschte jedoch ein zweites Mal aus und fiel erneut hin. Abermals schrie Gracie auf. Das Schiff wurde hochgerissen und schlug auf den Wellen auf. Agnes klammerte sich am Tischbein der Untersuchungsliege fest, während die Persephone von einer Erschütterung nach der anderen erfasst wurde. Männerstimmen ertönten über ihnen. Gracie schrie ein weiteres Mal auf.

»Es ist alles gut, Gracie, mir geht's gut«, sagte Agnes.

»Aber mir nicht!«, schrie Gracie. »Gar nicht.« Und dann drang ein Schmerzensschrei aus ihrem Mund, der sich anhörte, als liege ein wildes Tier auf dem Tisch über ihr. Sie rappelte sich auf, und Gracie heulte erneut vor Schmerz. Sie hatte ihr Kleid hochgerissen, doch außer ihren weißen Schenkeln konnte Agnes im Halbdunkel nichts erkennen.

»Die Babys?«, fragte Agnes.

Statt einer Antwort stieß Gracie abermals dieses unmenschliche Heulen aus. Agnes schloss einen Moment lang die Augen und holte tief Luft. Es war ein Albtraum, aber die Natur wartete nicht, und ihre Freundin hatte Todesangst.

»Gracie?« Sie nahm Gracies Hand. »Ich bin hier. Ich hole nur eine andere Lampe.«

Während die Männer oben an Deck sich gegenseitig Befehle zubrüllten, begleiteten Gracie und Agnes die beiden Kinder auf ihrer ersten und zugleich letzten Reise. Im Schein der Lampe flüsterte Agnes ihrer Freundin beruhigende Worte zu, als die beiden Säuglinge, kaum größer als Agnes' Handfläche, ohne einen Atemzug oder einen Laut aus Gracies Leib auf das blutige Laken glitten, gefolgt von einem Schwall Blut und Gewebe. Agnes rannte in der Düsternis hin und her, um mit Wasser aus der Pumpe die blutige Masse aufzuwischen. Eilig wickelte sie die beiden leblosen Körper in ein Handtuch und reichte das Bündel Gracie, die es in ihrem Schockzustand fest umklammerte. Allmählich ließ der Wind nach, trotzdem schwankte das Schiff immer noch heftig. Agnes wünschte, sie könnte Dr. Angel holen, doch unter diesen Umständen war es viel zu gefährlich, auch nur einen Fuß nach draußen zu setzen. Also knüllte sie die blutigen Laken zusammen und machte Gracie so gut es ging sauber. Sie blutete immer noch, und Agnes klemmte ihr ein Handtuch zwischen die Beine, zog die Röcke herunter und gab ihr einen Kuss auf die Stirn.

»Es tut mir so leid, Gracie.«

»Es ist gut. Es ist nur ein Traum. Bald wache ich auf.« Sie nickte. »Mach dir keine Sorgen. Was im Traum geschieht, kann mir nicht wehtun.«

Sie begann zu weinen, und Agnes' Herz schmerzte vor Kummer und Trauer.

In der Morgendämmerung ließ der Sturm vollends nach, und Agnes konnte sich endlich auf die Suche nach Dr. Angel machen. Er war im Salon der ersten Klasse, wo sich die Passagiere in der Nähe der Rettungsboote eingefunden hatten. Überall herrschte das blanke Chaos. Lebensmittel, Kleider und andere Gegenstände lagen auf den Decks und in den Korridoren verstreut, zerfetzte Segel hingen von den Masten, und überall schwappte das Wasser herein. Einige Seeleute waren bereits mit Mopps und Eimern zugange. Der Kapitän, ein grauhaariger Mann, den Agnes erst ein Mal von Weitem gesehen hatte, begrüßte sie mit Namen und versicherte ihr, dass das Wetter für den heutigen Tag weitaus vielversprechender war.

Dr. Angel hatte die verletzten Passagiere und Crewmitglieder im Salon versammelt. Vor die Wand, die ein Gemälde von Poseidon mit einem herrlich türkisfarbenen Meer und prachtvollen Segelschiffen zierte, hatte man Tische und Stühle gerückt und festgebunden.

»Agnes, ich wollte Sie gerade holen«, sagte Dr. Angel. »Heute haben wir eine Menge zu tun. Könnten Sie schon mal Wunden säubern, während ich meine Tasche hole?«

»Ich … Gracie Badger hat in den frühen Morgenstunden ihre Kinder bekommen. Beide sind tot. Sie blutet immer noch.«

»Verstehe.«

»Sie ist im Untersuchungszimmer.«

»Verstehe. Verstehe. Nun, ich sehe nach ihr und verabreiche ihr eine Dosis Mutterkorn, dann kann sie zurück in ihre Koje.«

»Sie ist auf einem Auge blind, deshalb müssen Sie sie begleiten.«

Er deutete auf die wartenden Patienten. »Agnes, wir haben zu tun!«

Mein Gott, wie sollte Gracie sich über den unebenen und nassen Boden nach unten tasten? In diesem Moment steckte Jack den Kopf zur Tür herein.

»Du lebst also noch?«, rief sie Agnes zu.

»Jack! Kannst du mit Dr. Angel mitgehen? Gracie hat ihre Kinder bekommen und braucht jemanden, der sie in ihre Koje zurückbringt.«

»Aber klar«, sagte Jack. »Los, kommen Sie, Doktor. Sie brauchen eine kräftige Schottin, die für Ordnung sorgt, wie ich höre?«

Agnes sah ihnen hinterher und wünschte, sie könnte mehr für die arme Gracie tun. Vor ihr standen reiche Passagiere mit Schnittwunden und Abschürfungen, die ihre Hilfe wohl kaum so dringend brauchten wie ihre Freundin.

»Schwester!«, rief eine dürre, gut gekleidete Frau ungehalten.

Ausnahmsweise lag kein Lächeln auf Agnes' Gesicht, als sie sich umwandte und sich an die Arbeit machte.

Dr. Angel übertrug Agnes die Aufgabe, die offenen Wunden zu nähen. Die Arbeit zog sich über Stunden hin, während die Crew lautstark versuchte, das Schiff wieder auf Vordermann zu bringen. Agnes lauschte währenddessen den Schilderungen eines jungen Mannes, der um ein Haar über Bord gespült worden wäre und förmlich in letzter Sekunde gerettet worden war, weil der Kapitän ihn mit eisernem Griff festgehalten hatte. Andere erzählten ihr, dass sie Angst gehabt hatten, der Mast könnte unter der Wucht des Sturms brechen. Einige tapfere Seeleute hatten sich mit Tauen ans Schiff und aneinander festgebunden und selbst dann noch ausgeharrt, als ihnen der Sturm bereits die Ärmel von den Hemden riss. Sie kam nicht dazu, auch nur einen Gedanken daran zu verschwenden, dass sie weder geschlafen noch etwas gegessen hatte; ja, sie dachte noch nicht einmal an Gracie, die laut Dr. Angel »wohlauf, aber traurig« sei. Irgendwann um die Mittagszeit kam ein Junge, der Jack in der Küche half, mit einem Stück Pastete für sie und den Arzt vorbei, die sie gierig hinunterschlangen, ehe sie sich um den nächsten Patienten kümmerten. Abgesehen von den üblichen leichten Verletzungen hatten sie es mit einer Fraktur zu tun, und ein Patient war in seiner irrationalen Angst von dem Gedanken besessen, dass er sterben würde. Obwohl Dr. Angel ihm mehrere Male versicherte, dass er bei bester Gesundheit sei, bettelte er darum, behandelt zu werden. Und schließlich gab der Arzt ihm ein Schmerzmittel und verordnete Bettruhe. Zufrieden zog der Patient von dannen. Dr. Angel flüsterte Agnes zu, bei dem Schmerzmittel handle es sich um einen Fingerbreit von seinem Brandy, den er während des ganzen Tages stets in Reichweite stehen hatte.

Am Nachmittag waren sie fertig, und Agnes ging den frisch gesäuberten Korridor entlang zu Gracie. Inzwischen schien die Persephone fast vollständig wieder seetüchtig zu sein. Der Sturm hatte die Luft geklärt, und auf dem Zwischendeck roch es frisch. Als sie einen Moment lang stehen blieb, damit ihre Augen sich an die Dunkelheit gewöhnten, hörte sie jemand singen. Es war eine traurige und klare Frauenstimme. Jack saß auf einer umgestülpten Gemüsekiste neben Gracies Bett.

»Jack?«, sagte Agnes. »Du singst?«

»Ah, da bist du ja.« Sie erhob sich.

Agnes hockte sich neben Gracie, die sie schwach anlächelte.

»Warst du den ganzen Tag hier unten?«, fragte Agnes.

»Ja«, antwortete Jack. »Ich hoffe, der Junge hat dir was zu essen gebracht, so wie ich es ihm aufgetragen habe.«

»Ja, hat er.«

»Jack war so freundlich zu mir«, sagte Gracie.

»Sie ist kein übler Kerl«, meinte Agnes. »Auch wenn sie ihre Meinung nicht für sich behalten kann.«

»Mich hat ja auch keiner als Kind ausgesetzt«, konterte Jack.

Gracie sah sie erschrocken an, doch Agnes beruhigte sie, dass es nur scherzhaft gemeint sei. »Also hat sie sich gut um dich gekümmert, ja?«, wollte Agnes von Gracie wissen.

»Oh ja, obwohl es mir gar nicht gut geht. Aber der Gesang war schön.«

»Danke«, sagte Agnes zu Jack.

»Ach, keine Ursache. Deine Freundin Gracie ist so ein süßes Geschöpf und macht eine schlimme Zeit durch, hab ich recht, Herzchen?«

Gracie hielt die Augen geschlossen, und sie atmete flach.

»Agnes«, sagte Jack leise. »Ich muss dir was sagen.« Sie packte sie am Arm und zog sie auf den Korridor hinaus.

»Was ist denn?«

»Wahrscheinlich stirbt sie.«

Agnes wurde eiskalt. »Wie kommst du denn darauf?«

»Sie hat viel Blut verloren hat. Dr. Angel hat ihr Mullbinden gegeben, aber sie waren im Nu durchgeblutet, genauso wie die Laken, die ich ihr ins Bett gelegt habe.«

»Jack, hör auf mit deinem ewigen Pessimismus. Sie schafft es.«

»Ich hole jetzt Dr. Angel, aber rechne mit dem Schlimmsten. Ein Mensch hat nicht endlos viel Blut im Körper.« Jack tätschelte ihr die Schulter. »Tut mir leid, Agnes. Geh jetzt zu ihr.«

Agnes kehrte zu Gracie zurück. Sie schlief, und sie setzte sich auf die umgedrehte Gemüsekiste und hielt die Kerze nah an ihr Gesicht. Es war bleich und schweißbedeckt. Hatte Jack etwa recht? Sie stellte die Kerze zurück und begann zu singen, wobei sie sich wünschte, sie hätte eine so schöne Stimme wie Jack.

Am zweiten Tag wusste es auch Gracie. Dr. Angel mochte ein übler Trunkenbold sein, doch nun kümmerte er sich hingebungsvoll um sie, obwohl seine Miene Bände sprach. Erst allmählich wurde Agnes das volle Ausmaß bewusst, und sie bemühte sich, es Gracie so angenehm wie möglich zu machen. Dadurch kam sie selbst nicht allzu viel zum Nachdenken. Doch später traf sie die Erkenntnis mit voller Wucht, als Gracie eingeschlafen war und sie ihre flachen, abgehackten Atemzüge vernahm. Ihre Freundin starb.

Jack kehrte zurück und sang ein Lied für sie. Agnes lauschte im Schein der Kerze ihrer Stimme, während Gracie immer schwächer und schwächer wurde.

Auf o'Balquhithers Hängen, wo der Dornbeer blüht,
Dort will ich mit dir leben, wo rau die Heide glüht.
Dir eine Laube bauen, bekränzt von tausend Rosen
An des Wildbachs weißen Wassern, hörst du das Tosen?
In Tal, Schlucht und Klamm, überall atme ich dich
Such nach Schmuck für uns're Laube, lieb dich inniglich.
Und gehst du einst von mir, nach all diesen Tagen
Werd ich dich unter den Blumen zu Grabe tragen.

Agnes hielt Gracies Hand, und Jacks klare und melodische Stimme half ihr, nicht vollends die Fassung zu verlieren. Sie strich ihr über die Stirn und versicherte ihr, dass der liebe Gott bereits auf sie warte. Jack sang noch immer, als Gracie ihren letzten Atemzug tat, kurz bevor die Glocke Mitternacht läutete.

Ein klarer, frischer Tag brach an; eine steife Brise vertrieb die beklemmende Schwüle. Um kurz vor elf Uhr waren alle Vorkehrungen für Gracies Begräbnis getroffen. Agnes hatte die grauenvolle Aufgabe übernommen, die Koje zu schrubben und all die blutigen Laken einzusammeln. Schließlich folgte sie dem Läuten der Schiffsglocke nach oben. Noch immer nahm sie den Geruch von Blut wahr, der an ihr zu kleben schien.

Die Seeleute hatten Gracies Leiche in Segeltuchstreifen gehüllt, diese zusammengenäht und mit Kohle beschwert. Beim Anblick der stümperhaften Stiche blutete Agnes das Herz. Gracie hätte ein von Agnes' geschickter Hand genähtes Leichentuch verdient. Natürlich war ihre Wut angesichts dieser Nachlässigkeit sinnlos, trotzdem vermochte sie sie nicht zu überwinden. Allmählich füllte sich das Deck mit Passagieren. Sie hatten ihre Kopfbedeckung abgenommen, um Gracie die letzte Ehre zu erweisen. Einige der Crewmitglieder kletterten auf die Takelage, um der Zeremonie beizuwohnen. Sie hatten Gracie nicht gekannt, doch inzwischen hatte sich herumgesprochen, dass sie eine enge Freundin von Agnes gewesen war. Jack trug eine fadenscheinige Jacke über ihrem Hemd und eine saubere Hose. Wortlos trat sie neben Agnes, so dicht, dass sich ihre Schultern beinahe berührten. Als die vier Seeleute Gracies Leichnam anhoben, nahm Agnes ihre Silhouette unter dem Segeltuch wahr, doch dann war der Augenblick vorüber, und Gracie war erneut ein formloses Etwas in einem Leichensack. Dr. Angel las aus der Bibel vor, und Agnes sah Gracies Gesicht vor sich, ihr blindes Auge, das stets unkontrolliert zur Seite geglitten war. Gracie hatte es hässlich gefunden, doch nun war es das Merkmal, das Agnes am schmerzlichsten vermisste.

Ein brennender Schmerz breitete sich in ihrer Brust aus.

Dr. Angel kam zum Ende, und die Glocke verstummte. Die Matrosen traten an die Reling und ließen Gracie ins Wasser gleiten. Kurz herrschte Stille, dann ertönte ein dumpfes Klatschen. Agnes' Brust drohte zu bersten. Sie versuchte zu atmen, doch es ging nicht. Erst jetzt bemerkte sie, dass sie weinte, wie sie noch nie in ihrem Leben geweint hatte.

Jack nahm sie in die Arme. »Shhh, Mädchen«, sagte sie, während Agnes von Schluchzern geschüttelt wurde. »Jack ist bei dir.«

Endloser Himmel. Endloses Meer. Weit und breit kein Land in Sicht. *Als würde mich die gewaltige Größe der Welt zermalmen.* Mariannas Worte kamen Agnes in den Sinn. Sie sprach sie laut aus, wieder und wieder, als sie auf dem Vorderdeck saß und zusah, wie sich die Wolken am Himmel türmten.

Das Schiff hielt Kurs auf Australien.

KAPITEL 23

☆

Jack war an Deck mit Agnes, als sie drei Wochen nach Gracies Tod den Leuchtturm von Cape Otway passierten. Stampfend und ächzend kämpfte sich die Persephone durch die Wellen, wenige hundert Meter weiter erstreckte sich die Bucht, reglos wie ein Dorfteich. Im Hintergrund erhoben sich die Berge und Bäume Melbournes. Dutzende Schiffe lagen vor Anker, ein Wald aus Masten und Takelage ragte vor ihnen auf. Jack sagte, dass sie wohl eine weitere Nacht ausharren müssten, ehe der Lotse an Bord käme und sie sicher an die Pier dirigieren würde.

»Die kannst du gleich wieder wegstellen«, sagte sie und wies auf Agnes' Koffer, die sie zwischen ihnen aufgestapelt hatte. »Vor morgen früh passiert hier überhaupt nichts.«

Agnes konnte es kaum erwarten, an Land zu gehen. Nach Gracies Qualen und ihrem Tod gab es nur noch eines, worauf sie sich freute: ihre Mutter zu finden und endlich mit ihr vereint zu sein. Entschlossen brachte sie die Stimme in ihrem Kopf zum Schweigen, die sie warnte, dass Genevieve womöglich gar nicht in Melbourne war.

»Vielleicht kann mich ja jemand zum Hafen rudern«, sagte sie.

»Dich zum Hafen rudern? Hast du vollkommen den Verstand verloren? Du bleibst hier. Morgen früh werden wir direkt an die Eisenbahnpier gelotst, und zehn Minuten später bist du mit dem Zug in Melbourne.« Jack musterte Agnes prüfend, das letzte Tageslicht verlieh ihrem kurz geschnittenen Haar einen kastanienroten Schimmer. »Und du wirst mich brauchen. Jemand muss dich in die Stadt begleiten.«

»Ach, das schaffe ich schon alleine.«

»Und wo wirst du wohnen?«

»Ich suche mir ein Hotel.«

»Da fängt es schon an. Hier darf sich jede Bruchbude mit einem Ofen Hotel nennen. Und überall treiben sich Trunkenbolde und Huren herum.« Jack schlug ihr auf die Schulter. »Nein, nein, ich begleite dich an Land und bringe dich in einem anständigen Hotel unter, in dem kein Alkohol ausgeschenkt wird. Ich kenne eines in der Lonsdale Street.«

Agnes war klar, dass sie gegen Jacks Beschützerinstinkt nicht ankam, und im Grunde genommen war es besser, wenn jemand sie in ein sicheres Hotel begleitete. Ihr Bedarf an Trunkenbolden und Huren war weiß Gott gedeckt. »Na gut, aber ich bezahle deine Zugfahrkarte in die Stadt.«

»Also gut.« Jack hielt inne. »Kommst du zurück, Agnes?«, fragte sie, eine Spur sanfter.

»Ich weiß nicht.« Dr. Angel hatte sie förmlich angebettelt, ihn nicht im Stich zu lassen. Die Persephone lag zwei Tage vor Anker, und er würde wohl kaum einen Ersatz für sie finden. Agnes hatte ihm dasselbe geantwortet wie Jack … dass sie nicht in die Zukunft blicken könne und er nicht auf sie warten solle.

Jack wandte sich ab; sie schien begriffen zu haben, dass sie Agnes nicht umstimmen konnte. »Nun ja, solltest du es dir überlegen, kannst du immer noch zurückkommen, bevor wir wieder ablegen.«

Der Kapitän erschien und bestätigte, was Jack bereits prophezeit hatte: Sie würden erst am nächsten Morgen an ihren Anlegeplatz gelotst werden.

Agnes lief ihm hinterher und ergriff ihn mit ihrer behandschuhten Hand am Ärmel. »Bitte warten Sie, Captain. Könnte ich vielleicht mit dem Ruderboot übersetzen?«

Er musterte sie mit seinen silbergrauen Augen. »Agnes, ich habe Sie ja noch nie so gut gekleidet gesehen. Wohin wollen Sie denn in der Stadt? Aber nein, ich fürchte, Sie müssen warten.« Damit wandte er sich um und ging davon, und Agnes kehrte zu ihrem Gepäck zurück.

Jack grinste. »Ich hab's dir gleich gesagt. Du hast dein Korsett umsonst geschnürt.«

Dann dauerte es eben noch eine Nacht länger. Noch eine Nacht, die Agnes von ihrer Mutter trennte.

Um zehn Uhr am nächsten Morgen hatte die Persephone endlich ihren Liegeplatz erreicht. Jack half Agnes, ihr Gepäck von Bord zu schaffen und sich einen Weg um Taue herum und an riesigen Frachtbehältnissen, Pollern und rufenden Seeleuten vorbei zum wartenden Zug zu bahnen. Agnes gab dem Schaffner eine Sixpence-Münze für ihre und Jacks Fahrkarte. Der Zug füllte sich zwar zügig mit Seeleuten und erschöpft aussehenden Passagieren, trotzdem dauerte es eine halbe Ewigkeit, bis es endlich losging, da zuerst die Fracht auf die Eisenbahnwaggons geladen werden musste. Jack plauderte mit Agnes, ihr war warm, und im Zugabteil war es stickig. Als sie ein Fenster aufriss, drangen ein Schwall salziger Luft, vermischt mit dem Geruch nach Fisch, und das Geschrei der Möwen herein. Endlich setzte sich der Zug in Bewegung, vorbei an der Pier, an Geschäften und Lagerhäusern. Vor ihnen breitete sich eine Landschaft in sanften Ockertönen mit endlosen Weiten aus silbrigem Gras und hellgrünen Bäumen aus. Schließlich konnte Agnes in der Ferne Melbourne ausmachen, das sich flach wie eine Flunder bis zum dunstigen Horizont erstreckte.

Die Fahrt dauerte glücklicherweise nicht lange. Bereits eine

Viertelstunde später hielt der Zug am Melbourne Terminus in der Flinders Street, direkt neben einer weitläufigen, mit Reklameschildern vollgepflasterten Markthalle, vor der sich Pferde und Kutschen drängten. Agnes und Jack stiegen als Letzte aus dem Zug. Jack trug Agnes' größeren Koffer, sie den etwas kleineren.

»Hier entlang«, sagte Jack.

Sie kämpften sich durch die geschäftige Straße und ließen den Fluss und die Bahnlinie hinter sich. Die Häuser waren aus Holz – einige sahen aus, als wären sie ein wenig überstürzt errichtet worden – oder wie in England aus Stein gebaut. Bäume gab es kaum, und obwohl es ein milder Tag war, stand die Sonne grell am Himmel. Jack zog überall die Aufmerksamkeit auf sich. Auch wenn sie sich wie ein Mann kleidete und bewegte, hatte sie ein weiches, weibliches Gesicht. Manche Leute starrten sie voller Feindseligkeit an, einige lachten, andere wandten eilig den Blick ab.

»Macht es dir gar nichts aus, dass die Leute dich anstarren, Jack?«, fragte sie.

»Doch schon, aber ich bin ja nur für eine Stunde an Land. Und wenn ich verhindern kann, dass du im übelsten Viertel der Stadt landest, machen mir ein paar neugierige Blicke nichts aus.« Sie deutete auf ein Gebäude vor ihnen. »Da ist es. Hardwicke's Temperance Hotel. Die Zimmer sollen billig sein. Dr. Angel hat dir drei Pfund gegeben, ja?«

»Ich… ja. Aber ich habe noch ein bisschen gespart.« Sie dachte an die zwanzig Pfund, die von Julius' Geld noch übrig waren.

»Soooo, na sieh mal einer an!«, neckte Jack sie. »Also deshalb hast du dich so in Schale geworfen. Damit auch jeder sofort sieht, wie wohlhabend du bist, ja? Tja, Miss Geldsack, darf ich dich und dein Gepäck hier zurücklassen?« Sie stellte Agnes' Koffer vor dem Hoteleingang ab. Es war ein zweigeschossiges Haus mit Bogenfenstern und Markisen, auf denen *Apartments – Café – Kein Alkoholausschank* stand.

»Danke, Jack.« Agnes breitete die Arme aus, woraufJack sie an sich zog und an ihre Brust drückte.

»Ich werde dich vermissen, Agnes Resolute.«

»Und ich dich.«

»Komm zurück, falls deine Mama dich nicht will.«

Agnes erwiderte nichts darauf. Dies war ein Gedanke, den sie sich im Augenblick nicht gestatten wollte. Sie sah Jack hinterher. Dann nahm sie ihre Koffer und stieß die Eingangstür auf.

Eine düstere, holzgetäfelte Lobby empfing sie. Die Fenster waren verschmutzt und ließen kein Licht herein. Agnes blieb einen Moment stehen, damit sich ihre Augen an das Halbdunkel gewöhnten. Hinter dem Empfangstresen saß eine ältere, auffallend kleine Frau.

»Kann ich Ihnen helfen, Ma'am?«, fragte sie mit verdrossener Stimme.

»Mrs Hardwicke, nehme ich an?«, sagte Agnes und zog ihre Handschuhe aus. »Ich würde gern ein Zimmer mieten.«

»Für wie viele Nächte?« Mrs Hardwicke musste mindestens siebzig sein. Ihre steifen Finger zitterten, als sie die Seite des Gästeregisters umschlug.

Agnes zögerte, weil sie für einen Moment das übermächtig Bedürfnis überkam, »zwei« zu antworten. Dann könnte sie rechtzeitig wieder an Bord der Persephone sein, um mit Jack nach Colombo zurückzusegeln. Aber sie wusste nicht, wie lange die Suche nach Genevieve dauerte. Irgendwann ging ihr das Geld aus – bei dem Gedanken wurde ihr ganz elend. Unwillkürlich musste sie an die armen Leute in London denken. Doch dann fasste sie sich. So schlimm würde es diesmal nicht werden. Sie könnte ihre teuren Kleider verkaufen und würde sich notfalls sogar von Genevieves Schmuck trennen, und falls sie eine Arbeit als Näherin suchen müsste, hätte sie diesmal sogar ein paar Arbeitsproben. »Erst einmal für zwei Nächte«, antwortete sie so gelassen, wie sie nur konnte. »Vielleicht auch länger. Je nachdem, wie meine Geschäfte laufen.«

Mrs Hardwicke trug sie ein, reichte ihr die Schlüssel und teilte ihr mit, dass Alkohol, Tanzen, Musik oder Singen auf dem Zimmer und im Haus strengstens verboten seien. Im Preis inbegriffen waren die Mahlzeiten im Speiseraum. Im Schneckentempo führte sie Agnes bis zu einem Zimmer am Ende eines mit amateurhaften Gemälden geschmückten Flurs.

»Das Badezimmer ist direkt gegenüber«, sagte die alte Frau. »Bitte halten Sie es nicht über Gebühr besetzt. Wir sind im Moment vollständig ausgebucht.«

»Danke, ich werde darauf achten. Wären Sie wohl so freundlich und würden mir sagen, wo ich das Theater finde, Ma'am?«

Mrs Hardwickes winziges Gesicht verzog sich, und sie musterte Agnes verwirrt. »Theater? Was für ein Theater?«

»Ich ... genau weiß ich es nicht. Aber ich suche nach einer Schauspielerin ...«

»Keine Schauspielerinnen im Zimmer oder im Hotelgebäude«, erwiderte sie in warnendem Tonfall.

»Ich verstehe. Aber würden Sie mir sagen, wo das Theater ist, wenn ich Ihnen verspreche, keine Schauspielerin hierherzubringen?«

»Sie sind keine Schauspielerin?«

»Nein, Ma'am, das bin ich nicht.«

»Hier gibt es jede Menge Theater. Das Princess, das Queen's, das Pavilion, und auch kleinere Theater und Music Halls. Die meisten finden Sie in der Bourke Street.« Die alte Frau schüttelte den Kopf. »Ich würde aber nicht empfehlen, sich auch nur in die Nähe dieser Etablissements zu begeben, meine Liebe.«

»Gut, gut, Ma'am. Wo finde ich die Bourke Street?«

»Zwei Blocks weiter in Richtung Fluss«, sagte die alte Frau

und legte Agnes die Hand auf den Arm. »Aber seien Sie vorsichtig.«

Agnes lächelte freundlich. »Vielen Dank.«

Endlich betrat sie ihr Zimmer. Es war klein mit einem Fenster zum Hinterhof. Sie verstaute ihre Koffer und ging ins Badezimmer, um ein Bad zu nehmen. Trotz Mrs Hardwickes Warnungen ließ sie sich alle Zeit der Welt, um den Schmutz der sechswöchigen Seereise loszuwerden. Danach schloss sie ihr Zimmer ab und machte sich auf die Suche nach ihrer Mutter.

Zuerst versuchte sie ihr Glück bei den größeren Theatern, vielleicht war Genevieve ja so etwas wie ein Star. Das Mädchen im Foyer des ersten Theaters hatte noch nie von einer Genevieve Breckby, einer Genevieve Valentine oder Genevieve Pepperman gehört. Im zweiten Theater verriet ihr ein älterer Mann mit pomadisiertem Haar und breitem irischem Akzent, Pepperman betreibe ein Stück die Straße hinunter ein Theater. Agnes machte sich auf den Weg.

Ihr knurrte der Magen, als sie die Bourke Street entlangging, vorbei am Fuhrunternehmen Cobb & Co, vor dem zahlreiche Kutschen standen. Die Hauswände waren mit Theaterplakaten beklebt. Schließlich blieb sie vor einem zweigeschossigen Gebäude stehen, dessen Eingang von zwei reich verzierten Laternenpfählen flankiert wurde. Sie wartete, bis eine Kutsche vorbeigerattert war, dann überquerte sie die Straße und nahm die Plakate in Augenschein: *Das Pepperman's Theater in der Bourke Street präsentiert* Das Wintermärchen *von William Shakespeare.* Ihr Herz begann zu hämmern, als ihr Blick über die Besetzungsliste am unteren Plakatrand schweifte. Da stand: *Genevieve La Breck als Königin Hermione.* Agnes zitterte, und es gelang ihr nur mit Mühe, den Namen noch einmal zu lesen. Dies war die einzige Aufführung, in der sie eine Rolle zu haben schien. Eilig suchte Agnes nach einem Datum. Bitte, lass es schon bald sein. Bitte, lieber Gott, mach, dass die Aufführung nicht schon vorbei ist.

Heute Abend. Heute Abend würde sie Genevieve treffen.

Agnes' Fantasie ging mit ihr durch, aber sie war so dicht dran, deshalb durfte sie sich den einen oder andern unvernünftigen Gedanken wohl gestatten. In wenigen Stunden würde sie Genevieve leibhaftig sehen.

Sie ging in ihrem Zimmer auf und ab, setzte sich aufs Bett, stand wieder auf, ging herum. Inzwischen hatte sie keinerlei Appetit mehr. Genevieve würde sie mit offenen Armen empfangen. Sie würden nach der Vorstellung gemeinsam zu Abend essen und über all die Dinge reden, die sie am liebsten mochten. Sie musste nicht auf die *Persephone* zurückkehren. Sie würde Genevieve von Gracie erzählen, und Genevieve spendete ihr mit einer mütterlichen Umarmung Trost. Zusammen würden sie nach England zurückkehren. Marianna und Genevieve söhnten sich aus, und Julius und sie wären wiedervereint. Genevieve würde ihrer Hochzeit beiwohnen. Glück. Vollkommenheit. Agnes zitterte.

Als es dämmerte, holte sie ihr Abendkleid aus Paris heraus, schlüpfte hinein, zog es wieder aus. Zu affektiert. Dann das gestreifte grau-schwarze Reisekleid. Nein, zu trist. Wieder zog sie das Abendkleid über, dachte an Julius, der beteuert hatte, wie wunderschön sie darin aussah. Dieser Abend schien eine Ewigkeit zurückzuliegen. Sie hatte Mühe, die Knöpfe auf dem Rücken zu schließen, und musste sich vor dem Spiegel verrenken.

Seit sie von Bord gegangen war, hatte sie keinen Bissen mehr zu sich genommen. Sie ging nach unten in den Speiseraum, wo sie ein älterer Herr mit erschrockener Miene empfing und ihr das Abendessen servierte. Bang fragte Agnes sich, ob ihr Kleid wohl zu aufreizend war, und hatte gerade den Entschluss gefasst, sich noch einmal umzuziehen, als sie merkte, dass der erschrockene Ausdruck des Mannes nichts mit ihr zu tun hatte, sondern er einfach so dreinsah. Auch ihre Bestellung für das Dessert nahm er mit diesen erstaunt hochgezogenen Brauen entgegen. Lustlos stocherte Agnes in ihrem Schweinebraten herum und aß gerade so viel, dass ihr im Theater nicht schwindlig wurde.

Dann verließ sie das Hotel und trat hinaus in die Abendluft. Der Verkehr hatte nachgelassen. Pärchen und kleine Grüppchen schlenderten die Bürgersteige entlang. Es war kühler, als sie angenommen hatte. Kurz überlegte sie, zurückzugehen und eine Stola zu holen, doch ihre Füße schienen sie unwillkürlich zum Pepperman's Theater zu tragen, zu der Begegnung, die sie so lange herbeigesehnt hatte.

Vor dem Theater hatte sich eine Schlange gebildet. Agnes stellte sich in der Reihe für die Billetts für einen Shilling an, obwohl ihr Kleid eher nach Karten für sechs Shillinge aussah. Mehrere Frauen beäugten ihr Kleid. Agnes straffte die Schultern. Sollten sie sie doch anstarren. Was kümmerte es sie schon, in welcher Schlange sie stand? Sie hatte die engste Verbindung zu einer der Schauspielerinnen, die man nur haben konnte, und hatte damit allen anderen etwas voraus.

Im Theater wurde sie zum Parkett dirigiert. Das Schauspielhaus war nicht so groß und so feudal wie das in Paris. Agnes saß zwischen einer unablässig quasselnden Familie und einem alten Mann, der durchdringend nach Kohl stank. Sie ließ den Blick über die Logen schweifen. All die Menschen waren hergekommen, um ihre Mutter zu sehen. Was würden sie wohl denken, wenn sie wüssten, dass Agnes unter ihnen war? Sie blickte wieder zur Bühne, die hinter einem schweren roten Vorhang verborgen war. Ihre Anspannung wuchs. Schließlich wurden die Gaslampen heruntergedreht, und Stille breitete sich im Saal aus. Der Vorhang ging auf. Agnes hielt den Atem an.

Zwei Männer standen auf der Bühne; das Bühnenbild schien

griechisch zu sein, mit weißen Säulen und Mosaikboden. Wer waren die beiden Männer? Wo war ihre Mutter? Agnes konnte sich nicht darauf konzentrieren, was sie sagten. Sie hatte *Ein Wintermärchen* nie gelesen und war mit Shakespeares Werk nicht vertraut, von ein paar Sonetten in der Schule einmal abgesehen. Nach einer Weile wurde es dunkel, und etwas bewegte sich, ehe die Lichter wieder angingen.

Agnes stieß einen leisen Schrei aus.

Da war sie und schritt über die Bühne. Am liebsten hätte Agnes die Zeit angehalten. Die große, schlanke Frau mit dem gebieterischen Auftreten war Genevieve, wegen der sie die weite Strecke über das Meer auf sich genommen hatte. Endlich atmeten sie dieselbe Luft. Agnes hing förmlich an ihren Lippen, ihre Stimme war melodiös und voller Selbstvertrauen. Der Handlung vermochte sie nicht zu folgen – nicht nur wegen der gespreizten Ausdrucksweise, sondern auch weil die Stimme ihrer Mutter so klar und scharf in ihrem Kopf widerhallte, dass sie alles andere ringsum nur wie durch einen Schleier wahrnahm. Schließlich ging Genevieve von der Bühne ab, und Agnes wartete gespannt auf ihre Rückkehr.

Von da an war die Aufführung nichts als eine Abfolge von Momenten, in denen Genevieve die Bühne betrat und wieder verließ, während die anderen Akteure lediglich die Kulisse für sie bildeten. Irgendwann war die Figur, die sie darstellte, Königin Hermione, tot. Agnes rutschte auf ihrem Platz herum und konnte es kaum erwarten, dass das Stück endlich zu Ende war, doch dann erwachte die Königin erneut aus einer Statue zum Leben. Dieser Augenblick schien alles zu verkörpern, was Agnes empfand: Aus all den Erzählungen erwuchs vor ihren Augen mit einem Mal eine Frau aus Fleisch und Blut.

Sobald das Stück geendet hatte, sprang Agnes auf. Sie drängte sich durch die Sitzreihe, wobei sie Zuschauer anrempelte, und stürzte ins Foyer und hinaus auf die Straße. Sie musste den Bühneneingang finden, sich Zutritt verschaffen und sich Genevieve vorstellen.

Ich wusste, dass heute Abend jemand ganz Besonderes im Publikum saß, würde Genevieve sagen. *Ich habe die ganze Zeit über deinen Blick gespürt.*

Agnes umrundete das Gebäude und kam in eine schmale Gasse. Über einer kleinen Tür hing eine Gaslampe. Sie klopfte beherzt. Nichts regte sich, und sie klopfte noch einmal. Die Tür ging einen Spaltbreit auf, und ein stämmiger Mann mit einem gezwirbelten Schnäuzer spähte heraus.

»Was gibt's?«

»Ich muss Genevieve La Breck sprechen.«

Er lachte. »Wie kommen Sie darauf, dass sie Sie sehen will?«

»Bitte. Ich bin den ganzen Weg von England hergekommen, nur um sie zu sehen.«

»So, so, hier haben sich ja schon so einige schräge Vögel herumgetrieben, aber du schlägst alle, Mädchen. Nein, nein, Herzchen. Verschwinde.«

»Aber ich muss mit ihr sprechen. Sie ist … wir sind …«

»Hier.« Er drückte ihr das Programmheft in die Hand. »Das kannst du als Andenken mitnehmen. Wenn sie dir ein Autogramm geben soll, mach einen Termin über das Büro von Pepperman's aus.«

»Warten Sie? Wo ist dieses Büro?«

»Da hinten.« Er nickte zu dem Gebäude hinter dem Theater. »Um zehn machen sie auf.«

»Abends?«

Wieder lachte er. »Du hast wohl ein Gläschen zu viel intus, was?« Und damit schlug er die Tür zu.

Agnes glaubte, vor Frust gleich den Verstand zu verlieren. So dicht am Ziel so eiskalt abgewiesen zu werden! Sie würde keinesfalls bis zehn Uhr warten und in dieses Büro gehen, nur um erneut abgewimmelt zu werden. Nein, sie würde hier sitzen bleiben – sie entdeckte eine alte Gemüsekiste neben der Tür – und Genevieve einfach ansprechen, wenn sie herauskam.

Agnes setzte sich und wartete. Es war kalt geworden, doch sie fror nicht. Sie war aus Yorkshire, was konnte ihr da ein bisschen Kälte schon anhaben? Eine Brise kam auf, und es roch nach Pferdedung und verrottetem Gemüse. Es begann zu nieseln. Trotzdem rührte sie sich nicht vom Fleck.

Auf einmal ertönten Männerstimmen. Sie beugte sich vor und spähte in die Gasse. Zwei Männer näherten sich. Sie wich zurück. Der eine hämmerte mit der Faust an die Tür.

»Los, mach schon auf!«, rief er.

Wieder erschien der bullige Kerl im Türrahmen. »Was gibt's?«

»Genevieve Pepperman«, sagte der Mann. Er war gut gekleidet und sein Haar sorgfältig gescheitelt. Sein eleganter Begleiter war deutlich jünger und rauchte Pfeife. Das würzige Aroma des Tabaks stieg Agnes in die Nase.

Der Mann an der Tür schüttelte den Kopf. »Heute wollen sie wohl alle besuchen. Aber die Antwort ist Nein. Gehen Sie morgen zu Pepperman ins Büro, da finden Sie sie.«

»Da ist aber keiner«, wandte der Mann mit der Pfeife ein. »Die wollen verduften, aber sie schulden uns noch Geld.«

»Nicht mein Problem«, gab der Mann an der Tür zurück. »Und jetzt haut ab.«

Es folgte ein kurzes Handgemenge, als die beiden Männer sich an dem Bulligen vorbeidrängen wollten, doch er schlug die Tür zu und verriegelte sie.

Die beiden Männer wechselten leise ein paar Worte, dann verschwanden sie in die Richtung, aus der sie gekommen waren. Erst jetzt begriff Agnes, dass sie allein in der Dunkelheit und Kälte herumsaß und im Grunde völlig schutzlos war. Aber da das Büro von Pepperman's ohnehin nicht besetzt war, konnte sie nicht bis morgen früh warten. Was hatte das zu bedeuten?

In diesem Moment ging die Tür zum Bühneneingang auf, und der Bullige sah zu ihr herüber. »Ich kann Sie sehen«, sagte er. »Genevieve ist weg. Sie ist durch den anderen Eingang raus. Sie können hier nicht die ganze Nacht sitzen. Gehen Sie nach Hause.«

»Die Männer haben gesagt, in Pepperman's Büro ist niemand.«

»Morgen ist Mittwoch. Es ist jemand dort.«

Agnes zögerte.

»Nun gehen Sie schon. Genevieve ist in ihrer Kutsche weggefahren. Sie ist fort. Ich hätte sie doch nicht hinten rausgehen lassen, damit sie diesen Kerlen direkt in die Arme läuft.«

Mühsam erhob Agnes sich. Sie war so niedergeschlagen, dass sie es kaum über sich brachte, dem Mann zu danken. Er hätte sie ohne Weiteres die ganze Nacht dort draußen sitzen lassen können.

Als sie zurückkam, war das Hotel stockdunkel. Sie schloss auf und ging zu ihrem Zimmer.

Agnes zog ihr Abendkleid und ihr Korsett aus und legte sich ins Bett, um auf den nächsten Morgen zu warten. Irgendwann in den frühen Morgenstunden schlief sie ein und träumte davon, wie Königin Hermione aus einer Statue trat und zum Leben erwachte.

KAPITEL 24

☆

Am nächsten Morgen hastete Agnes zum Frühstück in den Speisesaal, weil sie verschlafen hatte. Sie trug das schwarz-grau gestreifte Kleid, mit dem sie ihre Mutter beeindrucken wollte. Mrs Hardwicke räumte gerade das Besteck ab und musterte Agnes stirnrunzelnd.

»Frühstück gibt es nicht mehr. Es ist fast zehn.«

»Ich weiß. Es tut mir leid. Ich habe heute so viel zu erledigen, deshalb ... würden Sie vielleicht ...«

»Heute Morgen kam eine Nachricht für Sie«, sagte Mrs Hardwicke, ohne sie anzublicken. »Ganz früh schon.«

»Eine Nachricht?«

»Ein Polizist wollte Sie sprechen.«

Agnes' Herzschlag beschleunigte sich.

»Jemand namens Jack kam ins Gefängnis«, sagte Mrs Hardwicke. »Offenbar kennen Sie diese Person.«

Der Boden schien sich unter Agnes aufzutun. »Jack ist im Gefängnis?«

»Ich muss sagen, Miss Resolute, Sie pflegen offensichtlich nicht den allerbesten Umgang. Zuerst eine Schauspielerin und jetzt auch noch ein Verbrecher.«

»Wo ist das Gefängnis?«, fragte Agnes.

Die alte Frau seufzte. Was auch immer sie von Agnes hielt, brachte sie es doch nicht über sich, ihr ihre Hilfe zu verwehren. Sie erklärte ihr den Weg zur Franklin Street.

»Danke, Mrs Hardwicke. Sie haben mir wirklich sehr geholfen.« Eilig machte sie sich auf den Weg.

»Warten Sie. Ihr Frühstück.«

»Keine Zeit. Ich muss es ausfallen lassen.«

»Bitte, Miss Resolute«, rief Mrs Hardwicke ihr hinterher. »Wenn Sie diesen Jack finden und ihn gegen Kaution freibekommen, bringen Sie ihn bitte nicht hierher.«

»Sie«, korrigierte Agnes sie. »Aber keine Angst. Dies ist so ziemlich der letzte Ort, wo sie hinmöchte.«

Kurze Zeit später erreichte Agnes das düster aussehende Gefängnis von Melbourne. Rechts neben dem verschlossenen Tor befand sich ein kleines Guckfenster. Agnes stieg die zwei Stufen hinauf.

»Hallo?«, rief sie.

Ein Mann erschien. Agnes erhaschte einen Blick in eine winzige Stube. »Ma'am?«, sagte er. »Kann ich Ihnen helfen?«

»Ich muss mit jemandem sprechen, der hier inhaftiert ist.«

»Aha. Gehen Sie zum Tor.«

Eine kleine Tür in dem hohen Tor öffnete sich. »Sie müssen zuerst zur Anmeldung«, sagte der Wärter und führte sie über einen Hof mit vertrocknetem Gras. Auf der anderen Seite standen zwei Wärter.

Wenig später wurde sie einem anderen Wärter übergeben. Er hatte ein rundes, freundliches Gesicht und blondes, raspelkurzes Kraushaar. »Was kann ich für Sie tun, Ma'am?«, fragte er.

»Ich suche meine Freundin, die gestern Abend hergebracht wurde.«

»Nachname?«

»Den kenne ich leider nicht, ich weiß nur, dass sie Jack heißt.«

»Ah, die Frau in Hosen. Sie ist im Hof für die Kautionshäftlinge. Kommen Sie mit.«

Sie überquerten erneut den Hof, vorbei an den grimmig

dreinschauenden Wärtern, und kamen in einen langen, dunklen Korridor. Sie hörte Männerstimmen und rasche Schritte auf einer Eisentreppe. Irgendwo rauschte Wasser. Ihr Blick blieb an dem Strick hängen, der vom Galgen baumelte. Eilig sah sie zu Boden auf ihre Schuhe. Wieder traten sie in den Sonnenschein. Vor ihnen erstreckte sich ein weiterer mit Gras bewachsener, von hohen Mauern umgebener Hof. Gefangene standen herum. Agnes entdeckte Jack. Sie saß mit dem Rücken an die Wand gelehnt auf dem Boden und blickte sich angespannt um.

Als sie Agnes sah, sprang sie auf und rannte auf sie zu.

»Sie haben fünf Minuten«, sagte der Wärter.

»Du bist gekommen!«, rief Jack. »Oh Gott, ich habe die schlimmste Nacht meines Lebens hinter mir.«

»Was ist denn passiert?«, fragte Agnes und spürte, wie einige der in kaum mehr als Lumpen gehüllten, widerlichen Kerle sie mit unverhohlener Neugier anstarrten. »Hier bist du nicht sicher«, sagte sie leise.

»Glaubst du vielleicht, ich wüsste das nicht? Ich habe sie angebettelt, mich in den Frauentrakt zu verlegen, aber ich sei schließlich endlich dort, wo ich hingehöre, haben sie gesagt. Toller Witz, haha!« Sie deutete um sich. »Zwischen Kerlen, die ihre Frauen verprügeln, und gemeinen Saufbolden.«

»Ich verstehe das alles nicht. Wie bist du hierhergekommen?«

»Nachdem ich dich im Hotel abgeliefert hatte, bin ich über den Markt gegangen, um mir ein paar neue Sachen zu kaufen. Männerkleider. Der Mann am Verkaufsstand hat es mir übelgenommen und angefangen, mich zu beschimpfen. Also habe ich ihm eins auf die Nase gegeben. Frag nicht, wie ich das angestellt habe, offensichtlich hat meine Faust genau an der richtigen Stelle getroffen. Jedenfalls ist er umgekippt wie ein Sack Mehl. Und plötzlich waren jede Menge Kerle da, die mich festgehalten haben. Einer wollte mir sogar die Hose runterziehen. Ich habe um mich getreten und geschrien, und dann kam die

Polizei.« Sie beugte sich vor. »Ich bin am Ende, Agnes. Die wollen mich zwei Monate hier festhalten, weil ich die Kaution nicht hinterlegen kann. Ich werde das Schiff verpassen. Und bestimmt werde ich verprügelt, wenn nicht sogar Schlimmeres. Sie könnten mich zwingen, splitternackt zu baden.«

Agnes drehte sich der Magen um. Sie konnte sie förmlich riechen, diese Männer, ihren Schweiß, den Gestank ihrer zerschlissenen Kleider.

»Du musst sie überreden, mich in den Frauentrakt zu verlegen. Der nette Wärter dort drüben am Tor hat mich die letzte Nacht im Auge behalten, aber wer kann schon sagen, was weiter passiert. Für sie ist das ein Spaß … eine Frau, die sich anders anzieht als alle anderen. Sie haben sich schon darüber ausgelassen, was sie mit mir anstellen wollen, sobald sich die Gelegenheit dafür bietet. Aber du, mit deinem hübschen Gesicht und deinen noblen Kleidern, kannst sie bestimmt überreden, dass sie mich von hier wegbringen.«

»Wie hoch ist die Kaution?«, fragte Agnes.

Jack kniff die Augen zusammen. »Höher, als du es dir leisten könntest.«

»Wie hoch?«

»Na ja, normalerweise sind es bei ungebührlichem Verhalten wohl zehn Pfund, aber weil ich wie ein Mann angezogen bin, hat der Haftrichter die Summe auf zwanzig erhöht.«

Zwanzig Pfund. Ihr ganzes Geld. Agnes schnappte nach Luft. Doch dann vernahm sie Jacks Stimme, wie sie der sterbenden Gracie schottische Volkslieder vorgesungen hatte, und wusste auf einmal, dass sie sie auf keinen Fall hierlassen konnte, auch nicht im Frauentrakt.

Sie winkte den Wärter herbei.

»Nein, Agnes. Das kann ich nicht zulassen«, sagte Jack.

»Bitte bringen Sie mich zum Haftrichter«, sagte Agnes. »Ich nehme Jack mit.«

Obwohl sie so schnell wie möglich in Pepperman's Büro wollte, ließ Agnes es sich nicht nehmen, Jack bis zum Bahnhof zu bringen. Sie standen in der Sonne auf dem Bahnsteig. »Hast du jetzt überhaupt noch Geld übrig?«, fragte Jack.

»Ja, ja, es wird reichen«, log Agnes, weil sie wusste, dass Jack ohnehin schwere Gewissensbisse quälten. »Mach dir um mich keine Sorgen.« Aber Agnes war sehr besorgt. Sie musste dringend Genevieve sprechen. Und falls sie, wie Jack angedeutet hatte, tatsächlich nichts mit ihrer Tochter zu tun haben wollte, musste sie zurück an Bord, bevor die Persephone am Abend die Segel hisste.

Sie musste es wissen, heute noch.

»Los, geh schon«, sagte Jack. »Du bist ohnehin schon mit einem Fuß unterwegs, und in fünf Minuten kommt der Zug, da kann wohl nichts mehr passieren.«

»Wenn du sicher bist.«

»Mach schon, such diesen Pepperclogs oder wie sein alberner Name auch immer lauten mag. Such deine Mama. Und richte ihr von mir aus, dass du auch ohne ihre Hilfe ein feiner Mensch geworden bist.«

Agnes schloss Jack in die Arme und wollte sie gar nicht mehr loslassen. Angst stieg in ihr auf. Am liebsten wäre sie in den Zug gestiegen und nach Colombo zurückgesegelt, um herauszufinden, ob der Dampfer ihr Rückfahrbillett akzeptieren würde, damit sie nach Hause zu Marianna und Julius konnte.

Andererseits war sie ihrem Ziel so nahe.

Sie ließ Jack los. »Auf Wiedersehen, meine treue Freundin.«

»Eines Tages wirst du mich finden. Denn das kannst du besonders gut.« Sie lachte.

»Das werde ich, Jack.« Agnes wandte sich um und ging davon. Sie überquerte die Straße. Auf einmal hörte sie das schrille Pfeifen der Lok, als der Zug einfuhr, und drehte sich um, doch Jack war in einer weißen Dampfwolke verschwunden.

Agnes ging viermal an Peppermans Büro vorbei, ehe sie es endlich fand. Der bullige Kerl gestern Abend hatte gesagt, es liege direkt hinter dem Theater. Eigentlich hatte sie etwas Feudaleres erwartet. Stattdessen stand sie vor einem einfachen Holzhaus mit einer heruntergekommenen Veranda. Erst als sie läutete und eintrat und nichts geschah, entdeckte sie eine im Dunkel liegende Treppe zu ihrer Rechten und den Namen PEPPERMAN auf einem Schild in Form eines Pfeils. Die Stufen knarzten. Schließlich stand sie vor drei geschlossenen Türen. Eine war als George Peppermans Büro ausgewiesen. Sie öffnete sie und trat ein.

Eine mausgesichtige junge Frau sah sie an. »Wer sind Sie?«

In dem großen Raum war nur ein mit Tintenflecken übersäter Schreibtisch, an dem die junge Frau Unterlagen sortierte. Schachteln und Kartons standen herum. Agnes dachte daran, was die beiden seltsamen Männer gestern Abend gesagt hatten: *Die wollen verduften, aber sie schulden uns noch Geld.*

»Ich suche Genevieve«, sagte Agnes.

»Genevieve kommt heute nicht.«

»Wo finde ich sie dann?«

Ein boshaftes Lächeln breitete sich auf dem Gesicht des Mausmädchens aus. »Das ist ja wohl ihre Sache.«

Agnes spürte, wie ihr gleich der Kragen platzte. Genevieve durfte ihr kein weiteres Mal entwischen. Sie überlegte kurz, ob sie das Mädchen anbetteln sollte, aber eine kleine Finte würde eher ihren Zweck erfüllen.

»Wer wollte sie denn sprechen?«, fragte die junge Frau.

»Agnes Resolute«, antwortete Agnes. »Auf Wiedersehen.«

Sie ging die Treppe hinunter und betrat ein kleines Café auf der anderen Straßenseite mit einer blauweiß gestreiften Markise und Petunien auf den Fensterbrettern, suchte sich einen Tisch am Fenster und investierte eine Sixpence-Münze von ihrem Lohn für einen Kaffee und ein Sandwich. Damit blieben ihr, nach Abzug des Zimmers bei Mrs Hardwicke, noch sieben Shillinge. Sieben Shillinge, und sie befand sich am anderen Ende der Welt. Sie holte tief Luft. Ein paar Männer in der anderen Ecke des Gastraums gerieten in Streit. Agnes beobachtete das Haus auf der anderen Straßenseite. Die Zeit kroch dahin. Ihre Verzweiflung wuchs.

Endlich ging die Tür auf, das Mausmädchen kam heraus und überquerte die Straße. Einen Moment lang fürchtete Agnes, sie betrete das Café, doch sie verschwand in die entgegengesetzte Richtung. Machte sie Mittagspause, oder ging sie zur Bank? Agnes hatte keine Ahnung. Wichtig war nur die Frage, wie sie sich Zugang zu dem Büro verschaffen sollte.

Sie wartete, bis eine Pferdekutsche vorbeigerattert war, dann ging sie über die Straße und die Treppe hinauf. Die Tür war abgeschlossen. Natürlich. Sie kramte zwei Haarnadeln aus ihrer Handtasche und straffte die Schultern. Vielleicht klappte es ja.

Sie fummelte im Schloss herum, doch es wollte einfach nicht aufgehen. Ihre Hände begannen zu zittern. »Verflixt und zugenäht«, stieß sie hervor und zwang sich, ihre Hände still zu halten.

»Haben sich wohl ausgeschlossen, was?«

Agnes drehte sich um und sah einen Gentleman mittleren Alters mit schimmernder Glatze und einem sorgfältig geölten Schnäuzer vor sich stehen. »Ich … ja.«

»Hier.« Er zog einen Schlüssel aus der Tasche und schloss die Tür auf. »Sagen Sie nicht, ich wäre kein netter Vermieter.«

»Sie sind der beste Vermieter«, erwiderte Agnes und dankte Gott im Stillen, dass sie ihr Seidenkleid und Samthandschuhe trug und sie deswegen niemand für eine gemeine Einbrecherin hielt, obwohl sie genau das war. »Ich werde es Mr Pepperman berichten.«

Er lächelte, wobei winzige Fältchen um seine freundlichen Augen erschienen, und schloss das Büro gegenüber auf.

Agnes' Herz raste.

Wo sollte sie anfangen?

Sie ging zum Schreibtisch, an dem das Mausmädchen gesessen hatte. Briefe. Auf Briefen standen Adressen. Sie streifte ihre Handschuhe ab und durchsuchte die Schubladen, fand jedoch nichts außer leeren Tintenfässern und Löschpapier. Schließlich entdeckte sie eine kleine Metallkassette unter dem Schreibtisch und öffnete sie. Briefe! Doch sie waren allesamt an die Anschrift hier adressiert, nicht an Genevieves private Adresse.

Als Nächstes nahm sie sich die Kartons vor. Sie waren noch nicht zugeklebt, Programmhefte, Abrechnungen, Plakate, Bücher, Karten, eine Rechenmaschine, Stifte und noch mehr Tintenfässer. Ihre Finger wurden wund von den scharfen Kanten. Endlich stieß sie auf einen Stapel Briefe. Sie löste das Bändchen – alle an die Geschäftsadresse. Mit einer Ausnahme. Der Umschlag fühlte sich an, als würde eine Karte darin stecken. Sie drehte ihn um und sah, dass er an Mr und Mrs Pepperman in der Gertrude Street adressiert war.

Wo war die Gertrude Street?

Ihr fiel ein, dass sie in einem Karton einen Stadtplan gesehen hatte, und machte sich auf die Suche. Schließlich fand sie ihn. Die Straße war gleich um die Ecke.

Agnes ließ alles stehen und liegen.

Sie bog in eine ruhige, von Reihenhäusern gesäumte Wohnstraße und blieb vor dem Haus stehen. Das Tor gab ein lautes Quietschen von sich, als sie es aufmachte, und sie zuckte zusammen. Sie ging durch den kleinen, überwucherten Vorgarten und die drei Stufen zur Haustür hinauf. Mit klopfendem Herzen läutete sie.

Nichts geschah. Sie läutete ein zweites Mal und klopfte ungeduldig. »Hallo? Ist jemand zu Hause?«

Sie drehte den Türknauf. Zu ihrer Verblüffung war die Tür nicht abgeschlossen.

Agnes blickte über ihre Schulter. Ein Weißdornstrauch versperrte die Sicht auf die Straße, und sie hörte weder Schritte noch Hufgeklapper. Das letzte Mal hatte sie in Colombo ein unverschlossenes Haus betreten. Womöglich war dieses hier ebenfalls ausgeräumt. Schuldbewusst schlüpfte sie hinein.

»Hallo?«, rief sie noch einmal. »Genevieve?« Erleichtert stellte sie fest, dass jemand hier lebte. Sie stand in einer Diele, von der mehrere Türen abgingen. Sie spähte in die Zimmer. Warum um alles in der Welt war das Haus nicht abgeschlossen? Es war edel möbliert, wenngleich nichts an den Wänden hing. Eine Treppe führte hinauf zu zwei winzigen Zimmern, die auf die Straße hinausgingen. In einem stand ein Himmelbett, das Bett war mit bestickter Leinenwäsche bezogen. Im anderen Zimmer erblickte sie lediglich einen Stuhl am Fenster, sonst nichts.

Verwirrt ging Agnes nach unten. Wohnte Genevieve tatsächlich hier? Wieso war es nicht abgeschlossen? Kam sie jeden Moment nach Hause? Und was würde sie dann sagen, wenn sie Agnes hier vorfand? Sie wollte gerade das Haus verlassen, als sie das Quietschen des Gartentors hörte.

Hektisch sah sie sich um. Links von ihr befand sich ein eingebauter Garderobenschrank. Sie schlüpfte hinein und zog die Tür gerade noch rechtzeitig zu, als die Haustür geöffnet wurde und ein scharfer, aromatischer Geruch hereinwehte, der ihr irgendwie bekannt vorkam.

Sie vernahm Männerstimmen. Es waren die beiden Gentlemen, die sie gestern Abend am Bühneneingang des Theaters gesehen hatte.

»Wie viel musstest du der Haushälterin geben, damit sie die Tür offen lässt?«, fragte der eine – der jüngere, wie Agnes vermutete.

»Zwei Shilling, aber bestimmt hätte sie es auch umsonst getan. Genevieve kann keiner leiden.«

»Außer Pepperman.«

»Dieser Idiot.«

Agnes wich zurück und ließ sich auf den Schrankboden sinken. Mäntel und Ärmel hingen ihr ins Gesicht. Es war dunkel; lediglich ein winziger Streifen Licht drang durch den Spalt zwischen Türblatt und den Scharnieren. Ihr Herz schlug so laut, dass sie ihre eigenen Gedanken kaum hören konnte. Wahrscheinlich wollten die Männer unerlaubterweise Sachen mitnehmen, weil Pepperman ihnen Geld schuldete. Ob sie wohl den Schrank öffneten, um seine Manteltaschen zu durchwühlen? Vielleicht gingen sie ja zuerst nach oben, dann könnte sie die Flucht ergreifen.

»Wann kommt sie wieder?«, fragte der eine.

»Die Haushälterin sagt, normalerweise zwischen zwei und drei.«

»Wird sie nicht ziemlich überrascht sein, wenn sie uns hier vorfindet?«

»Wird Pepperman nicht ziemlich überrascht sein, wenn er Lösegeld für sie bezahlen muss?«

Sie lachten. »Mach deine Pfeife aus, Mann«, sagte der eine. »Sonst kann sie uns riechen, noch bevor sie uns sieht.« Die Stimmen wurden leiser, als sie in ein Zimmer gingen. »Nein, nein, lass die Tür offen. Wir wollen doch hören, wenn sie nach Hause kommt.«

Also waren sie nicht hier, um das Haus zu plündern, sondern um Genevieve zu entführen. Agnes zwang sich, die schale Luft einzuatmen. Sie schloss die Augen und versuchte, sich alles ins Gedächtnis zu rufen, was sie auf ihrem flüchtigen Rundgang durchs Haus gesehen hatte. Das Zimmer, in dem die beiden Männer warteten, befand sich schräg gegenüber von dem Wandschank. Wenn sie die Tür öffnete, würden sie es zweifelsohne merken. Und sie ließen sie wohl kaum laufen, weil sie nur zu gut wussten, dass Agnes geradewegs zur Polizei gehen würde.

Die Eingangstür war bloß ein paar Meter entfernt, könnte

jedoch ebenso gut am anderen Ende der Welt sein. Selbst wenn sie es schaffte, aus dem Haus zu flüchten, könnten sie sie im Garten schnappen, ohne dass es jemand auf der Straße bemerkte. Sie schlug die Augen auf und tastete nach irgendetwas, das sich als Waffe benutzen ließe. Gehörte Genevieve zu den Menschen, die eine Pistole in der Manteltasche hatten? Agnes bewegte sich und stieß sich den Kopf an. Eine geschlagene Minute verharrte sie reglos. Aber es kam keiner. So leise wie möglich tastete sie die Taschen und das Regal über ihrem Kopf ab. Nichts. Dann fiel ihr der lederne Korb mit den Spazierstöcken neben der Eingangstür wieder ein. Wenn es ihr gelänge, einen zu fassen zu bekommen, bevor …

Das Risiko war sehr groß. Sie hatte keine Ahnung, wie spät es war, aber eine halbe Stunde war bestimmt vergangen. Die Männer unterhielten sich nicht mehr über Genevieve, sondern über ihre Frauen und ihre Pläne, als wäre die Entführung eines Menschen eine Bagatelle. Wäre sie heute Morgen doch nur mit Jack auf das Segelschiff zurück. Aber nein. Dann würden diese Männer Genevieve kidnappen. Ob Pepperman das Geld aufbringen konnte, um sie loszukaufen? Es schien, als hätten sie alles von Wert bereits verkauft und als würde Pepperman das Theater aufgeben. Würden sie sie ermorden oder einfach irgendwo sterben lassen?

Doch Agnes hatte immer noch die Chance, Genevieve zu warnen und sie womöglich sogar zu retten.

Entschlossen ordnete sie ihre Gedanken. Aus dem Schrank. Drei Schritte, dann hätte sie einen Spazierstock in der Hand. Zur Tür hinaus, sich notfalls gegen die beiden Männer verteidigen und dann die Beine in die Hand nehmen. Sie hatte keine Ahnung, wo das Polizeirevier war, aber den Weg zum Gefängnis würde sie finden. Dort half man ihr sicher weiter. Die Verbrecher würden geschnappt werden, und Genevieve wäre in Sicherheit. Und unendlich dankbar.

Agnes wollte die Tür aufdrücken, als das Gartentor erneut quietschte.

»Nein!«, stieß sie leise hervor.

»Sie kommt«, sagte einer der Männer.

Agnes erstarrte. Die Haustür ging auf, dann ertönten Schritte in der Diele, und der Garderobenschrank wurde geöffnet. Genevieve stand vor ihr und wollte ihren Mantel ausziehen. Bei Agnes' Anblick riss sie die Augen auf. Den Moment, wenn sie ihrer Mutter das erste Mal gegenüberstand, hatte Agnes sich wahrlich anders vorgestellt.

»Lauf!«, rief Agnes.

Genevieve brauchte keine weitere Warnung. Sie wirbelte herum und rannte los.

Als die Haustür aufgerissen wurde und gleißendes Sonnenlicht in die Diele fiel, kamen die beiden Männer aus dem Zimmer gelaufen und setzten Genevieve nach. Trotz ihrer von der unnatürlichen Haltung verkrampften Muskeln sprang Agnes aus dem Garderobenschrank und stürzte zu dem Lederkorb mit den Stöcken neben der Haustür. Sie ergriff einen Stock, während Genevieve vor dem Haus schreiend mit den beiden rang. Agnes hob den Stock an, machte zwei Schritte und ließ ihn mit aller Kraft auf den Hinterkopf des einen Mannes sausen. Ein lautes Knacken war zu hören, und der Mann fiel auf die Knie und knallte auf die oberste Stufe, ehe er sich zu fangen schien und sich schwankend erhob. Schreiend versuchte Genevieve, sich aus dem Griff des anderen zu befreien, der sie am Ärmel gepackt hielt. Sie klammerte sich verzweifelt an das Gartentor, als der Kerl sie fortzerren wollte.

»Wer sind Sie?«, brüllte er, als Agnes sich mit erhobenem Gehstock näherte.

»Ich bin ihre Tochter!«, rief sie und ließ den Stock ein zweites Mal niedersausen. Der Mann bekam den Stock zu fassen, gleichzeitig ließ er Genevieve los, die das Tor aufriss und laut um Hilfe schreiend auf die Straße hinausrannte. Überall gingen Türen auf, Leute traten aus den Häusern, und ein stämmiger Kerl mit buschigem blondem Bart kam vom Nachbargrundstück herüber.

Der Entführer blickte zwischen Agnes und dem Bärtigen hin und her. Genevieve war inzwischen ein gutes Stück die Straße hinuntergelaufen.

»Warten Sie!«, schrie Agnes und setzte ihr nach.

Der Mann packte sie. Sein Kumpan kam wieder auf die Füße, doch der Bärtige hielt geradewegs auf ihn zu und brüllte: »Lassen Sie sie sofort los!« Der Mann ließ von Agnes ab. Genevieve war bereits rund hundert Meter entfernt.

»Kommen Sie zurück!«, schrie Agnes und rannte so schnell, wie sie nur konnte. Ihr Herz klopfte wie verrückt, und ihre Lunge drohte zu bersten. »Genevieve, halt!«

Genevieve drosselte ihre Schritte nicht, aber Agnes war jünger und schneller. Endlich holte sie sie ein. »Wo wollen Sie denn hin?«, japste sie. »Zur Polizei?«

»Wer sind Sie? Was geht Sie das an?«

»Ich bin Agnes. Ihre Tochter.«

Genevieve musterte sie von oben bis unten, ohne langsamer zu werden. »Nein, das sind Sie nicht.«

Agnes' Herz zog sich zusammen. »Doch, das bin ich. Ich kann es sogar erklären. Wir müssen irgendwo hingehen, wo es ruhig ist.«

»Genau das habe ich vor. Kommen Sie mit. Stopp!« Sie streckte die Hand aus und wollte einen vorbeifahrenden Pferdekarren anhalten. Als der Kutscher nicht reagierte, holte sie einen Fünfpfundschein aus ihrer Handtasche und wedelte hektisch damit. Augenblicklich brachte der Kutscher das Gefährt zum Stehen. Genevieve rannte los, dicht gefolgt von Agnes.

»Aber meine Kisten bleiben, wo sie sind«, sagte der Mann.

»Ja, ja, schon gut. Hier.« Sie reichte ihm das Geld und schwang sich auf den Karren. Dann reichte sie Agnes die Hand und zog sie hoch. »Bringen Sie uns nach Albion, auf die nördliche Seite der Bourke Street.«

»Alles klar, Ladies«, sagte der Kutscher und fuhr los.

Agnes hockte zwischen zwei Obstkisten, Genevieve hatte sich ihr gegenüber hingesetzt. Ihre Wangen waren gerötet.

»Sie glauben also, meine Tochter zu sein?«, sagte Genevieve, während der Karren die Straße entlangholperte, und arrangierte sorgsam die Nadeln in ihrem hellen Haar.

Agnes drehte sich um, um zu sehen, ob die Männer ihnen gefolgt waren, doch die Straße lag still da, als hätte sich nichts Dramatisches ereignet. »Ich bin Agnes Resolute. Ich bin im Kinderheim Perdita Hall in Hatby aufgewachsen. Kennen Sie es?«

»Ja, ich habe meine Kindheit in Hatby verbracht. Aber das heißt noch lange nicht, dass Sie …«

»Ich wurde als Baby mit einem Einhornknopf dort abgegeben, dieselben Knöpfe sind an dem Mantel, den Sie zehn Jahre später aussortiert haben. Und Miss Candlewick sagte einmal, ich wäre wie Sie. Aus demselben Holz geschnitzt …« Nun, da sie die Worte laut aussprach, wurde ihr mit einem Mal bewusst, wie lächerlich sie klangen.

Genevieve musterte sie, und Agnes merkte, wie es in ihrem Kopf arbeitete. »Dort ist der Knopf also gelandet. Eigentlich habe ich den Mantel nur weggegeben, weil er gefehlt hat. Es war mein Lieblingsmantel, und die Knöpfe waren handgefertigt. Mrs Connor aus der Kurzwarenhandlung hat sie gemacht. Sie war gestorben, deshalb konnte ich sie nicht um einen neuen bitten und musste mich von dem Mantel trennen. Wie bedauerlich!«

Agnes wusste nicht, was sie sagen sollte. Sie hatte sich ausgemalt, Genevieve würde sie mütterlich umarmen oder aber eiskalt zurückweisen. Nie im Leben wäre es ihr in den Sinn gekommen, dass Genevieve hier sitzen und sich über ihre handgefertigten Knöpfe und den bedauerlichen Umstand auslassen würde, dass sie ihren Lieblingsmantel nicht mehr hatte tragen können.

»Jedenfalls«, sagte Genevieve und strich ihren Rock glatt, »bin ich nicht Ihre Mutter.«

»Ich kann mir ja vorstellen, dass es eine ziemliche Überraschung sein muss, aber …«

»Also wirklich«, erwiderte Genevieve mit mehr Nachdruck. »Ich denke, ich hätte es mitbekommen, wenn ich ein Kind zur Welt gebracht hätte. Habe ich aber nicht.«

»Aber …«

»Du scheinst ein nettes Mädchen zu sein, aber ich bin nicht deine Mutter, Schätzchen, sondern deine Tante. Marianna, meine Schwester, ist deine Mutter.«

Es ist ein Schock. Die Zeit scheint stillzustehen. Eine Erinnerung wird wach. Das stille Haus am Belgrave Place. Sie sitzt in einmütigem Schweigen neben Marianna, die Stickarbeit auf ihrem Schoß. Marianna blickt aus dem Fenster auf die Orangenbäume. Es ist windig und ein wenig regnerisch, doch im Haus ist es gemütlich und warm. Marianna wendet sich ihr zu. »Ist dir eigentlich klar, wie selten man Menschen findet, mit denen man auf angenehme Weise schweigen kann?«

»Sehr selten, nehme ich an«, erwidert Agnes, in deren Leben es noch nie wirklich still zugegangen ist.

»Wir sind aus demselben Holz geschnitzt, Agnes«, sagt Marianna.

Agnes lächelt. Aus demselben Holz geschnitzt. Ja, das sind sie, Marianna und sie. Sie verbindet eine Liebe, die es nur zwischen Mutter und Tochter gibt.

Schließlich kam der Karren ein Stück südlich vor dem Telegrafenamt zum Stehen. Die Straße war verstopft, überall am Straßenrand standen Pferde und Karren.

»Hier steigen wir ab«, sagte Genevieve gebieterisch. Sie kletterte vom Wagen und strich ihren Rock glatt.

»Wo willst du denn hin?«, fragte Agnes.

»Du kannst nicht mitkommen«, sagte Genevieve, half Agnes jedoch vom Karren und ergriff ihren Ellbogen, als er sich mit einem Ruck wieder in Bewegung setzte.

Genevieve ging auf ein zweigeschossiges Haus mit einer Statue von Königin Victoria auf dem Giebel zu, öffnete die Tür und trat ein, Agnes dicht hinter ihr. Zigarrenrauch hing in der Luft. An der Bar standen mehrere Männer; die Tische waren bis auf eine Familie, die beim Mittagessen saß, leer. Genevieve suchte einen Tisch im hinteren Teil des Gastraums aus, setzte sich und nahm ihren Hut ab.

»Verfolgst du mich etwa?«, sagte sie zu Agnes.

Agnes zog einen Stuhl heran und setzte sich. »Nur wegen dir bin ich den ganzen Weg von England hierhergekommen und …«

»Aber ich bin nicht deine Mutter, Liebes«, unterbrach Genevieve sie. »Verstehst du?«

»Natürlich. Aber was ist passiert?«

Ein großer schlanker Mann trat an den Tisch. »Ihre Tasche, Mrs Pepperman.«

Genevieve lächelte ihn an. »Vierzehn Pfund und keine Unze mehr?«

»Alles in Ordnung, Ma'am.«

»Danke, James. Sie waren George und mir stets ein guter Freund.« Sie reichte ihm eine Fünfpfund-Note.

Der Mann schlurfte davon, und Genevieve wandte sich wieder Agnes zu. »Vierzehn Pfund. Mehr darf ich nicht mitnehmen.«

»Wohin mitnehmen?«

»In die Kutsche. Gegenüber ist das Büro von Cobb & Co. In zwei Stunden verlasse ich die Stadt, um George, meinen Mann, zu treffen.« Sie lächelte sittsam. »Meinen gegenwärtigen Ehemann. Wir sind ziemlich hoch verschuldet. Ich fange ein neues Leben an. Mit einem Vermögen von vierzehn Pfund.«

Dies war die Frau, die Agnes sich als ihre Mutter vorgestellt hatte, doch nun, da sie ihr leibhaftig gegenübersaß, stellte sie fest, dass sie nicht im Mindesten beeindruckt war.

»Und wo triffst du ihn?«

»Das werde ich dir wohl kaum auf die Nase binden, Kind. Leute, die abhauen, weil sie ihre Schulden nicht bezahlen können, hängen es nicht an die große Glocke, also nimm es nicht persönlich.« Sie blickte auf die Uhr über der Bar. »Aber du wirst so lange hier sitzen bleiben, bis ich dir von Marianna und Emile erzählt habe, stimmt's?«

»Wer ist Emile?«, fragte Agnes, obwohl sie die Antwort bereits kannte. Das war ihr Vater. *Emile.*

Genevieve begann zu erzählen, während ihr Blick immer wieder zur Uhr schweifte und sie angespannt mit den Fingern auf die Tischplatte trommelte. Als sie geendet hatte, wusste Agnes, was sie zu tun hatte.

»Also«, sagte Genevieve. »Bist du jetzt zufrieden? Du hast eine lange Reise gemacht, um all das zu erfahren. Gehst du jetzt zu Marianna? Ich kann dir ihre Adresse geben.«

»Ich weiß, wo sie wohnt«, sagte Agnes widerstrebend, weil sie keine Lust verspürte, Genevieve in all ihre Abenteuer einzuweihen. »Ich werde so schnell wie möglich nach London zurückkehren. Soll ich ihr etwas ausrichten?«

»Wahrscheinlich will sie nichts von mir wissen, Liebes, und ich habe weder ihr noch Julius etwas mitzuteilen.« Genevieve zog einen Kamm aus ihrem Haar. »Hier. Ein Andenken an deine Tante. Danke, dass du mir geholfen hast, diesen Verbrechern nicht in die Hände zu fallen.«

Agnes verzichtete darauf, sie darauf hinzuweisen, dass rein rechtlich gesehen sie die Verbrecherin war, wenn sie diesen Männern Geld schuldete und es nicht zurückzahlte. Stattdessen nahm sie den wie ein Schmetterling geformten, perlenbesetzten Markasitkamm, und ihr wurde schmerzlich bewusst, dass sie sich am falschen Ende der Welt befand.

»Wann geht dein Schiff?«, fragte Genevieve und blickte erneut zur Uhr.

»Das Schiff, mit dem ich hergekommen bin, legt heute Abend ab.«

Genevieve musterte sie. »Dann solltest du dich lieber beeilen. Es ist fast fünf, und der letzte Zug zur Sandrige Pier fährt bald.«

»Der letzte …« Sie war so darauf fixiert gewesen, das Schiff könnte ohne sie ablegen, dass sie an den Zug gar nicht gedacht hatte. »Wie komme ich zum Bahnhof?«, rief sie und sprang auf.

Genevieve hob den Arm. »Da entlang. Oh, aber du willst doch nicht gehen, ohne deine Tante Genevieve zu umarmen, oder?«

Sie erhob sich und schloss Agnes in die Arme. »Es war mir ein Vergnügen, dich kennenzulernen.«

»Mir auch«, sagte Agnes, doch die Worte fühlten sich nicht richtig an. In Wahrheit war es alles andere als ein Vergnügen gewesen.

So einfach, wie es den Anschein gehabt hatte, war es letztlich nicht, zum Bahnhof zu gelangen. Zuerst musste Agnes ins Hotel zurück und ihre Koffer holen. Mrs Hardwicke knöpfte ihr den Betrag für eine weitere Übernachtung ab, weil sie das Zimmer nicht anderweitig hatte vergeben können, und brauchte so lange für die Abrechnung, dass Agnes der alten Frau ihr restliches Geld hinwarf, ihr Gepäck schnappte und loslief.

Sie erreichte das Bahnhofsgebäude gerade noch rechtzeitig, um den Zug im einsetzenden Regen davonfahren zu sehen. Agnes stand inmitten einer Wolke aus Kohlestaub und stinkenden Fischabfällen und stieß jeden Fluch aus, den sie nur kannte.

Sie ließ ihre Koffer auf den Bahnsteig fallen, setzte sich darauf und schlug die Hände vors Gesicht. Sie hatte kein Geld mehr, um eine Kutsche zu nehmen oder wie Genevieve den Fahrer eines Obstkarrens zu bestechen. Die Persephone legte heute Abend ab und …

Agnes hob den Kopf. Die Bahnlinie führte direkt zum Hafen. Sie brauchte keinen Zug. Jack hatte ihr erzählt, es seien gerade einmal drei Meilen zur Pier.

Sie stand auf und nahm ihre Koffer, merkte jedoch sehr schnell, dass der größere zu schwer war und sie nur behindern würde. Also klappte sie ihn auf, nahm das saphirblaue Abendkleid aus Paris heraus und stopfte es in den kleineren Koffer. Da sie ihn nicht mehr zubekam, ließ sie ihr Ersatzkorsett, ihre Ersatzschuhe und alles andere, was sie nicht brauchte, am Bahnsteig zurück.

Mit dem kleinen Koffer in der Hand sprang Agnes auf die Bahngleise und machte sich auf den Weg zum Hafen.

Es regnete. Das anfängliche Nieseln ging bald in Starkregen über, und sie war bis auf die Haut durchnässt. Schließlich hörte es auf, und die Wolken verzogen sich. Sie marschierte über den Fluss und aus der Stadt hinaus, quer über den Streifen Buschland, während die rotgoldene Sonne unterging. Die Schreie der Möwen verrieten ihr, dass der Hafen nicht mehr allzu weit entfernt war. Sie kam an Geschäften und Lagerhäusern vorbei. Ihre Füße waren nass und schmerzten, und sie spürte ihre Hand nicht mehr, in der sie den Koffer trug. Nach etwa einer Stunde kamen die Schiffe an der Pier in Sicht. Agnes hielt nach der Persephone Ausschau, konnte sie jedoch nirgendwo entdecken. Sie blieb stehen, sah sich noch einmal um.

»Alles in Ordnung, Mädchen?«

Agnes fuhr herum und erblickte einen Mann, der mit einer Pfeife in der Hand auf einem Fass saß. Sie kämpfte gegen ihre aufsteigende Panik an und fragte ihn, ob er wisse, wo die Persephone sei.

»Die Persephone? Die hat vor einer halben Stunde ihren Ankerplatz verlassen.«

»Nein!«, schrie Agnes. »Das kann nicht sein! Jetzt komme ich nicht mehr nach England zurück, zu meiner Mutter!«

»Nur die Ruhe, Mädchen«, sagte der Mann, stand auf und deutete aufs Meer hinaus. »Sie liegt über Nacht vor Anker in der Bucht. Die Segel setzt sie erst morgen früh.«

»Wie komme ich dorthin?«

»Mein Freund Frank hat ein Ruderboot. Gegen ein bisschen Bares kann er Sie rüberrudern.«

Bares. Sie hatte kein Geld mehr.

»He, Frank, komm mal her. Kannst du das Mädchen hier zur Persephone bringen?«

Frank war ein großer, schlanker Mann mit schmutzigen Pranken und einer noch schmutzigeren Mütze. »Schon. Für einen Shilling.«

»Ich habe kein Geld, ich …«, sagte sie, als ihr Genevieves Kamm wieder einfiel. Sie holte ihn heraus. »Nehmen Sie auch den hier?«

Frank beäugte den Kamm. »Der ist aber mehr wert als ein Shilling.«

»Ich würde sogar sagen, er ist mehr wert als ein Pfund. Oder gar zehn«, gab Agnes zurück. »Aber ich muss unbedingt auf das Schiff.«

Frank lächelte. »Dann kommen Sie mal mit.«

Nachdem sie zu Franks Bootshaus gegangen und das Ruderboot zu Wasser gelassen hatten, war es dunkel, und Agnes war völlig erschöpft. Frank ruderte sie hinüber, vorbei an den Schiffen, deren Masten und Takelage sich schwarz vor dem abendlichen Himmel abhoben. Schließlich kam die *Persephone* in Sicht. »Ahoi, Ahoi, Persephone!«, rief Frank.

Agnes sah den Schein einer Lampe aufblitzen, und ein älterer Matrose blickte über die Reling. »Wenn das nicht Miss Agnes ist! Da wird sich Jack aber freuen.« Er wandte sich um und rief, man solle die Strickleiter bringen. Kurz darauf war Agnes an Bord. Sie hatte es geschafft.

Jack, die die Neuigkeit bereits gehört hatte, kam aus der Kombüse gelaufen und schlang die Arme um Agnes. Sie roch nach gekochten Kartoffeln. »Sie wollte dich nicht haben? Wunderbar! Du bist wieder bei uns!«

»Es ist ein bisschen komplizierter. Aber … jetzt muss ich mich erst mal ausruhen. Können wir nach dem Abendessen weiterreden?«

»In Ordnung. Ich lasse dich in Ruhe. Tut mir leid, dass sich die Dinge nicht so entwickelt haben, wie du es dir gewünscht hast.«

»Das muss dir nicht leidtun.« Agnes lächelte. »Ich bin nur … ich bin nur weit weg von meinem eigentlichen Bestimmungsort, Jack.«

»Aber jetzt stimmt wenigstens die Richtung?«

»Ja«, antwortete Agnes und blickte zu den Sternen. »Zum ersten Mal seit langer, langer Zeit.«

GEGENWART

☆

Nach einer knappen Woche gemeinsam mit meiner Mutter zeigt sich auf erschreckende Weise, wie sehr sie bereits abgebaut hat. Sie ist abwechselnd bei klarem Verstand oder völlig umnachtet, redet wirres Zeug. Manchmal sieht sie mich an, als wäre mein Gesicht eine Art Puzzle, das es zu lösen gilt: Sie versucht konzentriert, die einzelnen Teile zu finden, und dann … ist sie wieder voll da, und wir tun so, als hätte es diese grauenvollen Momente niemals gegeben.

Dr. Chaudry kommt jeden Tag vorbei. Sie ist jung und sehr nett, und Mum ist ganz begeistert von ihr, auch wenn es sie nicht davon abhält, über sie abzulästern, sobald sie wieder weg ist. Zu Beginn der zweiten Woche rufe ich bei ihr an und vereinbare einen Termin für ein Gespräch ohne Mum. Ihre Praxis befindet sich über einem Sanitätsgeschäft hinter der Hauptstraße von Portishead. Es ist ein kühler Morgen, und der Nebel hat sich verzogen. Ich liebe den Geruch der Luft hier in der Gegend, frisch und salzig, ganz anders als in meinem City-Apartment, wo mir an heißen Tagen allenfalls der Gestank nach Abgasen und altem Fett von der Lieferservicebude an der Ecke entgegenweht, wenn ich das Fenster aufmache. In der Ferne kreischen Möwen. Ich atme tief ein.

Im Wartezimmer sitzen zwei ältere Herren und eine junge Mutter mit einem schlafenden Baby. Es sieht so winzig aus, als wäre es gerade erst zur Welt gekommen. Die Mutter … sie kann höchstens fünfzehn oder sechzehn sein, und wieder wird mir schlagartig bewusst, dass scheinbar jeder in der Lage ist, sich fortzupflanzen, nur ich nicht. Dieses Mädchen darf noch nicht wählen oder Autofahren, aber sie ist Mutter. Die Lippen fest auf die glatte, weiche Stirn des Winzlings gepresst, wiegt sie ihn geistesabwesend hin und her.

Kaum habe ich mich auf einen der mit kariertem Stoff bezogenen Stühle gesetzt, geht eine Tür auf, und Dr. Chaudry ruft mich herein.

»Freut mich, Sie wiederzusehen, Tori«, sagt sie. »Ich nehme an, Sie wollen über Ihre Mum sprechen?«

»Genau.«

»Setzen Sie sich doch.« Ich nehme Platz. Seltsamerweise bin ich nervös.

»Sie machen Ihre Sache sehr gut. Ihre Mum blüht regelrecht auf, seit Sie hier sind.«

»Danke, aber außer dass ich sie liebe, tue ich eigentlich nichts.«

»Nun ja, die Liebe wird in der Medizin häufig unterschätzt.« Sie lächelt mich an.

»Andererseits wird sie durch Liebe auch nicht wieder gesund, oder?«, erwidere ich. »Ich habe gehofft, Sie könnten mir etwas Genaueres über ihren … Zustand und die eventuelle Prognose sagen.«

Dr. Chaudry erklärt mir die Zusammenhänge, wobei sie den einen oder anderen medizinischen Fachbegriff für mich übersetzen muss, doch zumindest in groben Zügen verstehe ich, was sie mir sagen will. »Alzheimer im mittleren Stadium«; »…schreitet ein bisschen schneller fort, als es üblicherweise der Fall ist«; »…die Sicherheit außerhalb des Krankenhauses oder in einer Pflegeeinrichtung ist nicht gewährleistet«; »ein, zwei oder gar drei Jahre, bis sie in eine Vollzeitpflegeeinrichtung überwiesen werden muss«; »ich kenne Ihre Pläne nicht«

und so weiter. Kurz gesagt: Mum ist schwer krank, und sie wird nicht wieder gesund, allenfalls verschlechtert sich ihr Zustand noch. Schätzungsweise bleiben ihr noch etwa zwei gute Jahre, ehe sie vollends in der Umnachtung versinkt. Danach muss sie in einem Hospiz gepflegt werden, bis sie stirbt. In den verbleibenden Jahren kann sie entweder in der Klinik untergebracht werden oder noch ein Weilchen mit mir zusammen zu Hause wohnen.

Aber ich habe einen Beruf. Einen Ehemann. Ich habe ein Leben, am anderen Ende der Welt.

Am liebsten würde ich losheulen. Aber ich muss stark sein, für Mum. Dr. Chaudry sagt, ich sei die Einzige, die Mum überreden könne, offiziell in den Ruhestand zu gehen. Ihr Haus aufzugeben und in die Klinik zu ziehen. Ich schlage vor, jemanden zu engagieren, der jeden Tag ins Haus kommt und nach ihr sieht, aber die Ärztin schüttelt den Kopf.

»Es tut mir leid. Wir wissen ja, dass sie immer wieder durch die Straßen irrt. Das Risiko ist zu groß. Sie kann nicht über Stunden alleine bleiben.«

Ich denke an die Abschürfung in ihrem Gesicht, die allmählich abheilt. Doch das, was in ihrem Kopf geschieht, heilt nicht mehr.

»Gibt es denn im Krankenhaus auch nettere Zimmer?«, frage ich.

»Ich werde sehen, was ich tun kann. In mir haben Sie eine Verbündete, Tori. Margaret gehört zu meinen Lieblingspatienten. Sie ist so …« Sie hält inne, weil keine von uns es länger aussprechen kann. Mum ist kein brillanter Kopf mehr, oder zumindest flackert ihr brillanter Geist nur noch gelegentlich auf, und auch diese Momente wird es künftig immer seltener geben.

Als ich nach Hause komme, sitzt Mum auf dem Sofa und stiert in den Fernseher.

»Hi, Mum.« Ich lege die Schlüssel des Mietwagens auf die Bank.

Sie sieht mich einen Moment lang ausdruckslos an, doch dann scheint sie sich zu fangen und lächelt. »Hallo, Schatz. Wo bist du gewesen?«

»Bei Dr. Chaudry, schon vergessen? Ich habe es dir doch gesagt.« Augenblicklich bereue ich meine Worte, denn sie blinzelt kurz, und ein gekränkter Ausdruck erscheint auf ihrem Gesicht.

Ich schalte den Fernseher aus und setze mich neben sie.

»Wie geht es dir?«

Sie sieht sich im Zimmer um. »Na ja, es ging mir wohl schon mal besser. Ich habe mir gerade eine Fernsehshow angesehen, konnte mir aber keinen der Namen merken. Das macht mir ein bisschen Sorge.«

»Ich hatte gerade ein sehr informatives Gespräch mit Dr. Chaudry.« Ich halte inne.

»Was ist los?«, fragt sie mit erstickter, verängstigter Stimme.

»Mum, du musst in den Ruhestand gehen.«

»Nein, nein, das muss ich nicht. Mir geht's gut. Ich bediene ja keine schweren Geräte. Keine Angst, ich bringe niemanden um.« Sie springt auf. »Hat Andrew Garr irgendwelche Geschichten über mich verbreitet? Dieser Typ kann mich auf den Tod nicht ausstehen. Und Dr. Chaudry auch nicht. Sie ist jünger als du! Was weiß sie schon von der Welt.«

Ich stehe auf und halte behutsam ihre Arme fest. »Mum, Mum«, sage ich sanft, bis sie aufhört zu wettern. Trotzig sieht sie mich an. »Wir holen deine Bücher und Unterlagen aus dem Büro. Du kannst von überall aus arbeiten und dir die Arbeit nach eigenem Gutdünken einteilen. Auch wenn du in den Ruhestand gehst, kannst du doch weiter forschen.« Kurz frage ich mich, wie viele Bücher sie wohl ins Krankenhaus mitnehmen darf. Ich muss fragen, ob sie ein größeres Zimmer bekommen kann, und sobald sie ihre Rente bezieht, können wir die zusätzlichen Kosten davon bezahlen.

Sie lässt sich wieder aufs Sofa fallen und stößt einen tiefen Seufzer aus. »Alles, was ich bin, ist in diesem Büro im Locksley College, meine ganze Existenz.«

Ich setze mich neben sie und lege ihr den Arm um die Schultern. »Aber nicht für mich. Für mich war es nie wichtig, wo du arbeitest oder wie viele Bücher du veröffentlicht hast.«

Sie lässt den Kopf auf meine Schulter sinken. »Ach, mein lieber Schatz. Es tut mir leid. Ich war noch nie eine gute Mutter, und jetzt, wo ich alt und krank bin, ist es noch viel schlimmer.«

Ich drücke sie fest an mich. Wahrscheinlich verdrückt sie heimlich ein paar Tränen. Schließlich löst sie sich und blickt mich aus großen, verängstigten Augen an. »Vielleicht darf ich meine Bücher nicht ins Krankenhaus mitnehmen.«

»Dann suchen wir ein Krankenhaus, wo es erlaubt ist«, gebe ich entschlossen zurück, obwohl ich nicht sicher weiß, ob es so ein Krankenhaus überhaupt gibt.

Sie nickt. »Ich fühle mich, als müsste ich ein Meer überqueren, als wäre das, was mir bevorsteht, kalt, brutal und sehr, sehr einsam.«

Mir verschlägt es die Sprache. Sie holt tief Luft und sagt: »Kannst du es ihnen sagen?«

»Wem sagen?«

»Professor Garr, der Collegeverwaltung, der Rentenkasse. Sag ihnen … dass ich in den Ruhestand gehe.«

»Natürlich. Natürlich sage ich es ihnen.«

»Ich will ihre Gesichter nicht sehen, das Mitleid. Niemals. Ich bin …« Ihre Stimme bricht. »Das ist unter meiner Würde«, fügt sie im Flüsterton hinzu.

»Ja, das stimmt.« Ich gebe ihr einen Kuss auf die Stirn. »Ich kümmere mich um alles.«

Noch bevor ich mich mit Andrew Garr zum Abendessen treffe, leite ich alle notwendigen Schritte für Mums Ruhestand ein. Alle, mit denen ich am College rede, sind sehr freundlich und hilfsbereit. Allmählich sehe ich meine Mutter mit ihren Augen: Sie erzählen mir, wie sehr sie ihren Sinn für Humor und ihren Charme schätzen, wie sehr sie sie bewundern, weil sie ihr ganzes Leben lang hart gearbeitet hat, und dass sie alles in ihrer Macht Stehende tun wollen, um ihr den Übergang zu erleichtern. Sie erklären sich bereit, die erforderlichen Formulare auszufüllen, ihre Sachen im Büro zusammenzupacken. Doch immer wenn ich Mum davon erzähle, wird sie distanziert. Deshalb verkneife ich es mir und zeige ihr stattdessen, wie sehr ich sie liebe. Ich lese ihr vor, erinnere sie an Dinge, die wir unternommen haben, als ich noch klein war. Das Thema Krankenhaus lassen wir außen vor. Dr. Chaudry hat mir mitgeteilt, dass Mum eines der größeren Zimmer im vierten Stock mit Blick auf den Park anstelle auf die Mauer beziehen kann.

Ich habe Gewissensbisse und mache mir ein wenig Sorgen, als ich Mum am Freitagabend allein zu Hause lasse, aber sie sagt, ich solle ruhig gehen und mich amüsieren – selbst wenn es mit Andrew Garr ist, dem sie nicht über den Weg traut. Sie würde früh ins Bett gehen. Ich speichere meine Handynummer in ihr Telefon, damit sie mich jederzeit anrufen kann, und wir schreiben auf einem Post-it-Zettel auf, wo sie die Nummer findet und was sie machen soll, falls sie sich nicht mehr auskennt und Panik bekommt.

»Du verlässt auf keinen Fall das Haus«, sage ich.

»Nein. Wie kommst du darauf, dass ich das tun könnte? Ich bin doch schon im Nachthemd. Ich setze mich eine Weile vor den Fernseher, und dann gehe ich zu Bett.«

Ich treffe Andrew im Chancellor's Club, der in einem hübschen historischen Gebäude mit einem Glockenturm im westlichen Teil des Campus untergebracht ist. Ich durchquere die Bar, wo sich eine Handvoll Studenten lautstark und angeregt unterhalten, und betrete den von gedämpftem Licht erhellten Speiseraum. Als die Tür hinter mir zuschwingt, ersterben die Stimmen. Ich höre Gitarrenmusik. Folk. Andrew sitzt vor der aufgeschlagenen Speisekarte an einem Tisch in der hinteren Ecke.

Als er mich sieht, steht er auf und nimmt meine Hand. Auf seinem Gesicht erscheint wieder dieses Lächeln, ein Lächeln, das sich ohne sein Zutun einstellt und viel zu breit für seinen Mund zu sein scheint. Ich weiß nicht, ob Geoff mich jemals so angelächelt hat.

»Sie sehen wunderschön aus«, sagt er. Ich fühle mich sehr geschmeichelt und beschließe, nicht an Geoff zu denken. Unsere Beziehung ist schon seit langer Zeit aus dem Lot. Ich sollte mich einfach freuen, hier zu sein, und Andrews Gesellschaft genießen.

Sofort entspinnt sich eine Unterhaltung zwischen uns; wir scheinen es kaum erwarten zu können, den anderen besser kennenzulernen. Ich erzähle ihm von Mums Entschluss, in Rente zu gehen, und merke, dass er aufrichtig erleichtert ist und sich für sie freut. Das Essen wird serviert, wir trinken Wein, und wir reden und reden und reden, auch dann noch, als sich der Raum allmählich leert und die Kellner bereits die Stühle auf die Tische stellen.

»Komm«, sagt Andrew, steht auf und nimmt meine Hand. »Ich zeige dir die Galerie.«

Seine Hand ist warm. Als er sie zurückziehen will, halte ich sie fest. Er sieht mich einen Moment lang lächelnd an, bevor er seine Finger mit meinen verschränkt. Wir gehen über den Innenhof, wo ein Pärchen leidenschaftlich knutscht, so hingebungsvoll, wie es wohl nur junge Menschen können – als würden sie versuchen, geradewegs mit der Seele des anderen zu verschmelzen.

Andrew lässt meine Hand los, holt eine Schlüsselkarte aus

seiner Brieftasche und schiebt sie durch den Schlitz, worauf die Tür zum Turm aufgeht. Er tastet nach dem Lichtschalter.

»Hier entlang.« Er nimmt meine Hand und führt mich die Stufen hinauf. Im ersten Stock öffnet er die Tür zur Galerie. Sie ist schwach erleuchtet. In der Mitte stehen hohe Glasvitrinen in Zweierreihen mit Objekten aus dem viktorianischen Zeitalter: Teeservice, Tabaksdosen, Haarbürsten, aufziehbares Spielzeug und andere Objekte, die ich nicht zuordnen kann. Solche Dinge haben meine Mutter in sehr große Begeisterung versetzt. Utensilien aus dem täglichen Leben.

»Ich habe gute Nachrichten«, sagt Andrew. »Wir haben die Genehmigung, die Galerie nach deiner Mutter zu benennen.«

»Wirklich?« Ich strahle. »Das ist ja wunderbar.«

»Wir wollen sie in einer Feierstunde ehren. Glaubst du, sie würde kommen? Sie müsste auch keine Rede halten oder so etwas.«

Ich weiß nicht, was Mum sich zutraut, ob sie das durcheinanderbringt oder ihr Angst macht. »Vielleicht«, sage ich. »Soll ich sie fragen?«

»Ich schreibe ihr einfach«, sagt er. »Ich denke, es ist etwas plastischer, wenn man es schwarz auf weiß sieht. Sie war immer so gern hier. Oft ist sie hergekommen, um nachzudenken, zu lesen oder etwas zu schreiben.«

»Das glaube ich gern.« Ich bleibe vor einer Vitrine stehen. »Was ist das?« Ich deute auf eine schwarze Schatulle mit Blumenmuster und mehreren kleinen Fächern, von denen eines geöffnet ist.

»Das ist eine sogenannte Chinoiserie-Schatulle zum Kartenspielen.«

Bei dem Begriff Chinoiserie regt sich etwas in meinem Hinterkopf. »Könnten wir sie mal aufmachen?«

Andrew sieht mich leicht konsterniert an, öffnet jedoch die Vitrine. Ich ziehe die oberste Schublade heraus.

»Aha«, bemerkt er.

Ich nehme die Seiten heraus und blättere zum Ende. Sie sind vollständig. »Ich muss das hier Mum zeigen«, sage ich.

»Ich bringe dich zu deinem Wagen.«

Mum schläft schon, und ich bereue es, dass ich Andrew so schnell abserviert habe. Ich lasse mich aufs Sofa fallen und schlüpfe aus den Schuhen. Der Duft seines Aftershaves ist noch an meiner Hand. Ich schließe für einen Moment die Augen, halte sie an die Nase und atme den Geruch ein; ich spüre immer noch eine Wärme in mir, vom Wein und von seiner Gegenwart.

Dann reiße ich mich zusammen und fange an zu lesen.

KAPITEL 25

☆

Moineau

… blickte ich ein letztes Mal hinter mich, zu der Straße, in der Emiles Haus stand. Ich war müde, aufgewühlt, fühlte mich so verletzlich, als hätte ich soeben mein Glück leichtfertig in die Hände wildfremder Menschen gelegt.

»Mach dir keine Sorgen«, sagte meine Schwester und drückte meine Hand. »Wir werden Vater nichts verraten von … du weißt schon.«

Den restlichen Nachhauseweg saß ich stumm neben ihr.

Nach meiner Rückkehr nach Hatby verließ ich mein Zimmer nur selten. Meine Schwester erklärte meinen Eltern, ich hätte mich unglücklich verliebt; zwar hätte ich Mr Shawe zurückgewiesen, doch sie glaube fest daran, dass ich bald zur Vernunft käme. All das sagte sie auch zu mir, und dass weder sie noch Harriet eine Silbe darüber verloren hätten, dass ich »ruiniert« (Harriets Bezeichnung) sei. Allerdings fühlte ich mich so, wenn auch in einem anderen Wortsinne.

Vermutlich glaubst du, ich hätte keinerlei Hoffnungen mehr gehabt. Wieso habe ich ihm nicht einfach geschrieben oder bin mit ihm durchgebrannt? Warum habe ich meinen messerscharfen Ver-

stand und meine eindrucksvollen Redekünste nicht eingesetzt, um meinen Vater zu der Heirat mit Emile zu überreden? Es gab viele Gründe – meine Herkunft, die starren Ansichten meines Vaters und das dünne Nervenkostüm meiner Mutter. Außerdem hatte ich Emiles Leben schon genug auf den Kopf gestellt. Nun, da ich wieder im kalten, grauen Yorkshire war, sah ich auch unsere Affäre in einem anderen – grauen, kalten – Licht. Schließlich hatte er stets prophezeit, dass es keine gemeinsame Zukunft für uns geben würde, wir niemals ein Liebespaar sein könnten. Ich hatte seine Warnungen in den Wind geschlagen, hatte mit seinem Hund Freundschaft geschlossen und war wieder und wieder zu ihm gelaufen.

Aber ich habe nicht aufgehört, ihn zu lieben. Niemals.

Mein Einverständnis, Mr Shawes Frau zu werden, habe ich niemals offen ausgesprochen. Die Heirat wurde von ganz allein zur Tatsache, weil alle ringsum davon ausgingen und ich sie nie eines Besseren belehrte. Irgendwann muss mein Vater es ihm schriftlich mitgeteilt haben, denn Ende Oktober erhielt ich einen langen Brief von Mr Shawe, in dem er mir das Wetter in Kalkutta und eine Schifffahrt auf dem Fluss beschrieb und indirekt seiner Freude darüber Ausdruck verlieh, dass ich meine »Schuldgefühle im Hinblick auf meine Schwester überwunden« hätte und nun bereit sei, seinen Antrag anzunehmen. Ich zerriss den Brief, warf die Fetzen aus dem Fenster und sah zu, wie die Herbstbrise sie davontrug.

Ansonsten ging es mir gut, obwohl ich mir insgeheim wünschte, eine schwere Krankheit würde mich heimsuchen, damit ich in meinem Zimmer bleiben und nicht mehr zu Spaziergängen oder Einkaufsbummeln mitgeschleppt werden konnte. Meine Mutter war froh, wenn ich im Haus blieb und mich mit meinen Stickarbeiten beschäftigte. Allerdings meinte sie irgendwann, ich würde ziemlich auseinandergehen, weswegen mir ein kleiner Marsch durch den Park wohl nicht schaden könne. Es war der 1. November, als ich merkte, dass etwas mit mir nicht stimmte. Obwohl ich kaum etwas aß, wurde ich immer dicker, vor allem meine Brüste. Ich hatte mehr als genug Klatschgeschichten in meinem Leben gehört, also sah ich auf den Kalender und rechnete. Zu meinem Entsetzen stellte ich fest, dass ich seit drei Monaten nicht mehr geblutet hatte.

Ich stand vor dem Kalender über dem Klavier im Musikzimmer, zählte wieder und wieder die Tage. Meine Blutungen waren stets schwach; vielleicht hatte ich es in meinem Kummer wegen Emile einfach nicht mitbekommen. Aber in Wahrheit wusste ich, dass das nicht der Grund war. Starr vor Schock stand ich da, bis ein Dienstbote hereinkam, um die Teppiche auszuklopfen. Ich schleppte mich nach oben und legte mich ins Bett, das Gesicht in die Kissen vergraben, während ich vergeblich versuchte, der Wahrheit ins Auge zu blicken. Ein rauer Wind fuhr durch die Äste. Bald kam der Winter, dann das Frühjahr … und dann das Kind. Emiles Kind. Es war unvermeidlich.

Stundenlang lag ich so da, viel zu erschüttert, um zu weinen, doch als es dämmerte, wurde mir klar, dass ich etwas unternehmen musste. Ich musste es Emile sagen. Denn was geschehen war, änderte auf einen Schlag alles. Unter diesen Umständen würde Vater seine Meinung ändern und mich ihn eher heiraten lassen, als dass ich ein uneheliches Kind gebar. Ich geriet in Erregung. Sofort setzte ich mich hin und schrieb ihm, doch dann besann ich mich eines Besseren. Ich würde ihm einen Besuch abstatten.

Ich wusste, dass Harriet Lunte riechen würde, wenn ich sie in Millthorne besuchen käme, also musste ich die einzige Verbündete einweihen, die ich hatte: meine Schwester.

An diesem Abend ging ich zu ihrem Zimmer und klopfte an. Sie trug bereits ihr Nachthemd.

»Gut, dass du hier bist«, sagte sie. »Du könntest mir helfen.« Sie reichte mir ihre Haarbürste. Wir setzten uns auf ihr Bett, und ich bürstete ihr die Knoten aus den Haaren. Minutenlang herrschte Schweigen. Dann: »Wolltest du mir etwas sagen?«

»Ich … ja.« Ich bürstete weiter. Ihr Haar schimmerte golden im flackernden Licht der Kerze auf der Kommode.

»Schieß los.«

»Aber es muss ein Geheimnis bleiben.«

»Du weißt genau, dass ich Geheimnisse bewahren kann.«

Ich holte tief Luft und legte die Hände in den Schoß. Sie wandte sich um. »Sag schon.«

»Ich trage Emiles Kind unter dem Herzen.«

Wie erstarrt saß sie da, den Mund zu einem schockierten O geformt.

»Ich brauche deine Hilfe.«

»Ich tue alles, was ich kann.« Sie nahm meine Hand. »Mein armer Liebling.«

»Ich will zu ihm und es ihm sagen. Vielleicht macht er mir ja einen Antrag.«

»Aber …« Sie hielt inne. »Wie stellst du dir das vor?«

»Vater lässt mich lieber einen Zimmermann heiraten, als dass ich ein uneheliches Kind zur Welt bringe. Und Mr Shawe wird mich sowieso nicht mehr wollen, schließlich kann man eine Schwangerschaft nicht so einfach verbergen. Mein Körper wird nie wieder so aussehen wie vorher.«

Sie nickte langsam. »Das mag stimmen. Aber Harriet lässt dich nicht in seine Nähe.«

»Ich werde ihr gar nicht sagen, dass ich komme. Du und ich, wir reisen nach London. Wir erzählen Vater einfach, dass wir einkaufen wollen … Sachen für meine Aussteuer. Ich nehme den Zug und die Kutsche zu Emile, und am selben Tag geht es wieder zurück nach

London. Aber du musst mitkommen. Zur Unterstützung und weil Vater mir nicht mehr über den Weg traut.« Und es gab noch einen weiteren Grund: Seit meiner Rückkehr fühlte ich mich zunehmend unwohl, wenn ich das Haus verließ. Ich konnte es mir selbst nicht recht erklären, aber ich fühlte mich so verletzlich und war jedes Mal heilfroh, wenn ich wieder ins Haus zurückkehren und die Tür hinter mir schließen konnte.

Meine Schwester nahm mir die Bürste aus der Hand und schloss mich in die Arme. »Du musst jetzt sehr tapfer sein, mein Liebling«, sagte sie. »Du bekommst ein Baby, ganz egal, was Emile, Vater oder Ernest sagen.«

Ich hatte schreckliche Angst, gleichzeitig war ich zuversichtlich, dass mein Plan aufgehen würde. Und ich sah meiner Schwester an, dass sie es ebenfalls für möglich hielt.

Wir brauchten mehrere Tage für die Reisevorbereitungen. Meine Schwester riet mir klugerweise, bis zu dem Tag zu warten, an dem Mutters Freundin Elice von ihrer Frankreichreise zurückkam, da Mutter sonst bestimmt darauf bestehen würde, uns zu begleiten. Vater schickte uns in seiner Kutsche nach York, doch die Zugfahrt dauerte eine halbe Ewigkeit, weil es in der Nähe von Doncaster ein Problem mit den Gleisen gab. Daher war es bereits drei Uhr nachmittags, als wir unser Hotel am Grosvenor Square erreichten. Es war zu spät, um weiterzureisen, daher machten wir bloß einen kleinen Stadtbummel und nahmen unser Abendessen in einem winzigen Restaurant ein, in dem ein Mann so scheußlich Klavier spielte, dass das Kind am Tisch neben uns in Tränen ausbrach – zumindest sagten wir uns das, um uns aufzuheitern. Wir waren beide bester Dinge: Ich, weil ich Mr Shawe nun wohl doch nicht würde heiraten müssen, und meine Schwester aus demselben Grund. Viel-

leicht liebte sie ihn ja tatsächlich und nicht nur die Vorstellung, in so vielen verschiedenen Häusern wohnen zu können.
Zurück in unserem Hotelzimmer legten wir uns hin und lasen. Auf einmal stand meine Schwester auf und schlüpfte so wie früher neben mich ins Bett. Keine von uns sagte etwas. Sie schlang die Arme um mich und legte die Hand auf meinen Bauch. »Bald werde ich Tante.«
»Ja, und zwar eine sehr gute.«
»So wie Harriet.«
»Besser.«
»Ich frage mich, ob es ein Junge oder ein Mädchen wird. Wenn es ein Mädchen wird, nennst du sie dann nach mir?«
»Nein. Ich finde, eine Zimmermannstochter braucht einen soliden, vernünftigen Namen. Rose, zum Beispiel.«
»Rose. Das ist ein schöner Name.« Sie seufzte. »Alles war viel einfacher, als wir noch klein waren, nicht?«
Ich gab keine Antwort. In Wahrheit war alles viel einfacher gewesen, bevor ich mich verliebt hatte. Denn bis dahin hatte ich ein Leben ohne Kummer und Sorgen geführt.

Ich nahm gleich den ersten Zug nach Dorchester und die Kutsche nach Millthorpe um halb elf. Nun, im November, wirkte die Landschaft nicht länger vertraut; nichts erinnerte mehr an das Meer aus Farben und Blumen. Die Eichen waren kahl, die Walnussbäume bald auch. Die Straße war matschig, überall lag verrottetes Laub herum, und die Hecken hatten sich kupferrot verfärbt. Ich bat den Kutscher, mich kurz vor dem Dorfeingang aussteigen zu lassen, damit mich niemand sah, vor allem Harriet oder der Dorfpfarrer nicht. Das letzte Stück legte ich zu Fuß zurück, wobei ich Mühe hatte, nicht im Matsch auszurutschen.

Schließlich bog ich in Emiles Straße ein und sah eine Kutsche direkt gegenüber seinem Haus stehen. Sie wirkte etwas heruntergekommen, und einen Moment lang kam mir der grauenvolle Gedanke, Emile könnte vielleicht fortgegangen sein und das Gefährt den neuen Bewohnern gehören. Doch dann hörte ich Stimmen, unter anderem auch die seine, und versteckte mich rasch hinter einer Hecke.
Ein älterer Herr und eine Frau traten aus dem Haus, gefolgt von Emile. Ich lauschte, konnte aber nicht verstehen, was sie sagten. Emile umarmte sie, half ihnen beim Einsteigen und winkte, als die Kutsche sich in Bewegung setzte. Sie rollte geradewegs in meine Richtung, und Emile, der ihr hinterhersah, bemerkte mich.
In diesem Moment fuhr die Kutsche an mir vorbei, und ich erhaschte einen Blick auf den Mann und die Frau. Ob es die Eltern seiner verstorbenen Frau waren, die im Nachbardorf lebten, wie er mir erzählt hatte? Emile stand immer noch vor seinem Haus, und ich ging auf ihn zu.
Ich wusste nicht recht, wie ich seine Miene deuten sollte. Ich hatte Freude erwartet, Verblüffung und vielleicht auch Neugier. Mit Angst hingegen hatte ich nicht gerechnet. Zum ersten Mal, seit ich den Entschluss gefasst hatte herzukommen, verspürte ich Reue.
Marin sprang an mir hoch. Ich tätschelte seinen Kopf und schob ihn sanft zur Seite, worauf er ausgelassen um mich herumlief, während Emile und ich einander ansahen.
»Hallo«, sagte ich schließlich.
»Ich hatte nicht erwartet, dich zu sehen.«
»Und ich hatte nicht erwartet, dass ich zurückkommen würde«, sagte ich. »Ich muss dich sprechen. Können wir ins Haus gehen?«
Besorgt wandte er sich um. Augenblicklich stieg Argwohn in mir auf.
»Was ist los?«

Doch dann übernahm das Wetter das Kommando, und der Himmel öffnete seine Schleusen.

»Können wir bitte ins Haus gehen?«, bat ich noch einmal. Das Herz schlug mir bis zum Hals.

Marin war bereits hineingelaufen. Emile blickte zum Himmel, dann drehte er sich um und ging ins Haus.

Ich spürte sofort, dass jemand hier war. Im Herd brannte ein Feuer, und eine Frau saß auf einem hochlehnigen Stuhl direkt daneben. Ihre Augen waren geschlossen, und auf der rechten Seite ihrer Stirn prangte eine große runde Narbe. Sie saß vollkommen reglos da. Ihre Gliedmaßen waren dünn und kraftlos, so als hätte sie sich seit sehr langer Zeit nicht mehr bewegt.

»Hallo«, sagte ich aus reiner Höflichkeit.

Sie antwortete nicht. Emile lächelte traurig.

»Es tut mir leid«, sagte er.

»Wer ist das, Emile? Und wer waren diese Leute?«

»Das waren die Eltern meiner Frau. Sie fahren für eine Woche nach Spanien. Diesen Urlaub haben sie sich weiß Gott verdient.« Er deutete auf die Frau auf dem Stuhl. »Und das … ist meine Frau.«

Dieser Moment hat sich für immer in mein Gedächtnis eingegraben, plötzlich drohte meine gesamte Welt zusammenzustürzen.

»Aber du hast doch gesagt …«

»Sie bekommt nichts von dem mit, was wir sagen. Falls sie uns überhaupt hört oder sieht, versteht sie nicht, worum es geht. Wir sind lediglich verschwommene Gestalten, die sich um sie herum bewegen. Seit dem Unfall kann sie nicht eigenständig essen oder sich anziehen. Manchmal sind ihre Augen geöffnet, manchmal auch nicht. Sie ist nicht mehr die Frau, die ich geheiratet habe.«

»Trotzdem lebt sie noch. Du bist immer noch verheiratet«, sagte ich leise, wie zu mir selbst. »Immer noch verheiratet.«

»Ihre Eltern haben sie zu sich genommen, damit ich meiner Arbeit nachgehen kann. Sie erwarten nichts von mir, außer ein wenig Freundlichkeit und etwas Geld von Zeit zu Zeit. Moineau, meine Ehe existiert nur noch auf dem Papier. Ich schwöre dir, dass Eleanor nicht mehr Teil dieser Welt ist. Die Hülle, die du hier siehst, kennt mich nicht. Sie braucht meine Liebe nicht, sondern nur meine Freundschaft und Fürsorge.«
Es spielte keine Rolle, was er sagte. Emile war verheiratet, und selbst wenn es mit viel gutem Willen vorstellbar sein mochte, dass Vater mich einen Zimmermann heiraten ließ, um die Familienehre zu retten, würden sie wohl kaum Bigamie gutheißen oder zulassen, dass Emile die Scheidung von seiner katatonischen Frau einreichte und sie in der Obhut ihrer Familie zurückließ, nur um mit mir zusammen sein zu können.
»Oh Gott«, stöhnte ich, und mir kamen die Tränen. »Ich wünschte, ich wäre niemals hergekommen.«
»Hättest du mir geschrieben …«
»Und dann? Hättest du mir das hier weiter verschwiegen?«
»Nein, ich hätte vielleicht … Warum bist du hier, Moineau?«
Ich schüttelte den Kopf. »Das spielt jetzt keine Rolle mehr. Nichts davon spielt eine Rolle.« Mein Zustand, meine Zukunft, all das wurde mir in diesem Moment mit all seiner grauenvollen Macht bewusst.
Er wollte mich in die Arme nehmen, doch ich wich zurück, als hätte ich mich verbrannt. »Nein! Wie kannst du mich umarmen, vor den Augen von …« Ich deutete auf Eleanor, die inzwischen die Augen aufgeschlagen hatte und blicklos ins Leere starrte. Hatte sie ihn einst so geliebt, wie ich es tat? Ich wollte auch um sie weinen. Aber in erster Linie weinte ich um dich, dieses winzige Leben, das in meinem Leib wuchs, weil damit die schöne Geschichte von deinem

Papa und deiner Mama, die dich liebevoll gemeinsam großzogen, niemals Wirklichkeit werden würde.

»Es tut mir leid, dass ich hergekommen bin«, sagte ich und eilte zur Tür.

»Warte. Du kannst nicht in dieses Unwetter hinaus. Hast du eine Kutsche, die dich nach Hause bringt?« Wieder streckte er die Hand nach mir aus.

»Fass mich nicht an. Ich finde den Weg schon. Lass mich!« Ich rannte hinaus in den Regen, lief den Weg hinauf zur Straße. Ich ging weiter, ohne recht zu wissen, wo ich mich befand und wo ich hinsollte. Eine große Angst ergriff mich. Die kahlen Bäume, die dornigen Hecken und Eisentore, sie wirkten so feindselig. Anders kann ich es nicht erklären. Es schien, als hätte sich die ganze graue, verregnete Welt auf einmal gegen mich verschworen. Ich begann zu laufen, kämpfte mich weinend die schlammige Straße entlang, während mein gebrochenes Herz in meiner Brust schmerzte. Irgendwann fuhr eine Kutsche vorbei, und ein freundlicher Gentleman beugte sich aus dem Fenster und erkundigte sich, ob ich Hilfe bräuchte. Ich war völlig durchnässt, brachte vor Tränen und Panik kaum einen Ton heraus. Er sprang heraus, hob mich hoch und setzte mich in seine Kutsche, wo seine Frau mir entlockte, wohin ich wollte. Die beiden brachten mich ins nächste Dorf.

Dort saß ich dann, in einem Teesalon, immer noch tropfnass, aber zumindest hatte ich mich ein wenig beruhigt, nun, da ich im Warmen war. Ich nippte an einer Tasse Tee. Das freundliche Ehepaar war weitergefahren, und ich besorgte mir ein Billett für die Kutsche nach Dorchester. Sie kam in einer Stunde. Der Regen lief an den Fensterscheiben hinunter, und allmählich spürte ich, wie meine Panik nachließ. Ich schloss die Augen und sagte zu Dir, dass es mir leidtue, weil ich keine Ahnung hätte, was aus Dir werden solle.

Als ich in mein Londoner Hotelzimmer zurückkehrte, wurde es bereits dunkel, und ich zitterte vor Kälte, vor Angst und von dem Schock am ganzen Leib. Meine Schwester steckte mich in die heiße Badewanne. Weinend schilderte ich ihr, was vorgefallen war. Sie strich mir übers Haar und versuchte, mich zu beruhigen. Als ich keine Tränen mehr hatte und das Badewasser allmählich kalt wurde, sagte sie: »Ich werde mich um dich kümmern, Schwesterchen, das verspreche ich dir. Ich rede mit Vater und Mutter, erkundige mich, was wegen des Kleinen getan werden muss, und bleibe bei dir, wenn du dein Kind zur Welt bringst. Ich werde dir nicht von der Seite weichen. Überlass einfach alles mir.«

Ich war so aufgewühlt und am Boden zerstört, dass ich dem Angebot meiner Schwester, sich um alles zu kümmern, nicht widerstehen konnte.

»Danke«, sagte ich und schmiegte mein Gesicht an ihren Arm. »Danke.«

Der Frost hielt in Hatby Einzug, und es fiel mir zunehmend schwerer, morgens aufzustehen. Solange ich schlief, mich weit weg im Land der Träume befand, konnte mir nichts geschehen. Nur wenn ich die Augen aufschlug, brach die Welt jeden Tag aufs Neue zusammen.

An dem Morgen, als meine Eltern nach mir riefen, war ich etwa eine halbe Stunde auf, saß am Fenster und blickte auf das vom Reif silbrige Gras hinaus. Die Tür ging auf, eines unserer neuen Dienstmädchen – das Personal wechselte ziemlich oft bei uns, weil niemand den Ansprüchen meiner Mutter gerecht wurde – trat ein, knickste und teilte mir mit, Lord und Lady Breckby wollten mich in der Bibliothek sprechen.

Natürlich wusste ich, was das bedeutete: Meine Schwester hatte es ihnen endlich gesagt. Sie müsse auf den richtigen Moment war-

ten, hatte sie gesagt. Ich verstand zwar nicht, wann der richtige Moment gekommen war, andererseits hatte ich ihr die gesamte Verantwortung übertragen und vertraute auf sie.
Das Dienstmädchen half mir in mein Hauskleid, doch ich machte mir nicht die Mühe, mein Haar zu frisieren, sondern trug es wie im Bett zu dem langen Zopf geflochten.
Die Bibliothek befindet sich im Westflügel des Hauses. Ich ging die breite Treppe hinunter, vorbei am Frühstückssalon, aus dem der Duft nach Kaffee und Speck drang, und durch den leeren Ballsaal. Schließlich klopfte ich an die Tür zur Bibliothek und wartete auf das »Herein« meines Vaters. Und dann stand ich vor ihm, und er musterte mich von seinem Lehnsessel aus mit seinen kalten grauen Augen von oben bis unten. Meine Mutter saß mit dem Taschentuch vor dem Gesicht auf dem Sofa vor dem Fenster und vermied es, mich anzusehen.
»Setz dich«, befahl er. Ich nahm Platz. Die Regale reichten zwar beinahe bis zur Zimmerdecke, doch es standen kaum Bücher darin. Mutter las gern Romane, und Vater besaß eine Sammlung von Büchern, die ein Gentleman seiner Herkunft sein Eigen nennen sollte, doch hauptsächlich reihten sich Büsten und allerlei Nippes, der alle paar Tage abgestaubt werden musste, aneinander. Es roch nach Wachs und Zitronenöl.
Vater starrte mich weiter an. Ich versteifte mich und grub die Nägel in meine Handflächen. Seit wann hatte er so viele graue Haare? Ich hatte ihn als großen, stämmigen Mann mit hellem Haar in Erinnerung, doch nun wirkte er alt und erschöpft angesichts dessen, was er soeben erfahren hatte.
»Wir sind über deinen Zustand informiert«, sagte er schließlich. »Du kannst Ernest Shawe nicht heiraten. Deshalb werde ich ihm noch heute Morgen schreiben, dass er deine Schwester heiraten muss.

Dass du …« Er hielt inne. »Ich werde mir etwas überlegen. Je weniger Leute von dieser Schande wissen, umso besser.«
»Muss ich stattdessen Mr Peacock heiraten?«
»Peacock hat letzten Monat geheiratet. Vermutlich hatte er das Warten satt. Man kann wohl mit Fug und Recht behaupten, dass deine Aussichten auf eine vielversprechende Heirat praktisch auf null gesunken sind.« Er beugte sich vor und zeigte vorwurfsvoll mit dem Finger auf mich. »Das hätte ich niemals von dir gedacht.«
Ich wusste nicht, was ich darauf erwidern sollte, und schwieg.
Mutter sprang auf. Einen Moment lang stand sie bebend vor Wut vor mir, dann holte sie aus und verpasste mir eine schallende Ohrfeige. »Wie konntest du nur?«, sagte sie. »Bilde dir bloß nicht ein, dass du dieses Kind behalten kannst. Ich habe deine Schwester bereits angewiesen, Erkundigungen einzuziehen und entsprechende Vorkehrungen zu treffen. Im Hause Breckby wird kein Bastard aufwachsen.«
In diesem Augenblick, mein Kind, spürte ich zum ersten Mal, wie du dich in meinem Bauch bewegt hast. Schon vorher hatte ich etwas wahrgenommen – als würden winzige Bläschen an meiner Magenwand zerplatzen –, doch nun spürte ich leichte Tritte.
»Bitte«, sagte ich. »Bitte, lasst es mich behalten. Ich werde nicht heiraten. Notfalls ziehe ich das Kind anderswo groß, wenn das einfacher für euch ist. Aber, bitte, lasst es mich behalten.«
»Nein!«, dröhnte Vater. »Meine Tochter, unverheiratet und mit einem Kind?! So etwas bringt Schande über die Familie. Solltest du darauf bestehen, muss dir klar sein, dass du nicht länger zur Familie gehörst, noch wirst du finanziell unterstützt. Kein Heim, kein Geld, nichts. Was willst du denn anfangen, ganz allein mit einem Kind? Damit wäre doch keinem gedient, oder? Nein, es gibt nur eine Lösung – du wirst diesen Bastard weggeben.«

Gegen seinen lodernden Zorn war ich machtlos. Damit war mein Schicksal besiegelt, ebenso wie Deines.

Der Winter kam, und es war zu kalt, um nach draußen zu gehen. Mein Bauch wurde immer dicker, und meine Familie setzte alles daran, mich von jeglicher Gesellschaft fernzuhalten. Außerdem nahm meine Furcht vor der Außenwelt weiter zu. Ich fürchtete, jene grauenvolle Angst wie damals nach meinem Besuch bei Emile könnte mich noch einmal überkommen. Ich wurde eine Stubenhockerin, was ich bis zum heutigen Tage bin. Sowie ich das Haus verlasse, ist sie wieder da, diese lähmende Angst. Manchmal träumte ich davon, wie es dir wohl ergehen würde, wenn Du erst einmal die Sicherheit meines Bauches verlassen hättest, und ich sah Dich vor mir, in einer kalten, dunklen Welt, in der sich niemand um Dein Wohlergehen sorgte. Während der folgenden Monate verflochten sich diese Träume und meine Ängste immer mehr ineinander. Oft schlich ich nachts ins Zimmer meiner Schwester, die mich in den Armen hielt und mir von der reizenden Familie erzählte, die Dich adoptieren würde.
Sie erzählte mir, Vater hätte sie großzügig für ihre Bereitschaft, dich aufzunehmen, und für ihre Diskretion entlohnt; es handle sich um eine adlige Familie, die jedoch gerade schwere Zeiten durchmache. Die Frau hätte über Jahre hinweg versucht, selbst ein Kind zu bekommen, und dass sie Dich lieben und Dir alles geben würden, was Du Dir nur wünschst. Manchmal musste ich weinen und flehte sie an, mir den Namen der Familie zu verraten, aber Vater hatte es ihr strengstens untersagt. Ich solle Dich zur Welt bringen, Dich fortgeben und vergessen, dass es Dich jemals gegeben habe.
»Es ist doch nur zu deinem eigenen Besten, Schwester«, beschwor sie mich wieder und wieder. »Und zum Wohl des Kindes.«

Kein Kind will wissen, welchen Schmerz seine Geburt der Mutter verursacht hat, deshalb werde ich Dir nichts von diesen grauenvollen vierzehnstündigen Wehen erzählen, sondern nur, dass der Schmerz bald vorüber war und ich Dich für eine kleine Weile in den Armen halten durfte. Der Arzt sagte, man solle ein Kissen zwischen uns halten, damit ich Dich gar nicht erst sehen könne. Doch meine Schwester war, wie sie es versprochen hatte, bei mir und überredete ihn, dass es bestimmt nicht schaden könne, wenn ich Dich einmal kurz drücken und herzen würde. Die Hebamme hat Dich sauber gemacht und Dir ein Schlückchen Zuckerwasser eingeflößt, bevor sie Dich auf meine Brust gelegt hat. »Hier ist das kleine Mädchen«, sagte sie.

Mein Gott, dieser Schmerz wird niemals vergehen.

Und was für ein wundervolles winziges Wesen Du warst. Wie eine kleine Blüte, weich, zart und wunderschön, so wunderschön. Herrje, nun weine ich schon wieder. Dabei ist es über ein Jahr her. Vielleicht kann ich ja niemals aufhören zu weinen. Ich habe Dich geliebt. Sehr. Ich liebe Dich immer noch. Und ich werde Dich immer lieben.

Dann sagte meine Schwester, geduldig und streng zugleich: »Komm, du musst sie jetzt hergeben.«

Ich blickte in Dein süßes Gesichtchen und küsste Dich auf die Stirn. »Eines Tages werde ich Dich finden«, flüsterte ich, obwohl ich wusste, dass es nicht stimmte. Meine Schwester nahm Dich aus meinen Armen und ging, und die Hebamme half mir, mich aufzusetzen, damit sie meine Brüste abbinden konnte. Du hast geschrien, als meine Schwester Dich die Treppe hinuntertrug.

Nun, mein Kind, das ich nicht behalten durfte, hier endet meine Geschichte. Du wirst diesen Brief niemals lesen, deshalb lege ich ihn in eines der Bücher in der Bibliothek, die sowieso niemand liest. Ich

breche heute nach London auf, wo mein Vater ein Haus für mich gekauft hat. Meine Schwester ist mittlerweile Mrs Shawe, und Vater weiß, dass ich niemals heiraten werde, deshalb muss er mich von hier fortschaffen. Ich habe große Angst vor der Reise, doch wenn ich erst dort bin, gibt es nichts mehr, wovor ich mich zu fürchten brauche, lediglich vor einem Leben in Einsamkeit.
Gott segne Dich, mein Kind, wo auch immer Du sein magst.
Marianna

GEGENWART

☆

Eines Tages werde ich Dich finden.

Ich kann meine Tränen nicht zurückhalten. Nicht nur, weil die Geschichte so traurig ist. Wie lange habe ich diese Trauer in mir unterdrückt? Ich bin traurig darüber, weil ich meine Kinder verloren habe und vermutlich auch niemals welche bekommen werde. Ich bin traurig, weil meine Mutter krank und ihre Zukunft so ungewiss ist. Ich bin traurig, weil Moineau nicht mit Emile zusammen sein konnte. Besonders traurig macht mich, dass sie ihr Baby fortgeben musste und sich von diesem Schlag niemals erholt hat. Jeder weiß, dass Kinder ihre Eltern brauchen, aber ist es umgekehrt nicht genauso?

Dass Mum mich braucht?

Ihre Worte von neulich, als ich sie überredet habe, in den Ruhestand zu gehen und ihr Schicksal anzunehmen, kommen mir wieder in den Sinn. *Ich fühle mich, als müsste ich ein Meer überqueren, und als wäre das, was mir bevorsteht, kalt, brutal und sehr, sehr einsam.*

Ich werde sie nicht allein lassen. Ich werde bei ihr sein, wenn sie dieses Meer überquert. Diese Erkenntnis trifft mich mit einer Wucht, dass ich zu zittern anfange.

Ich hole mein Handy aus der Handtasche. Es ist an der Zeit, Geoff anzurufen und ihm zu sagen, dass ich nicht nach Hause kommen werde.

KAPITEL 26

☆

Agnes

»Es kommt mir vor, als wäre ich eine Ewigkeit weg gewesen«, hörte Agnes eine junge Frau auf dem Bahnsteig der Dorchester Station zu ihrem Ehemann sagen.

Der Rest ihrer Unterhaltung ging im Zischen der Dampflok unter, doch eigentlich war es unwichtig, denn ganz egal, wie lange die Reise der Frau gedauert hatte – Agnes war ohne jeden Zweifel länger unterwegs gewesen. Sie hatte England im Sommer verlassen, und nun waren die Bäume kahl, es war kühl und der Himmel grau.

Agnes verließ den Bahnhof und machte sich auf den Weg in die Stadt. Sie trug ihr zweitbestes Kleid. Alle anderen hatte sie auf der Reise verkaufen müssen; um die beiden, die sie in Colombo zu Geld machen musste, um sich für die vier Nächte bis zum Ablegen des Dampfers ein Zimmer leisten zu können, tat es ihr nicht leid, ebenso wenig um Genevieves Schmuck, von dessen Erlös sie die Gebühr bezahlte, weil sie die Rückreise um einige Monate verspätet antrat. Jack war empört gewesen und hätte dem Kapitän des Dampfers am liebsten einen »Tritt in die Weichteile« wegen dieser Halsabschneiderei verpasst. Sie hatten sich in aller Ausgiebigkeit darüber ausgelassen, wie unfair es war, hatten lieber geflucht, gezetert und geschimpft, statt einander Lebewohl zu sagen, was keiner über die Lippen kommen wollte. Eigentlich spielte es keine Rolle. Es waren schließlich nur Kleider.

Der Abschied von ihrem schwarz-grau gestreiften Kleid hingegen war ihr weitaus schwerer gefallen. Sie hatte es auf der Überfahrt getragen, bis der Stoff fadenscheinig geworden war. Sie hatte das Kleid sehr gemocht, weil die Leute sie dann immer Ma'am statt Miss nannten. Doch am Ende hatte sie sich auch von ihm trennen müssen, damit sie eine Nacht in einer Pension und das Zugbillett nach Dorchester bezahlen konnte. Natürlich hätte sie auf direktem Weg zu Julius und Marianna fahren können, doch auf der Überfahrt hatte sie sich einen Plan zurechtgelegt, und hätte einer von ihnen Einwände, würde vielleicht nichts daraus werden.

In Dorchester stand sie nun im Begriff, das Kleid zu verkaufen, an dem ihr Herz am meisten hing: das saphirblaue Abendkleid. Es blieb ihr leider keine andere Wahl. Denn nur mit der Kutsche gelangte sie in dieses Dorf, Millthorne, und wieder zurück.

Agnes war sorgsam darauf bedacht, nicht in Pfützen zu treten. Ihre Schuhe waren in all den Monaten so oft nass geworden, dass sie nicht mehr allzu viel hermachten. Bald erblickte sie die Kirche mit dem spitzen Turm am Ende der Hauptstraße und verlangsamte ihre Schritte, während sie nach einem geeigneten Geschäft Ausschau hielt – sie spähte durch die Fenster von Oberbekleidungsgeschäften, doch letzten Endes entschied sie sich für eine Kurzwarenhandlung. Man würde das Kleid auftrennen und Bänder, Spitze und Knöpfe einzeln verkaufen, während der Satin- und Samtstoff für ein anderes Kleid wiederverwendet werden konnten. Sie schluckte und verdrängte den Gedanken, dass ihr wunderschönes Kleid so brutal in seine Einzelteile zerlegt werden würde.

Eine Glocke über der Tür läutete, und eine ältere Frau

mit scharf geschnittenem Gesicht hinter dem Verkaufstresen blickte auf. »Kann ich Ihnen helfen, Miss?«

Miss. Es lag an dem blauen Baumwollkleid. »Ich würde gern ein Abendkleid verkaufen.«

»Wir kaufen aber keine Kleider.«

»Ich will auch nicht viel dafür haben. Nur so viel, dass ich davon eine Hin- und Rückfahrt mit der Kutsche und ein Zugbillett …« Sie hielt inne, als ihr bewusst wurde, dass sie nicht mehr weit von ihrem Zuhause entfernt war.

»Wir kaufen grundsätzlich keine Abendkleider.«

»Ich würde es Ihnen trotzdem gern zeigen.«

Natürlich kaufte sie es am Ende. Wieso auch nicht? Das Kleid war von erstklassiger Qualität, und Agnes überließ es ihr für einen minimalen Bruchteil seines Werts. Die Kurzwarenhändlerin beschrieb ihr den Weg zur Kutschenstation. Um vier sollte eine Kutsche nach Millthorne gehen. Frierend und hungrig saß sie vor der Kutschenherberge und wartete.

Genevieve hatte ihr an jenem Tag im Pub alles erzählt, so als wäre es die Geschichte über jemand Wildfremdes, der ihr vollkommen gleichgültig war.

Andererseits war Genevieve so ziemlich jeder gleichgültig; das hatte Agnes ziemlich schnell begriffen.

Marianna hatte sich in einen jungen französischen Zimmermann namens Emile verliebt, der in Millthorne lebte, war jedoch in Schimpf und Schande nach Hause geschickt worden, als herausgekommen war, dass besagter Emile bereits eine Ehefrau hatte. »Aber seine Frau war eher einfach gestrickt oder krank oder so was, ich weiß es nicht mehr«, sagte Genevieve. Dann war Marianna schwanger geworden, und man hatte Genevieve mit der Aufgabe betraut, ein gutes Zuhause für das Kind zu finden. Freunde von Freunden der Familie hatten sich bereit erklärt, das Kind bei sich aufzunehmen, jedoch nur, wenn es ein Junge sei.

»Aber, nun ja, dann kamst du«, sagte Genevieve.

Zu diesem Zeitpunkt hatte Marianna sich bereits völlig von der Außenwelt zurückgezogen und setzte praktisch keinen Fuß mehr vor die Tür. Damit sie sich nicht aufregte, hatten ihre Eltern bestimmt, das »kleine Würmchen« in ein Findelhaus zu geben. Dort wurden die Kinder zu anständigen jungen Menschen erzogen, die ihren Platz in der Welt fanden. Damit sie nicht vollends in Verzweiflung versank, erzählten sie Marianna, die Familie hätte das Kind aufgenommen. Seit dem Verlust ihres Kindes lag sie nur noch im Bett und weinte unablässig. Unglücklicherweise gab Mariannas Vater Jahre später anlässlich eines Besuchs in London die Wahrheit preis, worauf Marianna die Beherrschung verlor und Genevieve aus dem Haus warf. Agnes hätte nicht gedacht, dass Marianna jemand war, der die Beherrschung verlieren könnte. Deswegen also hatte Genevieve England verlassen.

»Auch wenn ich an jenem Morgen in Perdita Hall den Knopf verloren oder Jahre später einen Mantel dorthin geschickt habe, an dem dieser Knopf fehlte, und du laut Miss Candlewick genauso starrköpfig bist wie ich, war das ein reiner Zufall, aus dem du eine romantische Geschichte gebastelt hast«, sagte Genevieve. »Nun ja, Schneid hast du, das muss ich dir lassen. Aber du bist weit übers Ziel hinausgeschossen. Wahrscheinlich wünschst du dir jetzt, du wärst ein Junge geworden. Dann wärst du reich.«

Agnes hatte niemals ein Junge sein wollen.

Der Kutscher schnallte ihren inzwischen erschreckend leichten Koffer fest und half ihr beim Einsteigen. Er blickte zum Himmel. »Es wird bald regnen.«

»Regnet es nicht immer?«, gab sie zurück.

Die Fahrt war beschwerlich. Der Regen prasselte gegen die Scheiben der Kutsche, die nur mühsam vorankam. In jedem

Dorf stiegen Fahrgäste ein und aus. Schließlich erreichten sie den Ortseingang von Millthorne. Agnes war der letzte Fahrgast. Was für eine lange Reise lag hinter ihr, seit sie in Hatby in die Kusche gestiegen war!

»Wann fahren Sie zurück?«, fragte sie den Kutscher.

»Gleich morgen früh, Miss.«

»Würden Sie bitte meinen Koffer mit in die Herberge nehmen und sagen, dass ich über Nacht bleibe? Morgen früh fahre ich mit Ihnen wieder nach Dorchester.«

»Wie Sie wünschen, Miss. Welchen Namen soll ich angeben?«

»Agnes Resolute.«

Er lächelte breit. »Tatsächlich? Das ist ein guter Name. Und sind Sie es auch?«

»Was?«

»Resolut.«

»Ja«, antwortete sie.

Bereits als sie auf das Dorf zugefahren waren, hatte sie die kleine Kirche bemerkt, und machte sich nun auf den Weg dorthin. In einem Dorf kannte der Pfarrer jeden. Es hatte zwar aufgehört zu regnen, doch die Dämmerung war hereingebrochen, und bald wäre es stockdunkel. Sie eilte den Hügel hinauf zur Kirche und schob die Tür auf.

»Hallo?« Ihre Stimme hallte von den Wänden wider. Niemand antwortete. Sie musste es wohl im Pfarrhaus versuchen. Es war eine schöne Kirche mit hübschen, handgeschnitzten Bänken, und in den Wandleuchtern brannten Kerzen. Sie setzte sich, faltete die Hände und dankte Gott, dass er sie sicher nach England zurückgebracht hatte. Gerade als sie um Hilfe bitten wollte, Emile ausfindig zu machen, sagte eine Stimme neben ihr »Miss?«

Sie hob den Kopf und erblickte den Pfarrer, einen älteren Herrn mit wirrem grauem Schopf. »Guten Abend, Herr Pfarrer. Können Sie mir helfen?«

Er lächelte. »Ich werde tun, was ich kann, Miss. Um alles andere können Sie den Herrn bitten.«

»Ich suche nach jemandem namens Emile. Ich glaube, er ist Zimmermann von Beruf und hat möglicherweise einen französischen Nachnamen. Er ist … ein alter Freund meiner Familie, und ich habe eine weite Reise unternommen, um mit ihm zu sprechen.«

Der Pfarrer nickte und half Agnes auf. »Emile hat die Bank geschnitzt, auf der Sie gerade saßen«, sagte er. »Er wohnt seit über zwanzig Jahren in Millthorne, bleibt aber weitgehend für sich.« Ein flüchtiges Lächeln erschien auf seinem Gesicht. »Ich kann Ihnen den Weg erklären.«

»Danke, Herr Pfarrer.«

Kurz darauf bog sie in die Straße ein, die der Pfarrer ihr genannt hatte. Mittlerweile war es stockdunkel, und der Regen hatte neuerlich eingesetzt. Auch ohne die Beschreibung des Pfarrers hätte sie das Haus auf Anhieb an seinen kunstvoll geschnitzten Gartenpfosten erkannt.

Sie öffnete das Gartentor und klopfte entschlossen an die Tür.

Kurz darauf ertönten Schritte und das Scharren von Pfoten. Dann ging die Tür auf, und ein Hundewelpe sprang ausgelassen um ihre Beine und schnappte nach ihren Rocksäumen. Ein Mann von Ende vierzig mit grau melierten Schläfen und einem leichten Bauchansatz unter seiner Weste hielt eine Lampe in die Höhe und blickte sie fragend an. Er runzelte die Stirn, doch seine Augen waren freundlich und gütig. Agnes lächelte. *Ihr Vater.*

»Ja?«, fragte er.

Trotz der Dunkelheit und klammen Kälte durchströmte sie ein warmes Glücksgefühl. »Hallo, Papa.«

Seine Miene wurde starr. Er musterte sie. »Das kann nicht sein«, sagte er.

»Darf ich reinkommen?«

Agnes saß vor dem Kaminfeuer. Der Welpe hatte sich auf ihren Schoß gesetzt und leckte hingebungsvoll ihre Hände ab. Emile stand neben dem Kamin; er wirkte viel zu angespannt, um sich zu setzen.

»Ich wusste es sofort, als ich dich gesehen habe«, sagte er. »Du siehst ihr so ähnlich. Aber ich wusste nicht, dass sie ein Kind bekommen hat.«

»Ja, aber ihre Schwester hat mich vor der Tür eines Findelhauses abgestellt.«

»Aber wie hast du …«

»Das ist eine lange Geschichte.«

Nun setzte er sich in den Sessel gegenüber. »Ich habe alle Zeit der Welt.«

Und so erzählte sie ihm alles. Sie bemerkte den Stolz und das Staunen in seinen Augen, und zum ersten Mal in ihrem Leben hatte sie das Gefühl, als gehöre sie tatsächlich zu jemandem. Es war eine Empfindung, so tief und stark, dass nichts dieses Band wieder zu durchtrennen vermochte. Er war ihr Vater, und er war stolz auf sie. Sie schmückte ihre Schilderung noch etwas aus, um ihn zum Lachen zu bringen, und ergötzte sich daran, wenn er entsetzt nach Luft schnappte.

»Und du, Papa?«, fragte sie, als sie geendet hatte. »Was ist mit dir?«

»Ich habe in den zwanzig Jahren, seit ich Marianna getroffen habe, weniger erlebt als du in den wenigen Monaten, seit du das Kinderheim verlassen hast«, antwortete er ehrfürchtig. »Meine Frau Eleanor ist vor vierzehn Jahren gestorben, und ich habe nicht wieder geheiratet. Du brauchst also keine Angst vor einer bösen Stiefmutter zu haben, die dir das Leben schwermacht.«

»Ich bin schon mit einer bösen Tante mehr als bedient«, gab Agnes zurück. »Hast du in diesen vierzehn Jahren nie daran gedacht, nach Marianna zu suchen?«

Er schüttelte den Kopf. »Das hätte ihre Familie niemals erlaubt. Sie sollte ja einen anderen Mann heiraten.«

»Das hat sie aber nicht. Sie hat nie geheiratet.«

Er räusperte sich und fragte leise: »Wie geht es ihr?«

»Sie ist einsam und immer noch wunderschön. Und sehr ängstlich.«

»Ängstlich?«

»Sie verlässt das Haus nicht.«

»Das geht doch nicht. Niemand kann sie für immer einsperren.«

»Sie hat sich verändert.« Agnes hielt kurz inne. »Du solltest sie in London besuchen.«

Emile wandte sich ab und starrte schweigend in die Flammen.

»Ich weiß, dass sie sich darüber freuen würde«, fügte Agnes hinzu.

»Das weißt du nicht. Schließlich hast du selbst gesagt, dass sie sich verändert hat.«

Sie verfielen in Schweigen, und Agnes spürte, wie erschöpft sie war. Sie brauchte dringend Ruhe. »Darf ich dir schreiben? Mit dir in Verbindung bleiben?«

»Aber natürlich. Und du bist hier immer herzlich willkommen. Das hier ist dein Zuhause. Es tut mir so leid. Ich weiß nicht, was ich sagen oder tun soll. Ich hätte nie damit gerechnet …«

Agnes erhob sich. »Ich auch nicht. Ich gebe dir unsere Adresse, damit du mir schreiben oder zu Besuch kommen kannst. Du brauchst dich nicht vorher anzukündigen. Vielleicht wäre es sogar klüger, wenn du es nicht tust.«

Er deutete auf den kleinen Schreibtisch, wo sie Tinte, einen Federhalter und Papier fand. Sie reichte ihm das Blatt Papier mit der Adresse, doch statt es zu nehmen, schloss er sie in die Arme. Sie ließ sich in seine Umarmung sinken und spürte das leise Beben seines Körpers. Er weinte. Agnes lächelte an seiner Schulter, doch sie weinte nicht. Agnes weinte nur sehr selten.

Um drei Uhr am nächsten Nachmittag traf Agnes endlich am Belgrave Place ein und stellte erstaunt fest, wie nervös sie war. Sie hatte zwar in Colombo einen Brief abgeschickt, wusste allerdings nicht, ob er bereits eingetroffen war. War Julius böse auf sie? Oder liebte er sie vielleicht gar nicht mehr?

Sie war nicht sicher, ob sie klopfen oder einfach hineingehen sollte. Doch dann klopfte sie an und trat ein. »Hallo?«

Daisy erblickte sie als Erste und verlor augenblicklich die Fassung. »Marianna, Julius, schnell! Kommen Sie!«

Rasche Schritte. Julius erschien auf der Treppe. Mit einem Freudenschrei kam er auf sie zu, hob sie hoch und wirbelte sie herum. »Liebste! Du bist wieder zu Hause!«

»Lass mich runter!«, lachte sie. »Ich bin viel zu schwer, um mich wie ein Kind herumzuwirbeln.«

Er stellte sie auf die Füße. »Zu schwer? Jedenfalls warst du ein böses Kind … einfach so lange wegzubleiben. Aber, Agnes, Marianna weiß, dass …« Er hielt inne, als Marianna übers ganze Gesicht strahlend aus dem Salon kam.

»Agnes«, stieß sie hervor. »Du bist zu mir zurückgekommen. Mein Baby, mein verlorenes Kind, du …« Tränen strömten ihr übers Gesicht.

»Ja«, sagte Agnes sanft und schlang die Arme um sie. Liebevoll hielt Marianna sie fest. Sie fühlte sich so warm an, so wie sich nur eine Mutter anfühlte.

Zu nachtschlafender Zeit waren Julius und Agnes endlich allein. Marianna war so erschöpft von dem vielen Weinen gewesen, dass sie sich bereits um sechs Uhr in ihr Schlafzimmer zurückgezogen hatte, doch Annie, Daisy und Pamela wollten alles über Agnes' Abenteuer erfahren, und sie hatte sich auf eine

Tasse heiße Schokolade zu ihnen in die Küche gesetzt. Julius hatte sich zu ihnen gesellt. Mit seinen aufgerollten Hemdsärmeln wirkte er beinahe wie ein Mitglied der Dienerschaft. Fasziniert lauschten sie Agnes' Geschichten über Jack, deren Mut und Entschlossenheit, zur See zu fahren, vor allem Annie beeindruckten. Irgendwann deutete Julius dezent an, Agnes sei gewiss müde von der langen Reise und würde gern ein heißes Bad nehmen, ehe sie sich schlafen legte. Er folgte ihr die Treppe hinauf und ergriff ihre Hand. »Nur ein kurzer Moment, Liebes, im Salon?«

Agnes folgte ihm bereitwillig. Pamela hatte bereits vor Stunden die Lampen gelöscht, und das Feuer im Kamin war längst heruntergebrannt. Julius schloss die Tür hinter ihnen. Die Vorhänge waren geöffnet, sodass Agnes die silbrige Mondsichel hinter den kahlen Ästen erkennen konnte.

Julius machte keine Anstalten, die Lampen erneut zu entzünden, sondern wandte sich zu Agnes um und nahm ihre Hände. »Agnes?«

»Ja, Julius, ich möchte dich gern heiraten. Wenn du mich nach all den Monaten, die ich in der Weltgeschichte herumgereist bin, noch haben willst.«

»Aber natürlich will ich dich noch. Ich liebe dich für deine Klugheit und deine Lebenserfahrung und für deine Charakterstärke.«

»Aber versprichst du mir, dass wir noch viele Abenteuer erleben, Julius? Dass wir reisen werden? Jack besuchen?«

Er lächelte. Die Güte und die Aufrichtigkeit in seinen Augen verschlugen ihr die Sprache. »Ich verspreche dir, dass wir noch viele Abenteuer zusammen erleben werden, Agnes«, sagte er, zog sie an sich und presste seine Lippen auf ihren Mund. Sie hörte das Rauschen ihres Pulses in den Ohren. *Wie Engelsflügel*, dachte sie.

Zwei Wochen nach ihrer Rückkehr ging das Leben wieder seinen gewohnten Gang. Agnes war nun die Tochter einer Adligen und würde schon bald die Gattin eines Arztes sein. Sie hatte Personal, das sie umsorgte, doch sie konnte dem Müßiggang nur wenig abgewinnen und hielt sich keineswegs für etwas Besseres. Julius hatte eine neue Stelle bei der Regierung. Er besuchte Schulen und untersuchte die Kinder. Manchmal begleitete sie ihn, vervollständigte seine Notizen oder sprach den verängstigten Kindern Mut zu. Julius war viel zufriedener mit dieser Arbeit, weil er nicht mehr tagtäglich das Leid kranker Kinder mit ansehen musste. Manchmal blieb Agnes auch bei Marianna und las ihr vor, wenn auch nicht mehr bis drei Uhr früh. Das war inzwischen Daisys Aufgabe, da sie Lesen lernte und Marianna geduldig ihren stammelnden Versuchen lauschte, solange nur jemand bei ihr war. Zum Glück wachte Marianna nachts nicht mehr so häufig auf. Durch ihre Tochter schien sie ihren Seelenfrieden wiedergefunden zu haben.

Den ganzen Vormittag war Agnes unterwegs gewesen, um Spitze und Seide einzukaufen. Sie wollte ihr Hochzeitskleid selbst schneidern, und ebenso Mariannas Kleid, das sie als frisch gebackene Schwiegermutter tragen würde. Als sie mit ihren in braunes Packpapier eingeschlagenen Schätzen zum Belgrave Place zurückkehrte, fing Julius sie hinter der Haustür ab.

Er legte den Finger auf die Lippen.

»Was ist denn?«, fragte sie. »Und warum bist du zu Hause?«

»Ich wollte mich gerade auf den Weg machen, als ein Besucher kam«, flüsterte er.

»Wer denn?«

»Komm mit.« Er nahm ihr die Pakete ab, legte sie auf den Dielentisch und führte sie in den Salon. Durch das geschlossene Fenster sah sie jemanden im Garten sitzen.

Ihr Herz schien einen Moment stillzustehen.

Emile saß auf einer Bank. Vor ihm, auf dem eiskalten Boden, kniete Marianna. Ihr Kopf lag in seinem Schoß. Die fahle Wintersonne verfing sich in ihrem blonden Haar. Seine Finger hatte er schützend um ihren Hinterkopf gelegt.

»Agnes Resolute, ich glaube allen Ernstes, dass du weinst«, sagte Julius neckend.

»Tue ich nicht«, widersprach sie und wischte sich die Tränen ab. »Ich weine praktisch nie.«

GEGENWART

☆

Die Mail landet in meinem Postfach, während ich eigentlich auf eine Nachricht von Geoff wegen des Verkaufs unseres Hauses warte. Wir haben unangenehme Verhandlungen geführt, wie wir unsere gemeinsamen Besitztümer auseinanderdividieren. Aber es passieren auch schöne Dinge, kleine Dinge. Und große. So wie das mit Andrew.

Die Mail ist nicht von Geoff, sondern eine, mit der ich nicht gerechnet habe. Es ist eine Antwort auf eine Mail, die ich aus reiner Neugier geschrieben habe. Als ich sie lese, würde ich am liebsten laut auflachen. Ich drucke sie aus und mache mich auf die Suche nach Mum.

»Wo bist du, Mum?«

»Hier draußen.«

Ich schiebe die Tür zu dem kleinen Wintergarten auf. Inzwischen ist es eisig geworden – nach all den Jahren im sonnenverwöhnten Australien habe ich vergessen, wie unwirtlich der englische Winter sein kann –, und Mum hält sich am liebsten hier auf, weil es der letzte behaglich warme Raum im Haus zu sein scheint. Damit keine Missverständnisse aufkommen – die Sonne scheint nicht, sondern der Himmel ist wolkenverhangen, aber Mum benutzt einen Elektroofen, und die Verglasung speichert die Wärme.

Sie liest. Überall ragen Post-it-Zettel aus dem Buch. So merkt sie sich die Figuren und ihre Geschichte.

»Mum, erinnerst du dich noch an den Brief, den wir beide gelesen haben?«, beginne ich vorsichtig, um sie mit meinen Neuigkeiten nicht zu verärgern oder zu frustrieren; hoffentlich hat sie gerade einen lichten Moment. »Du weißt schon, über Emile und Moineau.«

Sie nickt zwar, aber blinzelt verwirrt.

»Der Brief steckte hinten in dem Buch …«

»Cicero!«, ruft sie leicht triumphierend. »Ja, ja, ich erinnere mich. Das arme Mädchen, das ihr Baby hergeben musste. Und ihr Geliebter mit der kranken Frau.«

»Genau. Ich habe gerade eine E-Mail bekommen. Du hast doch versucht, ihn ausfindig zu machen, stimmt's? Emile Venson.«

»Ja, aber niemand konnte ihn finden.«

»Na ja, ich hatte so eine Ahnung, und Andrew hat seinen Assistenten gebeten, nach ihm zu suchen.«

Ein Muskel an ihrem Kiefer zuckt. Mum ist immer noch alles andere als begeistert, dass Andrew und ich uns näherkommen, aber ich bin zuversichtlich, dass ich sie auf kurz oder lang weichklopfen werde.

»Venson«, fahre ich fort. »Das ist ein ungewöhnlicher Name.«

»Stimmt.«

»Und er war Franzose. Allerdings klingt das für mich nicht sonderlich französisch. Was, wenn Moineau den Namen einfach nach dem Gehör aufgeschrieben hat? Venson …«

Mum denkt einen Moment nach. »Vincent. Auf Französisch klingt es wie Venson.«

»Genau. Jedenfalls habe ich den Assistenten gebeten, nach einem Emile Vincent, Zimmermann in Millthorpe, Dorchester, zu suchen.« Ich wedle mit der E-Mail. »Und genau das hat er auch getan.«

Mum setzte sich abrupt auf. »Sag das noch mal. Andrew hat Emile Venson gefunden?«

»Sein Recherchеassistent. Ja. Er hat Emile Vincent gefunden.« Ich gewöhne mir an, alles zu wiederholen, um sicherzugehen, dass die Informationen sich in ihrem Gehirn verankern. Ich setze mich neben ihrem Sessel auf den Boden und lese vor:

Hi, Tori, ich habe Ihren Emile Vincent gefunden. Ein Geburtsdatum habe ich zwar nicht, aber im Standesamtsregister taucht er auf, weil er 1875 Marianna Breckby, Belgrave Place, London, geheiratet hat. Und dann noch einmal 1896 mit dem Sterbedatum. Im Dorchester Daily *gibt es eine Todesanzeige, in der steht, dass er seine Frau Marianna, ihre Tochter Agnes mit ihrem Ehemann Julius Halligan sowie deren Tochter Grace hinterlässt.*

Mum presst sich die Hände aufs Herz. »Sie haben sich also gefunden!«, ruft sie. »Und geheiratet!«

»Und sie hatten ein Kind«, füge ich hinzu.

»Ob es wohl *das* Kind ist?«, sagt Mum, »an das sie den Brief geschrieben hat?«

»Könnte durchaus sein. Wir müssen wohl noch ein wenig genauer recherchieren.« Ich halte es für unwahrscheinlich, doch Mum ist entzückt, und ich tue alles, damit sie so viele Momente der Klarheit und Freude wie möglich hat. Ein Meer zu überqueren ist umso vieles einfacher, wenn man die Sterne hat, die einem den Weg weisen.

Mum liest die E-Mail wieder und wieder, und für eine kleine Weile ist sie wieder bei mir. Ich klammere mich an diesen Augenblick, denn der nächste Wetterumschwung wird über kurz oder lang kommen. Alles verändert sich. Eine ruhige See ist niemals von Dauer. Irgendwann schieben die Wolken sich vor die Sonne.

Gemeinsam setzen wir die Segel und stechen in See, meine Mutter und ich.

DANK

Als Schriftstellerin ist man immer nur so gut wie die Menschen, die einen unterstützen; nie war mir dies so bewusst wie beim Schreiben dieses Buches.

Mein Dank gilt allen, die mir bei der Recherche geholfen haben: Oliver Chadwick, Anna Madill, Karen Pymble, und das Archiv-Team im National Maritime Museum sowie Alan und Trevor im Old Melbourne Gaol.

Ich danke Stacy Clair, Karen Ward und Vanessa Radnidge, die mir dabei geholfen haben, die Segel zu setzen und in See zu stechen.

Ich danke auch meiner Schreibgruppe: Meg Vann, Charlotte Nash, Liz McKewin, Bek Turner, Fiona McMillan und Nicole Cody.

Bei meinen Nachbarn möchte ich mich ebenfalls bedanken: Adele Bird, Lynne Marsh und Margaret Wolfe, von denen keine auch nur ansatzweise plemplem ist.

Ich danke meinen Schwestern im Geiste: Kate Forsyth und Mary-Rose MacColl.

Ich danke meinem World-Domination-Team: Lisa Fletcher und Beth Driscoll. Bitte entschuldigt, dass ich so viele Termine versäumt habe, weil ich gerade einen Roman geschrieben habe.

Ich danke auch meinen verständnisvollen Kindern: Luka und Astrid. Eure Mutter, die ständig mit den Gedanken woanders ist, liebt euch sehr.

Ich danke meinem Ehemann, der so unendlich liebenswert ist, dass man es mit Worten nicht beschreiben kann.

Ich danke meinem Management von Herzen: Selwa, Brian und Linda.

Und ich danke meiner Mum. Alles Gute in mir habe ich nur dir zu verdanken.